PEDIGREE

Collection dirigée par
Jacques Dubois et Hubert Nyssen

Aux hommes qui construisaient la tour
de Babel afin de se rapprocher du ciel,
Dieu, mécontent, infligea la diversité
des langues. Il donnait du même coup
naissance à des littératures multiples
et, en quelque manière, préparait la li-
tière des traducteurs. Les éditeurs s'en
sont souvenus au moment de dénom-
mer une collection qui rassemble des
ouvrages du monde entier. Les textes
ainsi repris dans ces livres de poche
ont pour particularité de se voir accom-
pagnés toujours d'une préface d'écrivain et d'un dossier établi par un
spécialiste qui s'attache à situer l'œuvre
dans le contexte qui l'éclaire.

Illustration de couverture :
Photo provenant
du Fonds Simenon (Univ. de Liège)

Conception graphique :
Denis Schmit

Crédits photographiques :
Fonds Simenon (Univ. de Liège)

Publié avec l'aide de la
Communauté française de Belgique

GEORGES SIMENON

PEDIGREE

roman

Préface de Jacques Godbout
Lecture de Danièle Latin

ACTES SUD / LABOR

PRÉFACE

J'ai lu Pedigree, pour la première fois, dans la lumière de l'automne québécois, pendant que pianotait sur le toit de tôle de la grande maison victorienne où je m'étais réfugié une pluie froide et tenace. Dehors on aurait cru que l'hiver belge soufflait sur mon coin d'Amérique. Enfoncé dans un fauteuil profond j'ai alors ouvert les yeux sur un cinéma étonnant.

Peu de livres m'ont autant donné à voir que ce récit quasi biographique, qui est à la littérature ce que les tableaux de Vermeer ou de Vuillard sont à la vie domestique (ou les instantanés de Cartier-Bresson à la respiration des rues). Pedigree est un livre exceptionnel : il a été écrit sous menace de mort par un homme qui a voulu tout dire de ses origines familiales, wallonne et flamande, décrivant la qualité lumineuse de l'air qui franchissait la Meuse et venait embuer les vitres de son enfance, répercutant les pas calculés d'Élise, sa mère, sur le parquet de leur cuisine froide, rappelant le repas frugal que prenait son père dans les bureaux de la compagnie d'assurances qu'il ne quittera jamais.

Écrire un roman, on le sait, c'est vouloir changer de famille, renier ses parents, se donner à soi-même naissance. Roger Mamelin dont l'auteur parle ici est un enfant silencieux et humilié. Il vit dans la gêne, voit sa mère quémander de tout, même quand elle n'a besoin de rien. « Cette enfance, il la hait ». Et cette haine sourde, continue, sera le moteur puissant d'une carrière inattendue, excessive. Roger

Mamelin ne fera jamais les choses à moitié. « *Il est décidé à se venger, il ignore encore comment, mais il se vengera, il le sait…* » Beaucoup plus tard, quand il aura passé la soixantaine, Simenon se plaira à répéter que s'il n'avait été écrivain il serait devenu clochard. *Tout ou rien.*

« *Existe-t-il de par le monde une race d'êtres plus sensibles que les autres, qui souffrent davantage et que rien ne peut satisfaire?* » Élise Mamelin est de cette race et l'on comprend que Maigret soit devenu policier pour se retenir d'étrangler sa mère. Pedigree est un roman de famille, féroce, écrit à froid avec un beau mépris pour la médiocrité maternelle, mais c'est aussi un appel au père qui ne se nomme pas pour rien : Désiré.

Or on ne peut pas lire ce roman comme il a été rédigé, en 1943 : pourtant on le dévore, sachant ce qu'est devenu Georges Simenon, à la recherche des signes précoces du génie. Pedigree a été écrit pour le fils de l'auteur, c'est à lui que Simenon décrit les canaux bordés de peupliers, les visites au cimetière, c'est à lui qu'il apprend à marcher en ville, à éviter les trams, les drames. Ce même Simenon par la suite a poursuivi un travail littéraire démesuré, extravagant, admirable, épuisant. Pedigree nous montre-t-il comment Roger Mamelin y est parvenu? Il se levait tous les jours à cinq heures trente, et n'a jamais depuis dérogé à cette habitude. Simenon est déjà au travail quand les autres romanciers se prélassent au lit…

Roman fleuve, roman fresque, qui fait remonter à la surface tous les interdits de l'enfance, Pedigree nous rappelle qu'il n'y a pas si longtemps les familles étaient au centre de nos vies. Les liens brûlants de l'argent, les jalousies entre neveux et nièces, la maladie, le rituel des repas dominicaux, ceux des vacances à la campagne, les cadeaux empoisonnés, les sourires complices occupaient l'espace des émotions. Le territoire, à cette époque, était restreint et ratissé. Aujourd'hui Roger Mamelin ne connaîtrait ni ses oncles, ni ses tantes, sa mère aurait fui avec un de ses pensionnaires, il se contenterait de regarder la télévision plutôt que d'imaginer la vie du quartier, accoudé au rebord de la fenêtre.

Pourtant écrire, c'est enfermer le monde dans un aquarium, le regarder passer «avec une curiosité légèrement apitoyée». Pour bien nous faire comprendre qu'il est du côté des livres et non avec les passants, Roger Mamelin trouve un premier emploi dans une librairie et les vitres du commerce deviennent immédiatement celles de son aquarium justement.

Les écrivains n'ont ni père, ni mère, ils naissent dans les librairies ou les bibliothèques et les premiers ouvrages qu'ils dévorent (La comtesse de Ségur, Jack London ou Fenimore Cooper) les marquent à jamais, tout comme le premier être vivant imprègne l'oie cendrée au sortir de l'œuf. Mamelin sera moins marqué par les œuvres sérieuses cartonnées et classées de la bibliothèque des pères jésuites que par les romans à deux sous qu'il achètera pour sa tante Cécile, mourante. Ces récits simples sont des variations rapides sur des thèmes mélodramatiques comme les aiment les petites gens qui n'ont jamais droit au drame (ils n'en ont pas les moyens) ou à la tragédie (ils n'en possèdent pas les décors). Il n'y a pas à s'étonner que l'on trouve Mamelin, plus tard, en train de produire des romans de gare.

Pedigree est la biographie fascinante de l'écrivain le plus totalement «citoyen de la francophonie»: né en Wallonie, promenant son Maigret dans les rues de Paris, Simenon est allé aux États-Unis apprendre à se discipliner, a installé ses tables de travail en Suisse et épousé une Québécoise. Que pouvait-il faire de plus? Nous rappeler que l'on devient romancier par haine de son enfance beaucoup plus que par amour de la littérature, mais encore faut-il haïr avec talent ou, comme lui, avec génie.

Jacques Godbout

Il n'y a pas si longtemps, il était encore de mode, pour un auteur, de présenter chacune de ses œuvres par une préface, un avant-propos ou un avertissement qui le mettait en quelque sorte en contact direct avec le lecteur, à tel titre que la formule « Cher lecteur » était presque aussi courante qu'à la radio le fameux « Chers auditeurs. »

Est-ce parce que les journaux, aujourd'hui, par leurs interviews, leurs échos et leurs enquêtes littéraires ne laissent rien ignorer des intentions ni des faits et gestes des écrivains que cette mode est tombée en désuétude?

A l'occasion de cette nouvelle édition de Pedigree, je ne résiste pas à la tentation de recourir à l'usage de jadis, pour des raisons diverses et sans doute peu péremptoires. On m'a posé, on me pose encore beaucoup de questions au sujet de ce livre; on en a beaucoup écrit, pas toujours avec exactitude. Je sais aussi qu'André Parinaud me fait l'honneur de me consacrer une importante étude en trois volumes sous le titre écrasant de Connaissance de Simenon, qui est sous presse et que je n'ai pas encore lue, et qu'il cherche, dans Pedigree l'explication, sinon de mon œuvre, tout au moins de certains de ses aspects et de certaines tendances.

M'accusera-t-on d'outrecuidance si je fournis ici, fort simplement, quelques détails de première main?

Pedigree n'a été écrit, ni de la même façon, ni dans les

11

mêmes circonstances, ni dans les mêmes intentions que mes autres romans, et c'est sans doute pourquoi il constitue une sorte d'îlot dans ma production.

En 1941, alors que je me trouvais replié à Fontenay-le-Comte, un médecin, sur la foi d'une radiographie suspecte, m'annonça que j'avais au plus deux ans à vivre et me condamna à l'inaction à peu près complète.

Je n'avais encore qu'un seul fils, âgé de deux ans, et j'ai pensé que, devenu grand, il ne saurait presque rien de son père ni de sa famille paternelle.

Pour remplir en partie cette lacune, j'achetai trois cahiers reliés de carton marbré et, renonçant à mon habituelle machine à écrire, je commençai à raconter, à la première personne, sous forme de lettre au grand garçon qui me lirait un jour, des anecdotes de mon enfance.

J'étais en correspondance suivie avec André Gide. Sa curiosité fut piquée. Une centaine de pages étaient écrites quand il manifesta le désir de les lire.

La lettre que Gide n'allait pas tarder à m'envoyer fut, en somme, le point de départ de Pedigree. *Il m'y conseillait, même si mon intention restait de ne m'adresser qu'à mon fils, de reprendre mon récit, non plus à la première personne mais, afin de lui donner plus de vie, à la troisième, et de l'écrire à la machine à la façon de mes romans.*

Ce sont les quelque cent pages primitives des cahiers qui ont été publiées en 1945, à tirage limité, par les Presses de la Cité, sous le titre, choisi en mon absence par l'éditeur, de Je me souviens. *Encore ce texte a-t-il été remanié afin d'en exclure ce qui aurait pu passer pour des portraits.*

Quant au nouveau texte, composé après la lettre de Gide, si, dans sa première partie, il se rapproche du premier, il n'en doit pas moins être considéré comme un roman et je ne voudrais même pas qu'on y attache l'étiquette de roman biographique.

Parinaud m'a longuement questionné sur ce point lors de nos entretiens radiophoniques de 1955, voulant à toutes

12

forces m'identifier avec le personnage central de Roger Mamelin.

Je lui ai répondu par une formule, qui n'est peut-être pas de moi, mais que je n'en reprends pas moins à nouveau, à savoir que, dans mon roman, tout est vrai sans que rien ne soit exact.

J'avoue d'ailleurs que, le livre terminé, j'ai longtemps cherché l'équivalent du merveilleux titre donné par Goethe à ses souvenirs d'enfance: Dichtung und Wahrheit, qu'on a traduit plus ou moins exactement par: Poésie et Vérité.

L'enfance de Roger Mamelin, son milieu, les décors dans lesquels il évolue sont fort près de la réalité, comme les personnages qu'il a observés.

Les événements, pour la plupart, n'ont pas été inventés.

Mais, surtout en ce qui concerne les personnages, j'ai usé du privilège de recréer en partant de matériaux composites, me tenant plus près de la vérité poétique que de la vérité tout court.

On l'a si peu compris qu'à cause d'un trait de physionomie, d'un tic, d'une similitude de nom ou de profession, nombre de gens ont voulu se reconnaître et que quelques-uns m'ont assigné devant les tribunaux.

Je ne suis, hélas, pas le seul dans ce cas, beaucoup de mes confrères en ont fait l'expérience. Il est difficile, aujourd'hui, de donner un nom, une profession, une adresse, voire un numéro de téléphone à un personnage de roman sans s'exposer à des poursuites judiciaires.

La première édition de Pedigree portait la mention: « Fin du Premier Volume », et je reçois encore aujourd'hui des lettres me demandant quand paraîtront les suivants.

J'ai abandonné Roger Mamelin à seize ans. Le second tome devait raconter son adolescence, le troisième ses débuts à Paris et son apprentissage de ce que j'ai appelé ailleurs le métier d'homme.

Ils n'ont pas été et ne serons jamais écrits car, parmi les centaines de personnages épisodiques que je devrais mettre

13

en scène, combien me vaudraient de nouvelles condamnations à de substantiels dommages et intérêts ? Je n'ose pas y penser.

Lors de la réédition de 1952, dans une nouvelle typographie, j'ai prudemment, peut-être un peu ironiquement, laissé en blanc les passages incriminés, ne conservant que d'innocents signes de ponctuation et mettant ces lacunes, par un bref avertissement, sur le compte des tribunaux.

Dans la présente édition, on ne trouvera plus de blancs. Non sans mélancolie, j'ai renoncé même à l'ironie et émondé mon livre de tout ce qui a pu paraître suspect ou offensant.

Je n'en répète pas moins, non par prudence, mais par souci d'exactitude, que Pedigree est un roman, donc une œuvre où l'imagination et la re-création ont la plus grande part, ce qui ne m'empêche pas de convenir que Roger Mamelin a beaucoup de traits de ressemblance avec l'enfant que j'ai été.

George Simenon.
Noland, le 16 avril 1957.

(Préface de G. SIMENON
à l'édition de 1958.)

PREMIÈRE PARTIE

1

Elle ouvre les yeux et pendant quelques instants, plusieurs secondes, une éternité silencieuse, il n'y a rien de changé en elle, ni dans la cuisine autour d'elle ; d'ailleurs, ce n'est plus une cuisine, c'est un mélange d'ombres et de reflets pâles, sans consistance ni signification. Les limbes, peut-être ?

Y a-t-il eu un instant précis où les paupières de la dormeuse se sont écartées ? Ou bien les prunelles sont-elles restées braquées sur le vide comme l'objectif dont un photographe a oublié de rabattre le volet de velours noir ?

Dehors, quelque part — c'est simplement dans la rue Léopold — une vie étrange coule, sombre parce que la nuit est tombée, bruyante, pressée parce qu'il est cinq heures de l'après-midi, mouillée, visqueuse parce qu'il pleut depuis plusieurs jours ; et les globes blêmes des lampes à arc clignotent devant les mannequins des magasins de confection, les trams passent en arrachant des étincelles bleues, aiguës comme des éclairs, du bout de leur trolley.

Élise, les yeux ouverts, est encore loin, nulle part ; seules ces lumières fantastiques du dehors pénètrent par la fenêtre et traversent les rideaux de guipure à fleurs blanches dont elles projettent les arabesques sur les murs et sur les objets.

Le ronron familier du poêle est le premier à renaître, et le petit disque rougeâtre de l'ouverture par laquelle on voit parfois tomber de fins charbons en feu ; l'eau se met à chanter, dans la bouilloire d'émail blanc qui a reçu un coup près du bec ; le réveil, sur la cheminée noire, reprend son tic-tac.

Alors seulement Élise sent un sourd travail dans son ventre et elle se voit elle-même, elle sait qu'elle s'est endormie, mal d'aplomb sur une chaise, devant le poêle, avec encore à la main le torchon à vaisselle. Elle sait où elle est, au deuxième étage de chez Cession au beau milieu d'une ville en pleine activité, non loin du pont des Arches qui sépare la ville des faubourgs, et elle a peur, elle se lève, tremblante, la respiration coupée, puis pour se rassurer par des gestes quotidiens, elle met du charbon sur le feu.

— Mon Dieu... dit-elle du bout des lèvres.

Désiré est loin, à l'autre extrémité de la ville, dans son bureau de la rue des Guillemins, et elle va peut-être accoucher, toute seule, pendant que des centaines, des milliers de passants continueront à entrechoquer des parapluies au-dessus des trottoirs luisants.

Sa main fait le geste de prendre les allumettes à côté du réveil, mais elle n'a pas la patience de retirer le globe laiteux de la lampe à pétrole, puis le verre, de lever la mèche ; elle a trop peur. Le courage lui manque pour ranger dans l'armoire les quelques assiettes qui traînent et elle pose sur sa tête, sans se regarder dans la glace, son chapeau de crêpe noir, celui qui lui reste du deuil de sa mère. Elle endosse son manteau de cheviotte noire qui est aussi un manteau de deuil et qui ne boutonne plus, qu'elle doit tenir croisé sur son ventre bombé.

Elle a soif. Elle a faim. Quelque chose manque en elle. Il y a comme un vide, mais elle ne sait que faire, elle fuit la chambre, pousse la clef dans son réticule.

On est le 12 février 1903. Un bec papillon siffle et crache dans l'escalier son gaz incandescent, car il y a le gaz dans la maison mais pas au second étage.

Au premier, Élise voit de la lumière sous une porte ; elle n'ose pas frapper, elle n'en a pas l'idée. Des rentiers vivent là, les Delobel, des gens qui jouent à la Bourse, un couple égoïste qui se dorlote et qui passe plusieurs mois chaque année à Ostende ou à Nice.

Un courant d'air dans le couloir étroit, entre deux magasins. Aux vitrines de chez Cession, des douzaines de chapeaux sombres et, à l'intérieur, des gens dépaysés qui se regardent dans les glaces et n'osent pas dire qu'ils sont contents de leur image, et Mme Cession, la propriétaire d'Élise, en soie noire, guimpe noire, camée et montre avec chaîne en sautoir.

Des tramways passent de minute en minute, des verts qui vont à Trooz, à Chênée ou à Fléron, des rouge et jaune qui font sans arrêt le tour de la ville.

Des camelots crient la liste des numéros gagnants de la dernière tombola et d'autres glapissent :

— La baronne de Vaughan, dix centimes ! Demandez le portrait de la baronne de Vaughan !

C'est la maîtresse de Léopold II. Il paraît qu'un souterrain fait communiquer son hôtel particulier avec le château de Laeken.

— Demandez la baronne de Vaughan...

Toujours, si avant qu'elle remonte dans ses souvenirs, Élise retrouve la même sensation de petitesse ; oui, elle est toute petite, trop faible, sans défense, dans un univers trop grand qui ne s'occupe pas d'elle et elle ne peut que balbutier :

— Mon Dieu...

Elle a oublié son parapluie. Elle n'a pas le courage de remonter le prendre et de fines gouttelettes se posent sur son visage rond de petite fille du Nord, sur ses cheveux blonds et frisés de Flamande.

Tout le monde, pour elle, est impressionnant, même cet homme en redingote, raide comme un mannequin, les moustaches cirées, le faux col haut comme une manchette, qui bat la semelle sous le globe d'un magasin de confection. Il crève de froid aux pieds, de froid au nez, de froid aux doigts. Il vise, dans la foule qui passe sur le trottoir, les mamans qui traînent un gosse par la main. Ses poches sont pleines de petits chromos, de devinettes illustrées: «Cherchez le Bulgare.»

Il fait froid. Il pleut. Il fait gluant.

Une bouffée chaude de chocolat, en passant devant le sous-sol grillagé de chez Hosay d'où s'échappent de si bonnes odeurs. Elle marche vite. Elle ne souffre pas, et pourtant elle est sûre que le travail commence en elle et que le temps lui est compté. Sa jarretelle a sauté. Son bas glisse. Un peu avant la place Saint-Lambert s'ouvre, entre deux magasins, une impasse étroite et toujours sombre où elle entre précipitamment et où elle pose le pied sur une borne.

Est-ce qu'elle parle toute seule? Ses lèvres remuent.

— Mon Dieu, faites que j'aie le temps!

Et, alors qu'elle trousse ses jupes pour atteindre la jarretelle, elle s'immobilise: il y a deux hommes, dans l'ombre où pénètre un reflet de la rue Léopold. Deux hommes dont elle a dû interrompre la conversation. Se cachent-ils? Elle ne pourrait le dire, mais elle sent confusément quelque chose de trouble dans leur tête-à-tête. Sans doute attendent-ils en silence le départ de cette étourdie qui s'est précipitée tête basse jusqu'à deux mètres d'eux pour remonter son bas?

Elle les regarde à peine; déjà elle bat en retraite, et pourtant un nom lui vient aux lèvres:

— Léopold...

Ce nom, elle a dû le prononcer, à mi-voix. Elle est sûre, ou presque, d'avoir reconnu un de ses frères, Léopold, qu'elle n'a pas vu depuis des années: un dos déjà voûté à quarante-cinq ans, une barbe très noire, des yeux brillants sous d'épais sourcils. Son compagnon est tout jeune, un enfant, imberbe, glacé en ce soir de février, dans le courant d'air de l'impasse. Il ne porte pas de pardessus. Ses traits sont tendus comme ceux de quelqu'un qui se retient de pleurer...

Élise rentre dans la foule sans oser se retourner. Sa jarretelle est toujours détachée et cela lui donne l'impression de marcher de travers.

— Mon Dieu, faites que... Et qu'est-ce que mon frère Léopold?...

Place Saint-Lambert, les lampes plus nombreuses, plus brillantes du «Grand Bazar», qui s'agrandit toujours et qui a déjà dévoré deux pâtés de maisons. Les belles vitrines, les portes de cuivre qui glissent sans bruit et cette haleine chaude, si particulière, qui vous atteint jusqu'au milieu du trottoir.

— Demandez la liste des numéros gagnants de la tombola de Bruxelles.

Enfin, elle aperçoit des vitrines d'un luxe plus discret, celles de l'«Innovation», pleines de soieries et de lainages. Elle entre. Il lui semble qu'elle doit se presser toujours plus. Elle sourit, car elle sourit toujours quand elle revient à l'«Innovation» et, comme en rêve, elle salue, en les distinguant à peine, les vendeuses en noir derrière les comptoirs.

— Valérie!

Valérie est là, aux ouvrages de dames, servant une vieille cliente, s'efforçant d'assortir des soies à broder, et les yeux de Valérie, en découvrant le visage effrayé d'Élise, disent à leur tour:

— Mon Dieu!

Car elles sont toutes les deux de la même sorte, de celles qui ont peur de tout et qui se sentent toujours trop petites. Valérie n'ose pas presser sa cliente. Elle a compris. D'avance, elle cherche du regard, du côté de la caisse centrale, M. Wilhems, le grand patron, aux souliers vernis qui craquent, aux mains soignées.

Trois, quatre rayons plus loin, à la layette, c'est Maria Debeurre qui regarde Élise et qui voudrait lui parler, cependant que celle-ci toute droite dans sa robe de deuil, s'accroche du bout des doigts au comptoir. La chaleur moite du magasin lui monte à la tête. L'odeur fade des toiles, des madapolams, des serges, l'odeur plus subtile de toutes ces bobines, et ces torches soyeuses aux teintes pâles l'écœurent, et le lourd silence qui règne dans les allées.

Il lui semble qu'un cerne se creuse aux ailes du nez, que ses jambes mollissent, mais un sourire morose reste accroché à ses lèvres et il lui arrive de saluer discrètement de la tête des vendeuses qui sont très loin et dont elle ne voit à travers un brouillard lumineux que la robe noire et la ceinture laquée.

Pendant trois ans, elle a vécu derrière un des comptoirs. Lorsqu'elle s'est présentée...

Mais il faut remonter plus loin. Sa vie de petite souris effrayée et toujours un peu douloureuse a commencé quand elle avait cinq ans, quand son père est mort, quand on a quitté l'immense maison du bord du canal, à Herstal, où des bois du Nord remplissaient des hangars vastes comme des églises.

Elle ne savait rien. Elle ne comprenait rien. Elle connaissait à peine ce père aux longues moustaches d'encre qui avait fait des bêtises, signé des traites de complaisance et qui en était mort.

Les frères, les sœurs étaient mariés ou s'étaient déjà envolés, car Élise est la treizième enfant, née quand on ne s'y attendait plus.

Deux petites chambres, dans une vieille maison, près de la rue Féronstrée. Elle vivait seule avec sa mère, si digne, toujours tirée à quatre épingles, qui mettait des casseroles vides sur le feu quand il venait quelqu'un, pour faire croire qu'on ne manquait de rien.

La gamine ébouriffée pénétrait dans une boutique, désignait quelque chose à l'étalage, ouvrait la bouche, ne trouvait pas ses mots.

— Des... des...

Son père était allemand, sa mère hollandaise. Élise ne savait pas encore qu'elle ne parlait pas le langage des autres, elle voulait à toutes forces s'exprimer et, devant la marchande amusée, elle lançait à tout hasard :

— Des... fricadelles...

Pourquoi des fricadelles ? Un mot qui lui était venu aux lèvres parce qu'elle l'avait entendu chez elle et qui, ici, provoquait des éclats de rire. C'était la première humiliation de sa vie. Elle était rentrée chez elle en courant, sans rien rapporter, et elle avait fondu en larmes.

A quinze ans, pour que la vie soit moins misérable à la maison, elle avait relevé ses cheveux, allongé sa robe et elle s'était présentée à ce M. Wilhems si soigné et si poli.

— Quel âge avez-vous ?

— Dix-neuf ans.

C'est presque sa vraie famille qu'elle vient retrouver aujourd'hui, Valérie Smet, Maria Debeurre, les autres qui la regardent de loin et même des galeries, rayons de meubles, de linoléums, de jouets.

Elle fait la brave. Elle sourit. Elle suit des yeux cette toute petite Valérie qu'écrase une énorme masse de cheveux bruns et dont la ceinture vernie coupe la silhouette en deux comme un diabolo.

— Caisse !

La vieille dame est servie. Valérie accourt.

— Tu crois que c'est pour aujourd'hui ?

Elles chuchotent comme à confesse, avec des regards anxieux vers la caisse centrale et vers les inspecteurs en jaquette.

— Désiré ?

— Il est au bureau... Je n'ai pas osé le faire prévenir...

— Attends. Je vais demander à M. Wilhems...

Il semble à Élise que cela dure une éternité et pourtant elle ne souffre pas, elle ne ressent rien d'autre qu'une angoisse éparse dans tout son corps. Deux ans plus tôt, quand elles sortaient du magasin bras dessus bras dessous, avec Valérie, elles rencontraient invariablement un grand garçon timide, à la barbiche en pointe, aux vêtements sévères.

C'était Valérie la plus surexcitée.

— Je suis sûre que c'est pour toi qu'il vient.

Il était vraiment grand, près d'un mètre quatre-vingt-dix, et elles étaient aussi petites l'une que l'autre. Comment Valérie a-t-elle eu le renseignement?

— Il s'appelle Désiré... Désiré Mamelin... Il est employé d'assurances chez M. Monnoyeur, rue des Guillemins...

Maintenant, Valérie explique, explique: M. Wilhems jette un coup d'œil à son ancienne vendeuse et fait oui de la tête.

— Attends-moi une minute... Je vais chercher mon manteau et mon chapeau.

Un bruit, dehors, comme quand deux tramways s'entrechoquent...

— Mon Dieu... soupire Élise.

Trois fois en deux mois, il y a eu des accidents de tramways sous ses fenêtres, rue Léopold. Seules quelques clientes qui se trouvent vers l'entrée du magasin se précipitent. Vendeurs et vendeuses restent à leur place. On entend quelques cris aigus, puis une rumeur confuse. M. Wilhems n'a pas bougé un coude sur le chêne verni de la caisse principale, un doigt lissant ses moustaches argentées.

Des gens courent, dehors, devant l'écran des vitrines. Valérie reparaît.

— Tu as entendu?

— Un accident...

— Tu peux marcher?

— Mais oui, ma pauvre Valérie... Je te demande pardon de venir te déranger. Qu'est-ce qu'il a dit?

Il, c'est M. Wilhems le tout-puissant.

— Viens... Appuie-toi à mon bras...

— Je t'assure que je suis encore capable de marcher toute seule...

Les portes s'ouvrent sans bruit, on pénètre dans le froid humide, on entend comme un vaste piétinement, on voit des centaines, peut-être des milliers de gens qui poussent vers le «Grand Bazar» proche et il y a déjà de longues files de tramways immobilisés les uns derrière les autres.

— Viens, Élise. Nous passerons par la rue Gérardrie.

Mais Élise se pousse derrière la foule en se haussant sur la pointe des pieds.

— Regarde...

— Oui...

Le «Grand Bazar» de la place Saint-Lambert est précédé d'une marquise monumentale qui couvre tout le trottoir. Or, sur plus de dix mètres, les vitres ont éclaté, les ferrures sont tordues, les lampes se sont éteintes.

— Qu'est-ce qu'il y a, monsieur?

Élise questionne le premier venu, humblement.

— Est-ce que je sais, moi?... Je suis comme vous...

— Viens, Élise...

Des agents accourent, essaient de fendre la foule. On entend, derrière, l'appel d'une voiture de pompiers, puis celui d'une ambulance.

— Circulez!... Circulez, voyons!...

— La vitrine, Valérie...

Deux des vitrines du bazar sont comme de grands trous sombres, et il n'y reste que des stalactites de vitres.

— Qu'est-ce qui s'est passé, monsieur l'agent?

L'agent, pressé, ne répond pas. Un vieux monsieur qui

fume son cigare en poussant irrésistiblement devant lui, répond, de profil :

— Une bombe... Encore les anarchistes...

— Élise, je t'en supplie...

Élise se laisse entraîner. Elle a oublié son vertige, remplacé soudain par une nervosité excessive. Elle voudrait bien pleurer, mais n'y arrive pas. Valérie ouvre son parapluie, se serre contre elle, la guide vers la rue Gérardrie.

— Nous allons passer chez la sage-femme...

— Pourvu qu'elle soit chez elle...

Les rues d'alentour sont désertes. Tout le monde s'est précipité place Saint-Lambert et les commerçants, sur le pas de leur porte, interrogent les passants.

— Au deuxième, oui.

Une carte de visite qui porte le nom de la sage-femme recommande de sonner trois fois. Elles sonnent. Un rideau s'agite.

— Elle est chez elle.

Le gaz s'allume dans le corridor. Une grosse femme essaie de distinguer les traits des visiteuses dans l'obscurité du trottoir.

— Ah ! c'est vous... Vous croyez ?... Bon... Rentrez toujours... Je vous suis... Je préviendrai en passant le docteur Van der Donck, qu'il se tienne prêt pour le cas où on aurait besoin de lui...

— Valérie ! regarde...

Des gendarmes à cheval débouchent au trot et se dirigent vers la place Saint-Lambert...

— Ne pense plus à cela... Viens...

Et comme elles passent devant chez Hosay, Valérie pousse Élise dans le magasin.

— Mange quelque chose, cela te fera du bien. Tu es toute tremblante.

— Tu crois ?

Valérie choisit un gâteau, demande, un peu gênée, un

verre de porto. Elle se croit obligée d'expliquer :

— C'est pour mon amie qui...

— Mon Dieu, Valérie !

A six heures, le grand Désiré a quitté son bureau de la rue des Guillemins et marche de son long pas régulier.

— Il a une si belle marche !

Il ne se retourne pas, ne s'arrête pas aux étalages. Il marche, en fumant sa cigarette, le regard droit devant lui, il marche comme si une musique l'accompagnait. Son itinéraire ne varie pas. Il arrive toujours à la même heure, à une minute près, devant les horloges pneumatiques et au même endroit, exactement, il allume sa seconde cigarette.

Il ne sait rien de ce qui s'est déroulé place Saint-Lambert et il s'étonne de voir quatre trams défiler à la queue leu leu. Sans doute un accident ?

A vingt-cinq ans, il n'a jamais connu d'autre femme qu'Élise. Avant de la rencontrer, il passait ses soirées dans un patronage. Il était souffleur de la société dramatique.

Il marche, il atteint la rue Léopold par la rue de la Cathédrale ; il pénètre dans le corridor du rez-de-chaussée, lève la tête, voit sur les marches de l'escalier des traînées de mouillé, comme si plusieurs personnes étaient passées.

Alors il s'élance... Dès le premier étage, il perçoit un murmure de voix. La porte s'ouvre avant qu'il ait touché le bouton. Le petit visage effaré de Valérie paraît, tout rond, avec des cils et des cheveux de poupée japonaise, deux disques rouges aux pommettes.

— C'est toi, Désiré... Chut... Élise...

Il veut entrer. Il pénètre dans la cuisine, mais l'accoucheuse l'arrête.

— Surtout, pas d'homme ici... Allez attendre dehors... On vous appellera quand vous pourrez venir...

Et il entend Élise qui soupire dans la chambre :

— Mon Dieu, madame Béguin, déjà Désiré!... Où va-t-il manger?...

— Eh bien, vous n'êtes pas encore parti?... Je vous dis qu'on vous appellera... Tenez... J'agiterai la lampe devant la fenêtre...

Il ne s'aperçoit pas qu'il oublie son chapeau sur un coin de la table en désordre. Son long pardessus noir boutonné presque jusqu'au col et lui donne un air solennel. Il porte une petite barbiche brune de mousquetaire.

Maintenant, la rue est vide, à peine animée par le bruissement de la pluie fine. Les vitrines ont disparu les unes après les autres derrière les rideaux de fer. Les hommes au nez glacé qui distribuaient des prospectus coloriés à la porte des magasins de confection se sont enfoncés dans la nuit. Les tramways sont plus rares et font davantage de vacarme; la rumeur monotone qu'on distingue dans le fond de l'air est celle des flots bourbeux de la Meuse qui se séparent sur les piles du pont des Arches.

Dans les étroites rues d'alentour, il y a bien des petits cafés aux vitres dépolies, aux rideaux crème, mais Désiré ne met les pieds au café que le dimanche matin, à onze heures, toujours à la «Renaissance».

Il interroge déjà les fenêtres. Il ne pense pas à manger. Sans cesse il tire sa montre de sa poche et il lui arrive de parler seul.

A dix heures, il ne reste que lui sur le trottoir. A peine a-t-il sourcillé en devinant des casques de gendarmes du côté de la place Saint-Lambert.

Deux fois il a gravi l'escalier, épié les bruits, deux fois il s'est enfui, effrayé, le cœur malade.

— Pardon, monsieur l'agent...

L'agent de police, au coin de la rue, sous une grosse horloge réclame aux aiguilles figées, n'a rien à faire.

— Vous ne pourriez pas me donner l'heure exacte?

Puis, avec un sourire contraint d'homme qui s'excuse:

— Le temps semble si long quand on attend… quand on attend un événement d'une telle importance… Figurez-vous que ma femme…

Il sourit sans parvenir à cacher tout à fait son orgueil.

— … D'un moment à l'autre, nous allons avoir un enfant…

Il explique. Il éprouve le besoin d'expliquer. Qu'ils ont vu le docteur Van der Donck, le meilleur spécialiste. Que c'est lui qui leur a indiqué l'accoucheuse. Que le docteur leur a déclaré :

« C'est elle que je choisirais pour ma propre femme. »

— Vous comprenez… Si un homme comme M. Van der Donck…

Parfois quelqu'un frôle les maisons, le col du pardessus relevé, et son pas résonne longtemps dans le dédale des rues. Sous chaque bec de gaz, de cinquante en cinquante mètres, un cercle de lumière jaune sertit un brouillard de pluie.

— Que font-ils, là-bas ?

On devine des allées et venues place Saint-Lambert. On voit passer des pèlerines. On a entendu la galopade d'un garde à cheval.

— Les anarchistes…

— Qu'est-ce qu'ils ont fait ?

Désiré demande cela poliment, mais a-t-il seulement compris ?

— Ils ont lancé une bombe sur les vitrines du « Grand Bazar ».

— Pour les suivants, n'est-ce pas ? on doit s'habituer… Mais pour le premier… Surtout que ma femme n'est pas très forte… plutôt nerveuse…

Désiré ne s'aperçoit toujours pas qu'il est nu-tête. Il porte des manchettes rondes en celluloïd qui lui tombent sur les mains à chaque mouvement. Il vient de finir son paquet de cigarettes et il lui faudrait aller trop loin pour en acheter.

— Si cette femme oubliait d'agiter la lampe... Elle a tant à faire!...

A minuit, l'agent lui-même s'en va en s'excusant. Il n'y a plus une âme dans la rue, plus de tramways, plus rien que des pas lointains, des portes qui se referment, des verrous que l'on tire.

Enfin, la lampe...

Il est exactement minuit dix. Désiré s'élance comme un fou. Ses grandes jambes escaladent l'espace.

— Élise...

— Chut!... Pas tant de bruit...

Alors, il pleure. Il ne sait plus ce qu'il fait, ni ce qu'il dit, ni que des étrangères le regardent. Il n'ose pas toucher à l'enfant qui est tout rouge. L'odeur fade du logement l'impressionne. Valérie va vider des eaux à l'entresol.

Élise, dans les draps qu'on vient de mettre, ceux qu'elle a brodés exprès, sourit faiblement.

— C'est un garçon... balbutie-t-elle.

Lui, sans respect humain, prononce en pleurant toujours:

— Je n'oublierai jamais, jamais, que tu viens de me donner la plus grande joie qu'une femme puisse donner à un homme...

— Désiré... Écoute... Quelle heure est-il?

L'enfant est né à minuit dix. Élise chuchote.

— Écoute, Désiré... Il est venu au monde un vendredi 13... Il ne faut le dire à personne... Il faut supplier cette femme...

Voilà pourquoi, le lendemain matin, quand Désiré, que son frère Arthur accompagne comme témoin, va déclarer l'enfant à l'Hôtel de Ville, il fait inscrire, en prenant un air innocent:

— Roger Mamelin, né à Liège, 18, rue Léopold, le jeudi 12 février 1903.

Machinalement, il ajouta:

— Au-dessus de chez Cession.

2

Et pourquoi ne s'agirait-il pas vraiment d'un génie familier? Pourquoi est-ce toujours au même instant qu'il manifeste sa présence et qu'il semble souhaiter le bonjour? Les autres matins, Élise va et vient, mais aujourd'hui elle est immobile dans la chaleur du lit, les épaules appuyées à son oreiller et à celui de Désiré. Dans le berceau, la respiration de l'enfant, qui vient de prendre le sein, est légèrement sifflante. Élise a sa mine morose, pas triste, mais morose, un sourire voilé, un peu de honte, un peu de pitié, parce que ce n'est pas le métier d'un homme que Désiré se contraint à faire en ce moment.

Il n'y a pas longtemps que le feu est allumé dans le poêle. On sent sa chaleur arriver par petites vagues dans le froid du matin; on perçoit même, si l'on veut y prendre garde, tout un combat: les vagues tièdes, puis chaudes, qui émanent du poêle, se heurtent, un peu plus loin que la table, à un air glacé, celui qui, toute la nuit, a frôlé les vitres noires des fenêtres. Le feu, le matin, surtout de très bon matin, quand on se lève à une heure inhabituelle, n'a pas la même odeur qu'à d'autres moments de la journée; il ne fait pas le même bruit. Les flammes sont plus claires, Élise l'a souvent observé.

Et voilà que soudain on dirait que la tôle vernie se gonfle, qu'un bon génie, à l'intérieur, s'éveille, se dilate pour éclater en un «boum» joyeux.

Tous les matins! Et, tous les matins, il y a ensuite cette fine pluie de cendres roses, puis, peu après, le chant de l'eau dans la bouilloire.

Il est six heures à peine. On n'a entendu dans la rue que le pas d'une personne et sans doute ce passant inconnu a-t-il levé la tête vers les seules fenêtres éclairées? A travers les vitres, on ne voit rien, pas même le reflet des becs de gaz, mais il doit pleuvoir à torrents, car un glouglou continu monte et descend dans la gouttière. Parfois une bourrasque, qui se révèle par une subite aspiration dans la cheminée, par des cendres qui tombent dans le tiroir du bas.

— Mon Dieu, Désiré...

Elle n'a pas osé dire «Pauvre Désiré». Elle a honte d'être là, couchée, immobile dans la chambre, avec la porte de communication large ouverte. Elle a davantage honte encore du naturel, de la sérénité, du rayonnement de gaieté qui émane du grand Désiré tandis qu'il fait le ménage. Sur son costume sombre, il a noué un tablier de sa femme, un petit tablier de cotonnade à carreaux bleus, passé, orné d'un volant; indifférent au ridicule, il en a fixé à ses épaules par des épingles de nourrice les bretelles qui sont trop courtes.

Parfois, un seau dans chaque main, il descend à l'entresol, si doucement qu'on n'entend pas un frôlement, ni le bruit métallique que fait toujours l'anse du seau. à peine le jet assourdi du robinet.

Il a voulu laver le plancher à grande eau, car il est venu beaucoup de monde la veille et, comme il pleuvait, on a sali. Une journée différente de toutes les autres, celle du samedi, une de ces journées dont on ne garde qu'un souvenir confus : Valérie, qui a demandé un congé, n'a pas quitté Élise ; Maria Debeurre est venue à l'heure de midi, puis des sœurs de Désiré, son frère Arthur, gai et toni-truant, qui éprouve sans cesse le besoin de plaisanter et qui a insisté pour offrir la goutte à l'employé de l'état civil.

Mme Cession a dû être furieuse de ces allées et venues dans l'escalier et les gens du premier ont tenu leur porte farouchement fermée.

Tout est propre, maintenant. C'est curieux : les hommes tordent les torchons à l'envers, de gauche à droite !

On est dimanche. Voilà pourquoi, alors que tournent les aiguilles du réveille-matin, on n'entend rien dehors, que de timides appels de cloches pour les premières messes.

— Laisse, Désiré... Valérie s'en occupera...

Mais non! Désiré a mis de l'eau à chauffer. C'est lui qui lave les langes, puis qui les fait sécher sur la corde tendue au-dessus du poêle. Il a pensé à étendre par terre, sur le plancher qui garde longtemps l'humidité, la vieille indienne à ramages effacés qu'on étale le samedi pour ne pas salir. Il pense à tout. Ainsi, selon l'habitude d'Élise, il a glissé des vieux journaux entre le plancher et le tapis pour que celui-ci reste sec.

Le jour paraît et on ne peut savoir s'il pleut tout fin ou si c'est seulement du brouillard qui emplit la rue. De grosses gouttes limpides tombent des corniches. Les premiers trams, encore éclairés, semblent aller à la dérive.

— Quand je pense que je ne peux même pas t'aider!...

Ils sont tellement chez eux, ce matin-là! Au deuxième étage de chez Cession, leur logement est comme suspendu à pic au bord du monde. Désiré fredonne en se rasant. Élise s'efforce de chasser l'inquiétude, ou la tristesse, elle ne sait pas, un sentiment qui la pénètre sournoisement chaque fois qu'elle va être malheureuse.

Quand elle était toute petite et qu'elle ne pensait pas encore, la catastrophe s'est abattue sans crier gare sur sa famille. Elle s'est presque trouvée à la rue, en grand deuil, avec sa mère et sa sœur Félicie, ses autres frères et sœurs dispersés, et depuis il lui a toujours semblé qu'elle subissait un sort à part, qu'elle n'était peut-être pas comme une autre. Elle est prise de soudaines, d'irrésistibles envies de pleurer et elle a souvent versé des larmes, même les premiers jours de son mariage.

— J'ai tellement l'habitude de pleurer, vois-tu! tentait-elle alors d'expliquer à Désiré. C'est plus fort que moi.

Est-ce que le petit n'est pas trop rouge? Il respire mal. Elle est persuadée qu'il respire mal, comme oppressé, mais elle n'ose pas le dire. Tout à l'heure, sa belle-mère viendra, et Élise se fait un monde de cette visite. Sa belle-mère ne l'aime pas.

— Marie-toi si tu veux, mon fils. C'est toi que cela regarde mais, si tu me demandes mon avis...

Une fille de l'autre côté des ponts, une fille pour ainsi dire sans famille et qui n'a pas de santé, une fille qui, en tête à tête avec ses sœurs, parle une langue qu'on ne comprend pas!

— Valérie n'arrive pas, soupire Élise en regardant l'heure. Tu peux partir, Désiré. Ne te mets pas en retard. Je resterai bien seule en attendant.

Il a revêtu l'uniforme gros bleu de la garde civique, bouclé son ceinturon. D'un carton blanc, il a sorti l'étrange chapeau haut de forme surmonté d'un panache de coq mordoré et il l'a déjà sur la tête, il monte sur une chaise — la vieille chaise, celle sur laquelle on monte toujours — pour prendre son fusil Mauser au-dessus de la garde-robe. Bien que le fusil ne soit pas chargé, Élise en a peur.

— Va! Je t'assure que je peux rester seule...

Il attend, debout près de la fenêtre qui a pris la blancheur glauque des nuages d'hiver. Les volets des magasins restent clos. Des silhouettes noires glissent de temps en temps devant les façades, très peu, car les gens profitent du dimanche pour faire la grasse matinée.

— C'est Valérie! Pars. Tu es en retard.

Il l'embrasse et ses moustaches sentent le savon à raser. Il n'ose pas frôler de ses poils drus la peau tendre du bébé.

— Je t'ai fait attendre, Désiré?

— Regarde, Valérie. Il a absolument voulu faire le ménage et laver les couches.

A peine Désiré dans l'escalier, Élise sort à moitié des draps, se penche sur le berceau.

— Viens voir, Valérie. Sens-le. Tu ne trouves pas qu'il est trop chaud?

— Mais non, grande sotte!

Tout paraît en ordre dans le logement et pourtant le

regard d'Élise découvre un petit détail qui cloche.

— Valérie, tu ne veux pas remettre la cale à sa place ?

... Un morceau de bois de quelques centimètres carrés qu'on glisse sous un pied de la garde-robe, parce que celle-ci n'est pas d'aplomb, et qu'on dérange chaque fois en faisant le grand nettoyage. Un homme, fût-il Désiré, ne s'aperçoit pas de ces choses-là !

Les rues ont beau être vides, avec des vents glacés qui les balayent de bout en bout, des rafales de mouillé, cet air d'abandon, d'inutilité d'un dimanche d'hiver, Désiré, quand il marche paraît toujours accompagné d'une musique qu'il est seul à entendre et que scande son pas régulier. Sous les moustaches, ses lèvres gourmandes s'entrouvrent en un vague sourire qui n'exprime rien qu'un contentement intérieur, et il franchit la Meuse, découvre bientôt la place Ernest-de-Bavière au terre-plein de brique pilée, s'avance vers des groupes de gardes civiques.

— C'est un garçon ! annonce-t-il sans cacher sa joie.

Il est heureux qu'on le plaisante, il est heureux de tout, de la poignée de main qu'exceptionnellement son capitaine, le minuscule architecte Snyers, aux poils de chien barbet, croit devoir lui accorder avant l'exercice.

Le clocher carré, pas très beau, qu'on aperçoit à cent mètres, c'est celui de l'église Saint-Nicolas, sa paroisse, celle où il est né, où il a toujours vécu, et la rue étroite qui débouche sur la place est sa rue, la rue Puits-en-Sock, où les siens habitent encore.

— Portez, arrrrme !

Désiré est trop grand, ou les autres sont trop petits. Il s'applique. Il ne trouve pas ridicule de jouer au soldat avec ces hommes qu'il connaît presque tous, des gens comme lui, des pères de famille, des employés, des artisans, des commerçants du quartier.

— Repos !

Rue Léopold, Valérie épluche les légumes et jette un coup d'œil au feu.

— Tu crois, Valérie, que je pourrai le nourrir?

— Pourquoi ne pourrais-tu pas le nourrir?

— Je ne sais pas, moi.

N'est-elle pas la treizième enfant? N'a-t-elle pas toujours entendu dire... Elle sait qu'il y a eu un malheur dans sa famille, pas seulement la faillite, mais une chose honteuse : son père, les derniers temps tout au moins, s'est mis à boire et il est mort d'un cancer à la langue.

Les frères, les sœurs d'Élise n'ont jamais considéré celle-ci comme une personne normale. Une petite treizième qu'on n'attendait plus, qui est arrivée pour tout compliquer!

Louisa, l'aînée, est la seule à être venue la veille, et elle est venue les mains vides. Les frères et sœurs de Désiré, les simples connaissances ont apporté un présent, ne fût-ce qu'une grappe de raisin.

— J'aime mieux lui faire un beau cadeau à sa Première Communion, a déclaré Louisa, qui a les cheveux précocement gris. J'ai bien pensé que tu n'aurais besoin de rien. Toutes ces choses-là (elle parle des bavettes, des cuillers en argent, des oranges, des gâteaux) toutes ces choses-là, on ne sait qu'en faire et cela se perd.

— Mais oui, Louisa.

Pourtant, Louisa est une grosse commerçante de Coronmeuse.

Elle est restée assise une demi-heure, observant, hochant la tête, et au fond elle devait trouver à redire à tout. Elle ne supporte pas Désiré.

— Le docteur Van der Donck a promis de passer aujourd'hui, soupire Élise. Je me réjouis qu'il arrive. Je trouve l'enfant si chaud!

— Ne pense plus à cela, sotte. Tiens! Essaie de lire le journal, pour te changer les idées.

— Comme je te donne du mal! Si je ne t'avais pas eue... Pauvre Valérie!

Valérie qui trotte toujours, menue, sa tête en pomme

34

sous un gros chignon, et qui rend service à tout le monde !
Elle habite avec sa mère et sa sœur au sommet de la rue
Haute-Sauvenière. A elles trois, elles occupent un logement de deux pièces, feutré de pénombre, de chaleur et
qui sent la vieille fille. Marie, la sœur aînée, est couturière
et travaille en journée dans les plus riches maisons de la
ville. Valérie est à l'«Innovation». Sa mère, Mme Smet,
qui n'a rien à faire, que leur ménage de poupées, vient
l'attendre à la sortie, un curieux chapeau noir de vieille sur
la tête, un visage de porcelaine, des mitaines d'où émergent des doigts tavelés de rose.

— N'oublie pas le sucre dans les carottes, Valérie.
Désiré ne peut pas manger les carottes sans sucre.

Élise ne sait comment se tenir. C'est la première fois de
sa vie qu'elle est immobilisée dans son lit, contrainte à se
sentir inutile. Elle est incapable de lire le journal que
Valérie lui a passé, mais elle jette machinalement un coup
d'œil sur la première page et elle se sent soudain entourée
d'un pesant silence.

Elle ne dit rien. Elle ne doit rien dire, même à Valérie, à
qui pourtant elle confie tout, y compris des choses dont
elle ne parlerait pas à Désiré.

En première page du journal, il y a un portrait, celui
d'un jeune homme pâle, aux traits nerveux, et elle est sûre
de le reconnaître, elle est sûre que c'est ce visage mystérieux qu'elle a entrevu, en compagnie de Léopold, dans la
ruelle, quand elle voulait rattacher sa jarretelle.

L'ANARCHISTE DE LA PLACE SAINT-LAMBERT

Elle savait bien, dès le matin, qu'il y avait du mauvais
dans l'air. Elle n'ose pas pleurer devant Valérie qui ne
comprendrait pas. Qu'est-ce que Léopold a encore fait ?

« *... Hier, à la suite d'une minutieuse enquête, la police a
réussi à identifier l'auteur de l'attentat de la place Saint-*

Lambert. Il s'agit d'un nommé Félix Marette, de la rue du Laveu, dont le père est un de nos sergents de ville les plus connus et les plus honorables. Félix Marette qui est en fuite, est activement recherché. »

— Les pauvres gens, soupire Valérie en voyant qu'Élise parcourt le journal. Il paraît qu'ils ne se doutaient de rien, qu'ils se sont imposé de gros sacrifices pour mettre leur fils au collège. Le père, quand il a appris le drame, a déclaré :

— J'aimerais mieux voir mon fils mort.

Mais Léopold ! Qu'est-ce que Léopold, qui est un homme mûr, complotait avec ce gamin dans l'ombre de l'impasse ?

Tiens ! Le poêle fait « boum », des cendres tombent, des petits oignons commencent à rissoler et l'enfant se retourne dans son berceau.

— Valérie, tu ne crois pas qu'il est temps de le changer ?

Léopold, l'aîné des Peters, a connu, lui, l'époque glorieuse de la famille. Il a été à l'Université et il chassait avec des jeunes gens du grand monde, des fabricants d'armes, des nobles.

Or, soudain, il a eu envie d'être soldat. Ne l'étaient à cette époque que ceux qui avaient tiré au sort un mauvais numéro et Léopold, à vingt ans, en avait tiré un bon. Mais on avait le droit de se vendre, de remplacer un malchanceux.

C'est ce qu'il a fait. Il a revêtu l'uniforme collant des lanciers. Il y avait encore des cantinières, et celle de son régiment, Eugénie, qui avait du sang espagnol dans les veines comme l'impératrice dont elle portait le nom, était une femme magnifique.

Léopold l'a épousée. Du coup, il a coupé les ponts avec le monde entier. On l'a vu garçon de café à Spa où Eugénie faisait une saison comme cuisinière.

— Attention aux épingles, Valérie. J'ai si peur des épingles ! Je pense toujours à un enfant de la rue Hors-Château qui s'est... On monte !... Il y a quelqu'un, Valérie... On frappe...

C'est Félicie, et les deux yeux d'Élise s'embuent, elle ne sait pas pourquoi, une Félicie furtive, qui annonce tout de suite :

— Je me suis échappée. Je tenais tellement à l'embrasser !

Félicie dépose des paquets sur la table, une bouteille de porto qu'elle a chipée dans les rayons, un déjeuner en porcelaine à fleurs, un porte-monnaie plein de pièces.

— Non, Félicie, pas d'argent ! Tu sais bien que Désiré...

Et voilà qu'elles parlent flamand, d'instinct, comme chaque fois qu'elles peuvent se rencontrer. Félicie n'a que peu d'années de plus qu'Élise. Elle a été demoiselle de magasin comme sa sœur. Elle a épousé Coustou, qui tient le *Café du Marché*, près du pont des Arches ; il est tellement jaloux qu'il ne la laisse pas sortir et qu'il lui interdit de recevoir sa famille. Elles ne se voient qu'en cachette.

Valérie va et vient, sans rien comprendre aux effusions des deux sœurs. Élise peut enfin pleurer à son aise.

— Tu n'es pas heureuse ?

— Mais si, ma pauvre Félicie.

Félicie sent le porto. Pourtant, avant son mariage, elle ne buvait pas. Lors d'une crise d'anémie, le médecin lui a recommandé le stout et elle s'y est habituée. Dans son café, quai de la Goffe, elle a trop d'occasions, des bouteilles à portée de la main du matin au soir.

Élise pleure, pour rien, pour tout, parce que le petit est chaud, parce qu'elle a peur de ne pas pouvoir le nourrir, parce que le ciel est bas et triste.

— Tu n'as pas revu Léopold ?

— Non. Et toi ?

Élise ment. Elle dit non.

— Il faut que je me sauve. Si Coustou s'apercevait que je suis sortie...

Désiré a beau, à cause du logement qu'ils ont trouvé en ville, avoir franchi les ponts, jamais il n'a manqué, le dimanche, la messe à Saint-Nicolas. Même les dimanches de garde civique, il quitte ses compagnons au moment où, l'exercice fini, ils se dirigent vers un petit café. Il dépose son fusil chez le sacristain qui tient une boutique de bougies et de bonbons. Il arrive juste à temps pour la messe d'onze heures et, de son pas régulier, élastique, avec un discret signe de tête pour les gens qu'il connaît — il connaît tout le monde — il va prendre place sur son banc, le banc des Mamelin, le dernier de la rangée, le meilleur, le seul à avoir un haut dossier en bois plein qui arrête l'inévitable courant d'air chaque fois que s'ouvre la porte matelassée.

Sa musique intérieure se confond avec la voix des orgues. Il reste debout, très droit, trop grand pour s'agenouiller dans un espace si étroit. En silence, il serre la main de ses voisins et pendant toute la messe, il fixera le maître-autel autour duquel gravitent les enfants de chœur.

Le banc des Mamelin, c'est le banc de la Confrérie de Saint-Roch de qui on voit la statue sur le premier pilier, avec le manteau vert à liséré d'or, le genou saignant et le chien fidèle.

— Pour... on... ain... och... iuoûplaît...

Pour le bon saint Roch, s'il vous plaît! Aux premières messes, c'est Chrétien Mamelin, aux longues moustaches blanches, aux épaules à peine voûtées, qui agite de travée en travée, en faisant sonner la monnaie, la sébile de cuivre fixée à un long manche; et on entend en mineur, chaque fois qu'une pièce tombe:

— ... eu... ou... ende...

Dieu vous le rende!

Après quoi, revenu à son banc, le père Mamelin glisse les pièces les unes après les autres dans la fente aménagée tout exprès.

L'Élévation... La Communion... Les lèvres de Désiré remuent sous les moustaches et son regard bien droit fixe toujours le tabernacle.

Ite missa est...

Les orgues... Le piétinement de la foule sur les grandes dalles bleues et la pluie qu'on retrouve, le jour pâle, le courant d'air qui débouche de la place de Bavière...

Par une ruelle pauvre, une ruelle du temps des truands, où les enfants vont presque nus, où les eaux sales vous courent entre les pieds, il atteint la rue Puits-en-Sock, la rue commerçante où toutes les maisons portent des enseignes, les énormes ciseaux de coutelier, l'horloge livide, la civette monumentale et enfin, au-dessus de la chapellerie des Mamelin, le haut-de-forme peint en rouge vif.

Désiré, qui a repris son fusil, passe par le couloir étroit et toujours humide de la maison paternelle, traverse la cour. La cuisine est au fond, avec tout un côté vitré, rendu opaque par du faux vitrail. Il sait qu'on a gratté un petit coin de la vitrophanie, que sa mère regarde par ce trou, et qu'elle annonce :

— C'est Désiré.

C'est son heure. Il reconnaît l'odeur du bœuf à la mode, celle de la toile cirée qui couvre la longue table où treize enfants se sont assis.

— Bonjour, mère.

— Bonjour, *m'fi.*

— Bonjour, Lucien. Bonjour, Marcel.

De la buée. La mère toujours debout, toujours en gris ardoise, le teint gris, les cheveux gris fer.

On s'assied. On se laisse imprégner par la chaleur, par les odeurs, on n'éprouve presque pas le besoin de parler.

— Élise va bien?

— Elle va bien.

— Et l'enfant?

— Oui.

— Dis à ta femme que j'irai la voir tantôt.

Tous les Mamelin viennent ainsi le dimanche matin s'asseoir un moment dans la cuisine de la rue Puits-en-Sock. Dans un fauteuil, au fond, Vieux Papa, le père de leur mère, est immobile. On distingue à peine dans la pénombre une carcasse monstrueuse, une vraie carcasse d'ours, dont les bras semblent pouvoir toucher terre, une face imberbe, d'un gris pierreux, aux yeux vides, aux oreilles démesurées.

Il reconnaît chacun à son pas. On frôle des lèvres sa joue râpeuse comme du papier de verre. Il ne parle pas. Aux heures de messe, il dévide silencieusement son chapelet. Sa peau d'ancien mineur est étoilée de points bleus, comme des fragments de charbon incrustés.

Des pains de deux kilos attendent, cuits de la veille, pour toute la famille, pour tous les enfants mariés. Chacun, chaque dimanche, vient en chercher sa part.

— Juliette va bien?

— Elle est venue tout à l'heure.

— Et Françoise?

Ici, la pluie, en tombant sur une plate-forme de zinc qui couvre la cuisine, fait un bruit qui est comme un bruit Mamelin. Les odeurs sont différentes de celles d'ailleurs. Une buée glisse toujours en gouttelettes troubles sur les murs peints à l'huile.

Quand il est midi moins dix, Désiré se lève, prend ses pains, son fusil et s'en va.

— A tantôt!

Il n'est pas gêné de porter des pains alors qu'il est en uniforme, le fusil à la bretelle. Pas plus que de passer un tablier à petits carreaux sur son complet pour vaquer au ménage. Il marche, comme dans une apothéose, le long des étroits trottoirs de la rue Puits-en-Sock que frôlent dangereusement les trams. Chaque boutique lui envoie son haleine, la marchande de frites, le tabac, la pâtisserie, la crémerie... Tiens! Il allait l'oublier! C'est dimanche, et il entre chez Bonmersonne pour acheter deux tartes, une tarte aux pommes, — Élise n'aime que les tartes aux fruits — et une tarte au riz pour lui, qui raffole du sucré.

Il franchit le pont des Arches. La rue Léopold est sans vie. Elle ne s'anime qu'en semaine, comme toutes les rues du centre, mais on n'y reconnaît personne, les gens viennent de loin, de n'importe où, ne font que passer, tandis que la rue Puits-en-Sock, par exemple, est le centre vital d'un quartier.

Il marche avec précaution pour passer devant la porte du premier étage. Les Delobel se plaignent toujours du bruit et vont trouver les Cession à la moindre occasion.

— A table, les enfants!

Il renifle, sourit, grimpe sur la mauvaise chaise pour remettre son fusil en place.

— Alors, Valérie?

Il se tourne vers Élise.

— Tu as pleuré?

Elle hoche négativement la tête.

— Elle a pleuré, Valérie?

— Mais non, Désiré, ne t'inquiète pas. Tu sais bien que c'est nerveux.

Il le sait, mais il ne comprend pas. C'est pourquoi Élise a dit tout à l'heure à Valérie:

— Vois-tu, Désiré est le meilleur des hommes, mais il ne sent pas comme nous.

Qu'est-ce qu'il ne sent pas? Il vit. Il mange. Il dort. Il a une bonne situation. Entré le plus jeune chez M. Monnoyeur, il est devenu son homme de confiance et c'est lui qui détient la clef et le secret du coffre.

Qu'importe s'il ne gagne que cent cinquante francs par mois! Ont-ils jamais eu faim? Alors?

— Mange, Désiré.

Il se souvient que tout à l'heure, en passant devant chez Kreutz, le marchand de poupées, à côté de chez lui — chez lui, comme il dit toujours, c'est la maison de ses parents — il se souvient qu'il a vu un plein étalage de masques, de faux nez et de crécelles.

— C'est le premier dimanche du carnaval, annonce-t-il.

Élise ne comprend pas pourquoi il parle de cela. Le premier dimanche, c'est le carnaval des enfants. Désiré se rappelle simplement les carnavals de quand il était petit.

— Les carottes sont assez sucrées?

— Elles sont bonnes. C'est toi, Valérie, qui les as préparées?

— Pauvre Valérie, si tu savais quel mal elle se donne! Je me demande ce que nous aurions fait sans elle!

— Puisque nous l'avons!

N'est-ce pas? Puisque Valérie est là, à quoi bon se tracasser? Il ne sent pas!

— Félicie est venue.

— Elle était *brindezingue*?

Un mot qui leur sert pour dire... pas tout à fait ivre... pas tout à fait à jeun non plus...

— Désiré!

Elle lui désigne Valérie.

— Eh bien? Est-ce que Valérie ne sait pas que ta sœur... Encore un morceau de viande, Valérie? Mais si, il faut prendre des forces...

Jusqu'à trois heures, les rues restent vides, ou presque, puis on voit quelques familles en vêtements sombres qui traînent sans conviction des enfants masqués. Un minuscule toréador grelotte sous un pardessus de ratine et fait tourner une crécelle en se laissant tirer par la main.

— Ta mère, Désiré?

— Elle viendra. Tu sais que, pour elle, c'est une aventure de passer les ponts.

42

— Valérie, tu ne penses pas que le petit étouffe?

Il respire mal, c'est un fait. On ne devrait pas entendre de la sorte la respiration d'un bébé. Qu'est-ce que Mme Mamelin va dire, elle qui répète si volontiers qu'Élise n'a pas de santé?

— Tu as regardé dans le placard du palier, Valérie? Il ne traîne rien?

Car sa belle-mère serait capable d'ouvrir le placard du palier pour prouver qu'Élise est une mauvaise ménagère! On lui a pris son grand Désiré et elle ne le pardonnera jamais.

— Tu es sûr qu'on ne doit rien offrir? Une petite liqueur? Des gâteaux?

— Je t'affirme qu'on n'offre rien chez une accouchée. Au contraire! ce sont les visiteurs qui apportent.

Il trouve cela naturel, lui, qu'on apporte! Tandis qu'Élise voudrait rendre, rendre davantage qu'elle ne reçoit, ne jamais être en reste. C'est une Peters.

— J'entends du bruit.

Il ouvre la porte, lance gaiement:

— C'est toi, mère?

Les gens du premier sont sortis et on n'a plus besoin de se gêner.

— Attends, je vais t'éclairer. Cet escalier est si sombre.

Il est content, content.

— Entre... Entre, Cécile...

C'est sa plus jeune sœur, Cécile, qui va se marier, qui accompagne sa mère. Celle-ci a passé les ponts, avec sa robe grise et son médaillon, ses gants gris et sa capeline, pour voir l'enfant de l'étrangère, de cette gamine ébouriffée qui n'a pas de fortune, pas de santé, qui n'est pas d'Outremeuse, pas même de Liège et qui, quand elle est avec sa sœur, parle une langue qu'elle ne comprend pas. Désiré est seul à ne pas s'apercevoir que son entrée dans le logement fait l'effet d'un courant d'air.

— Bonjour, ma fille.

Elle ne se penche pas pour embrasser sa bru.

— Où est-il votre *effant*?

Elle doit le faire exprès d'employer des mots de patois. Pour bien souligner qu'elle est, elle, une femme d'Outremeuse.

Élise tremble dans les draps et Valérie se tient près d'elle comme pour la protéger.

— Eh bien, ma fille, il est vert, votre *effant*!

Ce n'est pas vrai! C'est une méchanceté! Il n'est pas vert. Après avoir été trop rouge toute la matinée, il paraît avoir mal digéré sa dernière tétée. Il est pâle, soit! Élise s'étonne elle-même de le voir si pâle et ses mains étreignent les draps sous la couverture tandis que la belle-mère, hochant la tête, décrète pour toujours:

— *Qué laid effant*!

C'est tout. Elle s'assied. Elle daigne s'assoir dans cette maison dont son regard glacé fait l'inspection. Sûrement qu'elle a tout vu, les deux taches d'humidité au plafond — elles y étaient; ce sont les Cession qui ont refusé de faire reblanchir — et un torchon que Valérie a oublié sur une chaise.

Elle n'a rien apporté, elle non plus. Elle est là parce qu'elle doit y être, mais, pour rien au monde, elle n'enlèverait son chapeau.

Élise murmure avec effort:

— Une tasse de café, maman?

— Merci, ma fille.

Comme si le café de sa belle-fille n'était pas assez bon.

Élise a honte de ses meubles. C'est la femme qui apporte les meubles du ménage. Chez elle, à la mort de son père, il y en avait de beaux, des meubles anciens. Un de ses frères, Louis, Louis de Tongres, comme on dit parce qu'il habite Tongres où il a fait fortune, est venu les prendre un à un, sous prétexte qu'ils appartenaient aux

Peters, qu'ils devaient revenir aux Peters, et il les a remplacés par les meubles en bois blanc...

— Eh bien, mes *effants*...

Le temps d'une visite est passé.

— Je me demande toujours si ta femme pourra le nourrir.

C'est à Désiré qu'elle s'adresse avec commisération. «Tu l'as voulu! Je t'avais prévenu!» Toutes ces phrases sont dans sa voix, dans l'intonation, dans le regard.

— Enfin, j'espère *pour vous* que ça ira bien!

Elle s'en va. Cécile la suit. Désiré les reconduit jusqu'en bas et quand il remonte il trouve Élise en larmes dans les bras de Valérie.

— Elle a été méchante... Exprès! Elle le fait exprès d'être méchante...

— Mais non... Je t'assure que tu te trompes...

Il voudrait tant que tout le monde soit d'accord, que tout le monde s'aime, que tout le monde vive comme lui dans la sérénité, dans la joie de chaque instant qui passe! Il a regardé l'heure au réveil.

— Il est temps de donner le sein.

Hélas! L'enfant vomit un liquide trouble qui n'est plus du lait, qui a un reflet verdâtre.

— Valérie! Il est malade... Mon Dieu!...

On entend soudain la voix aigre des mirlitons, des crécelles et de haut en bas, par la fenêtre, on voit des familles qui profitent d'une accalmie de la pluie pour faire faire aux enfants masqués le tour du centre de la ville.

— Peut-être qu'en lui donnant de l'eau sucrée?...

— Le voilà à nouveau tout rouge. On dirait un fait exprès, juste quand ta mère...

Pauvre Valérie. Elle ne perd pas un instant son sang-froid. Elle va, elle vient, comme une fourmi diligente, comme une petite souris furtive.

— Ne te frappe pas, Élise. Je t'assure que ce n'est rien.

— Pourquoi vomit-il? C'est mon lait, j'en suis sûre. *Sa* mère a toujours prétendu que je ne pourrais pas nourrir...

Désiré tambourine sur la vitre, à travers le rideau de guipure qui amortit le son, et il est tout heureux d'annoncer:

— Voilà le docteur Van der Donck.

Celui-ci n'en finit pas de monter l'escalier à pas comptés. Il frappe. Il entre.

— Eh bien, madame Mamelin?

Elle a déjà moins peur. Honteuse de ses angoisses, elle s'efforce de sourire. Il s'est dérangé un dimanche et il faut lui en savoir gré.

— Je ne sais pas, docteur... Il me semble... Il vient de remettre son lait et, depuis ce matin, j'ai l'impression qu'il est si chaud... Valérie!...

Valérie qui a compris, apporte la cuvette d'eau tiède, la serviette, et le docteur lave lentement, longuement ses mains blanches qu'alourdit une chevalière en or.

— Désiré!

Il comprend moins vite que Valérie. Le jour baisse.

— La lampe...

Il l'allume et le médecin s'assied près du berceau, en homme qui ne calcule pas son temps.

— Voyons ce petit bonhomme...

Il tire un chronomètre de sa poche. Le docteur Van der Donck est blond, un peu chauve, avec des moustaches effilées, des vêtements de drap fin.

— A quelle heure lui avez-vous donné le sein pour la dernière fois?

Respectueusement:

— A deux heures, docteur.

— Voyons... voyons... restez calme...

Il sait, lui, que ce n'est qu'une gamine nerveuse qu'effrayent tous les fantômes créés par un cerveau inquiet. Pourtant... Il a froncé les sourcils... Il ausculte...

— Voulez-vous le démailloter?

Et Désiré lui-même, qui semble toucher le plafond de la tête, s'est figé derrière lui. Des masques toujours, dehors. Une musique militaire passe quelque part.

— Lâchez-le... Bien... Chut!...

Il écoute... Il compte... Il se rembrunit. Il sourit pour ne pas alarmer...

— Allons, madame, ce n'est rien... Restez calme... Un petit peu, un tout petit peu de bronchite, comme cela arrive à tant de nouveau-nés en cette saison...

— C'est grave, n'est-ce pas, docteur?

Elle trouve encore la force de sourire pour ne pas l'importuner par ses craintes, alors qu'il est venu un dimanche, un dimanche de carnaval.

— Pas du tout... Avec quelques précautions...

Il met son lorgnon d'or pour écrire.

— Essuie la table, Valérie.

Il se relit, ajoute deux lignes.

— Voilà, madame. Dans quelques jours, il n'y paraîtra plus. Surtout ne vous affolez pas. Je vous répète que ce n'est rien. A propos... Où est ce lait qu'il a vomi tout à l'heure?

— Valérie!

C'est Valérie qui va, qui vient. Puis Désiré suit le médecin dans l'escalier.

— Docteur...

— Rien d'inquiétant. Je voudrais seulement avoir une analyse du lait.

Il tend une petite fiole qu'il avait dans sa poche.

— Si vous pouvez, sans trop l'alarmer... Vous la porterez demain matin au laboratoire Pierson...

Elle serait la seule de la famille. Mme Mamelin l'a bien dit: *Cette fille-là...*

— Allons! Allons! Vous verrez que cela s'arrangera. Elle est un peu nerveuse, vous comprenez? Un rien l'affecte.

Des masques... Il referme la porte...

Quand Désiré rentre chez lui, Valérie essaie en vain de calmer Élise en proie à une crise de larmes qui dégénère en crise de nerfs.

— Je le savais. Je le sentais. *Elle* l'avait prédit avant même de me connaître!

La lampe file. Désiré baisse la mèche. Au même instant, le poêle fait entendre son «boum» familier, comme si le bon génie de la maison sentait le moment venu d'affirmer sa bienveillante présence.

— Chut!... souffle Valérie, alors que Désiré veut s'approcher du lit.

Et elle ajoute à voix basse, tandis que les sanglots d'Élise succèdent aux sanglots:

— Cela lui fait du bien.

3

Deux heures. Deux coups qui sonnent maigre dans le vide, ici, puis là, à Saint-Jean, à Saint-Jacques, à la Cathédrale, à Saint-Denis, deux coups en avance ou en retard, au-dessus de la ville qui dort dans un ciel où nage la lune. Les fritures sont fermées. Le globe dépoli qui sert d'enseigne à une boîte de nuit n'attire plus personne et le chasseur est à l'intérieur.

Un mur s'entrouvre, rue Gérardrie, un tout petit café, une porte entre deux volets, et quelqu'un pousse doucement Léopold dehors. On entrevoit dans la lumière jaune une grosse serveuse blonde qui compte ses points de crochet, la porte se referme, des pas s'éloignent.

A la grâce de Dieu! Qu'il retrouve son chez lui dans le dédale des ruelles!

Cela soulage de ne plus le voir là, fixant son verre, tout

seul, barbu, farouche, si immobile que, quand un voyageur qui taquinait la serveuse s'est arrêté en découvrant la présence de Léopold, la fille lui a fait signe de ne pas se gêner.

Il est parti. Le vacarme d'une devanture qu'il défonce à moitié en passant, puis son pas qui zigzague de trottoir en trottoir.

La ville dort.

Élise, immobile, garde les yeux ouverts et son regard fixe le réveille-matin à côté de la petite flamme de la veilleuse.

Deux heures trois... Deux heures cinq... L'enfant ne bouge pas, Désiré ronfle et elle le sent tout chaud contre elle, elle le pousse un peu, murmure, comme si elle craignait de l'éveiller:

— Désiré...

A quoi bon cette voix humble, cet air de s'excuser, de n'être qu'une pauvre femme immobilisée et qui voudrait tant n'avoir besoin de personne? Il ouvre les yeux et, tout naturellement, il sort du lit ses longues jambes velues, se gratte un peu les pieds, chausse les souliers de prêtre, à élastique, qui lui servent de pantoufles. (Une idée d'Élise. Un prêtre ayant refusé les souliers qu'il avait commandés, le cordonnier les soldait. De la si belle qualité!)

On n'use pas de la grosse lampe, la nuit. Dès qu'on remue, la flamme de la vieilleuse à huile tremble et l'ombre du coin de l'armoire se met à danser sur le plafond.

Désiré allume le réchaud à pétrole pour réchauffer le biberon au bain-marie, puis, comme il a froid en chemise, il endosse son pardessus, le seul qu'il possède, noir à col de velours. Il reste debout près de la fenêtre dont les vitres se sont couvertes d'une mince pellicule de givre encore transparente et le regard d'Élise exprime inutilement:

— Mon Dieu! Pauvre Désiré!...

Or, Désiré s'amuse. Il gratte un peu les fleurs de givre,

comme quand il était petit — cela produit, sous les ongles, une sensation extraordinaire, qui ne ressemble à aucune autre — et il regarde avec satisfaction la fenêtre éclairée de l'autre côté de la rue, juste en face de lui.

On ne trouverait sans doute que celle-là d'éclairée dans tout le quartier. C'est chez Torset et Mitouron, les quincailliers en gros, marchands de poêles, de faïences, de cordages, de linoléums. Trois étages de magasins bourrés de marchandises et, au second, dans un petit cagibi qui sert à remiser les seaux et les balais, le gardien de nuit. La fenêtre, comme les autres, est garnie de glaces dépolies, ondulées, sur lesquelles il est écrit : «Torset et Mitouron», et de temps en temps Désiré aperçoit une silhouette trapue, d'épaisses moustaches, des cheveux coupés en brosse.

— Couche-toi, Désiré, je peux lui donner le biberon.

Pourquoi? C'est lui qui le donne toujours, sans impatience. Elle ne comprend donc pas que cela lui fait plaisir, que tout lui fait plaisir, de se lever, de rester debout dans la cuisine froide, de voir le lait diminuer dans la bouteille, de compter minutieusement les gouttes de médicaments, de se recoucher et de retrouver aussitôt le sommeil?

A six heures, quand sonne le réveil, la lumière persiste en face et son regard la salue, il sait que l'homme est en train de préparer son café dans un récipient dont Désiré ne connaît la forme qu'en ombre chinoise.

Il allume le feu, balaie, descend à l'entresol vider les eaux; il monte de l'eau propre et, s'il ne fredonne pas, la musique est en lui, un flux et un reflux harmonieux de pensées pareils au souffle d'une mer calme, au léger mouvement d'un sein de femme.

Verra-t-il enfin le gardien de nuit? L'homme descend à huit heures. Désiré le sait pour avoir vu s'éteindre la lumière à cette heure-là, aux jours les plus courts de l'année. Il descend au moment où les employés arrivent et ouvrent avec fracas les volets du rez-de-chaussée. Désiré descend aussi. Or, jamais il ne rencontre son gardien dont il ne connaît que la silhouette. Est-ce qu'il sort par la grande porte ? Est-ce qu'avant de plonger dans la ville il se glisse par une petite porte de service qui donne dans une autre rue ?

— Laisse, Désiré, Mme Smet le fera.

Ce n'est pas vrai. Mme Smet ne fera rien. C'est aimable à elle de tenir compagnie à Élise. Valérie a été bien gentille aussi de la proposer. On n'a pas pu refuser. Mais la vieille maman Smet, qui ne retire ni son cabriolet noir à paillettes, ni ses mitaines, qui reste toujours assise sur le coin de sa chaise, comme en visite, est incapable de faire quoi que ce soit et on la trouverait sans doute morte de faim si ses deux filles ne s'occupaient d'elle comme d'un enfant.

Elle sourit aux anges, ou à sa rêverie, tandis qu'Élise se ronge, rougit, toussote, hésite longtemps avant d'oser lui dire comme on supplie, en s'excusant :

— Madame Smet ! Vous ne voudriez pas mettre un peu de charbon dans le feu ?

Désiré pense à tout, épluche les pommes de terre, prépare les biberons de la journée et fait chaque chose du mieux qu'il peut, avec satisfaction, fût-ce tordre un torchon.

— Tu ne trouves pas que le petit est pâle, Désiré ?

— Tu te fais encore des idées.

C'est un homme ! Désiré est un homme ! Élise l'a répété la veille à Valérie :

— Un homme, vois-tu, ma pauvre Valérie, cela ne sent pas comme nous. Même si le petit vomit tout son lait, il ne s'inquiète pas.

Parce qu'il a fait tout le possible, tout son possible, et qu'il considère que le reste lui sera donné par surcroît.

A cette heure-ci le gardien de nuit, en face, doit se disposer à descendre et a déjà bourré sa grosse pipe d'écume à tuyau de merisier. Dans le matin froid, Valérie et sa mère trottinent et, dans quelques instants, Valérie quittera Mme Smet, comme un enfant qu'on conduit à l'école, sur le seuil de chez Cession. Elle n'a pas le temps de monter, car elle doit être à huit heures à l'«Innovation».

Désiré est prêt, son chapeau sur la tête. Il regarde vaguement les trams pleins d'ouvriers et d'employés qui se sont levés de bonne heure dans les campagnes ou les lointaines banlieues et qui ont ce regard résigné des gens trop tôt réveillés. Dimanche, ils feront la grasse matinée.

— Tu crois, toi, qu'on l'arrêtera?

Il s'étonne en découvrant la pensée qui cheminait sous le front d'Élise. Quelle idée de se préoccuper de ce gamin!

— C'est terrible pour les parents...

Elle les plaint. Elle se préoccupe des chagrins de tout le monde, souffre pour tout le monde.

— Ils s'étaient saignés aux quatre veines pour lui donner de l'instruction...

Et elle regarde le berceau, comme si un lien existait entre sa pensée et le bébé endormi, entre celui-ci et le maigre adolescent de la place Saint-Lambert.

— Ne te tracasse donc pas pour cela.

D'ailleurs, il est son heure; il entend la porte d'en bas qui s'ouvre, Mme Smet qui s'engage dans l'escalier. Il effleure de ses moustaches le front de sa femme, celui de son fils, sourcille encore.

Pourquoi diable pense-t-elle à ce gamin?

Quant à lui, il entre dans la vie, il entre dans cette belle journée neuve comme au théâtre, propre des pieds à la tête, sans un grain de poussière, les jambes et le cœur alertes.

— Je me demande, madame Smet...

Un mot brûle la langue d'Élise qui le retient, mais elle finira bien par le prononcer un jour ou l'autre, par parler de Léopold, des deux hommes embusqués dans la sombre ruelle où elle voulait rattacher sa jarretelle.

Or, tandis que Désiré, de son pas cadencé, franchit le pont des Arches, dans une lumière rose et bleue, Léopold, tassé, tout habillé, dans un fauteuil, ouvre des yeux mornes, et fixe, devant lui, le lit étroit où un jeune homme, sous une couverture grise, est couché en chien de fusil.

C'est là-bas, quai de la Dérivation, dans un quartier neuf aux petites maisons de brique rouge, une demeure extraordinaire, une ancienne ferme, du temps où la ville ne s'étendait pas encore aussi loin. Il reste un coq et des poules, du fumier dans la cour, car un cocher remise là son cheval et son fiacre. Les bâtiments sont transformés en autant de petits entrepôts et d'ateliers et, comme il subsiste un beau carré de gazon, on le loue à la journée aux femmes du quartier qui viennent y étendre leur linge.

Pour atteindre le logement de Léopold et d'Eugénie, il faut traverser un plafond, par une échelle de meunier, et une poulie pend devant la fenêtre.

Eugénie n'est pas là. Elle va, elle vient. Pour le moment, elle doit être placée comme cuisinière dans une maison bourgeoise, mais elle n'y restera sûrement pas, car elle aime le changement.

— Debout, petit.

Léopold est couvert de barbe. Tout son être sent la nuit passée, la lourde ivresse, les pensées plus lourdes encore qu'il roule dans sa grosse tête, et il respire avec peine, grogne à chaque mouvement, aussi épais et gauche qu'un ours de foire.

— Habille-toi !

Pas de tendresse. Pas un regard au jeune homme qui s'habille en grelottant de froid et de peur.

Ailleurs, Désiré marche, salue les gens d'un ample coup de chapeau.

— Il a un si beau coup de chapeau !

Les voisins pourraient dire l'heure sans consulter leur réveil. Des commerçants qui retirent leurs volets savent s'ils sont en avance ou en retard; le grand Désiré passe, allongeant les jambes à un rythme si régulier qu'elles semblent chargées de mesurer la fuite du temps. Il ne s'arrête guère en route. Gens et choses ne paraissent pas l'intéresser et pourtant il sourit, comme aux anges. Il est sensible à la qualité de l'air, à un peu de fraîcheur en plus ou en moins, à des sons lointains, à de mouvantes taches de soleil. Le goût de la cigarette du matin varie selon les jours et pourtant ce sont des cigarettes de la même marque, des «Louxor» à bout de liège.

Il est vêtu d'un veston à quatre boutons, fermé très haut, descendant très bas, sans rien qui marque la taille, en tissu noir ou gris très sombre. Ses yeux sont d'un beau marron, très pétillants, le nez fort, à la Cyrano, les moustaches retroussées; ses cheveux rejetés en arrière et ses tempes déjà dégarnies lui font un grand front.

— Un front de poète, dit Élise.

C'est elle qui choisit ses cravates. Les couleurs lui font peur, car elles sont un signe de vulgarité. Ce qui fait distingué ce sont les mauves, les violines, les lie-de-vin, les gris souris avec de menus dessins, des arabesques presque invisibles.

La cravate achetée — une à chaque fête — on la monte sur un appareil en celluloïd et désormais elle ne changera pas davantage que si elle était en zinc découpé ou peinte sur le plastron empesé.

En traversant le pont des Arches, Désiré a retrouvé son nuage, un drôle de petit nuage rose qui, depuis trois jours, flotte à la même heure un peu à gauche du clocher de Saint-Pholien comme s'il était accroché au coq. Ce n'est pas le même bien sûr, mais Désiré fait comme si c'était le même, son nuage à lui, placé là tout exprès pour lui souhaiter le bonjour.

C'est l'heure où, rue Puits-en-Sock, les commerçants

arrangent leur étalage et nettoient le trottoir à grands seaux d'eau. Les ruelles qui débouchent vous lancent en passant leurs relents de pauvre, mais cette odeur-là n'est pas désagréable quand on la connaît depuis son enfance.

C'est l'heure aussi où Chrétien Mamelin se tient sur le seuil de la chapellerie, une pipe d'écume à la main.

— Bonjour, père.

— Bonjour, fils.

Ils n'ont rien de plus à se dire. Désiré reste un petit moment debout à côté de son père, adossés l'un et l'autre à la vieille maison, aussi grands l'un que l'autre, et tous les deux contemplent les pavés bleutés, le tram qui les frôle, le boulanger d'en face qui vient respirer un instant, poudreux de farine, et qui leur rit des yeux, la vendeuse de chez Gruyelle-Marquant qui lave ses vitres à la peau de chamois.

Toute la rue les connaît. On sait que Désiré ne fait plus partie de la rue Puits-en-Sock, qu'il est marié, qu'il travaille, du côté des Guillemins, mais on l'approuve de venir chaque matin, hiver comme été.

— Je vais embrasser maman.

La boutique d'à côté s'appelle l'«Hôpital des Poupées». La vitrine est pleine de poupées de toutes tailles. Le vieux Kreutz, qui fume une pipe allemande à tête de porcelaine, est sur le seuil, comme le vieux Mamelin.

Ils ont un peu l'air, le matin, de deux gamins qui s'attendent à la sortie de l'école. Désiré est-il entré dans la maison? Donc, c'est l'heure. Se font-ils un clin d'œil? En tout cas, il y a un signe. Il y a une seconde précise où ils se comprennent et où le vieux Kreutz, fermant la porte de sa boutique, fait quelques pas et entre dans la chapellerie.

Dans l'arrière-magasin, parmi les têtes de bois, Chrétien Mamelin tire d'un placard une bouteille de liqueur hollandaise, du Kempenaar, et en emplit religieusement deux verres minuscules.

Alors seulement, le verre à la main, les deux vieux se regardent. C'est presque une cérémonie. Jamais ils ne boivent un second verre. Ils ne boiront ni alcool ni vin pendant la journée. Ils se regardent avec une satisfaction tranquille, comme s'ils mesuraient le chemin parcouru, Mamelin, depuis l'époque où, en Italie, couchant dans les granges, il apprenait à tresser la paille et cherchait en vain à se faire comprendre des gens du pays, le vieux Kreutz, de qui le français n'est compréhensible que pour les initiés, depuis qu'il a quitté les faubourgs de Nuremberg.

Déjà les fers chauffent et les chapeaux attendent. Chez Kreutz, la colle fond lentement et les membres épars des poupées encombrent l'établi.

Le boulanger d'en face, essuyant ses mains blanches à son tablier, vient un instant sur son seuil et cligne à nouveau des yeux dans le soleil.

Quai de la Dérivation, Léopold, devant le gamin qui mange en tressaillant à chaque bruit du dehors, vide à lui seul la moitié d'un cruchon de genièvre et personne ne pourrait dire à quoi il pense.

— Je vous ennuie, n'est-ce pas, madame Smet ? Quand je pense que je vous oblige à venir tous les jours...

Désiré pousse la porte vitrée de la cuisine. Sa mère est seule. Il l'embrasse. Elle ne l'embrasse pas à son tour. Elle n'embrasse personne depuis la mort de sa fille, celle dont le portrait est enfermé dans le médaillon d'or.

Il a beau être tôt le matin, ses cheveux sont bien lissés, tirés en arrière, et elle paraît aussi habillée en tablier de cotonnade à petits carreaux qu'en robe de sortie. Rien n'enlève à sa dignité sereine, ni d'éplucher les légumes, ni de laver la vaisselle, ni, le vendredi, de récurer les cuivres. Jamais non plus la cuisine, où défilent tant de personnes et où ont vécu tant d'enfants, n'est en désordre.

Vieux Papa a profité de l'arrivée de Désiré pour se lever de son fauteuil et gagner la cour, car sa cécité ne l'empêche pas de circuler dans la maison et même dans le quartier où tout le monde le connaît comme un gros chien familier.

— Ça sent bon! a dit Désiré, autant parce que ça sent vraiment bon et qu'il est gourmand que pour faire plaisir à sa mère.

La soupe est déjà au feu. Elle est au feu chaque matin avant que la famille ne se lève. Le poêle a été fabriqué exprès pour les Mamelin au temps où ils étaient treize enfants, treize estomacs insatiables, et où personne ne poussait la porte sans lancer le cri de guerre des Mamelin :

— J'ai faim!

Faim à toute heure, à dix heures du matin, et à quatre heures de l'après-midi, chacun, au début des repas, coupant et rangeant à côté de son assiette cinq ou six tranches de gros pain.

La cuisinière a des fours à plaque tournante où l'on peut cuire des tartes de cinquante centimètres de diamètre.

Du matin au soir, la bouilloire chante, flanquée de la cafetière en émail blanc à fleurs bleues, où comme sur celle d'Élise, il y a un coup, près du bec, depuis des temps immémoriaux.

— Tu veux un bol de soupe?

— Non, merci, maman.

— Cela veut dire oui.

Il vient de manger du lard et des œufs. Le chapeau en arrière il n'en fait pas moins honneur à la soupe, puis à un morceau de gâteau qu'on lui a gardé de la veille.

Sa mère ne s'assied pas. On ne la voit jamais à table. Elle mange debout, en servant les autres.

— Qu'est-ce que le docteur a dit?

Au son de sa voix, on sent tout de suite qu'il ne faut pas essayer de lui mentir.

— Le lait n'est pas assez fort.

— Qui est-ce qui avait raison?

— Elle a pleuré toute la nuit.

— Je savais bien qu'elle n'avait pas de santé. Enfin...
Cela signifie :

— Tu l'as voulu. Tant pis pour toi.

Désiré ne lui en veut pas. C'est sa mère. De temps en temps il lance un coup d'œil aux aiguilles de l'horloge. Son temps est compté à la minute près. A neuf heures moins le quart précises, il doit franchir le pont Neuf où l'horloge pneumatique retarde de deux minutes. A neuf heures moins cinq, il tourne l'angle du boulevard Piercot et du boulevard d'Avroy, ce qui lui permet d'être à son bureau, rue des Guillemins, à neuf heures moins deux, deux minutes avant les autres employés à qui il ouvre la porte.

— Qu'est-ce que tu as mangé hier?

A la vérité, ce grand corps de Désiré n'aime que les viandes bien cuites, les pommes frites, les petits pois et les carottes au sucre. Sa Flamande de femme n'aime que les potées grasses, le chou rouge, les harengs saurs, les fromages forts et le lard.

— Est-ce qu'elle sait seulement faire des frites?

— Je vous assure que oui, maman.

Il ne veut pas lui faire de la peine. Et pourtant il aimerait lui dire qu'Élise fait des frites aussi bien qu'elle-même.

— Tu ne m'as pas apporté tes cols?

Il les a oubliés. Chaque semaine, tous les garçons mariés apportent à leur mère faux cols, manchettes du dimanche et plastrons, car elle seule sait repasser. Elle seule aussi sait faire la saucisse et le boudin blanc, et les bouquettes de Noël, et les gaufres du nouvel an.

— N'oublie pas de me les apporter demain. Encore un peu de soupe, de vraie soupe de chez toi?

Jadis, les enfants, avec leurs ongles, ont gratté la pellicule multicolore de la vitrophanie qui recouvre les vitres. Par les trous, on aperçoit des morceaux de la cour, un escalier extérieur qui conduit aux étages. Ce sont des pauvres gens qui habitent au-dessus du magasin, de ces femmes qu'on voit toujours en châle noir et sans chapeau, un filet à la main, les talons tournés.

A droite, il y a la pompe, et quand on pompe de l'eau cela s'entend trois maisons plus loin. La dalle est toujours humide comme le museau d'un bœuf, avec, sur les côtés de pierre, de la bave verdâtre.

Il y a aussi un tuyau de zinc. Parfois quelque chose dégouline, puis tout à coup on voit jaillir un gros jet d'eau sale qui sent mauvais, l'eau sale des gens d'en haut.

Enfin, il y a la cave. Le haut de l'escalier en pierre est recouvert de planches qu'on a doublées de zinc. Cela forme un lourd panneau de deux mètres de long qu'il faut retirer chaque fois. On a construit ce panneau quand les enfants étaient petits car ils finissaient tous par tomber dans la cave.

Qui y est allé ce matin? En tout cas, le panneau est retiré et c'est Vieux Papa que Désiré voit émerger, frôler le mur pour se glisser dans le couloir qui mène à la rue.

Sa mère l'a vu en même temps que lui. Elle voit tout. Elle entend tout. Elle sait tout. Elle sait même ce que mangent les gens d'en haut, rien qu'à voir l'eau sale qui sort du tuyau de zinc.

— Vieux Papa!... Vieux Papa!...

Le vieux fait celui qui n'entend pas. Le dos rond, les bras pendants, il tente de continuer sa route mais sa fille le rattrape dans l'étroit couloir.

— Qu'est-ce que vous êtes encore allé faire à la cave? Montrez vos mains...

Elle ouvre, presque de force, les grosses pattes qui ont tant manié de charbon dans la mine qu'elles ont maintenant l'aspect d'outils usés. Naturellement, une des mains contient un oignon, un énorme oignon rouge que Vieux Papa allait croquer comme une pomme en se promenant.

— Vous savez bien que le docteur l'a défendu... Allez!... Attendez... Vous avez encore oublié votre foulard...

Et avant de le laisser partir elle lui noue un foulard rouge autour du cou.

Pendant ce temps, debout dans la cuisine, Désiré règle sa montre sur l'horloge comme il le fait chaque matin. Un peu plus tard son frère Lucien viendra faire la même chose. Arthur aussi. Les enfants ont quitté la maison mais ils savent bien qu'il n'y a que l'horloge de cuivre de la cuisine qui marque la bonne heure.

Ce sera pour Désiré. C'est décidé depuis longtemps, depuis toujours. Il n'y a pas beaucoup d'objets de valeur dans le ménage et le partage est déjà fait. Cécile, la plus jeune, à qui sa mère a appris à cuisiner et à faire la tarte, aura le fourneau. Arthur a réclamé les chandeliers de cuivre qui sont sur la tablette de cheminée de la chambre. Restent l'horloge et le moulin à café. Lucien aurait bien voulu l'horloge, mais Désiré est son aîné. D'ailleurs aucun moulin ne moud aussi fin que celui-ci.

— Tu t'en vas?
— Il est l'heure.
— Enfin...

Elle dit « enfin » comme s'ils venaient d'avoir une longue conversation.

— Enfin... Si elle a besoin de quelque chose...

Rarement elle prononce le nom de ses belles-filles, d'Élise, de Catherine, la femme de Lucien, de Juliette, la femme d'Arthur, à plus forte raison de la femme de Guillaume qui n'est pas tout à fait sa femme puisqu'elle est divorcée de son premier mari et qu'ils ne sont donc pas passés par l'église.

Un coup de tisonnier dans le poêle. Désiré gagne le trottoir, met ses jambes à leur rythme et allume sa seconde cigarette de la journée.

Jamais il n'a manqué sa visite quotidienne rue Puits-en-Sock. Jamais Lucien, ni Arthur n'y ont manqué. Seul Guillaume, le transfuge, l'aîné de tous les enfants pourtant, a fait ce mauvais mariage et est allé ouvrir un magasin de parapluies à Bruxelles.

Dans la chambre biscornue, au-dessus du verger où les femmes étendent leur linge, Léopold, lourd et saumâtre, contemple son œuvre, tire un peu sur la blouse de peintre qu'il fait endosser au jeune Marette, bosselle le feutre informe maculé de peinture.

— Tu as le portefeuille, les tartines?

Quand Léopold travaille, c'est le plus souvent comme peintre en bâtiments et ses sœurs se détournent avec honte lorsqu'elles l'aperçoivent dans la rue, juché sur une échelle.

— Les pots... Bois... Bois donc!

Il lui fait avaler du genièvre et le gamin a un haut-le-cœur.

— Encore!

Il lui parle durement, comme s'il menaçait.

— Viens. Ferme la porte.

L'autre, pour un peu, claquerait des dents. C'est la première fois qu'il va se risquer dehors depuis le soir du «Grand Bazar».

Et les voilà tous les deux sur le trottoir, en ouvriers peintres, souliers éculés, blouse flottante et sale, des pots de peinture à la main.

— Tais-toi.

Il y a un agent au coin de la rue Jean-d'Outremeuse.

— Marche.

Le gamin serait capable de s'arrêter net et d'éclater en sanglots à quelques pas du sergent de ville!

— Tiens bien ton seau.

Un seau plein d'eau sale où trempe une grosse éponge.

Désiré marche aussi. Il marche en regardant le ciel, les reflets de soleil sur les briques roses. Il voit deux dos de peintres et les dépasse sans savoir, sans se retourner sur le visage barbu de Léopold et sur le visage figé de peur du jeune anarchiste.

Ils suivent le même chemin. Tous les trois se dirigent vers la gare des Guillemins, franchissent le pont Neuf, passent devant l'évêché au moment où, comme chaque matin, un chanoine joufflu et couperosé sonne à la grille.

Quelques mètres entre eux; la distance s'accroît, à cause des grands pas de Désiré, des stupides hésitations de Marette.

— Marche!

N'est-ce pas curieux que, ce matin-là justement, Élise ait pensé à son frère? Elle y pense encore. Cela la tracasse, dans son lit, et elle brûle d'en parler à Mme Smet qui sourit aux anges.

Il est neuf heures moins cinq quand Désiré atteint l'angle de la rue des Guillemins d'où il aperçoit l'horloge de la gare, neuf heures moins trois quand il passe devant la maison de M. Monnoyeur. C'est une grosse maison triste, en pierre de taille. Les bureaux sont une sorte d'annexe de cet immeuble et donnent sur la rue Sohet. Un jardin sépare les deux bâtiments.

M. Monnoyeur est malade, a toujours été malade et triste comme sa mère avec qui il vit et qui est, singulière coïncidence, la terreur des demoiselles de l'«Innovation» où elle passe ses après-midi.

M. Monnoyeur a acheté un portefeuille d'assurances pour placer son argent, pour ne pas avoir l'air de vivre sans rien faire. Désiré était dans la maison avant lui.

Deux grandes fenêtres grillagées qui donnent sur la tranquille rue Sohet. Une porte à clous de fer.

Il y a certainement, au moment où Désiré la pousse, à neuf heures moins deux, une dignité, une satisfaction spéciale qui font de lui un autre homme, un second Mamelin, aussi vrai que le premier, aussi important, car la vie du bureau prend neuf heures par jour. Ce n'est pas une tâche quelconque, un gagne-pain, une corvée.

Désiré est entré dans ce bureau aux fenêtres grillagées, à dix-sept ans, le jour même où il a quitté le collège.

Une cloison délimite la partie réservée au public, percée de guichets, comme dans les bureaux de poste, et c'est déjà une satisfaction de passer de l'autre côté de cette frontière. D'épais vitraux verts empêchent de voir dans la rue, créent une atmosphère d'un calme inhumain. Avant même de retirer son pardessus et son chapeau, Désiré remonte l'horloge. Il a horreur des horloges arrêtées. Il fait le nécessaire pour qu'elles ne s'arrêtent jamais.

Il accomplit toutes ses tâches avec un égal plaisir. Quand il se lave les mains, lentement, à la fontaine qui est accrochée derrière la porte, c'est une caresse, une joie.

Une joie encore de découvrir la machine à écrire à double clavier, de changer de place la gomme, les crayons, les papiers.

Les autres peuvent arriver.

D'abord Daigne, le frère de Charles, le sacristain de Saint-Denis qui a épousé une sœur de Désiré, Daigne qui sent si mauvais et qui ne se vexe pas quand on se bouche le nez devant lui ; puis Ledent-le-Triste, Ledent qui a trois enfants, une femme malade, et qui soigne tout le monde, ne dort jamais assez et en a les yeux rouges ; enfin Caresmel-le-Veuf qui a mis ses deux filles en pension chez les Ursulines et qui a une maîtresse.

— Bonjour, monsieur Mamelin.

— Bonjour, monsieur Daigne... Bonjour, monsieur Ledent...

Car tout le monde, au bureau, s'appelle monsieur. Sauf Mamelin et Caresmel qui s'appellent par leur nom car ils ont débuté ensemble à trois jours près.

C'est l'origine des premiers reproches qu'Élise ait adressés à son mari ; c'est à Caresmel qu'elle fait allusion quand elle parle à Désiré de son manque d'initiative.

— C'est comme quand tu as eu le choix entre l'assurance-incendie et l'assurance-vie...

Est-ce que Désiré a vraiment choisi la branche incendie, comme elle le prétend, par amour pour son petit coin près de la fenêtre aux vitraux verts ?

C'est possible. Pourtant, il se défend.

— A cette époque, on ne pouvait prévoir le succès de l'assurance-vie.

Quand M. Monnoyeur a racheté le portefeuille, Mamelin gagnait cent cinquante francs par mois. Caresmel cent quarante seulement.

— Je ne vous augmente pas mais je vous donne un pourcentage sur les nouvelles affaires qui passeront entre vos mains. L'un de vous deux s'occupera de la branche incendie, l'autre de la branche vie. Comme vous êtes le plus ancien, monsieur Mamelin, c'est à vous de choisir.

Il a choisi l'assurance-incendie, de tout repos, n'exigeant que de rares visites à la clientèle. C'est à ce moment que les assurances-vie ont pris un prodigieux essor.

Rien n'est changé en apparence. C'est Désiré qui, à dix heures précises, entre dans le bureau de M. Monnoyeur. C'est lui qui a la clef et la procuration. C'est lui encore qui a le chiffre du coffre et qui le referme chaque soir.

Caresmel n'est qu'un employé, un employé vulgaire et bruyant. Il y a souvent des erreurs dans ses comptes. Souvent il est obligé de demander conseil. Seulement il se fait jusqu'à deux cents francs par mois de primes alors que Mamelin s'en fait à peine cinquante.

— Je ne comprends pas, s'est révoltée Élise, qu'un homme qui est beaucoup moins intelligent que toi gagne davantage, dans son propre bureau.

— Tant mieux pour lui. Est-ce que nous manquons de quelque chose ?

— Il paraît même qu'il boit.

— Ce qu'il fait en dehors du bureau ne nous regarde pas.

Et le mot bureau, dans l'esprit de Mamelin, prend une majuscule. Il aime·ses grands livres et ses yeux sourient quand, les lèvres légèrement frémissantes, le doigt courant le long des colonnes, il fait une addition, plus vite que n'importe qui, tous ses collègues en conviennent. Ils admettent aussi qu'il ne s'est jamais trompé. Ce n'est pas un mot en l'air. C'est un acte de foi.

— Mamelin? Il n'a pas besoin de consulter les barèmes.

Est-ce que, après dix ans de métier, un jongleur éprouve encore quelque joie à réussir tous ses tours, à rattraper toutes les boules dans le haut-de-forme en équilibre sur son cigare en bois?

Désiré, à dix heures exactement, avec une solennité un tantinet familière qui est celle des sacristains dans le lieu saint, frappe un petit coup à la porte de M. Monnoyeur et disparaît avec le courrier qu'il vient de dépouiller.

A la même heure, les deux peintres en blouse blanche ont pénétré dans la gare des Guillemins, comme des ouvriers qui vont effectuer un travail en banlieue, et Marette est si pâle qu'on pourrait s'attendre à le voir s'évanouir.

— Deux troisièmes pour Huy.

— Aller et retour?

— Oui.

Il y a quelque part dans la gare un agent de la Secrète. Les journaux l'ont écrit. On ne peut pas savoir si c'est ce gros homme qui va et vient, les mains derrière le dos, ou ce monsieur à mallette qui contemple la bascule aux bagages.

— Les voyageurs pour Angleur, Ougrée, Seraing, Huy, Sprimont, Andenne, Namur, en voiture!

— Marche.

Valérie, pendant les heures molles et presque vides du

matin, pense à Élise qui n'a pas de chance, qui a un enfant malade, qui se fait tant de mauvais sang parce qu'elle n'a pas de lait.

— J'ai honte de vous déranger encore, madame Smet. Si cela ne vous ennuyait pas trop... Le feu!

Le cauchemar de ce feu qui pourrait s'éteindre, que la vieille dame serait incapable de rallumer! Comment a-t-elle pu être mariée et élever des enfants, alors qu'elle n'est pas seulement capable d'entretenir un feu?

Le train s'ébranle. Les deux ouvriers en blouse sont debout dans un couloir et les voyageurs qui les frôlent ont peur de se tacher de peinture.

Désiré jongle. Il attend midi. Il s'est réservé pour chaque jour une heure et demie de bonheur parfait. Cela commence à midi juste, quand les autres s'en vont comme des pigeons qu'on lâche.

Il reste seul, car le bureau est ouvert de neuf heures du matin à six heures du soir sans interruption. C'est lui qui a réclamé cette garde qu'il aurait pu confier à un autre.

Les clients sont rares. Le bureau lui appartient vraiment. Il a du café moulu dans sa poche. Il met de l'eau à chauffer sur le poêle et il tire d'une armoire une petite cafetière d'émail comme doit le faire, la nuit, le gardien de chez Torset et alors, dans son coin, après avoir étalé un journal, il mange lentement une tartine en buvant son café.

Comme dessert, un travail bien difficile ou délicat, réclamant de la tranquillité.

En manches de chemise, une cigarette aux lèvres, il est véritablement chez lui et une autre joie rare l'attend à une heure et demie.

Tout le monde rentre au travail et lui s'en va. Tout le monde a dîné et il va dîner. Son couvert est prêt, son couvert seul, au bout de la table, avec des plats rien que pour lui, de la viande très cuite, des carottes, des petits pois, des entremets.

Ses collègues ne connaissent pas cette jouissance. Ils ne connaissent pas l'aspect de la ville à trois heures de l'après-midi, quand ceux qui travaillent sont enfermés.

Élise et Mme Smet le regardent manger en silence. Malgré elles, elles le regardent un peu comme quelqu'un débarquant d'un autre monde et l'allégresse qu'il a aspirée dans la rue en marchant à grands pas dans l'air sapide leur est étrangère. C'est comme un courant d'air qui est venu déranger la quiétude feutrée du logement.

Il faut que Désiré soit parti depuis un bon moment pour que le cercle se referme, qu'Élise reprenne son sourire morose, Mme Smet sa rêverie intérieure et qu'on entende à nouveau le plus léger craquement, qu'on guette longtemps d'avance le «boum» inévitable de la cuisinière.

Il marche. Il y a du soleil. Mais, quand il pleut, l'aspect de la ville est aussi savoureux et il a une façon à lui de tenir son parapluie comme un dais. La cigarette de trois heures est bonne. Chaque cigarette a son goût particulier, le goût de tel moment de la journée, de telle rue, de la faim ou de la digestion, du matin allègre ou du soir.

Le train omnibus s'est arrêté à Huy. L'express Cologne-Paris va passer. Léopold a entraîné son compagnon vers les cabinets.

— Donne ta blouse.

Parce qu'un ouvrier en blouse ne monte pas dans l'express. C'est Léopold, avec sa barbe de jais, qui a l'air d'un anarchiste féroce et Marette d'un gamin effrayé.

— Dépêche-toi.

Tellement gamin, tellement effrayé, qu'il est pris d'un besoin subit et qu'il s'isole derrière une des portes à claire-voie alors que le train entre en gare.

— C'est mon train?

— Dépêche-toi.

Personne, dans cette gare, ne pense à l'anarchiste de la place Saint-Lambert. Léopold a pris un billet pour Paris et l'a passé à Marette.

— Tu as ton portefeuille?

Ils courent le long de la voie. Ils n'ont pas le temps, ni de se serrer la main, ni de se dire au revoir; le train repart alors que Marette n'a pas fini de reboutonner ses bretelles et on voit son profil maigre et pâle disparaître dans le tunnel au premier tournant.

Il y a un train pour Liège, mais Léopold a soif. Il s'arrête au buffet de la gare. Puis il traverse la place et entre dans un café. Tout à l'heure, il en sortira pesamment, cherchant une autre porte à pousser, une autre café où s'asseoir et, à six heures, il aura perdu ses seaux, ses pots de peinture et ses brosses, un peu partout, il retirera sa blouse en grognant et fera signe au garçon, faute de pouvoir parler ou d'en avoir le courage.

— La même chose...

Des petits verres glauques à fond épais, du genièvre pâle qu'on boit d'un trait en refaisant déjà le signe:

— Remplissez...

Désiré referme le coffre, brouille la combinaison. Il pourrait prendre le tram jusqu'à la place Saint-Lambert. Il pourrait faire un bout de chemin avec Daigne, ou avec Ledent.

Il marche seul et c'est encore un moment heureux de la journée, les rues qui tournent au violet, les passants qui ont l'air de glisser dans une bouée silencieuse, les becs de gaz, de loin en loin, les vitrines devant lesquelles personne ne s'arrête et qui dessinent un rectangle faiblement lumineux, enfin, boulevard d'Avroy, le parc désert et les canards attardés sur l'eau moirée.

Il passera chez Tonglet, rue de la Cathédrale, en face de l'église Saint-Denis, pour acheter du boudin au foie. Ou du foie piqué? Il ne sait pas encore. Du foie piqué?

— Donnez-moi un quart... non, un quart et demi de...

Valérie l'attend pour reconduire sa mère et elle ne s'est pas débarrassée, elle ne s'est même pas assise.

— Cela ne vaut pas la peine, Élise! Désiré va rentrer.

Comme si elle allait user une des chaises; comme si s'asseoir constituait une sorte d'envahissement, de grossièreté, alors qu'elle vient simplement, en passant, rechercher sa mère.

Élise, elle, comprend ça.

Désiré ne comprend pas.

Et il entre, triomphant, avec un peu de la buée du soir accrochée aux poils acajou de ses moustaches.

— Pourquoi ne dînerais-tu pas avec nous, Valérie?

— Mais non, Désiré. Marie nous attend.

— Elle attendra.

— Notre souper est prêt.

— Vous le mangerez demain.

A quoi bon insister? Ne sait-il pas que c'est impossible, que cela ne se fait pas, que le soir où Élise a accouché, Valérie a soutenu *mordicus* qu'elle n'avait pas faim?

Léopold est debout, vacillant, sur une place qu'il ne connaît pas, une place ronde dont il cherche l'issue, et c'est miracle qu'il se souvienne qu'il existe une gare, un train à prendre.

Où est Eugénie, sa femme? Elle est venue dans leur logement la semaine précédente, un jour qu'il n'y était pas, et elle a laissé des victuailles qu'elle avait sans doute prises chez ses patrons. Mais où travaille-t-elle?

Elle reviendra un jour ou l'autre. Il la retrouvera en rentrant. Elle lui dira, avec son accent si drôle, sans se fâcher, comme on constate un fait:

— Tu es encore saoul, Léopold!

Elle aura tout nettoyé, fait le lit, changé les draps qu'il ne change jamais. Ce sera peut-être demain, peut-être dans un mois. En attendant, le petit Marette est dans le train, serré contre la cloison dans un compartiment de troisième classe où on vient d'allumer les lampes, et des gens de la campagne lui offrent un morceau de fromage de tête.

— Au revoir, madame Smet. Bonsoir, ma pauvre Valérie. Et merci, savez-vous! Merci. J'ai honte de...

Elles sont parties. Elles marchent plus doucement en passant sur le palier du premier, à cause des Delobel.

Bras dessus, bras dessous, comme de petites poupées articulées à trop grosse tête, elles longent les vitrines et regagnent leur logement où Marie les attend en décousant une vieille robe.

Désiré, avec un soupir d'aise, retire son veston, ses souliers, met ses pantoufles, ou plutôt ses chaussures d'ecclésiastique dont le chevreau est si fin.

Conscient d'avoir fourni la journée d'un honnête homme, d'avoir accompli tout ce qu'il avait à accomplir, il lance joyeusement:

— Mangeons!

Et cependant, il n'est pas trop fier, car il a compris, au regard d'Élise, qu'elle a remarqué qu'il a acheté un quart et demi de foie piqué au lieu d'un quart.

Elle n'ose rien dire et soupire en dedans.

4

Des milliards, des milliards de milliards de bêtes, sur toute l'étendue de la terre, dans l'air, dans l'eau, partout, font sans répit, seconde par seconde, un effort de toutes leurs cellules vers un devenir qu'elles ne connaissent pas, telles ces fourmis qui coltinent à travers les précipices des fardeaux cent fois plus gros qu'elles, s'acheminent à travers des montagnes de sable ou de boue, reviennent dix fois à l'assaut d'un obstacle sans que jamais se détourne leur caravane.

Élise, aujourd'hui, par un beau dimanche de septembre, plein et doré comme un fruit, Élise la treizième, Élise l'anémique, Élise qui n'a trouvé comme arme que son sourire rentré, si humble qu'il fait pité, Élise qui s'excuse d'être là, d'exister, qui demande pardon avant d'avoir fait mal, qui demande pardon de tout et de rien, qui a presque honte d'être sur la terre, Éliise va livrer sa première bataille.

Le sait-elle? Entrevoit-elle seulement, comme la fourmi qui suit la piste accidentée où elle lâche et reprend sans cesse le même grain de blé, entrevoit-elle l'importance, le but du combat qu'elle va livrer et se rend-elle compte qu'elle le livre, non seulement à Désiré-le-Souriant, à Désiré-à-la-Belle-Marche, mais aux Mamelin de la rue Puits-en-Sock et, à travers eux, à une espèce tout entière?

Pressent-elle déjà qu'elle est plus forte qu'eux, forte de ses yeux qui pleurent, de ses joues qui se creusent et qui pâlissent, de son ventre douloureux, du fer qu'on lui ordonne contre l'anémie, de ses jambes qui se dérobent dans l'escalier, est-ce qu'elle sait, la petite Flamande, la treizième née des Peters ce qu'elle veut et où elle va?

Elle est à peine mariée de deux ans. Elle a toujours dit oui, et ce dimanche-là, parce qu'il le faut, parce qu'une force inconnue la pousse, parce qu'elle est une Peters et qu'il existe des Mamelin, parce que la vie commande, elle va lutter, avec ses armes.

Personne ne le sait, qu'elle et Valérie, et Valérie s'est effrayée, elle pour qui le comble du bonheur consisterait à obéir à un homme.

— Tu crois, Élise?

Il y a des fenêtres que, ce dimanche, Élise ne peut plus voir, bien qu'elle sache qu'elle ne les verra plus longtemps.

Ce sont les vingt-huit fenêtres blêmes, aux vitres ondulées, sur lesquelles tranchent à l'infini, en noir de faire-part, trois mots qui en deviennent comme obscènes: *Torset et Mitouron... Torset et Mitouron... Torset et...*

Désiré ne se doute de rien. Il est allé rue Puits-en-Sock après la messe de Saint-Nicolas dans le banc d'œuvre de la Confrérie de Saint-Roch. Il a rapporté les pains légèrement bis faits par sa mère ainsi qu'une tarte aux pommes. Les heures coulent avec une égale fluidité et il est loin de penser que leur cours va changer.

Quand le bébé est prêt dans son berceau, il faut l'attacher, comme chaque jour, pendant que Désiré et Élise descendent les deux étages en portant la voiture.

— Attention aux murs...

On peut faire du bruit. Les Delobel sont en vacances dans une villa d'Ostende. Seule Mme Cession ne désarme pas. Elle est embusquée derrière sa porte, vêtue de soie noire, avec des chaînes d'or en sautoir, prête à surgir si une des roues de la voiture venait à racler le mur dans la demi-obscurité.

Il y a de la place au fond du corridor, sous l'escalier, là où on ne met rien d'autre que les poubelles et où personne ne passe.

— Si vous tenez à avoir une voiture, gardez-la chez vous.

Désiré reste en bas. Élise va chercher l'enfant. Les biberons, sous le matelas, conserveront leur chaleur.

— Elle n'a rien dit, remarque Désiré en allongeant ses grandes jambes et en poussant la voiture comme souvent le dimanche.

On croirait qu'il le fait exprès pour que les gens se retournent sur lui, tandis qu'Élise a toutes les peines du monde à le suivre.

C'est encore un dimanche Mamelin, et Désiré ne soupçonne pas qu'il y aura d'autres sortes de dimanches. On passe par les petites rues. C'est une manie d'Élise qui se faufile toujours, pour couper au court, par les ruelles et les passages borgnes où, invariablement, elle a besoin de rattacher sa jarretelle.

On ne va pas loin. On atteint bientôt l'église Saint-Denis et, derrière l'église, une petite place ancienne, provinciale, ombragée de marronniers, égayée par la fraîche chanson d'une fontaine. Chaque matin s'y tient le marché aux fromages et l'odeur persiste, se répand au loin dans les rues voisines, plus fade à mesure que la journée s'avance.

On va chez Daigne, ou plutôt chez Charles, comme on a l'habitude de dire. Charles Daigne, le sacristain de Saint-Denis, a épousé Françoise, l'aînée des filles Mamelin; il est le frère de Daigne qui travaille chez Monnoyeur et qui sent si mauvais.

Lui ne sent pas mauvais. Il sent l'église, le couvent. Toute la maison est imprégnée d'une odeur douce, à la fois cossue et vertueuse.

La lourde porte cochère flanquée de ses deux bornes est vernie comme un beau meuble, ornée de marteaux de cuivre étincelant. Il n'y a pas une tache, pas une éraflure, pas la moindre souillure, et la façade, par surcroît de propreté, a été peinte à l'huile, en un blanc crémeux qui s'harmonise avec l'odeur de fromage de la place.

Personne ne vient ouvrir. Désiré sonne, en tirant un anneau de cuivre. On n'entend aucun bruit à l'intérieur, mais un déclic de mécanique bien huilée se produit et le panneau droit s'entrouvre de quelques millimètres. Sans être prévenu, on ne s'en apercevrait pas et on pourrait attendre des heures sur le seuil.

La porte est lourde, donne accès à un porche solennel aux murs de faux marbre, aux dalles blanches et bleues qui sont les mêmes que celles de l'église .

L'immeuble appartient au Conseil de Fabrique. Le vaste bâtiment en façade est occupé par un avoué, M. Douté, le président de ce Conseil de Fabrique.

Désiré ne l'a jamais vu, Élise non plus. Pour que les roues ne marquent pas sur les dalles, on porte la voiture en silence, on marche sur la pointe des pieds, on ose à peine regarder les deux perrons latéraux, les portes ornées de vitraux.

Est-ce que M. Douté a une femme, des enfants? On n'entend rien, rarement on aperçoit une domestique tout en noir, silencieuse, qui fait penser à une religieuse en civil.

Si le bébé, dans sa voiture qu'on soulève, allait se mettre à crier? On n'ose pas penser à l'effet produit dans ce calme, dans ce silence absolu où ne traîne pas même une odeur de cuisine.

Enfin, on atteint la seconde porte qui sépare le porche de la cour, une longue cour de béguinage aux tout petits pavés ronds, polis comme de la céramique. Une barrière peinte en vert délimite la partie de la cour réservée à M. Douté qui n'y a jamais mis les pieds.

Élise est oppressée. Elle pense aux vingt-huit odieuses fenêtres, aux heures transparentes qui vont s'écouler, à ce qu'il faudra entreprendre ensuite. Est-ce dans la rue qu'elle parlera, en regagnant la rue Léopold? Attendra-t-elle qu'on soit dans la cuisine où le feu sera sûrement éteint?

Au fond de la cour, deux petites maisons blanches, coquettes, deux jouets d'une propreté méticuleuse, celle du suisse de Saint-Denis, M. Collard, aux épaisses moustaches noires, et celle de Charles Daigne, le sacristain.

— Attention en refermant la porte, Désiré.

Car une voix, une simple voix humaine, devient vacarme et le lendemain Charles reçoit de l'avoué une remontrance écrite, en style glacé.

— Chut!

Le gravier a crissé sous les larges semelles de Désiré.

Nulle part l'air n'est aussi limpide. On se croirait dans un univers de porcelaine.

Les autres Mamelin, habitués au tohu-bohu plébéien de la rue Puits-en-Sock, ne s'aventurent pas ici. Seuls Désiré et Élise viennent chaque dimanche voir Françoise toujours vêtue de noir.

Dans la maison, où l'air est d'un bleu délicatement violacé, on s'embrasse, et Charles sent l'encens et le fade. Il est blond, blond filasse, blond mouton. Il a une tête douce de mouton, des gestes lents, un débit si monotone qu'on n'attend jamais la fin de ses phrases.

Dans sa maison, dans sa cuisine, dans sa chambre, partout, on se croit encore à l'église et sans cesse il faut rappeler à l'ordre Désiré qui est doué d'une voix sonore :

— Attention, Désiré !

Il ne pressent rien. Il vit sans arrière-pensée sa vie des dimanches après-midi et aujourd'hui le visage d'Élise est plus pointu, elle sourit plus souvent, de son sourire morose, elle répète à propos de rien :

— Ma pauvre Françoise...

Françoise a un enfant aussi, une fille d'un an plus âgée que Roger. Elle attend encore un bébé.

Les fenêtres ont des petits carreaux irisés comme des bulles de savon mais on ne les voit pas, voilés qu'ils sont par deux ou trois épaisseurs de mousseline et de rideaux.

— Qu'est-ce que tu fais, Désiré ? Mon Dieu, Françoise, il est tellement sans-gêne...

— Ne suis-je pas chez ma sœur ?

Il n'hésite pas à ouvrir les tiroirs, à changer de place des objets figés dans une immobilité religieuse.

On irait bien s'asseoir dans la cour, au soleil, le long du mur blanc, mais si un des enfants se mettait à pleurer ?

Désiré s'installe, renverse un peu sa chaise en arrière à cause de ses longues jambes et là-bas, à l'autre bout de la cour, les fenêtres de monsieur l'avoué sont encore plus feutrées de rideaux blancs que celles de Françoise. Est-ce que jamais la main d'un prisonnier ne les écarte, est-ce que jamais un visage couleur d'ivoire ne s'encadre derrière les carreaux?

Les Mamelin ont apporté une tarte aux pommes. On la mange, en buvant du café, avant les vêpres et le salut. Charles part le premier, nu-tête, car il n'a que la rue à traverser pour atteindre l'étroite porte de la sacristie. M. Collard le suit en grand uniforme et on a toujours l'impression que ses moustaches sentent la liqueur ou l'alcool. On prétend qu'il boit.

— Figure-toi, Élise...

Il se cache, n'entre jamais dans un café, par peur du Conseil de Fabrique.

Qui va donc garder les enfants? C'est le tour de Désiré. Il sait donner des biberons et arranger les langes mieux qu'une femme. Quand ils pleurent, il bat le tambour pour les endormir.

Les deux belles-sœurs sont au salut. Élise a bien envie de soulager son cœur.

— Si tu savais, Françoise, comme Mme Cession est chipie!

Elle s'effraie, maintenant, de ce qu'elle a fait. Au moment de sortir de chez Daigne, elle a aperçu Désiré qui souriait aux anges, croisait les jambes, allumait sa cigarette, et il lui a semblé que c'était une trahison qu'elle avait commise.

Elles prient du bout des lèvres, à l'ombre d'un pilier. On voit Charles, un rat de cave à la main, qui va et vient autour de l'autel en faisant des génuflexions.

En sortant de l'église, on retrouve l'odeur sourde du fromage et le chant de la fontaine.

— Mais si, vous restez avec nous.

— On va te déranger, Françoise!

Élise a une peur congénitale de déranger les gens. Jamais elle n'ose s'asseoir sur une chaise entière.

— Je t'assure que non, Élise.

— Alors, allons acheter de la charcuterie chez Tonglet. Chacune pour soi.

C'est à deux pas, au coin d'une ruelle par laquelle les honnêtes gens évitent de passer. Dans dix ans, dans vingt ans, où qu'elle habite, Élise affirmera encore que seule la charcuterie de chez Tonglet est bonne, surtout le foie piqué (piqué de lardons).

— Un dixième de foie piqué.

On a emporté un plat de faïence. Dans une autre boutique, tout près de là, on achète pour cinquante centimes de frites que l'on recouvre d'une serviette. C'est chaud dans la main, chaud et gras. On marche vite dans le jour qui s'achève et qui bleuit les rues.

— Si tu savais, Françoise, comme la rue Léopold me pèse...

Non. Elle ne parle pas... Sa belle-sœur fait :

— Chut... Attention...

Le porche, le fameux porche à franchir sur la pointe des pieds et que l'on souille de l'odeur des frites.

Désiré a mis la table, moulu le café. Charles est revenu, encore estompé par la pénombre des vêpres et du salut. On mange. Tout à l'heure, Charles montrera des photographies. Il a une patience inouïe. Pendant quinze jours, chaque matin à six heures — il ne fallait pas un seul passant — il a braqué son appareil sur la Grand-Poste, près de la passerelle, et il a obtenu des effets uniques de nuages, des gris d'une subtilité remarquable.

— Dimanche prochain, s'il fait beau...

Depuis des mois, il promet de photographier toute la famille. Il faudrait qu'on puisse laisser les enfants nus sur une peau de mouton.

Neuf heures.

— Mon Dieu, Françoise... Si tard ! Et nous qui vous retenons... Je vais t'aider à faire la vaisselle...

Mais non...

L'enfant, dans sa voiture, est tout chaud, tout engourdi

de sommeil. On le couvre. On lève la capote, par crainte de la fraîcheur du soir.

— A dimanche! Venez de bonne heure.

— J'apporterai un gâteau de Savoie de chez Bonmersonne.

— Attention... Chut...

Le porche.

— Voyons, Désiré!

Il a tiré trop brusquement la porte. Élise trotte. Jamais elle n'a pu régler son pas sur celui de ce mari géant qui pousse la voiture avec la satisfaction du devoir accompli. D'autres familles, le long des trottoirs, reviennent de la sorte et des gamins endormis sont juchés sur les épaules de leur père.

— Tu as la clef?

Il vaut mieux attendre encore. Élise tremble.

— Écoute, Désiré... Il faut que je te dise... Tu ne me gronderas pas trop?...

Elle pleure, en montant l'escalier à reculons et en portant la voiture par un bout. Le gaz est allumé à l'entresol, le bec crachote.

Alors, elle profite de ce qu'ils sont engagés avec l'encombrante voiture dans cet escalier trop étroit.

— *J'ai loué.*

Désiré n'a rien dit. Est-ce qu'il n'a pas entendu? Il monte. Ils sont chez eux. Il frotte une allumette, soulève le verre de la lampe, se dirige vers le poêle où il reste quelques charbons roses et tièdes.

— Tu m'en veux? Si tu savais à quel point cette Mme Cession m'écrase...

Désiré retire son veston, chausse ses pantoufles de curé, règle la mèche de la lampe. Troublé, il regarde autour de lui cette cuisine, cette chambre, la fenêtre déjà éclairée du gardien de nuit, tout cela qu'il va quitter, qui était à lui, qui faisait partie de lui.

— Tu es très fâché? Pense qu'il n'y a pas, dans ce

quartier-ci, un seul endroit où promener le petit.

Il n'ose pas encore demander vers quel bout de la ville, dans quel décor étranger elle les a conduits.

Elle renifle, se mouche, reprend courage devant son silence.

— D'abord, ce n'est pas plus cher : vingt-cinq francs par mois. Il n'y a pas l'eau à l'étage, mais sur le palier, juste en dessous, et la propriétaire permet qu'on laisse la voiture dans le corridor.

Ainsi, pendant des semaines, alors qu'il la croyait occupée à promener l'enfant autour de l'église Saint-Denis, elle courait la ville en poussant la voiture, guettant les écriteaux !

Voilà pourquoi, chaque soir, elle se plaignait de Mme Cession, ou du vacarme des tramways qui réveillaient Roger, ou des escaliers si durs à monter !

Est-ce qu'il n'a rien senti ? Est-ce qu'il a fait celui qui ne comprend pas ?

— Si tu savais, Valérie, comme il tient à ses habitudes ! Rien que l'idée de déménager...

C'est vrai. C'est un Mamelin, et les Mamelin n'ont jamais déménagé. En arrivant à Liège, avant même de se marier, Chrétien Mamelin s'est fixé sur rue Puits-en-Sock et il n'en a jamais bougé. Tous ses enfants, sauf Guillaume, installé à Bruxelles, sont restés dans le quartier.

— Pourquoi serait-on mieux ailleurs ?

Voilà des mots de Désiré. Que répondre à cela ?

— Que nous manque-t-il ici ?

Élise a trotté, obstinée et secrète, à travers la ville, et seule Valérie a été mise dans la confidence. Pour Élise, un quartier en vaut un autre. Rien ne l'attache à telle ou telle rue. Elle est incapable de regarder avec tendresse un reflet de soleil sur le papier peint, ou l'ombre de la grosse armoire sur le plafond.

Elle a loué, la veille, rue Pasteur. Elle a payé un mois d'avance. Elle a même... Oui, elle a eu l'ultime audace de renoncer au logement de la rue Léopold. Elle a annoncé à Mme Cession qu'ils partaient.

— Bon débarras! a dit celle-ci. On n'aura plus votre voiture dix fois par jour dans l'escalier .

— Tu m'en veux?

Et lui, simplement:

— Où est-ce?

— Rue Pasteur.

Puis, volubile, elle énumère les avantages de leur nouveau logement.

— C'est une rue large et neuve, dans un quartier neuf, tout près de la place du Congrès. La maison est toute neuve et les pièces sont plus grandes qu'ici, avec de larges fenêtres. Le logement est au second étage, mais l'escalier n'est pas dur à monter et le plancher est aussi blanc que la table. Hier, je suis allée le frotter au sable.

Sans qu'il en sache rien!

— Qu'as-tu fait de l'enfant pendant ce temps-là?

— La propriétaire, qui est bien gentille, m'a aidée à monter la voiture. Il n'y a pas de poussière dans le quartier. Pour toi, ce sera plus court...

Il n'écoute pas. Il imagine le chemin qu'il aura désormais à parcourir quatre fois par jour. La rue Pasteur n'est qu'à cinq minutes de la rue Puits-en-Sock. Il passera devant l'église Saint-Nicolas. Il prendra l'étroite rue des Récollets, qui débouche juste devant la chapellerie.

Il essaie son parcours comme il essaierait un vêtement, attentif aux moindres détails... Oui...

— C'est bien.

Seulement, il pense soudain à l'exécution.

— Il faudra déménager...

Et il s'effraie en regardant autour de lui leurs quelques meubles.

— Demain à midi, tout sera fini. Je suis allée chez le rempailleur de la rue Jean-d'Outremeuse qui a une charrette à bras. Il viendra à huit heures avec un ouvrier qu'il connaît et, en trois voyages, ils auront tout transporté.

Dans ce cas, évidemment... Enfin! Il est un peu triste malgré tout, peut-être un peu angoissé... Partir... Quitter quelque chose...

— Tu ne m'en veux pas? Vois-tu, Désiré, cette rue Léopold me pesait tellement que j'y serais tombée malade.

Il se déshabille en silence. Elle se couche à côté de lui. La veilleuse seule éclaire la chambre où les reflets des becs de gaz filtrent à travers les rideaux.

Élise ne ferme pas les yeux. Elle a gagné la partie. Il n'a rien dit. Il n'est pas fâché.

Et Valérie qui avait si peur! Plus peur qu'elle-même!

— Vois-tu, Valérie, avec les hommes...

Elle n'ajoute pas encore:

— C'est un Mamelin et, les Mamelin, il faut les mettre devant le fait accompli! Sinon, ils resteraient toute leur vie à la même place.

Elle ne le pense pas encore si nettement. Elle ne s'endort pas, elle sent confusément l'importance de cette journée. La veille encore, quand elle est allée trouver le rempailleur, elle pouvait à peine respirer et voilà que tout a été facile.

— Tu dors?

Il fait:

— Oui.

Elle voudrait lui dire merci, lui serrer le bout des doigts. Il ne faut pas! Il croirait qu'elle se repent.

C'est un homme. C'est un Mamelin. Si on ne le poussait pas... Ainsi, chez M. Monnoyeur, est-ce qu'on n'abuse pas de lui? C'est Désiré qui dirige tout et il est à peine plus payé que le jeune Daigne. Il n'ose pas réclamer. Quand Élise lui parle de demander une augmentation, il change de conversation.

Il tient trop à ses habitudes. Il est toujours content. Il ne veut pas voir qu'ils ont pour vivre le strict nécessaire.

Le strict nécessaire... Tiens ! c'est le mot qu'elle a dit trois jours plus tôt à sa sœur Félicie, qui est venue la voir en coup de vent. Félicie, elle n'a qu'à puiser dans le tiroir-caisse. On ne compte pas. On achète la viande sans regarder la balance.

Maintenant que la question Cession est réglée, Élise se répète les deux mots : *strict nécessaire.* Ils prennent un sens bien défini. Ils deviennent comme le programme d'une nouvelle étape qu'il faudra franchir.

— Vois-tu, ma pauvre Félicie, Désiré gagne juste le strict nécessaire.

Chez M. Monnoyeur, trois ans plus tôt, on a fait la répartition des portefeuilles, la branche incendie, d'une part, la nouvelle branche assurance-vie, d'autre part. C'est Désiré qui avait le choix.

Il a choisi l'assurance-incendie, par routine, parce qu'il n'y a pas à se déranger, et c'est à Caresmel, beaucoup moins intelligent que lui, qu'est échu le portefeuille vie.

Or, maintenant, l'assurance-vie rapporte. Caresmel se fait jusqu'à deux cents francs de commission par mois et, à la mort de sa femme, il a pu mettre ses deux filles en pension chez les Ursulines.

— Tout cela, Valérie, pour ne rien changer à son petit train-train. Nous, les Peters, nous irions au bout du monde pour gagner cinq francs de plus.

Elle s'endort. A deux heures, pour la dernière fois rue Léopold, Désiré se lève pour réchauffer le biberon et il adresse un mélancolique adieu au gardien de nuit qu'il ne verra jamais.

5

On est à la fin mars et il y a encore de la glace sur l'étang aux canards, boulevard d'Avroy ; les pas font craquer les allées de buis sombres où gesticulent des statues exsangues.

La ville est vide, plate comme une carte postale à un sou ; on la dirait, elle aussi, en noir et blanc, à peine rehaussée d'un lavis rose bonbon du côté du couchant.

On marche vite. On s'arrête. On repart. On est gêné, on ne sait pas pourquoi, peut-être à cause de l'étendue des trottoirs, du boulevard, de cet univers inoccupé, de ce silence qu'on dérange, et les gens, sans le vouloir, prennent des poses comme chez le photographe, les hommes rajustent leur cravate, sortent un centimètre de manchette, marchent pour la postérité.

On dit sans conviction aux enfants :

— Donne ton pain aux cygnes.

On glisse dans leurs gants de laine ou dans leurs moufles des morceaux qui s'émiettent, on les empêche de grimper sur le grillage peint en vert ou de ramasser des cailloux.

Les cygnes n'ont pas faim. C'est dimanche. Désiré a l'habitude, dès qu'il est endimanché, de passer la main droite dans le revers de son pardessus noir, de tenir sa cigarette entre deux doigts de la main gauche, de porter haut son menton à barbiche et de regarder.droit, très loin devant lui, tandis qu'Élise pousse la voiture où l'enfant est assis.

Autour du kiosque à musique, qui ne sert pas aujourd'hui, quelques personnes, par-ci, par-là, ont osé occuper une ou deux douzaines de chaises jaunes parmi les milliers de chaises repliées que nulle chaisière ne songe à garder. Hommes ou femmes sont en noir, des petits rentiers, des artisans, des ouvriers : toujours en drap noir, ceux qui viennent se promener le dimanche le long du boulevard d'Avroy, avec parfois un crêpe de deuil, un voile de veuve qu'on écarte pour se moucher.

La maison était vide, tout à l'heure, chez Françoise, c'est-à-dire chez Charles-le-Sacristain, au fond de la cour qu'un soleil sans chaleur ne faisait qu'effleurer. Élise et Désiré ont tiré le bouton de cuivre, franchi le canal tiède et silencieux du porche, traversé la cour, et ils ont trouvé la porte fermée, sans un mot, sans un petit papier comme Françoise en laisse d'habitude quand elle s'en va.

— Ta sœur est vexée, a soupiré Élise, en faisant tourner la voiture d'une pression du ventre.

Vexée parce que le ménage Désiré n'est pas venu deux dimanches de suite. Élise avait prévenu Françoise.

— Quand il fait beau, nous ferions mieux de promener les enfants.

— Charles a son salut et ses vêpres.

Il les aura toute sa vie, son salut et ses vêpres! Est-ce une raison pour qu'on ne promène jamais la petite Loulou qui est blanche comme du papier? Élise a essayé de l'insinuer. Peut-être a-t-elle parlé de chambres qui sentent le renfermé? Le résultat est là. Où Françoise a-t-elle pu aller? Les Daigne ne connaissent personne. De toute façon, ils auraient pu laisser un mot: «Venez nous retrouver ici ou là.»

— Elle a oublié! tranche Désiré sans y croire.

Ils ont poussé la voiture le long du boulevard de la Sauvenière, puis du boulevard d'Avroy et ils ont fait trois fois le tour de l'étang aux canards. Ils ne sont pas seuls. D'autres familles tournent en rond comme eux, les hommes dignes, l'air indifférent, les femmes endimanchées, se retournant sur une robe ou sur un chapeau, les enfants qu'on ne laisse pas jouer et qu'on force à marcher devant. Les pas résonnent. L'air est trop dur et il règne une mélancolie indéfinissable qui donne à Élise envie de pleurer.

Ce n'est pas à cause de Françoise. Surtout pas! Si Élise

va chaque dimanche chez Françoise c'est pour Désiré. Pas une seule fois, elle n'a manqué de payer sa part de charcuterie et de frites, toujours elle a proposé d'aider à la vaisselle.

Cela remonte plus loin. C'est comme un vide intérieur qu'on ne sent pas les jours de semaine grâce au mouvement de la vie et qui le dimanche devient tout à coup sensible, aussi angoissant qu'une question à laquelle nul ne peut répondre.

Tout à l'heure, ils sont venus par le pont Neuf, pour changer, et ils sont passés rue des Carmes, devant la grosse maison de Schroefs, aux volets et au portail fermés, une maison si importante, aux pierres de taille si immuables qu'elle a l'air d'un monstre écrasant la rue.

Élise n'envie pas sa sœur. Pour rien au monde, elle n'aurait épousé un Hubert Schroefs sans cœur ni éducation. Malgré tout, ces pierres de taille, ce portail qui, en semaine, voit déferler les camions de l'épicier en gros, ces quatre vitrines aux volets de fer et cette loggia, au premier, ces fenêtres aux rideaux figés impressionnent. Que font-ils, là-dedans, à quoi passent-ils leurs dimanche ?

Désiré n'a pu se retenir de lui rappeler :

— Ils t'ont traitée comme une servante, moins qu'une servante, car ils ont profité de ce que tu étais la petite sœur pour ne pas te payer. Tu couchais dans la mansarde !

C'est vrai. Pourtant elle proteste.

— Ne dis pas ça, Désiré !

A-t-elle assez pleuré, quand, fiancé, il la raccompagnait, bras dessus, bras dessous, entre chien et loup, depuis l'« Innovation » ?

— Ils exigent que je vive chez eux sous prétexte qu'il n'est pas convenable qu'une jeune fille habite seule. C'est surtout parce que le soir, quand les demoiselles de magasin sont parties, ils ont besoin de quelqu'un pour garder les enfants... Élise par-ci... Élise par-là... Toujours Élise !... Les autres peuvent aller au théâtre... Il faut bien que la petite sœur paie ce qu'elle mange...

Il n'y avait qu'eux, absolument qu'eux rue des Carmes quand ils sont passés devant l'amas de ferrailles et de vitres de la halle aux viandes, devant l'orgueilleuse citadelle que Schroefs, ancien instituteur, fils d'un paysan de Maeseyck, a édifiée, et cependant, quand Désiré a ouvert la bouche, Élise a fait, comme à l'église :

— Chut...

Elle n'a pas osé se retourner. Peut-être étaient-*ils* dans la loggia ? Ils ne se voient plus depuis qu'Élise a épousé un petit employé sans avenir.

— Tu comprendras plus tard, ma fille ! Tu regretteras !

Pour cela, pour d'autres raisons vagues, parce que c'est terriblement dimanche, elle a les larmes aux yeux en marchant à côté de Désiré autour des canards et en poussant du ventre la voiture.

A-t-elle si vite épuisé la joie d'astiquer comme un cuivre son logement de la rue Pasteur, aux fenêtres sans un nuage, au plancher sur lequel on pourrait manger, de pousser la voiture sur les larges trottoirs aux pavés égaux, vers la place du Congrès, saluée à travers une fenêtre garnie de plantes grasses par la femme du juge, tandis que l'attend Mme Pain qui a un enfant du même âge que Roger et qui est la femme d'un important représentant en cafés ?

Est-ce que, malgré tout, au bout de cet hiver qu'on a à peine senti passer, qui a été mou, avec juste un retour de froid vers la fin, à l'orée du printemps qu'on devine proche, cet hiver douillet, calfeutré, dans les deux pièces neuves, au papier neuf, où tout est net, tous les deux avec l'enfant, et Valérie le vendredi pour souper, Valérie que Désiré reconduit en plaisantant et en la taquinant jusqu'au pont des Arches qui sert de frontière, est-ce que cet hiver lui laisse déjà dans l'âme comme un goût de vide ?

Désiré répète souvent :

— Que nous manque-t-il pour être heureux?

Il se tient droit, fume sa cigarette à bout de liège, regarde devant lui, son long corps légèrement incliné vers la voiture comme pour proclamer qu'il fait bloc avec l'enfant et avec Élise.

— Peut-être, dans le désert de cet après-midi de dimanche, lui arrive-t-il de penser à la rue Puits-en-Sock où on entre en criant, en riant, en lançant une plaisanterie, un «Salut tout le monde!» retentissant, dans la cour, dans la cuisine, tous les Mamelin, les frères, les sœurs, les beaux-frères, les belles-filles.

— Tu n'as pas vu Désiré?

— Il est venu ce matin après la messe de onze heures.

— Je les ai aperçus qui se dirigeaient après dîner vers le pont Neuf.

On n'en parle pas davantage. On allume le gaz. On l'allume plus tôt qu'ailleurs, à cause des faux vitraux qui empêchent le jour de passer. Vieux Papa bourre gravement sa pipe au pot à tabac qu'Arthur, le farceur, a rempli avec du crin. Juliette, femme d'Arthur, ouvre son corsage de tulle immaculé et dégage un sein blanc qu'elle tend à la bouche goulue de son bébé, cependant que Catherine, la femme de Lucien, s'assure que le biberon du sien n'est pas trop chaud.

— Pauvre Désiré!

Arthur chante, ténorise, fait des farces, Lucien fume sa longue pipe d'ouvrier avec sérénité, Vieux Papa les écoute en rêvant et Mme Mamelin, grise et froide, pendant que Chrétien Mamelin se tient sur le seuil avec le vieux Kreutz, prépare pour tout le monde le souper, qu'on mangera par fournées, les enfants d'abord, les parents ensuite; Cécile veillera les bébés qui s'endorment, les demoiselles Kreutz, aux cheveux d'étoupe, viendront en voisines dire un petit bonsoir et la porte s'ouvrira et se refermera sans cesse sur d'autres gens de la rue Puits-en-Sock.

Si le temps avait été moins frais, on aurait rangé des

chaises sur le trottoir, malgré le tram qui le frôle mais qui, le dimanche, ne passe que tous les quarts d'heure.

— Si on rentrait?

— Tu veux que je pousse la voiture?

— Mais non, Désiré.

On pourrait rentrer par les quais, où il n'y a plus une âme, mais on rentre par la ville pour se frotter à un peu de lumière et de chaleur. Est-ce que Désiré, lui, n'a pas assez de sa lumière et de sa chaleur intérieures? Il sourit. Il marche toujours aussi droit. Peu importe que les lampes du kiosque à musique ne soient pas allumées, que les rares silhouettes, sur les chaises de fer éparpillées, aient l'air de fantômes qui attendent Dieu sait quel romantique spectacle, peu importe la lune glaciale qu'on aperçoit au ciel en même temps que le soleil couchant.

Il marche. L'enfant, assis dans sa voiture, s'endort et dodeline la tête.

— Donne.

— Pas en ville.

Ils s'engouffrent dans la rue du Pont-d'Avroy, la plus vivante de la ville, et, derrière toutes les vitres, on voit, dans un halo de chaleur confortable, des gens qui boivent des cafés filtre dans des montures d'argent, des demis onctueux, du porto dans de fins verres flanqués du biscuit doré dans une soucoupe, tandis que s'élargit l'auréole faite de la fumée des cigares et qu'on devine le choc des billes sur les billards d'un vert impérial.

Ils ont l'air de fuir et c'est Élise qui marche le plus vite, prise de vertige.

Cette procession, ce flot qui sort d'un long porche et qui s'ébroue, ces gens qui sourient encore et qui s'étonnent de trouver dehors un reste de jour, c'est la sortie du « Walhalla », le café-concert, et par-dessus les têtes Élise jette un regard à la salle qu'elle entrevoit, mystérieuse, avec ses centaines de petites lampes rouges et bleues, ses tables de marbre, ses lanternes vénitiennes et l'éclat assourdi du morceau final de l'orchestre.

Le coup d'œil qu'elle lance ensuite à Désiré indifférent n'est pas un reproche. Si même il le lui avait proposé, elle aurait refusé.

— C'est trop cher, Désiré.

N'a-t-elle pas toujours été en deuil? Une fois, une seule, elle est allée au théâtre avec Désiré, au début de leur mariage, tout en haut; elle avait retiré son voile et mis du *Floramye* sur son mouchoir, emporté des bonbons.

Il n'éprouve jamais le besoin d'entrer dans un café. Il n'a pas soif et, quand on va à la campagne, on emporte des tartines qu'on mange au bord du chemin. Des centaines de gens achètent des gaufres et, à peine sortis du «Walhalla», poussent la porte vitrée d'une brasserie.

Le pont, au-dessus de l'eau noire qui paraît glaciale, le boulevard de la Constitution, pour couper au court, car Élise commence à se sentir les reins lourds, les troncs des arbres, un homme, trapu, massif, au bord du trottoir, un ivrogne à coup sûr, barbu, l'œil noir, qui a écarté son pardessus et qui pisse avec satisfaction, face aux passants.

— Viens vite, Désiré.

Anxieuse, elle glisse avec la voiture le long des arbres et elle ne se retourne pas, elle hâte toujours le pas, elle courrait si elle l'osait, elle se demande si Désiré a reconnu l'ivrogne.

— Est-ce qu'il ne nous suit pas?

Ils ont tourné le coin de la rue de l'Enseignement. La rue Pasteur est la première à gauche. Leur maison est la première dans la rue Pasteur. Ils entendent des pas derrière eux.

— Je crois que c'est lui, dit Désiré.

— Mon Dieu! Pourvu qu'il ne cherche pas à entrer!

C'est Léopold. Son pas d'homme ivre résonne le long du mur du patronage.

— Tu crois qu'il nous a reconnus? Ouvre vite la porte.

Aide-moi à rentrer la voiture.

C'est une vraie fuite et ils foncent dans la maison comme s'ils étaient poursuivis.

— J'en perds les jambes! Allume...

Il tire sur une chaînette qui pend à une lanterne en fer forgé, aux vitres de couleur, et le gaz s'allume de lui-même. Il y a de la lumière chez les propriétaires. On sort l'enfant de la voiture.

— Prends-le, Désiré.

On monte. On reçoit, en ouvrant la porte, une bouffée de chaleur familière, une odeur qui n'est celle d'aucun autre foyer, on entend le tic-tac, on retrouve du rose dans le poêle et le couvert qu'Élise avait mis avant de partir.

— Tu crois qu'il a vu où nous entrions?

— Qu'est-ce que cela peut faire?

Il ne sent pas, Désiré ne sent rien, Élise le répète souvent à Valérie et à sa sœur Félicie. Quant à elle, elle sent trop, elle en souffre, elle sent peut-être des choses qui n'existent pas.

Est-ce pour cela qu'elle reste nerveuse, irritable, inquiè-te, après la rencontre de Léopold? Le lendemain matin, alors que Désiré se met en route pour la rue des Guille-mins, elle n'est pas encore rassurée et elle fait son marché plus tôt que d'habitude, l'enfant sur le bras, son filet qui pend le long de son flanc, elle entre trop vite chez le boucher, chez la légumière, regardant derrière elle comme si on la poursuivait.

Or, quand, à dix heures, elle revient rue Pasteur, Léopold est là, aussi sombre, aussi trapu, debout sur le trottoir d'en face, contemplant les fenêtres de la maison.

Elle s'avance bravement, saisit la clef, ce qui demande toute une gymnastique, à cause de l'enfant, du porte-monnaie et du filet à provisions.

— Entre, Léopold. Tu as déjà sonné?

Elle a peur qu'il ait sonné, que la propriétaire lui ait ouvert. Il sent l'alcool. Il grogne des syllabes qu'elle ne

saisit pas. Pourvu qu'il ne bute pas dans l'escalier, qu'il ne
s'étale pas!

— Tiens bien la rampe.

Il est lourd. Il écrase les marches sous son poids et il
traîne toujours un peu la jambe gauche. Il regarde autour
de lui la cuisine bien en ordre, va au fauteuil d'osier de
Désiré, près du poêle, et s'y laisse tomber.

— Qu'est-ce que tu as? Attends que je mette le petit
dans sa chaise. Ce qu'il a? Rien. Il ne comprend pas la
question.

— Je suis venu te dire bonjour.

— Je me demande si j'ai un verre de quelque chose à
t'offrir.

Elle sait qu'il n'y a rien, que le carafon, dans le buffet,
est vide.

— Est-ce que tu prendrais une tasse de café?

Elle active le feu, change la bouilloire de place, saisit
déjà le moulin et elle reste inquiète, c'est plus fort qu'elle,
il lui semble que ce n'est pas sans raison qu'ils ont
rencontré son frère boulevard de la Constitution.

— Eugénie va bien?

— Probablement. Elle doit être dans un château à la
campagne.

— Enlève ton pardessus.

Il répond non de la tête. Elle n'ose pas insister. Jamais,
aussi souvent qu'il viendra s'asseoir dans la cuisine, à côté
du poêle, il ne consentira à retirer son pardessus ni son
chapeau melon qui fait corps avec son visage barbu et ses
sourcils broussailleux. Jamais non plus il ne rencontrera
Désiré. Jamais il ne fera allusion à celui-ci.

Il est là, immobile et pesant; elle ne sait comment lui
parler, elle lui fait des politesses comme à un étranger et,
pourtant, ce sont les deux chaînons extrêmes d'une famille
qui se sont rejoints de la sorte, l'aîné des Peters et la petite
treizième qui aurait pu être sa fille.

Il la regarde aller et venir, toujours en mouvement,

comme si elle avait peur de se trouver soudain immobilisée devant lui.

— Tu n'as pas trop chaud? Tu ne veux pas de lait dans ton café? Une tartine? Il reste du fromage.

Lui ne se donne pas la peine de répondre. On ne peut pas savoir pourquoi il est venu, ce qui a poussé le vagabond à s'asseoir dans cette cuisine, près de cette petite sœur qu'il ne connaît pas et qu'il suit des yeux avec étonnement.

Elle répète, sans se souvenir qu'elle l'a déjà dit:

— Eugénie va bien?

Elle n'a vu qu'une fois Eugénie, une femme surprenante qui a dû être très belle, une brune à l'accent parisien, qui appelle tout le monde «ma petite» en tutoyant les gens.

— Il y a longtemps que tu es allé chez Louisa?

Elle parle de ses sœurs, de Louisa qui habite le quai de Coronmeuse, de Marthe, la femme de Schroefs, de Félicie qui est bien malheureuse avec son mari.

— Elle a épousé un fou. Il se cache dans l'obscurité, le soir, pour lui faire peur. Il la bat. Elle m'a montré des traces de coups.

Léopold soupire et elle se sent de moins en moins à l'aise, attirée cependant vers lui par une force mystérieuse. Il y a tant de questions qu'elle voudrait lui poser, tant de questions auxquelles, comme un augure, lui seul pourrait répondre!

Pourquoi se sent-elle en faute? Si Désiré rentrait à l'improviste, elle ne saurait que dire, quelle contenance prendre et elle lui demanderait pardon.

— Toi qui as bien connu notre père, Léopold...

Il boit son café, des gouttes glissent sur les poils noirs de sa barbe. Son regard cherche machinalement une autre boisson qui lui manque et il soupire.

— C'est vrai qu'à la fin de sa vie?...

— Que quoi? demande-t-il, bourru. Qu'il buvait?

Le fauteuil de Désiré gémit sous Léopold. Celui-ci sait

tout. Il est allé voir, à Herzogenrath, de l'autre côté de la frontière, la maison natale de son père, une maison vaste et cossue de gros propriétaires.

L'endroit lui-même reste incompréhensible à Élise, ces trois frontières à proximité de la Meuse, ces terres basses, ces prés, cette maison située en Allemagne et dont les fenêtres donnent sur la Hollande tandis que du fond du jardin on aperçoit la Belgique.

— Notre mère habitait la première ferme dans le Limbourg hollandais. C'était une Liévens.

Une fille de riches fermiers, encore aujourd'hui une des plus riches familles du Limbourg.

D'accord, le jeune ménage n'est pas allé loin: il a franchi la Meuse, s'est installé dans le Limbourg belge, à Neeroeteren. Peters était chef de digue. C'est lui qui réglait le mouvement des eaux dans les polders. De la maison, il fallait marcher une heure pour voir une autre maison.

— C'est là que tu es né?

— Les autres aussi, Herbert, Louis, Marthe, Louisa, tous, sauf Félicie et toi. Et encore! Pour Félicie attends...

Il calcule et elle essaie d'imaginer cette étendue de verdure pâle et spongieuse, ces prés à perte de vue coupés de rideaux de peupliers et de canaux d'irrigation.

— L'hiver, nous allions à l'école à patins, sur les canaux.

— Tu n'as pas trop chaud, Léopold?

C'est drôle qu'elle l'ait retrouvé juste à ce moment. Elle ne va presque jamais rue Puits-en-Sock. Elle ne voit pas ses sœurs, sauf Félicie, quand celle-ci peut s'échapper quelques minutes, ou quand Élise va au marché et qu'elle l'aperçoit à travers les vitres du café. Hier, quand on n'a pas trouvé de billet sur la porte de Françoise, Élise a senti un vide.

Elle tourne autour de Léopold qu'elle n'ose pas regarder en face et elle voudrait lui poser tant de questions encore!

— Comment avons-nous été ruinés?

— Nous sommes d'abord venus à Herstal. A cause des peupliers.

Elle ne saisit pas le rapport entre les peupliers de Neeroeteren et l'installation de la famille à Herstal. Pourtant, c'est simple. Par les peupliers de ses terres, Peters s'est initié au commerce des bois. Il a pensé que ce négoce serait plus profitable, qu'on vivrait près de la ville.

Élise se souvient vaguement qu'on habitait l'ancien château de Pépin d'Herstal. Il subsistait des souterrains, une vieille tour qu'on a détruite depuis, où l'on voyait chaque nuit une lueur mystérieuse.

— Nous avions quatre péniches sur l'eau et dix chevaux à l'écurie.

Élise ne se rappelle que la brebis nourrie de gâteries et de chocolat et qu'on n'osait plus tuer. C'est son seul souvenir, avec l'odeur du bois et l'histoire de la lumière dans la tour.

— Notre père s'est mis à boire.

— Pourquoi?

Il se contente de la regarder.

— Ça, vois-tu, fille...

Il l'appelle fille. Il l'appellera toujours ainsi.

— Il a bu. Il a fait connaissance, au café, d'un certain Brooks.

Celui qui a encore aujourd'hui la soumission de l'enlèvement des poubelles. Ainsi, ces lourds tombereaux qui passent le matin dans les rues ont un rapport lointain avec Élise!

— Brooks lui a demandé sa signature sur des traites. Il n'a pas pu payer à la date. On s'est retourné contre notre père qui a été forcé de tout vendre.

Elle a envie de lui demander:

— Et toi, Léopold, où étais-tu ?

Mais elle est aussi craintive devant lui, qui peut parler du passé, qu'elle le serait devant une sorcière qui prédirait l'avenir.

— Pauvre maman ! soupire-t-elle. Je me souviens de notre logement près de la rue Féronstrée. Elle ne sortait jamais sans ses gants. Elle me répétait :

— Vois-tu, ma fille, il vaut mieux faire envie que pitié. On ne nous donnera quand même rien.

Léopold n'était pas à l'enterrement de sa mère. On a chuchoté, à cette époque, qu'il était parti pour l'Angleterre avec une comtesse plus âgée que lui, pendant qu'Eugénie se plaçait comme cuisinière dans une maison bourgeoise.

— Attends que je recharge le feu. Recule un peu. Non ! Ne t'en va pas encore.

Elle voudrait savoir. Elle a peur de tout ce que sait Léopold et pourtant elle a peur aussi de le voir partir, elle a besoin de le questionner, de se nourrir du passé des Peters, de leur histoire, de leur vie.

Combien lointaine est la chapellerie de la rue Puits-en-Sock, et même le grand Désiré assis derrière les vitraux verts du bureau d'assurances !

— Quand tu reviendras, j'aurai de la goutte.

Oui, elle ira en acheter, exprès pour lui qui ne doit pas aimer le café. Elle cachera la bouteille.

— Tu crois vraiment que Félicie boit ? Ce sont les docteurs qui lui ont conseillé le stout, parce qu'elle était anémique. Moi aussi, je suis anémique. Le soir, je ne sens plus mes reins. C'est peut-être parce que nous sommes les dernières nées ?

Il hoche la tête, une cigarette éteinte collée à la lèvre.

— Écoute, Léopold...

Que va-t-elle ajouter ? Elle ne sait pas. Un démon la pousse. Elle a besoin de trop parler. Elle tourne autour de lui, gratte des carottes sur un coin de la table, ramasse la poupée en celluloïd de l'enfant, referme la fenêtre qu'elle a ouverte un moment à cause de la buée.

— *Je t'ai vu, le soir du « Grand Bazar »*...

Non! Elle ne le dit pas. Elle s'est arrêtée à temps, effrayée. Elle n'en veut pas à Léopold. Il est comme il est, le plus ancien des Peters, et il sait tout.

— Qu'est-ce que tu as, fille?

Est-ce aussi une maladie des Peters? Félicie est comme ça. Il lui arrive, sans raison, d'éclater en sanglots. C'est nerveux, comme dit Élise. Désiré, qui ne peut pas comprendre, répète invariablement :

— De quoi te plains-tu? Manquons-nous de quelque chose? Ne sommes-nous pas heureux?

— Qu'est-ce que tu as, fille?

Léopold, lui, n'attend pas la réponse. On dirait qu'il sait. Il regarde par terre, en homme qui pense très loin.

— Ces pauvres gens dont le fils... Le père a donné sa démission tout de suite après... Il a tellement maigri qu'on ne le reconnaît plus... Quand il passe dans la rue, il rase les maisons, persuadé que tout le monde le montre du doigt...

Elle ment. Léopold sait qu'elle ment. Ce n'est pas au père Marette qu'elle pense. Il la regarde avec curiosité. Peut-être ne l'a-t-il pas reconnue quand elle est entrée dans la ruelle pour rattacher sa jarretelle? Il hoche la tête, cherche de la poussière de tabac au fond de sa poche et roule une cigarette informe.

— Comment a-t-il pu faire une chose pareille? A quoi cela sert-il? Ses parents lui avaient donné de l'instruction. Il aurait pu devenir quelqu'un. Et maintenant? Dieu sait où il est...

Dieu et Léopold, qui ne dit rien et qui soupire, parce que tout cela est inutile, parce que ce sont des mots, rien que des mots. Il aurait préféré qu'elle se tût, qu'elle vaquât à ses occupations sans s'inquiéter de lui, qu'elle le laissât en paix dans son fauteuil respirer l'air de feu et de famille.

— C'était juste le jour où Roger est né. J'allais chercher Valérie à l'«Innovation», car j'avais peur d'accoucher avant le retour de Désiré. Il paraît qu'il y a eu des morts. Je n'ai pas eu le courage de lire les journaux.

Il pourrait tirer de sa poche, aussi bien que des brindilles de tabac et qu'une vieille pipe au tuyau raccommodé avec du fil à coudre, des lettres écrites sur du mauvais papier. Il n'y en a pas beaucoup, six ou sept, sans date, quelques-unes sans timbre, au crayon.

«... Je ne mets pas de timbre parce que je n'ai pas de quoi en acheter... »

Tout de suite, en arrivant à Paris, Félix Marette a plongé dans le quartier de la rue Montmartre et du Croissant, là où les rues sentent l'encre d'imprimerie et où, dans les cafés, on aperçoit des dos noirs, des chapeaux à larges bords, des lavallières, des ventres qui s'étalent, pontifes de la politique dont on lit chaque jour la signature dans les journaux, dont on reconnaît au passage la silhouette, chefs du peuple, hérauts de la pensée prolétarienne.

Le gamin maigre et famélique rôde le long des trottoirs visqueux, colle son visage aux vitres derrière lesquelles fument des pipes ; on corrige des épreuves, des morasses, sur le marbre des tables, entre les bocks et les choucroutes.

Les souliers pompant l'eau, il a attendu avec d'autres, devant des couloirs obscurs, les paquets de journaux encore frais qu'on emporte en courant vers les boulevards.

«... Je ne mets pas de timbre parce que... »

«... Je sens que je ferai quelque chose, je sens en moi une force qui... »

Il ambitionne d'écrire à son tour, de voir les pensées qui bouillonnent en lui imprimées sur les feuilles blêmes. Il rôde autour des grands hommes qui passent, affairés ou sereins, auréolés de la gloire que procure l'encre à peine sèche.

« ... *J'ai fait la connaissance d'un libertaire qui récite des vers dans un cabaret de Montmartre. Nous avons discuté toute une nuit en marchant côte à côte entre les Halles et le boulevard Montmartre. Il est, lui aussi, pour l'action directe, et je lui ai avoué que...* »

— Encore une tasse de café, Léopold? Mais si. Je vais te couper un morceau de fromage.

Léopold-le-Barbu la laisse faire, puisqu'elle y tient, mais il ne mangera pas le fromage. Il lui suffirait d'un tout petit peu de courage pour s'arracher au fauteuil d'osier, pour descendre cet escalier qui sent le neuf, tourner le bouton, foncer vers le premier petit café venu. Il y en a un rue de l'Enseignement, il l'a aperçu en passant, et déjà alors il a failli y entrer.

« ... *Depuis avant-hier, je gagne ma vie, comme le prouve le timbre de cette lettre. Je mange à l'heure des repas...* »

Drôle de hasard! Dans cette rue Montmartre où il ne cherche que des aliments à sa fièvre, juste à côté d'une immense bâtisse à courants d'air où se superposent et s'entremêlent les rédactions d'une vingtaine de journaux, le gamin a aperçu, sur la vitre d'une papeterie, une annonce écrite à l'encre violette.

« *On cherche débutant pour le magasin et les courses.* »

Il est entré, en plein midi, dans la pénombre de la boutique dont l'étalage est envahi par les timbres en caoutchouc «sur commande, livrés dans les vingt-quatre heures».

— Pardon, monsieur...

Un homme triste et sombre comme une fourmi, une femme qu'on distingue à peine dans le recoin de la caisse, l'odeur de l'encre, du papier, du caoutchouc et de la colle, surtout de la colle.

— J'ai lu votre annonce et je me permets de me présenter...

On l'examine à travers des lunettes de fer.

— Je ne peux vous donner que soixante francs par mois et une petite chambre au sixième, enfin un abri, une porte, un toit, un lit. Pour les repas, vous vous débrouillerez.

Marette a mangé une choucroute garnie. Il raconte à Léopold :

« Je suis entré à la « Brasserie du Croissant » et là, à la table voisine de Renaudel et de Jaurès, j'ai commandé une... »

Une choucroute ! Son patron, qui s'appelle Vétu, ne lui a pas demandé ses papiers et l'a conduit dans sa mansarde à travers des couloirs et des escaliers interminables. Il appréhende de se réveiller la nuit en sursaut, car sa tête heurterait le toit.

« ... Une choucroute avec deux saucisses et une énorme tranche de jambon. J'étais si ému que cela ne passait pas ; je devais faire un effort et je craignais les moqueries de mes voisins... »

C'est la dernière lettre de Marette. Celui-ci trouve le moyen de glisser :

« Je me suis mis aux timbres en caoutchouc. C'est moins difficile qu'on ne croit. Les Vétu ont une fille que je n'ai pas encore vue et qui, toute la journée, étudie le piano à l'entresol. Le plancher vibre... »

— Tu t'en vas déjà, Léopold ?

Il s'est levé, oui. Il reste encore un moment devant le poêle où mijote le dîner... Elle sait, elle sent qu'il reviendra, mais elle n'ose pas lui demander quand.

— Je suis contente... Si tu vois Eugénie, embrasse-la pour moi...

Il soupire une dernière fois en faisant tomber les brins de tabac de son gros pardessus verdi.

— Au revoir, fille.

Il n'a pas regardé l'enfant. Il ne s'en est pas occupé un seul instant. Sait-il seulement son âge ?

Pourvu que Léopold ne tombe pas dans l'escalier !

— Je vais te conduire.

Elle franchit quelques marches derrière lui, entend que la propriétaire, en bas, entrouvre sa porte, tout comme Mme Cession. Elle a cru, en s'installant rue Pasteur, que ce serait différent. Hélas ! toutes les propriétaires sont pareilles. Attention aux deux gouttes d'eau qu'on laisse tomber dans l'escalier.

Pour la voiture aussi...

— Je me réjouis que votre fils marche tout seul. Chaque fois que je dois descendre à la cave, je me heurte à cette voiture...

Quel travail, mon Dieu, de repousser une voiture d'enfant de quelques centimètres !

— Au revoir, Léopold. Ne manque pas de revenir.

Sans se donner la peine de répondre, il trouve le bouton, ne referme pas la porte trop violemment comme elle le craignait, plonge dans la rue, vers le premier café venu.

— Ne pleure pas comme ça. Tu sais bien que ta mère est fatiguée, qu'elle a mal au dos. Si tu n'es pas gentil on devra l'emmener à l'hôpital et l'opérer.

L'enfant, qui a un an, ne comprend pas.

— Tu as encore jeté tes jouets par terre. Mon Dieu, Roger ! Et Désiré qui ne tardera pas à rentrer...

Les carottes ont presque brûlé. Elle s'affaire. Il faut encore qu'elle vide les eaux, qu'elle... Les minutes passent... Le tic-tac du réveil s'accélère...

Et quand Désiré rentre, son pas est égal, son visage souriant, sa longue silhouette imprégnée de la joie qu'il a ressentie à marcher dans la ville, bien que le temps soit couvert. Le temps gris a son charme aussi, et la pluie.

— J'ai faim.

— C'est prêt, Désiré. A propos...

Il faut bien lui en parler.

— Léopold est venu. Il s'est assis un moment et il a pris

une tasse de café.

— Comment était-il?

— Bien.

C'est tout. Il ne s'inquiète pas davantage. Ou plutôt si. Il questionne, longtemps après :

— Il travaille?

— Je n'ai pas osé le lui demander.

Il mange ses carottes au sucre avec un bifteck bien cuit sans s'apercevoir qu'Élise lui lance des regards furtifs, comme si elle lui cachait quelque chose, comme si elle craignait de se voir découverte.

— M. Monnoyeur m'a dit ce matin...

Elle lève les yeux au plafond. M. Monnoyeur dit toujours ça : l'année prochaine, si tout va bien, je vous donnerai une augmentation.

Pourtant, aujourd'hui, comme pour se faire pardonner, elle feint de partager le contentement de Désiré.

— Cela nous permettrait d'acheter de nouveaux rideaux, des rideaux croisés. J'en ai vu de pas trop chers à l'«Innovation»...

S'il sentait comme une Peters, il comprendrait qu'un élément nouveau s'est introduit dans la maison, si subtil qu'Élise elle-même, encore frémissante, ne pourrait le définir.

Léopold a acheté du saucisson quelque part et le mange sans pain, dans le clair-obscur d'un caboulot, en regardant vaguement devant lui.

6

Ce fut le silence, dès le matin, qui provoqua chez Élise ce malaise de maladie qu'on couve, qu'on sent en soi partout et nulle part. La fenêtre de la cuisine était grande ouverte sur les dos des maisons, sur les courettes, sur un grand pan de ciel bleu clair découpé par les pignons, et ce silence exceptionnel, angoissant, arrivait de très loin en vagues concentriques, comme se propage le son des cloches, il venait d'au-delà des toits, d'au-delà du ciel d'aquarelle, donnant envie de refermer la fenêtre pour l'empêcher d'envahir la maison.

Car, de ce silence, chacun devait avoir l'impression d'être le centre, chacun qui, au milieu de cette immensité de calme absolu, déclenchait de petits vacarmes individuels, avec une fourchette, un verre, en ouvrant une porte, en toussant, en respirant.

En dehors de ce noyau sonore qu'on transportait honteusement avec soi, rien. Vides, indécemment nus, étaient les murs de briques roses de la maison que l'on construisait sous les fenêtres d'Élise ; les maçons ne travaillaient pas et le premier bruit qui manquait, c'était le crissement du mortier sous leur truelle. Morte, dans le centre du pâté de maisons, la forge de chez Halkin aux amples coups de marteau, aux résonances de tôle. Et, à dix heures, il n'y eut pas, dans la cour de l'école des Frères, rue de l'Enseignement, l'explosion suraiguë de la récréation.

Les trams ne circulaient pas. On en avait entendu deux alors que le jour se levait à peine, mais ils avaient été renversés hors des voies quelque part du côté de Fétinne.

La veille de ce Premier Mai radieux, blanc et bleu de ciel comme la Vierge, M. Monnoyeur avait préféré se porter malade, s'emmitoufler de cache-nez, se tasser dans son fauteuil de cuir.

— Qu'est-ce que nous décidons, monsieur Mamelin ?

Et Désiré avait répondu simplement :

— Nous ouvrons, bien entendu !

C'est à peine si, en lisant le journal, le soir, en manches de chemise, au coin du feu, il avait annoncé à Élise qu'il ne

rentrerait peut-être pas dîner. Le journal portait en grosses lettres noires de catastrophe :

LA GRÈVE GÉNÉRALE EST DÉCIDÉE

— Que va-t-il se passer, Désiré ?
— Pourquoi se passerait-il quelque chose ?

Il est parti, comme d'habitude, avec quelques tartines en
plus pour le cas où des barrages de police l'empêcheraient
de rentrer à deux heures, mais il n'y croit pas.

Les gens ont fait leurs provisions. On ne voit personne
dans la rue. Godard, le boucher de la place du Congrès, a
entrouvert sa boutique et seules quelques voisines s'y sont
glissées furtivement.

On dirait que les hommes ont la peste ou craignent de
l'attraper. Pas de facteur. Les poubelles pleines sont
restées au bord des trottoirs. Pas d'écoliers en caban, pas
un cri, pas un bruit. A moins que tous ne soient morts, les
habitants sont quelque part, peut-être embusqués derrière
leurs rideaux. Parfois une porte s'entrebâille ; par la fente,
on devine un œil qui interroge le vide dramatique de la
rue, quelqu'un qui a peur de respirer les miasmes du
dehors, ces hallucinants miasmes du silence.

Pourtant, vers dix heures, Léopold est venu, traînant la
jambe, sans souci de réveiller les échos de la rue Pasteur. Il
a longtemps regardé en l'air avant de sonner, car il a
horreur de sonner, à cause de la propriétaire qui feint de
n'avoir entendu qu'un coup au lieu de deux et qui se
précipite pour lui ouvrir.

— Bonjour, fille.

Il avait son air des autres fois. Il s'est assis à sa place,
dans le fauteuil d'osier de Désiré ; Élise lui a servi une
tasse de café fort qu'elle lui a préparé exprès.

— Mon Dieu, que va-t-il se passer, Léopold ?

C'est curieux que, lui qui sait, réponde comme Désiré

qui ne sent rien, qui irait à son bureau à la même heure, par le même chemin, si la ville entière était en feu.

— Que veux-tu qu'ils fassent ?

Il ne s'explique jamais. Il se comprend, laisse tomber de lourdes et mystérieuses paroles d'oracle, puis, après un long silence, un grésillement ignoble dans sa vieille pipe rafistolée :

— A moins que les *autres* tirent.

— Et s'ils tiraient ?

L'oracle ne répond plus et se plonge dans ses méditations que le silence du Premier Mai ne trouble pas.

Léopold est venu. Il s'est assis. Il a bu sa tasse de café et il est parti.

— Au revoir, fille.

Le silence, à nouveau. L'éclatement d'une cuiller sur une assiette. Un pas, le fameux pas de métronome, Désiré qui rentre à deux heures comme si de rien n'était, ainsi qu'il l'a annoncé.

— Eh bien ?

— Rien.

— Les grévistes ? Les mineurs de Seraing ?

— Ils défilent. Ils sont calmes.

— Mon Dieu, Désiré !

— Puisque je te dis que tout est calme ! Les gens se font des idées. Il est reparti comme il est venu. L'enfant en a profité pour crier, pour hurler à en devenir bleu, pour transpercer de ses glapissements les cercles de silence.

Il est quatre heures cinq, quatre heures six au réveille-matin qui bat fiévreusement sur la cheminée noire, quand soudain cet étouffement dont Élise souffre depuis le matin se transforme en panique. Elle ne pourrait plus tenir cinq minutes. Elle s'habille, ne regarde pas dans la glace comment elle met son chapeau, ne referme pas la fenêtre, ne recharge pas le feu. Elle emporte l'enfant comme elle le sauverait d'une catastrophe et descend.

Elle sait que la propriétaire, Mme Martin, écoute, va ouvrir sa porte. La voiture est sous l'escalier. La porte bouge. La vieille fèmme regarde sa locataire. Si encore elle empêchait Élise de sortir! Mais non! Elle la regarde avec terreur, sans un mot, la bouche entrouverte à la façon d'un poisson, à croire qu'Élise est devenue folle, et elle s'enferme à nouveau, tourne la clef dans la serrure.

Élise marche, pousse la voiture, coupe au court vers la ville et elle s'anime, toute seule dans le désert, elle veut, elle a besoin de savoir.

— Pardon, monsieur l'agent...

Il observe, étonné, interrogateur.

— Est-ce qu'on peut encore passer les ponts?

— Cela dépend où vous allez.

Elle invente.

— A l'«Innovation».

— On vous dira ça plus loin.

Ce n'est pas son secteur. Il ne sait pas. Cela lui est égal. Elle repart, pousse du ventre la voiture d'enfant. On voit du monde, là-bas, à l'entrée du pont des Arches, mais toujours aucun bruit.

— Où allez-vous?

Elle allait essayer de se faufiler entre les gendarmes qui gardent le pont.

— A l'«Inno»...

Une inspiration. Elle se reprend.

— Chez moi. J'habite la rue Léopold, la maison Cession, la chapellerie...

— Passez.

Elle triomphe, se précipite sur le pont désert, enviée par les curieux. De l'autre côté, elle se heurte à un nouveau barrage.

— Où allez-vous?

— J'habite la rue Léopold, chez Cession, la cha...

— Essayez de passer. Vous verrez bien plus loin.

Elle gagne des points. Elle ne sait où elle va, ce qu'elle

veut. Elle avance pour avancer, parce que son instinct la pousse, mais, au coin de la rue de la Cathédrale, elle arrive devant un mur de dos humains, balbutie vainement :

— Pardon, monsieur... Pardon... Pardon...

Elle pousse la voiture dans les jambes des gens qui font la haie et se retournent avec humeur.

Elle est au bout. Les agents de police et les gendarmes ne pourraient plus rien pour elle, car elle a atteint le cortège, elle tente encore de se faufiler malgré tout, se hausse sur la pointe des pieds, s'accroche, se penche, ne voit que des têtes qui défilent et elle entend maintenant, en dessous du silence de la ville, la plus étrange des rumeurs, faite de pas, rien que de pas, sans une fanfare, sans un cri, sans une voix, sans un murmure, cent vingt mille hommes, femmes et enfants qui marchent en rangs depuis le lever du soleil, entre les boutiques aux volets clos, devant les fenêtres aveugles, avec, à chaque carrefour, les mêmes agents, les mêmes gendarmes l'arme au pied qui semblent les cerner, ou les acculer dans un cercle de plus en plus étroit.

— Madame, vous feriez mieux, avec votre enfant...

Mais ce n'est qu'un petit gradé qui parle si poliment et avec qui elle pourrait s'arranger. Un autre accourt, un capitaine ou un grade approchant, la sueur au front, qui a vu la voiture.

— Allons ! refoulez... Refoulez-moi tout ça !... Refoulez !...

Tout le monde en pâtit. A cause d'elle, ceux qui sont parvenus à franchir le pont des Arches sont obligés de regagner le quartier d'Outremeuse où il n'y a rien à voir.

Pourquoi Élise est-elle brusquement inquiète en approchant de chez elle ? Est-ce qu'elle a laissé la fenêtre ouverte ? Peu importe. Elle est mal à l'aise. Elle doit se livrer à une gymnastique compliquée pour faire gravir par la voiture les trois marches du seuil. Dans l'escalier, son angoisse se précise. Il y a quelqu'un chez elle. On marche.

Courageusement, comme elle a foncé vers la ville, elle ouvre la porte et c'est d'une voix qui l'étonne qu'elle murmure:

— Désiré!

C'est tellement inattendu de trouver Désiré en chemise au milieu de la cuisine! Il lui demande, lui, le plus simplement du monde:

— Où es-tu allée?

— Mais toi?

Elle a déjà compris. Le costume de garde civique...

— Désiré! On vous a...

— Figure-toi que le tambour est passé dans les rues. Tous les gardes civiques doivent se trouver à sept heures place Ernest-de-Bavière.

— Mais pourquoi?

— Ils n'en savent rien eux-mêmes. Passe-moi mon ceinturon, veux-tu?

— Attends au moins que je prépare du café pour ta gourde.

Il ne sait pas, lui, ce que ces petits riens ont de dramatique. Ce n'est qu'une grève générale, un Premier Mai un peu plus agité que les autres, mais, pour elle, c'est un homme, le sien, qui revêt l'uniforme, boucle son ceinturon et essuie la graisse de son fusil. Cela amuse Désiré.

— Il paraît qu'on va nous distribuer des cartouches.

— Fais bien attention, Désiré.

Si encore Valérie était là! Elle est immobilisée, elle aussi, dans les magasins de l'«Innovation», où vers trois heures, la police a fait baisser les rideaux de fer.

Si Élise allait chez Mme Pain, à cinquante mètres rue Pasteur? Hélas! Mme Pain est toujours à se lamenter. Elle souffre du foie et de la matrice. Elle doit être jaune de peur.

— A tout à l'heure ou à demain matin. Ne t'inquiète pas. Il ne peut rien arriver.

La moustache de Désiré qui l'embrasse n'a pas le même goût que les autres jours.

— Fais bien attention.

A quoi? Rue Jean-d'Outremeuse, il rencontre d'autre gardes civiques, des camarades avec qui il est allé en classe et ils déambulent comme des gamins en vacances.

— Qu'est-ce qu'on va nous faire faire?

Le défilé suit toujours l'itinéraire qui lui a été tracé à travers la ville et les grévistes observent la consigne de leurs chefs: ils se taisent. Seuls parlent les drapeaux, les fanions des syndicats, rouge vif pour la plupart, et des banderoles qui vont d'un trottoir à l'autre en se balançant à hauteur des premiers étages:

POUR LES TROIS-HUIT

Ils viennent de loin, de Seraing, d'Ougrée, de Tilleur, d'Ans, de tous les charbonnages, des corons qui entourent la ville, des usines, que d'habitude, on n'entrevoit qu'en passant en train, noires et mystérieuses, avec la gueule sanglante des fours que chargent des démons demi-nus.

Certains sont partis alors que le jour n'était pas levé. Ils commencent à traîner la jambe. Les souliers cloutés raclent le pavé ou l'asphalte. On dirait que les hommes découvrent avec stupeur ces quartiers où ils ne viennent jamais et où la peur a aveuglé les vitrines et les portes.

Ils sont huit ou dix de front. Certains portent leur gosse sur les épaules. Des femmes butent, serrant sur leur poitrine les pans de châles sombres, aux franges de grosse laine.

Les mineurs ont sur la tête le casque de cuir bouilli et des gens, derrière leurs rideaux, frissonnent en les regardant passer, les yeux plus clairs que ceux des autres hommes dans leurs visages durcis.

Élise prie, sans savoir au juste pourquoi. Elle éprouve le besoin de s'agenouiller dans un coin de la cuisine et murmure :

— Mon Dieu, Sainte Vierge Marie, faites que...

Faites qu'il ne se passe rien ! Et pourtant elle voudrait... Non ! Elle ne désire pas qu'il se passe quelque chose, elle ne souhaite pas l'émeute. C'est plutôt un besoin physique. Ses nerfs sont à nu. Elle voudrait être là-bas. Elle souffre de se trouver seule dans sa cuisine de tous les jours.

— Faites que Désiré...

Elle se ment à elle-même. Elle pleure un peu. Cela la calme. Puis elle prépare le bain de Roger.

— Qu'est-ce qu'ils font ? Comment est-ce possible qu'on n'entende toujours rien ?

Des gardes à cheval encadrent l'immense place Saint-Lambert. Les volets de fer sont baissés au «Grand Bazar», chez Vaxelaire-Claes, à l'«Innovation», et, quand le soir tombe, les globes laiteux des lampes à arc ne s'allument pas. Plus sombre encore est le côté nord, le lourd palais des Princes Évêques aux colonnes massives qui semblent destinées à supporter le ciel. Parfois un coup de sifflet, un ordre, un gradé qui traverse à cheval le terre-plein désert.

Les grévistes, ou plutôt leurs chefs, ont promis que la place Saint-Lambert serait neutralisée. On en garde toutes les issues, les cinq ou six voies qui y débouchent, y compris les ruelles. Le grand «Café du Phare», aux trente billards, aux tables de marbre pour mille personnes, est fermé. Fermé aussi le grand magasin de porcelaines. Entre ces deux immeubles, une façade sombre, toute en hauteur, des fenêtres ouvertes, un balcon sur lequel se dessine parfois une silhouette.

C'est la «Populaire», le local officiel des syndicats et des partis ouvriers.

Cela étonne, quand on vient de la ville morte, d'y voir circuler des garçons de café en tablier blanc qui servent des canettes de bière, des sodas rouges et jaunes, des sandwiches au jambon. Les planchers sont gris poussière, avec des traînées de mouillé, les murs bruns. Des guéridons servent de bureaux, des hommes en casquette pointent des listes et, au premier étage, les papiers s'amoncellent sur la longue table des secrétaires.

— Ougrée-Marihaye ?

— Deux mille deux cents.

— Tréfileries de Sclessin ?

On cherche le secrétaire responsable qui est allé jeter un coup d'œil au balcon.

— Huit cent cinquante-deux : tout l'effectif.

— Vieille-Montagne ! Où est la Vieille-Montagne ?

Le cortège n'est pas loin, il passe à moins de deux cents mètres à vol d'oiseau, derrière les grands magasins fermés ; cependant on n'entend rien, on guette de temps en temps ce silence ; les grands chefs, debout près de la fenêtre, parlent d'autre chose. Ils sont tous barbus, Vaï dervelde venu exprès de Bruxelles, Demblon-le-Tonitruant qui a écrit de savantes études sur Shakespeare et qui lit Ovide dans le texte, Troclet-de-Liège, puis un jeune qui n'est pas encore député, inquiétant par sa brutalité : Flahaut.

— Téléphone !

La sonnerie ne cesse presque jamais. Cette fois, ce n'est pas un compte rendu de province.

On demande le patron.

— Allô !... Oui... Comment ?... Mais non... Je puis vous certifier que tous les ordres ont été donnés dans ce sens...

Le chef de la police parle, à l'autre bout du fil. Dans les bureaux de l'Hôtel de Ville, ils sont réunis tout comme à la « Populaire ».

— Il se produit des mouvements inquiétants, comme si...

Les deux parties se sont pourtant mises d'accord. Un cortège, soit, mais sans chants, sans musique, surtout sans

110

«Internationale». Les ouvriers fourniront des équipes de gardes dans les hauts fourneaux et dans les usines.

— Allô! Qu'est-ce que vous dites?

A plusieurs pas du téléphone, on peut entendre les mots:

— ... Gardes civiques...

— Vous avez tort... Comment?... Pas du tout?... Puisque je vous répète qu'il n'y aura pas de meeting, pas de discours, ni...

Le grand patron cherche Flahaut des yeux et celui-ci détourne la tête.

— Dites, Flahaut! Il paraît que vos hommes...

Les mineurs de Seraing... Ils se seraient retirés du cortège les uns après les autres, par petits paquets. On parle d'infiltrations... L'inquiétude règne à l'Hôtel de Ville... On a fait battre le rappel de la garde civique...

Flahaut affirme, mais il est capable de mentir:

— Je n'ai donné aucun ordre.

On allume le gaz. L'air, dehors, devient brumeux. On entend des bruits de troupe, du côté de la rue Léopold. C'est la garde civique, qu'on a réunie place Ernest-de-Bavière et qui vient occuper son poste place Saint-Lambert.

Comme pour confirmer les inquiétudes du chef de la police, des cris partent de l'autre bout de la place. Une poussée s'est produite au coin d'une petite rue. Une estafette de la «Populaire» ne tarde pas à revenir.

— C'est déjà fini. Quelques mineurs qui ont essayé de forcer le barrage...

Et pourtant on continue à sentir comme une menace dans l'air. D'où sortent, par exemple, ces hommes qui commencent à se grouper sur le terre-plein et qui regardent vers les fenêtres de la «Populaire»?

Il fait trop sombre pour distinguer les visages. Ce sont des grévistes, à coup sûr. Comment sont-ils parvenus jusque-là?

Au moment où les gardes civiques qui ont, pour la première fois, reçu des cartouches, débouchent sur la place par la rue Léopold, une clameur les accueille.

— A bas la garde civique!

Un cri isolé:

— La garde civique avec nous!

Ils sont deux cents, maintenant, peut-être davantage, qui ont pénétré dans le quadrilatère défendu. Un petit groupe d'officiels débouche à son tour, le bourgmestre avec son écharpe, le chef de la police, des agents.

Coup de sifflet.

On ne sait pas encore ce qui se passe au-delà des barrages, dans les rues où tout à l'heure le cortège défilait avec calme. On tend l'oreille. Les officiels se sont rapprochés de la «Populaire». Leurs regards montent vers le balcon comme une prière muette.

Il est encore temps d'éviter le grabuge.

Non! Il n'est plus temps. Toute une partie du cortège s'est mise à vivre d'une vie nouvelle comme si un mot d'ordre avait circulé et le sens de la marche change, la file s'allonge, les hommes se dispersent, se regroupent dans un ordre différent, des agents sont bousculés.

— Place Saint-Lambert!

Un cri qui s'enfle, qui se répercute à l'infini, des pas précipités, des sifflets stridents. On s'attend à ce que le bourgmestre ou le chef de la police entre à la «Populaire» pour réclamer des comptes, mais ce n'est pas possible, il leur est interdit de prendre contact devant tout le monde.

Des gendarmes à cheval ont mis sabre au clair, du côté de la place du Théâtre, d'où semble surgir la masse la plus compacte et, à l'instant où on s'y attend le moins, après une poussée confuse, le barrage cède, des centaines, des milliers d'hommes et de femmes déferlent en se bousculant.

Est-ce que les chefs doivent paraître au balcon et essayer

112

de se faire entendre? Ils en discutent, à mi-voix, parmi les bocks, les petits pains au jambon et les papiers qui jonchent le plancher sale.

— Allô! Ici le commandant de la gendarmerie. Si les grévistes ne se retirent pas en bon ordre...

Comment leur parler? A qui? A quoi? C'est une mer humaine qui grossit et où on ne distingue plus les individus. La poussée a fait éclater une grande glace derrière les volets métalliques de l'«Innovation» et ce fracas a excité les hommes, des pierres ont été lancées dans les vitres dépolies des marquises.

Quelqu'un soupire, dans le groupe des officiels:

— Si seulement il pouvait pleuvoir!

A l'«Innovation», les vendeuses et inspecteurs ont été réunis par M. Wilhems dans le sous-sol, près des rayons de quincaillerie, et Valérie pense à Élise, seule rue Pasteur avec l'enfant.

Chacun attend quelque chose, chacun attend la même chose qui paraît inévitable et, contre tout pronostic, cette chose ne se produit pas, le temps passe, le piétinement gagne en ampleur, il semble que toute la ville soit piétinée rageusement, que cela gronde de partout sans qu'éclate le premier coup de feu.

La place s'est en quelque sorte partagée en deux. Le terre-plein, en face du palais des Princes Évêques, est toujours entouré par les gendarmes à cheval. Devant le «Grand Bazar», l'espace est occupé par les gardes civiques que la poussée des grévistes écrase de plus en plus contre les devantures.

La nuit est tombée. Il ne reste d'éclairées que les fenêtres de la «Populaire» où les manifestants essaient de reconnaître les ombres qui s'agitent.

— Allô!... Oui... Fermez vos volets... C'est un ordre... Quand ils ne verront plus de lumière, ils s'en iront...

Les augures hésitent. Si on ferme les volets, on aura l'air de flancher. On décide d'éteindre seulement les lampes et, dès lors, c'est l'obscurité dedans et dehors, on peut aller regarder au balcon sans être vu.

D'où cela est-il parti ? Il est plus de dix heures. On aurait pu penser que la nuit se passerait dans cette attente incohérente, ou que les estomacs vides et la fatigue auraient raison des manifestants. Une rumeur. Un chant, d'abord en sourdine, puis qui s'amplifie, qui gagne de proche en proche, entonné enfin par des milliers de poitrines ;

« ... C'est la lutte... finale... »

En même temps, la poussée des corps. Quelques hommes, au milieu du chaos confèrent à mi-voix. Le maire, tout petit, ne voit rien au-delà de ses voisins immédiats.

Le premier couplet est terminé. Un temps d'arrêt. On devine que le second couplet va éclater, mais c'est, dans ce court silence, l'appel déchirant d'un clairon qui serre toutes les gorges.

A cheval, sabre au clair, debout sur ses étriers, le commandant de la gendarmerie s'avance autant qu'il le peut vers ces hommes dont on ne distingue plus le visage et, après la troisième sonnerie, sa voix s'élève, si nette qu'on doit l'entendre jusqu'aux confins de la place Saint-Lambert.

— Première sommation ! Que les citoyens paisibles rentrent chez eux ! On va tirer !

La foule vibre, avance, recule. Un murmure s'élève.

— Deuxième sommation ! Que les citoyens paisibles...

On hurle. Tout le monde clame sa colère.

— ...On va tirer !

Un silence encore. Le clairon.

— Que les citoyens paisibles...

Le coup de feu a éclaté ; un coup de feu isolé, ridiculement faible, et pourtant il a retenti dans tous les cœurs. On ne sait pas qui a tiré, ni sur quoi, on ignore si quelqu'un a été atteint.

— Présentez, armes !... Chargez, arrrmes !...

114

Des cris de femmes, une bousculade, un souffle de panique qui passe, une autre poussée, en avant celle-ci, volontaire et haineuse.

— Feu!

A-t-on tiré en l'air? Personne ne le sait, personne ne sait où il va, tout le monde pousse, joue des coudes, des poings, à la recherche d'une issue, et voilà que les gendarmes à cheval chargent au commandement, que les poitrails des chevaux bousculent les manifestants tandis que zigzaguent des éclairs de sabres nus.

Un grand silence, au balcon de la «Populaire» où ils sont une vingtaine serrés les uns contre les autres, à essayer de comprendre, à écarquiller les yeux devant ces flux et reflux terrifiés dans l'obscurité de la place.

Qui a eu cette idée? Qui a donné l'ordre? Toujours est-il que toutes les lampes encore entières du «Grand Bazar», de Vaxelaire, de l'«Innovation» s'allument presque à la fois avec des grésillements bleuâtres de charbons.

Des masses humaines s'engouffrent par toutes les issues, par toutes les rues et le flot va s'écouler peu à peu, interrompu par des bagarres isolées, par des coups de feu de-ci de-là, des galopades de chevaux.

Élise tremble, assise près de la lampe. La porte de la chambre à coucher, où l'enfant dort, est entrouverte sur l'obscurité. Élise ne sait pas, n'entend rien que comme le très lointain passage d'un train et elle vibre, se lève, se rassied, n'est bien nulle part, se demande parfois si elle ne va pas céder à la tentation.

C'est impossible! Elle ne peut pas laisser l'enfant seul. Dans le silence de la nuit, des pas se rapprochent, saccadés. On dirait un troupeau affolé qui fuit sans savoir où mais, à mesure que l'on s'éloigne de la place Saint-Lambert, on ralentit l'allure, des ombres s'interpellent, des groupes se forment, essayent de se repérer.

Il en passe, de ces gens, dans la rue Pasteur même, sans

doute ceux qui rentrent chez eux à Bressoux ou à Jupille. Élise est derrière sa fenêtre, dans la chambre. Elle écoute, ne surprend que des mots sans suite, voudrait descendre, poser des questions.

Elle se décide. En pantoufles, elle se glisse dans l'escalier, entrouvre sans bruit la porte de la rue ; comme par un fait exprès, il ne passe personne pendant de longues minutes.

Enfin un homme, une femme, un enfant qu'on traîne littéralement.

— Pardon, monsieur. Est-ce qu'on a tiré ?

Ils ont peur d'elle. L'homme a eu un instant d'hésitation et sa femme lui conseille, hargneuse :

— Viens !

Élise tremble, pleure, attend encore. Il lui semble que son fils crie, là-haut, et, comme elle a laissé la lampe allumée, elle remonte.

Elle ne se couche pas. Elle ne fait rien, qu'entretenir le feu, que préparer du café pour quand Désiré reviendra. Et il rentre enfin, à six heures du matin, de la buée de l'aurore dans les moustaches, il rentre souriant, d'un sourire un peu forcé.

— Mon Dieu, Désiré ! Que s'est-il passé ?

Il replace son fusil au-dessus de la garde-robe, vide sa cartouchière où les cartouches sont au complet. Il reste un peu de café froid dans sa gourde couverte de drap brun.

— Nous étions collés contre les maisons entre la rue Gérardrie et la rue Léopold, près du «Grand Bazar». On ne voyait rien. Il y avait des gendarmes à cheval devant nous et nous n'avions qu'une peur, c'est que les chevaux reculent.

Il sourit à un souvenir.

— Tu connais l'horloger, à côté de la pharmacie ? C'est là que nous étions tout un groupe : Ledent, Grisard, le gros Martens. Grisard, le premier, a pissé contre le volet...

— Mon Dieu, Désiré !

— Après tout le monde y a passé. Le matin seulement, nous nous sommes aperçus que c'était le volet de la porte. Le magasin est en contrebas. Tout à l'heure, quand ils ouvriront la boutique...

Il pousse un soupir d'aise en déboutonnant sa tunique, trempe ses moustaches dans le café chaud.

— Pour le reste, nous n'avons rien vu. On a fait les sommations. On a tiré en l'air, c'est tout ce que je sais. Il paraît qu'un gendarme a eu le képi traversé par une balle de revolver. On raconte...

A quoi bon? Ce n'est pas sûr. Deux fois l'ambulance est venue place Saint-Lambert. Les gardes civiques, immobilisés contre les devantures, n'ont rien distingué.

— Tu n'es pas trop fatigué?

— J'ai faim.

Elle voit bien que sa lèvre a un frémissement qui ne lui est pas habituel. Elle fait semblant de ne pas s'en apercevoir. Elle est triste, plus lasse que lui, vide de ses nerfs et, si elle s'écoutait, si ce n'était pas l'heure de ranger le ménage, elle irait se coucher.

A sept heures, une sirène familière annonce la reprise du travail chez Halkin et quelques minutes plus tard, tandis que les maçons déchargent des briques dans le terrain vague, sous la fenêtre de la cuisine, les premiers coups de marteau résonnent sur la tôle.

7

Cinq minutes avant... Même pas cinq minutes... Il faut si peu de temps au malheur pour s'abattre et c'est Élise qui a raison, elle le sait, elle le sent, on a beau se moquer de son air morose, de sa façon de se faufiler en s'excusant comme pour apitoyer le sort. Une fois, exagérant sa bonne humeur pour ne pas fâcher sa femme, Désiré a lancé:

— Tu es une Madeleine!

Il ne comprendra jamais et c'est mieux pour lui.

Cinq minutes avant, la vie était simple et lumineuse. Élise franchissait la passerelle. Presque à égale distance du pont Neuf et du pont des Arches, c'est, frontière entre le faubourg et le centre de la ville, un large pont de bois qu'on appelle ainsi. C'est plus court. C'est plus familier. La passerelle est un peu la chose des habitants d'Outre-meuse, le pont qu'on franchit sans chapeau, pour une simple course.

On monte quelques marches de pierre. Les planches du pont résonnent et tremblent sous les pas. De l'autre côté, on descend et, dans le petit matin, cette descente est comme un atterrissage dans un monde nouveau.

Partout, aussi loin qu'on peut voir, le marché s'étale, marché aux légumes à gauche, marché aux fruits à droite; des milliers de paniers d'osier qui dessinent de vraies rues, des impasses, des carrefours; des centaines de commères courtes sur jambes qui ont des poches pleines de monnaie dans leurs trois épaisseurs de jupons et qui raccrochent ou engueulent les pratiques.

Élise les entendait murmurer en souriant à son fils:

— Il est si malicieux!

Ou encore:

— C'est la petite dame à l'enfant qui est si bien tenu!

Le long des quais, il existe encore de vieilles maisons aux hauts toits et aux façades couvertes d'ardoises, aux fenêtres à petits carreaux verdâtres. Il y a des chevaux et des camions par centaines et les chevaux, à cette heure-là — après avoir marché une bonne partie de la nuit — ont un sac d'avoine accroché à la tête.

Élise se faufilait ainsi dans un monde venu d'ailleurs, de toutes les campagnes des environs, un monde qui disparaîtrait tout à l'heure, au coup de cloche, ne laissant derrière lui, sur les petits pavés des quais et des places, que quelques feuilles de choux et des fanes de carottes.

Elle avait enfin sa poussette! Des mois durant, on avait répété:

— Quand on pourra se passer du landau!

Quand, toujours, quand! Quand Roger ne sera plus qu'à six biberons par jour, quand on le mettra à la phosphatine, quand on pourra l'asseoir dans sa chaise, quand il commencera à marcher, quand il ne sera plus nécessaire de le porter dans l'escalier...

Élise, qui souffre des reins, et, maintenant que l'enfant marche un peu, l'a sans cesse sur les bras, Élise sait que c'est un leurre, mais il est inutile de répéter à Désiré que ce sera toujours la même chose. D'ailleurs, au fond, Désiré le sait aussi. Il fait maintenant semblant de croire...

Tout à l'heure, lorsqu'elle a quitté la rue Pasteur avec la nouvelle voiture qu'elle étrenne, il lui a lancé, joyeux:

— Tu vois! Tu ne te fatigueras plus.

Puis il a allongé ses grandes jambes pour aller s'asseoir un moment chez sa mère avant de gagner son bureau. Élise a décidé de faire des confitures de groseilles et elle était presque joyeuse, presque résolue, comme Désiré, à voir le monde de la couleur de ce matin de mai. Cependant, elle a beau faire, sa tête se penche toujours un peu sur le côté.

— Qu'est-ce que tu veux, Désiré? J'ai tellement l'habitude du malheur!...

Elle flaire le malheur là où il se cache le mieux, elle le dénicherait où personne ne le soupçonnerait. La preuve, ce matin! Elle vient d'acheter des groseilles rouges, puis des grosses groseilles vertes égayées d'un petit disque pourpre. Elle compte emprunter en passant la bassine de cuivre de Mme Pain, elle en a pour sa journée, à faire des confitures devant la fenêtre ouverte que le mur rose et les maçons blancs ont presque atteinte, car on bâtit une nouvelle maison derrière chez eux et chaque jour les murs s'élèvent de quelques rangs de briques.

Tout à coup, méchamment...

C'est cela, c'est la méchanceté, la traîtrise du destin qui l'affecte. Elle fait tout ce qu'elle peut. Elle s'est levée comme d'habitude à six heures du matin. Chez elle, on peut entrer à l'improviste : tout est en ordre et la soupe mijote déjà sur le coin du feu. Aucun enfant du quartier n'est soigné comme Roger. Les langes sont lavés plus souvent que ce n'est nécessaire et il ne traîne pas une odeur fade dans la cuisine comme dans tant de ménages où il y a un bébé. Les vêtements sont cousus par elle. Elle n'achète rien en confection. Elle économise sur les moindres achats. Désiré est-il rentré une fois rue Pasteur sans trouver le dîner servi ?

Il faut, ce matin, que le coup lui vienne de Félicie.

Pour comble, Élise l'a senti. Elle aurait dû suivre son instinct. Mais peut-elle, parce que Félicie tient un café en plein marché, ne plus rien acheter en ville et courir les boutiques de la rue Puits-en-Sock comme ses belles-sœurs du côté Mamelin ?

Les maraîchères la connaissent, lui sourient. Elle est si aimable avec tout le monde !

— Vois-tu, Valérie, si chacun se donnait seulement la peine d'être aimable !

Cela lui fait mal quand quelqu'un manque à ce devoir si simple. Même Désiré, parfois ! Trop de gens ne sentent pas. Tant pis pour ceux qui sentent ! Ils sont seuls à en souffrir.

Elle savait. Pas exactement ce qui allait lui arriver, sinon elle aurait préféré de rentrer sous terre. Elle a eu néanmoins comme un avertissement.

Elle se rapprochait, vaquant à ses achats, de ce vaste «Café du Marché» aux baies vitrées, au monumental comptoir de marbre blanc, aux étincelantes pompes à bière. Elle avait acheté ses groseilles, le filet était plein, accroché à la voiture pliante qu'on pourra enfin monter dans l'appartement, ce qui évitera tout froissement avec la propriétaire.

Elle a marchandé et on ne l'a presque pas bousculée.

— Dix sous? Allons!... C'est bien parce que c'est vous, ma petite dame...

Jamais elle ne vient au marché sans chapeau et cependant on ne la considère pas comme une orgueilleuse. Elle sait que Félicie l'a aperçue à travers les vitres du café. Elle a vu son mari, Coustou, qu'entre elles elles appellent Coucou, sortir, vêtu de noir, coiffé de son chapeau melon, et se diriger vers le centre de la ville comme pour un enterrement.

Bien que Coucou ne soit plus là, elle n'entre pas. Elle reste dehors. Elle ne veut pas que Félicie puisse lui reprocher un jour d'être venue au marché sans lui dire bonjour, mais elle ne veut pas non plus s'imposer.

N'est-ce pas Félicie qui était sans cesse chez les Mamelin pour se plaindre de son mari, quand ils habitaient rue Léopold? Au point que Désiré prévoyait:

— Un beau jour, nous aurons des ennuis avec Coucou.

Pourtant, Désiré n'a pas tout su, notamment qu'un matin Félicie est arrivée comme une folle, craignant d'être poursuivie. Elle était en cheveux, un châle croisé sur son corsage, et du châle elle a tiré un petit paquet.

— Élise, pour l'amour de Dieu, il faut que tu me le gardes jusqu'à ce que je te le réclame. Surtout ne le montre pas à Désiré.

Le paquet est resté caché trois jours au-dessus de la garde-robe, près du fusil.

— Pauvre Félicie.

Élise, pour attirer son attention, frappe un coup timide sur la vitre, jette un regard à l'intérieur où des femmes du marché dévorent des œufs au lard et des tartes au riz épaisses de trois doigts, en buvant de grands bols de café. Ces femmes-là tirent sans compter l'argent de vieux porte-monnaie bourrés de pièces et de billets, sans savoir au juste combien il y a dedans.

Félicie est accoudée au comptoir, vêtue d'un joli corsage blanc à entre-deux qui souligne l'opulence de son buste. Elle bavarde avec un client qu'on ne voit que de dos. Près d'Élise, des camionneurs rentrent de la bière par un soupirail et l'air sent la bière, les deux chevaux blonds pissent couleur de bière.

Élise va s'éloigner. Elle pense qu'elle ferait mieux de partir. Mais voilà son regard qui rencontre celui de sa sœur. Félicie s'avance, se retourne pour dire un mot à son compagnon, gagne la porte qu'elle ouvre tandis qu'Élise sourit déjà.

— *Qu'est-ce que tu veux encore, mendiante?*

Elle a dit ça! Les yeux froids, les traits immobiles. Élise la regarde, la regarde, ne comprend pas, ne trouve rien à répondre, elle voudrait être loin, n'importe où, elle voudrait ne jamais avoir entendu de telles paroles.

— Mon Dieu!...

Oui, elle a dû balbutier «Mon Dieu», en regardant vivement autour d'elle pour s'assurer que personne n'a entendu. Un qui a entendu, c'est le garçon, Joseph, celui qui est chauve et qui la connaît. Élise marche en poussant sa voiture. Elle fonce.

Écoute, Désiré... Non!... Désiré n'est pas ici... Il est à son bureau et jamais elle n'avouerait à Désiré... Ma pauvre Valérie!... Non! Pas à Valérie non plus... Valérie ne saura pas...

Léopold peut-être?... Si Léopold pouvait venir ce matin-là rue Pasteur!... Il comprendrait, lui qui les connaît tous et toutes, tous les Peters... Il doit encore savoir des choses qu'Élise ne fait que soupçonner...

— *Mendiante!*

Elle marche, franchit le pont des Arches sans reprendre sa respiration, ses couleurs normales. Elle regarde les passants comme s'ils envisageaient de la traquer. Elle murmure:

— Félicie est folle.

A mesure qu'elle avance, cette phrase-là revient sans cesse comme un refrain :

— Félicie est folle...

Elle voudrait en parler à quelqu'un, tout de suite. Elle sait qu'elle ne sera en paix que quand elle aura déchargé son cœur trop gros. Elle traverse la place Ernest-de-Bavière, passe devant l'église Saint-Nicolas. Pour un peu, elle entrerait avec l'enfant et irait s'écrouler devant l'autel de la Vierge de qui c'est le mois.

— Je le savais : Félicie, notre Félicie est folle...

C'est Élise, de toute la famille, qui connaît le mieux sa sœur. Avant son mariage, Félicie vivait avec elle et leur mère dans le petit logement de la rue Féronstrée. Elle était déjà belle, très formée pour son âge, les hommes se retournaient sur elle dans la rue, elle avait surtout une façon provocante de tendre le buste.

Mendiante ! Élise qui ne veut jamais rien accepter, qui est si gênée chaque fois qu'elle vient voir sa sœur ! Élise qui fait parfois un long détour, justement pour éviter ça.

Et d'ailleurs, à quoi lui servent tous ces déjeuners de fine porcelaine ? N'est-ce pas une véritable manie ?

— Tiens, ma pauvre Élise : pour le petit Roger...

Pourquoi toujours des déjeuners ?

— Voyons, Félicie ! la dernière fois encore...

Félicie se souvient-elle qu'elle a encore donné un déjeuner la semaine précédente ? A la fin, Élise doit les cacher à Désiré. Elle ne sait qu'en faire.

— Ne t'inquiète pas, ma fille. Prends-le ! C'est un beau.

Du Limoges, toujours à toutes petites fleurs roses. Est-ce que vraiment Félicie boit et est-ce qu'alors...Non, Félicie, pas d'argent ! Vois-tu, je ne peux pas accepter...

— Tu es bête !

De l'argent qu'elle prend par la poignée dans le tiroir, qu'elle pousse dans la main de sa sœur ou dans son sac.

— C'est pour le petit.

Cet argent-là, Élise est prête à le lui rendre tout de suite. Jamais elle ne s'en est servie. Sans rien dire à Désiré, elle a pris un livret de Caisse d'épargne au nom de l'enfant. En quittant Félicie, elle passait par la grand-poste.

Voilà maintenant qu'elle a envie de pleurer. C'est la réaction. Ses nerfs se détendent. Elle est lasse, s'inquiète des deux étages à monter avec Roger sur les bras, puis elle rougit.

Sur le livret de la Caisse d'épargne, il n'y a pas que l'argent de Félicie. Mais l'autre argent, on ne peut pas dire que c'est à Désiré qu'elle l'a pris. Il ne pense pas à mettre de côté. Il ne se demande pas ce qu'elle deviendrait avec son fils s'il lui arrivait malheur. Pourquoi va-t-elle faire ses achats au marché ? Pour gagner quelques centimes sur ceci ou cela. Au bout du mois, cela donne des francs qu'elle porte à la Caisse d'épargne.

Les maçons sont à leur place, deux mètres à peine plus bas que la fenêtre, se découpant déjà sur le ciel. La soupe aux haricots a pris dans le fond de la casserole.

Élise ne va pas chercher la bassine en cuivre chez Mme Pain. Elle fait ses confitures, sans goût, sans plaisir, en pensant toujours à Félicie. Léopold n'est pas venu. Tant qu'elle n'en aura pas parlé à quelqu'un, elle ne sera pas en paix.

À deux heures, Désiré s'étonne de lui voir ce visage blanc plaqué de rose, comme si elle avait pleuré.

— Qu'est-ce que tu as ?

— Ne fais pas attention, Désiré. Ce sont mes nerfs.

Prudent, il n'insiste jamais, dans ces cas-là. Il mange, face à la fenêtre ouverte. C'est elle qui joue avec le danger.

— J'ai vu Félicie.

Et, sans se troubler, Désiré de lancer :

— Elle était *brindezingue ?*

Un mot de famille qui sert pour Léopold, pour Félicie,

qui servira, hélas! pour Marthe.

— Pourquoi dis-tu ça, Désiré? Félicie ne boit pas.

— Qu'est-ce que ce serait si elle buvait!

— Tu ne comprends pas ma famille.

Il flaire le danger, évite de répondre, voudrait parler d'autre chose.

— Tu ne comprends rien aux gens qui ont eu des malheurs.

Elle va pleurer d'énervement, et il s'empresse de finir son repas, d'allumer sa cigarette.

— Pauvre Félicie! Si tu savais...

— Mais oui! Coucou, je sais... S'il la bat, elle n'a qu'à partir. Bonsoir, Élise.

Roger dort. Les pas décroissent dans l'escalier, la porte de la rue se referme et Élise s'effraie à l'idée qu'elle a failli tout raconter à Désiré.

Elle guette le moment où l'enfant s'éveillera. Elle ne veut pas l'éveiller elle-même, mais le temps lui semble long et peut-être, en s'habillant pour sortir, fait-elle un peu plus de bruit qu'il n'est nécessaire? Elle lui donne à manger, le chapeau sur la tête, règle le feu, ferme la fenêtre, descend.

Il faut absolument qu'elle parle à quelqu'un et elle va à Coronmeuse rendre visite à sa sœur Louisa.

— Ma pauvre Louisa! Si tu savais ce que Félicie m'a dit ce matin...

Non! Elle ne lui parlera pas de ce que Félicie a fait ce jour-là.

— Louisa, ma pauvre Louisa, je crois que notre Félicie est folle.

Elle a oublié l'injure. Personne ne le croirait, et pourtant c'est la pure vérité. Ce n'est pas pour elle qu'elle se presse de la sorte le long de l'interminable quai de Coronmeuse. C'est dans son tempérament. Elle courrait de même pour n'importe qui, elle éprouve le besoin de se dévouer, quitte à soupirer ensuite, la tête penchée:

— Comme les gens sont ingrats!

Elle veut s'occuper de Félicie, la sauver. Elle a remarqué bien des choses, mais c'est si subtil, si difficile à expliquer à quelqu'un qui ne sent pas comme une Peters...

Certains matins, par exemple, Félicie fond en larmes en apercevant sa sœur et l'embrasse longuement, comme après une catastrophe.

— Encore Coucou? questionne Élise.

Élise n'en a jamais parlé à personne, elle n'a jamais osé le penser nettement, comme elle le fait en ce moment. Félicie à beau soupirer:

— Il me tuera!

...Élise sent, Élise sait que ce n'est pas à cause de son mari que sa sœur pleure. Elle devine même. Mais c'est plus incroyable encore. Elle devine que Félicie n'est pas vraiment malheureuse, qu'elle s'est levée ce matin-là avec l'envie de pleurer, qu'elle joue, dans la salle claire qui sent le lard et le café, à la femme malheureuse, en jetant parfois un regard furtif à son image dans la glace.

Félicie donne! Félicie donnerait tout ce qu'elle a! Elle plonge la main dans le comptoir!

— Prends!... Mais si!...

Qui sait si, vers dix heures, vers onze heures, son humeur n'a pas changé? Une fois, peu de temps après des larmes de ce genre, Élise est repassée devant le café et elle a vu sa sœur qui riait aux éclats avec un voyageur de commerce. Elle riait comme une...

Non! Il ne faut pas dire le mot, ni le penser.

— Écoute, Louisa. Une fois, quand nous habitions toutes les deux avec maman...

Racontera-t-elle ça à sa sœur Louisa?

Elle marche et le décor change autour d'elle. Elle a parcouru la partie la plus désagréable du quai, celle que n'ombrage aucun arbre et le long de laquelle la Meuse coule, large et brillante.

Un autre quai commence, le quai de Coronmeuse, et avec lui le canal, le port où cent, deux cents péniches, peut-être davantage, reposent flanc contre flanc, parfois sur dix rangs, avec du linge qui sèche, des enfants qui jouent, des chiens qui sommeillent, une vivifiante odeur de goudron et de résine.

Racontera-t-elle à Louisa?...

Voilà la vitrine, vieillotte, encombrée de marchandises, de l'amidon, des bougies, des paquets de chicorée, des bouteilles de vinaigre. Voilà la porte vitrée et ses réclames transparentes: le lion blanc de l'amidon Remy, le zèbre d'une pâte à fourneaux, l'autre lion, le noir, d'une marque de cigare.

Et le timbre de la porte, qu'on reconnaîtrait entre mille.

Enfin, l'unique, la merveilleuse odeur de cette maison où il n'y a rien d'indifférent, où tout est exceptionnel, où tout est rare, comme si on avait mis des lustres à la façonner.

Est-ce l'odeur de genièvre qui domine? Est-ce l'épicerie, plus fade? Car on vend de tout, il y a de tout dans le magasin, des tonneaux suintant de pétrole américain, des cordages, des lanternes d'écurie, des fouets et du goudron pour les bateaux. Il y a des bocaux de bonbons d'un rose équivoque et des tiroirs vitrés sont bourrés de bâtons de cannelle et de clous de girofle.

Le bout du comptoir est recouvert de zinc, trois trous ronds y sont aménagés et de ces trous émergent des bouteilles couronnés de becs recourbés en étain.

Et il y a encore une autre odeur, celle de l'osier, qui vient du fond du couloir, car le mari de Louisa est vannier et travaille avec un ouvrier bossu dans l'atelier qui donne sur la cour.

— Tiens! Élise!

Louisa a l'air d'être la mère d'Élise, avec ses cheveux gris, sa taille épaisse, sa robe noire et son tablier bleu, d'un beau bleu de lavande. Ses traits sont fins, réguliers, son sourire aussi morose que celui de sa sœur.

— Ma pauvre Louisa...

— Entre dans la cuisine.

Louisa achève de servir une femme de marinier qui a trois gosses accrochés à ses jupes. Élise franchit la double porte vitrée aux rideaux à fleurs blanches et, dans la cuisine qu'éclaire un étrange lanterneau, c'est le calme absolu, ordre, propreté, quiétude. Une des filles, sans doute Anna, l'aînée, joue du piano dans le salon, de l'autre côté du corridor. Entre deux pratiques Louisa vient se camper devant sa sœur, le ventre en avant, le sourire voilé.

— Ton mari va bien?

Louisa déteste Désiré. Personne, chez les Peters, n'aime le grand Désiré.

— Il va bien, Louise, je te remercie. Tu sais que nous avons déménagé; nous habitons maintenant la rue Pasteur. C'est un quartier plus aéré pour l'enfant, tu comprends?

Louisa, qui sait qu'Élise est venue pour une raison précise, verse une tasse de café, va chercher du sucre dans le magasin.

— Débarrasse-toi. Tu as le temps.

— Non. Il faut que je rentre. J'ai fait des confitures. Louisa! écoute, j'ai besoin de te parler. J'ai vu Félicie ce matin. Je me demande...

Est-ce qu'elle osera le dire?

— Je me demande si Félicie n'est pas en train de devenir folle.

— Allons! Allons!

La solide Louisa hoche la tête avec une expression de pitié.

— Ma pauvre Élise! Quelles idées vas-tu te faire?

— Je t'assure, Louisa. Tu ne peux pas comprendre...

— Tu te trompes. Félicie n'est peut-être pas très heureuse avec son mari. Elle n'a pas beaucoup de santé. Elle a toujours été nerveuse.

Elle a envie d'ajouter :

— Comme toi !

Car on regarde toujours avec condescendance les deux dernières, celles qu'on n'attendait plus.

— Il y a des jours où elle est si bizarre, Louisa.

Sans s'en rendre compte, elle se sont mises à parler flamand.

— Je t'assure que Félicie n'est pas ce que tu crois.

Élise s'est assise au bord du fauteuil d'osier, le même que celui de Désiré. Elle a tiré un mouchoir de son réticule, machinalement, comme si elle prévoyait des larmes qui ne viennent pas.

— Bois ton café pendant qu'il est chaud.

Pour bien faire, il faudrait tout raconter. Elle n'ose pas, pas ici, dans cette atmosphère douillette, imprégnée des odeurs les plus rassurantes, cannelle, osier, girofle, des odeurs tellement de tous les jours !

— Comment expliques-tu, Louisa...

— Je te dis que ce sont des idées.

Pourtant, cette nuit d'autrefois, cette nuit à laquelle Élise pense depuis le matin, depuis le moment précis où elle a cessé d'en vouloir à sa sœur ?

C'était l'époque pendant laquelle elles vivaient toutes les deux, Félicie et elle, avec leur mère. Félicie travaillait comme demoiselle de magasin chez un marchand de tissus de la rue Saint-Léonard. Or, d'abord, Élise le savait, sa sœur mentait quand elle prétendait que le magasin fermait à sept heures et demie. Il fermait à sept heures. Qu'est-ce que Félicie faisait chaque jour pendant cette demi-heure ?

— Surtout, ne le dis jamais à maman ni à personne.

Une fois, l'hiver, dans l'obscurité de la rue Hors-Château, Élise avait entrevu sa sœur dans les bras d'un homme, contre une porte cochère, et ce n'était pas une silhouette de jeune homme, Élise aurait juré que c'était un homme marié.

Elle n'avait rien dit, mais depuis elle avait toujours regardé sa sœur avec effroi, et, comme elles dormaient dans le même lit, Élise ressentait une gêne à chaque contact.

Déjà Félicie avait ses humeurs, tantôt trop gaie, chantant à tue-tête, tantôt passant plusieurs jours sans une parole, inquiète, tendue comme une chatte qui attend l'orage ; ou encore, il lui arrivait de sangloter dans son lit en soufflant dans l'oreille d'Élise, à peine âgée de quatorze ans :

— Ne raconte jamais à maman que je pleure. Si tu savais comme je suis malheureuse ! Je voudrais mourir.

Qui était au courant de cela, sinon Élise ? Et le plus grave de tout, pendant la maladie de leur mère, une mauvaise bronchite : on avait dressé son lit dans la cuisine, parce qu'il n'y avait pas de poêle dans la chambre ; on lui donnait, le soir, une potion qui calmait ses râles et lui procurait un lourd sommeil.

— Tu ne te déshabilles pas, Félicie ?

Les yeux de Félicie, ce soir-là, ces yeux trop fixes qui regardaient — comme une folle, oui ! — la petite sœur effrayée.

— Tais-toi... Ne dis rien... Je vais revenir...

Félicie s'était enfuie, ses souliers à la main, en emportant la clef. Seule, dans l'obscurité, Élise avait tremblé pendant des heures, sursautant à chaque bruit de la rue.

— Félicie !... Félicie !...

C'était elle, enfin. Élise avait frotté une allumette. Elle avait vu l'heure au réveille-matin. Il était trois heures.

— Félicie !

— Tais-toi donc, imbécile. Éteins.

Elle s'était déshabillée sans lumière, puis glissée entre les draps moites. Élise avait senti. L'odeur de boisson, d'abord : Félicie avait bu quelque chose de fort. D'ailleurs, elle s'endormit d'un sommeil trop lourd.

Puis une autre odeur, comme s'il y avait eu quelqu'un d'étranger dans la chambre, dans le lit.

Jamais Élise n'en avait dit un mot. Le matin, son visage était tiré. Le visage de Félicie n'était pas plus reposé que le sien. Elle n'osait pas parler. Elle vaquait à sa toilette avec des gestes las.

— Qu'est-ce que tu veux que je te donne?

Et la gamine, prête à sangloter:

— Rien! Je ne veux rien! Surtout pas!

Et pourtant Félicie était malheureuse. Élise, qui ne connaissait rien à la vie, sentait confusément que ce n'était pas la faute de sa sœur, qu'elle ne pouvait pas faire autrement.

N'avait-elle pas ensuite épousé un homme de quarante ans? Et maintenant, s'il la bat, n'y a-t-il pas une raison?

— Tu es toute retournée. Attends que je te verse une petite goutte.

Élise criait en se redressant:

— Non, Louisa! *Surtout pas!*

Pas comme Félicie, pas comme Léopold, comme sa sœur Marthe qui boit, elle aussi!

— Je ne veux rien, Louisa. Merci. Je te remercie beaucoup. C'est plus fort que moi, vois-tu! Je suis si bien persuadée que Félicie est hystérique...

Elle a lâché le grand mot dont elle ne connaît pas le sens exact, mais qui lui paraît exprimer la vérité. A ce mot-là, le visage de Louisa s'est fermé, ses traits se sont durcis, elle regarde cette petite folle d'Élise avec sévérité.

— Veux-tu bien ne pas prononcer de pareils mots dans ma maison!

Pour un peu, elle irait s'assurer que sa fille Anna, qui joue toujours du piano, n'a pas été effleurée par les terribles syllabes.

— Tu ne sais seulement pas ce que cela veut dire.

Pourquoi ses sœurs s'obstinent-elles à la traiter en

gamine sans importance? Est-ce que Louisa sait ce qu'elle sait?

— Explique-moi alors, Louisa...

— Rien du tout. Tu as trop d'imagination. Je finis par me demander si ce n'est pas toi qui es ce que tu viens de dire.

Voilà! Élise a eu tort.

— Je te demande pardon. Mais la scène de ce matin...

— Quelle scène?

— Rien. Je ne sais plus. Ne fais pas attention, Louisa.

Louisa hoche la tête. Si Élise murmure volontiers «Mon Dieu!», sa sœur du quai de Coronmeuse balbutie, elle, avec un fort accent flamand;

— Jésus-Maria!

Et sa tête va d'une épaule à l'autre en signe de pitié pour tout ce qui n'est pas l'ordre parfait de son foyer.

— Tu n'es pas heureuse avec Désiré?

— Mais si, Louisa! Mais si. Désiré est bien gentil.

Veut-elle se faire pardonner ce qu'elle a dit de Félicie, cette accusation qui n'aurait jamais dû être portée par une Peters? Elle hoche la tête à son tour. C'est contagieux. Elle regarde autour d'elle cette maison où il n'y a qu'à tendre la main vers les étagères et les rayons.

— C'est un Mamelin, vois-tu. Il n'a pas d'ambition. Il est heureux, comme il dit. Il n'a besoin de rien. J'aurais aimé monter un petit commerce, de n'importe quoi, je me serais bien débrouillée, va! Il n'a jamais voulu. Et sais-tu pourquoi? Parce qu'il prétend qu'il ne pourrait plus manger en paix, qu'il serait sans cesse dérangé par la sonnerie du magasin. Cela ne vaudrait-il pas mieux que de vivre avec le strict nécessaire?

La voilà partie sur cette idée. Est-ce pour cela qu'elle est venue? A-t-elle déjà oublié Félicie?

Elle sait qu'elle fait plaisir à Louisa, que tout ce qu'elle dira contre le grand Désiré sera bien accueilli par sa sœur.

— «Que nous manque-t-il?» C'est toute sa réponse. Ce n'est pas lui qui fait le marché. Quand il rentre, le dîner est servi. Mais moi je connais le prix des choses... si seulement il avait un peu d'initiative! Un employé qui est entré chez M. Monnoyeur en même temps que lui gagne déjà deux fois plus et met ses filles en pension aux Ursulines. Désiré, lui, se croirait déshonoré s'il réclamait une augmentation.

— Ma pauvre Élise.

Elle peut larmoyer sans fâcher sa sœur, maintenant qu'il ne s'agit plus de Félicie, mais de Désiré. De temps en temps, Louisa est appelée par la sonnette du magasin et on entend le genièvre couler dans les verres, la voix timide des marinières qui tiennent leur argent dans la main, juste le compte, et la chute des pièces dans le tiroir-caisse.

— Une petite crémerie, par exemple! J'aurais ouvert une crémerie comme il y en a une rue de la Province...

Dans les rues calmes et larges d'Outremeuse, à l'écart de la rue Puits-en-Sock et de la rue Entre-deux-Ponts, on voit des magasins qui ne sont pas de vrais magasins. Ce sont des maisons bourgeoises où l'on s'est contenté d'installer un comptoir et des rayons dans la première pièce du rez-de-chaussée. De sorte que les vitrines — qui ne sont pas non plus de vraies vitrines — sont placées trop haut. Un seul bec de gaz les éclaire et de loin on ne voit qu'un halo jaunâtre dans l'alignement noir des maisons. La porte de la rue est ouverte. Le seuil a trois ou quatre marches et le corridor n'est pas éclairé.

Quand on pousse la porte intérieure, un timbre retentit, ou bien des tubes de cuivre s'entrechoquent en faisant de la musique. Malgré cela, il faut appeler plusieurs fois:

— Quelqu'un!

Et enfin on entend du bruit très loin. Une femme qui n'est pas une véritable commerçante, ou bien un homme qui a passé la journée à son bureau, demande gauche-ment :

— Qu'est-ce que c'est ?

Il y a un morceau de boudin sur un plat, deux ou trois fromages de Herve sous globe, six boîtes de sardines, des biscuits. On coupe. On pèse. Les tubes de cuivre s'entre-choquent à nouveau et la rue reprend son calme absolu.

Voilà ce que Désiré n'a pas voulu.

Pour récompenser sa sœur de ses plaintes, Louisa va chercher une boîte de gâteaux, une boîte invendable qui a été écornée par les souris.

— Mange, ma fille.

— Merci, Louisa. Ce n'est pas pour manger que je suis venue te voir. Il y a longtemps que j'en ai gros sur le cœur...

Est-ce vrai ? Est-ce faux ? Elle ne sait plus. Elle ne s'y retrouve plus dans ses angoisses, dans ses lamentations, dans ces malheurs compliqués dont elle se gave.

— Mon Dieu ! Déjà cinq heures. Et Désiré qui ne trouvera personne à la maison...

— Pourquoi ne viendriez-vous pas nous dire bonjour un dimanche après-midi ? Qu'est-ce que vous faites, le diman-che après-midi ? Nous, nous sommes toujours ici, à cause du magasin.

Ce qu'ils font ? Elle ne sait pas. Ils se promènent. Cela lui rappelle qu'ils ne s'arrêtent jamais à une terrasse pour boire un verre de bière !

— *Le strict nécessaire...*

Elle s'essuie les yeux, sourit.

— Allons ! Au revoir, Louisa. Et merci, sais-tu.

Merci de quoi ? Des gâteaux secs ? De la tasse de café ? Des larmes ?

Sur le trottoir, tandis que sa sœur la regarde partir, Élise pense :

— Chipie !

Car elle a remarqué que la boîte des gâteaux était

134

rongée. Même elle n'a pas voulu que l'enfant en mange, sous prétexte qu'il est un peu dérangé. Elle se retourne.

— Merci, Louisa.

Et la honte la fait rougir ; elle a trahi Désiré, sans raison, pour changer de conservation, parce que Louisa ne voulait rien entendre au sujet de Félicie et qu'il fallait expliquer ses larmes autrement.

Il lui reste une demi-heure de marche, en poussant la voiture, la rampe du Pont-Maghin à monter.

Pourvu que les confitures prennent ! A-t-elle mis assez de sucre dans les petites groseilles ?

8

Rue Montmartre, à Paris, une jeune fille qui s'appelle Isabelle joue du piano près de la fenêtre d'un entresol bas de plafond qui a été pris sur la hauteur du rez-de-chaussée. C'est la partie supérieure de la vitrine qui sert de fenêtre, de sorte que, quand le papetier se penche à l'étalage, la jeune fille semble marcher sur lui.

A Liège, rue Jean-d'Outremeuse, Élise s'arrête un instant de pousser la voiture, ramasse un objet blanc et jette un coup d'œil furtif autour d'elle. Le peintre à barbe noire, sur son échelle, n'a rien vu. C'est Léopold, Élise vient de le reconnaître. En tirant un mouchoir rouge de sa blouse, il a fait jaillir la lettre.

« *Monsieur…* »

Élise n'a lu que ce mot-là, elle a vu la fine écriture passionnée et elle est loin de soupçonner la grandeur de ce simple « *Monsieur* » adressé à l'homme que les agents ramassent chaque semaine dans le ruisseau.

A cause de M. Pain, qui passait justement et qui a

surpris son geste, Élise revient au bas de l'échelle.

— Léopold.

Sans cela, il ne l'aurait pas reconnue, pour ne pas lui faire honte. Il se contente de battre des paupières, sans dire merci, et il continue à rincer sa grosse éponge dans un seau où il y a de l'acide, car les rigoles d'eau moussent verdâtre sur le trottoir.

« Monsieur... »

Élise repart. Elle marche vite, comme toujours. Où va-t-elle encore ? Ah ! oui, chez Schuttringer, le charcutier, acheter deux côtelettes. Dans quelques jours, quand les fêtes seront finies, elle parlera à Désiré.

C'est curieux qu'elle ne lui ait pas parlé plus tôt et qu'elle ne puisse même pas dire ce qui l'a retenue. Il y a déjà deux mois qu'elle est enceinte. Seulement, cette fois-ci, elle a plutôt l'impression d'une maladie que d'un état naturel. Elle souffre beaucoup plus que pour Roger. Elle a mal au dos, comme la plupart des femmes qu'elle connaît, de monter et de descendre deux étages avec un enfant qui devient lourd, de porter des seaux, de tordre le linge. Le soir, elle ressent une douleur plus aiguë entre les omoplates, comme si le petit os qu'on a à cet endroit allait percer la peau.

Qui peut bien écrire à Léopold alors qu'elle, sa sœur, ne connaît pas son adresse ?

« Monsieur,

Je me demande avec angoisse ce que vous allez penser de moi. J'ai si peur de perdre votre estime, la seule chose qu'il me reste au monde, et pourtant je ne veux pas vous mentir plus longtemps, vous cacher le drame épouvantable que je vis heure après heure. Comprendrez-vous, vous qui comprenez tout ? Pardonnez-moi si j'en doute ! C'est tellement extraordinaire !

J'aime, entendez-vous? Moi! Moi! Oh! combien je me désespère, à présent, de ne pas vous avoir écouté le soir que vous savez! Vous me disiez des mots qui me donnaient envie de pleurer, vous me regardiez comme quelqu'un qui lit dans l'avenir et vous ne saviez pas qu'il était trop tard, que le paquet que je tenais à la main, pouvait d'une seconde à l'autre mettre fin à notre entretien, vous ne saviez pas que tout était déjà presque consommé, que j'attendais votre départ, la sueur au front, pour faire ce que je ne pouvais plus remettre à plus tard.

Aujourd'hui, j'aime comme on n'a jamais aimé, j'aime à me rouler de désespoir sur le plancher de ma chambre et je ne suis pas digne de lever les yeux vers elle, de frôler le bas de sa robe, c'est une monstruosité que moi, qui ne peux pas porter mon nom, je vive sous le même toit qu'elle et que je l'écoute du matin au soir. Car je l'entends, presque au-dessus de ma tête. Un mince plancher nous sépare et ce plancher est vibrant de sa musique. A ce moment, elle étudie une «Polonaise» de Chopin, la plus exaltante...»

Élise, pressée, tourne le coin de la rue de la Liberté pour couper au court. Elle coupe toujours au court. Sa vie est une lutte de chaque instant contre le temps. Elle s'acharne à gagner des secondes comme elle s'acharne à chiper quelques sous de l'argent du ménage pour les porter à la Caisse d'épargne.

Elle croit la rue vide, soleil et ombre. Il fait chaud. Au début de la semaine, les écoles ont fermé deux jours à cause de la chaleur. On sent de l'orage dans l'air. Elle sursaute comme une voix la hèle.

— Élise!

Ne pouvant plus faire demi-tour, elle s'efforce de sourire.

— Bonjour Catherine.

C'est Catherine, la femme de Lucien le menuisier, qui s'est installée dans l'ombre bleue du large trottoir, en face de l'école communale des filles, devant une table pliante couverte de bonbons. Léopold, du moins, a fait semblant de ne pas voir sa sœur.

— Bonjour, Élise. Bonjour, mon petit Roger. Comme il est beau ! Comme il a grandi ! Figure-toi, Élise...

Catherine embrasse l'enfant, lui glisse dans la main un bonbon acidulé d'un vilain rouge qu'Elise regarde avec angoisse.

La mère de Catherine vend des frites dans une petite rue dont elle achète les maisons les unes après les autres, une de ces rues qui sentent mauvais, où le ruisseau coule au milieu de la chaussée, bleuâtre, écœurant, une rue où, quand passe une femme trop bien habillée, trop convenable, on l'interpelle du trou obscur des corridors.

— Regardez donc celle-là, avec son chapeau !

— Il faut que je me dépêche, Catherine. Ne m'en veuillez pas. Je vais chez Schuttringer acheter des côtelettes.

Dès qu'elle aura tourné le coin, elle reprendra à l'enfant le bonbon violacé, mais elle n'osera pas le jeter par crainte que Catherine ne l'aperçoive en rentrant chez elle.

Félix Marette a changé de nom. A peine. Habitué au sien, il n'a trouvé que Félicien Miette. Il est tout au fond de la boutique, à écouter la musique au-dessus de sa tête, à attendre le moment où Isabelle descendra, son carton à la main.

Elle ne ressemble à personne, ni à son père aux moustaches tristes, ni à sa mère, qui reste toute la journée à la caisse, sans bouger, si immobile qu'il arrive aux clients de sursauter au moment où elle fait un geste.

Isabelle descend, toujours pâle, le visage anguleux, sans colifichets, sans rien de féminin dans sa toilette, le corsage de serge bleue haut boutonné sous le menton, les cheveux en nattes serrées, formant chignon dans le cou. Elle ne regarde, elle ne voit personne.

— Donne-moi de l'argent.

Pour son métro, pour se rendre au Conservatoire ou chez son professeur, un homme entre deux âges, un roux dont Marette est douloureusement jaloux.

Demain dimanche, il ne la verra pas, il ne l'entendra pas, il ne quittera pas sa chambre, il écrira, pour elle, avec comme horizon une lucarne fumante de soleil, l'histoire de sa vie, qu'il ne lui donnera jamais à lire.

Les Vétu possèdent une petite campagne du côté de Corbeil et partent le dimanche de bon matin. Marette reste seul avec son réchaud, son lit défait, du pain et du fromage achetés la veille.

« Dites-moi, je vous en prie, que vous ne me méprisez pas, écrivez-moi n'importe quoi, mais écrivez, que je sache au moins qu'il existe quelqu'un au monde qui s'intéresse un peu à mon sort. »

Élise a failli emporter cette lettre ramassée au pied de l'échelle.

Demain, c'est la fête de la paroisse Saint-Nicolas et on nettoie partout, à la grande eau, on respire le grand nettoyage jusqu'au milieu de la rue. Place Delcour, puis au bout de la rue Méan, les forains clouent, achèvent de monter tirs et manèges.

Pourquoi les fêtes, toutes les fêtes, ont-elles le don d'attrister Élise? Est-ce parce que, ces jours-là, elle se sent encore moins chez elle?

Tout à l'heure, cela commencera par une aubade. Les hommes ont préparé le Bouquet. C'est une immense machine, une perche de plusieurs mètres de haut, un mât plutôt, avec des vergues, et tout cet appareil, qu'ils sont plusieurs à porter droit, est orné de milliers de fleurs en papier.

La musique marche devant, les enfants derrière, chacun balançant une lanterne vénitienne au bout d'un bâton.

Le cortège part de la maison du sacristain, à côté de

l'église, et tout de suite il s'arrête devant le café qui fait le coin de la rue Saint-Nicolas. Dès lors, il s'arrêtera devant tous les cafés, devant tous les magasins, partout où il y aura la goutte à boire, de sorte que bientôt le cortège traînera derrière lui un relent de plus en plus âcre de genièvre.

Léopold, en entendant les flonflons, en profitera pour fuir le quartier, franchir les ponts et commencer, dans le premier estaminet tranquille d'une autre paroisse, une nouvelle neuvaine.

Les rues, les trottoirs, les pierres des maisons sont si propres, ce jour-là, qu'on pourrait manger à même les pavés, et les enfants sentent encore le bain qu'on leur a donné dans la bassine à lessive et le cosmétique qui fige leurs cheveux rebelles.

Dans le calme bleuté de carrefours, hommes et femmes préparent les reposoirs pour la procession : à chaque maison, chaque fenêtre devient un autel, avec les bougeoirs de cuivre et les bouquets de roses et d'œillets.

Dès le matin, tout le monde est habillé de neuf, même Élise, qui porte une robe en liberty gros bleu, avec un jabot de dentelle et une haute guimpe montée sur des baleines. Ainsi sa tête, au chignon qui ne tient jamais, paraît-elle plus grosse. Son sourire est plus morose. Comme tous les dimanches, elle a préparé un rôti piqué de clous de girofle, l'arrose de temps en temps, met la graisse à chauffer pour les pommes frites, et l'air devient bleu dans la cuisine, dans la chambre et jusque dans l'escalier.

C'est place Ernest-de-Bavière, là où les autres dimanches les gardes civiques font l'exercice, que le vrai spectacle commence. L'artificier a rangé des centaines de pots de fer. A la sortie de la grand-messe, un homme accourt, qui fait de grands gestes. C'est le signal. Les enfants sont écartés. Chez le charron du coin, une barre de fer rougie attend dans la forge.

Jamais le soleil n'a manqué à la fête. Le ciel est pur. C'est l'été.

Les pots de fer sont pleins de poudre noire qui déborde et voilà l'artificier, traînant sa barre rouge, qui s'élance de l'un à l'autre tandis que tout le quartier retentit d'un bruit de canonnade.

Le vacarme n'est pas fini que la procession sort de l'église et qu'au-devant d'elle, dans toutes les rues, petits garçons, petites filles en robes brodées et empesées, répandent des pétales de roses et des losanges de papier multicolores qu'on a mis des semaines à découper.

Rien n'existe plus de ce qui était la veille. Le monde est transfiguré. La ville n'est plus une ville, les rues ne sont plus des rues et les tramways eux-mêmes s'arrêtent respectueusement aux carrefours.

L'odeur de la procession précède et suit celle-ci. Elle persistera jusqu'au soir, voire jusqu'au lendemain dans les rues, odeur de ces grosses roses rouges, de ce feuillage qu'on piétine, odeur d'encens surtout, en même temps que l'odeur des pâtisseries qu'on prépare dans toutes les maisons et que l'odeur de la fête foraine qui s'ouvrira tout à l'heure.

Un bruit aussi caractéristique que, par exemple, le bruissement d'un essaim d'abeilles, une symphonie plutôt, remplit l'espace : le piétinement des milliers de gens qui suivent la procession à mesure qu'elle se déroule, les cantiques qui changent d'air et de registre : les petites filles des écoles ou de la Congrégation de la Sainte Vierge n'ont pas fini de défiler qu'on devine le bourdon des hommes en noir, ceux de saint Roch qui n'ont d'yeux que pour leur livre de cantiques ; la fanfare est au bout de la rue ; elle tourne le coin ; et pourtant on entend soudain les voix aigres des diacres et des sous-diacres qui annoncent M. le Doyen, roide dans ses vêtements d'or, portant le Saint-Sacrement sous un dais tenu par les notables.

De même qu'à la fête foraine on entendra à la fois la

musique de dix ou quinze manèges, les explosions des tirs et les appels des marchandes de croustillons, de même cette procession de deux kilomètres, qui n'évite aucune ruelle, à tel point que souvent la queue rejoint la tête, est-elle un tout dont les morceaux, par moments, s'emboîtent ou se juxtaposent.

Les saints sont tous sortis, la Vierge Noire de la paroisse, saint Roch, saint Joseph, sur des pavois qui s'inclinent dangereusement, et des bannières les précèdent, des petits garçons, des petites filles, des hommes, des femmes, des vieillards, tous groupés par confréries.

Désiré porte un cierge au bout d'un bâton peint en rouge et blanc. Le vieux Mamelin, lui, ganté de blanc, tient le dais au-dessus du Saint-Sacrement.

A onze heures, on entend les grêles accents de l'orgue de Barbarie d'un minuscule manège pour enfants, un manège à deux centimes le tour, puis ce sont les premiers coups de carabine.

Demain, après-demain, Élise parlera à Désiré de son état. Il s'en réjouira sans penser plus loin. Quand il rentre pour dîner, elle sent à son haleine qu'il a bu un apéritif. Il est gai. C'est la fête de sa paroisse.

Tout à l'heure, à deux heures exactement, tous les enfants et petits-enfants Mamelin, dans leurs vêtements neufs, seront réunis dans la cour de la rue Puits-en-Sock. Élise en a déjà des bourdonnements dans la tête. Le dîner fini, debout devant la glace, des épingles entre les lèvres, elle repique trois fois, quatre fois son chignon qui s'obstine à se planter de travers, elle s'impatiente. Désiré est là, derrière elle, à ne rien faire.

— Descends toujours la voiture, veux-tu?

Il la descend, puis descend l'enfant, car il prévoit le moment où, comme cela arrive si souvent le dimanche, elle éclatera en sanglots, à bout de nerfs, ou déchirera brusquement n'importe quoi.

Quand elle le rejoint enfin, il ne lui demande rien. Il

pousse la voiture. Le sol est jonché de fleurs et de bouts de papier multicolores. Les gamins assaillent les charrettes jaunes des Italiens qui vendent des glaces.

— Si ta mère me cherche des misères...

— Elle ne te dira rien. Il ne faut pas y faire attention.

On salue les passants qui sourient. Désiré connaît tout le monde, tous les noms qu'on lit au-dessus des vitrines, voire les gens qui ont quitté le quartier mais qui reviennent le jour de la fête paroissiale comme des enfants prodigues, portant des bébés qu'ils sont tout fiers de montrer aux anciens.

— Tu vois, Désiré. Nous sommes trop tôt. Ils sont encore à table.

— Qu'est-ce que cela fait?

Une longue table est dressée dans la cour de la rue Puits-en-Sock. Une autre table est servie dans la cuisine vitrée. Tout à l'heure, quelqu'un aura l'idée de compter les personnes réunies autour de Vieux Papa impassible: trente-sept, dont vingt-deux petits-enfants de Chrétien Mamelin qui, en compagnie de son vieil ami Kreutz, va s'asseoir sur le trottoir, entre les deux boutiques.

Tout le monde est beau, les joues sont plus roses, les yeux plus brillants. On entre. On sort. Les femmes ont mis de l'eau de Cologne, ou du parfum.

— Bonjour, Françoise.

— Bonjour, Élise.

Personne ne sait que c'est la dernière fois que la fête sera complète rue Puits-en-Sock. La mère, en gris, selon son habitude, ses cheveux gris en bandeaux, est la seule à ne pas s'asseoir un instant, car à toute heure quelqu'un a faim.

Dans dix jours, exactement, au moment où l'on s'y attendra le moins, elle sera prise de vertige, là, dans cette cuisine, devant son fourneau dont elle est si fière.

Rien que Vieux Papa près d'elle, dans son fauteuil.

— Je ne sais pas ce que j'ai papa. Je monte un instant.

Si ça brûlait sur le feu...

— Allez, ma fille.

On n'a jamais pensé à pareille chose. Pour la première fois de sa vie, elle se couche à quatre heures de l'après-midi, toute seule, et, quand Cécile rentre peu après, ses cris donnent l'alarme. On appelle le docteur. On va chercher Désiré, Lucien, Arthur. Il n'y a que mère Madeleine qui ne puisse pas venir, car il est interdit aux religieuses, fût-ce à la mort de leurs parents, de rentrer dans la maison familiale.

A dix heures du soir, si invraisemblable que cela paraisse à tous, ce sera fini.

Personne, aujourd'hui, ne le soupçonne. Tantôt c'est une fille et tantôt une belle-fille qui dégrafe son corsage pour donner le sein. Trente personnes au moins, de tous les âges de la vie, vont et viennent dans la cour et dans la cuisine. Les demoiselles Kreutz viennent goûter la tarte. Il y a tant de tartes qu'on se demande si on pourra les manger toutes et chaque fois que l'on mange, il faut faire la vaisselle.

— Donne-moi un tablier, Cécile. Je vais t'aider...

La tête tourne un peu de vivre tant de choses à la fois et, dans les voitures d'enfants, les bébés pleurent parce qu'on n'a pas toujours le temps de s'occuper d'eux.

Les hommes fument des cigares et boivent de la liqueur. On se partage les enfants. On emmène les plus grands sur les manèges. On leur achète des glaces et des jouets à deux sous, surtout des moulins de papier tournant au bout des bâtonnets, ou des ballons de baudruche.

A peine a-t-on fini de manger qu'il faut manger de nouveau et les groupes ne se retrouvent plus, les yeux deviennent fiévreux, presque hagards.

— Où est Loulou?

Loulou est la fille de Charles Daigne; elle a le même âge que Roger.

— Je crois qu'elle est sortie avec Catherine.

144

Tout est à voir. Tout le quartier est en fête. Et de partout on entend la musique des manèges et le bruit des tirs.

— Veux-tu que je fasse chauffer les biberons?

Sans compter le souper qu'on prend dès six heures, un jambon que la mère de Désiré a cuit la veille et qu'on mange avec de la mayonnaise et de la salade.

Les hommes surtout ne sont pas les mêmes que les autres jours, parce qu'ils ont fumé des cigares et bu des petits verres. Dieu sait où ils sont allés quand ils sont sortis tout à l'heure.

— Voyons, Arthur...

Arthur exagère toujours.

L'odeur de la fête s'affadit. La poussière domine de plus en plus. Le soleil a disparu et l'univers tourne lentement au violet, avec des perspectives d'une profondeur effrayante.

Les yeux picotent, les corps sont lourds, surtout les petits corps d'enfants, et pourtant ce sont ceux-ci qui se raccrochent à la féerie.

Élise a mal au dos, mais elle ne dit rien. Toute cette mangeaille l'écœure et, à certain moment, elle se demande si elle ne va pas se cacher pour vomir. Pas un instant elle ne se sent chez elle.

— Viens avec nous faire un tour à la fête.

— Non, Cécile, tu es bien gentille. Vraiment, j'aime mieux pas.

Cécile s'est mariée avec un ouvrier serrurier, un bel homme aux moustaches cirées, qui le dimanche matin, porte, jusqu'au moment de la messe d'onze heures, un appareil pour dresser ces moustaches. Il s'appelle Marcel. Il a un regard agressif de beau garçon vulgaire. Élise ne l'aime pas. De toute la famille, il n'y a guère, à son sens, que Françoise de bien.

Quand il faut allumer le gaz, bien qu'il fasse encore clair dehors, on découvre, sous la nappe bleue que forme la fumée des cigares, des piles d'assiettes sales, des traînées de café, des restes de tarte, le jambon entamé.

— Désiré.

Elle essaie de l'entraîner dehors. Il ne comprend pas. Il est chez lui. Il parle de M. Monnoyeur et tous l'écoutent parce qu'on sait qu'il est le plus intelligent, le plus instruit.

Elle lui adresse des signes. Il s'en aperçoit enfin, questionne à voix haute :

— Qu'est-ce qu'il y a ?

Ailleurs, il aurait tout de suite deviné, mais ici il est déjà redevenu un Mamelin.

— Ça ne va pas ?

Elle pleurerait volontiers. La tête lui tourne. Elle a déjà de la main un geste comme pour se retenir à la table.

— Viens un instant.

Comme c'est discret ! Tous et toutes les regardent s'éloigner ! Dans la cour, près de la pompe de bronze, près des enfants qui les observent aussi, elle balbutie :

— Je ne suis pas bien. Écoute : tu peux rester. Je vais rentrer avec l'enfant.

— Si tu montais te reposer un instant dans une chambre ?

Comment peut-il lui faire une telle proposition ? Se coucher, elle, dans la chambre de sa belle-mère, par exemple, ou dans la chambre de Cécile et de Marcel qui habitent la maison ! Mais rien que l'odeur la révolterait ! Ils sont propres, c'est entendu, n'empêche que chacun, chaque maison a son odeur. Et si elle allait être malade, ne pas pouvoir se lever tout de suite ?

De vilains petits plis se forment près des ailes de son nez. Désiré se résigne.

— Partons.

— Reste, toi ! Si, j'y tiens ! Que diront-ils si tu les quittes un jour comme aujourd'hui ?

— Viens. Je vais leur expliquer.

— Non. Je t'assure, Désiré ! Je n'ai plus le courage de rentrer dans la cuisine. Apporte-moi mon chapeau, mes gants. Ils sont près du moulin à café. Dis-leur...

Elle n'en peut plus. Elle s'appuie à la pompe et elle a besoin de fermer les yeux. Désiré, dans la cuisine, s'efforce de plaisanter pour cacher sont embarras.

— Élise n'est pas très bien. Elle s'excuse. La fatigue. Elle n'est pas très forte, vous savez ? Elle n'a pas l'habitude du bruit.

Sa mère reste de marbre.

— Tu ne reviens pas ?

— Peut-être. Si vraiment elle n'est pas bien...

— Emporte au moins quelques tranches de jambon. Qu'est-ce que tu cherches ? Ses gants ?

Élise est la seule qui soit venue avec des gants. Catherine, qui étrenne pourtant une robe de soie noire, n'a même pas mis son chapeau pour parcourir les trois ou quatre cents mètres qui la séparent de chez elle.

— Bonsoir, maman. Excuse-nous. Bonsoir tout le monde.

— Bonsoir, Désiré.

Élise est dehors, dans la cour. Bien que personne ne puisse la voir à travers les faux vitraux, elle se tourne vers la cuisine, esquisse un sourire contraint, murmure :

— Bonsoir. Merci...

Ils franchissent le couloir blanchi à la chaux. Chrétien Mamelin, dans le soir qui tombe, est toujours à fumer sa pipe en compagnie de son complice Kreutz. Ils ont pris des chaises dans le magasin. Ils sont chez eux sur ce trottoir où il y a, devant les boutiques, d'autres groupes comme le leur qui regardent farandoler la jeunesse.

— Qu'est-ce que tu ressens ?

— Je ne sais pas. Je te demande pardon.

— Mais enfin, tu sens quelque chose ?

— Ne me gronde pas, Désiré. Si tu savais...

La vérité, la vérité vraie, c'est qu'elle a moins mal au dos qu'un jour de lessive, par exemple. Si elle a eu, un moment, envie de vomir, cela a été passager. Elle aurait pu rester.

C'est plutôt une angoisse morale qui l'a saisie au milieu de cette famille en liesse, de ce désordre cordial et vulgaire dans lequel ils étaient tous si heureux.

Dans lequel ils se vautraient, comme elle dira à Valérie. Ils n'ont pas de finesse, pas de sentiments. Personne n'a remarqué qu'elle lavait toute la vaisselle et, quand on lui a proposé d'aller faire un tour à la fête, il était trop tard, les autres étaient déjà sorties deux ou trois fois. Elle n'y serait pas allée, mais elle aurait souhaité un peu de considération.

Le bruit diminue à mesure qu'ils se rapprochent de la rue Pasteur et l'odeur de la fête se dilue dans la nuit. Les becs de gaz sont allumés.

— Tu es vraiment malade?

Tant pis! Elle éprouve le besoin de se venger. Rien ne lui permet de penser que ce qu'elle dit est vrai.

— Je crois que je vais faire une fausse couche.

— Mais... Comment?... Tu ne m'a jamais parlé de ça..

— J'attendais pour te l'annoncer. Je sentais que cela n'allait pas.

— Veux-tu que je passe chez le docteur Matray?

— C'est inutile. Ce n'est sans doute pas pour tout de suite.

Elle est méchante, elle le sait. Elle lui gâte sa journée, sa dernière journée pleinement Mamelin, mais un démon la pousse.

— Il y a combien de temps?

— Deux mois.

— Et tu t'es tue!

Il ne comprend pas. *Chez lui,* les choses se passent plus simplement. Il prend sa clef, ouvre la porte, saisit l'enfant qui est plus lourd que la petite voiture pliante. Il a pitié, certes. Il est inquiet. N'empêche qu'il en veut à Élise. Il devine là-dessous une comédie à laquelle il ne veut pas croire. Il se retourne pour la regarder monter l'escalier et elle le fait exprès, il en est persuadé, de peiner plus qu'il n'est nécessaire, de s'arrêter sur le palier, de s'appuyer au mur.

— Élise.

Elle sourit, de ce sourire qu'elle sait si bien prendre quand elle veut exprimer :

— Ne t'inquiète pas d'un pauvre être comme moi ! J'ai l'habitude de la souffrance, va ! Quand j'avais cinq ans, déjà j'étais une misérable orpheline…

Il allume la lampe, change l'enfant qui est mouillé.

— Tu ne ferais pas mieux de te coucher ?

— Tu n'as pas mangé.

Alors, il s'écrie comiquement :

— *Et le jambon ?*

C'est vrai : il y a les tranches de jambon que sa mère lui a données ! Le dernier jambon qu'elle aura cuit pour toute la famille et dont, ainsi, il aura malgré tout sa part. C'est lui le préféré. On en parle, rue Puits-en-Sock. On dit :

— Pauvre Désiré !

Des feux de Bengale s'allument un peu partout dans le quartier et, au-dessus de la fête, flotte une épaisse fumée d'un jaune rougeâtre. Les tirs n'arrêtent pas. Les musiques s'entremêlent.

— Élise.

— Ce n'est rien. C'est déjà passé.

Elle a des remords, de le voir là, inquiet et gauche, si plein de bonne volonté, si grand que son ombre dépasse celle de la garde-robe ! Elle tente de le rassurer par un sourire.

— Je t'assure que si je voulais me lever…

Elle a menti tout à l'heure. Elle avait besoin de se venger de la rue Puits-en-Sock, des Mamelin qui l'exaspéraient. Elle n'a rien trouvé d'autre que d'être malade, de s'en aller en pleine fête et, dehors, comme elle gardait un reste de rancune contre Désiré, elle en a profité pour lui parler de sa grossesse.

Elle s'en veut, à présent. Elle le regarde aller et venir, soigner l'enfant, mettre tout en ordre dans le logement et elle est prise d'une crainte superstitieuse. Pourquoi a-t-elle parlé de fausse couche ? Quelle idée lui a passé par la tête ? Elle a pensé que la grossesse n'était pas suffisante, elle a inventé, elle a voulu être tout à fait malheureuse, tout à fait à plaindre en face de l'épaisse joie des Mamelin.

Et si, maintenant, pour la punir ?...

— Mon Dieu, je vous en supplie, faites qu'il ne m'arrive rien de mauvais. Faites que ce que j'ai dit tout à l'heure ne devienne pas une réalité.

Soudain humble, elle appelle :

— Désiré !

Pauvre Désiré qui s'affole aussitôt et s'ingénie à bien faire !

— Je te demande pardon, Désiré. J'ai été méchante. Je t'ai gâché ta fête paroissiale.

— Pas du tout, voyons.

— Va les retrouver, je veux. Il est encore temps. J'ai entendu que ta mère te demandait si tu reviendrais. Ils doivent parler de toi. Ils me détestent.

— Tu te fais des idées. Repose-toi.

Et, comme il n'a pas encore lu le journal ce jour-là, il s'installe sous la lampe, en manches de chemise. Longtemps elle le voit fumer sa pipe, dans un nuage de fumée, avec parfois un regard oblique vers le lit, puis un regard vers le berceau de l'enfant. Il n'est déjà plus inquiet.

Elle fait semblant de dormir.

— Mon Dieu, je vous en supplie, faites que... Pardonnez-moi ce que j'ai dit tout à l'heure...

Elle a peur. Elle s'endort dans la peur et il fait jour quand elle ouvre soudain les yeux, cherche de la main le corps couché près du sien.

— Désiré... Vite! Cours vite chercher le docteur Matray!

9

François Marette est mort. Il paraît que ce n'était pas un simple agent de police mais un brigadier.

Depuis que sa belle-mère est morte, Élise collectionne les faire-part, annonce tous les décès d'une voix navrée.

— Tu sais, Désiré, ce vieux monsieur encore si vert qu'on rencontrait toujours rue de la Commune...

Y a-t-il réellement plus de morts cet automne-là que les précédents? Ou pense-t-elle qu'une hécatombe exceptionnelle rendrait chaque deuil moins douloureux?

Elle porte à nouveau le voile, celui qu'elle portait pour sa mère, si épais qu'on la reconnaît à peine, si long que quand le vent le soulève tout à coup à un coin de rue, Élise a l'impression qu'on lui arrache les cheveux.

Désiré n'a eu que sa cravate à changer. Chaque année, Élise lui en achète une pour sa fête, d'un ton distingué, mauve ou violine, et elle la fixe une fois pour toutes sur un appareil en celluloïd. On a repris dans le tiroir de gauche la cravate noire.

— Les gens se demandent, Désiré, s'il ne s'est pas suicidé. Depuis que son fils a fait cela, il était devenu neurasthénique, ce n'était plus que l'ombre de lui-même.

On prétend aussi que François Marette souffrait d'un cancer à l'estomac.

— La sœur de Mme Pain habite à côté de chez eux, rue du Laveu, une petite maison qu'ils ont fait bâtir et qu'ils paient par annuités. Il paraît que c'est affreux.

Pourquoi serait-ce plus affreux que, par exemple, la

mort de Mme Mamelin dans la maison de la rue Puits-en-Sock?

Les feuilles tombent. On a sorti les gros pardessus des armoires. Ce n'est pas encore la Toussaint et déjà on rencontre des enrhumés, entre autres Mme Pain qui a le bout du nez rouge et lisse comme une cerise. Les pavés sont plus clairs, comme méchants, couverts d'une fine poussière que le vent fait glisser à quelques centimètres du sol.

— C'est à cause de la pension...

Désiré ne comprend pas, écoute distraitement cette histoire de la rue du Laveu dans laquelle intervient à présent une pension. Sa mère est morte. Ce n'est pas un drame. Ce n'est rien qui se raconte. C'est un vide, un vide de tous les jours, de tous les matins, car il ne fait plus de détour par l'église Saint-Nicolas et par la rue des Récollets pour passer quelques minutes dans la cuisine aux faux vitraux. Il le pourrait. Cécile, qui a épousé Marcel Wasselin, est restée dans la maison avec son père.

— Si on arrivait à prouver qu'il s'est suicidé, tu comprends, qui sait si sa femme toucherait la pension?

Est-ce le chagrin, à la suite du geste de son fils? Est-ce le cancer à l'estomac? Est-ce à cause de sa démission qu'il a donnée trop hâtivement, alors qu'on le montrait du doigt dans la rue? François Marette avait pris l'habitude, dans les derniers temps, de se promener chaque jour quai des Pitteurs, si loin de chez lui, à un des rares endroits où les quais de la Meuse n'ont pas de parapet. Des heures durant, en silence, fumant sa pipe d'écume à petites bouffées, il regardait les pêcheurs.

On peut prétendre qu'il a été pris d'une défaillance. On peut croire aussi qu'il s'est suicidé.

— De cette façon, sa femme aura quand même sa pension!

Élise suit son idée.

— C'est trop peu pour vivre. C'est à peine le strict

nécessaire. Heureusement que la maison leur appartient.

Le deuil la rend plus frêle, plus jeune fille, dirait-on, sous ses cheveux d'un blond vaporeux.

— Mme Pain m'a dit... Tu m'écoutes? Elle m'a dit que Mme Marette a décidé de prendre des locataires, des étudiants. Elle en a déjà trouvé un qui donne trente francs par mois pour une chambre, bien que la rue du Laveu soit si loin de l'Université!

Désiré mange, mouche la lampe, sourit à Roger. Désiré ne comprend pas ou ne veut pas comprendre. Il jouit d'une exaspérante force d'inertie et dans quelques minutes, malgré son deuil, il fera le tambour en marquant le pas autour de la chambre obscure, le gamin sur les épaules.

Il ne connaît pas Mme Marette qui est veuve et qui va prendre des locataires. Il ne s'intéresse pas à toutes les veuves du quartier dont on lui rebat les oreilles.

Chaque matin, il quitte la rue Pasteur un quart d'heure plus tard, parce qu'il ne va plus dire bonjour à sa mère; il ne lui porte plus, chaque semaine, ses faux cols à blanchir, et il mange le pain du boulanger.

M. Marette est mort? M. et Mme Marette possédaient, rue du Laveu, un peu en dehors de la ville, sur la hauteur, une maison assez pareille à celle qu'Élise rêve depuis longtemps de louer, Élise qui n'est pas veuve, qui ne sait pas si elle le sera un jour, mais que cette idée torture déjà.

— Trente francs pour une seule chambre, Désiré! Pense à ce qu'on retirerait d'une maison dont on louerait seulement trois chambres.

Il n'écoute pas, n'y croit pas. Il y a des éventualités qu'il se refusera toujours à envisager.

— Tu crois qu'il s'est vraiment suicidé?

Qui? L'agent de police? Eh bien, s'il s'est suicidé, c'est qu'il a cru bon de le faire.

— ... Et tu penses que c'est à cause de son cancer?

— Il faut bien mourir de quelque chose!

Une peine à la fois. Les siennes d'abord, ce vide, cette rue Puits-en-Sock dont il ne tourne plus le coin, cette impression qu'une ancre vient tout à coup à vous manquer et qui le fait travailler deux fois plus au bureau.

— Je ne peux pas m'empêcher de penser à cette pauvre femme.

— Tu as dit tout à l'heure qu'elle touche une retraite.

— Ce n'est pas assez pour vivre. Et si elle n'avait pas de retraite ? Si ce n'était pas la femme d'un fonctionnaire et s'il n'avait pas songé à acheter une maison !

Elle ne comprend donc pas que cette heure du tambour lui appartient en propre, que c'est une heure de joie profonde ? L'enfant, sur ses épaules, réclame :

— Encore !

Veut-elle forcer Désiré à répondre une fois de plus :

— Que nous manque-t-il ?

Elle aura beau faire, il ne veut pas penser, il ne pensera jamais qu'elle pourrait devenir veuve, comme Mme Marette. Il chante, pour le gamin qu'il vient de coucher et qui garde les yeux ouverts dans la pénombre :

> *C'étaient deux amants*
> *Qui rêvaient d'amours lointaines.*
> *C'étaient deux amants...*
> *Que reniaient leurs parents...*

Il est ému. Pour rien. Pour sa mère. Pour lui. Pour son fils. Et Élise qui paraît si sûre d'être veuve un jour et qui ne touchera pas de pension !

> *Ils s'en sont allés*
> *Sur une barque fragile*
> *Ils s'en sont allés*
> *Au pays des exilés...*

Elle a mal au dos. Elle est faible. Elle s'est plainte au

docteur Matray.

Et pourtant, que lui manque-t-il, dans ce logement de deux pièces qu'un seul feu suffit à réchauffer, une seule lampe à éclairer?

> *L'amant dit: «Mon cœur,*
> *Je me ris de la tourmente.»*
> *L'amante dit «Mon cœur*
> *Près du tien n'aura pas peur...»*

— Tu le fatigues, Désiré. Ferme la porte. Laisse-le.

> *L'amant dit: «Mon cœur,*
> *Je me ris de...»*

Il y a plein de veuves, cet automne-là, dans le quartier, plein de veuves dans la ville, Mme Marette est veuve, elle a déjà pris des locataires pour vivre, et Félix Marette, au fond de sa boutique de la rue Montmartre, n'en sait rien, ne sait pas non plus que son père est mort.

Est-ce que cela lui ferait du chagrin de l'apprendre? Il lui est arrivé, autrefois, de dire, crispé, à Philippe Estévant et à Doms, quand ils buvaient une partie de la nuit, dans un coin du «Café de la Bourse», derrière le théâtre:

— Je les hais! Je hais mon quartier, ma rue, ma maison, je hais l'école où j'ai fait mes premières classes...

Et pourtant il ouvre les yeux sans dégoût, sans impatience, dans son grenier de la rue Montmartre. Il n'a pas besoin de réveil. Dès sept heures, la cloison commence à vibrer. C'est sa voisine, une piqueuse en chambre, qui se met au travail.

La pluie dégouline sur les vitres inclinées de la lucarne. Il passe un pantalon, des pantoufles, prend son broc et va chercher de l'eau au fond du corridor.

Il ne ressent pas ici cette impression de médiocrité sordide, hallucinante — certaines fois, il en aurait crié —

qui l'atterrait quand il voyait son père en chemise, les jambes velues, taillant avec satisfaction, en fredonnant, les poils de sa barbe et de ses moustaches devant l'armoire à glace.

La piqueuse est une grosse fille à taches de rousseur qui a un enfant en nourrice. Il lui arrive, une fois par semaine environ, de recevoir un homme et Marette entend tout, sans envie comme sans dégoût, lui qui souffrait de l'odeur fade de la chambre maternelle.

Comme il l'a fait souffrir, ce papier peint à petites fleurs roses, les mêmes fleurs pendant quinze ans, avec les mêmes taches, et du sombre à hauteur du lit produit par l'haleine des dormeurs!

Il se lave. Rue Montmartre, les murs blanchis à la chaux ne sont pas propres. Il ne les a ornés que d'un dessin. Il n'a pas de prétentions à l'art mais patiemment, en recommençant cent fois, il a tracé un étrange portrait d'Isabelle, un ovale long, et régulier comme celui de certaines vierges en bois sculpté du Moyen Age, les deux bandeaux de cheveux, deux traits concaves, comme un accent, qui forment de grands yeux clos, la ligne sinueuse de sa bouche.

C'est tout. Son regard suffit à animer cette image qu'il peut maintenant reproduire en trois ou quatre traits rapides à force de l'avoir calquée.

Son costume est fatigué. Quand il aura un peu d'argent, ce sera pour s'acheter des chaussures. Il les cire lui-même. Il fume, en descendant l'escalier, une première cigarette. L'immeuble comporte quatre escaliers marqués A, B, C et D. Le sien, l'escalier D, qui débouche sous la seconde voûte, après la cour, est le plus étroit, le plus crasseux, il dessert de multiples alvéoles, derrière lesquels, en passant, on surprend de la vie, des existences précaires, des êtres venus de partout, un Arménien, des Juifs polonais, un fourreur en chambre, un marchand de plumes pour chapeaux, une brodeuse, et tout cela se trouve résumé en quelques mots, noir sur émail blanc, dans le couloir principal, près de la loge.

Dans la rue Montmartre qui, à cette heure, sent encore les Halles, Félix Marette gagne un petit bar où il mange des croissants trempés dans du café, en parcourant des yeux un journal.

C'est de la cuisine de ses parents qu'il a gardé la haine. Elle est toute petite, mais neuve, avec ses murs peints à l'huile, son calendrier, son porte-journaux réclame, le râtelier à pipes, les deux casseroles de cuivre dont on ne se sert pas. Le matin, elle sent les œufs au lard. La soupe commence à mijoter. On devine le monotone déroulement des heures, le coup de sonnette de la marchande de lait.

Mme Marette, en pantoufles, les cheveux sur des épingles — des cheveux si noirs que certains croient à une perruque — Mme Marette ouvre la porte, sans un mot, tend son poêlon d'émail. Elle est toute petite, maigre, anguleuse ; le visage inexpressif a l'air taillé dans du bois et peint en blanc et noir. Sans dire ni bonjour, ni merci, elle donne sa monnaie, jette un coup d'œil vers le bas de la rue et referme la porte.

Rien que d'y penser, Félix en souffre encore. Cette rue en pente aux maisons trop neuves, trop petites, trop propres, ces portes s'ouvrant les unes après les autres au passage du marchand de légumes qui cesse de pousser sa charrette pour souffler dans une trompette...

Et les autres rues, à gauche et à droite, déjà tracées, avec des trottoirs non pavés, des arbres malingres qui gèlent chaque hiver, de grands trous entre les maisons qui paraissent avoir été posées là provisoirement !

Il se souvient de tout avec une écœurante minutie, du ton des pierres de taille à chaque heure de la journée — de l'odeur des pierres de taille, l'été, au mois d'août, quand on joue aux billes en plein soleil — des brumes, l'hiver et des becs de gaz allumés quand, en caban, on revient de l'école et qu'on pousse un caillou à coups de pied. Cette lumière qu'il voyait par la serrure, au fond du corridor trop étroit, avant de toquer à la boîte aux lettres. Jusqu'aux caractères de ce mot «lettres» gravé sur cuivre qu'il pourrait retracer exactement.

Le coude à coude dans le petit bar suintant de la rue Montmartre ne l'incommode pas. La boutique noire, avec une partie de la vitrine consacrée aux timbres en caoutchouc, ne lui paraît pas laide. Il ne se révolte pas en voyant arriver le solennel M. Brois.

Si pourtant M. Brois avait été son père?

— Je les hais! Je les hais tous! disait-il avec exaltation à Estévant et à Doms, dans la tiédeur du «Café de la Bourse».

Même les pères jésuites du collège Saint-Servais où ses parents le faisaient étudier au prix de gros sacrifices!

— *Le commissaire m'a dit...* commençait le père Marette avec une douce satisfaction, quand il rentrait le soir, un peu de fumée s'exhalant de ses poils.

Son fils le regardait durement, lui en voulait de cette docilité, de cet orgueil naïf et bête, lui en voulait d'être lui, d'être son père.

Pourquoi n'en voulait-il pas à M. Brois, si laid, si mou, toujours vêtu du même complet trop large couvert de taches, de linge douteux, mal rasé, arborant à la boutonnière le ruban de Dieu sait quelle décoration honteuse?

— Voudriez-vous avoir l'obligeance, monsieur Miette, de me prendre à la réserve douze douzaines de gommes «Éléphant» modèle B?

Même cette politesse affectée, que M. Brois devait considérer comme le comble du mépris, ne l'irritait pas.

Là-bas, à Liège, il n'était pas jusqu'aux rues qui ne l'irritassent, le chemin qu'il faisait chaque jour à heures fixes, les magasins, entre autres un grand magasin de chaussettes, à trois vitrines de la rue Saint-Gilles, dont il flairait déjà l'odeur à cent mètres!

C'est par haine qu'il avait quitté le collège après la seconde, par haine pour ses camarades, et aussi parce qu'il n'avait plus le goût d'étudier.

— Je veux travailler, avait-il annoncé.

Sa mère s'était immobilisée, ce qui était sa façon de manifester ses émotions, comme à l'annonce d'une catastrophe. Son père avait cru devoir lui adresser un discours solennel, en hochant la tête, content de lui, lâchant des volutes de fumée.

— Mon fils, tu auras bientôt dix-sept ans et c'est donc à un homme que je parle, c'est en homme que je veux te parler.

Félix s'enfonçait les ongles dans la chair. Fuir! N'importe où! Pour toujours! Ne plus les voir! Ne plus rien voir de ce qu'il connaissait jusqu'à la nausée!

Au lieu de cela, il traînait de place en place, hargneux, haineux, insatisfait, il faisait par hasard, au «Café de la Bourse», la connaissance de deux hommes étonnants, Philippe Estévant aux longs cheveux, aux yeux sombres, à la cravate lavallière, et l'impassible, le terrifiant Frédéric Doms qui ouvrait si rarement la bouche.

Ces deux-là le comprenaient. Ces deux-là écoutaient jusqu'au bout ses discours exaltés et Estévant s'enthousiasmait:

— Il faut écrire tout cela. N'est-ce pas, Doms? Nous le publierons dès que nous aurons monté notre imprimerie. C'est tout à fait dans la note du mouvement. Tout à fait!

Pourquoi les deux hommes avaient-ils choisi le paisible «Café de la Bourse», si chaud, si plein de calme, où les mêmes joueurs du quartier venaient s'asseoir aux mêmes tables et où Jules, le garçon, savait d'avance ce qu'il devait leur servir?

Ils avaient leur coin, dans l'angle formé par la double porte et le mur. Ils y restaient sans parler, à fumer des pipes. Parfois ils compulsaient des papiers qu'Estévant apportait dans une serviette toujours bourrée.

Pour Félix, c'était devenu un besoin. Dès que l'heure

approchait, il se sentait nerveux, ses doigts frémissaient comme ceux d'un intoxiqué, rien au monde n'aurait pu l'empêcher d'y aller. Il marchait vite, rasait les murs. Les rues perdaient leur laideur. Une peur le poignait, celle que les deux hommes n'y fussent pas, ou encore celle, bien plus atroce, qu'ils se fatiguassent du gamin qu'il était.

Doms ne le regardait-il pas avec un certain mépris? Qu'est-ce que Doms, qui avait voyagé partout, qui avait peut-être quarante ans, qui avait approché tant de gens, pouvait penser de lui?

Il était gras, imberbe. Avec ses cheveux rares, d'un blond clair, il faisait penser à un prêtre défroqué et ses yeux étaient déformés par d'étranges lunettes où un disque plus épais, au centre, accrochait la lumière.

Estévant, lui aussi, craignait toujours un mot de Doms, un de ces mots qu'il laissait tomber si froidement en regardant ailleurs, comme si ses interlocuteurs n'eussent pas valu la peine d'un coup d'œil.

Était-il hollandais? Était-il flamand, comme son accent le laissait supposer? Il donnait à entendre que c'était là un secret redoutable connu de lui seul; il prétendait qu'aucune police au monde n'était capable de déchiffrer l'énigme de sa personnalité.

Parfois, il disparaissait pendant quelques jours. Estévant confiait à Marette:

— Il est allé à Berlin.

Ou encore:

— Genève! Un groupe de nos amis russes prépare un coup.

Estévant écrivait des vers, et des tracts qu'on devait publier quand l'imprimerie serait montée, c'est-à-dire quand on aurait trouvé l'argent.

Pour cela, Marette avait volé de petites sommes à ses parents et à ses patrons.

— Merci. Hélas! Ce n'est qu'une goutte d'eau à côté de ce qu'il nous faut si nous voulons passer à l'action.

On lui avait prêté des brochures mal imprimées qui ne portaient pas de nom d'éditeur. Il y en avait une, entre autres, écrite en mauvais français, sur l'action directe et sur l'importance du geste.

Le soir, Estévant rentrait chez ses parents, dans une confortable maison du boulevard d'Avroy, car il était fils d'un professeur de l'Université. Dans quel repaire Doms s'enfonçait-il? Jamais Marette n'avait su où il couchait. On lui disait seulement que ce n'était pas deux fois au même endroit.

Que ressentirait-il maintenant en apprenant la mort de son père? Y penserait-il seulement cinq minutes et le piano, au-dessus de sa tête, ne l'arracherait-il pas bientôt à sa stupeur?

C'était jour de Conservatoire. Isabelle allait descendre, un peu avant dix heures. Il couvrait d'adresses des enveloppes bleu pâle, en papier rêche sur lequel crachait la plume. Le premier commis, M. Brois, allait et venait autour de lui et M. Vétu se penchait sur ses timbres en caoutchouc, car il travaillait à une petite table près de la vitrine.

Est-ce qu'elle ne souffrait pas, elle aussi? Pourquoi était-elle toujours si pâle? Jamais il ne l'avait vue sourire.

Elle sortait de l'entresol comme d'un bain de musique dont elle restait imprégnée, s'arrêtait devant la caisse, demandait de sa voix indifférente:

— Donne-moi de l'argent.

Rien d'autre! Jamais! Elle portait de hautes bottines vernies. Elle ne changeait pas de chapeau d'un bout de l'année à l'autre.

Il aurait voulu la suivre dans la rue, la frôler, surprendre son regard ailleurs que dans le magasin sombre.

Il l'aimait. Il avait écrit à Léopold, cet être si déroutant à qui il avait avoué une admiration plus grande que celle que lui inspirait Doms.

Au début, il n'avait pris garde à lui. Un homme petit et trapu, à la barbe noire, à l'haleine d'ivrogne, et qui entrait en titubant, se laissait lourdement tomber sur la banquette, contemplait son verre sans s'occuper de personne.

Pourquoi Léopold avait-il levé vers lui son regard noir d'une pénétration surprenante?

Est-ce qu'il les écoutait parler? Une fois, Félix Marette avait eu l'idée biscornue que c'était un agent de la Secrète déguisé et il avait osé en parler à Doms.

— Vous ne croyez pas qu'il vous suit?

Doms avait examiné Léopold à travers ses doubles verres puis avait haussé les épaules sans rien dire.

Eh bien, Marette ne s'était pas tellement trompé. Léopold était certainement un autre homme que celui qu'il paraissait être. Il savait des choses que Doms ignorait. La preuve, c'est qu'il avait suivi Marette, un soir, en zigzaguant. Il l'avait bousculé et avait grommelé, peut-être simplement parce que le gamin était sur son chemin:

— *Vous feriez mieux de faire attention!*

Il restait des semaines sans se montrer. Marette ne savait pas que c'étaient les semaines qu'il passait sur une échelle de peintre en bâtiments.

Une fois, il était tard. Doms et Estévant n'étaient pas venus. Marette se morfondait dans son coin et buvait plus que de coutume quand Léopold, assis à la table voisine, s'était mis à parler, comme pour lui seul.

— C'est une honte de monter la tête à un gosse.

— C'est à moi que vous en avez, Monsieur?

— Si ces gens-là ont envie de faire de la sale besogne, ils n'ont qu'à l'accomplir eux-mêmes.

C'était l'heure. Le piano s'était tu. Des pas. Isabelle traversait l'entresol dans toute sa largeur. Elle devait dédaigner de se regarder dans la glace pour mettre son manteau. L'hiver — et l'hiver commençait — elle s'entourait le cou d'une étroite écharpe de martre.

A la caisse, sa mère préparait déjà la monnaie et on voyait enfin paraître les bottines d'Isabelle dans l'escalier en colimaçon, le bas de son manteau, le carton à musique.

Un jour, il lui remettrait, sans un mot, avec simplement un regard, un seul, le dernier, l'histoire de sa vie, et il s'en irait.

Il en souffrait d'avance, il vivait cette minute ultime, les pas qu'il ferait pour s'éloigner. Il ne se retournerait pas.

Et Mme Vétu qui ne trouvait à dire à sa fille que :

— Tu n'as pas oublié tes gants ? Le vent est froid.

Elle le savait, elle qui ne sortait jamais, parce que les clients étaient bleus quand ils entraient et qu'ils se chauffaient machinalement les mains au poêle.

Félix suivait Isabelle des yeux, se rapprochait de l'étalage pour la voir plus longtemps, sans se rendre compte qu'il avait l'air d'un halluciné et que toute autre femme que cette mère imbécile devinerait du premier coup.

Dans la rue d'un vilain gris de novembre, le visage pâle passait derrière la vitre et il avait à peine disparu que Félix Marette recevait un choc. De l'autre côté de la chaussée, sur le trottoir d'en face, près d'une mercerie, un homme debout, les mains dans les poches d'un épais pardessus, le regardait fixement.

C'était Doms. Celui-ci ne lui adressait aucun signe, n'essayait pas d'entrer en contact avec lui autrement que par ce regard qui ne daignait rien exprimer.

— *Je suis ici.*

C'était tout. Félix pouvait s'enfoncer dans la demi-obscurité du magasin, il savait qu'il restait accroché comme par un fil aux yeux que les doubles lunettes grossissaient.

Il était si surexcité que M. Brois le regarda avec étonnement et toussa. Que pouvait faire, où pouvait se rendre le poussiéreux M. Brois en sortant de la boutique de la rue Montmartre? Il était inconcevable qu'une femme, des enfants, fût-ce une sœur, l'attendissent quelque part. Personne n'avait jamais dû poser ses lèvres sur ce visage sans couleur et sans âge qui sentait la colle de pâte. M. Brois ne fumait pas, mangeait des cachous qu'il tirait de quart d'heure en quart d'heure d'un petit étui métallique.

Marette trouva quelque chose à ranger du côté de la vitrine et ne vit plus Doms à sa place; un instant il faillit se réjouir, mais il comprit qu'il n'en était pas débarrassé.

Que faire? Il lui faudrait quitter le magasin. Fût-ce pour remonter dans sa mansarde, il devait passer par la rue.

C'était Léopold qui avait raison. Par quel hasard Léopold s'était-il trouvé sur son chemin moins d'une demi-heure avant l'attentat? Malheureusement, il ne savait pas. Il devinait la vérité, mais il devait penser que c'était pour plus tard. S'il avait su, s'il avait seulement regardé le paquet ficelé que Marette tenait à la main, que de choses eussent changé!

Le soir, par contre, Marette avait rôdé en vain autour du «Café de la Bourse»; ni Doms, ni Estévant n'y étaient! N'auraient-ils pas dû se trouver là pour l'aider? N'était-ce pas à eux de jouer ce rôle?

— Viens.

Cet ours velu de Léopold titubait dans l'ombre.

— Allons, viens.

Et il l'avait conduit comme par la main. Jamais Marette n'oublierait cette trappe dans le plafond, le douteux paquet de charcuterie que son compagnon avait tiré de sa poche, le lit qu'il lui avait abandonné, la crise de larmes qui l'avait laissé chaud et vide avec des pommettes de fièvre.

Comment Doms l'avait-il retrouvé? Marette n'avait donné son adresse à personne; Léopold lui-même lui écrivait à la poste restante au nom de Félicien Miette.

De l'avoir aperçu là, dans la rue, c'étaient comme des

bouffées de Liège, mais ce n'étaient pas des bouffées du «Café de la Bourse», c'étaient des bouffées de certaines rues, surtout de la rue du Laveu, si déserte quand Marette remontait le soir, les becs de gaz régulièrement espacés, la lumière au premier étage, chez une vieille dame — la femme d'un officier — qui souffrait d'insomnies, puis l'odeur de la maison au moment où il poussait la porte, le mot que son père lui laissait bien en évidence.

Il y a une côtelette froide dans le buffet.

Il ignorait que son père, depuis, avait eu la patience de se promener pendant des semaines au bord de l'eau, quai des Pitteurs, pour que sa mort ne parût pas équivoque.

— Voudriez-vous avoir l'obligeance, monsieur Miette, de monter sur cette échelle et de poser ces buvards dans le second casier de gauche, tout en haut.

Il obéit sans s'en rendre compte. Il avait peur. Qui sait si ce n'était pas Doms qui était de la police? On parle souvent d'agents provocateurs. Dans les brochures qu'on lui avait données à lire, il en était question.

Le temps passait et il ne parvenait pas à se calmer, bien qu'il n'aperçut plus une seule fois Doms sur le trottoir d'en face. Les jours de Conservatoire, il ne revoyait pas Isabelle à son retour, car elle rentrait à midi et quart, quand il était déjà parti, et il n'avait jamais osé la guetter dans la rue.

M. Brois s'entourait le cou de son cache-nez tricoté, endossait son pardessus informe, ouvrait la bouche pour y déposer avec précaution un tout petit cachou.

— Bon appétit, monsieur Vétu. Mes hommages, madame.

Il fallait sortir, coûte que coûte. Marette s'engouffra dans la rue, essaya de se mêler à la foule, fila, sans regarder autour de lui, dans la direction des Grands Boulevards. Il n'avait pas parcouru cinquante mètres qu'une voix paisible prononçait à côté de lui:

— Vous allez bien?

Il gaffa, joua la surprise. Doms se contenta de murmurer, comme on accuse :

— Je croyais que vous m'aviez reconnu.

— C'est-à-dire que je n'étais pas sûr.

— Où déjeunez-vous ?

— Cela dépend.

Encore un mensonge maladroit, car il était si affolé qu'il emmena son compagnon dans un bouillon où il avait sa serviette dans un casier et où il payait avec des tickets.

Doms mangea à sa table, lui laissa donner deux tickets. Il ne lui apprit pas depuis quand il était à Paris, ni pourquoi. Il ne donna aucun renseignement, selon son habitude, resta placide et mystérieux.

A la fin seulement, quand il se fut essuyé les lèvres, il ouvrit la bouche et Marette, comprenant que le moment était arrivé, se figea sur sa chaise.

— Je...

Un temps. Doms le faisait exprès, taillait une allumette pour se gratter les dents et regardait vaguement les dîneurs serrés les uns contre les autres, parmi lesquels se faufilaient des serveuses en noir et blanc.

— On m'a appris que vous disposiez d'une chambre avec entrée indépendante dans la maison où vous travaillez.

Le sang monta aux joues de Marette dont les tempes battirent. Ainsi, c'était bien la catastrophe qu'il avait prévue le matin, plus terrible encore qu'il ne l'avait prévue.

— C'est-à-dire que mes patrons...

— Je sais. Je vous attendrai ce soir sous la voûte. Je ne vous dérangerai pas beaucoup.

— Il n'y a qu'un lit. En outre M. Vétu pourrait monter...

— Qu'irait-il faire dans la mansarde ? Au pis-aller vous en serez quitte pour lui raconter que je suis un cousin de province.

Doms regarda l'heure à sa montre, cura encore un peu ses dents.

— Il faut que je m'en aille. On m'attend. Je suis content de vous avoir revu. A propos, vous savez qu'Estévant fonde une revue? Une vraie revue, chez un véritable imprimeur.

Un sourire laissa deviner au jeune homme tout le mal que Doms pensait de cette revue.

— A ce soir? N'oubliez pas. Mettons à... Au fait, vous dînez ici aussi?

Il dit oui. Ce n'était pas vrai. Le soir, par économie, il se contentait de manger un morceau de fromage dans une crémerie.

— Eh bien, je vous attendrai à la sortie et nous viendrons ici. J'espère ne pas être en retard.

Il revint sur ses pas alors qu'il avait déjà tourné le bouton de la porte.

— Au fait, passez-moi donc quelques francs. Merci. A tout à l'heure!

Marette rentra le premier au magasin et, pour la première fois, le piano résonna un certain temps au-dessus de sa tête sans qu'il l'entendît.

Sous le bec de gaz qu'on venait d'allumer, fixant le visage de M. Brois, il était pris de transes soudaines, comme dans ses cauchemars d'enfant, avec des moiteurs au front, une folle angoisse dans la poitrine et les jambes de plomb.

10

Il pleut, il fait noir. Léopold, traversant les rues en biais, clopine déjà du havre faiblement lumineux d'un caboulot à un autre. Il sent venir les fêtes plusieurs jours à l'avance. La foule qui s'apprête à s'amuser le dépayse et il ne sait plus où se mettre, il est mal à l'aise partout, maussade, il grogne et il boit, n'importe où, cherchant un coin que les autres n'ont pas encore envahi.

On est le 31 décembre. Tout à l'heure une petite cérémonie se déroulera chez M. Monnoyeur. Chaque année, c'est exactement la même chose. Sur le coup de six heures, Désiré toussote et fait signe à ses collègues. Ceux-ci, après avoir rajusté leur cravate, le suivent dans le bureau du patron qui feint la surprise.

— Monsieur Monnoyeur, nous nous faisons un devoir et un plaisir, en ce dernier jour de l'année, de venir vous présenter, pour l'an nouveau, nos meilleurs vœux de santé et de prospérité.

M. Monnoyeur, maigre et chafouin, se lève, serre les mains.

— Mes amis... hum... mes bons amis... Je suis très... très touché...

Le bureau sent le vieux papier et le vieux cuir. Sur la cheminée, à côté d'un bronze d'art, une bouteille de porto est préparée, avec le nombre voulu de verres.

— Si vous le voulez bien, nous allons trinquer à l'année qui commence.

La boîte de cigares est préparée, elle aussi. Chacun en prend un et l'allume. Un peu de fumée bleue monte dans l'air. On boit le porto à petites gorgées et dans le jardin dénudé par l'hiver on voit la pluie qui tombe triste.

— A vos souhaits à tous et à vos familles.

C'est fini. M. Monnoyeur prend la boîte de cigares et la tend à Désiré.

— Faites-moi le plaisir de partager avec vos collègues.

Le partage s'effectue dans le bureau. Quatre cigares par personne, sans compter celui qu'on continue à fumer chemin faisant et qui a un arrière-goût sucré de porto.

Élise, qui n'a pas mis son voile pour aller plus vite, court dans les rues comme une souris. Tenant son parapluie serré, elle glisse devant une vitrine, disparaît dans le noir, renaît à peine sous un bec de gaz, se précise à nouveau devant un étalage, si pressée que ses lèvres remuent déjà pour prononcer les mots qu'elle dira au boucher.

Mme Pain a accepté de garder Roger pendant une heure. Elle a un fils du même âge, à un mois près. C'est une femme qui ne sait rien faire dans son ménage, toujours lasse, toujours à gémir, une de ces femmes de qui on n'est pas étonné de lire dans le journal que leur enfant s'est ébouillanté ou noyé dans une bassine à quelques pas d'elles.

La Meuse est encore une fois grosse, les planches disjointes et visqueuses de la passerelle rebondissent, on frôle la foule sans distinguer les visages et la ville n'est qu'un pointillé lumineux ; place Cockerill, rue des Carmes ; Élise s'engouffre dans l'univers glacé de la halle aux viandes où les lampes à arc n'éclairent qu'une partie des poutrelles de fer.

— Un demi-kilo de pot-au-feu, madame Mouron, puis un rôti comme d'habitude, pas trop gros, et un os à moelle.

Les samedis et veilles de fêtes, elle vient acheter sa viande aux halles, mais pour rien au monde elle ne s'adresserait à un autre boucher que le sien. Elle plaint et réprouve un peu celles qui se servent ailleurs, qui ne savent pas ou qui veulent économiser quelques centimes. Sur la viande, il ne faut jamais marchander.

Elle serre dans la main son porte-monnaie qu'elle a toujours si peur de perdre avec la clef qui est dedans. Elle compte les pièces, sourit.

— Merci, madame Mouron. A samedi.

Elle serait fort étonnée d'apprendre que la grosse bouchère ne la reconnaît jamais et se demande pourquoi cette cliente lui dit si gentiment bonjour et au revoir.

En face, les trois vitrines de chez Schroefs ; Élise, qui ne veut pas regarder de ce côté, fonce en hâte dans le courant d'air pluvieux de la rue, parapluie en avant, son filet lui battant la hanche et, juste en tournant le coin, en face de l'Université, elle se jette en plein sur un homme, s'excuse, balbutie.

Lui dit simplement, un bout de cigare éteint dans ses moustaches grises :

— Élise !

— Hubert !

C'est lui qui a des torts envers elle et pourtant c'est elle qui perd contenance, sourit, paraît émue, se demande si elle ne devrait pas l'embrasser.

— Je viens justement de chez toi.

— Mon Dieu ! Et tu n'as trouvé personne !

C'est Schroefs, Hubert Schroefs, son beau-frère, le mari de Marthe. Dire qu'elle a vécu trois ans chez lui, après la mort de sa mère, et qu'il lui paraît tellement étranger, tellement impressionnant ! Il est vrai que les Schroefs, en ce temps-là n'habitaient pas encore les vastes bâtiments de la rue des Carmes, mais un magasin plus modeste, à une seule vitrine, rue André-Dumont.

Élise suit son beau-frère et se demande ce qu'il a à lui dire. Il prend son temps. Au fait, s'il est allé chez elle alors qu'ils ne se sont pas vus depuis deux ans, depuis plus de deux ans même, depuis le mariage d'Élise, c'est qu'un événement grave s'est produit.

— Mon Dieu, Hubert ! Marthe ?...

Il fait oui de la tête, déclare :

— Elle s'est encore une fois enfermée. Elle a dû trouver mon revolver dans la table de nuit. Tout à l'heure, elle a menacé de tirer à travers la porte.

Ce n'est pas lui qui prononcerait un mot de trop, ou qui se donnerait la peine de sourire pour complaire à quelqu'un ! On dirait qu'il la conduit en laisse, les mains dans les poches, dans la rue obscure, sachant qu'elle le suit. Elle le suit en effet, hâtant le pas, butant, elle qui, un instant plus tôt, était si pressée qu'elle ne savait par quel chemin couper au court.

— Il faut que tu voies ta sœur.

— Elle ne ferait pas ça, Hubert! Je connais Marthe.

Elle ne peut s'empêcher d'ajouter:

— Elle qui a tout ce qu'elle veut!

Le magasin regorge de marchandises, les rayons débordent de conserves de luxe aux boîtes ou aux étiquettes dorées, des vendeurs en tablier blanc s'affairent, des clients attendent; Hubert traverse, son dur melon sur la nuque, son cigare éteint entre les poils grisonnants de ses moustaches et les poils drus de sa barbe carrée où la nicotine a tracé un cercle brun.

Il va, gravit quelques marches, entrouve un bureau vitré, donne un ordre, par habitude, jette un coup d'œil dans la cour où se devine sous la pluie un cheval attelé à un camion qu'on charge, de grosses lettres blanches sur la bâche: *Hubert Schroefs*.

Il ne s'occupe plus d'Élise, monte par l'escalier, questionne la servante qui paraît sur le palier.

— Madame?

— Toujours pareil, Monsieur.

Les deux enfants sont dans la salle à manger, Jacques qui a douze ans, Germaine qui en a huit.

— Comme ils ont grandi, Hubert!

Le radiateur à gaz dégage une chaleur étouffante. Les chaises sont garnies de cuir serti de clous de cuivre.

— Essaie de lui parler. Élise, je n'en peux plus.

Il est réellement abattu, un cerne noir sous les yeux. C'est un homme massif, au ventre déjà proéminent; il ne donne pas tant une impression de santé que de puissance, à cause de la dureté de ses traits et de sa chair, de son teint sans couleur.

Ce soir, il paraît mou, son regard est fuyant. Il écarte les enfants, se laisse tomber dans son fauteuil, soupire, saisit le journal.

— Va!

C'est presque une menace. Il a fait ce qu'il a pu. Maintenant, il abandonne la partie. Il remet en quelque sorte le sort de Marthe entre les mains d'une Peters. Il n'a pas osé aller chercher Louisa à Coronmeuse. Il s'est rendu rue Pasteur où il n'avait jamais mis les pieds. Peu lui importe leur brouille.

— Va!

Qu'Élise s'occupe de sa sœur, puisqu'elle est du même sang. Lui est à bout et ce n'est pas la première fois qu'il menace d'enfermer sa femme dans une maison de santé.

Qu'est-ce que la propriétaire lui a répondu, rue Pasteur? Lui a-t-il dit qu'il était Hubert Schroefs, l'épicier en gros?

Élise trouve naturel qu'on soit venu la chercher, puisqu'on avait besoin d'elle. Elle pose son filet.

— Où est sa chambre?

— C'est vrai. Léontine te montrera.

Il a oublié qu'Élise n'est jamais entrée dans la maison de la rue des Carmes. Se souvient-il seulement des causes de la brouille? Il ne voulait pas lui voir épouser Désiré parce qu'elle lui manquerait, le soir, pour garder les enfants. En a-t-elle reçu, des pipis sur ses robes!

Il allume un autre cigare qu'il laissera éteindre et il s'entoure d'un silence massif comme sa personne.

— Si vous saviez, madame Élise!

Léontine chuchote, sur le palier, à côté de la cuisine ouverte.

— Cette fois-ci c'est vraiment affreux. Il y a trois jours que ça dure. Vous savez comme elle est maligne. Elle s'arrange pour profiter d'un instant où je m'éloigne et elle vient rafler dans la cuisine tout ce qui lui tombe sous la main. On se demande où elle a déniché des bouteilles.

Une porte, sous laquelle ne filtre aucune lumière, et voilà Élise seule sur le palier, dans cette maison inconnue. Élise qui est pressée, que Mme Pain attend, Élise de qui le feu s'éteint et de qui le souper ne sera pas prêt à l'heure.

Elle appelle à mi-voix:

— Marthe!

Elle devine qu'on bouge. Cela la gêne qu'on puisse l'entendre de la salle à manger dont elle voit la raie lumineuse.

— Marthe!

Elle a repris sans le savoir l'accent flamand et c'est en flamand qu'une voix questionne, si près de la porte qu'Élise sursaute.

— Qui est là?

— C'est moi, Marthe. C'est Élise, ta sœur.

— Qu'est-ce que tu viens faire ici? C'est lui qui est allé te chercher, n'est-ce pas? Il a peur.

— Mais non, Marthe. Je passais. J'ai voulu te dire bonsoir.

Des larmes coulent, mais elle ne pleure pas. Ce sont des larmes spéciales, plus fluides que les autres, sans amertume, des larmes silencieuses qui lui montent naturellement aux yeux quand il s'agit de quelqu'un de chez elle, de Léopold, de Louisa, de Marthe, quand elle parle de Louis de Tongres qui vient chaque semaine à la Bourse et ne lui a pas une seule fois rendu visite.

— Ouvre-moi, Marthe. J'ai besoin de te parler.

— Où est-il?

— Hubert? Je ne sais pas. Je crois qu'il est en bas.

— Tu mens. Je l'ai entendu monter. Si tu es venue pour mentir…

— Je t'en supplie, Marthe. Il est dans la salle à manger, c'est vrai. Il lit son journal. Je te jure…

Et soudain, alors qu'Élise ne s'y attend pas, elle se trouve devant la porte ouverte, elle ne s'en rend pas compte tout de suite, car la chambre est plongée dans l'obscurité et ce sont les reflets de la rue qui la renseignent.

— Entre vite. Qu'est-ce que tu veux? De quoi viens-tu encore te plaindre? C'est Désiré, n'est-ce pas?

Comme si, quand deux filles Peters se retrouvent, c'était nécessairement pour se plaindre! Élise voulait se jeter dans les bras de sa sœur. Elle ne peut plus. Elle la devine, dans le halo orangé qui vient du toit vitré de la halle aux viandes. Marthe, les cheveux en désordre sur les épaules, comme une femme qui sort du lit, paraît grasse et molle, lunaire, elle qui, quelques années plus tôt, avait un port de reine.

— Ma pauvre Marthe! Si tu savais comme je suis malheureuse...

Elle n'a rien trouvé d'autre et, d'ailleurs, c'est bien ce qu'il fallait dire. Les voilà qui pleurent toutes les deux, de la même façon, versant les mêmes larmes tièdes qu'aucun sanglot n'accompagne.

— Ma pauvre fille! Je t'avais prévenue. Les hommes, vois-tu... Qu'est-ce qu'il t'a fait?

Désiré va rentrer! Roger est chez Mme Pain qui est capable de le laisser jouer avec des allumettes. Élise a promis:

— Rien qu'une demi-heure, madame Pain. Le temps d'aller et venir en courant.

M. Pain va rentrer, lui aussi, et c'est un homme difficile.

— Mon Dieu, Marthe! Pourquoi n'allumes-tu pas? Pourquoi restes-tu enfermée?

Déjà Marthe a flairé l'ennemie.

— Je me doutais que tes larmes étaient des larmes de crocodile! Qu'est-ce que tu es venue chercher, hein? Avoue que c'est lui qui t'a envoyée! Tu te mets avec lui, un sale homme, un avare qui a un caillou à la place du cœur.

Elle se dirige vers la table de nuit où l'on aperçoit un revolver.

— Tu verras qu'un jour je le ferai!

Un cri.

— Marthe!

— Tu verras ce que je dis! Il me prend pour sa servante! Il prend tout le monde pour ses domestiques! Et tous les hommes sont pareils! Tous!

Un lit défait, des choses informes qui traînent, de la mangeaille et un verre sale qu'on devine dans la réverbération de la coupole vitrée d'en face.

— Tiens! Je le savais! Il est en train d'écouter à la porte.

— Je t'assure que non, Marthe.

— Il n'y a que lui qui compte, lui et son argent. Si c'était son intérêt de me tuer, il le ferait. Tu entends? Ton Désiré aussi! Tous les hommes. Ils savent ce qu'ils veulent. C'est dégoûtant et, quand ils ont fini leurs saletés, ils bourrent leur pipe et ne pensent plus qu'à leurs affaires.

Elle redevient méfiante:

— Pourquoi es-tu venue, alors que les autres fois tu passais dans la rue sans pousser la porte du magasin?

Cette fois, Élise sanglote, sans savoir pourquoi, supplie, les nerfs tendus:

— Allume le gaz.

Elle se ravise aussitôt.

— Attends! Je vais le faire. Donne-moi des allumettes.

Trop tard, Marthe est déjà montée sur une chaise et sa sœur s'aperçoit qu'elle titube, qu'elle va peut-être tomber, mettre le feu.

— Attention, Marthe!

— Si tu crois que je suis ivre!

Un plouf! Une clarté les inonde, trop blanche, trop froide, dans laquelle elles sont un moment comme sans se reconnaître.

Marthe pleurniche.

— Ah! ma pauvre fille... Moi qui ne ferais pas de mal à une mouche...

Élise, cette fois, a entendu les pas de Schroefs qui s'éloigne de derrière la porte et qui, rassuré, regagne son fauteuil de cuir dans la salle à manger.

Le lit est en désordre, la table aussi, il y a du désordre partout dans cette chambre si confortable qu'on a ravagée et Marthe a les cheveux épars comme une poissarde, comme ces femmes qu'on voit se crêper le chignon et crier des mots orduriers dans les petites rues. C'est Élise qui parle, en flamand, se mouche, tortille son mouchoir, se lamente et pleurniche sans quitter le revolver des yeux, même quand les deux sœurs tombent enfin dans les bras l'une de l'autre.

Un quart d'heure plus tard, la porte s'entrouve, se referme, Élise pénètre dans la salle à manger après avoir frappé. Hubert, qui est à table avec les enfants, ne l'invite pas. Elle lui fait signe, lui glisse l'arme dans la main.

— Désiré m'attend. Il faut que je rentre. Surtout, ne la bouscule pas. Elle est plus calme. Elle va dormir. Demain, il suffira de faire comme si rien n'était.

— Tu ne voudrais pas venir avec ton mari aussitôt après le déjeuner? Nous avons du monde. Je me demande si cela ne vaudrait pas mieux.

— Tu crois, Hubert?

Comme si elle ne savait pas que, pour qu'on l'invite et qu'on invite Désiré, il faut qu'on ait besoin d'elle!

Elle court à nouveau. Les lumières des vitrines ont disparu. Elle explique, elle explique, toute seule:

— Il ne faut pas me gronder... je t'assure, Désiré...

Il y a de la lumière rue Pasteur. Au moment où elle introduit la clef dans la serrure, la porte s'ouvre. Désiré est là, immense, glacé.

— Où étais-tu?

— Écoute, Désiré, je...

— Et l'enfant?

— Comment? Tu n'as pas...

Il n'a pas pensé que l'enfant était chez Mme Pain. Quand il a trouvé la maison vide, il s'est d'abord assis, après avoir rechargé le poêle, croyant que dans quelques minutes sa femme et son fils rentreraient.

— Il est sept heures et demie.

— Mon Dieu! Attends, je vais chercher Roger. Et M. Pain qui est chez lui!

Jamais elle n'a vu Désiré si pâle. Elle en tremble tout en courant chez Mme Pain et, tandis qu'elle toque à la boîte aux lettres, elle en perd les jambes. La maison vide, déjà refroidie, et, quand elle est rentrée sans l'enfant, Désiré, tout pâle, qui a ouvert la porte!

Elle revient, le retrouve assis près du feu, les yeux fermés, comme un homme qui a reçu une rude secousse et qui a besoin d'un certain temps pour se remettre.

— Pardon, Désiré! Si tu savais! Figure-toi que ma sœur Marthe...

Alors il se dresse et, pour la première fois, élève la voix.

— Je me fiche de Marthe, tu entends? Je m'en fiche! Je m'en contrefiche!

Et il entre dans la chambre à coucher pour cacher son émotion, la débâcle qui le saisit après sa grande peur.

— Qu'est-ce que tu as pensé, Désiré?

Il ne le dira pas. Il a pensé, parbleu, aux rues visqueuses, aux trottoirs trop étroits de la rue Puits-en-Sock, à Élise qui court toujours comme une folle, au tram qui renverse les passants comme des quilles.

— Viens manger. Pardon!

C'est l'heure où Léopold, qui n'a pas fait son plein, rentre lourdement chez lui. En levant la tête, il aperçoit un trait de lumière autour de la trappe de son logement. Il ne s'étonne pas. Il monte, soulève la trappe des épaules, sent qu'il fait chaud chez lui, constate que tout est en ordre, le feu allumé, la table mise. Le temps de retirer ses souliers qui ont pris l'eau comme des éponges et la trappe s'ouvre à nouveau. Eugénie paraît, un châle sur les épaules, un paquet de charchuterie à la main.

— Te voilà Léopold!

Elle dit cela comme si, l'étonnant, c'était de le voir là, lui et non pas elle.

— Tu n'as pas mangé, au moins?

Ils ne s'embrassent pas, se regardant à peine, se lancent seulement de petits coups d'œil furtifs, et ces coups d'œil sont pleins de confiance, de tendresse.

Eugénie a nettoyé le logement à fond. C'est toujours ainsi quand elle revient. Des gens disent qu'elle a un profil de camée, parce que ses traits sont d'une rare régularité, et elle a les plus beaux yeux noirs de la terre.

— Je ne me plaisais plus chez ces gens-là, qui ne recevaient jamais et ne savaient pas ce qu'ils mangeaient. Je leur ai déclaré que ce n'est pas la peine de prendre une cuisinière quand on n'est pas capable de distinguer un plat d'un autre.

Elle a rapporté du tabac à Léopold.

— Ton paletot est encore décousu au col. Je me demande comment il se fait que tes paletots soient toujours décousus au col...

Elle le recoudra tout à l'heure, pendant qu'il s'endormira, elle restera là peut-être huit jours, peut-être un mois, tant que son argent durera, après quoi elle cherchera une nouvelle place. Elle ne dira rien à Léopold. Un soir, simplement, il trouvera le logement vide, avec un souper froid sur la table.

Désiré ne l'a pas grondée. Croyant qu'il se fâcherait, elle n'osait pas lui parler de l'invitation de Schroefs. Elle s'est levée de bonne heure pour aller à la première messe. Elle a beaucoup prié, les larmes aux yeux, pour Félicie, pour Marthe, pour elle, pour tous ceux qui souffrent sur la terre.

Elle sait que Marthe n'est pas plus responsable que Félicie, peut-être moins, Marthe est malheureuse. Ce n'est pas sa faute. Elle ne manque de rien et pourtant aucune femme sensible, à sa place, ne serait heureuse.

Il y a des Mamelin à l'église. Elle en profite, à la sortie, dans le jour froid qui se lève pour leur souhaiter la bonne année en les embrassant trois fois.

La pluie à cessé. Il va geler, on le sent. Déjà, par plaques, les trottoirs deviennent d'un gris dur.

— Bonne année, sais-tu, Lucien, et beaucoup de bonheur, et tout ce que tu désires. Dis à Catherine, si je ne la voyais pas, que je lui souhaite la bonne année.

Elle rentre, allume le feu, y verse un jet de pétrole pour aller plus vite. Puis elle moud le café et elle entend Désiré qui remue.

— Bonne année, Désiré. Je te demande encore pardon pour hier. Je te jure que je ne pouvais pas faire autrement. Bonne année, mon petit Roger.

Il fait trop clair pour allumer la lampe, trop sombre pour bien y voir. Elle lave l'enfant, l'habille, tout en surveillant le déjeuner, tandis que Désiré se rase près de la fenêtre.

— Écoute, Désiré. Ne te fâche pas d'avance. Il faut absolument que j'aille cet après-midi chez Schroefs. J'ai promis. Hubert a insisté pour que tu viennes aussi.

Ce qu'elle dit là est si énorme qu'elle n'ose pas regarder son mari. Jusqu'ici, les rites du premier de l'an étaient immuablement établis et c'était rue Puits-en-Sock que s'écoulait l'après-midi. La mère Mamelin est morte de quelques mois à peine. Élise continue, la gorge serrée :

— J'ai peur qu'il n'éclate un drame. Quand Marthe est comme ça, elle est capable de tout.

Désiré se rend-il compte de la partie qui se joue, la plus décisive peut-être de leur vie commune ? Son visage, où il passe soigneusement le rasoir, se reflète, immobile, dans la glace de l'armoire que le demi-jour fait paraître sale.

— Tu pourrais passer chez toi ce matin. J'irai avec le

petit embrasser ton père, vers dix heures.

Il n'a rien dit, ce qui veut dire oui. Elle a peur qu'il ne soit triste, ou vexé, ou fâché, et elle s'empresse, en mangeant les œufs au lard, de parler de Marthe, précipitamment, fuyant le silence.

— C'est un peu la faute d'Hubert. Il ne fait rien pour lui rendre la vie agréable. Il lui donne tout ce qu'elle veut, bien sûr. Elle n'a qu'à puiser dans le magasin. Par contre jamais un mot gentil, une tendresse, un geste délicat. Quand il monte, le soir, il se laisse tomber en grognant dans son fauteuil et lit son journal...

Désiré est parti pour la messe. Il prend place dans le banc de la Confrérie de Saint-Roch. Son père collecte. Tout le monde les connaît, leur serre la main à la sortie.

— Meilleurs vœux.

— Meilleurs souhaits.

Ils se sont embrassés, simplement, en se frôlant à peine, comme les généraux embrassent les officiers qu'ils décorent.

— Bonne année, papa.

— Bonne année, *m'fi*.

Il accompagne son père rue Puits-en-Sock, embrasse Cécile, Marcel qui a encore son fixe-moustaches sur le visage, puis Arthur qui ne tarde pas à arriver.

Le jour reste froid et coupant. Le vieux Kreutz vient s'asseoir un quart d'heure au coin du feu et Arthur, en plaisantant, rase Vieux Papa dans la cuisine, ainsi qu'il le fait cinq ou six fois l'an.

Du deuil flotte derrière les vitres où les dessins géométriques de la vitrophanie se découpent plus nettement que les autres jours. Sur la toile cirée brune de la table, on a posé la bouteille de «Kempenaar», des verres pour tout le monde, un plat de galettes que Cécile a préparées selon la recette de sa mère.

Vers dix heures, Élise entre avec l'enfant, voit Désiré

assis dans un coin, sur une chaise un peu renversée, ses longues jambes étendues. On dirait qu'en le rencontrant ici il lui paraît plus grand et elle ose à peine lui parler.

— Bonne année, papa. Bonne année, Arthur. Bonne année, Cécile.

Elle se demande si Désiré leur a déjà dit qu'ils ne viendraient pas l'après-midi. Elle reste un petit moment. L'enfant marche.

— Attention au feu, Roger. Et toi, Cécile, pour quand est-ce?

Car Cécile attend famille.

— Il faut que j'aille surveiller mon dîner. Ne rentre pas trop tard, Désiré.

Et Désiré, à midi moins le quart, annonce en se levant :

— Nous ne pourrons pas venir cet après-midi. Il faut que nous allions chez une sœur de ma femme.

C'est fait. Jamais du vivant de sa mère, tant que sa grise silhouette un peu monacale animait la cuisine de la rue Puits-en-Sock, il n'aurait osé prononcer de tels mots.

Il évite le regard de son père qui ne se sent plus tout à fait chez lui depuis qu'il vit avec Cécile et avec son beau-fils.

— Au revoir tout le monde!

Le rôti, les pommes frites et les petits pois au sucre l'attendent. On habille fébrilement Roger.

— Nous ne prenons pas la voiture?

Les gens, ce jour-là, ne sont pas à leur place habituelle, on surprend des exodes inexplicables dans certaines rues, des vides dans d'autres.

— Je vais le porter, Désiré.

Elle sait qu'il ne lui permettra pas. Elle tient à être gentille, à lui faire oublier ce qui s'est passé la veille, à le remercier de venir chez Schroefs.

Elle trotte, un peu en retrait, à son habitude. Au coin de la rue des Carmes, qui est déserte, elle se sent émue. La maison aux volets fermés l'impressionne, elle lève la tête vers la loggia avant de sonner.

— Bonjour, Léontine. Bonne année. Est-ce que ma sœur va mieux ?

— Madame va très bien, madame Élise.

Doit-on monter quand même ? En somme, ils n'ont été invités qu'à cause de la neuvaine de Marthe.

Hubert est dans l'escalier. Il serre la main de Désiré, puis de l'enfant qu'il n'embrasse pas.

— Montez. Personne n'est encore arrivé.

La table n'est pas desservie dans la salle à manger. Les enfants, dans leur chambre à jeux, attendent des petits amis qui doivent venir goûter avec eux.

— Marthe ? s'informe timidement Élise.

— Elle est dans la chambre. Elle s'habille.

— Je peux aller la voir ?

Désiré est invité à s'asseoir devant le foyer à gaz sur lequel Schroefs se penche pour le régler.

— Un cigare ?

Ils ne savent par quel bout entamer la conversation. Ils ne savent même pas s'ils vont se tutoyer. C'est Hubert qui accomplit le premier effort, péniblement, en se carrant dans son fauteuil et en allumant son bout de cigare :

— Élise t'a dit ? C'est toujours la même chose ! Ce matin, elle allait mieux.

Élise a frappé à la porte.

— C'est toi ? Entre ! Comment va le petit ? Tu l'as amené, au moins ?

Il n'y a pas la moindre trace des événements de la veille. La servante a nettoyé la chambre, astiqué meubles et parquets, et on ne dirait pas que, pendant trois nuits, Hubert a dû dormir sur un lit de camp dressé dans la salle à manger. La maison est chaude, confortable. Marthe achève sa toilette. Ses cheveux sombres sont bien coiffés, elle porte une robe de soie noire, garnie de dentelle, qui souligne la majesté de son buste, c'est à peine si on la sent

182

un peu flottante, un peu vague, parlant du bout des lèvres avec une pointe de lassitude.

— Pourquoi ne viens-tu pas acheter tes provisions à la maison comme Poldine? On lui compte tout au prix coûtant. Elle passe une fois par mois et prend toute son épicerie.

— Tu es bien gentille. Merci, Marthe!

— Quand Hubert n'est pas là, je lui fourre des tas de choses dans son filet. Ce n'est pas la peine d'en parler. Il faut que tu viennes aussi. Avec ce que gagne Désiré...

— Merci, Marthe.

C'est exactement comme Félicie, tout bon ou tout mauvais, selon l'heure. Marthe aussi serait capable, si sa sœur venait demain au magasin avec son filet, de la traiter de mendiante.

— Quand je pense que je n'ai pas encore vu ton fils. Va le chercher, Élise.

Elle l'embrasse, cherche autour d'elle, se précipite dans la cuisine, revient avec un énorme paquet de chocolat.

— Pas maintenant, Marthe. Il vient de manger.

— Qu'est-ce que cela fait? Mange, mon petit. Ne t'occupe pas de ce que dit ta mère, ni des gros yeux qu'elle te fait. C'est du bon!

Elles sont toutes filles d'une même mère, d'un même père. On les reconnaîtrait à une certaine façon de pencher la tête, de sourire, ce sourire à la fois humble et résigné qui n'appartient qu'aux filles Peters.

Élise se sent écrasée par cette vaste chambre à coucher aux meubles impressionnants, par la toilette de sa sœur.

— Dis, Marthe, tu attends du monde et nous allons gêner. Ne crois-tu pas qu'il vaudrait mieux que nous vous laissions?

Mal à l'aise, elle aimerait vraiment mieux passer dans la rue, sous la loggia, en se dirigeant vers l'étang aux canards.

— Tu es folle? Si tu savais comme nous avons souvent

parlé de toi! Je me demandais ce que vous aviez, ton mari et toi. Il va bien, au moins, Désiré?

Ce n'est pas sa faute. Marthe a oublié. Elle a oublié tout ce qu'elle a dit contre Désiré quand Élise lui a annoncé qu'elle se mariait. Elle a oublié qu'elle n'a même pas fait un cadeau à sa sœur. Il n'y a pas eu de noce, certes, à cause du deuil d'Élise qui portait encore le voile. On n'a invité personne. Mais les Schroefs auraient pu envoyer quelque chose, si peu que ce fût.

Marthe a oublié. Peut-être a-t-elle oublié la scène de la veille. Sinon, elle fait semblant.

— Roger! Roger! Attention au beau couvre-lit.

— Laisse-le donc. Joue, petit. N'écoute pas ta mère. Qu'est-ce que cela peut faire? Quand il sera déchiré, on en achètera un autre.

Et, avec un clin d'œil complice:

— Il est assez riche pour cela.

Pauvre Marthe, si bonne! Elle donnerait tout ce qu'elle a. Elle donnerait sa chemise si on la lui demandait. Seulement, après, elle vous le reprocherait avec des mots si durs, des mots qui font si mal!

Le plus touchant, c'est qu'on ne sait jamais si c'est quand elle a bu qu'elle est elle-même ou si c'est à jeun.

Puisqu'il faudra revenir chez eux, désormais, puisqu'on n'est plus brouillé, Élise recommandera à Roger:

— Surtout n'accepte jamais rien de tante Marthe.

Mais tante Marthe s'obstine à lui remplir les poches, comme elle remplit le filet de Poldine, la femme de leur frère Franz, qui est vérificateur à la fabrique d'armes de Herstal.

Le groupe des femmes et le groupe des hommes se rejoignent dans la salle à manger déjà pleine de fumée. Hubert tire avec satisfaction sur son cigare. Il a retrouvé la paix dans sa maison.

Il y a cependant des détails qu'Élise est seule à percevoir. Par exemple, quand elle est passée devant la porte du salon, elle a aperçu une table chargée de pâtisseries, de petits fours et de bouteilles. Les invités ne sont pas arrivés. Les Mamelin, eux, ne sont pas de vrais invités et on les garde dans la salle à manger en attendant les autres.

Désiré parle d'assurances. C'est Hubert qui le questionne, car il ne veut rien perdre, et Désiré ne s'en rend pas compte, il croit naïvement qu'on lui parle comme à quelqu'un d'autre, il est fier qu'on lui demande conseil.

Élise en souffre. Par moments, elle voudrait lui souffler :

— Partons, Désiré. Tu ne comprends pas que nous ne sommes pas à notre place.

Ils gênent! On n'a plus besoin d'eux. On attend les invités, les vrais, et ceux-ci tardent à venir. Ils ont bien le temps. Trois heures. On ne sait plus que faire. Hubert est allé chercher dans le bureau vitré du bas une serviette qui contient ses polices-incendie et Désiré les épluche, donne son opinion, les femmes se tiennent avec les enfants dans la chambre à jouer où les petits amis, eux non plus, ne sont pas arrivés, les fils et la fille Roskam, les gros fabricants de confection.

— Nous ferions mieux de vous laisser, Marthe.

Le jour baisse quand on entend un coup de sonnette.

— Je t'assure, Marthe... répète Élise, angoissée.

— Il ne manquerait plus que ça! Tu es ma sœur.

On allume les lampes du salon. On se congratule sur le palier. On entend la voix enfantine d'un tout petit homme chauve, qui est un important marchand de fromages et qui a le même accent que Schroefs. Ils sont du même village, dans le Limbourg. Les bras boudinés et roses de sa femme font penser à leur ancienne crémerie, une boutique tout en marbre blanc. Ils n'ont pas d'enfants.

— Asseyez-vous. Un petit four? Un verre de porto?

Élise, après avoir tant fait pour amener Désiré, ne sait comment lui dire qu'il faut partir et lui adresse des signes qu'il ne comprend pas.

Après M. Van Camp, le marchand de fromages, arrive M. Magis, qui est traiteur rue Saint-Paul et qui a, comme le père Marette, un cancer à l'estomac.

— Un cigare ? Mais si !

Les jambes s'étirent. Désiré croit que c'est arrivé, qu'il est le grand homme de la réunion, parce qu'on le questionne sans cesse, toujours sur des questions d'assurances et que, sur ce terrain-là, il est plus fort que quiconque. Il jongle avec les chiffres, tranche, distribue des conseils qui vont, à tous les trois, à Schroefs comme à Magis et à Van Camp, économiser des milliers de francs.

— A votre santé, monsieur Mamelin. Vous disiez qu'en cas de sinistre se référant à une police du type B...

N'importe qui, dans les assurances, admet que Désiré Mamelin ne s'est jamais trompé, qu'il n'a jamais eu besoin de consulter un barème ou les termes d'une police. Il est comme un prestidigitateur qui n'a jamais raté son coup.

— On vous retiendrait vingt pour cent parce que l'article prévoit qu'une surprime est nécessaire pour...

Il est le grand homme, c'est certain ! Ces commerçants si sûrs d'eux-mêmes sont de petits enfants à côté de lui et sollicitent avec humilité ses avis, en se lançant des coups d'œil d'intelligence.

C'est au point qu'Hubert Schroefs, impatienté par le vacarme qui vient de la chambre de jeux, en fait fermer la porte.

— Et s'il y a eu entre-temps augmentation du risque sans qu'un avenant soit intervenu ?

Les Mamelin sont réunis, rue Puits-en-Sock, et pour la première fois Désiré est absent, pour la première fois Chrétien Mamelin, sans attendre le goûter traditionnel, avec les gaufres faites à la maison, est allé se promener en compagnie de son ami Kreutz.

Élise est contente et inquiète tout ensemble. Elle sent. Elle voudrait que Désiré sente aussi. On lui sert un troisième verre de porto.

— Désiré! supplie-t-elle.

Il ne l'entend pas. Et tout à l'heure, quand ils rentreront par les rues sombres, ce sera Désiré, l'enfant à califourchon sur ses épaules, qui se félicitera de sa journée.

— Ils ont compris! Leurs polices sont aussi mal faites que possible.

Elle n'ose rien dire. A quoi bon? Ce sont des choses que les Peters peuvent comprendre, pas lui.

Le feu est éteint. Elle le rallume. Ils ont rapporté du boudin au foie de chez Tonglet.

— J'ai trouvé que ta sœur Marthe faisait tout pour se montrer gentille.

Elle ne peut pourtant pas lui expliquer. Et pourquoi lui faire partager l'amertume de cet après-midi si vide où ils n'ont été que des figurants?

— Sers-toi, Désiré. J'en ai déjà pris deux tranches. Je t'assure que je n'ai plus faim.

Les Schroefs ne les ont pas invités à dîner. Au moment de partir — elle n'ose pas l'avouer — Marthe a glissé dans son réticule deux boîtes de sardines, ce qui s'est trouvé sous sa main en traversant le magasin obscur.

— Prends! Tu as besoin de forces. N'en parle pas à Hubert.

Elle a été embarrassée tout le long du chemin par ces deux boîtes glacées qu'elle ne savait comment cacher et, en rentrant, elle les a glissées sous le matelas de l'enfant.

11

Élise et Julie Pain se sont installées avec les enfants sur un banc de la place du Congrès, juste en face de la rue Pasteur, de sorte qu'en se retournant de temps en temps elles s'assurent qu'on ne sonne pas chez elles.

C'est une claire journée de mars, le soleil est enjoué, des nuages argentés naviguent dans le ciel et une lumière vive, incisive, souligne les détails du décor.

Les enfants, Roger et Armand, sont accroupis par terre, jouent avec le gravier et la fine poussière comme avec du sable.

Les deux femmes bavardent, à mi-voix, par petites phrases chuchotées. Élise tricote. Julie Pain ne sait rien faire de ses mains.

— Si tu savais comme cela m'agace, Désiré, de voir ces deux mains immobiles !

Elles hochent souvent la tête, le sourire teinté de mélancolie, et pourtant elles ne sont pas tristes, peut-être sont-elles heureuses, c'est leur façon d'être à l'une comme à l'autre — elles sont devenues amies tout de suite — et elles attendent qu'il soit quatre heures, que les élèves sortent de l'école des Frères, rue de l'Enseignement, pour aller ranimer leur feu, boire une tasse de café et manger une tartine.

— Ne frappe pas Armand avec ta pelle, Roger !

Il y a eu, il y aura sans doute encore beaucoup d'après-midi pareils à celui-ci, plus ou moins ensoleillés, aussi calmes, car il ne passe qu'un tram de loin en loin place du Congrès et l'on peut compter les passants dans les six rues en étoile. Parfois, la durée de quelques instants, les trottoirs restent vides et on a l'impression que celui qui s'y aventure le premier a honte du bruit de ses pas.

— Le plus pénible, vois-tu, Julie...

Roger et Armand ne sont que des bébés qui portent encore des robes. Celles de Roger sont bleues, car il est voué à la Vierge.

Armand, qui n'est l'aîné que d'un mois, est beaucoup plus gros, placide, avec des yeux bridés et sombres de Mongol. Où qu'on le mette, il reste aussi longtemps qu'on l'y laisse. Une fois, Élise a risqué :

— Tu crois que c'est naturel, Julie ?

Elles ont failli se brouiller. Élise n'en parle plus. C'est comme cette façon, pour ne pas avoir à s'en occuper, de laisser l'enfant assis sur le seuil toute la journée, son petit derrière à même la pierre de taille. Qu'on passe rue Pasteur quand on veut, la porte de chez Pain est ouverte, Armand est là et l'on devine Julie dans la pénombre de la cuisine, à moins qu'elle ne soit à potiner chez une voisine.

— Le plus pénible, ma pauvre Julie, depuis mon accident, ce sont les douleurs au ventre. Parfois, le soir, il me semble qu'on me déchire à l'intérieur.

Or, cet instant-là restera à jamais gravé dans une mémoire. Roger, qui vient de renverser son seau de gravier, a levé les yeux vers le banc. L'image qu'il découvre, le morceau de vie qui s'offre à lui, l'odeur de la place, la fluidité de l'air, les briques jaunes de la maison du coin — alors que toutes les briques du quartier sont rouges ou roses — la boucherie vide de chez Godard à l'autre coin, le mur fraîchement rejointoyé du patronage qui bouche le fond de la rue Pasteur, tout cela constitue sa première vision consciente du monde, la première qui l'accompagnera, telle quelle, dans la vie.

Sa mère sera toujours cette femme qu'il voit de bas en haut, encore vêtue de noir, en demi-deuil depuis aujourd'hui, le cou éclairé par un col de dentelle, un jabot qui bouillonne sur la poitrine et que retient un médaillon, de la dentelle aux poignets, une femme sans chapeau, aux cheveux très blonds qui frisent et qui frémissent dans la brise de mars.

Il la contemple. Il entend. Il cherche à comprendre et son front se plisse. Il parle enfin.

— Pourquoi tu as mal à ton ventre ?

Élise, confuse, regarde furtivement Julie. On ne prend jamais assez garde aux enfants !

— Joue, Roger !

— Pourquoi tu as mal à ton ventre?

— Parce que j'ai porté un baquet de lessive qui était trop lourd. Tu sais, le gros baquet dans lequel on te lave.

Il réfléchit, accepte. Élise soupire. Enfin, comme sans y attacher d'importance, l'air dégagé, l'enfant racle à nouveau le gravier avec sa pelle en bois.

Sans doute ne retiendra-t-il pas tout. Cependant, désormais, dans le logement de la rue Pasteur, il y a deux yeux, deux oreilles de plus, et le temps seul fera un tri définitif parmi les images, les sons et les odeurs. Désormais, quand elle se faufile le long des trottoirs trop étroits de la rue Puits-en-Sock où se produisent tant d'accidents de tram, quand elle va acheter cinquante centimes de frites, deux côtelettes ou un quart de kilo de boudin, quand elle se plaint de ceci ou de cela, quand, du marché aux fruits, elle guette à travers les vitres du café la claire et fine silhouette de Félicie, Élise n'est plus seule.

La première image, pour toujours, c'est la place du Congrès un jour de mars, deux femmes sur un banc, une boucherie vide, Élise qui a mis un col blanc pour la première fois depuis si longtemps et Julie Pain au ridicule bout de nez rouge, la taille si haut perchée qu'elle marche comme une cigogne.

Le premier problème que Roger va rouler dans sa petite tête c'est ce ventre qui souffre, il ne comprend pas pourquoi, ce ventre de femme mystérieusement blessé. Cela deviendra encore beaucoup plus mystérieux et plus tragique quand Élise en profitera pour répéter à tout propos :

— Si tu n'es pas sage, une voiture viendra me chercher.

Un fiacre s'est arrêté, un soir, devant une maison voisine, pour emmener à la clinique un vieillard qu'on a enterré quelques jours plus tard. L'enfant l'a vu.

— Pour aller où, la voiture? Avec moi?

— Pas avec toi. Pour me conduire à l'hôpital.

— Pour quoi faire, à l'hôpital?

— Pour m'opérer.

— Pour opérer quoi?

— Mon ventre.

Il ne pleure pas. Il se tait. Il en a pour longtemps à ruminer ses pensées et il jette de brefs regards à ce ventre bombé que souligne la robe princesse de sa mère.

Le soir, avant de s'endormir, quand, par l'entrebâillement de la porte, la lampe à pétrole de la cuisine peuple la chambre de mobiles figures sombres, il lui arrive de questionner du fond de son lit.

— On ne viendra pas te chercher?

— Qui?

— La voiture.

Le trot d'un cheval sur les pavés de la rue le fige soudain. Il attend, angoissé, ne respire qu'une fois sûr que l'attelage ne s'est pas arrêté, que le bruit s'est fondu définitivement dans le lointain.

— Tu as mal au ventre, mère?

— Qu'est-ce que tu racontes?

Elle est gênée, devant Désiré qui lui reproche souvent sa manie de se plaindre.

— Comme tes sœurs! Vous tenez cela de famille! On vous donnerait à chacune un château et un million que vous tomberiez dans les bras l'une de l'autre en pleurant!

Le monde va s'agrandir insensiblement, image par image, rue par rue, question par question.

— Pourquoi tu ne veux pas me porter?

— Parce que je suis fatiguée...

— Pourquoi tu es fatiguée?

— Parce que je suis une femme.

— Et père, il n'est pas fatigué?

— Ton père est un homme.

Une femme.

On arrête Élise dans la rue à cause de l'enfant, la gouvernante du juge se précipite chaque fois qu'elle passe et a toujours des douceurs préparées pour lui.

— Vous êtes trop bonne, madame Gérard. Vous le gâtez.

— Il est si séduisant, si malicieux ! Il a des yeux qui parlent, madame Mamelin !

— Vous ne pouvez pas savoir comme il devient fatigant ! Ce n'est pas tant qu'il soit lourd à porter. Il y en a de son âge qui sont plus lourds que lui. Mais il pose des questions du matin au soir. Parfois j'en suis gênée. Tenez ! Il nous écoute. Il comprend tout ce qu'on dit.

Elle se trompe. Il veut comprendre, mais ce n'est pas toujours ce qu'on dit, ce sont d'autres mystères auxquels Élise ne pense pas, des choses bien subtiles, souvent, dont il n'ose pas parler, comme s'il savait que c'est son domaine personnel, impénétrable à autrui.

Par exemple, ce qui monte et descend dans le ciel, certains jours. La fenêtre de la cuisine découpe un ample rectangle bleu. Il est assis par terre, sur la couverture brune à ramages, celle qu'on étale le samedi après-midi quand on a fait le ménage à grande eau et qui sert en semaine pour lui seul, pliée en quatre ou en huit.

Il fixe ce rectangle d'un bleu uni et, tout à coup — jamais il n'a pu saisir l'instant précis où ça commence — quelque chose de transparent, une forme longue, annelée, part d'un coin du rectangle et se dirige en zigzaguant vers un autre coin, reste parfois une seconde en suspens avant d'être happée par l'infini que cache le cadre de la fenêtre.

Qu'est-ce que c'est ? Il n'ose pas le demander. Il est persuadé que son père lui-même l'ignore. Qui sait ? Il est peut-être seul à voir cette chose vivante ?

— Pourquoi ne joues-tu pas, Roger ?

— Je joue !

Quand il reste immobile, Élise craint toujours qu'il soit

malade.

— Est-ce qu'on va aller chercher les côtelettes?

— Ce n'est pas le jour des côtelettes.

— Le jour de quoi?

— C'est le jour du poisson.

Pourquoi est-ce le jour du poisson? Pourquoi, quand Léopold vient s'asseoir au coin du feu, sa mère n'est-elle pas la même?

— Il n'est venu personne? demande Désiré en rentrant.

— Non.

Et l'oncle Léopold? Sans doute a-t-elle oublié? Il le lui rappelle.

— Oncle Léopold est venu.

Elle rougit, remue vite ses casseroles sur le feu.

— Ah! oui. Il n'a fait qu'enter et sortir. Je n'y pensais plus.

— Il va bien? Et Eugénie?

Pourquoi ce coup d'Élise à l'enfant? Pourquoi parle-t-elle plus bas, comme avec Mme Pain?

— Figure-toi qu'elle a trouvé une place tout près d'ici, rue de la Province, dans une pension de famille.

— Qui est-ce, maman, Eugénie?

— Ce n'est personne, Roger.

— Qui est-ce personne?

Il a les traits nerveux, les yeux petits, il plisse déjà les paupières.

— Moi qui aurais tant voulu un enfant avec de grands yeux! C'est si beau, les grands yeux! Il faut qu'il ait justement les yeux de Louis de Tongres.

Le dimanche, à présent, on va chez Schroefs, rue des Carmes. Presque chaque fois, Élise est fébrile et une dispute éclate avant de partir. Pour rien, à cause de son chapeau qu'elle ne parvient pas à mettre d'aplomb, de ses cheveux qui ne tiennent pas, des épingles trop longues ou trop courtes, de la robe princesse que Désiré n'en finit pas d'agrafer.

— Tu me fais mal, tu le sais bien. Mon Dieu! Comment n'es-tu pas capable d'agrafer une robe?

D'avance, elle a envie de pleurer, peut-être depuis avant le dîner, qui sait, avant que Désiré ne revienne de la rue Puits-en-Sock? D'avance, elle se prépare et la scène éclate toujours au dernier moment, quand on croit qu'on va enfin partir.

— Il vaut mieux que je reste. Vas-y, toi, avec l'enfant!

— Qu'est-ce que j'irais faire seul chez ta sœur?

— Et quand je dois, moi, m'enfermer pendant des heures rue Puits-en-Sock ou chez Françoise?

— Voyons, Élise! Je ne dis pas que je ne veux pas aller chez ta sœur. Je dis simplement…

— Non! Laisse-moi! Tais-toi, cela vaudra mieux. Va! Va te promener! Je resterai seule avec Roger.

— Tu sais bien qu'on nous attend.

— Est-ce moi qu'on attend? C'est toi. Hubert a encore envie de te parler d'assurances ou de je ne sais quoi, de te faire faire le travail qu'il n'ose pas demander à son comptable. La dernière fois, vous êtes restés enfermés dans le bureau pendant trois heures. Si tu crois que c'est agréable.

— Tu étais avec ta sœur.

Souvent elle se déshabille et se jette sur le lit, à bout de nerfs et d'arguments. Puis, un quart d'heure plus tard, elle se lave les yeux à l'eau froide, remet sa robe, pique au hasard les longues épingles à chapeau.

— Est-ce qu'on voit que j'ai pleuré?

On marche. On franchit le pont Neuf ou la passerelle. On sonne. On chuchote pendant que la servante descend.

— Tu verras que les enfants seront encore sortis.

Qu'est-ce que ça peut faire à Élise? Vient-elle pour les enfants? Pourquoi prétendre qu'on les invite en bouche-trou, parce que les Schroefs s'ennuient le dimanche, parce qu'ils n'ont pas d'amis, qu'ils sont seuls dans leur grande maison de pierre de taille et qu'Hubert appréhende de rester en tête à tête avec sa femme?

— Écoute, Désiré, si Marthe est brindezingue, je ne reste pas. Fais ce que tu voudras, moi, je m'en irai.

— Chut!

Des pas. Comme un signal, Élise prend son air penché, son sourire aimable, d'avance reconnaissant.

Hubert vient à leur rencontre sur le palier et on devine qu'il quitte à l'instant, avec un han de soulagement, son fauteuil de cuir, près du radiateur à gaz, dans la salle à manger. C'est son coin. La salle à manger sent le cigare refroidi (il en a un bout entre les poils).

— Comment vas-tu?

Il serre la main de Désiré, voit à peine Élise. Quant à l'enfant, peut-être ne lui a-t-il jamais adressé la parole, peut-être ne le reconnaîtrait-il pas dans la rue?

— Marthe doit être dans sa chambre, ou dans le débarras.

— Merci, Hubert.

Il porte son costume de semaine, un veston ample et long, gris fer, qui tient de la redingote et sous lequel le gilet est barré d'une grosse chaîne de montre à breloques. Il a son chapeau melon sur la tête, qu'il garde au coin du feu, par habitude, parce que sa vie, sa vraie vie, c'est d'aller et venir, en bas, de passer dix fois dans la cour pour surveiller le chargement d'un camion, de gravir les échelles de meunier des vastes magasins, d'entrer, de sortir, de surveiller son monde et de saisir un outil pour ouvrir de sa main une caisse qui vient d'arriver.

— Assieds-toi, Désiré. Un cigare?

Les journaux, qu'il a lus jusqu'à la trame en attendant, sont épars sur la table. Il règle le gaz, croise ses courtes jambes, rallume son bout de cigare.

— Alors, quoi de neuf?

Les enfants sont sortis, Élise avait raison. Ils ont des

petits amis de leur âge et chacun, tour à tour, donne un goûter le dimanche ou le jeudi, la bonne les conduit, revient avec eux à la tombée de la nuit.

Marthe n'est pas prête. Le dimanche, elle n'a jamais le courage de s'habiller. Elle en profite pour ouvrir les armoires, changer de place ce qu'elles contiennent, ranger, trier, sans goût, sans entrain, les pieds dans de molles pantoufles.

— Assieds-toi, Élise. J'ai tout de suite fini.

— Veux-tu que je t'aide ?

La rue elle-même est bien faite pour dérouter les Schroefs, cette rue si vivante en semaine, encombrée de camions qui déchargent des quartiers de bêtes dans le vacarme de la halle aux viandes, et qui soudain, le dimanche, est sans une âme, sans un chat, à croire que les maisons sont inhabitées.

— Marthe va bien ?

Hubert soupire, hésite à toucher du bois.

— Elle est dans ses bons moments.

Personne ne s'occupe de Roger. Les femmes disparaissent à moitié dans les placards bourrés de linge et de vêtements.

— Tu n'attends personne, dis, Marthe ? J'ai toujours si peur de gêner.

— Tu sais bien que tu ne gênes jamais, sotte ! Qui voudrais-tu que nous attendions ? A part Van Camp...

Il viendra peut-être, seul ou avec sa grosse femme rose et infantile, comme dit Marthe.

— Je t'assure qu'elle est infantile. On a envie de lui donner un bonbon à sucer.

Dans quelques minutes, on peut en être certain, on entendra les deux hommes quitter la salle à manger pour descendre au bureau où Hubert a toujours des papiers à montrer à Désiré. Schroefs serait malade s'il ne descendait pas au bureau.

Enfin, quand le petit M. Van Camp, au crâne luisant,

arrivera, on le fera monter avec sa femme, ils s'assoiront dans la salle à manger, Marthe criera par l'entrebâillement de la porte :

— Je viens tout de suite ! Vous m'excusez, n'est-ce pas ?

Léontine préparera le café dans la cuisine.

— Léontine, prenez donc l'enfant avec vous. Il s'ennuie, ici.

La maison ressemble à un vêtement trop grand dans lequel on est plus mal à l'aise que dans un costume trop étroit. On ne sait où se mettre. Il existe, au fond de la cuisine, une porte qui communique avec un monde littéralement infini, celui des magasins, non pas des magasins de vente comme ceux d'en bas, mais les magasins où sont entreposées les marchandises.

C'est un bloc de trois étages, avec de grands trous rectangulaires dans les planchers, des échelles, des poulies, des murailles de caisses, des montagnes de sacs et de ballots. De la paille traîne sur le sol en béton, des grains de café, des brins de cannelle et, quand on se penche à l'une des baies sans vitres, on entrevoit, dans l'écurie qui occupe le fond de la cour, au-delà du hangar des camions, les cinq chevaux à croupe puissante et le palefrenier qui taille un bout de bois ou répare un fouet.

— Léontine ! allez dire à monsieur que le goûter est servi.

Pendant tout ce temps-là, Élise a trottiné derrière sa sœur, s'efforçant de se rendre utile, parlant par bribes.

— A propos d'Eugénie, figure-toi qu'elle travaille maintenant dans le quartier, de sorte qu'on risque à chaque instant de la rencontrer, en cheveux, en négligé.

Demain, ce sera fini, la semaine commencera, la vraie vie. Hubert Schroefs descendra dès sept heures, le premier, dans son veston-redingote, le chapeau melon sur la nuque et son cigare déjà au coin des lèvres. Il fera un petit tour dans le bureau, dans la cour, dans l'écurie, dans les magasins. Il en aura pour jusqu'au soir à vivre sa vie et, quand il remontera enfin, il se laissera tomber dans un fauteuil, puis, le dîner fini, il étendra les jambes devant les flammes du gaz et s'enfoncera dans la lecture du journal.

— A table, mes enfants.

Des tartes. Des gâteaux. Van Camp parle à peine le français. D'ailleurs, il parle peu. Il est satisfait comme ça, respirant l'atmosphère qui entoure Schroefs, le grand personnage de son village.

Chez lui, il est malheureux. Il a eu tort de revendre trop tôt son commerce de fromages et maintenant, seul avec sa femme dans un appartement de la rue Neuvice, il s'ennuie.

Les hommes sont arrivés à Liège ensemble; la différence entre Schroefs et Van Camp, c'est que Schroefs était instruit, déjà instituteur, et qu'il est entré comme comptable chez Mme Winand, l'épicière de la rue Sainte-Marguerite, alors que Van Camp, en blouse blanche, poussait des charrettes de fromages dans la rue.

Tous les deux sont riches aujourd'hui. Schroefs est le plus riche. Ils sont courts et carrés. Ils ont gardé leur accent. Parfois ils échangent quelques mots.

— Tu te siviens du petit Kees qui avait des taches de rousseur?

— Le fils du facteur Pietke? Qu'est-il devenu?

— Je ne sais pas.

Cela leur fait plaisir d'en parler, d'évoquer le long chemin dans la boue, dans la neige, quand ils allaient à l'école de leur village, en Campine, les pieds chaussés de sabots.

Maintenant, Schroefs a un grand salon qu'on ne se donne pas la peine d'ouvrir pour Van Camp et pour Désiré.

Hubert parle café, son sujet favori. Il connaît toutes les espèces de café du monde, les identifie en croquant un seul grain. Élise penche la tête, surveille son fils.

— Voyons, Roger. Ne mange pas tant. Tu vas encore te rendre malade.

Et Marthe :

— Laisse-le, Élise. Qu'il mange, ce pauvre petit, puisqu'il trouve que c'est bon. Ne regarde pas ta mère, Roger. Mange. Quand tu es chez tante Marthe, il ne faut jamais regarder si ta mère fait de grands yeux.

— A propos, Marthe, nous ne pourrons pas venir dimanche prochain. Il faut que nous allions voir la sœur de Désiré qui est religieuse à Ans, aux Ursulines.

Par politesse, parce que les Schroefs pourraient se froisser, elle croit devoir donner à entendre que cette visite au couvent lui est pénible.

On a mis deux coussins sur la chaise de l'enfant qui regarde, qui renifle, qui n'oubliera pas certaines choses que les autres n'ont peut-être jamais remarquées. Par exemple, tous les tableaux, dans la maison, portent sur le cadre des lettres dorées, car ce sont des réclames distribuées par les grandes marques de biscuits, de conserves ou de chocolat. Juste en face du fauteuil de l'oncle Hubert est pendu un tableau plus sombre que les autres, représentant des personnages qui portent de grands chapeaux noirs et entourent un homme tout nu, d'un jaune verdâtre.

Roger voudrait bien demander :

— Qu'est-ce qu'ils font ?

C'est une reproduction en couleurs de la « Leçon d'Anatomie ». Ces hommes noirs autour d'un cadavre s'associent dans l'esprit de l'enfant à la silhouette grise et dure de l'oncle Schroefs, à son melon qu'il n'a quitté que pour se mettre à table, à l'odeur épicée qui règne dans la maison, mêlée à celle des caisses en bois râpeux.

Tante Marthe lui fourre toujours des choses dans les poches, des choses, parfois, qu'il ne pourra pas manger, elle y fourre aussi bien du chocolat ou des biscuits qui s'effritent aussitôt, que des boîtes de filets d'anchois.

Pourquoi sa mère les lui reprend-elle? Pourquoi le gronde-t-on, à peine passé le coin de la rue?

— Tu ne dois rien accepter de tante Marthe. Tu dois dire: «Non, merci, tante.»

Et ce *non merci* devient pour lui une sorte de nom propre.

— Nonmerci.

Pourquoi faut-il dire: «Non merci»? Pourquoi, quand elles sont ensemble dans la chambre ou dans le débarras, surtout dans le débarras, se mettent-elles à pleurer et s'essuient-elles bien vite les yeux si quelqu'un entre? Et pourquoi, en se disant bonjour, prononcent-elles presque toujours!

— Ma pauvre Élise.

— Ma pauvre Marthe.

Pourtant, c'est la plus belle maison du monde. Quand les grandes personnes désirent rester seules, Léontine emmène Roger. C'est une drôle de fille très maigre, très plate, qui a la manie de le serrer trop fort contre sa poitrine en l'embrassant. Elle lui fait visiter les magasins. Elle lui permet de toucher à tout. Elle l'a conduit voir les chevaux, et l'homme qui est dans la cour — ou dans l'écurie quand il pleut — un vieux mal habillé, lui a fait un fouet, un vrai, avec une ficelle qui claque.

Quand le jour commence à se brouiller, Élise regarde son mari, s'évertue à attirer son attention, lui adresse un signe que tous comprennent.

— Mais non! Il n'est pas tard, protestent Marthe et Hubert.

C'est l'heure de mettre la table pour le souper. Les enfants vont rentrer. On gêne. Est-ce que Désiré ne sent pas qu'on gêne?

Il y a un quart d'heure que Schroefs en a assez, qu'il se retient à peine de bâiller, qu'il a envie, maintenant que le plus gros de la journée est passé, de se tasser seul dans son coin, devant son radiateur à gaz, et de farfouiller dans ses journaux en soupirant.

Désiré croit tout ce qu'on lui dit. Si on lui dit:

— Mais non, restez...

... il reste!

Allons! Van Camp s'est levé, mais il serait resté volontiers. On marche vers la porte. On se dit deux ou trois fois bonsoir, une fois avant de s'habiller, puis sur le palier, puis encore en bas.

— Passez donc par ici.

On entrouvre la porte du magasin, on retrouve les ombres violettes de la rue, le silence, les trams lointains.

— A dimanche en huit. Merci, sais-tu, Marthe! Désiré, porte le petit. Nous irons plus vite.

Quelques pas.

— On lui a encore fait manger trois morceaux de tarte.

Désiré ne comprend pas, ne parvient pas à s'indigner, ni à en souffrir.

— Je suis sûre qu'Hubert va dire que tu viens exprès pour fumer ses cigares.

— J'en ai fumé deux.

— Si nous achetions un peu de jambon pour souper? Le feu sera éteint.

L'enfant, sur les épaules de son père, voit passer les becs de gaz presque à hauteur de sa tête; il voit défiler, rue Puits-en-Sock, toutes les boutiques mal éclairées qui restent ouvertes le dimanche, qui resteront ouvertes jusqu'à dix heures du soir, avec les commerçants qui mangent derrière une tenture ou derrière les vitres de l'arrière-boutique, avec des marchandises de toutes les couleurs à l'étalage et le tram qui sort soudain de l'ombre de la place de Bavière.

— Désiré, attention au tram!

La chapellerie Mamelin a gardé un bec de gaz allumé comme si quelqu'un allait venir acheter un chapeau à cette heure.

— Père !

Roger doit crier. Il est trop haut perché. Élise porte le chapeau de son mari, parce que l'enfant le fait glisser en se cramponnant des deux mains à la tête de Désiré.

— Qu'est-ce qu'on va faire à la maison ?

Roger voudrait s'arrêter rue Puits-en-Sock. Il sait qu'une fois rue Pasteur, la journée sera finie. On lui donnera à manger puis, tout de suite, on le mettra au lit et il entendra longtemps le murmure des voix de son père et de sa mère dans la cuisine.

— On ne rentre pas encore ?

— Non, mon petit.

— Où est-ce qu'on va ?

Il reprend :

— Où est-ce qu'on va encore ?

— On se promène.

— Où est-ce qu'on se promène ?

Et il sait que ce n'est pas vrai, puisqu'on tourne par l'obscure rue Jean-d'Outremeuse qui prépare déjà au calme absolu de la rue Pasteur.

12

Il n'y a personne rue Pasteur que M. Lorisse, le rentier d'à côté, qu'on vient de pousser doucement dehors après lui avoir mis son cache-nez et qu'on surveille de la loggia. Il est immobile au bord du trottoir, les mains derrière le dos, la droite tenant un fouet en cuir tressé ; il regarde vaguement son chien, un berger des Pyrénées à longs poils fauves et blancs qui, l'arrière-train raidi, paraît aussi impotent que son maître. Le chien parcourt trois mètres en reniflant le sol, choisit son pavé, lève la patte ou s'accroupit, mais il ne fait rien et il va recommencer un peu plus loin tandis que M. Lorisse, lui aussi, franchit trois mètres et reprend sa pose, de sorte qu'ils ont l'air tous les deux de ces jouets en bois découpé qu'on plante au milieu des bergeries.

De la loggia, Mme Louise et sa fille — qui a quarante ans et qui est si douce — les observent. Ce sont des rentiers. Ils ont toujours été rentiers. M. Lorisse ira peut-être jusque chez Mme Pain, peut-être jusqu'à la place du Congrès, mais il ne tournera pas le coin, car il sait que cela lui est défendu.

— Quelle idée, Désiré, d'appeler leur chien Lorisse comme eux !

Car le chien s'appelle Lorisse comme ses maîtres et cela choque tout le monde, bien que ce soit le plus beau chien du quartier.

S'il était en bas, ce qui passionnerait Roger, c'est la bataille qui a déjà commencé, cette bataille entre l'ombre et le soleil, aussi mystérieuse que la chose qui passe dans le ciel devant la fenêtre de la cuisine.

Elle se livre aussi dans les rues proches. Il ne l'a jamais constatée en ville, rue Léopold, par exemple, ou place Saint-Lambert, quand on va le jeudi dire bonjour aux demoiselles de l'« Innovation ».

Rue Pasteur, elle se dispute minute par minute : la rue vide est toujours partagée en deux camps par une ligne nette qui avance ou recule et qui, parfois, à onze heures et demie, lorsque les gamins sortent de l'école des Frères, ne laisse plus qu'un étroit couloir d'ombre le long des maisons.

Roger, assis sur sa chaise, ne s'occupe pas, pour le moment, de ce qui se passe dans la rue. Donc, il ne s'y passe rien. La fenêtre de la cuisine est fermée et c'est celle de la chambre qui est ouverte, c'est l'air de la rue qui gonfle les rideaux comme des ballons. Ils sont jaunes. Tout est jaune à cette heure-là, à cause du soleil, d'un jaune délicatement rosé ; il n'y a de bleutées que les vitres de la cuisine ; c'est demain samedi qu'on lave la cuisine à fond et aujourd'hui les vitres sont sales.

— Qu'est-ce que tu veux que j'y fasse, Désiré ? Faut-il lui demander de ne plus venir ?

Élise a encore parlé tout à l'heure. On est vendredi. C'est le jour de Mme Smet. Chaque semaine, depuis la naissance de Roger, celle-ci passe la journée du vendredi chez les Mamelin. Elle reste sans bouger au coin du feu. Le soir, à la fermeture de l'«Innovation», Valérie vient la rejoindre et Désiré en profite, après le dîner, pour aller jouer au whist chez Velden. Si bien que le vendredi est un peu son jour aussi.

Ce qu'on n'avait pas prévu, c'est qu'il y aurait l'Exposition Universelle, ni qu'Élise prendrait un abonnement, que l'été serait triomphant et que ce serait un crime de garder un enfant enfermé toute la journée.

— Allez vous promener avec le petit, ma fille. Ne vous gênez pas pour moi. Avec mes vieilles jambes....

Élise soupire.

— Je te jure, Désiré, que si elle voulait, elle pourrait. Mais elle ne veut pas marcher. C'est une manie. Elle ferait un détour d'un quart d'heure pour aller prendre le tram.

On a été bien heureux d'avoir la mère de Valérie quand Élise était seule, au lit, avec le bébé à soigner.

Élise guette le bruit des trams qui s'arrêtent place du Congrès, les pas dans la rue Pasteur, mais on n'entend jamais que les deux ou trois pas espacés de M. Lorisse derrière son grand chien auquel il faut la moitié de la matinée pour faire ses besoins.

Il y a encore l'histoire des bonbons ! Élise y pense en brassant les matelas des lits.

— Pourquoi ne joues-tu pas, Roger ?

— Je joue.

Il ne joue pas. Il contemple ce merveilleux brouillard de fine poussière dorée qui monte de la chambre et qui est comme absorbé, lentement, irrésistiblement, par l'air humide de la rue. Quand sa mère bat les matelas, on dirait des milliers de petites bêtes qui tournent en rond, se rejoignent, se séparent, tandis que des plumes restent longtemps en suspens dans l'espace. En ce moment, il y a en outre le rond du plafond, une sorte de bête aussi, une bête lumineuse, impalpable, qui frémit dans un coin du plafond et qui s'élance soudain vers l'autre mur quand on touche à la fenêtre, car ce n'est qu'un reflet du soleil.

Parce que c'est le jour de Mme Smet et de Valérie, les casseroles sont plus nombreuses sur le feu. Élise n'a pas encore eu le temps de se coiffer, de se chausser. Elle frotte le lavabo couvert de marbre blanc, la cuvette et le broc de faïence rose qui ont l'air, à eux deux, d'une grosse fleur, dont on ne se sert pas par crainte de les casser.

— Drelin...

Un coup. C'est pour en bas.

— Drelin... Drelin...

Deux coups. Élise se précipite à la fenêtre et se penche, pliée en deux.

— Attends, Léopold. Un instant. Je te jette la clef.

Cette clef qu'on ne retrouve jamais au moment où il vient quelqu'un !

— Où ai-je mis la clef, Roger ? Je parie que tu as encore joué avec. Bon ! La voici.

Elle l'entoure d'une serviette qu'elle jette par la fenêtre.

— Attention, Léopold.

Et cela donne un curieux bruit, un bruit qu'on connaît bien rue Pasteur, à la fois mou et dur.

Qu'est-ce que Léopold vient faire ? Il n'est jamais *tombé* un vendredi chez Élise. Il ne sait pas que c'est le jour de Mme Smet. Son pas lourd dans l'escalier. Pourvu qu'il ne soit pas trop étrange, qu'il ne sente pas le genièvre.

— Entre, Léopold.

— Drelin... Drelin... Drelin...

Elle se plie à nouveau à la fenêtre comme une marionnette au bord du guignol.

— Je viens, madame Smet.

— Tu attends quelqu'un? se méfie Léopold.

— Mais non.

Et, comme si l'univers entier connaissait la vieille maman de Valérie, à la figure de cire, elle ajoute en souriant:

— C'est Mme Smet, voyons! Assieds-toi. Qu'est-ce que tu apportes?

Il a un paquet mal enveloppé, sous le bras, mais elle doit descendre, elle descend, on entend dans le corridor:

— Montez doucement, madame Smet. Mon dieu! Encore des bonbons! Vous faites toujours des folies.

Les bonbons! Les horribles bonbons couverts de fleurs de sucre rose que Mme Smet achète Dieu sait où, chaque vendredi, qui ont sûrement fait l'étalage et qu'on n'ose pas donner à Roger! Élise est obligée de lui faire de gros yeux dès qu'on pose le sachet sur la table.

— Ne lui en donnez pas maintenant, mamade Smet. Il vient de manger. Asseyez-vous. Vous connaissez mon frère Léopold?

Léopold a envie de s'en aller. Il n'aime pas ça. Il a l'air de croire qu'on l'a fait exprès.

— Assieds-toi, Léopold, je t'en prie. C'est la mère de Valérie. Tu sais, Valérie! Elle a été, elles ont été si bonnes pour moi quand j'ai eu le petit.

Roger la regarde. Élise défait le paquet.

— C'est toi qui as peint ça, Léopold?

Elle parle, elle parle, elle essaie de les mettre à l'aise l'un et l'autre, d'empêcher qu'ils aient l'impression de gêner, elle fait tout à la fois, elle tisonne, moud le café de Léopold, achève de redresser ses cheveux qui tombent, cherche, du bout du pied, ses bottines qui ont glissé sous le lit.

Maintenant, elle brandit le tableau que Léopold a apporté. Au fait, elle sait pourquoi il est venu, pourquoi il a éprouvé le besoin d'apporter quelque chose, pourquoi il reste malgré tout, lui qui est si sauvage, comme pour attendre son absolution.

La veille, à cause du jour de Mme Smet, Élise a fait une partie de son marché dans l'obscurité pendant que Désiré gardait l'enfant. Elle a couru au plus près, à la charcuterie de la rue de la Province où elle ne va jamais. Elle a surpris Léopold. Elle a failli s'arrêter net. Elle a eu le sang-froid de passer, de faire semblant de ne pas le reconnaître et elle aurait bien pleuré de honte. Son frère était collé contre le mur d'une maison, la pension de famille où l'on reçoit n'importe qui, même de mauvaises femmes. Puis la fenêtre de la cuisine-cave s'est entrouverte, une flaque de lumière a envahi le trottoir et Eugénie a passé un paquet à son mari.

Élise a eu beau courir, Léopold l'a sûrement reconnue. Maintenant, il lui apporte un tableau.

— J'ai pensé que cela te ferait plaisir, fille.

— C'est la maison de nos parents, Léopold?

— Ce sont les *Waterringen*, oui.

— Regardez, madame Smet. Voici la maison que mes parents habitaient quand Léopold est né. Jusqu'à quel âge y as-tu vécu, Léopold?

— Quatorze ans.

— Tu m'as dit l'autre jour que maman, qui attendait Félicie, ne parvenait pas à monter dans la voiture.

Son cadeau, c'est une vraie toile tendue sur un châssis. Léopold a réalisé le tableau consciencieusement, comme un peintre en bâtiments, en étendant la peinture avec soin, sans ombre, sans lumière, sans perspective, de sorte que la maison a l'air d'être juchée sur un gros morceau de verdure et que le canal qui passe à droite menace de s'écrouler sur elle.

— Excuse-moi si je me coiffe devant toi, Léopold. Madame Smet, mettez-vous à votre aise. Raconte-nous ce que faisait notre père, Léopold.

— Il était *dijkmeester*.

— Si tu n'expliques pas, comment veux-tu qu'on comprenne. Cela veut dire chef des digues, madame Smet. C'est lui qui inondait les terres ou qui les asséchait. N'est-ce pas, Léopold? Figurez-vous que les bateaux passaient plus haut que la maison. Raconte, Léopold. Tu sais tout ça mieux que moi.

Elle va d'une pièce à l'autre. Elle cherche des épingles. Il lui manque toujours des épingles à cheveux et elle a l'habitude de les serrer entre les lèvres pendant qu'elle se coiffe.

— Dis comment tu allais à l'école.

— C'était très loin, à une heure de marche. L'hiver, avec Hubert, nous y allions à patins.

Élise n'a jamais vu les *Waterringen* mais, quand Léopold lui rend visite, elle aime qu'il lui en parle, elle est encore plus contente, maintenant qu'elle peut se rendre compte par le tableau de la disposition des lieux. Elle voudrait que Mme Smet admirât, elle aussi, mais la bonne Mme Smet hoche la tête à tout ce qu'on raconte.

— Et la fois qu'il a fallu aller chercher le docteur...

— J'y suis allé en traîneau avec le père.

— Un traîneau tiré par un cheval, madame Smet. Dis encore, Léopold...

— Drelin... Drelin...

Du coup, Léopold se lève.

— Ne bouge pas. Je t'assure que je n'attends personne. Tu sais bien que personne ne vient jamais nous voir.

Le temps, tout cela, pour M. Lorisse et son chien d'atteindre, trois pas par trois pas, la place du Congrès où il faut faire demi-tour et d'où l'on aperçoit vaguement les deux femmes dans leur loggia.

— Je ne vois pas qui c'est...

Elle s'est penchée à la fenêtre. Elle n'a pas reconnu le chapeau gris perle, ni le pardessus mastic. Elle tousse. Le visiteur lève la tête et elle s'exclame, avec une stupeur non feinte :

— Mon Dieu, Guillaume ! Comment est-ce possible ?

Alors, soudain, elle a quatre mains, dix mains, elle va et vient, elle jongle.

— Reste, Léopold, je t'en supplie. C'est Guillaume. Mon Dieu !

Toutes les épingles réintègrent le chignon penché. On ne sait comment elle lace ses bottines en ayant l'œil à tout, à de menus objets qui traînent encore et que personne n'aurait remarqués.

— Reste ! Une seconde, madame Smet...

C'est Guillaume, le frère aîné de Désiré, qui a débarqué deux heures plus tôt à la gare des Guillemins, comme ça, parce qu'il avait envie de voir l'Exposition, parce qu'il étrennait un pardessus mastic, un de ces pardessus qu'on vient de lancer, si courts, si relevés par-derrière qu'on les appelle des *pète-en-l'air*.

Guillaume aurait pu, en sortant de la gare, aller dire bonjour à Désiré à son bureau qui est presque en face. Mais il ne fait rien comme les autres. Il faut toujours qu'il surprenne. Et il n'ose pas se rendre rue Puits-en-Sock, à cause du pardessus mastic sur lequel il s'est contenté, en guise de deuil, d'épingler un brassard.

Il a choisi Élise. Pour passer le temps, comme il était trop tôt, il est entré chez le coiffeur et il est resté une demi-heure à se regarder dans la glace pendant qu'on le bichonnait, qu'on le poudrait, qu'on le parfumait. C'est tout Guillaume. On entend, en bas :

— Si jamais je m'attendais... Ta femme n'est pas avec toi ? C'est vrai qu'elle doit garder le magasin.

Guillaume possède, à Bruxelles, rue Neuve, en plein centre de la ville, un étroit magasin de parapluies et cannes.

— Monte ! C'est Désiré qui va être surpris ! Tu n'es pas passé le voir ?

Au moment où l'on veut entrer, Léopold est déjà dans

l'encadrement de la porte, le dos rond, la barbe noire, plus ours que jamais avec ses yeux qui ne sourient à personne et encore moins à ce drôle de personnage qui sent le coiffeur et dont les moustaches se hérissent en pointes aiguës.

Élise, elle, sourit à tout le monde.

— Tu ne connais pas mon frère Léopold? Je te présente, Guillaume, le frère aîné de Désiré.Guillaume est établi à Bruxelles.

— Au revoir, fille.

— Léopold! Reste encore *un* instant, rien qu'un instant.

Léopold n'écoute pas et s'enfonce en grognant dans la cage d'escalier.

Au fait, ce sont les aînés des deux familles qui ont été réunis une minute dans la cuisine de la rue Pasteur, l'aîné des Peters et l'aîné des Mamelin. Élise se penche sur la rampe :

— Merci pour le tableau, Léopold! Cela me fait grand plaisir, sais-tu! Il faut revenir me voir.

Elle sait bien qu'il n'écoute pas, qu'il était venu en se réjouissant de la surprise qu'il lui ferait et du long moment qu'ils auraient passé dans le calme, à parler de la maison de Neeroeteren. Ce tableau-là, qu'Élise n'avait jamais vu, mais dont elle avait entendu parler, il l'a refusé à Louisa qui le voudrait tant, à Martha, même à Schroefs qui n'aurait pas été fâché de montrer la maison de ses beaux-parents.

Élise aimerait reconduire son frère jusqu'à la porte de la rue, mais elle n'ose pas laisser Guillaume seul devant cette vieille femme qu'il ne connaît pas et qu'il salue d'une façon solennelle.

— Mme Smet, Guillaume... La maman de Valérie, ma meilleure amie, qui nous a tant aidés quand j'ai eu le petit...

— Je vous présente mes respects, madame.

Comme au théâtre! Puis, aussitôt, sans savoir que toutes

les syllabes comptent, qu'elles sont enregistrées à jamais, qu'il joue aujourd'hui un rôle quasi historique :

— Voyons mon petit bonhomme de neveu !

Il n'a pas d'enfant. Il saisit celui-ci comme un jouet. L'idée lui est venue, à la gare, de faire un cadeau inoubliable au fils de Désiré.

Il ne pense évidemment pas que Roger, assis sur sa chaise pliante, le voit de bas en haut, comme il voit si souvent son père. Il n'imagine surtout pas que, tout frais rasé, les moustaches cosmétiquées et effilées, les joues poudrées, sentant la lavande et la brillantine, il est aujourd'hui une sorte de Désiré-démon, un Désiré joué par un acteur qui exagérerait, qui relèverait trop les pointes des moustaches, qui mettrait trop d'or clair, trop de gaieté railleuse dans le marron des prunelles.

Pourtant, c'est ça ! Roger a peur et est séduit tout ensemble. C'est son père avec un autre accent, avec des gestes plus larges, une voix plus ample, un pardessus extraordinaire et une extraordinaire canne à pommeau d'or, son père avec un crâne presque chauve et des traits plus dessinés.

Élise s'affole, ouvre le buffet, le referme, cache un objet sous le châle qu'elle vient de jeter sur ses épaules.

— Une seconde, Guillaume. Tu permets une seconde ?

Cet oncle de Bruxelles, celui qu'on ne voit jamais, même rue Puits-en-Sock, parce qu'il a épousé une femme divorcée et qu'il n'est pas marié à l'église, c'est Guillaume qui atterit comme on voit les gens, à l'Exposition, descendre de ballon, qui atterrit rue Pasteur, tout frais, tout fringant, des guêtres claires sur ses souliers vernis.

— Défais ton pardessus. je viens.

— Mais oui. Ce n'est pas pour moi, au moins, que tu sors ?

Il triche. Il est heureux. Il a parfaitement vu le carafon qu'elle a pris dans le buffet et qu'elle emporte sous son châle.

— Vous veillez au feu, madame Smet?

Elle court, laisse la porte contre, car elle a oublié sa clef en haut, se précipite place du Congrès, chez Dupeux.

— Vous avez du bitter, monsieur Dupeux? Du bon, n'est-ce pas? C'est pour le frère de mon mari qui arrive de Bruxelles.

Elle explique, explique, elle a toujours besoin d'expliquer, comme si elle était en faute.

— Remplissez la bouteille. Non, attendez, à moitié, comme ça, c'est assez. Nous, vous savez, nous ne buvons jamais.

Elle rentre, essoufflée, triomphante.

— Guillaume, tu vas bien accepter un petit verre de bitter.

— A une condition: c'est que tu me confieras ton fils jusqu'à cet après-midi. C'est comme ça!

Il est méphistophélique.

— Nous avons de grands projets tous les deux, n'est-ce pas, fiston? Chut! Ne regarde pas ta mère. N'aie pas peur de ta mère. Est-ce que nous avons de grands projets?

Sidéré, l'enfant balbutie:

— Oui.

Élise se tourne vers Mme Smet pour l'appeler à son secours, mais Guillaume, désinvolte, comme s'il la connaissait depuis toujours:

— Allons, ma bonne madame Smet, ne me trahissez pas, ne faites pas attention aux clins d'œil de ma belle-sœur. C'est entendu! A votre santé. J'emmène Roger. Roger est à moi, mettons jusqu'à quatre heures.

— Écoute, Guillaume...

— C'est dit, oui ou non? Est-ce que je suis venu de Bruxelles exprès pour voir mon neveu?

— Bien sûr, Guillaume. Seulement, laisse-moi au moins le changer.

Et elle qui n'a jamais confié son fils à personne, sinon

pendant quelques minutes à Mme Pain, la voilà obligée de céder, parce que Guillaume insiste, parce que Mme Smet est là.

Que dira Désiré? Si encore Léopold était resté! Elle tente une diversion.

— Regarde, Guillaume : c'est la maison de mes parents, à Neeroeteren. Mon père était chef de digue. Les péniches passaient aussi haut que le toit de la maison. Je ne l'ai jamais vue, mais tous mes frères et mes sœurs y sont nés, sauf Félicie.

Il lisse ses moustaches en regardant poliment, sans écouter. Cela lui est parfaitement égal.

— Fais pipi, Roger. Tu vas aller promener avec ton oncle Guillaume. Tu seras gentil, n'est-ce pas? Tu seras bien sage?

Tout est détraqué. Rien, ce jour-là, ne se passe comme d'habitude. On reste des semaines, des mois, sans voir âme qui vive puis, d'un seul coup les événements se précipitent.

Elle regarde partir Roger et son oncle.

— Vous comprenez, madame Smet, il n'a pas l'habitude des enfants. Je sens qu'il a une idée de derrière la tête. Il va lui acheter quelque chose. Pourvu que ce soit quelque chose d'utile. Avec Guillaume, on ne peut jamais savoir.

Cela fait si vide, la cuisine, sans Roger! Si Mme Smet n'était pas là, Élise sans rien dire, suivrait de loin son fils.

Ils marchent dans le soleil éblouissant et Guillaume se penche un peu, sans parvenir à régler son pas sur celui de l'enfant, lui parle comme à une grande personne.

— Tu comprends, si ta mère était venue avec nous, elle ne m'aurait pas laissé faire à mon idée. Je la connais. Elle t'habille encore comme une fille.

Il ignore les rites, par exemple qu'il faut s'arrêter devant ces hommes-mannequins en redingote noire qui montent la garde devant les maisons de confection de la rue

Léopold, et qui distribuent des prospectus aux enfants. Il ne sait pas que ces prospectus sont des devinettes, qu'on doit chercher, dans un fouillis de traits, le Bulgare ou le chasseur. Il se demande pourquoi son neveu tient absolument à marcher sur la grille de chez Hosay où on respire l'haleine chaude du sous-sol au chocolat.

— Tu es fatigué?

— Non.

— Tu veux qu'on prenne le tram?

— Non.

Il entre à l'«Innovation» comme dans n'importe quel magasin, à l'«Innovation» où toutes les demoiselles connaissent Roger et où le jeudi — la veille encore — elles se le passent comme une poupée dès que M. Wilhems a le dos tourné. Il ne connaît pas Valérie. Il frôle son rayon sans s'arrêter et Valérie s'effare, trottine vers un autre rayon.

— Ce doit être le frère de Désiré.

— Comment Élise a-t-elle pu lui laisser l'enfant?

Guillaume est partout chez lui. Ne voilà-t-il pas qu'il soulève Roger et le pose tout droit sur un comptoir?

— Bonjour, mademoiselle. Regardez-moi ce petit bonhomme et trouvez-lui un costume de garçonnet.

— Ta maman n'est pas avec toi, mon petit Roger?

— Non, mademoiselle. Aujourd'hui, Roger est à moi pour toute la journée. Voyons ce que vous allez me proposer.

Il est en fête. Il est l'oncle qui débarque miraculeusement de Bruxelles avec une baguette magique et qui va transformer la vie d'un gamin.

— Pas du bleu, mademoiselle! Dénichez-moi quelque chose de plus gai.

Valérie n'ose pas s'approcher. La vendeuse montre à regret un costume de jersey rouge qui enchante Guillaume.

— Mettez-le lui donc, voulez-vous?

Elles s'adressent des signes, de rayon en rayon. Elles savent toutes que Roger est voué à la Vierge. Elles imaginent la tête d'Élise quand elle verra rentrer son fils dans cet extravagant costume rouge.

— Parfait! Laissez-le-lui. Mettez sa robe de côté. Sa maman viendra la chercher un jour ou l'autre. Combien?

C'est Guillaume! Et avec Guillaume, tout est changé. Le gamin le suit, sidéré, encore un peu effrayé.

— Voyons! Qu'aimerais-tu faire maintenant?

Le regard de Roger tombe sur la charrette jaune d'un marchand de crème glacée.

— Une glace!

Jamais il n'aurait osé dire cela à sa mère. Guillaume, lui, s'accoude à la petite charrette, traite le marchand familièrement, comme il traite tout le monde.

— Donnez donc une glace à ce moutard. A la fraise, Roger?

— Oui.

Puis il entraîne dans la cohue de la ville l'enfant qui se laisse tirer en suçant son cornet coiffé de crème rose. Si Élise le voyait!

C'est si différent de l'«Innovation» feutrée des autres jours, de la promenade à pas silencieux entre les rayons, des signes discrets qu'on échange, des longues stations devant une pièce de madapolam ou de mérinos, des phrases qu'on chuchote en guettant toujours la silhouette de M. Wilhems ou la redingote de l'inspecteur!

Guillaume passe par des rues où Roger ne passe jamais. On traverse, place Verte, une mer de fleurs qui sentent bon et derrière lesquelles les marchandes sont assises comme celles du marché derrière leurs paniers de fruits ou de légumes.

— Si nous allions manger à l'Exposition? Cela t'amuse d'aller manger à l'Exposition?

On prend le tram. Avec Élise, on ne prend le tram que

quand c'est strictement nécessaire. La glace dure toujours, il en reste quand on descend devant les guichets de l'Exposition et Guillaume paie ; il ne sait même pas que les enfants ne payent pas et prend deux entrées, se dirige droit vers le quartier des restaurants.

D'habitude, on évite ce quartier où on voit, dans des maisons pimpantes, des gens qui mangent de grosses gaufres de Bruxelles aux trous pleins de crème fouettée. On oblique tout de suite vers les stands gratuits, ceux surtout où on distribue des échantillons, le stand du chocolat, par exemple, avec ses machines, son énorme roue luisante, la courroie qui glisse sans bruit et le nègre habillé comme dans un conte des Mille et Une Nuits qui distribue des miettes de chocolat tombées de la machine.

Guillaume ne sait pas qu'Élise défend à son fils de manger ces échantillons.

— C'est sale ! dit-elle en lui essuyant la paume des mains avec son mouchoir.

Il ne sait pas que quand l'enfant a soif et s'arrête devant les aubettes où sont rangées des bouteilles de soda multicolores il faut lui répondre en le tirant par le bras :

— Tu boiras tout à l'heure à la maison.

Guillaume ne sait pas non plus où il faut passer pour recevoir les somptueux prospectus dont Roger a déjà toute une collection, les images en couleurs, la série des bêtes sauvages de l'amidon Remy, et surtout le cahier réclame pour les allumettes suédoises, au papier si fin, si soyeux, sur lequel on voit des allumettes de toutes les couleurs, des vertes, des rouges, et même des allumettes à tête d'or.

— Qu'est-ce qu'elle te donne à manger, ta mère ?

— Je ne sais pas.

— Dites-moi, garçon…

Car ils sont assis sous une tonnelle, avec près d'eux un garçon en tablier blanc, comme les gens devant qui on passe si vite les autres jours avant d'aller goûter sur un banc.

— Qu'est-ce que vous allez donner à ce petit bonhom-me ?

— On pourrait toujours commencer par un potage. Puis quelque chose de léger, une sole frite, par exemple ?

— Va pour la sole frite.

Il boit du vin. Ses yeux rient comme ceux de Désiré. Ils sont du même brun marron, mais ils n'ont pas la même douceur, ou plutôt il y a dans leur flamme joyeuse une note plus vulgaire, parfois un peu agressive.

— Tu es content ? Tu t'amuses bien ?

— Oui.

Un marchand passe avec des moulinets de papier fixés à des bâtons de couleur.

— Tu veux un moulinet ?

— Oui.

L'enfant est impressionné. On lui a noué une serviette de grande personne autour du cou. On a oublié de lui faire faire pipi et il l'a fait dans le pantalon de jersey rouge qui le gratte entre les jambes.

C'est trop. Il ne sait plus. Il a le sang aux joues. Pour un peu, il éclaterait en sanglots.

— Tu veux monter sur le *water-chute* ?

Il tire sur la main qui l'entraîne.

— Non !... Non !...

Il a peur. Des heures durant, les autres jours, on regarde les gens descendre en barque la pente du *water-chute*, mais jamais l'idée d'y aller lui-même ne lui est venue.

— Tu n'es pas fatigué ?

— Oui... Non...

Il voudrait que cela dure très longtemps et pourtant il a dans la poitrine une angoisse grandissante. Quand il regarde son oncle Guillaume, il croit reconnaître son père, mais c'est un père si différent qu'il en a peur et qu'il devient triste.

— Qu'est-ce que tu désires que nous fassions ?

La bouche pleine, les mains pleines, il ne répond pas. Le

jersey râpe ses cuisses qui doivent être toutes rouges, surtout avec le pipi.

— Si nous allions dire bonjour à ton papa qui est encore au bureau?

L'enfant saute sur cette planche de salut, encore que le mot papa, qu'on ne prononce jamais rue Pasteur, le choque.

— Oui.

Est-ce que son père attend dehors, au coin du pont du Commerce, à gauche de l'entrée, comme les autres soirs, quand on sort de l'Exposition? Car Désiré n'a pas fait les frais d'une carte permanente. En quittant son bureau, il vient attendre Élise et l'enfant et, comme Roger est toujours fatigué à cette heure-là, il le porte sur ses épaules jusqu'à la maison.

— Mets-le par terre, Désiré! Il est trop grand, maintenant.

— Je ne veux pas aller par terre.

Aujourd'hui, tout est changé. Il n'y a plus d'heure. L'Exposition est bouleversée. Rien n'est à sa place. On ne sait plus. On est comme perdu dans un monde qui n'aurait plus de sens et où les gens s'agitent dans toutes les directions.

— Attends. Nous allons prendre une voiture.

Il ne comprend pas. Une voiture, c'est pour conduire les gens à l'hôpital. Il se cramponne à la main de son oncle.

— Non! Je ne veux pas.

Pourtant, Guillaume avait déjà fait signe à un fiacre découvert.

— Tu ne veux vraiment pas monter?

— Non.

— Pourquoi?

— Je ne sais pas. Je veux maman.

Il n'y a que le pont du Commerce à traverser, le square aux canards où des drapeaux flottent dans le soleil. On est tout de suite rue des Guillemins. On tourne le coin de la rue Sohet. Un sourire triomphant glisse sur les lèvres de Guillaume tandis qu'il pousse la porte du bureau d'assurances.

L'enfant, lui, ne voit qu'une cloison percée de guichets qu'il ne peut atteindre.

— Par exemple! Guillaume! Tu es à Liège?

Et Guillaume, malicieux, soulève Roger dans ses bras, le pose sur la tablette du guichet.

Le gamin découvre une maison qu'il ne connaît pas, un poêle, des meubles, une tartine sur une serviette déployée, un bol plein de café, son père, en manches de chemise, qui est là comme chez lui, qu'on surprend dans une intimité étrangère.

C'est drôle : Désiré est presque gêné par le regard de son fils sur cet intérieur-là, mais il sourit, aussitôt, vient ouvrir la porte de communication.

— Entre, Guillaume. Viens, fils. C'est toi, Guillaume, qui lui as acheté ce costume?

A quoi bon insister? Élise le lui dira bien elle-même!

— Assieds-toi, Roger. Tu vois, c'est le bureau de ton père. Et ta femme, Guillaume? Tu es ici pour quelques jours? Tu as dîné, au moins?

Il reprend sa tartine, près de la machine à écrire, tandis que l'enfant regarde de tous ses yeux, comme s'il faisait une découverte mémorable, son père qui mange ailleurs que chez lui, en bras de chemise, tel qu'on le voit le soir dans le logement de la rue Pasteur.

13

— Tu crois que cela déteindra, Valérie?

Élise retire du bain tiède et savonneux une masse rouge sang, informe, qui est le premier costume de Roger. Est-ce

219

que dans le bleuté de l'eau de savon, il y a des traînées roses? Toute la question est là.

— Je t'assure que non, Élise. Tu verras qu'*ils* le reprendront.

Élise a mal aux nerfs. Elle ne trouve pas d'autre mot. Elle est comme quand elle a beaucoup pleuré et pourtant elle n'a pas pleuré aujourd'hui, elle a les membres, la tête vides, une sorte de tic-tac précipité dans tout son être, tel un mécanisme qui la pousserait, qui voudrait aller plus vite qu'elle.

Mme Smet est la même, à neuf heures du soir, qu'à dix heures du matin, toujours en visite, ses mitaines sur ses mains tavelées, dodelinant de la tête pour approuver ce qu'on dit, droite sur sa chaise, car elle n'a jamais voulu s'asseoir dans un fauteuil.

Valérie fait voleter ses doigts sur un ouvrage de crochet. C'est la seule besogne qu'elle puisse accomplir. Ses doigts sont si fins, si diaphanes, ses mains si frêles qu'elle se foulerait le poignet, si elle devait monter un seau d'eau.

N'est-il pas paradoxal qu'elle soit devenue la meilleure amie d'Élise? Valérie n'a pas d'os, pas de nerfs. Quand on regarde sa main devant la lampe, on n'y voit pas d'ossature, ou presque pas. Elle est obligée, tant ses pieds sont petits, d'acheter ses chaussures au rayon des fillettes.

Elle ne pèse pas sur la terre. C'est une étrange petite princesse qui ne serait ni jolie ni princesse, peut-être une fée, un être immatériel au visage disgracieux, à la tête trop grosse, aux cheveux de poupée chinoise qui, en dehors de ses soies et de ses dentelles, est inapte à tout, même à vivre, et sûrement qu'elle et sa mère se laisseraient mourir si elles n'avaient pas Marie, l'aînée, la couturière, pour faire leur ménage avant d'aller en journée.

Élise aime bien Valérie, mais elle n'en souffre pas moins de voir une femme aussi jeune assise, impassible, à côté d'un baquet plein de vaisselle sale. A sa place, il y aurait longtemps qu'elle se serait levée, qu'elle aurait dit:

— Donne-moi un torchon, Élise.

Ce soir, Élise s'inquiète:

— Tu penses vraiment qu'on le reprendra?

La porte est entrouverte. Roger dort. Il est neuf heures, Désiré, comme chaque vendredi, est allé jouer au whist chez Velden.

Il est heureux, là-bas. Il est le plus fort, comme chez M. Monnoyeur, comme rue Puits-en-Sock il est le plus intelligent. Il est aussi le plus gai. Il jongle, sourit à la ronde d'un sourire presque condescendant.

Pourtant, les frères Velden, les chaudronniers en cuivre, sont d'une des plus vieilles familles d'Outremeuse et ils ont une vingtaine d'ouvriers que la sirène — on l'entend de la rue Pasteur — rappelle au travail à une heure. Il y a aussi Émile Grisard, qui est architecte du gouvernement et dont le frère représente une grosse marque de champagne. Il y a M. Reculé, chef de bureau au Nord-Belge, qui voyage gratuitement en première classe.

Ils ont un tel besoin de Désiré, des gens comme eux, que, s'il est en retard d'un quart d'heure, ils viennent se suspendre à la sonnette de la rue Pasteur!

— Tu verras, Élise, que quand ce sera sec et repassé, il n'y paraîtra plus.

On entretient un feu d'enfer. Le vêtement sèche, les fers chauffent, des escarbilles rougeoyantes tombent en pluies dans le cendrier du poêle et cela endort Mme Smet qui sursaute chaque fois que le chuchotement s'élève d'un ton.

Quand il est rentré, à deux heures, Désiré n'a rien dit. Élise lui en veut. Il est arrivé tout fringant de sa rencontre avec son frère, avec cette bonne humeur à fleur de peau qu'elle déteste tant chez les Mamelin.

Elle ne s'en est par aperçue tout de suite. Il taquinait Mme Smet, comme d'habitude, se mettait à table plein d'un joyeux appétit.

— Tu n'as pas vu Guillaume?

— Il est passé tout à l'heure au bureau avec Roger.

— Où sont-ils?

— Nous sommes revenus ensemble par le tram 4.

Elle les voit, elle jurerait les voir, sur la plate-forme du tram qui fait le tour de la ville; ils ne sont pas assis à l'intérieur, pour pouvoir fumer, et aussi parce que c'est plus gai; Roger est resté debout entre leurs jambes pendant qu'ils racontaient leurs histoires.

— Où est Roger?

— Guillaume m'a quitté en descendant du tram place du Congrès. Il voulait montrer notre fils à une tante de sa femme qui habite Bressoux ou Jupille.

Inconscience! Il n'y a pas d'autre mot!

— A quoi as-tu pensé, Désiré?

— Guillaume est quand même capable de conduire un enfant.

Elle n'a pas pleuré, à cause de Mme Smet. C'est peut-être parce qu'elle n'a pas pu pleurer une seule fois pendant cette journée qu'elle est tellement sur les nerfs.

Alors, tout lui revient, tout ce qu'on lui a fait, tout ce qu'elle a souffert, tout ce qu'il lui arrive de ressasser des heures durant en gardant le petit, place du Congrès, quand Mme Pain n'est pas là.

Désiré a mangé. Il a bu son café, s'est essuyé les moustaches avec satisfaction, a pris son chapeau et sa canne. Elle ne savait pas encore tout. Elle était loin de se douter qu'à ce moment il avait déjà vu le costume rouge et que, lâchement, afin de dîner en paix, il n'en avait rien dit.

Pis! Elle se souvenait maintenant avoir murmuré:

— Je me demande quelle surprise il compte nous faire.

Et lui, le geste vague:

— Avec Guillaume, il faut s'attendre à tout...

Il savait! Et il est parti, droit comme un «i», la

conscience en paix. A Élise de rester seule avec Mme Smet, avec qui on se demande toujours ce qu'on doit dire et si elle vous écoute.

Trois heures... quatre heures... Guillaume a promis de ramener l'enfant à quatre heures et voilà l'aiguille qui marque déjà vingt minutes de plus au réveil de la cheminée.

— Écoutez, madame Smet...

Elle s'excuse, supplie la vieille dame de lui pardonner. Elle ne connaît pas cette parente de sa belle-sœur, une personne qui habiterait Bressoux, au-delà de la Dérivation, tout à fait dans les faubourgs et même hors de la ville.

— Je ne vous demande qu'un tout petit quart d'heure. C'est à cause de Roger...

Elle ne sait où aller à sa recherche. Un long moment, elle reste flottante au milieu de la place du Congrès, sans chapeau, à regarder dans toutes les rues en étoile et à tressaillir à l'approche de chaque tram.

Enfin, sans raison, elle se précipite rue Puits-en-Sock. D'habitude, elle n'y va pas sans chapeau, comme ça, en châle. Elle en est gênée. Elle éprouve toujours un malaise en reniflant cette odeur de salpêtre, dans le couloir blanchi à la chaux où pour empêcher les enfants de se précipiter sous le tram, on a installé une porte va-et-vient qui grince.

Elle n'a jamais respiré à son aise dans cette maison. Tout la choque, l'odeur plus forte de la cour, cette odeur de pauvreté, d'eaux sales qu'on ne retrouve que dans certains quartiers populeux. Même aux moments où sa mère et elle étaient le plus pauvres, elles n'auraient pas consenti à vivre parmi des relents pareils.

Elle sait qu'on l'a déjà vue à travers les faux vitraux. Elle frappe. Elle entre.

— Bonjour, Cécile.

Et c'est encore une muette hostilité qu'elle rencontre,

223

qui lui semble dirigée personnellement contre elle, cette atmosphère de la cuisine restée la même bien que la mère Mamelin soit morte et que Cécile la remplace. Dire que Désiré a vécu jusqu'à l'âge de vingt-quatre ans dans cette maison !

On n'allume la lampe qu'à la dernière minute. Les objets sont à la même place, depuis toujours, les moindres d'entre eux en sont arrivés à avoir une physionomie comme des personnes, le moulin à café, par exemple, et le pot à chicorée, en bois tourné, le porte-allumettes, tout, le balancier de l'horloge, et jusqu'à la chaleur qui n'est pas la même qu'ailleurs !

Et Cécile ! C'est le jour du repassage. De tout temps, le vendredi a été jour de repassage rue Puits-en-Sock et Cécile repasse, avec les fers de sa mère, de lourds fers de blanchisseuse dans lesquels on brûle de la braise ; les supports sont à leur place de toujours sur la couverture où les taches de brûlé servent de points de repère.

On a l'impression de déranger, de rompre une harmonie éternelle. Cécile repasse depuis le matin et repasserait ainsi jusqu'à la fin des temps sans s'étonner, sans s'impatienter si, par miracle, le vendredi devait durer toujours.

Élise n'a pas vu Vieux Papa en entrant. Il fait trop sombre et elle sursaute en apercevant cette statue de pierre sculptée dans son fauteuil.

— Ce n'est que moi, Vieux Papa.

— Je sais, ma fille.

A travers les vitraux, on aperçoit, au-delà de la cour, Chrétien Mamelin, lent et grave, qui, dans son atelier, passe un chapeau à la vapeur et ce tableau mal éclairé a, lui aussi, un aspect terriblement éternel.

— Je suis venue rechercher mon plat.

Le plat aux frites qu'on dépose parfois le dimanche en allant en ville et qu'on retrouve au retour, ce qui évite d'aller le chercher rue Pasteur. C'est une excuse qu'elle a trouvée en venant car, puisque Guillaume n'est pas là, elle ne peut pas parler de lui. Elle est délicate.

— Le voilà, Élise. Près de la balance. Le drap est dedans.

Cécile attend famille, mais cela ne se remarque pas, rien ne se remarque chez elle, pas même sa jeunesse, tant elle a pris tous les gestes, toutes les attitudes de sa mère, tant elle règne avec sévérité dans cette cuisine des Mamelin où nul enfant n'oserait, marié et père de famille à son tour, changer un petit objet de place.

Quand Élise rentre rue Pasteur l'écriteau a disparu de la maison de la rue Jean-d'Outremeuse, cette maison qu'elle guigne depuis si longtemps.

A LOUER

C'est trop tôt, elle le sait. La maison est un peu grande. Il faudrait prendre au moins cinq locataires et, pour cinq locataires, il est nécessaire d'avoir une servante qui mange le bénéfice.

Mon Dieu! Où Guillaume peut-il être allé avec Roger?

Elle va jusqu'au pont de Bressoux, en courant comme une folle, revient chez elle, les trouve tranquillement installés dans la cuisine.

— Qui t'a ouvert la porte, Guillaume?

— Une dame aux cheveux teints comme une enseigne de coiffeur.

La propriétaire.

Car Mme Smet ne serait pas descendue, y eût-il le feu dans la rue.

— Viens, mon petit Roger.

Elle donnerait gros pour pleurer tout à son aise, c'est une vraie débâcle qui s'empare d'elle à la vue de son fils, qui la regarde avec d'autres yeux, qui vient de vivre une journée qu'elle ne connaît pas, de Roger qu'on a bourré de sensations, de gâteries, de souvenirs et qu'on a par-dessus le marché habillé en rouge des pieds à la tête.

Pourtant, sa réaction se traduit par des remerciements qu'elle balbutie.

— Mon Dieu, Guillaume, tu as fait des folies. Il ne fallait pas ! C'est trop, Guillaume. Un costume si cher !

Il lui aurait offert n'importe quoi, fût-ce une babiole qui ne serve pas ! Mais ce costume rouge ! La culotte est déjà toute mouillée !

— Merci, sais-tu, Guillaume ! Tu vas bien prendre un petit verre. Mais si ! Il en reste, et nous, nous n'en buvons jamais. Pour une fois que tu viens à Liège...

Elle a mal partout, d'énervement.

— Au revoir, Guillaume. Bon retour. Dis bien à ta femme...

Qu'est-ce qu'il doit dire à sa femme, qu'elle n'a entrevue qu'une fois, à l'enterrement de sa belle-mère ?

Pas un moment de détente, pas une seconde de solitude. Mme Smet est là, comme une poupée précieuse qui ne saurait que hocher la tête dans un éternel sourire.

On siffle, dans la rue.

— C'est Désiré, madame Smet. Il faut que je lui jette la clef par la fenêtre. Figurez-vous que nous n'avons qu'une clef.

Car Désiré siffle, le soir. Puis c'est le coup de sonnette si discret de Valérie, les deux amies qui chuchotent dans l'escalier.

— Tout à l'heure, quand il sera parti...

— Ah ! ma pauvre Élise, quand j'ai vu qu'on lui essayait cette chose rouge... Et nous toutes ! ... Jusqu'au troisième étage du magasin... On a bien pensé à toi, va !

Mme Smet s'endort, sursautant parfois au fracas lointain d'un tram, Valérie fait du crochet, de ses doigts immatériels, une fine dentelle qui servira à quoi ? Élise lui en veut, ce soir-là, elle lui en veut de ses doigts si agiles qui volettent dans les rayons jaunes de la lampe, de ses membres frêles, de sa vie sans souci entre sa mère et sa sœur; elle lui en veut de laisser faire son lit, vider ses eaux par Marie. Elle en veut à Cécile aussi, qui ne lui a rien dit, qui repassait tranquillement dans sa cuisine, elle en veut à Mme Pain dont le mari gagne de l'argent.

C'est une rancœur qui l'a pénétrée et qui lui reste comme une boule dans la poitrine.

— Si tu savais, Valérie, comme le soir, j'ai mal aux reins! Ce sont les organes. Je dois aller chaque semaine chez le docteur qui m'a placé un appareil.

Rien qu'au mot organe, Valérie, qui n'a pas de santé, mais qui n'a jamais été malade, pour qui le ventre est un mystère qu'elle ne veut pas connaître, Valérie pâlit.

Et pourtant, ce soir-là, Élise n'a pas mal au ventre, ni aux reins. Elle en parle, elle se plaint pour entretenir sa fièvre. Depuis l'écriteau disparu, elle sent confusément que tous ses petits malheurs de la journée doivent servir à une fin précise.

Elle repasse le pantalon rouge, l'examine sous la lampe.

— Tu sais, Valérie, la maison de la rue Jean-d'Outre-meuse est louée...

Valérie est dans le secret de cette conspiration qui date de deux ans, du moment exact où Élise a remporté sa première victoire en s'installant rue Pasteur.

Depuis, inlassable, infatigable comme un insecte mû par un instinct millénaire, elle pose des jalons, elle ramasse, elle met soigneusement de côté tout ce qui pourra servir de près ou de loin à son dessein.

— Si je te disais que j'ai déjà sept cents francs à la Caisse d'épargne! Désiré n'en sait rien. C'est pour les meubles, tu comprends?

Un sou par-ci, un franc par-là, parfois une grosse pièce. Elle les cache, en attendant, dans la soupière à fleurs roses du service. Quand elle va à Coronmeuse, elle répète à sa sœur Louisa:

— Que veux-tu? C'est un homme qui vivrait toute sa vie avec le strict nécessaire.

Elle se plaint. Tout cela servira. Et, aujourd'hui qu'elle est vraiment malheureuse, sans le faire exprès, qu'elle est restée toute la journée sur son envie de pleurer, elle va en profiter.

— Tu connais les petits pains Bloch à trois centimes? Le boulanger, qui sert la pension de la rue de la Providence m'a assuré qu'avec un rien de beurre dessus on les compte dix centimes aux étudiants. Certains d'entre eux en mangent quatre ou cinq. Écoute ça; cinquante centimes le seau de charbon qu'on n'a que le mal de monter et qu'on achète trente centimes dans la rue!

Combien d'allées et venues ces quelques mots représentent, de regards jaloux aux maisons qui logent des étudiants, de questions innocentes à gauche et à droite! Ces étudiants, des Russes, des Polonais, des Roumains, des Japonais, qui viennent faire leurs études à l'Université de Liège, elle les suit, dans la rue, d'un œil d'avare.

— Il ne m'en faudrait que trois, Valérie, pas des trop riches qui ont des exigences, pas des trop pauvres non plus. Ils seraient heureux chez moi!

Est-ce sa faute si là est son destin? Elle vient d'avoir une grosse déception. Elle a été, un peu après quatre heures, au milieu de la place du Congrès, puis à l'entrée du pont de Bressoux, la maman sincèrement affolée qui a perdu son enfant. Désiré est en faute. C'est le frère de Guillaume. A deux heures, alors qu'il savait déjà, il a eu la lâcheté de ne rien dire.

— Les hommes, ma pauvre Valérie! Ils ont si peur qu'on trouble leur tranquillité, qu'on bouscule leurs petites habitudes!

Désiré, qui ne se doute de rien et qui a gagné au whist — l'argent est pour la cagnotte — quitte ses amis sur le seuil de chez Velden. On reconnaît son pas, on éveille Mme Smet, Valérie met son chapeau, on s'embrasse.

Désiré les reconduit jusqu'à l'arrêt du tram, place du Congrès. Ils attendent tous les trois, debout dans l'ombre douce, puis la voiture qui tangue entre les rails freine devant eux à grand fracas.

Les vitres du tram, dans cette belle nuit, paraissent roses. Les têtes à l'intérieur, n'ont plus l'air vivantes, ou plutôt elles participent d'une autre vie, un peu comme dans un musée.

Désiré allume sa cigarette. Tout est d'un calme parfait sous un ciel criblé d'étoiles, la cigarette est bonne, il serait capable de s'asseoir sur un banc de la place et de rester longtemps ainsi à contempler la Voie Lactée.

Cela lui a fait plaisir de revoir Guillaume. Ce rectangle faiblement lumineux, dans le lointain, c'est le petit café du coin de la rue Puits-en-Sock où il a appris à jouer au billard. Roger a été impressionné de voir son père en manches de chemise, comme chez lui, dans le bureau de la rue Sohet. Il a bu à sa tasse. Il a tapoté sur la machine à écrire et on avait placé de gros annuaires en dessous de lui.

Désiré marche. Son front s'assombrit un tout petit peu à mesure qu'il avance, car il se doute qu'Élise lui en veut à cause du costume rouge. Or, maintenant elle est seule. Elle l'attend. Il y a un léger halo, qui vient de la cuisine, à la fenêtre de la chambre.

Il a laissé la porte contre pour aller reconduire Valérie et sa mère. Il monte, fronce les sourcils en découvrant un grand pan de lumière, la cuisine large ouverte, en entendant les heurts caractéristiques d'un seau de fer et il trouve Élise à genoux par terre, qui lave le plancher à grande eau.

— Qu'est-ce que tu fais?

Elle a son visage pâle, ses traits pointus des mauvais jours, sa poitrine qui semble toujours plus plate sous le tablier, les cheveux qui tombent.

— Il faut bien que je prenne de l'avance pour demain

229

samedi, puisque je dois aller à l'«Innovation».

Il a compris. Il ne sait où se mettre. Elle le fait exprès!

— Si je te donnais un coup de main?

— Ce n'est pas la peine. Couche-toi, va! Cela me retarde encore plus d'avoir tes grandes jambes dans le chemin.

C'est, en plus grave, comme certains dimanches à midi, quand elle a ses nerfs et qu'on doit aller en visite. Elle fondra en larmes d'un instant à l'autre, mais on ne peut jamais prévoir le moment exact, ni ce qui déclenchera la crise. S'il parle, ce qu'il dira sera de trop. S'il se tait...

— Écoute, Élise.

— Non! Je t'en supplie, laisse-moi. Tu vois bien que je n'en peux plus. Il est dix heures et voilà seulement que je commence le grand nettoyage. Sans compter qu'avec ta grosse voix tu vas encore réveiller le petit.

Éveiller le petit! Alors que c'est toujours lui qui l'endort en faisant le tambour!

Qui pourrait s'y retrouver dans les détours que suit l'esprit d'Élise? Sait-elle seulement par quel chemin elle arrivera enfin à ce qu'elle veut?

— Je ne sens plus mes reins.

— Laisse-moi au moins aller vider les eaux.

— Pour salir ton costume! Et il me faudra ensuite le nettoyer!

Elle frotte comme jamais. Elle y apporte une fièvre désespérée, pâle a faire peur, image saisissante de l'énergie humaine poussée au paroxysme.

— Le docteur me disait encore la semaine dernière...

Elle pleure. Ça y est! Pas abondamment. Pas fort. Elle pleurniche plutôt, avec, à travers ses larmes, comme une lueur paisible de résignation. Elle renifle à la façon d'une petite fille, saisit un coin mouillé de son tablier à petits carreaux bleus.

— Élise...

— Je sais que cela t'est égal, que jamais tu n'auras pour moi un mot tendre, une pensée délicate. Est-ce que tu m'as une seule fois dit *ma chérie?* Tu es un Mamelin, va, comme Guillaume! Vous êtes bien les deux frères.

Guillaume... Le costume rouge...

— Quand je pense que le petit était à la mort, avec sa bronchite, et le carnaval dans la rue Léopold, quand je l'ai voué à la Vierge! Et Guillaume, gros malin qu'il est, tout fier de lui, va choisir un costume du rouge le plus voyant! Et toi, tu ne dis rien!

— Voyons, Élise...

— Laisse-moi. Il faut que je travaille. Toi, à six heures, tu as fini. Peu importe qu'à dix heures du soir je sois encore à nettoyer par terre ou à éplucher les légumes: tu vas jouer aux cartes chez Velden.

Une fois la semaine! Jamais il ne sort! Et c'est seulement parce que Mme Smet et Valérie sont à la maison ce jour-là!

— Va dormir!

Relevée avec peine, elle s'est assise comme quelqu'un qui n'en peut plus et, les deux bras sur la table, elle se penche en avant, sanglote sans qu'on puisse voir son visage, repousse le bras qui cherche à entourer ses épaules.

— Non, Désiré, non, vois-tu! Tu es trop égoïste. Tu ne vois que toi, ta tranquillité, ta petite vie et, si demain il t'arrivait quelque chose, je pourrais bien aller travailler comme servante.

Pourquoi comme servante? Est-ce qu'elle était servante quand il l'a connue?

Elle n'arrive pas, malgré tout, à la vraie crise, comme quand elle claque des dents et qu'elle se tord sur le lit en se cramponnant aux couvertures. C'est peut-être qu'elle a trop attendu? Il faut qu'elle regarde le costume rouge, puis la chambre bouleversée autour d'elle, le seau par terre, la moitié du plancher mouillée...

— Je suis à bout de forces...

— Eh bien, c'est décidé, nous prendrons une femme de ménage!

— Avec quoi la payerons-nous? Nous avons juste le strict nécessaire.

— Nous la prendrons deux heures par jour, pour le plus gros ouvrage.

— Non, Désiré! Ne t'occupe pas de moi. Je disais encore tout à l'heure à Valérie...

Cela le blesse. Qu'a-t-elle raconté à Valérie de leurs petites affaires de ménage? Est-ce que, chez Velden, il lui arrive de parler d'elle?

Elle ramasse la brosse, le torchon, continue à renifler sans larmes et alors elle sent qu'il est temps, que tout à l'heure, l'atmosphère n'y sera plus.

— Si seulement Roger allait à l'école gardienne...

C'est si imprévu... Et si mince, une petite chose à côté de ce qu'il attendait!

— Je sais bien que pour toi, ton fils, c'est sacré! Il y en a cependant de plus jeunes que lui qui vont chez les sœurs et Mme Pain elle-même a décidé cette semaine...

C'est Élise qui a décidé Mme Pain à mettre Armand à l'école gardienne. Quel travail de patience! Si on pouvait remonter jusqu'au bout du fil!

— Nous en parlerons sérieusement. Je ne dis pas non.

— Mais tu ne dis pas oui! En attendant, c'est toi qui l'habitues à se faire porter, sans te préoccuper de ce que, quand je suis seule avec lui, il refuse de marcher. Quant à Guillaume... Il se pavane avec son neveu, l'habille comme un clown... Ils n'ont pas d'enfant... Ils vivent tous les deux comme des égoïstes...

Désiré, sans mot dire, a retiré son veston, ses manchettes. Il vient de saisir un seau d'eau sale et il va le vider dans l'évier du palier d'en dessous. Quand il revient, la cuisine lui semble plus grise que d'habitude, plus vide, Élise vraiment lasse, vraiment pitoyable, et il s'efforce de sourire.

— Ma foi, c'est entendu, nous mettrons Roger à l'école.

Elle parvient à ne pas triompher, à rester lasse et émouvante, elle trempe son torchon dans l'eau propre.

— J'irai demain voir sœur Adonie, annonce-t-elle simplement.

Cela sent encore les larmes qui sèchent, la scène qui a failli tourner mal. L'enfant s'agite dans son lit. Valérie et sa mère arrivent chez elles où Marie Smet les attend en cousant à la machine.

Quand Roger ira à l'école, Élise pourra reparler des locataires et Désiré ne lui répondra plus :

— Mais le petit ? Comment veux-tu soigner à la fois des locataires et l'enfant ?

Pour ce qui est de ses douleurs aux reins et au ventre, elle s'en arrangera, c'est elle que cela regarde, elle ira mieux, elle sera plus forte que quiconque.

Désiré ne soupçonne rien et quand il se couche, une heure plus tard, après avoir baissé la lampe et tracé une croix sur le front de son fils endormi, il ignore que la maison de la rue Pasteur n'existe déjà plus, que le petit ménage est mort, qu'après avoir abandonné la rue Puits-en-Sock pour la rue des Carmes et le quai de Coronmeuse, il va perdre cette paix à laquelle il tient tant, les heures tièdes au coin du feu, en pantoufles, en manches de chemise, avec l'enfant qui dort derrière la porte entrouverte et le bruit familier des pommes de terre qu'on épluche, qui tombent une à une dans l'eau fraîche du seau d'émail.

— Bonsoir, Élise.

— Bonsoir, Désiré.

Elle ajoute, vaguement inquiète :

— Tu ne m'embrasses pas ?

— Si... Pardon...

Elle court déjà, en pensée, toutes les rues du quartier, à

la chasse aux écriteaux, elle compte les petits pains Bloch, les seaux de charbon à cinquante centimes et elle peuple sa maison de Russes et de Polonais bien convenables — elle les choisira — qui ne pourront pas recevoir de femmes comme rue de la Province.

L'entrée libre, non, ça, jamais!

Fontenay-le-Comte, le 17 décembre 1941.

DEUXIÈME PARTIE

1

Un matin qu'à huit heures le marchand de lait n'était pas encore passé, Élise a demandé à Désiré:

— Tu ne voudrais pas conduire Roger à l'école?

Et cela a suffi pour créer un nouveau rite. Car la répétition d'un même geste prend, chez Désiré, un caractère rituel, les étapes de la journée s'enchaînent aussi harmonieusement que les gestes de l'officiant soulignés par les orgues.

On ne pourrait pas dire si c'est l'enfant qui tend la main à son père, si c'est le père qui saisit la main de son fils: chaque matin, à la même heure, sur le seuil de la rue de la Loi, les petits doigts se trouvent blottis dans la main de Désiré et les jambes du gamin se dépêchent de faire trois pas pour chaque pas du géant tranquille.

La moitié du corps masquée par la porte entrouverte, Élise se penche, les suit des yeux jusqu'à ce qu'ils aient franchi le coin de la rue Jean-d'Outremeuse où le coiffeur lève ses volets, puis, avant de disparaître dans la tiède solitude de la maison, elle s'assure que le marchand de légumes dont on entend la trompette ne se montre pas encore à l'autre coin.

L'école gardienne est tout près, au fond d'une cour paisible, à côté de la cure, une oasis de pavés plus sonores et comme plus bleus, d'air plus limpide; des géraniums sommeillent sur l'appui des fenêtres et le couloir de la sacristie, fraîche et sombre comme une grotte, exhale une odeur d'encens.

Sœur Adonie, si douce, si molle qu'elle fait penser à quelque chose de bon à manger, accueille dans ses vastes jupes où tinte un chapelet, les poussins patauds qu'on lui amène de tous les coins du quartier, réservant un sourire spécial à ce M. Mamelin qui la salue d'un si beau coup de chapeau.

Tandis que les mamans serrent leur châle et retrouvent au bout de la cour la vie du quartier et les soucis de la journée, la porte se referme sur un petit monde calme et feutré, quatre murs blancs ornés d'images, de canevas, de tresses, de tableaux au point de croix, laine rouge sur toile écrue.

Dans l'ample robe noire aux cent plis qui lui couvre les pieds, sœur Adonie ne semble pas marcher, mais glisser un peu au-dessus du sol.

Par les deux fenêtres, on voit, dans les allées du jardin, M. le Doyen, court et gras, les joues violettes, qui marche à petits pas en lisant son bréviaire et s'arrête au milieu de chaque tache de soleil.

Il fait chaud. Un poêle monumental dresse son cylindre noir au milieu de la classe, un tuyau noir traverse l'espace pour aller s'encastrer, très loin, dans la blancheur éclatante du mur. Les petits bidons de café au lait que les enfants ont apportés pour leur collation de dix heures chauffent les uns à côté des autres et, dans des boîtes ovales, les tartines sèchent un peu, le beurre pénètre dans le pain, la barre de chocolat se couvre de fines gouttelettes qui finissent par former comme une laque.

Il y a des bidons d'émail blanc ou bleu. Il y en a d'autres en fer, comme ceux des chaudronniers de chez Velden qui, à midi, dînent au bord du trottoir après avoir acheté chez la légumière les deux centimes d'eau bouillante nécessaire à leur café.

236

— Les bidons de couleur sont vulgaires, a affirmé
Élise.

Elle ne dit pas qu'ils sont surtout plus chers. Vulgaires
aussi, selon elle, ces boîtes à tartines décorées de scènes
tirées du «Petit Chaperon Rouge» ou du «Chat Botté».

Sur la boîte de Roger, d'un brun discret, il n'y a rien.
Roger ne portera jamais non plus ces tabliers à carreaux
roses pour les filles, bleus pour les garçons, qui lui font
tant envie.

— Ce sont les enfants d'ouvriers qu'on habille ainsi.

Pourquoi les enfants d'ouvriers? Il sera condamné aux
tabliers noirs, en satinette inusable et peu salissante.

Des cloches sonnent, tout près, dans le clocher qu'on
entrevoit en se penchant; M. le Doyen va chanter une
absoute, on perçoit un murmure d'orgues, de graves échos
de *De Profundis*; le temps coule sans heurt, les joues sont
rouges de bonne chaleur, les yeux picotent, les doigts
tressent machinalement ces bandes de papier glacé, écarla-
tes, jaunes, vertes, bleues, qui dégagent une odeur si
subtile.

Il n'y a pas longtemps encore, c'était l'hiver et, tandis
qu'Élise courait les brocanteurs et les salles de vente en
quête de lits et d'armoires d'occasion, sœur Adonie,
l'après-midi, allumait un rat de cave enroulé au bout d'une
perche. Il lui fallait toujours un bon moment, dans la
lumière crépusculaire, pour tourner les robinets des deux
becs de gaz haut perchés. La tête levée, les enfants
attendaient avec une secrète angoisse les deux «plouf»,
puis la lumière crue, le glissement de l'ombre énorme de la
sœur sur l'écran du mur, la sortie enfin et cet étourdisse-
ment si spécial qui les prenait à la frontière de la classe
surchauffée et de l'univers humide et noir où attendaient
les mères.

L'hiver est fini. Dans quelques jours, aussitôt après
Pâques, on n'allumera plus le poêle au tuyau et la classe se
tiendra dehors, dans le jardin où M. le Doyen lit chaque

matin son bréviaire ; on pourra suivre les lentes allées et venues du vieux jardinier qui pousse sa brouette, sarcle ou ratisse, tend des cordeaux pour semer bien droit épinards et carottes.

Aujourd'hui, c'est une journée à part, ni hiver, ni été, une de ces journées sans une ride, sans un remous, dont on se souvient longtemps et, tandis que sœur Adonie distribue les bidons de café au lait, tandis que Désiré, à dix heures juste, frappe à la porte de M. Monnoyeur, Élise, un peu fébrile, épie la rue, sa main crispée sur la guipure des rideaux croisés.

Dans la maison de la rue de la Loi, la nouvelle maison, comme on l'appelle, règne le calme de l'attente et ce calme enveloppe si étroitement Élise qu'elle s'y sent comme enfermée, qu'elle a l'impression de manquer d'air, que par moments, si elle s'écoutait, elle s'agiterait à vide pour échapper à l'angoisse de l'immobilité.

Elle n'a plus rien à faire. Il ne reste pas un grain de poussière dans la salle à manger, les meubles ont été tellement cirés que les bibelots s'y reflètent, les murs de la cage d'escalier, peints à l'huile en vert clair, ont été savonnés du haut en bas, les marches frottées au sable ; il n'y a plus un objet à changer de place, rien à laver, à astiquer, à récurer.

A dix heures du matin, Élise est habillée comme un dimanche et, sans le faire exprès, elle a son sourire un peu triste, un peu inquiet des dimanches, le sourire qui va avec le corsage de liberty bleu pastel à petits plis, avec les épaules bouffantes, avec la jupe de serge marine dont le bas touche les talons et qui remonte, serrée sur le corset, jusqu'en dessous des seins. Ses cheveux blonds forment une masse aussi importante que la tête, rassemblés, très en avant, en un lourd chignon.

Toute seule dans la maison silencieuse, dans la rue où il ne passe personne, devant le mur rouge de l'école des Frères où la récréation vient de finir, Élise a presque peur.

Peut-être parce que sa tâche est terminée, cette tâche de tout un hiver, de plus longtemps encore, ce travail patient qu'elle a mené à bien solitaire, si tendue que parfois elle en pleurait en portant ses seaux, en grattant les boiseries sales, en dénichant Dieu sait où les meubles dont elle n'osait pas avouer le prix à Désiré et qu'il lui est arrivé de transporter dans une charrette à bras, à la faveur de l'obscurité.

Est-ce Valérie, aux mains de porcelaine, qui aurait pu l'aider ? Est-ce Mme Pain, toujours dolente et effrayée ? Qui donc a passé à la chaux les murs de la cour ? Qui a grimpé à l'échelle mal d'aplomb sur les marches de l'escalier ? Qui a repeint la porte d'entrée dont personne, quand ils ont loué, n'aurait été capable de dire la couleur ?

C'est fini. C'est, sans doute, parce qu'elle a achevé son œuvre qu'Élise se sent vide, que ses genoux tremblent, que ses mains, qu'elle a dû frotter à la pierre ponce après tous ces gros travaux, ont d'involontaires frémissements.

De cette fenêtre où elle revient malgré elle, où elle a honte de faire le guet, elle ne voit d'humain que deux jambes, deux pieds chaussés de pantoufles en tapisserie rouge qui reposent sur une chaise de paille.

Le reste de l'homme assis des journées entières devant sa maison, elle ne peut l'apercevoir, mais elle sait qu'il dort dans un rayon de soleil, si maigre que ses vêtements tombent sur lui comme les vieux habits qu'on tend sur des bâtons en croix pour effrayer les moineaux.

Deux grosses femmes vulgaires, qui tiennent l'estaminet d'à côté, une vieille et une jeune, le posent là comme un objet, dès que le temps est au beau, et le déplacent à mesure que le soleil tourne dans le ciel.

Élise ne parle pas à ces voisins-là. Elle s'efforce, quand elle sort, de ne pas regarder de leur côté. C'est par la crémière qu'elle sait que l'homme, qui s'appelle Hosselet, a vécu au Congo, d'où il a rapporté la maladie du sommeil. Il est devenu si léger qu'une des deux femmes suffit à le porter comme un enfant.

Non, Élise ne regrette rien, elle n'a pas peur. Elle sait qu'elle a eu raison, qu'elle devait faire ce qu'elle a fait.

C'est la rue, à laquelle elle n'est pas encore habituée, qui la déroute, ces maisons dont elle ne sait rien, ces murs sans fenêtres de l'école des Frères, ce portail vert sombre près duquel se campera à onze heures et demie, pour surveiller la sortie des élèves, un frère à jambe de bois.

Pourquoi regretterait-elle la rue Pasteur, où elle avait deux étages à monter ? Qu'a-t-elle perdu ?

— Tu verras, Valérie ! Dès que j'aurai trouvé mes locataires...

Un étudiant est passé, tout à l'heure, un grand brun très élégant, coiffé d'une casquette de velours orange à longue visière. C'est un des locataires de Mme Corbion, un Roumain.

— Figurez-vous, madame Élise.

Pourquoi Mme Corbion, qui a un enfant du même âge que Roger et qui se teint les cheveux en roux, s'obstine-t-elle à l'appeler madame Élise ?

— ... Figurez-vous qu'il reçoit trois cents francs par mois de ses parents et qu'il parvient encore à faire des dettes ?

Mme Corbion se farde, sans même essayer que cela ne se remarque pas.

— Je t'assure, Désiré, que c'est une femme comme il faut. Son mari était officier.

La rue Pasteur est à moins de cent mètres ; l'ancienne maison des Mamelin est la seconde à gauche, aussitôt après le coin. Comme cela paraît loin, pourtant !

Quand l'étudiant est passé, sans se douter qu'on le suivait des yeux, Élise a pensé :

— Celui-là prendrait la chambre rose à trente francs ; il ne regarderait pas au charbon, ni à rien, mais sans doute exigerait-il l'entrée libre, car, ses trois cents francs, il les dépense sûrement avec des femmes.

Il faut qu'elle s'habitue. Elle s'habituera. Déjà, si on prononce le mot Polonais, cela signifie pour elle des jeunes gens qui reçoivent fort peu d'argent, cinquante à quatre-vingts francs par mois, et qui n'en sont pas moins fiers. Bientôt, il en sera d'elle comme des hôteliers et des restaurateurs pour qui le monde a un autre sens que pour le commun des mortels. Une voiture vient-elle à passer, à hésiter, à s'arrêter? Ce n'est pas une auto avec des touristes dedans, ce sont trois couverts à tant, du vin bouché, café et liqueurs, ou bien c'est un vieux couple grincheux, deux repas sans vin ni supplément.

— Voyez-vous, madame Élise, les Russes sont plus pauvres, mais moins exigeants. Par exemple, il y en a parmi eux qui sont restés un peu sauvages.

La rue Pasteur ne compte pas d'étudiants, pas une fenêtre ne porte l'écriteau jaune qu'Élise peut lire en transparence sur ses propres vitres et qu'elle a fixé l'avant-veille avec des pains à cacheter.

«Chambre garnie à louer.»

Elle a ajouté des s à l'encre : chambres garnies.

Trois semaines plus tôt, non, un mois maintenant, à cette heure-ci, Élise sortait avec Roger de la maison de la rue Pasteur pour aller s'asseoir sur le banc de la place du Congrès. Tout de suite, d'un mouvement machinal, elle levait la tête vers la loggia des Lorisse, sûre que la vieille Mme Lorisse était là, ou sa fille, ou les deux, à broder en surveillant la promenade du vieillard et du chien.

Ce sont des gens riches, des rentiers. Eh bien, dès qu'Élise se tournait de leur côté en souriant discrètement, Mme Lorisse hochait la tête, esquissait un petit geste de la main et Élise savait bien que ce geste signifiait :

— Voilà la jeune maman d'à côté qui va promener son enfant. A-t-elle du mérite de l'élever à un second étage et de le tenir si propre! Comme elle est mince! Comme elle doit être fatiguée! Comme elle est fière et courageuse! Nous devons lui témoigner notre sympathie, sourire à son fils qui a les jambes bien maigres. Voilà quelqu'un de comme il faut et qui a du mérite!

Élise, de son côté, après avoir caressé le chien, nuançait une réponse muette.

— Vous voyez que je suis sensible à votre sollicitude! Vous m'avez comprise. Je fais tout ce que je peux, alors que je ne dispose que du strict nécessaire. Vous êtes les personnages les plus riches de la rue et pourtant vous me faites signe du haut de votre loggia. La preuve que je ne suis pas une ingrate et que j'ai de l'éducation, c'est que je caresse votre chien qui me fait si peur qu'il me passe près de Roger et qui pourrait, avec sa manie de le lécher à la figure, lui donner des vers. Merci. Merci beaucoup. Croyez que j'apprécie...

Élise avançait. Elle savait qui vivait derrière chaque porte. La maison du juge s'entrouvait à son passage.

— Comment va-t-il, cet enfant? Est-il malicieux! Il a des yeux qui parlent, madame Mamelin! Comme je vous envie! Comme vous devez être heureuse.

Qu'importe que Mme Gérard soit une ancienne cuisinière que le juge appelle maintenant sa gouvernante mais qu'il ne semble pas décidé à épouser?

— Le plus bel enfant du quartier, madame Mamelin. Je le répète toujours à M. Dambois.

La preuve que tout est question d'éducation, c'est qu'en ce temps-là Élise faisait un détour, si elle en avait le temps, changeant brusquement de trottoir, dès qu'elle voyait surgir la grosse Mme Morel, la femme d'un ingénieur pourtant, une ancienne fille de café à la voix criarde.

— Viens, mon petit Roger! Viens chercher du chocolat chez la grosse Morel!

Alors, le sourire d'Élise proclamait:

— Merci! Je vous remercie par politesse, parce qu'il le faut bien. Mais nous ne sommes pas du même monde. Les dames Lorisse ne se pencheraient pas à leur loggia pour vous saluer. Tout le monde sait que vous sortez de rien, que vous êtes la femme la plus mal embouchée du quartier. Je dis merci et je suis gênée vis-à-vis des voisins quand vous m'arrêtez dans la rue.

Ces gens-là ne vivent que pour manger, le mari comme la femme, ils sont gras, repus avec une bouche humide et de petits yeux luisants de gorets. C'est Mme Morel qui a crié devant tout le monde au marchand de légumes :

— Tu es un voleur, Sigismond ! Tu m'as encore refilé des carottes pourries !

Alors que le marchand ne s'appelle même pas Sigismond. Ce sont ses façons !

— Va dire merci à Mme Morel, Roger. Donne ta main. Pas celle-là. Ta belle main.

Après chez Morel, c'est la maison à porte blanche de M. Hermann, le premier violon du Théâtre Royal, qui est toujours si bien habillé et qui a des cheveux blond cendré, fins comme des cheveux de femme. Plus loin, la porte toujours ouverte de Julie Pain.

— Je viens tout de suite, Élise.

Car Julie n'est jamais prête !

La boucherie Godard... La place du Congrès, si nette, parfaitement ronde, avec ses quatre terre-pleins égaux, ses bancs, le tram 4 qui décrit une courbe harmonieuse.

Non ! Élise ne regrette et ne regrettera jamais rien. Elle n'est pas comme Désiré, qui a détourné la tête, elle savait pourquoi, quand, le soir, le dernier meuble enlevé, il a refermé les deux pièces vides de la rue Pasteur pour rendre la clef à la propriétaire.

Elle s'habituera. Elle est déjà habituée. Elle commence à sourire à ses voisins de droite, les Delcour, le fils aîné est peintre en bâtiments et ressemble un peu à Arthur. Une malchance que la maison de gauche soit un estaminet, mais il n'y vient jamais personne, sinon quelque charretier qui n'arrête même pas son attelage et qui sort aussitôt en essuyant ses moustaches du revers de la main. Au fond, ces gens-là doivent surtout vivre de la pension que touche Hosselet à cause de son séjour au Congo et de sa maladie du sommeil.

Élise va soigner son feu et il règne le même ordre trop parfait dans la cuisine que dans la salle à manger qu'on appelle le salon. Elle a envie de monter jeter un coup d'œil aux chambres, mais une force l'attire dans la pièce de devant, derrière cette fenêtre où elle ne voudrait pour rien au monde être surprise à guetter. De quoi aurait-elle l'air?

Quelle joie si, à deux heures, au retour de Désiré, elle pouvait le laisser manger sans rien dire, puis annoncer enfin en contenant un frémissement:

— A propos, j'ai un locataire.

Or, voilà qu'à onze heures, juste après qu'un tram est passé rue Jean-d'Outremeuse et qu'on a changé le malade de place sur le trottoir — il y a des gens que cela pourrait impressionner et qui, à cause de cela, hésiteraient à sonner! — voilà qu'une femme s'arrête devant la maison, devant la fenêtre aux rideaux bien drapés et aux cache-pot de cuivre qui contiennent des asparagus rapportés de Coronmeuse.

— Mon Dieu, qu'elle est laide!

Un instant, toute vie reste en suspens. L'étrangère a disparu. Le cœur d'Élise a cessé de battre. Enfin un coup de sonnette retentit, résonne dans toute la maison qui n'a jamais paru si vide; Élise n'a pas eu le temps de rompre le charme qui la cloue au plancher qu'on sonne à nouveau, violemment, à en arracher le cordon.

— Entrez, mademoiselle.

La visiteuse ne sourit pas, ne salue pas, ne s'excuse pas; elle entre, comme si elle était déjà chez elle, ou sur un terrain à personne, et elle regarde avec indifférence les murs si propres, la boule de cuivre de la rampe d'escalier.

— Où est la chambre?

Roger somnole, gavé de chaleur et de bien-être, près du gros poêle de sœur Adonie et Désiré attend le moment où il sera enfin seul dans le bureau de la rue Sohet pour retirer son veston et déballer ses tartines, car, en vrai Mamelin, Désiré a toujours faim.

— Mon Dieu, qu'elle est laide!

Cette hirondelle venue de si loin se poser, la première, dans la maison de la rue de la Loi, c'est Frida Stavitskaïa, née sur les bords de la mer Noire, dans un faubourg d'Odessa.

Parce qu'elle est la première à franchir son seuil par un matin de calme immense, Élise la verra toujours telle qu'elle lui apparaît à ce moment, maigre et noire, visage émacié sur lequel tranchent une large bouche saignante et deux yeux dévorants.

Comment un être humain, une femme, qui n'a pas vingt-deux ans, peut-elle s'arranger de la sorte? Les cheveux tressés serré forment un chignon dur comme un caillou sur une nuque jaune, peut-être mal lavée, et un chapeau plat, qu'aucune servante ne voudrait porter, les surmonte, posé n'importe comment. Une jupe luisante pend sans cacher l'absence de hanches ni les grands pieds qu'on prendrait pour des pieds d'homme. Pas une tache de blanc, pas un colifichet, pas le moindre bijou, le moindre souvenir de famille pour relever la sévère pauvreté de la robe au col montant qui évoque l'uniforme de quelque secte puritaine.

Mais c'est l'absence de sourire surtout, du plus vague sourire qu'on accorde à n'importe qui, au mendiant qui vous salue dans la rue, qui déçoit Élise.

Elle voudrait faire entrer la visiteuse dans le salon dont elle tient la porte ouverte.

— Asseyez-vous, mademoiselle, je vous en prie.

— Non!

Un non tout simple, un non comme personne n'en prononcerait outre-Meuse, pas même M. Pain qui est si froid, un non qui dit non, parce que Frida Stavitskaïa n'est pas venue ici pour s'asseoir, ni pour admirer la propreté et l'ordonnance d'une pièce où elle n'a que faire. Un non qui fait mal à Élise, qui lui fige le sang, car elle n'a jamais parlé ainsi, elle a trop peur de froisser, de choquer, de blesser le moins du monde.

Pour dire quelque chose, elle prononce, les lèvres frémissantes dans un sourire contraint :

— Vous êtes étudiante, mademoiselle ?

Et Frida, debout dans l'encadrement de la porte, le visage tourné vers l'escalier, n'éprouve pas le besoin de répondre, puisque cela ne regarde qu'elle. Elle se contente de répéter :

— Je voudrais voir la chambre.

— Passez devant, mademoiselle. Je vais vous montrer la plus jolie, qui donne sur la rue. Les meubles sont comme neufs.

Elle a envie d'ajouter, tant est grande sa crainte de n'en pas dire assez :

— C'est la chambre à coucher de notre mariage.

Car on a sacrifié les beaux meubles en chêne massif, le lit qu'on a fait faire sur mesure à cause de la taille de Désiré. Élise et Désiré dorment à présent dans un lit de fer acheté à la salle des ventes.

— Les sommiers métalliques, Désiré, sont tellement plus sains !

Avec un battement de cœur, Élise pousse la porte de la chambre rose. Tout est rose, la lampe, la garniture de toilette — celle de leur mariage aussi — et même le marbre du lavabo.

Frida Stavitskaïa, appuyée sur la pointe aiguë de son ombrelle, ne se donne pas la peine d'entrer.

— Vous n'avez que celle-ci ?

— C'est la plus jolie, la plus gaie.

246

Elle voudrait tout expliquer à la fois, que la maison a été nettoyée de fond en comble, que l'eau du puits artésien est la meilleure de la rue, qu'il y a le gaz, que le propriétaire a promis d'installer plus tard l'électricité, qu'elle a collé de ses mains le papier peint, qu'on ne trouverait pas une seule punaise dans les lits.

Mais Frida a ouvert une autre porte, celle de la chambre verte, qui est la plus petite et où le soleil n'entre que vers le soir.

— Combien ?

— La grande chambre, trente francs par mois, y compris l'éclairage, charbon en plus, comme toujours, mais...

Sans le plus petit encouragement, Frida attend la suite.

— Celle-ci, ce n'est que vingt-cinq francs. Remarquez...

— C'est trop cher.

C'est tout. Elle va s'en aller. Elle part. Son visage n'exprime rien. Ses yeux sont admirables, noirs et brillants comme certains coléoptères ; ils ne se posent sur rien, ils vivent leur vie propre et n'ont rien à dire à cette femme au corsage de liberty.

— Écoutez, mademoiselle, j'ai bien une autre pièce, à l'entresol...

Elle se précipite. Il ne faut à aucun prix la laisser partir.

— C'est plus petit. C'est moins gai. La lumière vient du nord et la fenêtre donne sur la cour...

— Combien ?

— Vingt francs.

Pour la première fois, ce qui pourrait ressembler à un sentiment humain passe, brise à peine perceptible, sur le visage de Frida Stavitskaïa. Un regret ? Même pas ! Elle a fait halte, simplement. Elle a accordé un regard à la chambre, l'espace d'un éclair, elle a peut-être senti qu'il ferait bon y vivre, mais elle descend déjà l'escalier.

— Je ne peux donner que quinze francs.

— Écoutez, mademoiselle. Je vous ferai une différence.
Vous êtes la première qui vous présentiez...

Dire qu'elle a eu tant à lutter contre Désiré, qu'elle a
économisé sou par sou, triché sur les moindres dépenses,
compté les morceaux de sucre pour en arriver là!

— Si je vous la laissais pour dix-huit francs?

— J'ai dit que je ne peux donner que quinze francs,
répète l'autre, indifférente.

— Eh bien...

Frida la regarde comme si elle ne soupçonnait rien au
drame qui se joue.

— Quand voulez-vous entrer?

— Aujourd'hui.

— Il faut encore que je vous dise quelque chose et c'est
un peu délicat. J'ai un enfant, des sœurs dans le commerce. Toute ma famille est...

Élise rougit, s'embrouille, précipite son débit.

— Vous comprenez: je ne peux pas laisser l'entrée
libre.

Frida ne bronche pas; seuls ses yeux interrogent.

— Je veux dire que vous ne pouvez pas recevoir
n'importe qui. Il ne serait pas convenable que des hommes
entrent dans votre chambre.

Élise pourrait croire qu'elle s'adresse à un habitant
d'une autre planète. Frida ne s'indigne pas. A peine une
ombre de mépris abaisse-t-elle le coin de ses lèvres.

— Bien. Je paie.

Et elle tire les quinze francs d'un réticule à fermoir en
faux argent.

— Entrez donc un instant ici. Vous prendrez bien une
tasse de café.

— Non.

— Il y en a sur le feu. Je vous sers tout de suite.

— J'ai dit non. Voulez-vous me remettre la clef, s'il

vous plaît?

C'est fini. Élise a juste le temps d'aller chercher Roger à l'école, de lui donner à manger, de le conduire chez sœur Adonie avant que Désiré ne rentre.

— J'ai loué!

Elle l'annonce aussitôt, tant elle a peur de trahir son malaise.

— A qui?

— Une jeune fille... Une Russe... Elle entre aujourd'hui...

Elle n'a pas parlé du prix et cela la soulage que Désiré ne pose pas de question à ce sujet.

L'après-midi elle va et vient, nerveuse, contente et pas contente, elle ne sait plus.

— J'ai une locataire, madame Corbion.

— Vous verrez que les femmes sont moins faciles à vivre que les hommes. Je vous raconterai un jour toutes les misères qu'elles m'ont faites.

Ils sont à table, le soir, dans la cuisine à porte vitrée, quand la clef tourne dans la serrure, et cela fait un drôle d'effet, la première fois, de voir s'ouvrir la porte d'entrée alors que ce n'est personne de la famille. Élise se précipite, tire la chaînette qui allume le gaz dans la lanterne du corridor.

— Donnez-moi votre valise, mademoiselle Frida.

— Non, merci.

Elle la porte elle-même. Elle n'a pas dit bonsoir. Élise n'ose pas la suivre dans l'escalier. Et, à peine dans sa chambre, la locataire en tire le verrou.

On l'entend aller et venir au-dessus des têtes, car l'entresol est juste au-dessus de la cuisine.

— Elle n'a sûrement pas dîné.

Élise écoute. Que peut faire l'étrangère? Où mange-t-elle?

— Où vas-tu? questionne Désiré qui s'est installé dans son fauteuil d'osier et qui a déployé le journal.

Élise monte. Un peu émue, elle frappe à la porte.

— Qu'est-ce que c'est?

— Ce n'est que moi, mademoiselle Frida.

La porte ne s'ouvre pas. Silence.

— Je viens vous demander si vous n'avez besoin de rien. Le premier jour, n'est-ce pas?...

— Non.

Élise, désemparée, inutile sur le palier, ne sait comment dire bonsoir et, aux syllabes qu'elle balbutie, elle ne reçoit aucune réponse. Pour un peu, elle pleurerait en descendant l'escalier.

Désiré retire sa pipe de sa bouche, lève à moitié la tête.

— Eh bien?

— Rien. Elle n'a besoin de rien.

C'est tout. Elle dessert la table. Désiré, qui a renversé son fauteuil en arrière, fume à petites bouffées, pendant que Roger s'endort sur son jeu de cubes.

Élise ouvre la bouche. Non. A quoi bon?

Tout à l'heure, on se couchera dans la chambre du rez-de-chaussée dont la porte vitrée à deux battants donne sur la cour. Ce n'est pas une vraie chambre. C'est l'ancienne salle à manger. Il faut s'habituer au lit de fer dont les barreaux se dessinent comme à l'encre de Chine, à la penderie qui remplace l'armoire à glace qu'on a mise dans la chambre rose, à la table de bois blanc couverte d'une serviette nid d'abeilles qui tient lieu de lavabo.

Désiré ne soupçonne pas que cette chambre elle-même sera un jour abandonnée à un étudiant en médecine venu de Vilna, que le lit de fer ira tout là-haut, dans la mansarde blanchie à la chaux, et que le soir les locataires, pour économiser le charbon, s'installeront dans la cuisine, dans son propre fauteuil.

Il a encore son coin. Il s'y enfonce, nimbé de fumée et de quiétude.

— Mme Corbion me racontait tout à l'heure...

Il doit lire un article passionnant, car il ne fait pas attention à ce qu'elle dit. Heureusement. Elle se ravise. Il est inutile de lui expliquer que, d'après Mme Corbion qui en a fait l'expérience, les étudiantes sont pires que des chipies.

— Tu ne veux pas mettre Roger au lit?

Bientôt, de la chambre proche, lui parvient la voix de Désiré :

> *C'étaient deux amants*
> *Qui rêvaient d'amours lointaines...*

Elle tend l'oreille, non au murmure de la berceuse, mais au silence d'en haut.

> *C'étaient deux amants*
> *Que reniaient leurs parents...*

2

Élise s'en doutait. Elle s'était même promis d'en parler à son frère dès sa prochaine visite.

— Tu dois comprendre, Léopold... Je te demande pardon de te dire ça, car ce que tu fais ne me regarde pas... Mais juste chez les voisins!... Ils savent qui tu es.

Elle n'a pas osé, et peut-être la vraie raison de son silence n'est-elle pas la peur de le froisser. Depuis qu'elle habite rue de la Loi et qu'elle laisse la porte contre toute la matinée pendant qu'elle fait ses chambres, depuis que de son côté il n'a plus à sonner ni à craindre de voir surgir le visage renfrogné de la propriétaire, Léopold vient plus souvent s'asseoir dans la cuisine.

Les fenêtres du premier étage sont larges ouvertes, la

poussière vole dans les rayons de soleil qui semblent l'aspirer dehors comme une fumée, Élise range la chambre rose qu'elle vient de louer à une Juive de Varsovie, Pauline Feinstein, qu'on appelle déjà Mlle Pauline.

De là-haut, elle se penche sur la rue, guettant le marchand de charbon, quand elle aperçoit Léopold qui tourne le coin et passe, les épaules de travers, devant la vitrine du coiffeur.

On se demande toujours si Léopold sait où il va, traînant la patte, la démarche oblique, la tête baissée, le regard fixé sur les pavés, et c'est miracle qu'un tramway ne l'ait pas encore écrasé. Pourtant, toujours au même endroit, tel un aveugle, il descend du trottoir, traverse la rue en biais et, après un instant de flottement, un coup d'œil furtif à la maison d'Élise, il s'enfonce dans l'ombre de l'estaminet d'à côté.

Il n'y reste guère, le temps de boire une goutte, deux gouttes, debout, en silence, et le voilà devant la porte, toujours hésitant, méfiant, grognant à la façon d'un chien qui flaire un endroit avant de s'y aventurer.

Il franchit le seuil, touche la porte, écarte le battant, découvre le corridor vide, la porte vitrée de la cuisine entrouverte, il entend bouillir la soupe, Élise sort enfin d'une chambre d'en haut, se penche sur la rampe en retenant d'une main son chignon.

— Entre, Léopold. Assieds-toi. Je descends tout de suite.

C'est convenu ainsi entre eux: elle continue son travail, va et vient tandis que son frère, assis dans le fauteuil d'osier de Désiré, tire sur sa vieille pipe à l'écœurant gargouillis.

Même si elle épluche des légumes près de lui, il reste sans parler et, au bout d'un laps de temps que fixe Dieu sait quelle règle connue de lui seul, il s'en va comme il est venu, après un vague:

— R'voir, fille.

Élise, qui est descendue, repart déjà.

— Tu permets, Léopold? C'est le marchand de charbon.

Elle porte ses seaux au bord du trottoir, revient chercher son porte-monnaie, ouvre et referme les portes, se lave les mains, s'installe enfin pour passer la soupe.

Les conversations entre Élise et son frère ne ressemblent en rien à celles qu'ils pourraient avoir avec d'autres personnes. On dirait qu'ils attendent, par consentement tacite, qu'une certaine atmosphère les baigne, qu'une chaleur les enveloppe, qu'un contact se produise, que le silence devienne assez épais pour que le tic-tac du réveille-matin apparaisse comme les pulsations de la maison même. Alors, seulement, Élise soupire:

— Ah! mon pauvre Léopold. Je n'en parle à personne, surtout pas à Désiré. Si tu savais comme les femmes...

Est-ce parce qu'elle n'ose pas être plus précise que sa phrase reste inachevée? Est-ce parce qu'entre son frère et elle les précisions sont superflues? Ou encore continue-t-elle à préparer l'ambiance par le prélude de paroles vagues, de mots qui ne s'enchaînent pas?

— J'ai maintenant trois locataires. Eh bien, cela ne me dégoûte pas de faire la chambre de M. Saft, qui, pourtant, fume dans son lit et jette ses bouts de cigarette n'importe où. Mais les femmes, vois-tu!... Vendredi dernier, j'ai failli en parler à Valérie. Heureusement, je me suis souvenue à temps qu'elle a une odeur, elle aussi. Une fois, j'ai dû dormir avec elle et cela me soulevait le cœur.

Léopold fixe le disque rougeoyant du poêle et de temps en temps on entend le gargouillement de sa pipe. Il laisse parler sa sœur. Élise ne s'inquiète pas de savoir s'il écoute ou s'il pense à autre chose.

— La première fois que j'ai fait la chambre de Mlle Frida, j'ai cru que je n'irais pas jusqu'au bout. Comment des femmes, des jeunes filles, n'ont-elles pas plus d'amour-propre, je me le demande. Moi, à l'idée que je pourrais laisser à une autre le soin de faire mon lit, de vider mes eaux de toilette...

Pauvre Élise! Le jour dont elle parle — il y a maintenant un mois de cela, et elle se souvient des moindres détails au point d'en souffrir encore — ce jour-là a peut-être été, de sa vie, le plus riche en malheurs. Elle avait tant travaillé, tant calculé, tout prévu à un centime près et brusquement elle se trouvait en face d'une réalité si différente de ses rêves qu'elle se sentait mollir et se demandait s'il ne lui faudrait pas renoncer.

L'odeur, d'abord, cette odeur d'une autre femme, d'une étrangère, au moment où elle avait poussé la porte de l'entresol après le départ de Mlle Frida pour l'Université; le spectacle de ce lit défait, encore moite, puis, sur la grisaille ignoble de l'eau savonneuse de la cuvette, ces petites boules de cheveux noirs qui nageaient.

Cette fois-là, Élise a ouvert la fenêtre et, comme il n'y avait personne pour l'observer, elle n'a pas eu besoin de sourire, les coins de ses lèvres se sont abaissés dans une grimace de dégoût et de lassitude.

— Mlle Pauline n'est pas plus propre, je crois bien qu'elle ne se lave jamais à fond, mais, peut-être parce que sa chambre est plus grande et qu'il y a deux fenêtres, on sent moins l'odeur. Si tu voyais leur houpette à poudre, Léopold! Mme Corbion avait bien raison, va, quand elle me parlait des étudiantes, et elle avait raison aussi en me disant que tous les Russes sont restés un peu sauvages.

Léopold vide sa pipe en la frappant sur le bord du seau à charbon. Élise craint qu'il ne se lève déjà, car il ne reste guère plus longtemps d'habitude, mais, ce matin-là, il s'enfonce à nouveau dans le fauteuil en poussant un soupir.

— Je t'ennuie, Léopold?

Il grogne. Cela signifie qu'elle peut continuer.

— Je ne sais pas pourquoi c'est à toi que je raconte toutes mes petites misères, même celles que seules des femmes peuvent comprendre...

Elle ne s'interrompt pas un instant de travailler, ni de surveiller à travers les vitres la porte de la rue qui laisse passer un mince rai de soleil. Elle épluche un oignon qu'elle met à brunir, va de la table au poêle et du poêle à la table.

— Vois-tu, ces gens-là n'ont pas la même sensibilité que nous.

Maintenant, cela va mieux, Mlle Frida est presque apprivoisée. Élise n'en a pas moins le cœur gros au souvenir de la première journée de la Russe dans la maison. Cette chambre qu'elle avait si amoureusement arrangée et qu'on reconnaît à peine ! Pourquoi avoir retiré le tapis de table presque neuf et tout propre ? Sur le bois blanc, il n'y a plus que des livres, sur la toilette un peigne aux dents cassées, une brosse à dents rougie par une pâte dentifrice inconnue, de petits morceaux d'ouate.

Élise lève les yeux et constate un vide : on a décroché le cadre doré qui contenait un agrandissement photographique de Valérie et on a enlevé aussi les deux petits cadres de laque blanche : un étang aux nénuphars et des chevreuils dans la forêt.

Sur la cheminée de marbre noir, plus rien, ni les napperons brodés, ni les vases, ni le gros coquillage d'Ostende, des bibelots sans valeur, certes, mais qui égayaient la pièce.

On a glissé une photographie dans le cadre de la glace, une maison en bois, sans étage — une vraie maison de sauvages — et une famille alignée devant le seuil, une grosse femme à cheveux gris, une plus jeune et très laide qui porte un bébé et se tient de travers, deux petites filles et une gamine de quinze ans qui n'est autre que Frida.

Pas d'homme. Élise ne sait pas que le père Stavitsky, instituteur de campagne, vit depuis cinq ans dans un bagne de Sibérie.

Anxieuse, mortifiée, elle cherche ses vases, ses souvenirs, le portrait de Valérie. Dans l'armoire, elle ne trouve qu'une chemise sale, sans broderie, sans dentelle, sans un entre-deux, une paire de bas troués et des pantoufles qu'elle n'oserait pas porter pour faire son ménage.

L'inquiétude l'envahit. Sur le palier, il y a deux portes, celle des cabinets et celle du placard où on range les seaux et les brosses. C'est dans celui-ci qu'elle retrouve son bien, fourré n'importe comment.

— Tu aurais agi ainsi, Léopold? Si tu avais vu cette chambre nue!

Elle n'en a pas parlé à Désiré. Elle a trouvé le temps, avant d'aller chercher Roger à l'école, de courir rue Puits-en-Sock et d'acheter quelques fleurs, des œillets, de beaux œillets de serre, elle les reverra toujours. Elle a fait ça, l'amertume à la bouche, comme pour vaincre coûte que coûte le désespoir qui l'étouffait, pour pousser son effort jusqu'à l'ultime. Elle a choisi dans la salle à manger son vase le plus précieux, une flûte en cristal irisé, et l'a placé sur la table de Frida Stavitskaïa.

Celle-ci est rentrée vers onze heures et demie. Ne viendrait-elle pas dans la cuisine dire un petit bonjour? Tout au moins n'esquisserait-elle pas, en passant dans le corridor, un salut vers la porte vitrée?

Elle est passée comme dans la rue où on ne connaît personne. Sait-elle seulement que Roger existe, se demande-t-elle si sa logeuse a un mari?

Mlle Frida tenait un petit paquet blanc à la main et Élise a compris: elle allait manger dans sa chambre où il n'y avait pas de réchaud et où le feu n'était pas allumé; elle mangerait froid.

— Qu'est-ce que tu veux, Léopold, c'est plus fort que moi et je suis sûre que tu aurais fait la même chose...

Profitant de ce que Désiré n'était pas là, elle a monté un bol de soupe. A la porte de l'entresol, elle est restée en arrêt devant son vase, posé par terre, avec les fleurs. Elle a frappé quand même.

— Qu'est-ce que c'est?

— Ouvrez un instant, mademoiselle Frida.

Sa main tourne le bouton, mais le verrou est mis.

— A-t-on idée, Léopold, de s'enfermer comme si la maison n'était pas sûre, ou comme si on avait quelque chose à cacher?

La porte s'entrouve enfin. Sur la table, parmi les cours ouverts, un morceau de pain et un œuf dur entamé.

— Excusez-moi, mademoiselle Frida.. J'ai pensé... Je me suis permis...

Les yeux noirs sont fixés sur le bol fumant.

— Qu'est-ce que c'est ça?

— Je me suis dit qu'un bol de soupe bien chaude...

— Je ne vous ai rien demandé.

— A votre âge, surtout quand on étudie, on a besoin de forces. Je suis sûre que si votre maman était ici...

— Je sais mieux que personne de quoi j'ai besoin.

— J'avais mis quelques fleurs pour que la chambre soit moins froide.

— Je n'aime pas les fleurs.

— Le portrait qui était au mur est celui de ma meilleure amie.

— Ce n'est pas la mienne.

Élise ne s'est pas trahie devant Désiré. C'est la première fois, après un long mois, qu'elle parle.

Jamais elle n'oublie l'heure. Même quand elle omet de lancer un bref regard aux aiguilles du réveil, elle reste attentive à tout ce qui marque la fuite du temps, au marteau de chez Halkin — qu'on entend moins fort que rue Pasteur — à la sortie de l'école des Frères, à la sirène de chez Velden.

Dans vingt minutes, il sera l'heure d'aller chercher Roger rue Jean-d'Outremeuse, Léopold est encore là. C'est la première fois qu'il reste si tard. Élise fronce les sourcils.

— Tu n'avais rien à me dire, Léopold?

Il grogne.

— Eugénie va bien?

— Elle est à Ostende pour la saison.

Pourtant, il est venu avec un motif, elle le sent, et il n'est pas content.

— Je t'agace avec mes histoires, mais, vois-tu, il n'y a qu'à toi que je puisse les raconter.

— Oui, fille.

Pour la suite, elle se fait plus enjouée, presque trop.

— Tu sais, depuis, Mlle Frida s'est beaucoup améliorée. Quant à M. Saft, il est si bien élevé! C'est un Polonais. Il ne voulait pas que je monte son seau de charbon ni que je cire ses chaussures. Il paraît que, dans son pays, aucune femme ne cirerait les souliers d'un homme, fût-ce de son mari. Tu voulais quelque chose?

Il a ouvert la bouche comme pour parler, puis tout de suite il y a remis sa pipe et il remue les pieds, signe qu'il ne tardera pas à s'en aller.

— Pour en finir avec Mlle Frida...

Ce n'est plus le drame, maintenant, en tout cas ce n'est plus le drame d'Élise, et celle-ci se venge.

— Si on m'avait raconté une histoire comme celle-là, avant, jamais je n'aurais voulu y croire. Figure-toi qu'un matin je ne la vois pas sortir. Je pense d'abord qu'elle n'a pas cours et qu'elle en profite pour faire la grasse matinée. L'après-midi, Désiré parti, je commence à m'inquiéter, car je savais qu'il n'y avait rien à manger dans sa chambre. C'était un jeudi et Roger était à la maison. Je le mets dans sa chaise, je monte, je frappe.

» — Mademoiselle, Frida!

» Pas de réponse. Pas un bruit.

» — C'est moi, mademoiselle. Je me fais du mauvais sang. Vous n'êtes pas malade, au moins?

» — Allez-vous-en!

» Et la porte était encore une fois fermée au verrou!

258

» — Mademoiselle Frida, dites-moi au moins si vous avez besoin de quoi que ce soit et je vous le déposerai sur le palier. Je m'en irai tout de suite, n'ayez pas peur.

» J'ai dû redescendre. Je n'ai pas pu sortir pour aller à l'«Innovation» avec Roger comme les autres jeudis. L'enfant était turbulent et, au-dessus de la cuisine, j'entendais comme des râles.

» Quand Désiré rentre enfin, je lui en parle et il hausse les épaules.

» — Si elle est malade, qu'elle le dise. Nous ne pouvons pourtant pas défoncer la porte.

» — Elle n'a rien à manger.

» — Cela la regarde.

» Tu sais, Léopold, comment est Désiré.

Elle se dépêche de raconter, de crainte que Léopold s'en aille avant la fin, et aussi parce que sœur Adonie ne va pas tarder à ouvrir toutes grandes, sur le soleil de la cour, les portes de sa poussinière.

— Le lendemain, comme ça continuait, je suis allée sans rien dire voir le docteur Matray. Je lui ai tout raconté. En me voyant toute pâle, il s'est moqué de moi.

» — Eh bien, madame Mamelin, votre locataire est tout bonnement hystérique.

» Elle est restée trois jours enfermée, comme Marthe quand elle fait une neuvaine...

Elle se mord la langue. Mon Dieu! Voilà qu'elle a parlé des neuvaines de Marthe devant Léopold qui boit aussi! Elle ne sait plus où regarder. Elle recharge le poêle. Il va être l'heure, il est l'heure.

— Je crois que je t'ai ennuyé, mon pauvre Léopold.

Elle voudrait lui demander encore:

— Tu n'as vraiment rien à me dire?

Car on ne la trompe pas. Elle sait. Malheureusement, il faut qu'elle parte.

— Je ne te mets pas à la porte. Tu peux rester. Le temps d'aller chercher Roger et je reviens tout de suite.

Non. Il la quitte sur le seuil. Par délicatesse, pour ne pas lui imposer sa compagnie dans la rue, il feint d'avoir affaire dans une autre direction.

— A propos..

Alors, n'avait-elle pas raison?

— Tu n'as pas de nouvelles de Louis de Tongres?

— Tu sais que je ne le vois jamais, Léopold. Depuis que maman est morte, il ne s'est souvenu de mon existence que pour venir reprendre les meubles de nos parents. Pourtant, il est à Liège tous les lundis, Hubert Schroefs le rencontre à la Bourse. Une fois que je passais avec Roger, je l'ai aperçu dans son coin, à la «Taverne Grüber» regardant les gens avec les petits yeux que tu lui connais.

Drôle d'homme que Léopold. Il reste près de deux heures chez sa sœur. Il l'écoute en fumant sa pipe et en buvant une tasse de café qu'il laisse refroidir, il attend d'être dans la rue pour poser une question et le voilà qui part sans rien dire, pas même au revoir; il est loin qu'Élise parle encore et elle ne voit plus que son dos rond qui frôle les maisons.

Elle sera en retard. M. Saft, si blond et si bien habillé, tourne le coin de la rue et salue solennellement sa logeuse comme si c'était une grande dame. Elle sourit en se hâtant. Le premier jour, il lui a baisé la main, plié en deux comme un automate.

Ce jour-là, qui est un lundi de mai, un homme aux épaules trop larges, au melon verdi, au pardessus hors de saison parcourt en tous sens, de sa démarche d'ours, les groupes de boursiers qui stationnent sur le terre-plein gauche de la place Saint-Lambert, entre le «Café du Phare», la «Populaire» et la «Taverne Grüber». De sa barbe noire se dégage un fort relent d'alcool, car il a bu dans tous les caboulots de la rue Gérardrie au lieu de dîner et son pas est parfois si hésitant que les gens se garent à son passage.

Qu'importe à Léopold le mépris de ces hommes gras et luisants, contents d'eux-mêmes, qui brassent des affaires, s'interpellent, prennent des notes au vol, s'engouffrent en coup de vent dans les cafés ou trônent les gros manitous tandis que des gens debout gesticulent entre les rangs de guéridons ?

Dans sa poche, il froisse un bout de papier sali, une lettre qui porte le timbre de Paris, et, tout seul, il suit son idée, tout seul il rumine ses pensées, vit un drame qui l'a tenu morne et comme absent pendant deux heures dans la cuisine d'Élise.

Est-ce qu'il a de l'argent ? En a-t-il jamais eu ? N'ont-ils pas dépensé, avant qu'Eugénie parte pour Ostende où elle a une place dans une pension de famille, les quatre sous mis de côté par elle pendant les derniers mois ? Il y a longtemps qu'il ne possède plus de montre et que sa femme n'a pas un bijou, pas un bout de chaîne en or.

Deux fois, trois fois, l'œil farouche, il s'est approché d'une des grandes vitres du «Grüber». La première fois, Louis de Tongres, qu'on appelle le riche Peters, mangeait, tout seul devant une nappe éblouissante, son regard errant sur la foule respectueuse, ou répondant à un coup de chapeau par un cillement imperceptible.

Louis a de tout petits yeux, plus exactement il a la manie de plisser les paupières et dans leur fente mince on découvre à peine les prunelles brillantes, d'une acuité qui gêne. C'est devenu un tic. Pour dire oui, pour approuver, pour marquer sa satisfaction, il ferme les yeux tout à fait, très vite ; il faut être attentif, surprendre cet acquiescement au vol, car c'est aussi rapide que le déclic d'un appareil photographique. D'autres fois, il entrouve les paupières, l'objectif reste braqué un bon moment, laissant voir des prunelles immobiles et froides : c'est non, un non sur lequel personne au monde n'a jamais fait revenir Louis de Tongres.

La deuxième fois que Léopold a frôlé de sa silhouette d'ilote la baie vitrée du «Grüber», son frère ne mangeait plus, se curait les dents avec lenteur, cependant qu'en face de lui, sur une chaise, un homme au sourire servile tirait des documents d'une serviette de cuir.

Léopold a eu presque peur, la troisième fois, que Louis, qui venait d'allumer un cigare à large bague, se tournât vers lui et le reconnût. Nimbé de fumée, cherchant dans son gilet son fume-cigare en ambre, écoutant son interlocuteur sans le regarder et ne lui répondant que des paupières, il était là comme dans une vitrine, aussi à l'aise que chez lui entre quatre murs.

C'est le seigneur des bois du Limbourg et des engrais chimiques. Petit à petit, il s'intéresse à tout ce qui s'achète et se vend dans son fief. N'a-t-il pas épousé la fille unique du gouverneur de la province qui est noble?

D'autres, en face de la banquette de velours où il reste immobile, sont venus ensuite ouvrir leur serviette et tendre des papiers, quémander une signature, un aval, une commande; et d'autres attendent, debout un peu plus loin, quand le regard de Louis Peters glisse sur la surface bleutée de la glace où s'est collé un visage barbu de pauvre.

Les regards des deux frères se sont croisés. Léopold n'a pas bougé, personne autour de lui ne soupçonne l'héroïsme que doit déployer l'ivrogne pour rester à sa place tandis que Louis se lève, fait tomber la cendre de son cigare et, sans prendre son chapeau, sans ramasser ses papiers, se dirige vers la porte.

Tous les Peters sont râblés, pas très grands; Louis, plus nerveux que les autres, paraît presque maigre, à cause de son visage sec, de son nez pointu, de la vivacité de ses mouvements qui surprennent quand, d'un bond, il jaillit de son immobilité.

Il a traversé la taverne et franchi comme une flèche la porte tournante; sur le trottoir, il s'arrête net et plus rien en lui ne bouge que ses paupières.

Il attend; c'est Léopold, l'aîné aux épaules tassées, qui s'avance de sa démarche oblique. Des groupes les entourent, mille voix se mêlent et cependant ils peuvent s'entretenir sans que personne les écoute...

Léopold parle, vacillant, l'haleine empuantie; il ne dit que quelques mots, cite un chiffre: cinq cents francs.

Sur le terre-plein, sur le trottoir, dans le café, on vend et on achète de pleins bateaux de bois, des trains de phosphates, des fermes avec leurs troupeaux, des récoltes entières.

Léopold ne demande que cinq cents francs, son nez coule, il sort un grand mouchoir rouge de sa poche et s'en cache à moitié la figure pendant que son frère lui pose deux ou trois questions incisives.

Qu'est-ce qu'il répond? Que l'argent n'est pas pour lui? Qu'il n'en a jamais eu besoin? Non! Il ne répond déjà plus. Il a vu les yeux grands ouverts et glacés, il a compris, il vire, fonce dans la foule en roulant bord sur bord.

Les cinq cents francs, Félix Marette ne pouvait les demander qu'à Léopold et Léopold ne pouvait les demander qu'à Louis de Tongres.

Léopold heurte les passants sans s'excuser, son instinct le conduit bien vite dans une rue étroite où il retrouve des odeurs familières, dans un petit café où des hommes, accoudés au comptoir, ont les mêmes yeux fixes et vides que les siens.

Qu'importe la lettre, à présent? Il répondra plus tard, dans trois jours, dans une semaine, qui sait? quand son vagabondage l'aura ramené à son échelle de meunier et à la trappe de son logement.

Ils attendent, à Paris, ils espèrent, Marette a écrit, de son écriture qui a changé en quelques mois et qui est devenue plus volontaire: «*Il faut* que cela s'arrange...»

Il a souligné *il faut* d'un épais trait de plume.

Il ne peut pas s'en tirer autrement. Depuis un mois,

Doms a fait un de ses plongeons périodiques dans l'inconnu. Est-il réellement en Russie, en Roumanie, à Barcelone, comme il essayera de le faire croire à son retour, toujours râpé, aussi placide, aussi silencieusement menaçant?

Doms n'est rien du tout! Doms n'a pas d'argent, pas d'amis, pas de moyens! Il n'appartient à aucun groupement, à aucun parti, voilà la vérité. C'est un triste individu que Marette méprise, bien qu'il soit forcé de l'héberger dans sa mansarde et de le nourrir dans son petit restaurant chaque fois qu'il l'exige.

Il y a longtemps que Marette a découvert cette vérité-là, un matin, par hasard, alors qu'il était couché par terre et que l'autre dormait dans son lit. Félix Marette tenait les paupières à peine entrouvertes, un peu comme Louis Peters, et Doms, croyant qu'il dormait, a été lui-même, dans la grisaille d'un matin d'hiver, avec le jour cru qui tombait de la lucarne sur les draps douteux et sur la couverture brune, un Doms sans lunettes, paraissant plus gras, luisant de la sueur de la nuit, grosse masse de chair livide, aux gestes bêtes et vulgaires, au regard si vide, si misérable que Marette en a reçu un choc.

Pendant de longues minutes, le faux anarchiste a gratté ses pieds sales, puis il a mis ses chaussettes trouées, passé son pantalon, et il restait là, veule, à ne savoir que faire, il a tiré des sous de sa poche, les a comptés, pour finir par plonger furtivement les mains dans les poches de son ami et y chiper quelques pièces.

C'est tout. Un peu plus tard, avec ses grosses lunettes, il redevenait le Doms du «Café de la Bourse», mais Marette ne pouvait plus s'y tromper.

Il fallait le subir, avec impatience, avec dégoût, mais il fallait d'autant plus le subir que ce n'était qu'un petit escroc méprisable, capable de dénoncer un camarade à la police.

N'allait-il pas jusqu'à suivre Marette dans la rue en se

cachant, si bien que maintenant il savait tout?

Son sourire, le surlendemain, avait suffi à salir la seule minute vraiment belle que Marette eût vécue jusqu'alors.

On était aux environs de Noël. Un jour que Félix écrivait fièvreusement dans sa mansarde l'histoire de sa vie, la pluie s'était mise à tomber avec tant de violence que plusieurs gouttières s'étaient formées dans le toit et qu'il avait fallu changer le lit de place.

Le lendemain matin, bien que ce fût son sort qui se jouât, Marette avait failli ne pas prendre garde au parapluie ouvert qui s'égouttait dans un coin de la boutique, près de la porte, alors que la pluie avait cessé.

C'était le parapluie d'Isabelle Vétu, il le reconnut un peu plus tard, et alors la lumière se fit en lui, il comprit qu'elle était sortie, qu'elle était probablement sortie seule, le soir précédent.

Jamais il n'avait pensé à une éventualité si simple. Il avait guetté dehors, deux soirs durant. Il avait vu enfin de la lumière dans le magasin, Isabelle s'était avancée sur le trottoir et s'était dirigée vivement vers le Conservatoire où l'on donnait un concert.

Comme un fou, alors qu'elle pénétrait dans la tiédeur de la salle qui sentait la laine mouillée, il s'était précipité chez lui, il avait fourré son manuscrit dans sa poche et il était revenu se mettre en faction entre deux becs de gaz. Un peu de musique filtrait jusqu'à lui. La pluie tombait par intermittence et, entre deux ondées, il recevait le regard argenté de la lune.

Au moment de la sortie, il se laissait bousculer, tremblant, craignant de ne pas la voir, se haussant sur la pointe des pieds; et c'était elle enfin, elle marchait vite, il se précipitait, courait, s'arrêtait, essoufflé, juste sous un bec de gaz, dans une rue dont il ne savait pas le nom.

— Mademoiselle...

Un visage tout blanc devant lui, ce visage qu'il était

maintenant capable de dessiner en trois ou quatre traits. Il cherchait ses papiers dans sa poche.

— J'ai voulu..

Et soudain, comme si on lui arrachait un morceau de chair :

— Je vous aime, Isabelle... Je n'en peux plus... Je suis trop malheureux... Je vous aime, comprenez-vous ?

Il pleurait, c'était ridicule, il laissait tomber son cahier et elle se baissait en même temps que lui pour le ramasser, il ne voyait plus rien, il était fou, il la saisissait dans ses bras, la serrait, touchait son visage de sa joue mouillée, frôlait sa bouche de ses lèvres.

Alors... alors il se passa la chose la plus inattendue. La bouche resta collée à la sienne et il regardait toujours, il voyait le visage immobile contre le sien, plus blanc que jamais, les yeux ouverts tout près de ses yeux.

— Isabelle...

C'était trop. Il n'avait pas espéré cela. Effrayé du bonheur qui le gonflait, il la lâchait soudain d'un mouvement brusque et s'éloignait en courant, se heurtait, vingt mètres plus loin, à de la chair grasse.

Pas un mot. Un ricanement. Une main qui s'appesantissait sur son épaule.

C'était Doms. Marette, sans savoir ce qu'il faisait, l'avait suivi et, deux heures durant, ils avaient bu de la bière dans une brasserie qu'il serait incapable de retrouver.

Depuis, l'hiver a passé. Doms, un beau jour, a disparu sans rien dire.

La nuit est tombée. Au bout de la rue Montmartre, les lampes à arc se sont allumées entre les pavillons des Halles et à l'autre bout, coule la vie bruyante des Grands Boulevards.

Marette attend, crispé, les nerfs douloureux. De la lumière filtre enfin entre les volets de la papeterie Vétu. Une silhouette frôle les murs. Après le premier tournant, il marche plus vite, passe son bras autour d'une taille qui ne s'étonne pas.

— Ma grande?

Ses yeux interrogent, pathétiques. Les yeux d'Isabelle sourient, une main saisit la sienne, leurs lèvres se rejoignent sans souci des passants qui ne sont que des ombres.

— Tu as reçu une réponse?

Ils marchent, traversent les Halles, comme ils le font presque chaque soir depuis trois mois, bientôt ils atteignent les quais déserts, la Seine qui coule avec un bruit de source le long des murs de pierre.

— Rien. Il faut absolument, n'est-ce pas? Il faut!

— Calme-toi, mon grand.

— Ta mère?

— Mais non. On ne peut encore rien voir.

Il éprouve le besoin de s'agiter, de gesticuler avec rage, il se reprend soudain, repentant, se fait doux, entoure Isabelle de ses bras précautionneux comme si elle était devenue fragile.

— Et dire qu'il ne s'agirait que de trouver cinq cents francs, dire que cette horrible femme refuse de croire en ma parole et de nous faire crédit! Vois-tu, Isabelle, il y a des moments où... il y a des moments...

Une telle énergie, un tel désespoir, un tel besoin, une telle volonté d'être heureux qui se heurtent au vide serein d'une belle nuit!

— Calme-toi, mon grand. Tu sais bien que, quand tu es comme ça, tu me fais peur. Cela ne sert à rien.

Et ils marchent en silence, serrés l'un contre l'autre, fixant les pavés gris devant eux.

3

— Où vas-tu, Roger?

— Jouer avec Albert, m'an.

— Tu as mis ton tablier?

— Oui.

— Fais attention au tram.

Elle se penche sur la rampe, pendant que Roger décroche son chapeau de paille du portemanteau, fait claquer l'élastique autour de son cou et reste un moment immobile dans le corridor, comme une grande personne qui se demande si elle n'a rien oublié. Enfin, il ouvre la boîte aux lettres où il prend ses billes.

— Veille à ce que je puisse toujours te voir.

Il ne répond plus, s'éloigne en laissant la porte contre. La rue de la Loi est vide et chaude. Un silence solennel règne dans la cour de l'école, car, depuis la veille, ce sont les vacances, et on voit des frères sortir à des heures inhabituelles, par trois, les bords de leurs chapeaux relevés comme des ailes, le manteau noir flottant derrière eux, un côté du rabat blanc toujours relevé. Frère Médard lui-même a franchi tout à l'heure le portail vert, non pour se camper au milieu du trottoir comme les autres matins et surveiller l'entrée ou la sortie des classes, mais pour se diriger vers la ville. Prend-il des vacances, lui aussi? En tout cas, il a cherché des yeux cette jeune maman si active et si propre qui a des locataires.

Voilà longtemps qu'Élise et frère Médard se connaissent sans s'être parlé, séparés qu'ils ont toujours été par la largeur de la rue. Frère Médard ne ressemble à personne, échappe à toute classification. Il est obèse. Sa soutane luisante se tend sur un ventre aussi rond qu'un tonneau. Une tête énorme, aux cheveux ras, est posée, sans transition, sur cette masse cylindrique, les joues sont grasses, luisantes, l'ensemble massif roule de gauche à droite à chaque pas, à cause du pilon qu'il faut arracher de terre ; frère Médard sue, s'éponge avec un mouchoir rouge comme celui de Léopold, on entend sa canne sur le pavé bien avant de le voir paraître dans l'encadrement de la porte verte ; et malgré tout cela, frère Médard impose le respect, la confiance, c'est à lui que, si Élise avait besoin d'un conseil, elle irait le demander.

Elle est flattée du regard qu'il lui accorde chaque matin, de ce salut vague et comme pudique qu'on adresse à quelqu'un qu'on ne connaît pas, qu'on désire connaître ; plusieurs fois elle a remarqué qu'il s'attardait après le départ des élèves s'il ne l'avait pas vue à une de ses fenêtres.

A la rentrée, Roger, qui a cinq ans et demi, ira à l'école des Frères.

« Couac ! Couac ! » font, au passage de ceux-ci, qui ressemblent un peu à des corbeaux, les gamins de la rue, ces enfants sales et effrontés qu'Élise appelle des petits crapuleux.

Il y a beaucoup de petits crapuleux dans le quartier. Entre l'église Saint-Nicolas et la rue Puits-en-Sock, dans les ruelles où on ne passe que quand on est pressé, pour couper au court, on ne rencontre que ça, des fillettes sales, sans culottes, assises au bord du trottoir, les jambes écartées, des bébés au nez qui coule, avec du jaune d'œuf autour de la bouche, des garçons qui se jettent dans les jambes des passants et qui lancent des pierres en criant à vous écorcher les oreilles.

A cent mètres de la maison, rue de l'Enseignement, ce sont des petits crapuleux encore qui fréquentent l'école communale.

Parfois, une bande venue on ne sait d'où, des enfants de Bressoux ou de la paroisse Saint-Pholien, s'abat sur la place du Congrès ; ils montent sur les bancs qu'ils salissent, grimpent aux arbres, arrachent les feuilles, se suspendent aux branches basses, effraient les mamans, brutaux, vulgaires, glapissants, jusqu'à ce que surgisse la silhouette d'un agent de police ou que l'idée leur vienne d'un mauvais coup à faire ailleurs.

Rue de la Loi, chez les frères eux-mêmes, fréquentent des gamins des petites rues, ce qui revient à dire que ce sont des petits crapuleux aussi, dont certains traînent les pieds dans des sabots. Car l'école est divisée en deux parties. Juste en face de chez Mamelin, le portail vert où règne frère Médard donne accès à une cour spacieuse et aux bâtiments roses de l'institut Saint-André.

— A la rentrée, tu iras à l'institut Saint-André.

On ne dit jamais l'école des Frères, car des gens pourraient confondre. Les élèves de l'institut Saint-André s'en vont en rang sous la conduite des maîtres, à moins que leur maman ne les attende dans le parloir vitré, à droite du porche.

Un peu plus loin, au contraire, d'une sorte de caserne sale, on voit jaillir, à la sortie des classes, la ruée bruyante et désordonnée des élèves de l'école gratuite. Un frère les suit avec peine jusqu'au seuil, grand, gras et vulgaire, une sorte de paysan en soutane, au nez barbouillé de tabac, qui, sans se donner la peine de mettre les enfants sur deux rangs, semble les chasser de la rue paisible et bourgeoise.

Cette invasion ne dure que quelques instants, mais si d'aventure Roger est dehors à ce moment-là, il est sûr que sa mère surgira sur le seuil ou à une fenêtre de la maison.

— Rentre vite, Roger!

Bien propre dans son tablier noir aux larges plis, son chapeau Jean Bart sur la tête, les mollets pommelés au-dessus des chaussettes marines, il va, rêveur ou réfléchi comme un homme, dans un décor dont les détails lui sont plus familiers qu'à quiconque. Deux maisons plus loin, derrière les vitres d'une fenêtre aux rideaux impeccables, il sait qu'il apercevra Raymonde qui ne joue jamais dans la rue, pas même sur son seuil, une fille de son âge, rose comme une poupée de luxe, si calme, avec de si belles boucles dorées. Elle l'observe, elle aussi, mais toujours cette vitre les sépare. Raymonde vit dans une boîte capitonnée où ne parviennent ni l'air ni les bruits du dehors, et derrière elle on voit glisser une gouvernante en noir, au mince col de dentelle. Le père et la mère de Raymonde, M. et Mme Rousseau, sont tous les deux dans l'enseignement ; ils partent le matin, reviennent le soir, graves et dignes.

Roger se retourne pour suivre des yeux le passage d'un tram rue Jean-d'Outremeuse, puis, après un moment de réflexion, choisit une bille de verre, une de ces grosses billes verdâtres qui bouchent les bouteilles de soda et il la lance devant lui.

N'est-il pas, lui aussi, comme dans une boîte, une boîte plus vaste que celle de Raymonde, avec pour couvercle un pan de ciel bleu sur lequel se découpent des toits et des cheminées, avec pour bord la courbe harmonieuse que décrit le tram 4 qu'on voit passer rue Jean-d'Outremeuse et qu'on retrouve, place du Congrès, au bout de la rue Pasteur ? Dans cette boîte, il connaît la couleur de chaque maison, la forme des fenêtres et jusqu'à certains creux, entre les pavés du trottoir, qui servent de fosses pour jeu de billes.

Il sait que c'est samedi parce que, ce matin, sa mère n'avait pas mis son tablier de cotonnade à carreaux, mais le tablier de grosse toile bleue réservé au grand nettoyage, et, en se retournant encore une fois avant de tourner le coin de la rue Pasteur, il reconnaît l'eau savonneuse qui coule le long du seuil.

Donc, après midi, les rues ressembleront à un damier, avec de grands carrés noirs devant certaines maisons, des carrés blancs devant d'autres. Les carrés noirs luisants, ce sont les parties mouillées, là où les femmes ont lavé leur portion de trottoir et de chaussée à grands seaux d'eau et où chacune a laissé au milieu de la rue son petit tas de poussière et de crottin.

Il y a une semaine à peine que l'agent de police a sonné aux portes pour ordonner d'arracher l'herbe entre les pavés; Roger est resté des heures accroupi, un couteau à éplucher les légumes à la main, faisant sauter les étroites bandes d'herbe ou de mousse, essayant d'en garder de longs morceaux intacts, les dents agacées par le grincement de la lame sur la pierre. Tout le quartier était dehors, des gens qu'on ne voit jamais; certaines personnes prenaient un air gêné tandis que l'agent Leroy, qui habite rue de l'Enseignement, se promenait avec un sourire satisfait.

Armand Pain est tout seul devant chez lui. Roger ne lui dit pas bonjour. Si sa mère était là, elle le gronderait.

— Dis bonjour à Armand.

— Je ne veux pas.

— C'est ton ami.

— Je ne veux plus que ce soit mon ami.

Il passe en détournant la tête, exprès. Son ami, maintenant, c'est Albert.

— Albert qui?

— Albert.

— Pourquoi n'a-t-il pas d'autre nom?

— N'essaie pas de comprendre. Va jouer.

Roger s'arrête devant une maison en brique blanche, la seule maison si claire de la rue, juste en face de chez Pain, il toque à la boîte aux lettres, une jeune fille blonde et douce lui ouvre la porte.

— C'est toi, Roger? Tu viens chercher Albert?

Ce n'est pas un intérieur comme les autres. Tout est plus gai, plus délicat, il y a des fleurs dans les vases, des parfums dans l'air, et la maman d'Albert est toujours vêtue de soie pâle.

— Albert! Veux-tu aller jouer avec Roger? Pas trop longtemps. N'oublie pas que nous devons préparer tes bagages.

Albert non plus n'est pas un garçon ordinaire. Les cheveux aussi fins et aussi blonds que ceux de sa mère, la peau blanche, avec quelques taches de rousseur sous les yeux, il fait penser à une fille et porte des costumes de velours sur lesquels s'étalent de grands cols blancs.

De l'autre trottoir, Armand les voit avec envie s'éloigner vers le coin de la rue, car Roger et Albert doivent jouer à l'angle de la rue Pasteur et de la rue de la Loi, de façon que les deux mamans puissent les apercevoir. Chemin faisant, ils se montrent leurs billes, non sans se retourner, satisfaits, sur Armand qui feint de s'amuser tout seul.

— Je ne jouerai plus avec lui! promet Roger avec une certaine solennité, comme si Albert lui avait reproché leur ancienne amitié.

Il a peur de déplaire à Albert. Il admire son costume, son aisance, jusqu'à ces petites paillettes dorées qui donnent un éclat particulier à son visage.

— A quoi jouons-nous?

Le coin de la rue est formé par une haute maison jaune et, au ras du sol, s'ouvrent les fenêtres d'une cuisine-cave. Larges ouvertes, elles laissent voir une servante à son ménage, des murs couverts de céramique, des casseroles de cuivre sur une cuisinière en émail blanc. La servante gratte des carottes et cela fait un bruit d'insecte. Une chienne bouledogue, la seule du quartier, est couchée sur le seuil, le ventre en l'air, et parfois Roger jette un coup d'œil furtif entre ses pattes, comme aux petites filles sales de la rue des Récollets. Il y a, à ce sujet, une question qu'il voudrait bien poser à Albert, mais il n'ose pas.

On entend la voix criarde de la grosse Mme Morel qui, du trottoir où elle est campée, interpelle une voisine accoudée à son premier étage.

— Est-ce que tu sais faire ça? défie Albert en croisant les doigts des deux mains et en retournant brusquement ses poignets frêles.

— Ce n'est pas difficile!

Roger n'y arrive cependant pas du premier coup.

— Attends! Toi, c'est parce que tu as déjà essayé.

Des trams passent de dix en dix minutes rue Jean-d'Outremeuse. Des frères rentrent par groupes de trois et sonnent au portail vert. Roger, qui observe tout, sait qu'un fil de fer traverse la cour et que c'est en tirant dessus par une poignée que le frère cuisinier déclenche de loin le mécanisme de la porte.

Il y a un mois encore, avec Albert, ils thésaurisaient les noyaux de cerise, qu'ils parvenaient à rendre blancs et polis à force de les nettoyer et de les brasser dans leurs poches, mais la saison des cerises est passée. Celle des asperges aussi. Les asperges, c'est ce que Roger aime le mieux.

Albert annonce:

— Ce soir, nous partons pour la mer.

— Tu as déjà vu la mer?

— Oui. Nous y allons tous les ans. Et toi?

— Non. C'est très grand?

Élise Mamelin lave sa rue, pour faire de l'avance. Chaussée de sabots, elle lance ses seaux d'eau à la volée, frotte à la brosse en chiendent, rattrape son chignon qui croule. Mlle Frida rentre et traverse le mouillé avec des précautions de cigogne, un corsage blanc sur sa jupe noire à godets, un canotier plat comme une galette sur des cheveux couleur corbeau.

— Mais si, mademoiselle Frida, il faut venir avec nous. Vous verrez comme l'air est bon sur les hauteurs. N'est-ce pas, Désiré, qu'elle doit venir passer la journée à Embourg?

M. Saft est retourné en Pologne. Il avait si peur de ne pas réussir à ses examens et de devoir rester pour préparer ceux d'octobre! Il reviendra à la rentrée. On lui garde sa chambre, bien qu'il ne la paie pas pendant les vacances, car il n'est pas riche.

Le matin, il descend toujours le premier, gagne la cour, le torse moulé dans un sous-vêtement blanc, et, pendant une demi-heure, tandis qu'Élise prépare le café et que la maison s'éveille peu à peu, il fait de la gymnastique, des exercices très difficiles, puis remonte en courant dans sa chambre, une serviette-éponge nouée autour du cou.

Mlle Pauline, qui a encore un examen oral, partira au début de la semaine prochaine. Sa mère, une grosse dame qui marche difficilement à cause de ses mauvais pieds, est venue la voir à Noël et a apporté une oie fumée.

— Je parie que tu n'as jamais mangé de l'oie fumée! lance Roger à Albert.

— Cela n'existe pas.

— Cela existe, en Pologne. Je le sais bien, puisqu'il y a des Polonais chez nous. Et de la soupe aux cerises, en as-tu goûté?

— On ne fait pas de soupe aux cerises.

— Viens le demander à ma mère! Elle en a fait une fois pour M. Saft et j'en ai mangé. Mère! Mère! Albert ne veut pas croire...

— Attention, mes enfants! Ne courez pas dans les eaux. Allez jouer plus loin.

Il n'y a qu'un magasin dans cette partie de la rue — l'autre tronçon, au-delà de la rue Pasteur, ne compte pas, on n'y va jamais, c'est un autre pays — et encore n'est-ce pas un vrai magasin. C'est une maison particulière dont on a transformé en vitrine la fenêtre vénitienne. Elle est trop haute. Les enfants doivent se percher sur la pointe des pieds, ou s'accrocher du bout des semelles au soubassement de pierre de taille en saillie...

— Tu abîmes tes souliers, Roger!

Ils contemplent, derrière la vitre au store à demi baissé, les boîtes de cigares dont les bagues dorées les passionnent. Il y en a d'ordinaires, mais il en est d'autres aux larges écussons qui portent des emblèmes compliqués, parfois le profil de hauts personnages, la barbe blanche de Léopold II.

— Quand je serai plus grand, je ferai collection de bagues de cigares.

Ils vont et viennent, réfléchis, en quête d'un nouveau jeu, la cuisine-cave du coin leur envoie des bouffées de ragoût, la chienne, en se roulant dans un crottin fumant, exhibe son ventre rose à deux rangs de boutons et la petite fente douillettement bordée qui intrigue si fort Roger.

La maman d'Albert s'avance, abritant ses cheveux blonds d'une ombrelle mauve, et elle se penche comme une fleur sur sa tige.

— Tu viens dîner, Albert?

Elle ne crie jamais de son seuil, comme les autres mères du quartier.

— Au revoir, Roger. A dans deux mois. Passe de bonnes vacances.

Élise a rentré seaux et brosses, et Roger, à cloche-pied, se dirige vers le carré de trottoir mouillé, construit encore une écluse de boue dans le ruisseau avant de pénétrer dans le corridor qu'envahit la vapeur bleue de la cuisine.

Il est passé deux heures. Désiré, qui vient de rentrer, est à table, Roger entend les heurts de sa fourchette, sa voix, puis celle d'Élise, car toutes les portes sont ouvertes ce samedi-là, même celle de la chambre de Mlle Frida, et des courants d'air frémissent dans tous les coins de la maison.

— Roger!

Il s'y attendait. Il sait déjà ce que sa mère va dire.

— Si tu restes sur le seuil, prends ton coussin.

Dommage. Il aime le contact de la pierre froide qui est d'un gris presque bleu, le contraste de cette fraîcheur avec la chaleur du soleil qu'il reçoit en plein visage. Il va prendre, sous le portemanteau, le coussin rouge que sa mère lui a confectionné avec un morceau de tapis.

Aussitôt assis, il referme les yeux, pour aller plus vite,

car il joue à un jeu secret; il se laisse envahir par un engourdissement qu'on n'obtient pas n'importe quel jour ni à n'importe quelle heure, il savoure le picotement de ses joues, de ses paupières que transpercent les rayons dorés, il surveille l'épaississement de son sang dans ses veines, brouille exprès les sons qui lui parviennent à travers l'air de cristal, mélange les images, crée des tourbillons de couleurs lumineuses.

Une main sur un œil, pour créer un contraste de noir, il épelle, sur la plaque de cuivre de l'école, dans l'ombre limpide de l'autre trottoir qui se teinte de vert: «Ins-ti-tut... Saint...» car sœur Adonie lui a appris à lire en cachette; il ne doit pas le dire, il n'a pas l'âge.

«Ins-ti-tut Saint...» La porte verte des frères est fermée. La petite porte, qui se découpe dans la grande et qui reste toujours ouverte, est fermée aussi.

— Je suis sûre que Mathilde Coomans...

C'est la voix de sa mère, dans la fraîcheur vibrante de la cuisine. Rue Pasteur, Armand doit être assis sur son seuil, sans coussin, ses pieds seuls dépassant de l'ombre qui, à cette heure, forme une étroite bande au ras des maisons. Est-ce qu'Albert est déjà parti? Est-ce qu'une auto viendra le·chercher, l'auto de M. Méline qui s'arrête chaque semaine devant la maison blanche et que guettent les voisins?

— Tu verras que Mathilde ne nous refusera pas ça.

Roger souffle son haleine sur le dos de sa main, puis aussitôt respire l'odeur plus forte de sa peau. Il frémit en entendant la trompette du marchand de glaces qui vient de s'arrêter dans le désert brûlant de la place du Congrès, il croit voir sa voiture jaune citron aux couvercles de cuivre, aux panneaux peints, dont l'un représente la baie de Naples, d'un bleu turquoise, et l'autre une dramatique éruption du Vésuve.

— *Vanne d' ju d' la t' charrette!*

Le drôle de petit Italien à moustaches effilées se fâche

quand les gamins grimpent sur les roues de sa charrette si soigneusement peinte. On le fait exprès de s'y accrocher en grappe dès qu'il a le dos tourné.

— *Vanne d' ju d' la t' charrette!*

On s'enfuit, pas loin, pour revenir bientôt, et Di Coco glapit en gesticulant des phrases où il mélange le patois wallon et celui de son pays.

— Tu ne crois pas, Désiré, que tu pourrais en parler à Victor? Dis-lui que Mathilde n'aurait qu'à venir un quart d'heure chaque matin pour faire le lit de Mlle Frida et vider ses eaux.

Une mouche passe. Un tram. Roger peut, à volonté, quand il est ainsi gavé de soleil, entendre la mouche aussi fort que le tram. Il peut tout mélanger, entre ses cils mi-clos, le clocher de Saint-Nicolas si immobile dans un violet uni, la plaque de cuivre de l'école des Frères, les bosses d'un pavé que cerne un filet d'eau attestant le grand nettoyage du matin.

Il peut vivre des choses déjà passées et celles qui arriveront; Désiré va se lever en poussant un soupir de bien-être, s'arrêter devant le portemanteau pour mettre son canotier et prendre sa canne de jonc. Alors, Élise accrochera un rideau — ce n'est pas un vrai rideau, mais un vieux drap de lit — derrière la porte vitrée de la cuisine. On entend déjà l'eau bouillir dans la bassine à lessive.

— Roger!

Non! Pas encore, pas avant que son père ne soit parti, que sa mère ne soit allée au second étage chercher le linge propre, le savon à la glycérine, le gant-éponge qui devient mou et visqueux dans l'eau savonneuse, les ciseaux à ongles.

Roger, sans avoir besoin d'écouter ce que ses parents disent, devine de quoi ils parlent et il y a dans leurs projets une part d'inconnu qui l'angoisse et le surexcite.

Voilà trois dimanches qu'on ne va pas à Ans, au couvent des Ursulines, voir mère Marie-Madeleine, qui est sa tante et qu'il embrasse en se heurtant aux bords empesés de sa cornette. On n'est pas allé non plus à Coronmeuse, où les grandes personnes s'assoient sur des chaises de paille devant la boutique de tante Louisa pendant qu'Anna joue du piano dans le salon aux fenêtres ouvertes et que Roger, armé d'une baguette d'osier choisie dans l'atelier, se promène le long du quai ombragé et contemple les bateaux du canal.

Il ne sait pas pourquoi, un dimanche, tout à coup, on est allé à la campagne en compagnie de gens qu'il ne connaissait pas.

— Dis bonjour à tante Mathilde et à oncle Victor.

Il a appris après que ce n'étaient pas un vrai oncle ni une vraie tante. Ce sont des cousins d'oncle Charles, le sacristain de Saint-Denis. En tournant la tête, Roger pourrait apercevoir leur magasin, au coin de la rue de la Loi et de la rue de la Commune, dans cette partie qu'il n'aime pas, au-delà de la frontière invisible.

Il n'aime pas les Coomans non plus, ni leur fils qui est de six mois plus jeune que lui et qui est effronté.

On a emporté des tartines, des œufs durs, la gourde de garde civique pleine de café. On a pris le tram, traversé un monde d'usines, de petites maisons noires toutes les mêmes, puis, à pied, on a gravi une longue côte bordée de buissons, Désiré a déployé son mouchoir sur la nuque en le maintenant avec un canotier et il a retiré son veston.

On a mangé sur l'herbe, au bord d'un chemin de fine poudre blanche, et le soir on avait les vêtements ternis par cette poussière fade.

Roger ouvre un œil, le referme très vite ; une autre bouffée lui monte à la tête, l'odeur de la distribution des prix, le jardin de l'école gardienne où on les a placés sur trois rangs devant la serre, entre des plantes vertes, les enfants du premier rang assis en tailleur, pour les photographier. Où sa mère a-t-elle rangé la couronne de feuillage doré qu'il n'a pas voulu garder sur la tête dans la rue et à cause de laquelle il a pleuré ?

L'oncle Victor est typographe ; il parle politique, il parle du nez, un nez long, trop étroit ; ses maigres moustaches qui tombent sur ses lèvres ont l'air de sortir des narines. Tante Mathilde a voulu ouvrir un magasin d'épicerie, au coin de la rue de la Commune. C'est une vaste pièce trop claire, peinte en beige, qui sent le pétrole et où il n'entre jamais personne.

— Elle n'est pas commerçante, vois-tu, Désiré. Si c'était moi !

Les pas de Désiré se rapprochent. Il se penche un peu, frôle le front de Roger.

— A ce soir, fils.

— A ce soir, père.

Élise va l'appeler. Elle est montée chercher le linge.

Qu'est-ce qu'on doit demander à tante Mathilde ?

— Tu crois, Désiré, qu'ils ne nous donneraient pas une tasse de lait ? En payant, bien entendu.

Ils étaient sur la route poudreuse. Au-delà des prés où paissaient des vaches engourdies, on apercevait, très loin, dans le bleu et dans le vert de l'horizon, les taches blanches et rouges des villages, un clocher effilé au haut d'une colline.

Arrêtés à quelques mètres de trois petites maisons passées à la chaux, ils ont discuté un moment, puis Élise s'est bravement avancée vers la première porte ouverte au-dessus d'un seuil de cinq ou six marches.

— Excusez-moi, madame. Je vous demande pardon de vous déranger. C'est pour les enfants, vous comprenez.

C'est ainsi qu'on a fait la connaissance de Mme Laude, une femme vigoureuse taillée comme un homme, à la grosse voix, à la lèvre ombragée d'un duvet sombre, qui a tout de suite soulevé Roger dans ses fortes mains.

Mme Laude les a conduit sous la vigne vierge d'un jardin et une guêpe s'est enlisée dans le lait du gamin.

— Comme l'air est bon! n'a cessé de répéter Élise qui avait des demi-cercles de sueur sous les bras.

— Pourquoi ne me laisseriez-vous pas le petit pendant les vacances? C'est cela qui lui ferait des joues.

Roger a déclaré, alors que tout le monde croyait qu'il n'écoutait pas:

— Je ne veux pas rester avec elle.

On l'a envoyé jouer avec le petit Coomans qui est aussi mal élevé que les enfants de l'école gratuite. Les volets verts se sont ouverts, à l'étage, et Roger a bien vu que ses parents visitaient, discutaient en hochant la tête; il a surpris les signes qu'Élise adressait à Désiré derrière le dos de Mme Laude.

Pendant le retour, les grandes personnes n'ont cessé de parler à mi-voix.

— Remarque, Mathilde, qu'il n'y aura plus que Mlle Frida dans la maison. M. Saft s'en va, Mlle Pauline aussi. Quant à M. Chechelowski, l'ingénieur dont je t'ai parlé, qui fait un stage à Ougrée-Marihaye, il attend une réponse d'un compatriote qu'il doit rejoindre à Charleroi pendant le mois d'août.

La preuve que c'est de cela qu'il était question, il y a un moment encore entre son père et sa mère, c'est que, jeudi, on a acheté à l'«Innovation» du tissu crème pour faire à Roger des blouses légères. Elles sont déjà coupées. Dans le courant d'air de sa chambre, dont la fenêtre et la porte sont ouvertes, Mlle Frida, sans doute, pour la première fois de sa vie, est occupée à coudre.

— Roger! Il est l'heure. Roger! Qu'est-ce que tu fais?

Rien. Il est engourdi. Il se traîne. Dans la cuisine, sa mère le déshabille, non sans qu'il recommande:

— Ferme la porte à clef.

Car il a la terreur d'être surpris dans son bain.

— Lave bien tes oreilles, Roger.

On le coiffe, on lui coupe les ongles des pieds, une buée

colle aux vitres et, quand il est enfin prêt, vêtu de propre des pieds à la tête, une autre sensation, sur sa peau, a succédé à la caresse du soleil, il est à la fois très lourd et très léger, un peu vide, et ses oreilles resteront cramoisies jusqu'au soir.

— Va te promener gentiment. Ne te salis pas.

Elle lui donne cinq centimes pour s'acheter une glace et il suce celle-ci longtemps, gravement, sur la place du Congrès où il est tout seul avec l'Italien.

Le bleu du ciel se colore de rose, puis de rouge, des flaques d'eau luisent sur les trottoirs qu'on a lavés et, du côté de l'ombre, les pierres de taille frottées à la brosse de fer sont d'un blanc implacable.

Désiré rentre une demi-heure plus tard que d'habitude, car il est allé prendre un bain rue des Pitteurs. Élise a eu le temps de ranger la cuisine, de préparer les provisions du lendemain et même de repasser du linge, car une sourde odeur de repassage persiste dans la cuisine.

— Qu'est-ce que Victor a répondu ?

— Que Mathilde ne demandera pas mieux.

— Demain, nous préviendrons Mme Laude, on pourrait partir dimanche prochain. Écoute, Roger : nous allons passer un mois à la campagne, à Embourg, chez Mme Laude, où père nous rejoindra tous les soirs.

La porte de la rue est restée ouverte sur la molle soirée d'été et Désiré, en manches de chemise, installe sa chaise sur le trottoir, la renverse en arrière, à deux mètres des Delcour, les gens d'à côté, assis comme lui devant leur seuil. Il y a une jeune fille de seize ans qui est à l'école normale, un grand garçon de vingt-deux ans déjà instituteur, un autre frère qui dessine dans une usine et l'aîné, de trente-cinq ans, celui qui plaisante toujours comme Arthur et qui est familier avec tout le monde, l'entrepreneur de peinture en bâtiments.

Plus loin, d'autres personnes prennent le frais. Mlle Pauline, toute rose du reflet du couchant dans le rose de sa chambre, est paresseusement accoudée à sa fenêtre et, par-dessus le mur de l'Institut Saint-André, elle voit des frères qui se promènent dans la cour.

Désiré parle. Le cercle se forme autour de lui, les chaises se rapprochent, le peintre qui ressemble à Arthur lui donne la réplique et tout le monde rit, la jeune fille feint de s'indigner, on lève parfois la tête vers Mlle Pauline, Élise, qui a mis un tablier propre à petits volants vient, souriant aussi, jeter un coup d'œil avant de retourner aux mille travaux qui l'attendent dans la fraîcheur de la maison.

Les cloches sonnent le salut, mais il ne doit y avoir que quelques vieilles bigotes dans l'église vide. Toute la paroisse vit sa vie du samedi, les commerçants de la rue Puits-en-Sock prennent l'air sur leur seuil, Chrétien Mamelin fume sa pipe en silence à côté du vieux Kreutz tandis que les deux poupées — comme on appelle toujours les demoiselles Kreutz aux cheveux d'étoupe — tricotent comme si leur vie en dépendait.

Deux ou trois vitrines, qu'on s'obstine à éclairer, jettent un faux jour. Les boutiques exhalent leurs odeurs, bonbons sucrés et pain d'épice de chez Gruyelle-Marquant, carton et colle de pâte de l'Hôpital des Poupées, beurre et fromages, puis les tartes de chez Bonmersonne qui s'empileront demain dans les casiers. Une femme en cheveux traîne derrière elle, jusqu'à la prochaine impasse où elle s'enfonce, le relent gras des frites qu'elle porte dans un plat couvert d'une serviette à bord rouge.

Rue de la Loi, c'est Désiré qui les fait rire, sur les deux seuils qui n'en forment plus qu'un, et Mlle Frida elle-même, venue s'appuyer sans bruit au chambranle de la porte, étire les lèvres dans un sourire condescendant.

— Va jouer, Roger. C'est pour les grandes personnes. D'ailleurs, il est l'heure d'aller au lit.

— Encore cinq minutes, père ! Seulement cinq minutes !

— Tu sais bien que demain il faudra se lever de bonne heure.

Roger a plus peur du crépuscule que du noir. Ce froid éclairage, qui lui apparaît comme le reflet du soleil mort, l'impressionne, et il n'aime pas la couleur jaune, huileuse, de la flamme de sa veilleuse, ni la lumière qu'on distingue encore à travers le store.

— Tu es couché, Roger?

Sa mère monte et le borde.

— Dors bien. Demain, nous irons à Embourg. Tu es content de passer tes vacances à Embourg?

Il ne répond pas. Toute la journée, en un instant, palpite en lui et le gonfle, ses oreilles bourdonnent, son corps qui sent le samedi soir et le bain se recroqueville, il tire le drap de lit sur sa tête pour ne plus rien voir et il perçoit encore, très loin et très près tout ensemble, des rires aigus dans la rue, des éclats de voix, la voix de son père qui les domine, une bribe de chanson qui couvre tout à coup le vacarme du tramway.

— Eh bien, Élise?

— Une minute...

La voici, elle vient, souriante, un peu lasse, refuse d'abord la chaise qu'on lui offre dans le cercle, s'assied enfin sur le bord, les deux mains immobiles sur son giron; elle respire.

Il y a longtemps que les becs de gaz sont allumés quand, les unes après les autres, les portes se referment, et sans transition c'est dimanche, la messe de sept heures, l'odeur des œufs au lard dans la cuisine, Mlle Frida tout étonnée de la journée qu'elle va passer, Mlle Pauline à qui on confie la maison, les allées et venues, les voix, cette fièvre qui ne s'éteindra que quand enfin la porte se refermera et qu'on se retrouvera dans le vide de la rue.

— Tu n'as rien oublié? Tu as mis le jambon dans le sac?

Le tram. Roger obtient de rester sur la plate-forme avec

son père, près de deux pêcheurs qu'encombrent leurs engins.

Il n'est pas encore dix heures et les voilà qui gravissent lentement la longue côte, entre deux haies de verdure, des mouches volent, des odeurs de vache passent dans l'air, Mlle Frida, en noir et blanc, son canotier plat sur la tête, se tient aussi raide qu'en ville et pique la poussière du bout de son ombrelle tandis que Désiré, outre les provisions, porte sur le bras son veston qu'il vient de retirer.

— Ne traîne pas, Roger, marche.

Et on sourit en regardant la ville derrière soi, on a la respiration brûlante ; faute d'habitude, on est un peu essoufflé.

4

C'est le 15 août 1908 que Désiré passa la moitié de sa matinée à essayer de faire partir un cerf-volant dans le pré des Piedbœuf, mais une risée soulevait-elle le léger appareil de calicot rouge et vert, l'espoir détendait-il enfin les traits de Roger qui devait se tenir à plusieurs mètres de son père, aussitôt l'air se refermait et on ne percevait plus dans l'espace bruissant d'insectes invisibles que les ondes chaudes, en forme de cercles, que le soleil émettait comme des anneaux.

La veille, dans le bleuté du crépuscule, Roger et sa mère attendaient comme chaque jour, au sommet du Thiers des Grillons ; ils avaient bien vu que Désiré, qui gravissait la côte en lisant son journal, portait un paquet oblong. C'était le cerf-volant démonté, quatre baguettes fragiles, des croisillons, une bande de toile verte et une de toile rouge. Ce que Roger ignorait alors, c'est qu'il y avait une autre surprise.

Après souper, dans le jardin de Mme Laude, personne n'avait pensé à mettre l'enfant au lit, dans la chambre où il s'endormait, la fenêtre ouverte sur les étoiles, aux coassements des grenouilles de la briqueterie, et où des pâleurs de petit jour apportaient le meuglement des vaches de chez Halleux.

Un Désiré aux moustaches frémissantes d'impatience allait et venait en grand mystère et il ne put attendre la nuit complète, un pétard éclata sur la route, une fusée s'élança dans le ciel pour retomber lentement en un fin nuage d'étincelles.

Roger devait toujours revoir les trois maisons aux murs blancs qui s'estompaient à la brume, le talus, en face, et sa haie aux baies rouges, un seul arbre, tordu, au pied duquel il avait creusé naguère la tombe de son canari, des groupes silencieux, des silhouettes sans visage, des enfants venus sans bruit du carrefour de la pompe, et puis Désiré, important comme un machiniste de féerie qu'on ne fait qu'entrevoir, la flamme qui crépitait au bout d'une fusée, les vraies étoiles enfin qui s'allumaient dans le ciel. Une odeur inconnue jusqu'alors enveloppait ce coin de campagne que transformaient les feux de Bengale et, quand une fusée ratait, quand les étoiles vertes s'éteignaient trop tôt dans le ciel, Roger retenait son souffle, si ému qu'il ne pouvait répondre à sa mère.

— Tu est content?

Il ne bougeait pas, n'osait ni avancer ni se retourner.

— Tu t'amuses bien? Tu n'as pas peur?

Il n'avait pas peur. Et pourtant les êtres qui bougeaient et chuchotaient dans l'ombre lui paraissaient étrangers. Il ne reconnaissait ni Mme Laude, ni les enfants en sabots des maisons d'à côté. Un triple moulin d'étincelles donna du mal à Désiré. Un des moulins s'éteignit trop tôt et lui, plié en deux pour ne pas paraître dans la lumière, s'efforçait de la ranimer. Quand enfin il revint vers son fils, Roger le regarda autrement que d'habitude, un peu comme si ce n'eût pas été son père.

Il fut somnambule, cette nuit-là.

— Tu vois, Désiré, il est trop sensible.

Et le lendemain, il cherchait sur la route que le soleil faisait à nouveau familière les tubes bleu pâle des fusées, les fils de fer tordus qui sentaient encore la poudre, quand il aperçut son père, en manches de chemise, dans le pré des Piedbœuf, occupé à monter le cerf-volant.

Ce jour-là, dans un pré plus vaste, à trois kilomètres de Nevers, des milliers de personnes débouchaient des routes et des chemins, venant de tous les points de l'horizon, en carriole, en auto, à pied ; on avait dressé des palissades et tendu des toiles sur des pieux pour empêcher ceux qui ne payaient pas de voir dans l'enceinte. Malgré cela, il y avait davantage de monde hors du pré qu'entre les cordes qui délimitaient les places payantes, des familles mangeaient sur l'herbe, les attelages broutaient, des marchands ambulants, en veste blanche, vendaient de la limonade, du coco, de la bière et du vin, des gâteaux poussiéreux et des brioches.

Il faisait chaud. Des jeunes gens étaient juchés, jambes pendantes, sur les palissades, et d'aucuns défendaient le sommet d'un tertre herbeux, ou les branches d'un noyer, aussi farouchement qu'on défend sa place au théâtre.

Pour la première fois dans la région, on allait voir voler des aéroplanes. Les biplans aux ailes de toile et au fuselage fragile étaient là, au bord du terrain, entourés de quelques hommes affairés qui interrogeaient le ciel où étaient suspendus deux petits nuages blancs.

Jamais la gare de Nevers n'avait été aussi vide que ce matin-là quand le train de Paris arriva et que les wagons défilèrent au ralenti ; Félicien Miette pouvait se croire seul sur le quai baigné de soleil qu'il arpentait depuis une demi-heure. Tendu, crispé, il regardait intensément les rares portières qui s'ouvraient, les voyageurs qui saisissaient leurs valises et cherchaient la sortie.

Soudain, il se retourna. Isabelle était là, souriante, tellement elle-même, sans qu'il l'eût vue sortir de son compartiment de troisième classe.

Lui, bêtement, enrage de ne pas l'avoir découverte plus tôt, parmi les silhouettes clairsemées, il enrage d'avoir tressailli, de ne pas comprendre tout de suite pourquoi elle est seule, de le laisser voir, de se montrer si peu naturel, si dérouté devant elle, alors que pourtant il l'attendait, il enrage enfin de la voir telle qu'elle devait être, vêtue comme à l'ordinaire, calme et simple, une étincelle d'affectueuse moquerie dans les yeux.

Il ne pense même pas à l'embrasser.

— Qu'est-ce que tu as, mon grand?

Il regarde au-delà d'elle, inquiet, sans comprendre, et elle explique pour mettre fin à son angoisse:

— Mon père a eu une crise hier au soir. Il voulait t'envoyer une dépêche. J'ai insisté pour venir et maman a soupiré: «Au point où ils en sont, Joseph!»

Il questionne d'une voix neutre:

— Tu n'as pas de bagages?

— A quoi bon, puisque je repars ce soir?

Il va se détendre. Il se détend. Il est ému. Un instant il a failli pleurer sans raison.

— Viens.

Et déjà, tandis qu'elle cherche son billet dans son réticule, il l'embrasse, elle sent qu'il tremble; alors, il lui tient la taille comme à Paris, quand, le soir, ils arpentaient les quais déserts.

Il n'y a qu'un mois qu'ils sont séparés. Pendant un mois, il lui a écrit jusqu'à trois lettres par jour, des pages et des pages couvertes d'une écriture serrée, et pourtant il lui faut du temps pour la retrouver, il marche en silence en regardant par terre.

Il sait que du premier coup d'œil elle a tout remarqué, les cheveux qu'il a laissés pousser, ce qui le fait paraître plus maigre — d'ailleurs, il a maigri — la lavallière noire et le chapeau à large bord. Ses doigts s'emmêlent aux doigts d'Isabelle, leurs deux corps penchés l'un vers l'autre ne forment qu'une ombre sur les pavés.

Elle demande doucement :

— Tu es content ?

La mère de Roger Mamelin a posé la même question, la veille au soir, pendant le feu d'artifice, et l'enfant n'a pas répondu. Félicien Miette, lui, se contente d'une pression plus forte des doigts. Il a eu si peur, tout à l'heure, sans raison, peur qu'elle ne vienne pas, qu'elle ne soit plus la même, qu'elle ne l'aime plus, et, chose curieuse, il a eu plus peur encore en ne voyant pas ses parents qui devaient l'accompagner.

— Pauvre papa ! Je crois qu'il ne sera tranquille que quand nous serons mariés.

Puis, songeant enfin à regarder autour d'elle, sous les ombrages de l'avenue de la République tendus de vélums rayés :

— C'est loin ?

Il hésite, son front se rembrunit, ses traits deviennent plus aigus, ainsi qu'il arrive chaque fois qu'il est en proie à ses mauvaises pensées.

— Non ! A cinq minutes de marche. Tu m'aimes, Isabelle ?

— Déjà ?

Combien de fois ne lui a-t-il pas posé cette question, certaines fois alors qu'ils s'étaient quittés d'une heure à peine ?

— Réponds !

— Et si je disais que non ?

Elle ne peut même pas se permettre cette innocente plaisanterie sans qu'il se tende comme un arc.

— Allons, grand sot !

— Tu ne regrettes pas ?

— Non.

— Tu es sûre que tu ne regrettes rien, absolument rien, que tu ne regretteras jamais?

— J'en suis sûre.

— Et pourtant...

Elle sent qu'il devient amer, elle sait qu'une violence soudaine, âcre, douloureuse, jaillissant du plus profond de lui, succédera à cette amertume, et tandis qu'ils marchent, enlacés, le long du trottoir où on se retourne à leur passage elle murmure:

— Tais-toi.

Il ne comprend pas qu'on puisse l'aimer. Il y a des moments où il se refuse à le croire, où il en veut à Isabelle de le leurrer et où il la regarde avec des yeux égarés.

— Parle-moi de ton journal, dit-elle.

— Pas maintenant.

C'est d'eux qu'il a besoin de parler, toujours, sans que jamais le sujet soit épuisé, de lui et d'elle, de leur amour. Combien de fois n'a-t-il pas cherché à élucider le même mystère:

— Le premier soir, à la sortie du Conservatoire, dans la petite rue, quand je me suis jeté sur toi comme un fou...

— Eh bien?

— Tu ne m'aimais pas!

Il affirme. Elle affirme à son tour:

— Si!

— C'est impossible. Tu ne pouvais pas m'aimer, et pourtant tu m'as laissé te prendre dans mes bras. Si cela avait été n'importe quel autre homme...

— Non!

— Quand tu as su tout ce que j'avais fait...

— Tais-toi!

— Tu vois!

— Mais non, mon pauvre grand...

Il a honte du passé et il va encore tricher, il triche en la conduisant dans cette maison dont il tripote la clef dans sa poche.

— C'est ici que tu habites ?

Un coin de ville qui ressemble à un coin de campagne, une maison blanche à volets verts, ornée de bornes aux deux angles, où le silence les accueille, l'ombre fraîche, l'odeur intime d'un ménage, des jouets d'enfant dans le corridor et un attirail de pêcheur à la ligne derrière la porte. C'est à côté d'un pont de pierre, d'un ruisseau dont l'eau limpide glisse sur l'herbe couchée avant d'aller se perdre dans la Nièvre. La légumière, dans la boutique d'en face, les regarde entrer et parle d'eux à une cliente.

— Viens.

Les marches de l'escalier ciré craquent sous leurs pas. La fenêtre de la chambre au lit d'acajou est ouverte, mais Félicien Miette, indifférent à tout, a déjà pris Isabelle dans ses bras, farouchement, méchamment, il écrase ses lèvres contre les siennes comme s'il voulait l'étouffer.

Elle se dégage sans heurt et reprend son souffle, tournée vers le rectangle ensoleillé de la fenêtre qu'elle fixait par-dessus son épaule :

— On nous observe.

Il lui en veut d'avoir deviné la tache d'un visage de vieille femme derrière les vitres d'en face.

— Ferme les volets, au moins !

Il obéit nerveusement, puis la regarde, dans la chambre désormais rayée d'ombre et de lumière.

— Qu'est-ce que tu as ? questionne-t-elle.

— Tu ne le sais pas ? Tu ne désires rien ?

— Si.

Ce n'est pas tant de sa chair qu'il a envie, ni du plaisir, que de la sentir à lui, toujours davantage, tellement à lui que rien ni personne ne puisse plus faire d'eux des êtres distincts. Il l'étreint comme on se lancerait à l'assaut de l'impossible et quand enfin il s'immobilise dans le lit défait il est triste, elle le sait, elle le connaît si bien, elle qui regarde avec un tendre étonnement son corps maigre d'homme inachevé.

C'est lui qui, méfiant, rompt le silence.

— A quoi penses-tu?

— A nous. Tu ne m'as encore mise au courant de rien.

Et s'il lui disait tout, vraiment tout, elle serait effrayée, ou indignée, ou écœurée, elle se rhabillerait avec des gestes secs et s'en irait pour toujours, sans un mot ni un regard.

Pourtant, il a envie de parler. Souvent, il est torturé par le besoin de tout lui avouer, peut-être d'en dire davantage, d'en ajouter. Elle croit le connaître parce qu'il lui a raconté son adolescence haineuse et l'acte qu'il a commis pour en finir.

Elle ne sait rien. La vérité sur les cinq cents francs, par exemple? Il n'y pense qu'avec une sueur malsaine au front. Il lui arrive, la nuit, de se retourner dans son lit sans pouvoir chasser ce souvenir. Il revoit l'endroit, à la pointe de l'île Saint-Louis, juste derrière la masse éternelle de Notre-Dame, où il a prononcé un soir:

— J'ai reçu le mandat.

Ils ont marché en silence, trop impressionnés l'un et l'autre pour être capables de se réjouir.

— Quand allons-nous la voir?

— Demain, si tu veux. Écoute, Isabelle...

A quoi bon revenir sur ce qui a été décidé? Que faire d'autre, dans la situation où ils se trouvent?

Il a attendu sur le palier de l'horrible vieille. Il pleuvait et la maison tout entière sentait la cuisine à l'oignon. Un bec papillon crachotait à l'étage au-dessous. Des locataires passaient et Miette se tournait vers le mur, comme un homme surpris dans un mauvais lieu. Quand Isabelle est sortie du logement où il entrevit des fauteuils de velours cramoisi, elle était pâle, un peu chancelante, ils ont rasé les façades et Félicien, dans la boutique du papetier, n'osait plus lever les yeux sur M. Brois.

Car Léopold n'a jamais envoyé l'argent. C'est M. Brois qui l'a prêté. Miette est allé le trouver chez lui, en banlieue, où il occupe seul un pavillon en moellons gris. Il lui a tout dit, tragique, véhément, en se tordant les poignets et en fixant le poêle à gaz, et depuis lors, chaque jour, Isabelle passe devant M. Brois.

— Qu'as-tu, mon grand ? Qu'est-ce qui te tracasse ?

Il s'emporte, contre lui, contre le monde entier qui s'acharne à freiner ses impatiences.

— Tu penses que cette chambre est la mienne, n'est-ce pas ? Eh bien, non ! Avec ce que je gagne à la *Gazette du Centre,* c'est à peine si je peux me payer un logement sordide dans le plus sinistre meublé de la ville.

Il ment, il triche toujours. C'est plus fort que lui. Avec ce qu'il gagne, il pourrait habiter une chambre à peu près convenable, il en a trouvé une, chez une dame veuve, mais sa solitude hargneuse ne s'accommode pas de l'ordre et du calme, c'est exprès qu'il a choisi l'hôtel borgne où, le soir, les filles amènent leurs clients de passage.

— Tu ne comprends pas ? C'est parce que tes parents devaient venir que j'ai emprunté cette chambre à Chapelle, un imbécile, le secrétaire de rédaction de la *Gazette*. Nous sommes dans sa maison. Il a conduit sa femme et ses enfants au meeting d'aviation. En ce moment, ils sont quelque part à manger sur l'herbe.

Elle regarde le lit défait : il devine sa pensée, il a honte. En rentrant, son ami saura à quoi devait servir cette clef qu'il a prêtée, sa femme s'arrêtera, interdite, devant les draps fripés.

Isabelle, qui se rhabille lentement, ne lui adresse aucun reproche.

— Et même s'il le sait ? attaque Miette.

— De quoi parles-tu ?

— Tu le comprends. Tu as honte d'être ma maîtresse. Tu crains que les gens le sachent.

— Non.

Il y a une différence qu'il feint de ne pas sentir entre savoir et se trouver soudain devant la crue révélation de ce lit défait.

— Vois-tu, Isabelle, tu es comme les autres. Tandis que moi...

Il se prend la tête à deux mains. Il souffre.

— Moi, je suis tout seul! J'ai toujours été seul! Je resterai seul toute ma vie! Personne ne veut comprendre et pourtant si tu savais...

Elle va lui dire «je sais» quand il se redresse, farouche.

— Toi-même, tu ne me crois pas quand je répète que j'arriverai, qu'un jour je les tiendrai tous dans ma main, comme ceci, regarde!

Et, le poing si serré que des taches blêmes y apparaissent, il frappe le mur d'un geste convulsif, la brique résonne.

— Je t'assure, mon grand, que j'ai confiance.

— Si tu avais confiance, si tu sentais ce que je sens, tu ne t'inquiéterais pas à l'idée qu'un quelconque imbécile qui m'a prêté sa chambre et que sa grosse bête de femme sachent ou non que nous couchons ensemble...

— Je te demande pardon... Non, Félicien, ne pleure pas!

Les larmes sont inévitables. En pleurant, il se détend; elle lui caresse les cheveux et parle à mi-voix.

— Tu verras, mon grand, que tout s'arrangera. Tous est déjà presque arrangé, puisque mon père...

Il ricane:

— Ton père!

— Avoue qu'il a été plus compréhensif qu'on ne pouvait raisonnablement s'y attendre.

— Parce qu'il a eu peur du scandale. Il a cru...

— Il a cru ce qui était.

Il n'aime pas non plus qu'on évoque cette partie trouble de leur vie et, plus tard, il faudra absolument l'effacer de leur mémoire. Des rues noires, l'hiver, de la pluie, des silhouettes glissant dans l'ombre visqueuse et cet hôtel de passe, rue Coquillière, où il n'a pas hésité, un soir, à pousser Isabelle devant lui, tout à côté de l'énorme femme qui racolait les passants sur le seuil voisin.

Il avait besoin qu'elle fût à lui coûte que coûte. Il l'a eue, glacée, docile.

— Je me demande comment tu peux m'aimer. Non, ce n'est pas possible !

Qui comprendra que ce n'est pas sa faute, qu'une force le pousse, l'oblige à aller de l'avant en dépit de tout ?

— C'est parce que moi, vois-tu, je t'aime plus que tout au monde, parce que je n'ai que toi, rien que toi.

— Mais oui.

Il s'est jeté à genoux, ce soir-là, dans la chambre innommable, en demandant pardon. Il a pleuré, là aussi, de rage, il a frappé la cloison de ses poings serrés.

— Je voudrais que la vie soit belle, que tout soit beau, que notre amour...

Est-ce que M. Vétu les avait déjà suivis dans l'ombre des rues ? Ils ne l'ont jamais su. Un soir, au moment où Isabelle poussait la porte de la boutique, elle a été surprise par la lumière. Son père était là, le chapeau sur la tête, très pâle, adossé aux rayons remplis de dossiers verts.

Il a regardé sa fille, puis il a détourné les yeux, il a reniflé avant d'articuler :

— Monte dans ta chambre.

Miette, plus calme, les paupières un peu rouges, renoue sa lavallière devant le miroir et Isabelle murmure en souriant :

— Cela te va bien !

Les longs cheveux ondulés, le costume noir, la lavallière, le sombrero soulignent encore ce qu'il y a en lui de tendu et d'ardent. M. Boquélus, lui, l'administrateur de la *Gazette du Centre,* lorsqu'il a vu pour la première fois son jeune rédacteur dans cet accoutrement, a hoché la tête, puis il a prononcé avec une candeur voulue, plus insultante qu'une réprimande :

— Je vois que vous êtes artiste.

Félicien ne veut plus y penser. Il questionne :

— C'est vrai ? Cela te plaît ?

Elle en profite pour refaire le lit et, s'il le remarque, il a soin de n'en rien dire.

— Viens. Maintenant, tu vas me raconter comment cela se passe à ton journal.

Ils retrouvent la rue, la légumière qui se dilue derrière sa vitrine, le chaud soleil qui les enveloppe, le pont de pierre, et le bras de Miette prend naturellement sa place autour de la taille d'Isabelle.

— Pour le moment, ils ne me donnent que cent francs par mois, plus un pourcentage sur les annonces que je pourrais apporter.

Il l'observe sans en avoir l'air, comme si elle allait se trahir.

— Il se passera peut-être du temps avant qu'on m'augmente, un an ou plus ?

Elle sait si bien ce qu'il pense. Elle a deviné son piège naïf. Elle lit en lui sans avoir besoin de le regarder et elle ne s'irrite pas de ce qu'elle peut découvrir d'enfantin ou de retors.

Il attend, comme s'il venait de poser une question capitale, et elle, pour ne pas l'exaspérer davantage, pour éviter une nouvelle scène, prononce en fixant leur ombre à leurs pieds :

— Nous nous marierons quand tu voudras, mon grand.

M. Vétu a d'abord déclaré :

— Quand il aura une situation, nous verrons.

Puis :

— Quand il gagnera deux cents francs par mois.

Miette affirmera qu'il gagne deux cents francs. Isabelle dira comme lui. Il le croira. Il croit tout. Il n'est pas venu à

Nevers aujourd'hui, comme il l'avait annoncé, pour se rendre compte par lui-même, et sa maladie d'estomac n'est peut-être qu'un prétexte.

En un an à peine, Félicien a obtenu tout ce qu'il a voulu. Un matin, comme il entrait au magasin, son patron ne lui a pas donné le temps d'endosser sa blouse grise.

— Voulez-vous monter un instant, monsieur Miette?

C'était la première fois qu'on l'invitait à gravir les marches de l'escalier en colimaçon, la première fois qu'il pénétrait dans cette vaste pièce sombre et basse de plafond servant de salon et de salle à manger et son regard fut aussitôt attiré par le piano d'Isabelle. Mme Vétu, qui n'était pas encore descendue, disparut comme sur un ordre muet.

M. Vétu, lui, ouvrait un tiroir et Félicien recevait un choc en reconnaissant ses lettres qu'on lui tendait sans un mot.

— Je vous prierai, dès maintenant, de reprendre votre liberté.

Où était Isabelle? Sans doute à écouter derrière une porte qui devait être celle de sa chambre?

— Il faut que je vous explique, monsieur...

Rien ne l'arrêta, ni la simple dignité, la réserve douloureuse de l'homme maladif qui se tenait debout devant lui, ni cette intimité étrangère qui l'enveloppait, ni la sonnette du magasin.

— Vous ne pouvez pas me chasser sans m'écouter. J'aime votre fille. Isabelle m'aime.

— Je vous en prie.

Combien de temps parla-t-il, la gorge pleine de sanglots contenus, les yeux fous?

— Je partirai. J'irai où vous voudrez. Par contre, il faut, j'ai absolument besoin que vous me laissiez de l'espoir, j'ai besoin de savoir qu'un jour...

Il avait obtenu ce mot:

— Peut-être.

Et il avait vécu la plus noire des semaines, si noire qu'il ne s'en souvenait plus qu'en bloc, des allées et venues sans but, d'interminables stations devant la maison de la rue Montmartre d'où Isabelle ne sortait plus. Il lui était arrivé de coller son nez à la vitre comme un pauvre qui cherche à exciter la pitié.

Il courait derrière M. Brois.

— Elle ne vous a rien dit ? Je vous en supplie, monsieur Brois, remettez-lui cette lettre. Je suis capable de tout en ce moment. Dix fois j'ai failli me jeter dans la Seine.

M. Brois a remis la lettre à Isabelle. Le soir, il a rapporté une réponse.

Mon père est très malheureux. J'ai honte du mal que je lui ai fait. Il est resté deux jours malade. Il ne me parle plus, n'ose pas me regarder. Il faut attendre, mon grand, patienter...

Alors, il avait trouvé des accents déchirants pour contrebalancer, dans l'âme d'Isabelle, le spectacle de l'abattement paternel.

Non rasé, les vêtements en désordre, il traînait sous ses fenêtres par n'importe quel temps.

Ne crains rien. Tu seras bientôt débarrassée de moi et ton père retrouvera sa tranquillité...

Huit jours ? Dix ? Il ne savait plus. Un trou noir, vraiment, aussi noir que le souvenir de la rue Coquillière et des cinq cents francs.

Et voilà qu'un matin il la voyait sortir du magasin, en pleine lumière, se diriger vers lui.

— Mon père accepte que tu viennes ce soir à la maison. Il ne promet rien. Il ne te connaît pas.

On lui avait offert du café, une cigarette, un petit-beurre, et depuis lors, chaque soir, il avait passé deux heures dans la grande pièce basse de plafond pendant que Mme Vétu vaquait à son ménage et que M. Vétu mettait ses factures à jour sur la table débarrassée des couverts du dîner.

— Plus tard, quand vous aurez une situation, nous verrons.

M. Brois l'avait envoyé à l'imprimerie de la Bourse où on cherchait un correcteur. Il passait ses journées dans une cage vitrée, penché sur des épreuves encore humides, avec, pour horizon, deux rangs de linotypes. Des journalistes entraient et sortaient, importants, affairés.

— Dites-moi, mon petit...

Et lui, le soir, la lèvre frémissante de tout son jeune orgueil :

— Ton pauvre père se figure que je reprendrai un jour sa boutique et que je fabriquerai des timbres en caoutchouc !

Il accompagnait les Vétu, le dimanche, dans leur petite campagne des bords de la Marne, impatient, révolté contre leur existence calme et vide.

— Quand nous serons nous deux...

Il avait écrit longuement à Léopold :

Il faut absolument que vous me procuriez une formule d'extrait d'acte de naissance, soit de Liège, soit d'une commune des environs, de préférence d'une commune peu importante.

Et triomphalement, sans avouer que c'était Doms qui lui avait enseigné le moyen de se fabriquer une identité, il avait rempli lui-même les blancs. Le timbre en caoutchouc, aux armes de la ville de Huy — il se souvenait de son passage dans cette ville et des vêtements d'ouvrier peintre qu'il avait retirés dans les cabinets de la gare — il l'avait confectionné de ses mains, à l'aide de matérieux pris dans la boutique des Vétu.

— Tu vois ! Jamais personne n'écrira à la mairie de Huy pour s'assurer de l'authenticité de ce papier. Désormais, je m'appelle officiellement Félicien Miette et j'ai vingt et un ans, de sorte que j'en suis quitte avec le service militaire.

Il n'avait pas de remords. *Il fallait absolument,* comme il l'écrivait à Léopold, il fallait que sa destinée s'accomplît. Tant pis pour ceux qui n'y croyaient pas. Et si l'obstacle était trop résistant, il le contournait, sans honte.

— Que je mette seulement le doigt dans l'engrenage ! Tu verras, Isabelle, quelle vie je te ferai.

Un jour, deux journalistes parlaient entre eux, à la porte de la cage vitrée.

— Boquélus m'écrit qu'il cherche un jeune crabe pas trop exigeant pour son canard de Nevers. Tu n'as pas ça sous la main ?

— Pardon, monsieur. Vous dites qu'on cherche un journaliste ?

— Vous avez envie de faire du journalisme, vous ?

Aller au commissariat, rendre compte des conférences et des fêtes de bienfaisance, des foires et des accidents, prendre au téléphone, le casque sur la tête, les communications de Paris, c'était maintenant sa tâche depuis un mois.

M. Vétu avait promis :

— Quand il gagnera un minimum de deux cents francs...

Il n'en gagnait que cent, mais qu'importait, puisque Isabelle était d'accord ?

Il avait pensé à tout, même à faire légalement de Félicien Miette un orphelin de père et de mère.

Il plaisantait, à cette heure. Il avait repoussé bien loin tous les trous noirs du passé. Ils mangeaient en tête à tête, dans ce clair restaurant où ils étaient seuls et où, en franchissant le seuil flanqué de lauriers en caisses, ils avaient fait tressaillir le garçon somnolent.

— Deux couverts, messieurs-dames?

Ses yeux riaient à l'avenir, la nappe était blanche, les verres pleins de reflets, la lumière douce, dans la salle aux stores baissés, mais la plus petite ombre suffisait encore à brouiller ses traits.

— Qu'est-ce que tu regardes?

— Rien.

Il se retounait vivement, déjà jaloux, ne voyait personne derrière lui, rien qu'un rang de tables aux serviettes en éventail dans les verres, des chaises jaunes en bois courbé.

— Qu'est-ce que tu regardais?

Lui! C'était lui qu'elle regardait un instant auparavant, lui qu'elle regarde à nouveau, non pas son visage qui s'est animé, mais sa tête aux longs cheveux qui font paraître le cou plus maigre, ses épaules qui ne sont pas encore des épaules d'homme. Il parle, il mange et elle le voit de dos dans la glace qui cerne le restaurant, c'est curieux d'observer un homme à la fois de face et de dos et elle sourit vaguement, il se rebiffe.

— Tu te moques de moi!

Il est si sensible à la moindre ironie qu'elle s'empresse de le rassurer.

— Non, mon grand, je suis contente, je suis contente, je suis heureuse, nous sommes bien, ici, tous les deux.

C'est vrai. Le nuage est passé, gonflé de gris comme un vilain nuage d'été qui fond si vite en lourdes hachures de pluie, il ne reste que du soleil dans leurs yeux, et autour d'eux le calme ravissant de ce restaurant où ils sont entrés par hasard, à cause des lauriers naïfs, le garçon qui les appelle monsieur et madame et la patronne qui jette parfois un coup d'œil par l'entrebâillement de la porte jaune de la cuisine.

— A quoi penses-tu?

— A rien.

A rien et à tout, à eux, à la vie qui va commencer; ils

parlent de tout et de rien, des heures durant, en errant à l'aventure dans les rues que le meeting d'aviation a vidées et où ils peuvent se croire seuls, où ils s'embrassent quand l'idée leur en passe par la tête.

— Tu verras. Je vais chercher tout de suite un logement. Je mettrai une annonce dans la *Gazette*. Quand tu viendras dans un mois...

Il est quatre heures. De la terrasse de la brasserie où ils se sont enfin arrêtés, ils voient l'horloge de la gare.

— Je ne pourrai pas rester un mois sans te voir. Dimanche prochain, j'irai à Paris! Je dirai à M. Boquélus...

Il inventera n'importe quoi. Il n'est pas à cela près. Ce dont il est sûr d'avance, c'est qu'il ira.

— Tu m'aimes?

— Il est l'heure, mon grand.

Elle s'est installée trop tôt dans son compartiment et il a froncé les sourcils en y voyant un jeune marin en permission. Ils ne parlent plus.

— Dans un mois.

— Dimanche prochain.

Allons! On ferme les portières. Le train s'attarde encore. Miette détourne la tête pour cacher ses yeux que les nuages envahissent à nouveau.

— A dimanche. Promets-moi...

Il aperçoit le marin debout derrière elle. Le train part. Un mouchoir disparaît au tournant.

— Donnez-moi un Pernod, garçon, et ce qu'il faut pour écrire.

Il s'est assis à un guéridon, au «Café de Paris», où quatre musiciens jouent des valses viennoises.

Ma Grande,
Tu viens à peine de partir, je suis seul et...

Il s'enfièvre, passe les doigts dans ses longs cheveux, regarde vaguement, à la table en face de lui, quatre vieux joueurs de whist pour qui la vraie vie n'existe déjà plus.

Je te demande pardon, ma chérie, mon amour, mon tout, je te demande pardon à genoux de la scène que je t'ai faite une fois de plus, mais si tu savais comme je suis malheureux, comme, sans cesse, m'assaillent des pensées mauvaises! Au dernier moment encore, quand j'ai vu cet homme derrière toi dans le compartiment, j'ai cru que j'allais sauter dans le train, tout abandonner pour...

— Garçon! La même chose.

Quatre pages, six pages, de son écriture nerveuse et fine. La musique le porte, il perçoit vaguement le bruit des disques noirs et blancs dans les boîtes de jacquet, les soupirs des joueurs de cartes.

Quand, bientôt, nous serons tous les deux, enfin rien que nous deux, je sens que...

Il a chaud. Ses tempes bourdonnent. Il va lui-même jeter sa lettre dans la boîte de la poste centrale, puis il ne sait plus que faire, il n'a pas faim, il rôde dans le crépuscule, maigre et crispé, cependant que dans la maison blanche, près du pont de pierre, la famille de Chapelle s'attable autour de la soupière fumante et que M. Vétu, à Paris, dilue un médicament dans un demi-verre d'eau.

A Embourg, vacillant sur son banc, dans le jardin de Mme Laude, Roger attend que cette lourde journée du 15 août s'achève dans le concert rassurant des grenouilles.

5

Le jour de la Toussaint, on était au cimetière de Robermont, du côté de Désiré, comme on disait, et le lendemain, le jour des Morts, au cimetière de Sainte-Walburge. Car, pour les défunts comme pour les vivants, et même pour les objets, on distinguait le «côté Mamelin» et le «côté Peters».

— C'est une arrière-cousine du côté de ton père, disait-on à Roger.

Ou encore:

— Cette boîte vient d'un oncle de mon côté.

La boîte à boutons! Si Roger, qui allait à l'école des Frères, ne jouait plus avec les boutons, la boîte demeurait à sa place, sur la planche de cuisine, entre le réveil et le bougeoir de cuivre, une très vieille boîte décorée sur cinq de ses six faces de scènes tirées de Robinson Crusoé.

C'était une boîte du côté d'Élise et son contenu était plus Peters encore, puisqu'il provenait de la branche de la famille restée en Allemagne, de parents dont on ne savait à peu près rien, dont on ne possédait, dans l'album à coins de cuivre, que deux portraits jaunes, très glacés, avec un ovale bombé au milieu du carton: une femme ascétique, strictement vêtue de noir, qui appartenait à un tiers ordre, et un long jeune homme si effacé qu'on ne voyait plus ses traits. Élise était incapable d'expliquer à Roger ce qu'était le tiers ordre. Elle savait seulement que cette cousine habitait seule une grande maison, à Aix-la-Chapelle, où elle vivait comme une religieuse en habits séculiers.

Les boutons qui remplissaient la boîte provenaient de la même branche de la famille. Toute jeune, Élise avait été conduite en train, par ses parents, quelque part en Allemagne, elle avait oublié où, sur une hauteur couverte de bois de sapins (il faudra qu'elle se renseigne auprès de Léopold, mais elle oublie toujours) et elle avait visité une fabrique de boutons qui appartenait à un cousin.

Ces boutons-là, avec lesquels Roger avait joué pendant des années, étaient aussi étrangers à la maison, au quartier, à la ville, que les photographies et que les tasses décorées de carrés bruns qui pendaient dans la cuisine de tante Louisa, à Coronmeuse, et qui devaient avoir la même origine. Les plus jolis boutons, les plus frais, étaient ornés de cercles ou de croix ; certains étaient en cuivre, avec des personnages en relief, ou en os, avec de véritables scènes sculptées, surtout des scènes de chasse, des cerfs et des chiens. Enfin, au centre de quelques-uns, on admirait une fleur blanche comme il n'en existe pas en Belgique ; on savait depuis peu par l'instituteur d'à côté que c'était un «edelweiss» des hautes montagnes.

Le cimetière de Robermont, du même côté des ponts que la rue de la Loi, sur la hauteur, c'était en somme le prolongement du quartier où l'on vivait. De la paroisse Saint-Nicolas, on passait sans transition à la paroisse Saint-Remacle où habitait Arthur. On s'arrêtait devant sa maison, devant la vitrine pleine de casquettes, on disait bonjour à Juliette, toujours fraîche et dont les enfants étaient très propres, on gravissait lentement le Thiers de Robermont dont la montée n'était pas trop dure et l'on croisait des corbillards qui s'en revenaient à vide.

On rencontrait toute la rue Puits-en-Sock et Désiré ne cessait pas de saluer. Sur le plateau, les rues étaient claires, les maisons neuves, aux briques d'un rose encore vierge, avec entre elle des vides entourés de palissades derrière lesquelles Élise allait rattacher sa jarretelle.

«Parcelle à vendre. Dix francs le mètre.»

C'est dans une de ces rues qui n'avait pas encore de nom et qui n'était pavée qu'à moitié, que Roger, depuis deux semaines, allait le jeudi prendre une leçon de violon. Car on lui avait acheté un violon, parce qu'il y avait un violon d'enfant à vendre dans le quartier. Faute de vraie boîte à violon pour un instrument si petit, il l'emportait dans une boîte en carton et le bout de l'archet trop long passait par un trou.

Son professeur, l'organiste de Robermont, avait une mauvaise haleine qu'il lui soufflait dans la figure avec insistance ; avec la même férocité, il appuyait les doigts de l'enfant sur les cordes jusqu'à le faire frémir de douleur.

— C'est si beau, la musique ! disait Élise en extase. C'est si agréable de connaître un instrument !

Pourquoi, lorsqu'on se rendait au cimetière de Robermont, le temps était-il presque toujours clair ? C'était novembre, certes, mais un novembre aéré, aux larges éclaircies de soleil. Le cimetière était gai, un cimetière neuf entouré de murs de brique, avec une belle allée centrale, une chapelle, des monuments de pierre immaculée.

On saluait au passage le caveau des Gruyelle-Marquant, les confiseurs de la rue Puits-en-Sock, celui de la famille Velden, d'autres où on retrouvait les enseignes du quartier.

On ne s'égarait jamais dans le dédale des allées. Les bougies, dans les boîtes vitrées, devant les tombes, avaient une flamme claire, et des deux côtés de la grille du cimetière, des marchandes vendaient des gaufres et des chrysanthèmes.

— Bonjour, Lucien ; bonjour Catherine. Comme les enfants grandissent !

— Tu es toujours contente de tes locataires, Élise ?

Chaque semaine, Chrétien Mamelin venait entretenir, comme un jardin, la tombe de sa femme, ornée d'une pierre droite que surmontait une croix.

Marie Demoulin, épouse Mamelin
née à Alleur le 5 octobre 1850
pieusement décédée dans la 61e année de son âge
Priez pour Elle

Un médaillon serti dans la pierre représentait un enfant aux traits flous, la petite fille morte en bas âge.

Désiré déposait un pot de fleurs, Élise allumait quelques bougies à la flamme de celles qui brûlaient déjà, puis, dans une vieille boîte à conserve cachée derrière la tombe, elle allait puiser un peu d'eau à une citerne proche pour la verser sur les pots.

— Personne ne pense à mettre de l'eau.

Un signe de croix. Désiré restait quelques instants penché, le regard sur la tombe, en remuant les lèvres, se signait à nouveau, prenait la main de son fils et s'éloignait en remettant son chapeau.

C'était le jour où on étrennait les nouveaux pardessus qui sentaient encore le tailleur.

— Si on rentrait par le champ de manœuvres?

Le vent faisait claquer comme des drapeaux les voiles des femmes en deuil. Par une venelle aux pavés inégaux, moitié ville, moitié campagne, on atteignait la vaste plaine qui s'étend entre Jupille et Bressoux, on longeait les quais de la Dérivation, tout était rassurant et familier, à peine avait-on l'impression d'avoir quitté le quartier de la place du Congrès.

Le lendemain, le ciel était invariablement sombre, traversé de rafales qui emportaient les feuilles mortes et la poussière. Dès la messe, à cause des tentures noires et du catafalque, la journée prenait un caractère dramatique qui, dans l'esprit de Roger, s'associait naturellement au «côté Peters».

Jusqu'aux mots qui changeaient de couleur. Robermont évoquait les rues larges et claires de Saint-Remacle, le quartier neuf sur le plateau et les parcelles de terrain à vendre, les tombes frottées à la brosse et les gaufres blondes des marchandes.

Sainte-Walburge, c'était d'abord le tram vert sombre qu'on prenait place Saint-Lambert, toujours si rempli qu'il fallait se séparer.

— Garde Roger avec toi, Désiré. Ne le laisse pas se pencher.

Le tram sentait la Toussaint, les chrysanthèmes, le crêpe et la cheviotte des habits de deuil. Tout le long du chemin, à travers les rues étroites et commerçantes du quartier Sainte-Marguerite, on voyait les têtes dodeliner de gauche à droite et de droite à gauche, le regard vide des voyageurs, et Roger, sur la plate-forme, était coincé entre les jambes des grandes personnes.

Ensuite, on marchait longtemps, sur une route toujours boueuse d'où l'on apercevait les terrils des charbonnages au milieu des champs de terre noire empestant la betterave pourrie.

On était sur la hauteur aussi, mais de l'autre côté de la Meuse, du côté Peters ; le cimetière Sainte-Walburge était un vieux cimetière aux allées tortueuses où l'on se perdait parmi les tombes grises qu'envahissaient le lierre et la mousse.

— Mon Dieu, Désiré ! Nous nous sommes encore trompés ! Il faut retourner en arrière et chercher le monument à colonnes de marbre rose.

Le froid engourdissait les doigts, les nez étaient rougis par la bise.

— Attends. Il me semble que j'aperçois ma sœur Louisa et ses enfants. C'est bien elle.

A Sainte-Walburge, on rencontre beaucoup de monde, des personnes qu'on ne voit pas pendant le reste de l'année et qui sont pourtant de la famille. Les femmes parlent flamand, sur un ton de lamentation, sans s'inquiéter de Désiré.

— Mon Dieu, Poldine ! Bonjour, Franz.

C'est un des frères d'Élise qui est vérificateur à la fabrique nationale d'armes et qui habite tout au bout de Coronmeuse.

— Tu ne trouves pas, Franz, que Poldine a maigri ?

Elle ajoute avec intention :

— Je suis venue hier arranger un peu la tombe de maman.

Elle a emprunté une bêche au gardien. Ses frères et sœurs n'y pensent pas, se contentent d'apporter, le jour des Morts, des fleurs et des bougies, et, sans Élise, la tombe de leur mère serait un fouillis de mauvaises herbes et de feuilles mortes.

— Figure-toi que des gens...

Elle ne dit pas des voisins, mais elle désigne les tombes proches.

— Figure-toi que des gens avaient jeté toutes leurs saletés derrière la pierre de maman. Tu vois, Louisa, j'ai repeint le grillage. Il en avait bien besoin.

Elle a encore, sur les doigts, de la peinture à l'émail dont la pierre ponce n'a pas eu raison.

— Bonjour, madame Smet. Bonjour, Valérie.

On s'embrasse. Les joues de Roger gardent l'odeur de tous ces baisers étrangers ; il attend, de station en station, car il y a beaucoup de tombes à visiter si on ne veut froisser personne. Désiré suit aussi, étranger à un monde dont il ne comprend même pas la langue.

— Tu n'as pas rencontré Marthe et Hubert Schroefs ?

— Ils doivent être sur la tombe du frère d'Hubert, au fond du cimetière, du côté du charbonnage.

— Quand on pense que Louis de Tongres n'est jamais venu sur la tombe de sa mère depuis l'enterrement ! Il serait incapable de la retrouver.

A Robermont, on n'est resté que quelques minutes. A Sainte-Walburge, le jour tombe qu'on est encore là, à former des groupes qui se disloquent pour se reconstituer devant d'autres caveaux.

— Comment va Félicie ?

— Il y a plus d'un mois que je ne l'ai vue. Pauvre fille ! Elle si délicate, tomber sur un individu comme Coucou !

On a enfin rencontré les Schroefs, et Hubert marche derrière les femmes en compagnie de Désiré.

La nuit est complète lorsqu'on arrive rue Sainte-Walburge où quelques magasins sont éclairés. On se retourne de temps en temps pour s'assurer que les autres suivent.

— Tiens! Franz et Poldine sont partis sans dire au revoir.

— Tu sais comment est Poldine.

Un peu avant d'atteindre la vitrine la plus brillante, Élise proteste:

— Non, Marthe, ne nous arrêtons pas. Nous avons l'air de venir pour la tarte. D'ailleurs, nous, il faut que nous assistions au salut de Saint-Denis. Il y a un si bon prédicateur.

Mais Hubert Schroefs s'est arrêté avec Désiré devant la pâtisserie tenue par sa sœur. Marie Beckers les a aperçus à travers les vitres du magasin. Elle leur fait déjà signe. Il est trop tard pour changer de trottoir.

— Bonjour, Marie. Ne te dérange pas. On ne voulait pas passer sans t'embrasser, mais tu as tant à faire, un jour comme aujourd'hui...

La porte s'ouvre sans cesse et se referme en déclenchant le timbre. Marie Beckers qu'aide l'aînée de ses filles, secoue la boîte à sucre au-dessus des tartes, enveloppe celles-ci de papier glacé, tapote la caisse enregistreuse dont le tiroir s'ouvre tout seul.

— Entrez dans la cuisine. Je viens tout de suite.

Il y fait sombre. Il y a des tartes partout, jusque sur les chaises. Les fenêtres donnent, non sur une cour, mais sur le fournil au toit de verre où Beckers, les bras nus, le sous-vêtement blanc de farine, des poils gris aux aisselles, les cheveux poudrés, s'agite avec ses deux commis.

— Non, Marie, je t'affirme que nous n'avons pas faim. Nous ne sommes pas venus pour ça. N'est-ce pas, Désiré, que nous sommes pressés? Françoise nous attend pour le salut à Saint-Denis.

C'est inutile, les tasses se remplissent de café au lait, on débarrasse les chaises, on découpe de grands quartiers de tarte au riz tandis que Marie Beckers, petite maigre aux yeux fiévreux, va et vient de la cuisine au magasin.

Comme dit Élise, on a peine à croire qu'elle est la sœur de l'épais Hubert Schroefs, elle est si sensible, si triste, si douloureuse. Élise la suit dans la magasin pour lui demander à voix basse :

— Et ton mari ?

— Il est toujours le même. Tu l'as vu.

Comment a-t-elle pu épouser cet homme vulgaire qui parle plus souvent le wallon que le français et qui a le plus gros nez que Roger ait jamais vu ? S'il entrouvre la porte du fournil, c'est pour lancer une plaisanterie grossière. Il n'a le respect de rien, pas même de ses filles.

— Figure-toi, Élise, que l'autre soir, comme je lui demandais s'il n'avait pas vu Germaine...

Germaine, c'est l'aînée des trois filles Beckers. Elle a dix-sept ans. Elle est fraîche, accorte, malheureusement elle tient de son père des traits épais. Sans en avoir l'air, elle tend l'oreille au chuchotement de sa mère qui se met à parler plus bas encore en flamand.

— Ta fille, m'a-t-il répondu, elle doit être à «hanter» dans un coin avec son galant ! J'en ai pleuré, Élise. Ce n'est pas ainsi que nous avons été élevées, nous. Il ne se gêne pas pour parler crûment devant elles de certaines choses.

— A quoi une fille serait-elle bonne, si ce n'est à aller au garçon ?

Personne ne prend garde à Roger qui se gave de tarte sucrée dans le brouhaha de la cuisine.

— Il faut venir nous voir, un jeudi après-midi, avec le petit, Élise. Je suis si seule, vois-tu. Si ce n'était pas le commerce qui me change un peu les idées, je ne sais pas ce que je deviendrais.

Élise promet, mais c'est loin, c'est haut.

— Un jeudi qu'il fera beau.

On redescend en ville par la rue Pierreuse que dégringolent à grand bruit de souliers ferrés les soldats de la Citadelle. On arrive en retard sur la place aux fromages, les vitraux de Saint-Denis sont masqués de tentures noires et, quand Désiré pousse la porte matelassée, on entend la voix ample et sonore du prédicateur.

— Ne traîne pas les pieds, Roger... Merci, monsieur, ne vous dérangez pas...

On reste debout derrière les chaises tournées vers la chaire. Un léger signe à Françoise assise près du retable. La voix du dominicain se heurte aux murs de la vaste nef et les visages levés vers lui semblent d'ivoire.

Une toux, parfois, des regards sévères, les pieds d'une chaise qui grincent sur les dalles.

— ... Au nom du Père, et du Fils, et du Saint-Esprit, ainsi soit-il !

Le dominicain souffle la bougie qui brûlait au bord de la chaire et disparaît dans l'escalier tournant, toutes les chaises sont remuées à la fois, les orgues tonnent, mille signes de croix, les doigts des fidèles qui tâtonnent sur la pierre gluante de la vasque en cherchant le froid contact de l'eau bénite.

On attend Françoise près de la fontaine, on embrasse Loulou qui a un profil de médaille et qui a représenté la Vierge à la dernière procession.

— Vous allez souper avec nous.

— Non, Françoise. On ne veut pas vous déranger. D'ailleurs, les locataires nous attendent.

C'est vrai. Moyennant cinquante centimes par jour, Mlle Pauline et M. Chechelowski soupent dans la cuisine de la rue de la Loi. Élise s'arrête chez Tonglet pour acheter du jambon, puis rue Puits-en-Sock, où elle a déposé en partant son plat à frites. On retrouve l'atmosphère d'Outremeuse, on y apporte de Sainte-Walburge comme des relents Peters, on garde dans les oreilles l'écho des lamentations en flamand, l'accent de tante Louisa et de Schroefs, on revoit la silhouette de carême de tante

Poldine et le rictus de Franz qui a le même tic que son frère Louis et qui ferme les yeux à chaque instant. Combien de femmes en deuil, presque toutes de la famille, a-t-on rencontrées! Élise répète souvent que c'est le sort des grandes familles d'être toujours en deuil.

— Si on comptait bien, je crois que j'ai porté le voile pendant les trois quarts de ma vie.

On rallume le feu, on met la nappe à carreaux rouges sur la moitié de la table seulement, la moitié réservée aux locataires, car les Mamelin mangent sur une toile cirée qu'on enroule ensuite sur un bâton.

Rituellement, Élise entrouvre la porte vitrée et crie dans l'obscurité du corridor:

— Mademoiselle Pauline! Monsieur Chechelowski!

On entend du bruit à l'étage, puis dans la chambre du rez-de-chaussée. Les frites restent au chaud dans le four ouvert.

Élise fait les parts de jambon. La cuisine est petite. On est là les uns sur les autres. Les Mamelin, eux, mangent des tartines avec un petit morceau de fromage ou de la confiture. Désiré attend que ce soit fini pour se plonger dans la lecture de son journal où l'on parle de Guillaume II et de la guerre inévitable.

— Dépêchez-vous, mademoiselle Pauline, les frites vont sécher.

Car la Polonaise traîne toujours avant de descendre, perd du temps à se poudrer et à se parfumer.

— A quoi bon? lui a demandé une fois Élise. A qui voulez-vous plaire?

M. Chechelowski, qui est un vrai Russe, et Mlle Feinstein, qui est juive polonaise, ne s'adressent pas la parole, se contentent d'un salut roide, bien qu'ils mangent chaque soir à la même table.

— Tu sais ce qu'elle m'a répondu, Valérie, quand je lui ai demandé à qui elle voulait plaire?

— *A moi!*

Elle est grasse. Elle est rousse. Si elle se parfume, c'est qu'elle sent naturellement mauvais. Son nez est gros, ses lèvres sont épaisses, sa nuque forme bourrelet et ses chevilles sont si boursouflées qu'elle ne peut pas lacer entièrement ses bottines.

— Et vous, mademoiselle Pauline, si on vous donnait le pouvoir de vous refaire à votre goût, comment voudriez-vous être?

Élise le raconte à tout le monde. La locataire de la chambre a répondu avec son air tranquille:

— *Comme je suis!*

Mlle Frida attend dans sa chambre que les autres aient fini. Alors seulement elle descendra, prendra sa boîte en fer-blanc sur la planche de cuisine, versera de l'eau bouillante dans sa petite cafetière d'émail bleu.

— Vous comprenez, mademoiselle Frida, c'est une question d'ordre et de propreté. Si chacun mangeait dans sa chambre, la maison ressemblerait à je ne sais quoi. Je vous donnerai une boîte pour mettre votre pain, votre beurre, votre café moulu, tout ce que vous voudrez.

Indifférente, le regard lointain, tandis qu'Élise commence la vaisselle sur un coin du poêle et que Désiré lit le journal, Mlle Frida mange lentement son pain sur lequel elle gratte le beurre et s'assure qu'il ne reste pas un fond de café dans sa cafetière.

Les jours ont encore raccourci. Dès trois heures, frère Mansuy a allumé les deux becs de gaz, créant cette atmosphère trouble, comme étouffée, qui envahit la classe les après-midi d'hiver. Les deux tableaux noirs, au-dessus de l'estrade, paraissent plus roux que noirs. Les litres, doubles litres et décalitres, sur la planche vernie, s'animent d'une vie étrange; on entend, dans la classe voisine, les élèves de M. Penders qui scandent en cadence:

— L'ancienne Belgique était bordée au nord et à l'est par des marécages, à l'ouest par la mer, au sud...

Dans les allées qui séparent les pupitres clairs, frère Mansuy va sans bruit, sans déplacer d'air, sa soutane se meut mollement dans l'espace et son contact vous fait tressaillir comme le frôlement d'une chauve-souris qu'on n'entend pas venir.

C'est toujours d'un coin inattendu que part sa voix calme et douce.

— Qu'est-ce que Dieu? Van Hamme, répondez.

La leçon de catéchisme est pour les élèves de seconde année qui occupent la partie gauche de la classe. Ceux de première, dont est Roger, couvrent leur ardoise de jambages qu'ils effacent avec un petite éponge humide.

— Dieu est un pur esprit, infiniment parfait, éternel, créateur du ciel et de la terre.

— Bien. Ledoux. Combien y a-t-il de personnes en Dieu?

Un enfant se rassied pendant qu'un autre se lève.

— Il y a trois personnes en Dieu: le Père, le Fils et le Saint-Esprit.

— Chaque personne est-elle Dieu? A vous, Gallet! Van Hamme, je vous défends de souffler. Chaque personne est-elle Dieu?

Roger s'applique, retient sa respiration, les vagues de chaleur émises par le poêle proche lui rougissent les joues. Frère Mansuy n'est pas loin et peut-être, en passant, tirera-t-il de ses poches un bon point rose, ou mieux: une gomme à la violette comme on n'en trouve pas chez Gruyelle-Marquant et qu'il réserve à ses préférés.

Pour cela, il ne faut ni le regarder, ni lever la tête. C'est un jeu qui a ses règles tacites. Il passe, et c'est seulement quand il atteint un autre coin de la classe qu'on sait s'il a posé un bon point ou une gomme à la violette sur un coin du pupitre.

Frère Mansuy est tout jeune, rose et blond et, si on le regarde alors, il détourne la tête afin de cacher son sourire.

Il pleut. Des perles claires glissent sur le noir des vitres et on entend dans la cour le bruissement discret de la pluie. On entend aussi la voix de frère Médard, deux classes plus loin, qui déclenche des tonnerres contre un mauvais élève et martèle l'estrade de son pilon de bois.

Les trois classes sont séparées par des cloisons vitrées. Le bas des cloisons est en bois plein. Frère Mansuy est assez grand pour voir par-dessus, mais les élèves n'aperçoivent les autres classes que de l'estrade.

Roger attend toujours, mais le frère ne vient pas jusqu'à lui. Il a fait soudain demi-tour, laissant Gallet chercher sa réponse au plafond. Des coups timides ont été frappés à la porte. On sent le courant d'air humide, sans oser se retourner. On devine une voix de femme, et Roger tressaille, car il croit l'avoir reconnue.

— Mamelin! Prenez vos effets. On vient vous chercher.

Il est rouge. Les autres le regardent avec envie. Sa mère invisible murmure dans la pluie.

— Merci, frère Mansuy. Il n'aurait trouvé personne à la maison à quatre heures, parce que tous les locataires sont à l'Université, vous comprenez? Pardon de vous avoir dérangé.

Roger la rejoint et elle lui met le capuchon de son caban.

— Viens vite.

La main de sa mère frémit d'impatience. Elle a laissé la porte contre, en face; elle rentre dans le corridor pour déposer le cartable sur le portemanteau, court à la cuisine s'assurer que rien ne peut brûler sur le feu.

Elle emmène son fils en coupant au court.

— On est venu me prévenir que tante Félicie est malade, très malade. Il ne faudra pas faire de bruit, Roger. Tu seras sage, n'est-ce pas?

La pluie déforme les lumières des becs de gaz et des vitrines. On frôle un tram. Les arbres du boulevard s'égouttent près de la passerelle dont les planches crachent un peu d'eau sale à chaque pas qu'on fait. La ville n'est que lumières tremblotantes et silhouettes mouillées. Là-bas, quai de la Goffe, les grandes baies du «Café du Marché» sont éclairées, on aperçoit les garçons qui vont et viennent, leur plateau à la main, mais c'est vers la ruelle que sa mère entraîne Roger, elle toque à une porte qui s'ouvre aussitôt comme si quelqu'un se tenait derrière tout exprès.

Alors, on pénètre sans transition dans un monde chaotique où Roger, englué un peu plus tôt dans la quiète chaleur de la classe, ne se reconnaît plus.

Personne ne s'occupe de lui, pas même Élise qui est tombée dans les bras de Louisa et qui pleure.

Un corridor, que l'enfant ne connaissait pas, est à peine éclairé par un vasistas qui donne dans le café où se heurtent des billes de billard et d'où parvient une forte odeur de bière. La porte d'une cave est grande ouverte sur le noir et parfois un garçon s'y précipite en répétant, affairé :

— Pardon... Pardon... Pardon...

Un escalier. Des personnes inconnues. Louisa qui chuchote en hochant la tête avec désespoir :

— Je viens d'y aller. Fais comme tu voudras. Jésus Maria! Si on nous avait annoncé une chose pareille!

On attend quelque chose, mais quoi? Ces gens qui ne se connaissent pas et qui se tiennent debout dans l'étroit espace évitent de se regarder.

Élise s'élance dans l'escalier. On l'entend qui s'arrête, hésitante, sur le premier palier. Quelqu'un descend, un homme en jaquette qui parle bas à Louisa.

Sa tête qui va de gauche à droite, gravement, veut dire :

— Il n'y a rien à faire.

Des sanglots, là-haut. C'est Élise, Roger en est sûr, et il se met à pleurer à son tour, une femme du marché se penche et lui essuie le visage avec son mouchoir, malgré ses protestations.

Pourquoi sa mère ne redescend-elle pas? Quel est cet homme qui se tient le dos tourné, au fond du corridor, près de la porte de la cave?

La femme du marché s'adresse à tante Louisa, lui désigne Roger.

— On ne devrait pas laisser cet enfant ici.

Où le mettre? Peut-être va-t-on le faire entrer dans le café, mais à cet instant un fiacre s'arrête dans la rue, la porte s'ouvre, le gamin aperçoit la capote de la voiture, une lanterne, la croupe mouillée d'un cheval.

Trois hommes font grand bruit avec leurs souliers, aussi à leur aise que des croque-morts qui viennent chercher un corps.

Pourtant, tante Félicie n'est pas morte. Quand les hommes ont atteint le premier étage, on l'entend qui pousse des cris perçants, qui se débat, appelle au secours. Il paraît qu'elle essaie de mordre. Élise descend, bouleversée.

— Mon Dieu, Louisa! C'est terrible. Je ne veux pas voir ça. Où est Roger?

Elle le cherche des yeux. Un groupe indescriptible s'engage dans l'escalier, on devine une femme, tante Félicie que deux hommes portent par les pieds et par les épaules et qui se tord, le visage convulsé, les cheveux pendant sur les marches. Un autre suit avec une couverture.

Il faut se coller contre le mur. Élise mordille son mouchoir, Louisa fait le signe de la croix, la femme du marché essaie de pousser Roger derrière elle pour qu'il ne puisse rien voir.

Félicie hurle.

Cependant, ce que Roger contemple, les yeux écarquillés, la poitrine si serrée qu'il ne respire plus, c'est l'homme du fond du corridor. On a entendu un bruit rauque, un sanglot qui a dû lui déchirer la gorge, et soudain cet homme large et puissant s'est jeté contre le mur, la tête entre ses bras repliés et, penché en avant, il a les épaules spasmodiquement secouées.

Personne ne s'occupe de lui, personne ne lui fait l'aumône d'un regard ou d'une parole, car c'est Coucou, le mari de Félicie, qui l'a tellement battue qu'elle en est devenue folle.

La porte ouverte laisse entrer un peu de fraîcheur. Le cocher placide attend près de son cheval, le fouet sortant de la poche de sa houppelande. Des curieux se tiennent dans l'ombre. Le plus difficile, c'est de faire passer par la portière Félicie qui se débat toujours et qui se plie si fort en arrière qu'on pourrait craindre qu'elle ne se casse.

— On devrait lui mettre un mouchoir entre les dents.

Quelqu'un a dit ça, mais Roger ne saura jamais qui.

— Allons, Élise, courage.

Le visage d'Élise est méconnaissable, à la fois visage d'enfant et visage de vieille, tant les traits sont tordus par l'épouvante. Elle ne songe pas à se cacher. Elle veut se précipiter vers sa sœur qu'on emporte, qui a déjà la moitié du corps engagée dans le fiacre et que les infirmiers poussent comme un colis.

— Félicie!... Félicie!...

Tante Louisa la saisit à bras-le-corps. Elle résiste un peu. Les épaules de Coucou se soulèvent toujours à une lente cadence, un garçon a entrouvert la porte du café et regarde.

— Fermez la porte.

— Non, Louisa. Je veux la voir jusqu'au bout. Je veux aller avec elle.

— Tu es sotte. A quoi cela servirait-il? Et ton fils?

— Où est-il?

— Il est ici, madame, répond la femme du marché.

La portière claque.

— Est-ce qu'elle a au moins tout ce qu'il lui faut? Est-ce

qu'elle ne risque pas de prendre froid? Dites-moi, docteur...

L'homme en jaquette est le médecin. Il endosse son pardessus, cherche son chapeau que quelqu'un lui tend.

— Ne craignez rien, madame. Je serai là-bas avant elle. J'ai ma voiture au coin de la rue.

— Quand pourra-t-on la voir?

— Dès demain, si elle est plus calme.

Élise en veut à Louisa qui reste là «comme une tour».

— Tu ne comprends pas, Louisa. Tu ne la connaissais pas comme je la connaissais, moi. Si tu savais comme elle était malheureuse! Viens, Roger. Et Désiré qui va rentrer...

Le corridor se vide, il ne reste que l'oncle Coucou qui gémit toujours contre son mur et dans quelques jours, quand on passera devant les noirs remparts de la prison Saint-Léonard, Élise ne pourra se retenir de dire à son fils:

— Coucou est là. Il battait ta pauvre tante Félicie. C'est lui qui l'a tuée. Mais ce n'est pas, ce n'est plus ton oncle. Il ne faut jamais dire que c'est ton oncle. Tu entends, Roger?

— Oui, mère.

Tante Félicie va mourir, à l'asile d'aliénés, sans reconnaître personne, et Élise portera à nouveau le voile. Elle avait raison de dire, l'autre jour, au cimetière de Sainte-Walburge, que dans les grandes familles on ne quitte un deuil que pour en reprendre un autre.

On courra à Coronmeuse, après quatre heures, on prendra le tram pour aller plus vite, on traversera l'épicerie de tante Louisa.

— Tu as des nouvelles de l'autopsie?

— Qu'est-ce que c'est, mère, une autopsie?

Vite elles parlent flamand toutes les deux, debout, Louisa tenant comme toujours les mains croisées sur le tablier bleu que bombe son ventre. Le médecin légiste a relevé des traces de coups. Deux agents en civil sont venus, un soir, chercher Coucou, quai de la Goffe, et l'ont conduit à Saint-Léonard.

Il y a eu un enterrement, mais Roger ne s'en souvient pas, car son père seul y est allé, les femmes et les enfants ne suivent pas le cortège, Élise était agenouillée près d'un confessionnal dans la chapelle de l'asile.

— Six mois de prison, c'est trop peu pour un pareil monstre.

Pourquoi Désiré évite-t-il d'en parler? Parfois, quand Élise s'indigne ou se lamente, il ouvre la bouche comme pour dire quelque chose, mais la prudence l'emporte et il se tait.

L'attitude de Léopold ressemble à la sienne.

— Elle était si bonne, Léopold. Tu ne peux pas savoir. Elle n'avait rien à elle. Elle n'aurait pas fait de mal à une mouche.

Léopold se tait, assis au coin du feu, tirant sur sa vieille pipe.

— C'était la meilleure de nous toutes, et c'est elle qui est partie, si jeune!

Longtemps Élise ne pourra en parler sans se mettre à pleurer. On dirait parfois qu'elle a comme un remords, que quelque chose lui pèse sur le cœur.

Est-ce parce qu'elle se souvient de la nuit où sa sœur, alors qu'elles étaient jeunes filles et qu'elles habitaient la rue Féronstrée, n'est rentrée qu'à trois heures du matin avec une odeur d'homme dans ses vêtements?

Et le petit paquet que Félicie est venue lui apporter rue Léopold, au-dessus de chez Cession, en suppliant Élise de le cacher pendant quelques jours?

C'était de l'argent, elle le sait, beaucoup d'argent; sans le dire à personne, elle a ouvert le paquet. A qui sa sœur voulait-elle le donner?

Vois-tu, Léopold, Félicie n'était pas responsable.

Alors seulement il lève les yeux sur elle et la regarde

longuement, sans un mot. A quoi pense-t-il? Est-ce qu'il sait? Est-ce qu'il devine?

Est-ce parce qu'il n'est pas responsable, lui non plus?

Félicie est morte et, à la Toussaint prochaine, il y aura une tombe de plus à visiter au cimetière Sainte-Walburge, dans le quartier neuf où on ne reconnaît pas les unes des autres les allées dont la glaise fraîchement remuée se colle en gros paquets aux semelles.

Parfois, on devra attendre un certain temps à distance.

— Qu'est-ce que nous attendons, mère? Pourquoi reste-t-on ici?

— Chut! N'aie pas l'air de le regarder. C'est Coucou.

Ce ne sera jamais pour Roger qu'une silhouette; comme pas hasard il le verra toujours de dos, un dos qui lui paraît plus haut et plus large que les autres, le dos sombre d'un homme qui est allé en prison et qui n'est plus son oncle.

Est-ce parce qu'il a honte qu'il n'ose pas apporter de fleurs?

— Viens, maintenant. Il est parti. Récite un «Pater» et un «Ave» pour tante Félicie qui t'aimait tant.

Élise ne peut plus parler. C'est plus fort qu'elle. Il n'y a que sur la tombe de Félicie que son cœur se gonfle ainsi, qu'elle se sent si peu de chose, que le monde lui paraît si misérable.

— Ne fais pas attention, Désiré. Emmène le petit.

Elle a besoin de rester seule, de fondre en larmes au point de ne plus voir que des taches troubles et de balbutier, les yeux fixés sur le bouquet de fleurs blanches qu'elle a apporté:

— Ma pauvre Félicie!

6

L'univers grandit, gens et choses changent d'aspect, des certitudes naissent en même temps que des inquiétudes, le monde se peuple de questions et un cerne de clair-obscur rend les contours moins rassurants, prolonge les perspectives jusqu'à l'infini.

M. Pain a été en prison, comme Coucou. Le père d'Armand est un assassin, un vrai ; il a tué une femme d'un coup de revolver.

Assis sur la banquette de molesquine du «Café de la Renaissance», ses petites jambes pendant dans le vide, Roger regarde à travers les vitraux. Sur la table de marbre blanc, son verre de grenadine est d'un rouge aussi somptueux que les vitraux triangulaires qui encadrent les vitraux laiteux en forme de losange.

Désiré joue aux cartes. Chaque dimanche, depuis cet hiver, après la grand-messe à Saint-Nicolas et une courte halte dans la cuisine de la rue Puits-en-Sock, le père emmène son fils, par la main, jusqu'à ce café du centre de la ville ; le garçon sait ce qu'il doit servir ; M. Reculé et Émile Grisard sont déjà là, Joseph Velden, qui n'est pas libre le dimanche matin, est remplacé par le gros M. Baudon.

A travers les vitraux, Roger contemple la façade en stuc du théâtre de la Renaissance et c'est pourquoi il pense au représentant en cafés de la rue Pasteur, car c'est là que M. Pain a tué une actrice, au temps où il était officier de cavalerie.

Roger a entendu sa mère qui racontait le drame à Mlle Pauline.

— Il a été dégradé. On lui a arraché les épaulettes devant tout le régiment.

Un colonel de lanciers passe chaque midi rue de la Loi et chaque fois Roger pense aux épaulettes arrachées. M.

Pain, presque aussi grand que Désiré, mesure plus d'un mètre quatre-vingts. Roger imagine un sec et minuscule colonel aux jambes arquées se hissant sur la pointe des pieds et tirant de toutes ses forces sur les franges d'or.

Le monde se complique. Il n'y a pas si longtemps encore, les choses n'existaient que pendant le temps qu'on les voyait dans la lumière, puis elles retournaient au néant ou dans les limbes. M. Pain tournait-il le coin de la rue Jean-d'Outremeuse, ou bien l'ombre envahissait-elle un coin de la chambre, il n'y avait plus rien.

A présent, même quand il est assis à son pupitre, dans la classe de frère Mansuy, Roger peut suivre les gens en pensée, il le fait malgré lui, il voit par exemple, entrant dans les épiceries de Chênée, de Tilleur, de Seraing, M. Pain qui «voyage dans les cafés» et il l'imagine tirant des échantillons de ses poches, sans un mot, le visage toujours inerte.

La femme qu'il a tuée ressemblait à celle de l'affiche qui flanque la porte de la «Renaissance», avec une robe bordée de plumes et un diadème sur la tête.

C'est parce que M. Pain est un assassin qu'il a le visage si blanc, les cheveux gris, les traits figés, c'est à cause de son crime qu'il est toujours seul, que Julie, sa femme, est maladive et qu'Armand a les yeux bridés. N'est-il pas extraordinaire qu'un homme qui a tué et qui a fait de la prison habite la rue Pasteur, presque en face de la maison du juge, et que Roger joue avec son fils sur le trottoir?

M. Reculé, qui est au Nord-Belge, voyage en première classe, Élise le répète souvent, il aura une pension et Roger essaie d'imaginer cette pension, de lui donner une forme, une consistance, il pose un regard lourd de questions sur le maigre visage du chef de bureau qu'il voit, en pantoufles et en chapeau de paille, finissant ses jours dans le jardin d'une maison de campagne.

Au temps où le monde était plus simple, Roger questionnait sa mère sans répit.

A présent, il se tait. Quand on le surprend à penser trop loin, il feint de jouer. Il tend l'oreille à ce que disent les grandes personnes; cèrtaines phrases, certains mots le préoccupent pendant des semaines, d'autres se traduisent par des images qui s'imposent à lui sans qu'il le veuille et qu'ensuite il s'efforce en vain d'effacer.

S'il entend sa mère se déshabiller dans la chambre voisine ou, le matin, vaquer à sa toilette, le mot *organes* lui revient, le plus laid, le plus angoissant de tous les mots.

— Ce sont les organes, vois-tu, Valérie! Le docteur Matray voulait me les faire enlever. J'ai refusé, à cause de Roger, car on ne peut jamais prévoir ce que donnera une opération.

Et lui voit des choses sanglantes comme il en pend dans les boucheries, sortant d'un corps blême ouvert depuis le cou jusqu'aux jambes.

Oppressé, honteux, il a conscience de cheminer vers des découvertes dont il ne faut parler à personne et il se promet de ne plus rejoindre Ledoux dans un coin de la cour, près du robinet pendant les récréations.

Le crime de M. Pain est lié à cette découverte en cours, et en général tout ce dont les grandes personnes parlent en baissant la voix, y compris la mort de tante Félicie.

Comment Ledoux s'y est-il pris pour savoir?

Roger se détourne des joueurs de cartes pour essayer d'imiter son geste, bien que cela soit certainement un péché mortel.

Parlant de sa tante Cécile, Roger avait dit à Ledoux:

— On va m'acheter un nouveau petit cousin.

Ledoux, qui est en deuxième année, a un long visage enfariné de clown, une bouche qu'il étire et qu'il tord comme du caoutchouc, des cheveux raides qui reviennent en avant comme si on les avait brossés à rebrousse-poil.

— Tu crois encore qu'on achète les enfants ou qu'ils naissent dans les choux?

C'est alors qu'il a fait le geste. Il a formé un cercle avec le pouce et l'index de la main gauche puis, une étrange lueur dans les yeux, il a poussé l'index droit dans cette ouverture.

— Qu'est-ce que ça veut dire ?

— Si tu ne sais pas, je ne peux pas te l'expliquer.

Dix fois Roger est revenu à la charge, suivant Ledoux à la piste pendant les récréations, se retournant en classe pour lui adresser de muets appels. L'autre esquisse, promet, se reprend.

— Je parie que tu ne sais pas seulement qui est saint Nicolas !

— C'est le patron des écoliers.

— C'est père et mère !

Or, sur ce point-là, Ledoux n'a pas menti. Roger y a longuement réfléchi, il s'est souvenu des Saint-Nicolas précédentes. Quelques semaines avant le grand jour, saint Nicolas passe dans les maisons à l'heure où les enfants font leurs devoirs pour s'assurer qu'ils sont sages et, s'il est satisfait, il lance, par un vasistas ou par l'entrebâillement d'une porte, une poignée d'amandes et de noix.

Roger a épié ses parents. Il a constaté que, chaque fois que saint Nicolas se manifestait de la sorte, son père était dans la cour et revenait ensuite en feignant l'étonnement.

Saint Nicolas, c'est père et mère. Il ne faut pas le dire. Roger fait semblant de ne pas le savoir et il écrira, comme les autres années, la lettre contenant la liste de ce qu'il désire recevoir. Il se tourne vers Ledoux quand, en classe, frère Mansuy leur fait chanter :

> *Ô grand saint Nicolas*
> *Descendez ici-bas ;*
> *Remplissez vos corbeilles...*

Puisque Ledoux a dit la vérité sur saint Nicolas, il doit savoir aussi au sujet des enfants.

— Dis-le-moi et je te donnerai ma toupie.

— Je ne peux pas. Tu est trop petit.

— Je suis aussi grand que toi.

— La preuve que non, c'est que tu es en première et moi en deuxième. Si tu veux savoir, regarde les chiens. C'est presque la même chose.

Roger rougit en évoquant les chiens que l'on rencontre, les jours d'été, attachés l'un à l'autre, l'air si malheureux. Non! Ce n'est pas possible que tante Félicie et Coucou... Ce serait trop affreux. Il n'y pensera plus. Il ne parlera plus à Ledoux qui habite Bressoux et dont la mère va en ménage. C'est presque un petit crapuleux.

Élise a raison:

— Les frères ne devraient pas admettre certains enfants à l'institut Saint-André. L'école gratuite est là pour eux. Dans la classe de Roger, il y a un garçon dont la mère pousse une charrette de légumes dans la rue. Ces gens-là croient que du moment qu'ils payent ils sont chez eux partout.

C'est de Thioux qu'elle veut parler, un gros garçon roux, taillé à coups de serpe, aux cheveux carotte, aux naïfs yeux bleus, aux vêtements imprégnés de l'odeur particulière aux petites rues. Il a toujours les poches pleines de victuailles, il rumine du matin au soir, tressaille quand frère Mansuy prononce son nom et regarde autour de lui pour appeler à l'aide, car il ne sait jamais ses leçons.

Roger tressaille aussi en rencontrant le regard de son père et s'assure que ses doigts ne font plus le geste.

— Alors, fils?

— Rien, père.

— Tu ne t'ennuies pas?

— Non.

Les hommes aussi, comme Élise quand elle est avec ses sœurs ou avec Valérie, parlent parfois à mi-voix en s'assurant que Roger n'écoute pas. Ce n'est pas sur le même ton de lamentation ou d'effroi. Ils sourient. Ils sont guillerets. Chaque année, les joueurs de whist de chez Velden font un voyage de trois ou quatre jours avec la cagnotte. Cet été, ils sont allés à Paris. Dans un cabaret de Montmartre, le chansonnier s'est écrié à l'entrée du grand Désiré qu'encadraient les minuscules frères Grisard :

— Un ban pour le géant et ses deux barnums !

Roger n'a pas compris le ban. On s'asseyait donc sur des bancs et non sur des chaises ? Désiré a raconté aussi qu'ils avaient passé la soirée au *Paradis* et à l'*Enfer*, précisant que dans le premier cabaret les garçons étaient habillés en anges pour servir les bocks et les cerises à l'eau-de-vie tandis qu'à l'*Enfer* ils étaient habillés en diables.

Pourquoi son père lui-même cligne-t-il de l'œil à certaines allusions ?

— Tu te souviens de la petite brune qui voulait s'asseoir sur les genoux d'Élise et qui jurait qu'elle avait le béguin ?

Roger, qui s'était promis de ne plus poser de questions, a néanmoins demandé à sa mère :

— Qu'est-ce qu'un béguin ?

— Tu le sais bien, Roger. C'est un bonnet comme en portent les bébés, comme tu en portais toi-même quand tu étais tout petit.

Frère Mansuy leur fait chanter :

> *Quand j'étais petit, tout petit,*
> *Je dormais dans un petit lit,*
> *Ma mère chantait en cadence*
> *Petit mignon, endormez-vous...*

Et cette chanson lui donne chaque fois envie de pleurer. Sa mère. Les organes. La voiture qui devait toujours venir la chercher pour la conduire à l'hôpital. Ses yeux se gonflent quand on arrive au couplet :

> *Quand tu auras les cheveux blancs...*

Ses paupières picotent, il se bouche les oreilles pour ne pas entendre :

> *...C'est moi qui gagnerai des sous*
> *Beaucoup de sous pour que tu vives*
> *Tout doux, tout doucement.*

— A la soupe, fils !

La partie est finie. Désiré avale le fond crémeux de son bock, s'essuie les moustaches, serre les mains.

— A vendredi !

On rencontre la foule qui sort de la messe d'onze heures et demie à Saint-Denis. Désiré salue. Il est heureux. Les pas sont sonores, à cause de l'hiver, les lignes, surtout celles des pierres de taille, sont plus nettes.

On s'arrête chez les Espagnols dont le magasin aux senteurs exotiques est peint en jaune canari. Parmi les monceaux de noix du Brésil, de figues, d'oranges, de citrons et de grenadines, on choisit le dessert du dimanche, une orange acide que Roger sucera après y avoir enfoncé un morceau de sucre, ou une grenade aux pépins enrobés de gelée rose.

Les planches de la passerelle font ressort sous les pas. Désiré s'arrête encore pour acheter un paquet de cigarettes «Louxor». Qu'a-t-il dit à la demoiselle du magasin au moment où son fils ne faisait pas attention ? Elle se détourne en murmurant :

— Taisez-vous, monsieur Mamelin !

On marche plus vite, car il est l'heure de rentrer si on veut arriver à temps au Wintergarten. Pour la première fois, Mayol va chanter à Liège. Élise ne voulait pas y aller, malgré son envie, à cause de l'enfant.

— On s'écrasera !

Comme tous les dimanches, il y a un rôti de bœuf, des frites et de la compote de pommes.

Sur le mur vert amande de la classe, juste en face de la planche qui supporte les mesures de capacité, il y a une image d'Épinal collée sur toile et vernie, couleur vieil ivoire, qui représente la foire d'hiver, sans doute dans une ville rhénane, car toutes les images de l'école viennent de Leipzig. Les maisons gothiques ont des pignons dentelés, un toit aigu, des fenêtres à petits carreaux. La ville est couverte de neige. Les hommes portent des houppelandes vert bouteille ou couleur rouille et des bonnets de fourrure ; une jeune fille, au premier plan, est assise dans un traîneau que conduit un cocher vêtu d'une peau d'ours. Sur la place, des baraques débordent de victuailles et de jouets ; on voit un singe savant et un joueur de flûte en culottes à lacets. L'animation est grande, Noël approche, la ville a la fièvre.

Frère Médard, dans la classe des grands, presse une poire électrique. Aussitôt, dans les trois classes aux cloisons vitrées, les élèves se lèvent d'un seul mouvement, font le signe de la croix, lancent la prière à la volée avant de se précipiter vers les cabans et les bérets.

Pendant que les autres sortent en rang dans la pénombre, sous la conduite de M. Penders, Roger n'a que la rue à traverser ; il aperçoit, au premier étage de la maison, deux fenêtres d'un rose tiède et doux. Les fenêtres n'ont pas de volets, pas de persiennes et, à travers les rideaux de guipure qui se croisent, on distingue le globe rose de l'abat-jour aux pendeloques de perles, les cheveux crépus et roux de Mlle Pauline penchée sur un cours.

Par la serrure à hauteur d'enfant, il observe, avant de toquer, la porte de la cuisine, la silhouette de sa mère ; il n'est sorti d'une chaleur familière que pour entrer dans une autre ; de l'eau chante dans la bouilloire d'émail blanc, le four de la cuisinière reste entrouvert, découvrant les briques réfractaires qu'on mettra le soir dans les lits ; mais, ce soir, il ne s'installera pas à la table couverte de la vieille toile cirée pour faire ses devoirs.

— Nous allons en ville, Roger. N'enlève pas ton caban. Laisse voir si tu as les mains propres.

Elle recharge le feu. En face de la fenêtre, dans la cour noire, suinte le reflet d'une autre fenêtre, celle de Mlle Frida, située juste au-dessus de la cuisine. Dans la chambre de M. Saft aussi il y a de la lumière, tous les alvéoles de la maison sont remplis, seul M. Chechelowski ne rentrera qu'à l'heure du souper ; partout un poêle ronronne, flanqué de sa charbonnière, du tisonnier et d'une pelle, chacun vit au milieu d'une zone de silence et, quand l'un ou l'autre se lève pour recharger son feu, Élise dresse machinalement la tête.

N'a-t-elle rien oublié ? Son filet, son porte-monnaie, sa clef. On franchit vite le désert de la rue Jean-d'Outremeuse où il n'existe pas un vrai magasin et où on sent un vent de neige ; on pénètre, comme dans une pièce chauffée, dans la foule grouillante de la rue Puits-en-Sock.

— Tiens-moi, Roger.

L'haleine de la ville est chargée d'odeurs particulières aux jours qui précèdent la Saint-Nicolas. S'il ne neige pas encore, d'invisibles parcelles de glace flottent dans l'espace comme une poussière et s'amassent dans le halo lumineux des vitrines.

Tout le monde est dehors. Toutes les femmes courent, traînant derrière elles des enfants qui voudraient s'arrêter longuement aux étalages.

— Marche, Roger. Lève tes pieds.

Des milliers de mamans prononcent les mêmes mots :

— Attention au tram !

Les confiseries, les pâtisseries, les épiceries regorgent comme les baraques de l'image d'Épinal. Deux odeurs dominent les autres, si caractéristiques qu'aucun enfant ne s'y tromperait, l'odeur sucrée, aromatisée du pain d'épice et celle des sujets en chocolat, qui n'est pas la même que l'odeur du chocolat en tablettes. Du bas en haut des vitrines s'étagent des couques grasses de miel, certaines fourrées de fruits confits multicolores. Des saints Nicolas en pain d'épice, grandeur nature, givrés de sucre, se tiennent debout, la barbe en ouate blanche, entourés de moutons, d'ânes, d'animaux de basse-cour, tout cela brunâtre ou couleur de pain bis, sucré, parfumé, comestible. La tête en tourne.

— Regarde, mère.

— Marche, voyons.

On va acheter du beurre chez Salmon, dans une ruelle en dessous du pont des Arches, de l'autre côté de l'eau. Pour rien au monde Élise n'achèterait ailleurs les mottes oblongues qu'enveloppent de fraîches feuilles de choux. On garde dans une boîte de fer-blanc, près de la soupière, les tickets-prime qui, à la fin de l'année, donnent droit à une ristourne de trois pour cent.

On entre à la «Vierge Noire», rue Neuvice, acheter du café. Dans les étalages des pâtisseries, plus brillantes que les autres, s'alignent les massepains qui représentent à s'y méprendre des fruits, des fromages, voire une côtelette garnie de frites et de petits pois d'un vert tendre.

— Regarde.

— Viens.

Plus loin, elle questionne, pour détourner son attention de tous ces étalages:

— Qu'est-ce que tu veux que saint Nicolas t'apporte?

Il pense à Ledoux, au visage étroit que surmontent des cheveux rebelles.

— Une boîte de couleurs, des vraies, dans des tubes, avec une palette.

Les trottoirs débordent, on s'agite dans le milieu obscur des rues; des trams, qui ne peuvent avancer qu'au pas, sonnaillent sans répit, une force mystérieuse vous tire en avant.

Parfois, pour échapper au vertige, Élise entraîne son fils dans une ruelle déserte et glaciale. On coupe au court. Bientôt on retrouve, comme au bout d'un tunnel, le grouillement lumineux des quartiers commerçants.

Dans chaque magasin, Roger reçoit quelque chose. Mme Salmon lui a tendu une mince tranche de Hollande au bout de son couteau. A la « Vierge Noire », on l'a laissé choisir lui-même un biscuit fourré dans la boîte à couvercle de verre. Par crainte de la perdre, il tient obstinément sa mère par son filet ou par sa jupe.

— On ne va pas au « Bazar » ?

Car ils passent devant pour aller dire bonjour à Valérie à l'« Innovation ». Mais il n'y a pas moyen d'entrer au « Grand Bazar ». On fait la queue devant les portes de cuivre qui battent sans arrêt et il faut se bagarrer pour approcher des étalages.

— Mon Dieu, Valérie ! Déjà six heures et Désiré qui va rentrer !

Le feu aux joues, essayant de regarder encore en arrière, accroché au filet de sa mère, Roger est entraîné par le chemin le plus court, par les ruelles les plus sombres qui ne sentent pas la Saint-Nicolas.

Il a beau savoir que Ledoux a raison, il n'est pas dans son état normal ; décembre, avec la Saint-Nicolas, puis Noël, le Nouvel An, est un mois lourd de mystères, d'impressions très douces et un tout petit peu inquiétantes qui se succèdent à un rythme échevelé.

La cour de l'école est livide. Les grands de troisième et de quatrième, dans la classe de M. Penders, récitent ensemble une leçon rythmée comme un chant. Qui a aperçu les premiers flocons ? Malgré l'attente des gommes à la violette de frère Mansuy qui se promène d'un air innocent, toutes les têtes, bientôt, se tournent vers la fenêtre et, au début, il faut regarder fixement le toit d'en face pour distinguer les légères parcelles de neige qui commencent à se détacher du ciel.

Les écoliers ont la fièvre. La nuit tombe et les flocons

deviennent plus épais et plus lents. Dans la salle d'attente où le gaz est allumé, on reconnaît autour du poêle les mères de qui les lèvres remuent comme à vide.

La poire électrique de frère Médard, la prière qu'on lance à tous les échos et qui se répercute comme une dégringolade, les rangs qui se forment, la porte qui s'ouvre enfin : elle tient ! La neige tient !

Du coup, les enfants, qu'ils soient de première année ou de sixième, vêtus de cabans à capuchon ou de pardessus en ratine bleue à boutons dorés, tous ne sont plus qu'autant de gnomes surexcités que M. Penders maintient avec peine sur deux rangs jusqu'au coin de la rue.

Un signe mystérieux, et c'est la ruée à travers les flocons qui se collent tout à coup sur votre œil et transforment les réverbères en phares lointains sur l'océan.

La place du Congrès, avec ses vastes pans d'ombre, ses trois boutiques à peine éclairées, quelques stores faiblement lumineux, est trop vaste pour la troupe bruyante. Un tout petit morceau suffit, le plus proche de la rue Pasteur. Le long du terre-plein, l'eau du ruisseau a gelé ; les plus grands se sont déjà élancés, le cartable leur battant les reins, quelques-uns tombent et se ramassent. Les sabots glissent mieux, claquent au départ, les souliers à clous tracent des raies blanches. La fièvre monte, des plaques irrégulières de neige se forment sur le terre-plein, de la neige légère ourle les branches noires des ormes, il faut en ramasser à plusieurs endroits, par petits paquets qui ne pèsent rien, avant de pouvoir en former une boule qu'on lancera sur des joues froides ou sur le bleu d'un caban.

Un grand décide :

— Les petits n'ont pas droit à notre glissoire.

Et les petits les regardent glisser, bras étendus, ployant sur leurs jarrets comme sur des ressorts. Ils essayent de faire une autre glissoire à leur taille, un peu plus loin, mais il n'y a pas assez d'eau gelée et des cailloux grinçant sous les semelles les arrêtent dans leur élan.

Les doigts sont glacés, les narines humides, la peau des joues se tend, brûlante, les souffles sont courts et chauds, les prunelles brillent.

Une voix de femme appelle dans l'inconnu lointain:

— Jean!... Jean!...

— Oui, m'an.

— Rentre vite à la maison.

— Oui, m'an...

Encore un tour de glissoire, encore deux.

— Si jamais tu me forces à aller te chercher...

Et d'un! Des grandes personnes passent, qu'on ne remarque pas, des hommes en pardessus sombre, des femmes serrant leur châle, les cheveux poudrés de neige. Le reflet de la vitrine de l'épicier s'étire sur la glissoire qui devient d'un noir bleuté.

On ouvre la bouche, on sort la langue, on essaie de happer un flocon de neige qui a un arrière-goût de poussière. On affirme avec conviction:

— C'est bon!

Et c'est bon, en effet, le premier froid, la première neige, un monde qui a perdu son aspect quotidien, des toits flous dans le mou du ciel, des lumières qui n'éclairent presque plus et des passants qui flottent dans l'espace. Il n'y a pas jusqu'au tram qui ne devienne un vaisseau mystérieux, avec les vitres pour hublots.

On n'ose pas encore penser à demain. Trop d'heures séparent de demain et l'attente ferait mal.

Le «Grand Bazar», ce soir, restera ouvert jusqu'à minuit, peut-être plus tard, et quand dégringoleront les volets de fer, vendeurs et vendeuses, exsangues, la tête vide et sonore comme un tambour, se retrouveront hébétés au milieu des rayons dévastés.

Saint Nicolas, patron des écoliers,
Apportez-moi des pommes, des noix dans mes souliers.
Je serai toujours sage comme un petit mouton,
Je dirai mes prières pour avoir des bonbons.
Sur l'air du tra la la la
Sur l'air du tra.

Une autre mère inquiète lance dans la nuit:
— Vic-tooooor!... Vic-tooooor...

Le groupe fond. Ceux de Bressoux sont partis en bande, ramassant encore de la neige le long du quai de la Dérivation. Armand regarde de son seuil les cabans qui s'agitent. Des petits crapuleux, venus Dieu sait d'où, ont envahi la glissoire et Roger, titubant, rase les murs de la rue Pasteur et de la rue de la Loi, et regarde par la serrure la quiète lumière de la cuisine avant de toquer à la boîte aux lettres.

Surpris par la chaleur, il sent ses yeux picoter; il voudrait dormir tout de suite, se coucher sans souper pour être plus vite demain.

Désiré, en rentrant du bureau, n'endosse pas son vieux veston comme d'habitude et on ne lui a pas chauffé ses pantoufles sur la porte du four. Élise est habillée comme pour sortir; Mlle Pauline elle-même a un sourire complice.

En hiver, Roger se déshabille dans la cuisine, près du feu, revêt sa longue robe de chambre en pilou blanc, ses chaussons, sa mère lui monte sa brique et le borde après s'être assurée que la veilleuse à huile ne fume pas.

— Sois sage. Dors.

Il écoute. Il prie.

— Mon Dieu, faites que je n'aie pas de mauvais rêves et que nous mourions tous les trois ensemble.

Car il ne peut souffrir l'idée de suivre un jour le corbillard emportant son père et sa mère.

— Mon Dieu, faites que je n'aie plus de mauvaises

pensées. Je vous promets...

Ne faut-il pas qu'il donne quelque chose de son côté?

— Je vous promets de ne plus parler à Ledoux.

Il parlera encore, c'est à peu près certain, mais ce qui compte, c'est qu'il prenne la résolution de ne plus lui parler. S'il lui arrive de le faire, il demandera pardon et promettra de nouveau.

Encore une preuve que Ledoux sait vraiment: un jeudi, comme on rentrait vers cinq heures, Élise a entendu des voix dans la chambre de M. Chechelowski et a écouté.

— Tais-toi donc, Roger. Ne fais pas de bruit.

Elle a frappé à la porte, pâle, décidée.

— Pardon, monsieur Chechelowski... Pardon, mademoiselle...

Il y avait dans la chambre une jeune femme assez laide qui regardait tranquillement Élise en fumant une cigarette à bout de carton.

— C'est tout juste, Valérie, si elle ne m'envoyait pas sa fumée à la figure. Quant à lui, j'ai cru qu'il allait me sauter à la gorge, tant il était furieux.

— Je suis chez moi, vous entendez, *je paie!*

Roger a entendu raconter l'histoire plusieurs fois, à tante Louisa, à Hubert Schroefs, à Cécile.

— Du moment que vous êtes fiancés et que vous avez de bonnes intentions, vous devez me comprendre et vous accepterez de passer dans la salle à manger. C'est la même chose pour vous.

Car M. Chechelowski a rencontré une compatriote qui étudie la médecine comme Mlle Frida et qu'il compte épouser dès qu'il aura fini son stage.

— Drôle de ménage! prévoit Élise.

Peu importe. Ce qui compte, c'est qu'ils sont allés dans la salle à manger dont Élise, exprès, a laissé la porte entrouverte. Ce qui importe surtout, c'est qu'elle a dit textuellement à Valérie, le vendredi, quand Désiré est parti chez Velden:

— Tu comprends! Je ne veux à aucun prix qu'ils viennent *faire ça* dans ma maison.

Roger répète en remuant les lèvres:

— Mon Dieu, faites que je n'aie plus de mauvaises pensées.

Non! Il ne fera plus le geste avec ses doigts. Il ne veut même pas penser, ce soir, que saint Nicolas c'est père et mère.

Pourtant, il a entendu sortir ses parents. S'il descendait, il ne trouverait dans la cuisine que Mlle Pauline à qui on a demandé de garder la maison et qui recopie un cours près du feu.

C'est si rare que Désiré et Élise se trouvent dehors tous les deux, surtout le soir, comme jadis, quand Désiré allait attendre la jeune demoiselle de magasin à la sortie de l'«Innovation»!

Elle lui tient le bras, trop petite pour lui, elle est comme suspendue et, dès la rue Puits-en-Sock, on peut à peine avancer, ils sont pris à leur tour par la fièvre, voudraient tout acheter. Tout leur paraît beau, il y a des chevaux à bascule recouverts de vraie peau, avec le poil, des trains électriques, des poupées qu'on prendrait pour des bébés vivants et à qui il ne manque que la parole.

— C'est trop cher, Désiré. Mieux vaut peu, mais du bon.

Ce sont les ouvriers, les habitants des petites rues, qui font les pires folies et bousculent les passants à la porte des magasins, jouent brutalement des coudes pour être servis les premiers, transportent sur leurs épaules des vélos à trois roues, des forteresses, des couques à se cacher derrière.

— Tout ce qu'ils gagnent y passe et il ne leur restera pas de quoi payer leur loyer.

Ce sont leurs femmes qui achètent la viande ou la charcuterie, au début du mois, sans demander le poids, leurs enfants ont des trous à leurs chaussettes et, dès le quinze, il faut porter des objets au mont-de-piété.

Longtemps Désiré et Élise restent dehors dans la nuit neigeuse, passant de l'obscurité à la lumière, faisant la queue devant les rayons, et toujours la main d'Élise reprend sa place sur le bras du grand Désiré.

Mlle Pauline travaille en paix, les seins remontés sous le menton par son corset, dans la cuisine où la buée coule lentement sur la peinture à l'huile des murs.

Des bruits, des voix, des heurts de portes traversent le sommeil de Roger. Deux ou trois fois il s'éveille et regarde fixement la flamme de la veilleuse, mais il n'est pas encore l'heure.

Enfin lui arrivent les bruits familiers du poêle qu'on allume, l'odeur du pétrole qu'Élise s'obstine à verser sur le feu pour aller plus vite. Il saute du lit, pieds nus, les jambes embarrassées par sa chemise de nuit. Il n'a pas mis ses pantoufles. Les marches de l'escalier sont froides, les carreaux du corridor sont de glace.

La porte de la salle à manger est fermée à clef.

— Attends, Roger. Ton père va ouvrir.

Désiré descend, le pantalon mou sur sa chemise de nuit au col garni de points de croix au fil rouge.

Jamais toute la famille n'est levée d'aussi bonne heure et cela ajoute à ce qu'il y a d'exceptionnel dans cette journée.

La première Saint-Nicolas dont Roger se souvienne, quand on habitait encore rue Pasteur, il a éclaté en sanglots devant le spectacle qui s'offrait soudain à lui. C'était trop.

Maintenant encore, bien qu'il s'y attende, l'odeur le trouble, celle des couques, du chocolat, des oranges, des raisins secs. La salle à manger n'est plus une pièce quelconque dans la maison. Sur la nappe, des assiettes sont pleines de massepains, de fruits, de friandises, et on ne peut tout voir à la fois. Exprès, on n'a pas allumé le gaz et seule la flamme dansante d'une bougie éclaire ce spectacle.

Pourquoi a-t-il saisi une grosse orange qu'il tient comme on voit l'enfant Jésus de l'école tenir dans sa main une boule bleue surmontée d'une croix et qui figure le monde?

Calme et grave, il procède à un inventaire méthodique, regarde à peine le cerceau et le képi de soldat (c'est oncle Arthur qui l'a fait, qui lui a même pris les mesures), le fusil «Euréka», les deux albums d'images, mais il va s'asseoir dans un coin pour examiner sa boîte de couleurs.

— Tu es content?

Un oui distrait.

— Tu as vu ceci?

— C'est un «Mécano» auquel il ne s'attendait pas et il ne lui accorde qu'un vague coup d'œil. Quand il lève à nouveau les yeux, il voit Désiré qui s'est approché d'Élise. Il lui remet un petit écrin qui contient une broche. Il est gauche, comme toujours dans ces occasions-là, ses yeux brillent, ses moustaches frémissent. Roger a juré de ne plus avoir de mauvaises pensées.

— C'est trop, Désiré, c'est vraiment trop. Merci, sais-tu.

Pour un peu, elle pleurerait.

— Elle est beaucoup trop jolie. Pour toi, je n'ai trouvé que...

Une pipe, une pipe à fin tuyau courbe comme Élise les aime, parce qu'elles font distingué.

— Elle te plaît, au moins?

Désiré la bourre tout de suite et l'allume, bien qu'on soit à jeun. Rien, aujourd'hui, n'a d'importance. Les locataires dorment. La famille est réunie dans la salle à manger aux volets fermés où on allume enfin le gaz comme si c'était le soir. On sent encore le lit et on ne s'aperçoit pas qu'il fait froid.

Roger mange un chocolat, une figue, un raisin sec, mordille avec précaution le bord d'un massepain, la corne d'une chèvre en couque de Dinant.

— Désiré, tu devrais aller chercher ses pantoufles, pendant que je verse l'eau sur le café.

C'est encore plus irréel que la place du Congrès sous la neige. L'odeur du café parvient de la cuisine, la voix d'Élise :

— Ne mange pas trop, Roger. On va se mettre à table.

Le premier tramway ouvrier passe rue Jean-d'Outre-meuse, les cloches de la paroisse sonnent la première messe ; dans l'église que n'éclairent que deux cierges, l'enfant de chœur doit agiter sa sonnette, ou plutôt non, il n'y a pas d'enfant de chœur ce matin-là et c'est le sacristain qui sert l'office.

Dans la cuisine, on ne mange pas d'œufs, pas de lard comme les autres jours, rien que des choses sucrées qu'on a choisies dans les assiettes, chacun selon son goût ; la maison entière est sucrée et fade quand Désiré monte enfin faire sa toilette.

Chez les voisins, on entend une trompette grêle et à neuf heures, près de Mlle Frida qui déjeune, Roger est encore en chemise de nuit, le nez dans son assiette, l'estomac barbouillé, le corps vague comme quand on a trop peu dormi.

Il faut se résigner à ouvrir les volets et l'on découvre une rue de rêve. Le monde a disparu. L'école des Frères, si proche, se devine, lointaine, à travers un brouillard très blanc qui colle aux vitres et qu'on sent glacé. Des gens passent, le col du pardessus relevé, les mains enfoncées dans les poches et on les a à peine entrevus qu'ils sombrent dans le néant blafard. Le tram sonne, sonne, n'ose avancer qu'au pas et la charrette de l'homme aux poubelles devient un attelage de mystère.

C'est le seul jour de l'année où l'on a le droit de vivre comme on veut, par terre, de se traîner, de se salir, de manger n'importe quoi, à n'importe quel moment de la journée.

Mlle Frida, elle, n'a eu qu'un froid regard pour la salle à manger féerique, et s'en va à l'amphithéâtre où elle passera sa matinée à découper des cadavres.

On lave Roger dans la cuisine, à l'eau chaude.

— Entrez, mademoiselle Pauline, cela n'a pas d'importance.

Élise mouille le peigne pour partager par une raie les cheveux de l'enfant.

— Maintenant, tu vas me donner gentiment tes chocolats et tes pains d'épice.

Il faut les faire durer jusqu'à Noël. Alors, ce sera le boudin et les bouquettes, puis, presque tout de suite, les galettes pâles et les gaufres du Nouvel An, le petit verre de «Kempenaar» qu'on boit le matin de bonne heure rue Puits-en-Sock, car c'est par là qu'on commence la journée, le bordeaux rouge ou le porto de chez Schroefs, où l'on ouvre de pleines boîtes de biscuits, et où l'on en fourre plein les poches aux enfants, le vin blanc de Touraine, enfin, l'après-midi, à Coronmeuse.

Demain, à l'école, frère Mansuy jouera déjà à l'harmonium.

> *Venez, divin Messie,*
> *Sauvez nos jours info-or-tunés*
> *Le peuple vous envie*
> *Venez, ve-ne-ez, venez...*

Sans doute la mère de Mlle Pauline, à Varsovie, enverra-t-elle à sa fille une oie fumée, comme l'année dernière?

Les pinceaux, que Roger lave dans une soucoupe d'eau, y laissent des traînées mauves et roses; furtivement le gamin essuie les soies entre ses lèvres, cela a un goût râpeux qui devient aussi un goût de Saint-Nicolas.

7

Pour se donner de l'avance, elle fait à fond la chambre verte, celle de M. Saft; elle a déjà ciré le lit et les pieds de la table; de temps en temps, elle entend Mlle Pauline qui remue dans sa chambre.

Le temps n'est ni beau ni laid, ce qu'elle appelle un temps de tous les jours, plus blanc que gris, assez froid; parfois un coup de vent soulève la poussière sur les plates-formes de zinc. Pourtant, quand la récréation éclate à l'institut Saint-André et que Roger traverse la rue pour venir boire l'œuf battu dans de la bière que sa mère lui prépare avant de monter et qu'elle pose sur une marche de l'escalier, Élise est plutôt heureuse.

— C'est moi! lance le gamin en poussant la porte qui reste contre toute la matinée.

Le bonheur d'Élise est à l'image du temps, un petit bonheur tiède qu'elle se fabrique en astiquant.

— Si tu voyais ses pauvres lettres, Louisa!

Élise pense beaucoup, en travaillant, comme pour donner un fil à sa pensée; elle a besoin de s'adresser mentalement à quelqu'un et, si aucun son ne sort de ses lèvres, son visage n'en prend pas moins les expressions en harmonie avec son discours.

Son interlocuteur imaginaire change souvent, selon le sujet qui la préoccupe. Tout à l'heure, c'était Mme Corbion, parce que celle-ci a comme elle des locataires et peut comprendre certaines choses. Elle vient quelquefois l'après-midi, parée, vêtue de soie, poudrée, parfumée, une chaîne d'or en sautoir et un mouchoir de dentelle glissé dans la ceinture.

— Figurez-vous, madame Corbion, que sa maman est servante chez un docteur. Il n'en a pas honte. C'est ce que j'admire chez lui. Pauvre femme, qui se tue à travailler pour que son fils devienne quelqu'un!

Mme Corbion ne s'émeut pas, ne réagit pas. Ce qui l'intéresse, ce sont les étudiants comme les siens, des Roumains ou des Turcs de préférence, qui reçoivent beaucoup d'argent et dont les amours la passionnent. Elle affirme qu'elle ne permet pas l'entrée libre, mais elle ne doit pas regarder de trop près qui entre ou sort de chez elle.

— Si tu voyais ses lettres, Louisa.

Sa sœur de Coronmeuse devrait comprendre, elle qui fait étudier ses enfants. Évariste est à l'Université pour devenir avocat; Anna, la moins douée, reste à la maison, mais étudie la musique et Aimée, la cadette, suit les cours de l'école normale.

— ... Une pauvre écriture maladroite de quelqu'un qui n'est pas resté longtemps à l'école. Je suis incapable de lire, parce que c'est en polonais. Il y a des taches de graisse. Je suis sûre que c'est plein de fautes. Eh bien! moi, je trouve ça beau, je trouve plus beau encore que M. Saft n'ait pas honte de sa mère. Il aurait pu me raconter n'importe quoi, qu'il est le fils d'un ceci ou d'un cela. Lui qui est toujours si propre, tiré à quatre épingles! Le soir, figure-toi qu'il remet son pantalon dans ses plis et le glisse sous son matelas...

Elle va chercher de l'eau pour laver les vitres et, debout dans le cadre de la fenêtre ouverte, elle domine les cours et les jardinets enfermés dans le pâté de maisons.

— Il prend ses repas rue de la Casquette. Ce n'est pas un vrai restaurant, ni une pension de famille. Un étudiant polonais, qui n'avait plus d'argent pour continuer ses études, a eu l'idée de louer un rez-de-chaussée et de faire la popote pour ses camarades. Ceux-ci paient le prix coûtant, ou à peu près. Tu diras ce que tu voudras, moi, ces gens-là, je les admire.

Si elle était là, Louisa lui répondrait:

— Quand on n'a pas d'argent pour étudier, on ferait mieux d'apprendre un bon métier.

Elle a certainement prononcé cette phrase-là à une autre occasion. Il existe ainsi un certain nombre de phrases toutes faites qu'on croit entendre dès qu'on évoque sa silhouette. Peut-être parlait-on de Roger, de qui Élise veut faire quelqu'un aussi. Élise a sûrement répondu, avec ce frémissement qui agite ses lèvres quand elle dit quelque chose de désagréable :

— Tu fais bien étudier ton fils et tes filles, toi !

Car, enfin, le mari de Louisa n'est jamais qu'un vannier. Il travaille de ses mains. Louisa sert à boire au premier charretier venu et passe ses journées debout derrière un comptoir. Pourquoi ne veut-on pas voir les autres nourrir les mêmes ambitions que soi ?

— Frère Mansuy m'a dit que, si ce n'était pas son âge, il le ferait passer en deuxième année.

— *Je n'ai rien à lui apprendre cette année-ci. Il est trop avancé.*

Les deux femmes de l'estaminet d'à côté, la vieille et la jeune, font la lessive dans leur cour.

— Sais-tu seulement pourquoi il y a tant de Polonais pauvres qui étudient ?

La première fois que, dans sa cuisine, elle a mis en présence M. Saft et M. Chechelowski, ils se sont tellement hérissés qu'on aurait pu croire qu'ils allaient faire des étincelles. En fin de compte, ils se sont dominés. M. Saft, très pâle, s'est assis sans un mot. Depuis, ils ne se sont jamais adressé la parole.

— Et cela parce que, depuis cent ans et plus, les Polonais sont sous la botte russe. Ils ne pensent, ils ne travaillent qu'à leur libération. N'est-ce pas beau ? Ils portent aux pieds des chaussettes trouées, ils ne mangent pas à leur faim, mais ils étudient pour pouvoir reconstruire un jour leur pays et, chaque semaine, M. Saft fait de l'escrime avec un professeur.

Son portrait est sur la cheminée, en pantalon blanc collant, en plastron piqué, le visage couvert d'un masque.

Les fleurets sont derrière la garde-robe.

Ainsi passent les minutes, couleur du temps, la peau de chamois crisse sur les vitres, ce bruit irrite les dents, une voix crie dans le corridor :

— Charbon ?

Élise n'avait pas entendu la trompette du marchand. Elle se précipite.

— Trois seaux.

Pendant qu'on les remplit, elle court chercher son porte-monnaie dans la cuisine. On est vendredi. La vieille Mme Delcour, sur le seuil d'à côté, attend son tour et dit bonjour à Élise.

— Bien pleins, n'est-ce pas, monsieur Joseph ? Il ne diminue toujours pas de prix ?

— Il augmentera plutôt un de ces jours. Trois seaux à quarante centimes : un franc vingt, ma bonne dame. Vous n'avez pas la monnaie ?

Élise a l'oreille si fine ! Elle ne dit rien, mais elle a un imperceptible mouvement de la tête vers le haut de la maison et un sourire amer étire ses lèvres.

Comment Mlle Pauline a-t-elle pu s'abaisser à cela ? A se demander si ce n'est pas exprès qu'elle n'est pas allée à son cours. Juste au moment où le marchand lui rendait la monnaie, Élise a entendu la fenêtre du premier qu'on refermait avec précaution.

Voilà le charme rompu. Quand elle remonte chez M. Saft, elle ne songe pas à poursuivre son calme monologue, elle en oublie la lettre de la maman, la photographie en escrimeur, la bonne odeur de cire, cette atmosphère un peu sourde d'un matin banal.

Élise flaire le malheur de loin. C'est plus fort qu'elle. Pas seulement les vrais malheurs qu'on peut raconter et qui apitoient, mais tous ces petits riens qui font tant souffrir un être sensible.

Elle ne pense plus qu'à Mlle Pauline qui n'a pas voulu qu'on fasse sa chambre dès le matin parce qu'elle travaille.

Ce qui arrive, c'est la faute à Désiré. Elle le lui a répété cent fois, il a tort de plaisanter avec des gens qui ne comprennent pas la plaisanterie.

— Tu ne vois donc pas, Désiré, qu'ils n'ont pas la même mentalité que nous ?

Il a soin de ne pas s'en prendre à Mlle Frida qui reste de glace, sans réaction, comme si on parlait à quelqu'un se trouvant derrière elle. La bête noire de Désiré, c'est Mlle Pauline qui, elle, le regard brillant, s'empourpre, gonflant ses seins que le corset remonte sous son menton grassouillet.

— Tu es bien de la rue Puits-en-Sock, va !

Elle-même ne comprend pas ce jeu — si c'est un jeu — qui consiste à dire des vérités désagréables en faisant mine de plaisanter.

Désiré recommence à propos de tout et de rien.

— Il ne la laisse pas un soir en paix, Valérie. Dès qu'elle entre dans la cuisine, il commence, c'est plus fort que lui, il saute sur n'importe quelle occasion.

Les mains, par exemple, Mlle Pauline soigne comme des objets précieux ses mains qu'elle a petites et potelées ; elle les contemple avec amour, ne s'en cache pas, raconte volontiers qu'elle les enduit chaque soir de crème et qu'elle porte des gants pour dormir. Lorsqu'elle mange, les coudes sur la table, elle remue délicatement ses doigts aux ongles laqués, comme s'il s'agissait d'instruments de précision : il faut la voir peler une pomme avec une minutie exaspérante, émietter le pain comme elle le ferait pour un oiseau. Elle est là, dans la cuisine de la rue de la Loi, où nul ne fait de façons, aussi digne qu'à un dîner d'apparat, aucunement gênée si tout le monde se lève alors qu'elle est encore à table.

— Madame Mamelin, je ne peux pas manger avec une fourchette en nickel.

Est-elle allée, comme c'était si simple, s'acheter un couvert en argent rue de la Régence ? Ce serait mal la connaître. Elle a écrit à sa mère et celle-ci a dû lui envoyer un couvert de Varsovie.

— A votre place, mademoiselle Pauline, lui a lancé Désiré, je ne mangerais que dans de la vaisselle d'or. Quand on en a l'habitude, n'est-ce pas? Et puis, les mets doivent être tellement meilleurs!

Elle le déteste, elle le hait; comme dit Élise, si ses yeux étaient des canons de fusil, il y a longtemps que Désiré serait mort. Peu de soirs passent sans escarmouche. Un jour qu'elle se plaignait de ne pas trouver à Liège, pour ses mains, sa marque de crème habituelle:

— Pourquoi n'essayeriez-vous pas du fromage?

Ce fromage de Herve à l'odeur si forte qu'on ne peut le mettre à table que sous globe et qui fait fuir Mlle Pauline dès qu'elle en aperçoit!

Élise ne parvient pas à sourire à ce souvenir, ni au mot de Désiré décrivant sa locataire à Hubert Schroefs:

— En réalité, ses doigts ressemblent à des saucisses malades.

Soudain, elle écoute, crie:

— Je descends, Léopold.

Elle se penche, n'entend plus rien dans le corridor. Elle descend quelques marches et se penche de nouveau sur la rampe.

— Ah! c'est vous... je viens...

C'est le vieux pauvre qui passe à jour fixe.

— Cela ne vous ferait rien de me donner deux semaines à la fois? Je ne pourrai pas venir la semaine prochaine.

Élise ne peut oublier ce léger bruit qui lui a fait lever la tête quand le marchand de charbon lui rendait sa monnaie. On ne la trompe pas. Tout en essayant de chasser ce souvenir, elle commence déjà à se défendre.

— Nous sommes peut-être pauvres, mademoiselle Pauline, mais dans la famille nous avons toujours été honnêtes.

Pour un peu, elle ajouterait (oui, elle le dira si on la

pousse à bout):

— Nos parents n'ont pas fait fortune en vendant des bas et des caleçons dans le faubourg le plus miteux de Varsovie.

Car c'est le cas des Feinstein. Elles n'en sont pas moins orgueilleuses, et, quand la mère est venue à Liège l'année précédente, elle croyait que tout lui était dû, il fallait la voir aller et venir dans la maison, commander comme à des domestiques: pour rien au monde, elle ne se serait levée si une casserole brûlait sur le feu, oubliant qu'elle avait passé sa vie à la caisse, au fond d'une porte cochère transformée en boutique.

M. Saft les a connus et a tout raconté. Il déteste peut-être davantage encore les Juifs que les Russes.

— Ce ne sont pas des Polonais, madame. Il ne faut jamais dire que ce sont des Polonais, ce serait nous faire injure. Chez nous, ils vivent dans des quartiers spéciaux, où les vrais Polonais ne passent pas.

Mlle Pauline étudie pour devenir professeur de mathématiques et est incapable de cuire un œuf à la coque; elle raccommode ses bas avec de la laine de n'importe quelle couleur — du moment que c'est aux pieds et que ça ne se voit pas! — elle les raccommoderait avec de la ficelle rouge si elle n'avait rien d'autre sous la main.

— Comment ferez-vous quand vous aurez des enfants, mademoiselle Pauline?

Car Élise, qui en veut à Désiré de plaisanter, ne peut s'empêcher de dire parfois à sa locataire ses quatre vérités.

— Je n'aurai pas d'enfants.

— Alors, c'est que vous êtes plus fine qu'une autre. Parce que les hommes...

— Jamais un homme n'aura de droits sur moi.

Elle est exaspérante de calme, de confiance en soi. Elle s'admire, s'aime éperdument. Une fois que Désiré lui demandait s'il ne lui arrivait pas de s'embrasser dans la glace, elle a répondu :

— Pourquoi pas ?

Roger rentre déjà. Il est temps de mettre la table. Élise se dépêche et toujours elle pense à cette chose désagréable qui va arriver ; pour un peu, tant l'impatience l'agace, elle irait au-devant du coup, frapperait à la porte de la chambre rose.

— Eh bien, mademoiselle Pauline, dites-moi donc ce que vous avez à me dire. Je sais que vous avez ouvert votre fenêtre comme une voleuse. Je n'ignore pas pourquoi. Il y a longtemps que je m'y attendais. Parlez, maintenant. Je vous écoute.

Car c'est exact qu'Élise s'attendait à ce qui arrive ou à une autre offensive. Un jour, elle n'a pu s'empêcher de dire devant tout le monde à sa locataire :

— Voici trois francs soixante, mademoiselle Pauline.

L'autre, qui avait compris, a préféré feindre l'étonnement.

— Vous avez la manie de laisser traîner de l'argent dans tous les coins. Il y avait même ce matin une pièce de vingt-cinq centimes sous votre descente de lit. Vous m'obligeriez en mettant votre argent de côté.

A bon entendeur, salut ! M. Chechelowski a souri dans ses moustaches. Mlle Frida a regardé sa logeuse avec attention.

— C'est vrai. Vous avez toujours l'air de soupçonner les gens d'en vouloir à votre argent. Vous n'avez que votre argent en tête. Sachez donc, mademoiselle Pauline, qu'il n'y a pas de voleurs dans la maison.

— Je n'ai jamais dit ça.

— Mais vous faites des marques à votre bouteille d'eau de Cologne et vous soupesez votre sachet de café moulu avant de le remettre dans votre boîte.

Élise rougit, toute seule, car il lui est arrivé une fois ou deux, manquant de café et ne voulant pas courir à la «Vierge Noire»... de prendre un peu de café moulu dans

350

la boîte de chaque locataire. Quant au charbon...

— Voyez-vous, madame Corbion, ce qui me met en colère, c'est qu'elle pourrait payer. Au début, elle mangeait à la pension bourgeoise de la rue de l'Enseignement, où l'on prend un franc par repas. Si ce n'est pas que Désiré m'empêche d'avoir des pensionnaires, je sais bien ce que je gagnerais à faire la même chose...

Elle s'affaire, le front soucieux, regrettant sa bonne journée gâchée par la faute de Mlle Pauline. Tout lui revient, c'est inévitable, les menues exceptions, les mesquines vexations que le sort s'ingénie à lui réserver. Dieu sait pourtant si elle fait tout ce qu'elle peut.

Pourquoi, dès le début, n'a-t-elle eu que des locataires pauvres?

— Qu'est-ce que vous voulez! J'ai dit à Mlle Frida:

» — Donnez-moi vos bas, votre linge, je me charge de les laver.

» Je lui compte à peine le prix du savon. Je prends cinq centimes par paire pour raccommoder les chaussettes de M. Saft et je fournis la laine.

» Pour une fois que m'arrive une locataire qui pourrait payer, le hasard veut qu'elle soit avare, méfiante, toujours à faire des comptes dans un petit calepin qui ne la quitte pas. Elle va jusqu'à compter ses morceaux de sucre.

Quand Mlle Pauline a vu que les autres mangeaient dans la cuisine et qu'on leur donnait de l'eau bouillante pour leur café, elle a calculé que cela lui reviendrait moins cher que de prendre ses repas dehors. Sa mère lui envoie des saucissons, des jambons, de l'oie fumée, des gâteaux de son pays. Jamais elle n'en a offert, pas même à l'enfant. Il a fallu qu'Élise chipe un morceau d'oie pour qu'on en connaisse le goût. Peu importe à Mlle Pauline que les autres aient mal au cœur; au contraire, elle étale ses victuailles, s'installe à la meilleure place, reste une heure à table et, s'il n'y a personne dans la cuisine pendant la journée, elle descend avec ses livres et ses cours pour économiser le feu chez elle.

— Mademoiselle Pauline, vous avez laissé le lait se répandre sur le poêle. Comment ne sentez-vous pas le brûlé?

— Je ne suis pas ici pour surveiller vos casseroles.

Elle est méchante, Élise le sait, elle envie tout le monde, parce qu'elle est laide, parce qu'elle est juive, parce que son père est né dans un ghetto de la frontière russe, un vieux Juif à longue barbe qui, là-bas, frôlait humblement les maisons. Voilà pourquoi il n'y a pas un seul portrait de son père dans la chambre: elle a honte de lui.

Elle se vengera, on peut s'y attendre, des plaisanteries de Désiré, elle se vengera sur Élise qui fait une différence entre elle et les autres locataires et qui, pour laver son linge, prend deux centimes de plus par pièce qu'à Mlle Frida.

La voilà qui descend, s'assied sans mot dire, attend, en tripotant sa serviette, que M. Chechelowski et Mlle Frida soient à table. Fébrile, Élise donne à manger à son fils sans les regarder. Elle sent l'attaque venir et l'attaque vient, doucereuse.

— Dites-moi, madame Mamelin, combien le marchand qui passe dans la rue vend-il le seau de charbon?

— Quarante centimes, mademoiselle Pauline. Le charbon a augmenté de cinq centimes le mois dernier à la suite des grèves.

Silence. Les petites mains potelées retirent délicatement la peau transparente d'une tranche de saucisson à l'ail sur la fourchette en argent.

— Pourquoi demandez-vous cela? Est-ce parce que je vous le compte quarante-cinq centimes? N'oubliez pas qu'il faut que je vous le monte, que je fournisse le petit bois, le papier, que j'allume le feu. Si vous trouvez que c'est trop de cinq centimes pour ma peine, rien ne vous empêche…

— Je n'ai pas dit ça. J'ai le droit de me renseigner,

352

n'est-ce pas ?

— Mais oui, mademoiselle Pauline, vous avez tous les droits, y compris celui de monter vous-même le charbon dans votre chambre.

— Vous vous fâchez.

— Je ne me fâche pas. C'est vous qui insinuez...

— Je n'insinue pas. Je suis comme je suis.

On pourrait penser que c'est fini. Eh bien ! non, ce n'est pas fini, car Élise, qui a encore triché, se demande anxieusement si Mlle Pauline s'en rend compte.

C'est exact qu'elle ne compte le charbon que cinq centimes de plus que le prix du vieux Joseph. Ce qu'elle n'ajoute pas, c'est que les charbonnières des chambres en contiennent un bon tiers de moins que le seau du marchand.

— Tu comprends, Valérie, ce ne serait pas la peine de me donner le mal que je me donne si ce n'était pas pour gagner.

Voilà pourquoi ce n'est pas une simple escarmouche sans conséquence. C'est bel et bien un drame. Élise est honnête. Elle ne prendrait pas une pièce de dix centimes que ses locataires laisseraient traîner. Mais elle triche, sur tout, pour deux, pour trois centimes, et Mlle Pauline s'en doute, en sait peut-être davantage qu'elle ne dit.

Les autres, de leur côté, n'ont-ils rien remarqué ? Tout à l'heure, Mlle Frida a lancé à Élise un drôle de regard, comme si une idée la frappait.

— Moi qui ne sais comment leur rendre service !

C'est vrai. Et c'est justement le drame que personne, en dehors d'Élise, ne peut comprendre : elle souffre quand Mlle Frida n'a que du pain et du beurre à dîner et elle s'efforce de lui faire accepter une assiette de soupe ; c'est elle qui propose, quand elle sort le jeudi après-midi avec Roger :

— Descendez donc étudier dans la cuisine, monsieur Saft. Vous serez seul et il y fait plus chaud !

Malheureusement; après, elle compte. Il faut que chaque semaine elle porte de l'argent à la Caisse d'épargne, sur le livret de Roger; elle cache de petites sommes un peu partout, dans la soupière de service, dans son four à linge.

Lui donne-t-on quelque chose pour rien, à elle? Pourquoi, puisqu'ils étudient tous, n'aurait-elle pas le droit de faire étudier son fils?

— Si elle pouvait quitter la maison!

Maintenant, la présence de Mlle Pauline l'oppresse, comme si elle représentait une menace perpétuelle. Elle ne peut pas en parler à Désiré, avec qui elle triche aussi. Elle triche même sur le gaz et sur l'eau, car il ne pense jamais à vérifier les compteurs.

— Quand je prendrai de nouveaux locataires, je m'arrangerai pour qu'ils soient belges, dit-elle seulement tandis qu'il dîne à son tour dans un rayon de soleil qui a fini par percer les nuages. Si gentils soient-ils, les étrangers restent des étrangers. Ils ne sentent pas comme nous.

— Qui l'a voulu? répond-il sans y penser davantage...

— Remarque que je ne me plains pas. Je dis simplement...

Comment un incident si futile peut-il la retourner à un tel point? Elle est aussi fébrile que si elle couvait une maladie. Elle a beau se raisonner, elle reste anxieuse, dans l'attente d'un malheur. Elle a commencé à nettoyer ses cuivres, le travail qu'elle préfère, celui du vendredi après-midi; tous les cuivres de la maison sont rassemblés sur la table: bougeoirs, cache-pot, cendriers, poêlons, lampes à pétrole qu'on garde pour le cas où le gaz viendrait à manquer et surtout parce qu'on a l'habitude de les voir sur la planche de la cuisine.

Désiré s'en va. Il ne doit pas avoir atteint la rue Puits-en-Sock qu'on sonne violemment, elle tressaille, car elle reconnaît d'habitude les gens à leur coup de sonnette et celui-ci est un coup de sonnette inconnu.

A tout hasard, elle a ouvert en passant la porte de la salle à manger.

— Monsieur...

Un homme bien mis la salue courtoisement, entre sans rien dire, pénètre avec aisance dans la pièce de devant qui sent toujours le renfermé, bien qu'on l'aère chaque semaine. Remarque-t-il qu'Élise a les mains crispées sur son tablier, qu'elle sourit jaune en lui avançant une chaise Henri II et qu'elle jette un coup d'œil vers le portail de l'institut Saint-André, comme pour y chercher la silhouette rassurante de frère Médard?

— Je m'excuse de vous déranger, madame Mamelin.

Sa voix est douce, cordiale, tout est cordial en lui, bonhomme presque familier, il fait penser à un médecin de famille ou à un commerçant prospère.

Élise ne soupçonne pas que bientôt elle l'appellera M. Charles et qu'il entrera dans la maison de la rue de la Loi aussi simplement que Léopold, s'installera sur cette chaise qu'elle lui a offerte aujourd'hui et allumera avec soin une belle pipe d'écume.

— Vos locataires sont tous sortis, n'est-ce pas?

En parlant ainsi, il se tourve vers la porte qui communique avec la chambre de M. Chechelowski, comme s'il était au courant des habitudes de la maison.

— Pourquoi me demandez-vous cela?

— Ne craignez rien, madame Mamelin. Nous avons sur vous les meilleurs renseignements. J'appartiens à la police.

Elle reste debout près de la porte qu'elle n'a pas refermée.

— Je m'occupe plus particulièrement des étrangers, entre autres des Russes, et il y a longtemps que j'aurais dû venir bavarder avec vous.

Il est assez gros, bedonnant, son teint est frais, ses cheveux blonds, qui deviennent rares, sont rejetés en arrière et elle remarque l'alliance qu'il porte au doigt; ce détail, sans raison, la rassure.

— Vous étiez sans doute occupée? Je serais ennuyé d'avoir mal choisi mon moment.

— Mon Dieu, je ne suis pas très présentable. Je faisais mes cuivres...

Elle en profite pour retirer son tablier et redresser son chignon.

— Vous avez bien ici une étudiante nommée...

Il cherche le nom dans son calepin, cependant qu'elle est persuadée qu'il le sait parfaitement.

— Voyons... Frida Stavitskaïa... Vous permettez que je fume? Vous me mettriez tout à fait à l'aise si vous consentiez à vous asseoir.

Ne sait-il pas qu'on ne s'assied pas sur les bons sièges de la salle à manger en tenue de travail?

— A propos de cette demoiselle, dites-moi, je vous prie, reçoit-elle souvent des amis?

— Je ne permets pas d'entrée libre.

— Ah! oui. Bien... Évidemment...

Sait-il ce qu'on appelle l'entrée libre? Il est gai. On a peine à croire que ce soit un vrai policier. Il observe Élise d'un œil amusé où l'on pourrait presque déceler une certaine tendresse, quelque chose, en tout cas, d'affectueux et d'ironique tout ensemble. peut-être parce qu'il a rencontré beaucoup d'Élise, il semble la connaître en détail.

— Si elle ne reçoit pas d'hommes, je suppose qu'elle peut recevoir des amies dans sa chambre?

— On voit que vous ne la connaissez pas. Elle est bien trop sauvage pour avoir des amies.

Elle s'apprivoise déjà et lui, jouant la perplexité, contemple une lettre qu'il a tirée de sa poche et qui porte, sous le nom de Frida Stavitskaïa, une adresse raturée au crayon violet.

— Je suppose qu'il vous arrive de sortir pour aller aux provisions? A ces moments-là, évidemment, il vous est impossible de savoir si quelqu'un entre ici.

Il vaut mieux changer de tactique. Élise n'aime pas qu'on soupçonne sa maison.

— Écoutez, madame Mamelin. Je ne jouerai pas au plus fin avevc vous. J'appartiens au deuxième bureau. C'est nous qui sommes chargés de surveiller les étrangers suspects et je ne vous cache pas qu'ils pullulent en ce moment. Par hasard, grâce à une adresse incomplète, cette lettre, qui porte un timbre de Suisse, a été jetée au rebut et a échoué entre nos mains.

Il est comme chez lui et c'est Élise qui se sent étrangère dans sa propre maison, étrangère au point que la rue calme dont elle aperçoit les pavés lui apparaît comme un refuge.

— Je vous certifie, madame, que votre locataire, sans doute à votre insu, a reçu quelqu'un ici même et l'a hébergé pendant plusieurs jours.

Le front empourpré, Élise se met à parler très vite, pour ne pas donner au soupçon le temps de s'emparer de l'esprit de son interlocuteur.

— Je n'y pensais plus, je vous demande pardon. C'était il y a deux mois, n'est-ce pas? Je pourrais retrouver le jour. Un jeudi, puisque je suis allée à l'«Innovation». Vous voulez parler du «diable», je parie. Je vais vous raconter ce qui s'est passé.

» Mlle Frida m'avait annoncé qu'un de ses parents, un cousin, viendrait pour deux ou trois jours à Liège. Elle me demandait si je n'accepterais pas de lui dresser un lit dans cette salle à manger qui ne sert presque jamais. C'est Désiré, je veux dire mon mari, qui n'a pas voulu. Elle a paru fort contrariée et elle m'a boudée pendant deux jours. Il paraît que son cousin ne parle pas le français, qu'il est très timide. Bref, elle ne voulait pas le laisser seul dans un hôtel de la ville. Elle a couru pendant près d'une semaine. Moi, je n'y pensais déjà plus quand, un jeudi, comme je le disais en commençant, je l'ai trouvée, en rentrant, dans le corridor avec un homme que je ne connaissais pas. Ils m'attendaient. Il faisait déjà noir et j'ai dû allumer le gaz. Je me souviens surtout du long pardessus que l'homme portait.

» — Écoutez, madame Mamelin. J'ai amené mon cousin. Nous vous attendions pour vous prévenir. Il dormira dans ma chambre et moi j'irai coucher chez une amie.

» Je ne pouvais pas refuser, n'est-ce pas ? Ils ne sont pas restés ensemble deux minutes dans la chambre et, pendant ce temps-là, la porte est restée ouverte. Une fois la valise déposée, ils sont venus sur le palier où ils ont parlé longtemps en russe.

» — Entrez au moins dans la salle à manger, leur ai-je crié.

» Car je ne sais pas de quoi ils avaient l'air ainsi. Elle n'a pas voulu. L'homme, nous l'avons tout de suite appelé le diable, à cause de son toupet noir et de son bouc, mais nous l'avons à peine vu, il est resté toute la journée du lendemain dans la chambre. Je sais qu'il écrivait, car je lui ai monté une tasse de café et il m'a regardée fixement.

» Mais dites-moi monsieur...

— Monsieur Charles.

— Dites-moi, monsieur Charles...

Elle a des remords. N'est-elle pas en train de perdre Mlle Frida ?

— Elle n'a rien fait de mal, au moins ?

— Continuez, je vous prie.

— C'est tout. Il est resté quatre jours au lieu de deux. Il ne sortait que le soir, rentrant au milieu de la nuit, car Mlle Frida lui avait remis la clef. Une nuit, il n'est pas rentré du tout et, le lendemain, ma locataire a repris possession de la chambre, je lui ai fait remarquer que son cousin ne nous avait dit ni au revoir ni merci...

— Cela vous ennuierait beaucoup que je jette un coup d'œil dans cette chambre ? Ne craignez rien, Madame Mamelin. J'ai l'habitude et la demoiselle ne soupçonnera pas mon passage.

— Si elle rentrait?

Il haussa les épaules. On dirait qu'il sait où elle est, ce qu'elle fait, qu'il connaît l'heure à laquelle elle reviendra.

— Allons, madame Mamelin, je ne veux pas vous effrayer, mais, puisque vous êtes une femme de tête — si, j'en suis sûr — et que vous saurez garder le silence, il est préférable que je vous confie que le diable, comme vous l'appelez, est un des nihilistes qui ont assassiné le Grand-Duc, à Saint-Pétersbourg, à l'aide d'une bombe qui a fait plus de cinquante victimes.

Élise sourit, incrédule.

— Non, monsieur Charles, ce n'est pas possible. Vous ne me ferez pas croire que chez moi...

Chez elle, voyons! Rue de la Loi!

— Voulez-vous que je vous renseigne sur vos autres locataires? Vous comprendrez alors que nous ne nous trompons pas. Savez-vous par exemple, où est allé M. Saft lundi matin?

Elle se trouble. Le lundi précédent, en effet, elle l'a entendu sortir alors qu'il ne faisait pas jour et, quand il est rentré, elle a vu qu'il cachait un paquet très long sous son pardessus.

— M. Saft est allé, à Cointe, se battre en duel avec un compatriote. Conduisez-moi, voulez-vous?

Il laisse son chapeau dans la salle à manger, jette un coup d'œil sympathique à la cuisine où les cuivres qui ont l'air d'attendre se couvrent de buée à cause de l'eau qui bout. Pour un peu, il irait s'y asseoir et réclamerait une tasse de café.

— Mlle Frida reçoit-elle beaucoup de lettres?

— Une lettre de Russie chaque semaine et un mandat à la fin du mois. Souvent le mandat est en retard.

— Vous avez la clef de cette armoire?

— Il n'y a pas besoin de clef; la serrure ne fonctionne

pas.

Les mains de l'homme manient avec une délicatesse inattendue le linge et les vêtements. Il ouvre les tiroirs, une boîte à bonbons qui contient des cordons de toutes les couleurs et des épingles à cheveux. Élise, du palier, surveille la porte de la rue.

— Si vous la connaissiez comme je la connais...

— Vous a-t-elle dit que son père est depuis vingt ans dans un bagne en Sibérie?

— Elle me l'a dit.

Avec les mêmes gestes prudents — elle a trouvé ce qu'elle cherchait: il a des mains de dentiste — il feuillette les livres de médecine sans rien y trouver.

— Allons! Elle est maligne.

Il redescend et s'arrête devant la boîte aux lettres.

— Qui prend le courrier le matin dans cette boîte?

— Cela dépend. Le plus souvent, chaque locataire prend le sien. On est à table quand le facteur passe. Nous, nous ne recevons guère que le journal.

— Dites-moi, madame Mamelin, j'ai fort envie de vous demander...

Non. Il préfère renoncer à son idée. Il vaut mieux revenir une autre fois, agir doucement.

— J'allais oublier mon chapeau. Surtout pas un mot, n'est-ce pas? même à votre mari. J'y compte. A bientôt. Je m'excuse encore une fois.

Comment exprimer ce qu'elle ressent dès qu'elle est seule dans la maison? Si elle s'écoutait, elle traverserait la rue pour aller tout raconter à frère Médard et lui demander conseil. Qui sait si cet homme appartient réellement à la Secrète? Si c'était un voleur?

Elle monte pour s'assurer que M.Charles n'a rien emporté. Elle est à peine redescendue, elle trempe son chiffon dans la pâte à métaux qui sent l'acide quand Mlle Frida rentre de l'Université.

A qui, à quoi se fier désormais? Il semble à Élise qu'on

lui a sali sa maison, qu'une trouble menace s'y est infiltrée. N'aurait-elle pas mieux fait de se taire? Au lieu de cela, elle a parlé, parlé, elle a raconté tout ce qu'elle savait. Au fond, c'est la peur qui l'a poussée. Et aussi, il faut l'avouer, elle éprouvait le désir d'être bien considérée par cet homme si poli qu'elle ne connaît pourtant ni d'Ève ni d'Adam.

— Pas même votre mari! a-t-il insisté.

Pauvre Désiré! Elle va encore devoir lui cacher quelque chose. Tricher! Toujours tricher! Elle en pleurerait bien! M. Saft lui-même qui sort le matin sur la pointe des pieds pour aller se battre en duel!

Soudain son sang ne fait qu'un tour, elle se lève d'une détente, face à la porte vitrée, elle a entendu des pas précipités au-desus de sa tête, la porte de l'annexe s'ouvre, se referme comme par un courant d'air, des pas furieux descendent l'escalier. Mlle Frida se précipite si lourdement vers la cuisine qu'on la croirait chaussée de gros souliers d'homme. Sur le seuil, elle s'arrête et, sous le coup de l'émotion, elle parle d'abord en russe, se reprend, questionne d'une voix sifflante:

— Qui est rentré dans ma chambre? Je veux savoir. Je veux que vous me disiez tout de suite qui est venu.

Un sourire s'est figé tant bien que mal sur les lèvres pâles d'Élise.

— Qu'est-ce qui vous arrive, mademoiselle Frida?

— Je veux savoir, vous entendez?

— Mais... Je vous assure qu'en dehors de moi...

La Russe déchaînée serait capable de frapper, ou de saisir les poignets de sa logeuse pour la secouer.

— Vous mentez! hurle-t-elle.

— Sur la tête de Roger...

Elle ne l'a pas fait exprès, elle essaie de se rattraper.

— Sur ma tête, je vous jure...

— Alors, c'est vous!

— Qu'est-ce que vous me reprochez?

— C'est vous qui avez touché à mes livres.

— Qu'est-ce que j'aurais fait avec vos livres ?

Frida frappe le sol du pied.

— Je vous ai défendu de toucher à mes livres.

— Quand je prends les poussières, il peut arriver que, sans le vouloir, je les pousse un peu.

— Non.

Elle est catégorique, Élise devine pourquoi et rougit davantage. Mais doit-elle, dans sa propre cuisine, supporter pareille scène ?

— Vous avez tourné exprès les pages de mes livres. Vous avez fouillé mes cours, ouvert le tiroir de la table. *Je sais !*

Elle ajoute enfin, les dents serrées :

— Je fais des marques, moi aussi.

Malgré cette allusion qui la démonte encore davantage, Élise a la présence d'esprit de s'écrier :

— Je vois ce que c'est. Mon Dieu ! Mademoiselle Frida, comment pouvez-vous vous mettre dans des états pareils pour si peu de chose ? Tout à l'heure, quand je montais le charbon, Roger m'a suivie dans votre chambre. Un enfant, quand on a le dos tourné, ça touche à tout. Je lui défends toujours d'entrer chez les locataires.

Après un regard aigu qui ne désarme pas tout à fait, Frida tourne le dos, ouvre la porte de la rue qu'elle referme avec une telle violence que la maison en tremble. Peut-être est-elle partie pour toujours ?

Alors, Élise n'hésite plus, elle arrache son tablier, se recoiffe, se lave les mains à la pompe. Frère Médard est là, sur le trottoir d'en face, à surveiller la sortie des élèves, non sans jeter parfois un regard à la maison des Mamelin.

Pourquoi ne lui a-t-il jamais paru ridicule ? Son corps, sous la soutane, a l'air d'une grosse boule mal d'aplomb sur laquelle est posée l'autre boule disproportionnée de la tête. Il fait penser à un bonhomme de neige qui serait noir, et pourtant il lui apparaît comme le seul être, peut-être, dont elle accepterait n'importe quel verdict.

— Viens avec moi, Roger. Attends que je prenne la clef.

Si elle oubliait de la prendre dans la boîte aux lettres, comme c'est arrivé, elle se trouverait à la porte et il lui faudrait attendre dehors le retour de Désiré ou d'un locataire.

— Excusez-moi, frère Médard. Vous me voyez toute désemparée. J'ai besoin d'un conseil. Il vient de m'arriver une chose tellement inattendue...

Majestueux — oui, il est vraiment majestueux — il lui désigne la petite porte ouverte au milieu du portail, la cour aux pavés inégaux, sa classe vide où les pupitres et les bancs presque neufs sont d'un jaune clair.

— Reste dans la cour, Roger.

C'est la première fois qu'elle entre dans une classe. Cela l'impressionne autant que quand, avec Charles, le mari de Françoise, elle a pénétré dans la sacristie de Saint-Denis pour admirer les chasubles.

— Asseyez-vous, madame Mamelin.

Il ne peut pas lui offrir sa chaise, car c'est une chaise très haute, faite pour le pupitre planté au bord de l'estrade. Il lui désigne le premier banc d'élèves, reste là, le ventre en avant, grave, sûr de lui, le regard si calme qu'on sent que le monde pourrait être bouleversé de fond en comble sans qu'il en soit troublé.

Elle raconte tout. Devant lui, elle n'a aucune honte. Un problème d'arithmétique est encore tracé sur le tableau noir. L'air sent la craie et l'eau sale du seau surmonté d'une serviette où les écoliers se lavent les mains. Une Vierge en plâtre peint baisse la tête vers Élise qui parle toujours et que le frère Médard interrompt de temps en temps par une question.

— Je sais que c'est un mensonge et qu'on n'a pas le droit de mentir...

Il sourit. C'est un homme qui comprend.

— Le plus pénible, c'est d'obliger l'enfant à mentir à son tour. Comment faire autrement?

Il réfléchit. Il est la statue même de la réflexion, son pilon un peu levé, l'œil fixé sur le vide de la cour où Roger, tout seul, ne sait que faire.

Enfin, il va vers la porte de sa démarche déhanchée, appelle:

— Roger!

Tout cela est exceptionnel, jamais un frère n'appelle un élève par son prénom. Roger s'avance, surpris, interroge sa mère du regard.

— Viens ici, mon petit bonhomme.

Frère Médard s'assied au bord d'un banc, fait jouer, à travers sa soutane, le déclic qui lui permet de plier sa jambe de bois, saisit l'enfant par les deux épaules et parle en lui soufflant au visage.

— Tu es un grand garçon, n'est-ce pas? Et tu aimes bien ta maman. Puisque tu aimes ta maman et que tu ne voudrais pas qu'il lui arrive des malheurs, tu feras ce que je vais te dire. Tout à l'heure, pendant que ta mère montait le charbon dans la chambre de Mlle Frida, tu es entré et tu as joué avec les livres.

— Non, mon cher frère.

Ses oreilles sont devenues rouges, il ne sait pas pourquoi. Il n'ose pas détourner la tête et suffoque en respirant la forte haleine de frère Médard.

— Écoute ce que je te dis. Si on te questionne, si on te demande ce que tu as fait dans la chambre de Mlle Frida, tu dois répondre que tu as feuilleté les livres et ouvert le tiroir de la table.

Il a compris. Frère Médard le libère, se tourne avec satisfaction et une pointe d'orgueil vers sa maman.

— Voilà, madame Mamelin. Quant à ce M. Charles, s'il revient, je vous conseille de…

Il lui donne ses instructions.

— Vous avez fort bien fait de m'en parler. N'hésitez pas à venir me trouver chaque fois que vous avez un ennui ou qu'une question vous tracasse.

— Merci, frère.

Elle n'ose pas dire mon cher frère, comme Roger. C'est extraordinaire, en sortant de la classe et en traversant la cour, elle se sent plus légère. Cela s'est passé si simplement! Tout est redevenu familier, rassurant.

— Vous ne pouviez pas agir autrement, votre confesseur vous le dira comme moi.

Sur le trottoir, il lui adresse un grand salut qui la rend rouge de confusion.

— Viens, Roger.

Elle tient son fils par la main pour traverser la rue. Il lui semble que tout le monde la regarde, qu'elle a pris soudain beaucoup d'importance.

— Dis, mère, pourquoi frère Médard veut-il que je...

Elle le rappelle à l'ordre:

— Ne pose pas de questions. Tu sais bien que frère Médard te l'a défendu. Plus tard, quand tu seras grand, tu comprendras.

Elle finit ses cuivres. Parfois un sourire un peu triste, plus distingué que son sourire habituel, le sourire qu'elle avait devant frère Médard, lui remonte aux lèvres sans qu'elle s'en rende compte.

Et le plus étonnant, c'est que les choses se passent ensuite comme on lui a prédit qu'elles se passeraient. Mlle Frida rentre comme d'habitude, descend quand les autres sont déjà à table et prend sa boîte sur la planche, coupe son pain, beurre ses tartines. On dirait qu'il ne s'est rien passé; seule Élise peut s'apercevoir que sa locataire est un peu gênée.

Quant à Roger, son regard va sans cesse de sa mère à Mlle Frida et, à la fin du souper, il est dépité qu'on ne lui ait pas posé une seule question, il se demande pourquoi frère Médard lui a fait un sermon si solennel.

8

— Lève les pieds, Roger.

Roger s'étonne en silence. Quand on a pris la rue Neuvice au lieu de la rue Léopold, il a pensé qu'on allait à la «Vierge Noire». On est en avril, l'air est très pur, tiède et caressant du côté ensoleillé de la rue, frais et bleuté dans l'ombre, des hommes se promènent déjà sans pardessus et les fenêtres des logements sont ouvertes au-dessus des boutiques dont les marchandises débordent à nouveau sur les trottoirs.

On ne va pas à la «Vierge Noire». Roger ne sait plus. Jamais, bien qu'on passe souvent rue Neuvice, on n'a gravi ce perron aux pierres si vieilles et si usées qu'à certains endroits les marches se confondent, jamais on n'a franchi cette porte rousse dont un seul battant est ouvert, puis cette seconde porte rembourrée qui se referme seule comme un piège. Dérouté par le contraste avec la vie frémissante du dehors, Roger est saisi par le vide et le silence de cette petite église inconnue que trois pinceaux de soleil traversent en diagonale.

Sa mère fait la génuflexion, lui tend deux doigts mouillés d'eau bénite, l'entraîne par la main, comme quelqu'un qui est déjà venu et qui sait, vers un bas-côté de la chapelle et s'agenouille devant un confessionnal.

Ils sont chez les Rédemptoristes. Le confessionnal qu'Élise a choisi est vide, surmonté d'un nom: «R.P. Meeus». Près du grillage en bois qui protège la partie réservée au prêtre se trouve un bouton de sonnerie.

Plus loin, devant d'autres confessionnaux, des femmes en noir attendent; on voit une petite vieille soulever la toile verte qui cache à demi les pénitents et sortir, aussitôt remplacée par une autre. Le silence est si profond qu'on entend le chuchotement d'une femme sans doute dure d'oreille qui confesse ses péchés avec frénésie et qui, parfois, s'arrête pour aspirer l'air avec un long sifflement.

Le visage caché dans les mains, le corps penché en avant, Élise reste immobile. On sent que ce n'est pas la première fois qu'elle vient et qu'elle n'a pas choisi au hasard le confessionnal du père Meeus. Une tache de soleil, oblongue, tremblote à côté du bouton de sonnerie et Roger essaie de savoir d'où elle vient, y renonce, s'amuse à faire disparaître avec la main une autre tache de soleil qui donne sur la tablette de sa chaise dont la grosse paille tressée lui entre dans les genoux.

Depuis quinze jours, Élise est en proie à une fièvre de grand nettoyage. Les unes après les autres, les pièces de la maison sont vidées de leur contenu qu'on entasse dans la cour, ou sur une plate-forme qui surmonte la chambre de Mlle Frida. On découd les matelas et les traversins dont on étale la laine au soleil.

Est-ce le départ de M. Chechelowski qui a déclenché cette rage de propreté intégrale ? Sans doute cet événement a-t-il joué un rôle, mais ce serait quand même arrivé un jour ou l'autre car Élise Mamelin se sentait comme dans une impasse et ses nerfs étaient à bout.

Presque chaque dimanche, elle se plaignait de migraines. Au moment de sortir, alors que tout était prêt, que Roger attendait déjà sur le trottoir, la scène rituelle éclatait, une crise de nerfs remettait en question la visite projetée rue des Carmes ou au couvent des Ursulines.

— Tu te fatigues trop. Je prévoyais que le moment viendrait où tu n'en pourrais plus.

Désiré dit évidemment ce qu'il ne faudrait pas dire. Au surplus, il se trompe. Élise supporterait ses fatigues comme elle l'a fait l'année précédente si tout, cet hiver, ne s'était ligué contre elle. La mort de sa sœur Félicie, d'abord, et cette ambiance équivoque dans laquelle le drame s'est misérablement dénoué. Puis la pleurésie de Françoise, bien que celle-ci ne soit que sa belle-sœur.

Désiré s'en est à peine ému. Élise, elle, sait que Françoise est tuberculeuse, avec deux beaux petits enfants sur les bras. Elle en a parlé au docteur Matray qui a dit que la montagne seule pourrait la sauver et qu'en tout cas on devrait la séparer de ses enfants. Charles Daigne le sait. Il ne fait rien. Il promène sa tête de mouton résigné de la sacristie à la maison du fond de la cour et, quand Élise a essayé de lui parler sérieusement, il s'est contenté de soupirer :

— Que veux-tu que je fasse de plus ? Je prie. M. le curé dit une messe chaque semaine à son intention.

Françoise ne se doute de rien, croit qu'elle se porte mieux parce que deux disques rouges s'allument sur ses pommettes. Sa voix est déjà feutrée, lointaine, et quand Élise la voit embrasser son fils qui n'a que dix-huit mois, son sang ne fait qu'un tour.

— Si tu veux un bon conseil, ne t'occupe pas de cela ! répète Désiré.

Mlle Pauline n'a pas changé. Élise ne peut plus la sentir et pourtant elle n'ose pas la mettre à la porte ; peut-être, au fond, lui manquerait-elle, tant elle s'est habituée à cette ennemie installée dans sa maison, lui donnant matière, par ses vexations quotidiennes, à des réflexions moroses ou à de silencieuses révoltes.

Mlle Frida n'est pas partie non plus et M. Charles vient presque chaque semaine s'asseoir, cordial et familier, dans la salle à manger de la rue de la Loi. Au début, Élise n'a pas compris. Elle a cru qu'il faisait son métier. Quand un soupçon lui est venu, elle l'a rejeté comme impossible, et cependant c'est de plus en plus flagrant, il la regarde d'une façon qui ne peut tromper une femme, sa voix prend des inflexions qui la font rougir et il a la manie, en lui parlant, de lui poser une main faussement paternelle sur le genou ou sur le bras.

Quelle idée ! Un homme marié ! Un homme d'un certain âge, qui a une bonne situation, venir perdre son temps à bavarder avec une femme en tablier, toujours décoiffée, car on dirait qu'il le fait exprès de la surprendre en plein travail.

Elle a failli en parler au frère Médard qui observe toujours la maison en surveillant la sortie des élèves et qui adresse à Élise, dès qu'il l'aperçoit, des saluts exagérés. Elle n'a pas encore osé.

— Tu crois que c'est possible, Valérie? Tu penses qu'il essayera d'aller plus loin?

— Pourquoi n'en parles-tu pas à Désiré?

— Jamais, malheureuse! Si Désiré savait ça...

Ce ne serait pas de la jalousie. Désiré a confiance en elle. Jamais il ne s'abaisserait à soupçonner sa femme. Il a supporté mieux qu'elle ne le craignait l'envahissement de sa maison par les locataires, mais, s'il découvrait qu'il y a quoi que ce soit de louche sous cette vie qui l'entoure, il serait capable de chasser tout le monde à la fois, les bons et les mauvais.

Un père blanc, plus grand que Désiré, beau comme un saint, a prêché le carême à Saint-Nicolas, d'une voix chaude, aux accents de cuivre, qui forçait la plupart des femmes à tirer leur mouchoir de leur réticule. Élise n'a pas manqué un sermon et a pleuré comme les autres. Le carême a commencé juste après la scène avec M. Chechelowski.

De tous les locataires, c'était le moins encombrant, le moins difficile à vivre. Il sortait, rentrait sans rien dire, se servait lui-même, payait sans regarder la note et pourtant c'est sur lui que sont retombées toutes les rancœurs accumulées dans l'âme d'Élise.

— Savez-vous, madame Mamelin, que mon lit est plein de petites bêtes?

— Qu'est-ce que vous dites, monsieur Chechelowski? Ce n'est pas possible, voyons!

— Je dis! Regardez mes bras.

Il remonte sa manchette, exhibe de petites taches rouges

sur la peau velue.

— Pourquoi prétendez-vous que ce sont des piqûres de punaises ? Ma maison est propre. Il n'y a jamais eu de bêtes dans mes lits.

— Pourtant, ce sont des punaises que j'ai écrasées cette nuit.

— Vous ne savez pas ce que vous dites...

Mlles Frida et Pauline sont là qui écoutent.

— ... Ou plutôt, c'est vous qui avez attrapé des puces et qui les avez apportées ici.

Il s'obstine, riposte et elle ne peut se contenir davantage.

— Écoutez, si c'est pour venir m'injurier chez moi, en m'accusant d'être une sale femme, je préfère que vous vous cherchiez une autre chambre ailleurs. Il n'en manque pas dans le quartier. Sans doute vous permettra-t-on même de recevoir votre fiancée dans votre chambre, puisque vous avez l'air d'y tenir.

Pourtant, il y avait des punaises. Élise en a trouvé. Elles devaient être dans les murs quand les Mamelin se sont installés rue de la Loi. Ou alors elles sont venues de l'estaminet d'à côté. Lorsque M. Chechelowski est parti, sans un mot de protestation, Élise a dit, en proie à un remords :

— Même si c'était vrai, voyez-vous, vous ne deviez pas le crier devant tout le monde. Vous savez que je fais tout ce que je peux. Vous verrez que vous ne serez nulle part aussi bien soigné qu'ici.

Gentiment, il a admis :

— Je sais.

Elle a failli le retenir, mais il était trop tard. Et au lieu de ça, Dieu sait quel démon l'a poussée à ne pas lui parler du couteau. C'est si peu de chose et elle a été sur le point de courir rue de la Province, où il habite maintenant, pour le lui rendre, ce fameux couteau. Elle s'en sert tous les jours, chaque fois avec le même malaise.

Vaut-il dix francs, vingt francs? C'est un couteau d'une forme différente de ceux qu'on trouve en Belgique dans le commerce; sans doute vient-il de Russie. Il coupe mieux que tous les couteaux de la maison et le manche en métal blanc est doux et lisse, il s'adapte si parfaitement à la main d'Élise que déjà du temps de M. Chechelowski elle le prenait, pour faire la cuisine, dans la boîte de son locataire et l'y remettait avant son retour.

Le jour du départ, par hasard, le couteau était resté dans un seau avec les épluchures. Élise le savait. M. Chechelowski, lui, n'y a pas pensé. Elle a failli le lui rappeler. Elle ne l'a pas fait. On peut dire, en définitive, qu'elle l'a volé.

Les punaises ont déclenché la crise de grand nettoyage, les autres locataires l'ont compris, et la poudre jaune répandue dans les coins des chambres constituait un aveu.

Puis, alors que, dans la maison aux fenêtres ouvertes du matin au soir, se préparait une sorte de renouveau en harmonie avec le printemps naissant, le carême a commencé et cette soif de propreté s'est étendue. Élise a ressenti le besoin d'aérer les replis de son âme qu'elle aurait voulu étendre au soleil d'avril comme elle étendait la literie sur la plate-forme tiède.

Marie, la sœur de Valérie, qui est très bigote et qui traîne derrière elle une odeur de couturière, est venue un vendredi chercher sa mère. Elle est toujours fourrée dans les confessionnaux, elle épuise les uns après les autres les ordres religieux, des Jésuites aux Dominicains et aux Oblats.

— Si tu connaissais les pères Rédemptoristes de la rue Neuvice...

Le lendemain, comme elle était tourmentée, Élise y est allée, furtivement, un peu gênée, car elle s'est toujours contentée de remplir ses devoirs religieux dans sa paroisse, sans tomber dans les excès qu'elle appelle des simagrées.

— Mon père, je m'accuse...

A son retour, elle rapportait dans son filet des provisions achetées à la «Vierge Noire», en guise d'alibi, et ses yeux étaient rouges, Roger a été seul à le remarquer.

Enfin, aujourd'hui matin, Léopold est venu s'asseoir dans la cuisine de la rue de la Loi. Il y avait longtemps qu'on ne l'avait vu. Il paraissait las. Le soleil de printemps rendait plus vert son pardessus râpé, son teint plus sale sous la barbe.

Pour la première fois, Élise l'a étudié comme s'il n'était pas son frère, mais un étranger, et elle s'est sentie plus triste que jamais, elle a murmuré, gênée, après une longue hésitation:

— Je me demande parfois, mon pauvre Léopold, si, dans la famille, nous sommes tout à fait comme les autres.

Il n'a pas protesté, ne s'est pas indigné de cette phrase qui aurait mis Louisa de Coronmeuse hors de ses gonds.

— L'été dernier, je suis allée chez Louisa, à Tongres, pour la première communion de leur fils. C'était la première fois qu'il m'invitait et je ne sais pas encore ce qui lui a pris. Je me demandais si j'accepterais, surtout qu'il n'avait pas pensé à Désiré ni à l'enfant. Je revois encore Désiré, tout triste, tenant Roger par la main, quand le train est parti...

Elle avait même acheté, sans rien dire, un cadeau de première communion, un chapelet mauve dans un étui de cuir.

— Louis habite un vrai château, avec un parc, des bois. Tout ce que le Limbourg compte de nobles et de gens riches, qu'il invite à la chasse à l'automne, était chez lui, ce jour-là. Eh bien! Léopold, tu le croiras si tu veux, c'est moi que Louis cherchait sans cesse des yeux. On aurait dit qu'il éprouvait le besoin de me parler, qu'il en avait gros sur le cœur.

» — Tu es heureux, Louis? lui ai-je demandé.

» Au lieu de répondre, il a regardé en soupirant autour de lui, puis, comme quelqu'un s'approchait, il a fait, en me serrant le bras :

» — Chut !

» Vois-tu, on ne m'enlèvera pas de la tête...

Qu'est-ce qu'on ne lui enlèvera pas de la tête ? Elle ne sait pas au juste. Elle cherche. Il y a longtemps déjà qu'elle cherche.

— C'est comme Franz. Dimanche dernier, nous sommes allés chez lui avec Désiré et Roger. Nous avions rencontré Poldine chez Hubert Schroefs et elle nous avait invités.

» Ils habitent une petite maison en brique noircie, dans un faubourg plein de jardinets, de cabanes à poules ou à lapins, de fils de fer tendus entre les perches pour mettre le linge à sécher. Les voisins sont pour la plupart des ouvriers qui, après leur travail, jardinent en manches de chemise ou font concourir des pigeons.

» Pourquoi Franz, qui a de l'instruction, a-t-il épousé, sans en parler à personne, une fille qui travaillait à la Linière, cette vaste usine sombre qui enlaidit le quai de Coronmeuse ?

» Chez eux, on a bu du café, mangé de la tarte ; ils ont un piano dans un salon trop petit ; Poldine élève des poules et passe son temps à parler, debout dans les boutiques, des heures durant, ou sur les seuils ; leur fils joue dans les rues avec des gamins du quartier. C'est à peine si, de l'après-midi, Franz a desserré les dents, et Désiré a fait les frais de la conversation.

Élise est revenue toute triste. Franz a des petits yeux comme son frère Louis ; ils pétillent mais se dérobent dès qu'on le regarde. Il ne se plaint pas. Il n'a pas un seul ami à la fabrique nationale d'armes où il travaille. Il n'en compte pas davantage dans son quartier.

Il se promène la plupart du temps, tout seul, à pas égaux, sans se presser. Il boit. Pas comme Léopold, ni comme Marthe. Il ne fait pas de neuvaines, n'est jamais ivre. Simplement, sa promenade comporte quelques escales, toujours les mêmes, il entre dans un estaminet sans s'attabler, vide son petit verre et s'en va comme il est venu, le sourire un peu plus sarcastique.

— Est-ce que tu comprends ce que je veux dire, Léopold? On dirait que quelque chose nous pousse, que c'est plus fort que nous...

Ainsi, rue de la Loi, il y a des périodes de calme plat, des jours pendant lesquels il ne se passe rien, des heures vides, comme certains ciels trop profonds, qui nous donnent l'impression de vivre sous une cloche. Une Cécile continuerait à repasser son linge sans s'en apercevoir, Juliette, la femme d'Arthur, pousserait, jusqu'au bout du monde si le trottoir y conduisait, la voiture de son dernier bébé.

Élise, elle, des jours comme ceux-là, se contient aussi longtemps qu'elle peut, la poitrine serrée, mais un moment vient où c'est plus fort qu'elle, où elle se lève, se secoue, cherche coûte que coûte un aliment à son angoisse, où il lui semble qu'il y a en elle quelque chose qui, à force de tourner à vide, va se briser.

Elle ferait n'importe quoi, saisirait Désiré par les épaules, le supplierait d'agir, de l'emmener, d'aller quelque part, de la battre au besoin.

Elle a une peur maladive d'un tas de choses et, par-dessus tout, de la misère. C'est ce qui lui a donné un choc, tout à l'heure, en regardant Léopold qui a l'air, aujourd'hui, d'un pauvre qui mendie dans la rue. Au souvenir de certaines heures qu'elle a vécues avec sa mère, dans la rue proche de la rue Féronstrée, son front devient moite et elle volerait, elle qui est foncièrement honnête, plutôt que d'en connaître encore de semblables.

C'est la peur de la misère qui l'a poussée à prendre des locataires. Elle rougit d'elle-même quand, toute seule, elle ouvre furtivement leur boîte pour y chiper quelques morceaux de sucre ou une tranche de saucisson.

— Mais Louisa, vois-tu, Léopold!... C'est mon aînée.
Avec moi, elle ne parle pas beaucoup, car elle me
considère toujours comme une gamine. Je suis sûre que
Louisa, malgré son calme apparent, n'est pas heureuse.
Sinon, pourquoi aurait-elle épousé un homme de vingt ans
plus âgé qu'elle, qui a maintenant une barbe blanche de
patriarche? Il a l'air d'être son père. Des gens le
croient.

Sombre hiver que celui qu'elle vient de passer et
pendant lequel sa pensée a cheminé, solitaire, dans un
dédale angoissant de souterrains. Ce n'est pas la fatigue,
comme Désiré le prétend, qui la rend nerveuse et si
sensible. Désiré explique toujours les choses trop simplement.

Un peu à la façon de Mme Laude, chez qui on a passé
les vacances à Embourg. Élise l'envie. C'est une femme
que rien n'embarrasse, que rien n'affecte. Elle mange, elle
boit, elle dort, toujours contente, toujours prête à rire
d'un rire vulgaire. Une fois qu'on se promenait avec Roger
dans les bois du Fond des Cris, on entend soudain un bruit
d'eau, on regarde partout, on s'aperçoit que c'est Mme
Laude qui urine, debout, sans se donner la peine de se
trousser. Son mari travaille à décharger les wagons à la
gare de Chênée. Le soir, il rentre noir comme du charbon.
Il se met tout nu dans une cuve, au fond du jardin, et Mme
Laude lui lance de grands seaux d'eau sur le corps.

Il y a des gens qui vivent comme ça et qui sont heureux.
Mlle Pauline a fait beaucoup de mal à Élise, elle aussi.
Peut-être n'en est-elle pas responsable? Mais pourquoi
certaines femmes, qui n'ont pas plus de mérite que
d'autres, n'ont-elles qu'à se laisser vivre et à étudier dans
une atmosphère douillette, à se faire servir avec des airs de
reine, alors que des mères de famille sont contraintes à se
faire leurs servantes? Si seulement elle vidait ses eaux
sales et pensait parfois à dire merci!

C'est Mlle Pauline qu'Élise déteste et c'est à Mlle Frida qu'elle s'en prend depuis que M. Charles fréquente la maison de la rue de la Loi! Elle l'attaque sournoisement. Pour rien au monde, elle n'admettrait qu'elle est sournoise.

— C'est vrai, mademoiselle Frida, que les gens de votre pays préparent la révolution?

Son rire est nerveux, elle frémit comme les enfants qui touchent à un objet dont ils ont peur.

— Dites-nous donc ce que vous mettrez à la place de ce qui existe. Est-ce que tous les riches deviendront pauvres, tandis que les pauvres commanderont?

Elle ne comprend pas le mépris glacé de sa locataire. Elle rit, du bout des dents, quand celle-ci laisse tomber:

— Les riches ne deviendront pas pauvres. Nous les tuerons.

— Vous seriez capable de tuer quelqu'un, vous?

— Oui.

— Vous comptez, après la révolution, devenir un personnage haut placé?

Frida soupire:

— Dans votre pays, les gens parlent, parlent, ils ne savent que parler et rire. Vous n'avez pas eu assez faim.

— Et vous, mademoiselle Pauline, vous tueriez quelqu'un aussi?

Alors celle-ci, du haut de son ciel serein:

— C'est trop salissant!

La nuit, après ces conversations-là, Élise est comme un gamin qui a trop couru, trop joué, respiré trop de grand air, ses tempes battent, elle ne trouve pas le sommeil et elle se tourne fébrilement à côté du grand corps de Désiré.

Elle n'aime pas les riches. Elle déteste Hubert Schroefs. Elle ne pardonne pas à Louis de Tongres, bien que celui-ci l'ait invitée à la première communion de son fils.

De tous ses frères et sœurs, c'est Léopold qu'elle

préfère, à présent que Félicie est morte.

Mais elle respecte les maisons en pierre de taille où il y a des domestiques et pour elle un docteur est un docteur, un avoué est quelqu'un, elle franchit sur la pointe des pieds le porche solennel qui aboutit à la courette de Françoise.

Quand Roger a mal agi, elle lui dit :

— Tu te conduis comme les enfants d'ouvriers.

Elle est allée une fois chez Poldine, parce qu'elle ne pouvait faire autrement, mais elle est décidée à ne pas y remettre les pieds. Poldine a travaillé à la Linière d'où on voit jaillir, le soir, un flot de filles débraillées au langage si cru qu'Élise fait un détour quand elle revient avec Roger.

Élise est bonne. Elle voudrait tant être bonne ! C'est un besoin. Elle donnerait tout ce qu'elle a, comme la pauvre Félicie, mais elle souffre quand les gens ne le lui rendent pas au centuple. Elle est honnête et elle triche du matin au soir, elle a encore porté hier vingt francs à la Caisse d'épargne, en cachette de Désiré qui ne fume plus son cigare du dimanche parce que c'est trop cher.

Doit-elle vraiment croire qu'elle n'est pas comme les autres ? Quand elle s'est présentée à l'«Innovation», à seize ans, et qu'elle a prétendu qu'elle en avait dix-neuf, M. Wilhems l'a regardée d'une façon étrange. On lisait de la surprise dans ses yeux, de la gaieté, et aussi un tout petit peu de pitié, comme s'il contemplait un curieux animal. Il a fait semblant de la croire.

Or, deux hommes la regardent à peu près de la même façon, frère Médard et M. Charles, surtout M. Charles, avec maintenant un autre sentiment en plus.

Ce n'est pas possible qu'ils devinent ce qu'elle pense et elle n'a pas de noir sur le nez pour les faire sourire de la sorte.

Sentent-ils qu'elle va, qu'elle va, toujours de l'avant, inconsciente des obstacles, poussée par une force dont elle n'est pas responsable ?

Valérie ne la comprend pas.

— Je me demande où tu vas chercher tes idées. Je finirai par croire que tu es romanesque.

Romanesque, elle !

Mathilde Coomans, dont le commerce ne marche plus du tout, a dit à son mari, qui l'a répété à son cousin qui travaille avec Désiré chez M. Monnoyeur :

— Élise est trop compliquée pour moi. Elle me ferait voir la vie en noir.

Parce qu'une fois Élise lui a parlé des Russes. Elle essaye de les comprendre, d'imaginer ce vaste pays où on ne pénètre qu'avec un passeport et où on circule en traîneau, ces familles, dont le père moud du sable en Sibérie et dont les enfants ne vivent que pour la révolution, comme celle de Mlle Frida.

Certains soirs, la sérénité de Désiré, qui ne veut rien voir, l'irrite au point qu'elle devient injuste envers lui et qu'elle lui dit ce qu'elle peut trouver de plus désagréable.

— Je me demande pourquoi tu m'as épousée. Tu aurais cent fois mieux fait de rester rue Puits-en-Sock.

Il lui apporte des paillettes de fer soluble pour la fortifier. Voilà la réponse de Désiré. Il l'a obligée à engager une femme de ménage pour la lessive, chaque lundi.

Encore une idée malheureuse. Mme Catteau, celle qu'Élise a choisie sans savoir, a son mari en prison depuis six mois. Il a été condamné pour avoir abusé de sa fille âgée de neuf ans.

Alors, tout en lavant le linge dans la cour, les deux femmes parlent.

— Si vous aviez pu voir la petite, madame Mamelin...

D'une voix peuple qui porte loin — et les murs des cours ne sont pas hauts — elle donne complaisamment des détails si crus qu'Élise est obligée de lui rappeler qu'il existe des voisins.

— Je connais les hommes, allez! Je suis payée pour les connaître. Si vous saviez la moitié de ce qui se passe dans ma rue...

Elle habite rue Grande-Bêche, une des plus misérables d'Outremeuse, véritable Cour des Miracles, où Désiré, comme visiteur du bureau de bienfaisance, se rend une fois par mois.

Au début de leur mariage, quand Élise l'a questionné sur les pauvres qu'il secourait, il s'est contenté de répondre :

— Nous n'avons pas le droit de parler de ça.

— Même à ta femme ?

Comme si les autres avaient autant de scrupules que lui!

— Il y a des chambres, madame Mamelin, qui puent, sauf votre respect, que vous ne pourriez pas y entrer en vous bouchant le nez. Ils sont des dix, des douze là-dedans, des garçons, des filles, pêle-mêle, avec le père et la mère qui font ce qu'ils ont à faire devant les petits qui regardent et qui essayent avec leur sœur...

L'angoisse l'étreint lorsqu'elle passe devant la rue Grande-Bêche, comme si elle frôlait un gouffre capable de l'attirer, et elle n'a pu s'empêcher d'expliquer à Roger :

— Tu vois! Il faut que tu travailles bien à l'école. Sinon, plus tard, tu seras pauvre et tu vivras dans cette rue-là.

Elle ne veut pas être pauvre. Le seul spectacle de la pauvreté la rend malade de peur et de dégoût. Elle hait les riches, mais elle n'aime pas les pauvres.

— Le mieux, vois-tu, lui a dit une fois Désiré, c'est de garder le juste milieu, comme nous.

Le juste milieu, c'est la rue de la Loi. Elle le sait. Elle parvient souvent à y être heureuse. Elle n'y peut rien, si, de temps en temps, elle s'y sent mal à l'aise et si l'envie la prend de faire n'importe quoi pour en sortir comme elle est sortie de chez Cession, puis de la rue Pasteur.

— C'est un peu, Léopold, comme si nous étions des

étrangers partout, tous ceux de notre famille, tant que nous sommes.

Elle parle des Peters, garçons et filles.

— Marthe est malheureuse avec Hubert Schroefs, malgré tout son argent, parce qu'il n'a aucune délicatesse de sentiment. Louisa souffre de servir des petits verres au comptoir, on ne me fera pas croire le contraire. Louis n'est pas à son aise au milieu de la famille noble de sa femme qui doit lui faire sentir qu'il n'est pas du même monde. Ma meilleure amie, Valérie, me blesse tout le temps sans le savoir et je ne peux jamais lui parler à cœur ouvert.

Franz et Poldine... Félicie qui en est morte...

Et Léopold qui boit, qui a besoin de boire, dès son réveil, faute de quoi il est comme un malade qui attend sa potion.

— Ce n'est pas parce que nous sommes de la frontière, presque des étrangers. Mlle Pauline, par exemple, se trouve bien partout où elle va. Il y a, au coin du boulevard de la Constitution, des Juifs qui fréquentent la synagogue et qui sont comme chez eux dans le quartier.

On ne lui ôtera pas de l'idée que c'est plus personnel, qu'il y a une sorte de malédiction, une tare peut-être sur la famille?

— De quoi notre père est-il mort exactement?

— D'un cancer à la langue.

Léopold est sombre, ce matin-là. Il regarde fixement devant lui en oubliant de rallumer sa pipe. Il ne dit jamais ce qu'il pense, il faut le deviner; parfois Élise, qui en a l'habitude, a l'impression qu'elle l'entend penser et elle lui donne tout naturellement la réplique.

Rue Puits-en-Sock, tous ces petits commerçants qui sont nés et qui mourront côte à côte, maison à maison, vivent comme une grande famille, sans inquétudes, et c'est pourquoi elle a un involontaire mouvement d'humeur chaque fois qu'elle voit Désiré s'acheminer avec Roger vers la chapellerie de son père.

Éparpillés, étrangers dans leur quartier, les Peters tendent d'instinct l'un vers l'autre, parce qu'il n'y a qu'un des leurs pour les comprendre, mais, une fois en tête à tête, ils se taisent comme si leur démon leur faisait peur.

Parfois il semble à Élise qu'il y a plus de points communs entre elle et Mlle Frida, par exemple, ou entre elle et la maman de M. Saft, qui travaille comme servante pour faire étudier son fils, qu'entre elle et son propre mari.

Existe-t-il de par le monde une race d'êtres plus sensibles que les autres, qui souffrent davantage et que rien ne peut satisfaire?

L'autre jour, elle montait la rue Haute-Sauvenière. Des mineurs descendaient la même rue, par groupes, le visage noir, les yeux blancs, faisant résonner leurs souliers ferrés sur les pavés, et elle a été prise d'un tremblement nerveux, elle a eu un geste instinctif vers Roger qu'elle a serré contre elle.

Elle ne l'a jamais avoué à Mme Laude : à Embourg, elle a peur, le soir, lorsque Frédéric rentre du travail, et elle ne se rassure que quand, sorti de son baquet, il redevient, avec ses longues moustaches blondes et son éternelle casquette, un homme paisible qui joue aux quilles ou bêche son jardin.

Elle a toujours l'impression qu'un événement va se produire, qu'il n'est pas possible que le monde reste comme suspendu dans l'espace, prolongeant à l'infini la minute présente, et elle interroge avec effroi les autres qui ne s'aperçoivent de rien, elle sent venir une catastrophe dont elle est seule à s'effrayer.

Léopold se lève lourdement, vide sa pipe en la frappant sur le bord du seau à charbon, avale un fond de café froid qui reste dans sa tasse.

— Au revoir, fille.

— Tu ne me dis rien, Léopold?

Que lui dirait-il? Ce qui est plus éloquent que ses paroles, c'est son pas lourd, indécis, qui s'arrête à quelques mètres sur le trottoir : il est entré dans l'estaminet d'à côté.

Voilà pourquoi, Élise, emmenant son fils, est venue dans cette chapelle de la rue Neuvice, voilà pourquoi elle se lève en reniflant et presse le bouton électrique dont la sonnerie va retentir quelque part dans la cellule du confesseur.

C'est un très vieil homme tout cassé qui lui a dit la dernière fois :

— Priez, ma fille. Accomplissez vos devoirs d'épouse, de mère et de chrétienne et vous verrez que la paix de Dieu reviendra en vous.

Elle a hâte que cela s'accomplisse, elle voudrait que, pour le printemps qui commence, tout en elle soit aussi limpide et léger que dans la maison nettoyée de fond en comble où de frais courants d'air se jouent du matin au soir jusque dans les moindres recoins.

— Attends-moi sagement, Roger.

Elle s'agenouille derrière le tissu vert qui ne la cache que jusqu'à mi-corps et longtemps l'enfant entend son murmure monotone, il devine, à travers le grillage de bois, le visage du père Meeus qui ressemble à un personnage de livre de messe.

Tout à l'heure, quand on se retrouvera dans la rue vibrante, Élise s'efforcera de sourire au soleil et elle décidera au seuil d'une pâtisserie :

— Viens manger un gâteau, un cornet à la crème comme tu les aimes.

C'est bientôt Pâques, on coiffera pour la première fois son chapeau de paille, on étrennera les nouveaux vêtements d'été, on ira en pèlerinage à Chèvremont, butant des pieds dans l'épaisse poussière blanche du calvaire bordé d'aubépines. On récitera un «Pater» et trois «Ave» à chaque station fleurie et là-haut, à la laiterie, on mangera sur l'herbe près des escarpolettes, parmi l'essaim des communiantes en blanc comme des jeunes mariées et des premiers communiants.

Puis on reviendra par Fléron, bien que ce soit plus long, pour rester aussi tard que possible sur la hauteur.

9

On est en 1911. La vie qui gonfle la petite maison de la rue de la Loi fait craquer les murs et se répand sur le trottoir. Dans la cuisine où frémissent les couvercles de marmites, on parle du temps de Mlle Pauline et de M. Saft comme Chrétien Mamelin et son ami Kreutz parlent d'une époque qu'ils ont connue sans trams ni autos, comme Désiré parle de sa jeunesse, lorsqu'ils étaient douze enfants autour de la table, rue Puits-en-Sock, et qu'un regard du père vers sa cravache suffisait à imposer le silence.

Vieux Papa est mort. Il n'était pas malade. On n'avait pas de raison de s'y attendre ce soir-là plutôt qu'un autre et pourtant, dans son sommeil, Roger a vu une boule de feu qui traversait sa chambre, du plancher au plafond, à l'heure où l'âme de l'ancien mineur s'en allait furtivement, comme pour ne déranger personne, abandonnant sur le lit une énorme carcasse sans importance.

On n'a aucunes nouvelles de M. Saft qui, ses études terminées, a regagné son pays. Il avait pourtant promis à Roger de lui envoyer des cartes postales polonaises qui sont très belles. Par contre, Mlle Pauline écrit parfois, de Berlin, où elle est devenue élève du professeur Einstein. Il paraît que le savant la considère comme une de ses meilleures disciples et qu'elle a un cerveau extraordinaire. Élise n'en revient pas.

— Elle a peut-être la bosse des mathématiques, mais par contre tout le reste est creux. Vous vous souvenez, mademoiselle Frida? Elle ne savait rien faire de ses mains et elle manquait tellement de finesse!

Certains mots de la Feinstein, certaines anecdotes, ses mains qu'elle soignait comme des objets précieux, ses colères quand Désiré la taquinait, ses chevilles enflées pour lesquelles elle cherchait en vain des bottines — elle en avait une pleine armoire! — tout cela fait maintenant partie des traditions de la maison et les nouveaux locataires les apprennent dès leur arrivée.

Des anciens, il ne reste que Mlle Frida. Elle s'est toujours refusée à changer de chambre, même quand Élise lui a proposé de lui donner la chambre verte pour le même prix que son entresol mal éclairé.

La chambre verte, depuis quelques semaines, est occupée par M. Bernard, un Belge, dont les parents tiennent une épicerie à Verviers. Il fait sa médecine. C'est un petit jeune homme maigre et blond, toujours à plaisanter, à taquiner, comme Désiré, et, quand ils se mettent à deux pour harceler Mlle Lola, c'est un tel vacarme dans la maison qu'Élise se demande comment la pauvre fille peut y tenir.

Il est vrai que rien n'émeut cette grasse Caucasienne un peu bébête.

— Il suffit de la voir sourire, Valérie. Elle sourit aux anges comme un enfant.

Elle occupe la chambre rose de Mlle Pauline et cette chambre est devenue plus féminine, presque trop, car Mlle Lola, qui est fort belle, d'une paisible beauté d'odalisque, soigne et pare son corps avec amour, passe des heures à sa toilette, va et vient dans la maison, demi-nue, les seins visibles dans l'entrebâillement du peignoir, laissant dans l'air qui sent généralement la cuisine des sillons parfumés.

Elle chante, elle rit, on ne la voit jamais étudier, ses parents sont riches et elle avoue qu'elle n'est entrée à l'Université que pour échapper à l'existence monotone de la maison familiale et pour voir du pays.

— Elle restera enfant toute sa vie. Je me dis parfois que c'est une chance.

Elle parle si drôlement le français que des rires fusent à tout propos, surtout quand on peut donner un sens équivoque à ses paroles ingénues. Car, depuis l'arrivée de M. Bernard, le ton des plaisanteries s'est épicé rue de la Loi et Désiré s'y est mis, lui aussi ; souvent il faut qu'Élise fasse signe aux hommes que Roger les écoute sans en avoir l'air.

Il y a eu des périodes grises pendant lesquelles les locataires se succédaient à une cadence si rapide qu'on n'avait pas le temps de faire leur connaissance. Il y en a même eu un qui, on n'a jamais su pourquoi, est parti sans rien dire le lendemain de son arrivée, en laissant dans la chambre une vieille paire de chaussettes et un porte-plume réservoir. Le porte-plume est toujours dans le tiroir de la cuisine.

Chose curieuse, M. Chechelowski, le seul qu'Élise ait mis dehors, a donné de ses nouvelles. Marié, père d'un enfant qui va avoir trois ans, il est ingénieur dans une usine électrique d'Anvers et il n'a pas l'intention de retourner dans son pays.

Son couteau aussi est encore dans le tiroir de la table.

La chambre de derrière, au rez-de-chaussée, est louée à un autre Russe, M. Bogdanowski, d'un type qu'on ne connaissait pas encore dans la maison, une sorte d'Oriental — il est d'Astrakhan — gras et soigné comme Mlle Lola, avec d'aussi beaux yeux qu'elle et des cheveux aux reflets bleutés qui frisent naturellement.

Comme la Caucasienne aussi, il manque de la plus élémentaire pudeur, se promène en pyjama, va dans cette tenue acheter son beurre à la petite crémerie de la rue Jean-d'Outremeuse. Une fois, comme il arpentait le corridor à grands pas, de la cuisine à sa chambre, Élise lui a lancé :

— Restez donc tranquille, monsieur Bogdanowski. Vous me donnez le vertige.

— Le lavement, madame !

En effet, quelque instants plus tard, il se précipitait comme un fou, les mains sur le ventre, vers le petit endroit qui se trouve au fond de la cour. Il parle avec complaisance de ses intestins, du lavement qu'il prend chaque semaine ; tous les matins, à dix heures, il mange un pot de « yaourt ».

— Pour les boyaux ! explique-t-il avec son accent si comique.

Il est crépu comme un nègre et se parfume à vous soulever le cœur.

Ce jour-là est un des plus longs de l'année. Toutes les portes, toutes les fenêtres sont ouvertes, il est nécessaire, quand la maisonnée est au complet, que la maison se prolonge dans la rue. Roger, qui a soupé à six heures, seul à un coin de table, pour faire de la place, est assis sur le seuil entouré de ses tubes de peinture, de godets pleins d'eau irisée, de pinceaux et de chiffons, de crayons et de gommes ; indifférent à la vie du dedans comme à celle du dehors qui se rejoignent par-dessus sa tête, il copie minutieusement une carte postale représentant un moulin près d'un ruisseau.

M. Bernard a tant insisté pour obtenir la pension complète que Désiré a cédé. Deux Belges, tous deux étudiants en médecine, qui ont leur chambre dans le quartier, viennent en outre chaque jour prendre le repas de midi.

— Mange vite, Roger. Les pensionnaires vont arriver.

Le fourneau déborde du matin au soir de casseroles au couvercle trépidant, on finit à peine de mettre la table pour les uns qu'il faut la débarrasser pour dresser le couvert des autres et à deux heures c'est le tour des plats sucrés qu'Élise prépare pour Désiré.

Mlle Frida, fidèle à sa boîte en fer, se faufile, imperturbable, verse l'eau bouillante dans sa petite cafetière d'émail bleu, étale son pain, son beurre, son œuf ou son fromage.

Quant à Mlle Lola, c'est le désordre fait chair. Tantôt elle mange en ville, on en sait où, tantôt elle exige le repas des pensionnaires, tantôt elle prétend cuisiner en personne des plats de son pays, réclame des condiments inconnus, mélange les ingrédients les plus inattendus pour s'apercevoir enfin qu'elle a oublié la recette exacte.

On rit. On crie. On ne s'entend plus. Parfois, il y a une poursuite dans l'escalier, des portes claquent, la Caucasienne appelle au secours, c'est M. Bernard qui court après elle, la saisit à bras-le-corps, s'arrête, haletant, devant la chair haletante, devant la tête renversée où un souffle chaud fait frémir des lèvres d'un rouge sombre.

La semaine dernière, il a étendu dans le lit de Mlle Lola le squelette qu'il a apporté pour ses études. Poussant des cris perçants, elle est descendue, en chemise, et, comme il riait aux éclats, elle l'a griffé au visage ; il en porte encore les marques.

— Vous êtes un sale Belge ! Un sale Belge ! Vous entendez ?

— Voulez-vous que je vous demande pardon à genoux, mademoiselle Lola ?

Il l'a fait. Désiré riait aussi. Élise avait un sourire nerveux qui ne la quitte presque plus et dans les minces plis duquel sont embusquées mille inquiétudes.

Car jamais peut-être elle n'a été aussi inquiète qu'au milieu de cette agitation bruyante qu'elle a déclenchée et dont elle seule peut suivre le fil conducteur. Le soir, Désiré, au lieu d'aller lire son journal sur le pas de la porte, s'attarde volontiers dans la cuisine. Elle s'impatiente, bien qu'elle ne soit pas jalouse de Mlle Lola.

— Les Delcour sont déjà dans la rue, remarque-t-elle.

C'est devenu un rendez-vous de tous les soirs, à moins

qu'il ne tombe une pluie d'été. La jeunesse de la maison d'à côté attend, sur le trottoir où on a rangé les chaises en demi-cercle. Le groupe s'est accru du fiancé de la jeune fille, Hélène, qui est maintenant institutrice.

Ainsi, à travers le corridor au bout duquel Roger, assis sur la pierre bleue, peint son moulin, les rires et les cris de la rue rejoignent ceux de la cuisine en attendant la fusion des deux groupes.

Roger ne pourrait même pas s'installer ailleurs. A quatre heures, il faut qu'il se dépêche de faire ses devoirs. La pièce de devant, le seul abri qui était encore disponible, est louée désormais, on y a mis un lit et un lavabo parmi les meubles de la salle à manger et c'est devenu le domaine de M. Schascher.

Celui-ci ne se mêle ni aux jeux ni aux repas. C'est un petit Juif roux, si laid qu'il fait peur aux enfants, si pauvre qu'il ne porte ni chaussettes dans ses souliers éculés, ni linge sous ses vêtements. Le soir, par la fenêtre, à travers les feuilles coupantes d'une plante verte, on peut l'entrevoir qui étudie, les doigts enfoncés dans ses oreilles, profitant des dernières lueurs du crépuscule pour économiser le gaz.

Bien qu'il lui arrive de passer la journée sans manger, il ne se plaint jamais. C'est par Mlle Frida qu'on a appris qu'une banque juive de son pays lui prête l'argent nécessaire à ses études. Ensuite, elle retiendra ses diplômes jusqu'à ce qu'il ait tout remboursé. Il en aura peut-être pour dix ans.

— C'est beau, Louisa, de s'entraider ainsi. Pourquoi faut-il que les Juifs soient les seuls à le faire ? Quelle différence avec un M. Bernard qui ne pense qu'à s'amuser, au point que je suis obligée de l'enfermer dans sa chambre pour le forcer à travailler. C'est sa pauvre mère qui m'a autorisée à le faire. Il ne mérite pas des parents comme les siens.

Le clocher de Saint-Nicolas se dresse, immobile, dans

un ciel d'une immobilité menaçante. L'air est lourd. Élise, pendant qu'on s'attarde à table, a commencé sa vaisselle sur un coin du poêle.

— Dépêchez-vous, monsieur Bernard. Vous êtes toujours le dernier à manger.

C'est un gamin et elle le traite comme tel.

Elle a hâte de se retrouver seule avec son travail qui la prendra encore jusqu'à minuit et, tandis qu'ils s'ébattront dans la rue, elle pourra déposer ce sourire crispé qu'elle maintient du matin au soir sur un visage de plus en plus pointu et mobile.

Où va-t-on de la sorte? Où va-t-elle? Où va la maison qu'elle a lancée à l'aventure comme un bateau et dont il lui arrive de ne plus se sentir maîtresse?

Dans la rue, ils jouent à des jeux innocents, même le grand Désiré, ils se poursuivent, se donnent des tapes, chahutent, s'excitent, on entend le rire en cascade de Mlle Lola que quelqu'un a encore prise par la taille et qui se débat avec un regard ardent, un rire gênant de belle fille en mal d'amour.

Elle tend soudain l'oreille à une voix plus lointaine, à des pas précipités sur les pavés de la rue Jean-d'Outremeuse.

— Demandez *la Meuse!*... Édition spéciale...

Le marchand de journaux va, penché en avant, s'arrête à peine devant les groupes pour détacher une feuille encore humide du tas qu'il porte sur le bras gauche, reprend sa course.

— Demandez *la Meuse!*... Le Coup d'Agadir... Insolente provocation de l'empereur d'Allemagne... La guerre...

A-t-elle bien entendu? A-t-il prononcé le mot *guerre*? Qu'a-t-il crié ensuite? Elle se précipite, se penche au-dessus des tubes et des godets de son fils qui lui barrent le passage.

Les autres se sont figés. On les voit dans la posture où le

mot les a surpris et il se passe un moment avant qu'ils n'achèvent machinalement le geste commencé, là, dans la rue où le silence vient soudain de tomber comme un voile.

Les rires se sont éteints, sauf celui de Mlle Lola qui n'a pas compris, un rire en cascade qui lui-même meurt lentement tandis que la grosse fille regarde autour d'elle avec une surprise teintée d'angoisse.

Désiré, le premier, se dirige vers le coin de la rue Jean-d'Outremeuse en cherchant déjà un sou dans sa poche; on le voit qui attend, tourné vers la rue Puits-en-Sock. Les portes des maisons voisines s'ouvrent les unes après les autres, les gens se penchent, s'interpellent.

— Qu'est-ce qu'il a crié?

Le marchand paraît enfin, Désiré reste debout au bord du trottoir à regarder la feuille imprimée, on voudrait savoir, on se demande pourquoi il ne revient pas tout de suite, il se retourne, fait un grand geste rassurant.

— Eh bien!

Le voici enfin. Les voisins l'entourent. Il est très calme.

— Mais non! Mais non! Il n'y a pas de quoi s'affoler. Ce n'est pas encore la guerre. Tout peut s'arranger et vous verrez que cela s'arrangera.

Il lit à voix haute, souligne du doigt, en homme qui sait, le point d'interrogation qui corrige la menace d'un titre en caractères d'affiche:

La guerre en Europe?
L'empereur Guillaume a débarqué à Agadir.
M. Fallières réunit d'urgence le Conseil des Ministres.
La Mobilisation sera-t-elle décrétée?

Là-bas, à Nevers, Félicien Miette, dans le soir qui tombe, est plié en deux, devant les bureaux du journal, s'efforçant de mettre en marche l'auto qu'il vient d'acheter. Isabelle, vêtue d'une peau de bique, une voilette maintenant son chapeau et serrée autour du cou, attend avec impatience que le moteur qui toussote par intermittence accepte enfin de partir.

Miette s'éponge le front, reprend la manivelle. Le moteur tourne. Au même instant, une fenêtre s'ouvre.

— Monsieur Miette! Monsieur Miette!

Et, alors qu'Isabelle est enfin installée dans le baquet, le téléphoniste de garde au journal glapit en agitant les bras, d'une voix aiguë qu'on perçoit à travers le vacarme de la mécanique :

— La guerre!

Élise tient toujours à la main son torchon à vaisselle. M. Bernard, si pâle qu'il fait pitié, a tout à coup l'air d'un gamin mal portant. M. Schascher, un instant, a collé à la vitre de sa chambre un visage incolore couronné de cheveux rouges et il retourne à sa table comme si la guerre n'avait rien à voir avec lui.

Avec une inconscience qui ne fait rire personne, Mlle Lola questionne :

— Vous croyez qu'ils feront quelque chose aux femmes?

Le jour n'en finit pas. La lune qui se lève est si brillante qu'on ne sent pas la transition avec la nuit, les groupes deviennent à peine plus flous, les voix plus sonores dans un monde qui paraît artificiel.

— On verra bien demain si c'est la guerre, déclare, en allant se coucher, l'aîné des Delcour.

Sa sœur Hélène reconduit son fiancé, la main dans la main, jusqu'à la place du Congrès; ils ne trouvent pas un mot à dire, ils se serrent l'un contre l'autre et, quand il la quitte, elle est sur le point de le rappeler.

— Tu crois, Désiré, chuchote Élise, dans son lit, que les gardes civiques devront marcher?

Alors que chacun s'est endormi en s'efforçant de

repousser le cauchemar hideux de la guerre, un cri éclate dans la maison, déchirant, faisant penser à l'appel d'une bête au paroxysme de la terreur:

— Désiré!... Désiré!...

Assise sur son lit, Élise le secoue; une voix étrangement calme questionne, dans la chambre voisine dont la porte reste toujours entrouverte:

— Qu'est-ce que c'est, mère?

Élise passe les vêtements qui lui tombent sous la main, tord machinalement ses cheveux pour les relever, ouvre la porte tandis que d'autres portes s'ouvrent dans la maison. Mlle Lola, qui a poussé le cri, est sur le palier du premier, en chemise claire; elle parle précipitamment, en russe, lançant autour d'elle des regards de folle.

— Pour l'amour de Dieu, faites-la taire, monsieur Bernard! Qu'est-ce qu'elle a? Qu'est-ce qu'elle dit? Qu'est-il arrivé?

Tout le monde est levé, tout le monde s'agite dans la maison et on remarque seulement qu'on y voit clair comme en plein jour sans qu'une seule lampe soit allumée. Quelqu'un prononce:

— Le feu!

— Vite, Désiré... L'enfant... Il y a le feu...

Elle n'attend pas Désiré, soulève Roger dans ses bras, l'emporte, tout chaud dans sa chemise de nuit blanche.

La guerre... Le feu...

Les bras lui tombent, ses jambes se dérobent, elle est obligée de s'asseoir sur une marche de l'escalier quand elle constate que ce n'est pas chez elle qu'il y a le feu, bien que la chambre de Mlle Lola soit éclairée par des lueurs d'incendie.

— L'institut Saint-André...

C'est derrière les toits d'ardoise de l'école qu'on voit monter des tourbillons de flammes que traversent parfois en flèche des choses noires violemment lancées vers le ciel.

Désiré est tout près d'elle ; il la calme, il dit :

— C'est l'atelier de Déom... Ne bougez pas... Je vais voir...

Des gens courent dans la rue, des fenêtres s'ouvrent, on entend la cloche lugubre des pompiers, une rumeur de foule rue Jean-d'Outremeuse.

Ce n'est pas seulement l'atelier d'ébénisterie de M. Déom qui flambe, mais la maison tout entière. Bien que les pompiers aient déjà mis les lances en batterie, des voisins crient :

— La chaîne ! Tout le monde à la chaîne...

D'autres apportent des brocs, des seaux. Deux agents de police essayent en vain d'écarter les curieux. Sur le trottoir d'en face, Désiré, sans veston, avec sa chemise de nuit au col orné de dessins rouges, retrouve Albert Velden, et tous deux regardent, muets, en allumant une cigarette.

— Va te coucher, Roger. Ce n'est rien.

L'enfant reste dans la chambre plus rose que jamais de Mlle Lola où les femmes se penchent aux fenêtres tandis que les hommes sont dehors.

— Avec tout le bois entassé dans l'atelier ! Il faisait de si beaux meubles !

M. Déom, long et maigre, les moustaches tombantes, erre comme un homme qui ne sait plus où il est ni ce qu'il fait. Certains murmurent en le regardant avec un respect craintif qu'il a perdu la tête. Hébété, il va parmi ces inconnus qui entrent chez lui en se cachant le nez d'un mouchoir et qui en sortent avec tout ce qui leur tombe sous la main.

— Là !... Là !... Quelqu'un !...

Une forme humaine, deux bras, s'agitent à une fenêtre du second étage d'où sort de la fumée. C'est une vieille locataire impotente qu'on a oubliée. Les pompiers déploient leur échelle.

Et toujours arrivent des hommes, des femmes, des enfants, de la rue de la Loi, de la rue Pasteur, de la rue

Puits-en-Sock. C'est une procession. Il en vient des petites rues et on les reconnaît tout de suite. Parmi ceux qui s'agitent le plus, entrant sans cesse dans la maison pour en ressortir chargés d'ustensiles de toutes sortes, on reconnaît M. Bogdanowski, le visage noirci, les yeux blancs sous ses cheveux crépus.

La chambre rose sent l'eau de Cologne dont on a aspergé Mlle Lola. Par moments, une colonne de feu plus ardente se fraie une route dans l'embrasement du ciel et on entend comme le ronflement d'un poêle gigantesque qui serait prêt à éclater.

— Mon Dieu! Si jamais nous avons la guerre… soupire Élise, en regardant les pompiers qui se hissent avec précaution sur les toits aigus de l'école des Frères. Les pauvres gens! Que va-t-il rester de leur ménage?

Elle mélange les menaces de guerre et la catastrophe qui s'abat sur la maison Déom. Son sang bat plus vite dans ses artères, elle s'agite à vide, il lui semble que ce qui arrive devait arriver, que c'est ce qu'elle avait prévu qui commence, ce qu'elle attendait, cette atroce fin dernière dont le pressentiment l'a toujours tourmentée.

Elle prie, du bout des lèvres:

— Mon Dieu, épargnez-nous, épargnez notre maison, épargnez Roger et Désiré. Prenez-moi s'il le faut, mais épargnez-les.

Elle tressaille en voyant Mlle Frida, pâle et droite dans la lumière dansante, tel un ange exterminateur.

— Est-ce que vous mettrez le feu aussi, quand vous ferez la révolution?

Et l'autre, les dents incrustées dans la pulpe de ses lèvres:

— Ce sera *terrible!*

Elle roule longuement, dramatiquement les r de terrible.

Des matelas, des chaises, des casseroles, des objets sans nom s'entassent sur le trottoir inondé, aussi pitoyable qu'à une vente forcée. Mme Déom, qu'on a emmenée dans une maison voisine et qui attend un bébé, boit inconsciemment le rhum qu'on lui verse entre les lèvres.

— Ma maison... répète-t-elle sans cesse.

Des gamins des rues courent entre les jambes des grandes personnes, tandis que, tout naturellement, Velden et Désiré se sont mis à parler du coup d'Agadir.

— L'Allemagne n'osera pas. Personne ne se risquerait à déclencher une guerre à l'heure actuelle, avec les moyens de destruction dont les armées disposent.

Des curieux s'éloignent pour aller se recoucher. Il est trois heures quand le ciel s'obscurcit et la lune disparaît tandis que des cendres noires continuent à pleuvoir dans les rues.

M. Schascher s'est enfermé chez lui dès qu'il a vu que ce n'était pas la maison de la rue de la Loi qui brûlait. Pour remonter Mlle Lola, Élise est allée chercher la bouteille de madère qui sert pour les sauces et elle en a rempli des petits verres.

— C'est fini, Désiré? Ils ont pu sauver quelque chose? Pauvres gens! Les voilà ruinés!

— Pourquoi? L'assurance paiera.

— Est-ce que l'assurance leur rendra aussi les objets auxquels ils tenaient, les souvenirs qu'on ne remplace pas? Il faut maintenant penser à dormir. Viens, Roger.

Roger dort, sur le canapé de Mlle Lola, la joue sur un jupon de celle-ci. Il ne se réveille pas quand son père le porte dans son lit et le borde.

Une heure plus tard, Élise, qui n'a pas encore trouvé le sommeil, perçoit un léger toc-toc de la boîte aux lettres, elle descend, pieds nus, questionne:

— Qui est là?

— C'est moi.

C'est M. Bogdanowski, à qui on ne pensait plus, la chemise déchirée, une oreille maculée de sang.

— Où étiez-vous? Qu'avez-vous fait?

— Là-bas....

Sans parler à personne, il a travaillé jusqu'au bout avec les sauveteurs et il a fini dans une maison inconnue, en compagnie d'inconnus à qui on servait à boire.

Le réveille-matin, qui ignore l'incendie et les bruits de guerre, sonne comme les autres matins, à cinq heures et demie, dans la chambre de Roger qui tend le bras d'un geste machinal, arrête le mécanisme et reste un moment hésitant sous la couverture rouge où règne une bonne chaleur. Il a une excuse pour ne pas se lever ce matin-là, il n'y aurait aucune honte à rester au lit, mais, justement parce que c'est exceptionnel, il se lève et passe ses vêtements dans ce jour pâle et comme effacé de l'aube qu'il connaît si bien.

Quand il traverse, en chaussettes, la chambre de ses parents, sa mère questionne, de son lit d'où n'émergent que ses longs cheveux:

— Tu t'es levé, Roger?

— Oui, mère.

— Tu aurais mieux fait de te reposer.

— Je ne suis pas fatigué.

Ainsi, il est le premier, après avoir refermé sans bruit la porte de la rue, à passer devant la maison noircie, aux fenêtres béantes, au toit défoncé, devant laquelle une voiture de pompiers stationne encore au bord du trottoir où il enjambe de gros tuyaux de caoutchouc.

Il est six heures moins le quart — il voit l'heure au clocher de Saint-Nicolas — quand il s'arrête au coin de la rue Jean-d'Outremeuse et de la rue Puits-en-Sock, près de la borne postale peinte en vert sombre; de là, il découvre quatre rues à la fois, il entend les pas dans le lointain, il reconnaît celui de M. Pelcat qui, rue Entre-deux-Ponts, vient d'ouvrir et de refermer la porte de sa boutique.

C'est un homme énorme, qui pèse plus de cent dix kilos et de qui le fond du pantalon fait penser à l'arrière-train d'un éléphant du cirque. Il tient un commerce de tissus dont il traîne derrière lui l'odeur rancie, mais, ce matin-là, l'odeur qui domine dans tout le quartier est celle de brûlé, l'odeur spéciale des cendres noyées d'eau.

— Tu as vu l'incendie, fiston?

Une autre porte s'ouvre, rue Puits-en-Sock, grand-père Mamelin s'avance de son pas qui ressemble à celui de Désiré, reçoit sur la joue un baiser furtif que Roger y dépose, et voilà qu'au bout de la rue Méan on distingue la menue silhouette trottinante de M. Repasse, le bottier de la rue de la Cathédrale.

Ceux-ci ne parlent pas tout de suite de la guerre et ils se mettent en marche machinalement, comme ils le font chaque matin; tous les jours, ils se retrouvent à la même heure, venant de points différents de l'horizon, on dirait qu'ils s'attirent comme des aimants et leur petite troupe grossit comme on voit grossir, à mesure qu'on approche de l'école, la bande des écoliers.

Place du Congrès, dès qu'ils tournent le coin, M. Effantin, le commissaire de police, sort de chez lui, et le plus curieux c'est qu'ils se disent à peine bonjour, ils sont contents ainsi, bien que M. Repasse, qui a un visage ridé et un nez violet, paraisse toujours grognon.

Ils ont tous entre soixante et soixante-dix ans. Ils ont atteint le sommet de leur carrière. Ils n'attendent plus aucune surprise de la vie et, chaque jour, ils cheminent à pas comptés, dans la fraîcheur candide du matin, devant les maisons aux volets clos où les gens dorment encore.

Roger va et vient autour d'eux à la façon d'un jeune chien, du chien de M. Fourneau qui attend près du passage d'eau en faisant sauter l'animal par-dessus sa canne.

C'est l'heure où une buée odorante monte du fleuve aux larges reflets, où les péniches enduites de goudron luisant se détachent lentement des berges et où les remorqueurs, en sifflant, frémissent d'impatience devant l'écluse de Coronmeuse. C'est l'heure aussi où l'abattoir proche est plein de meuglements et où les bêtes des troupeaux qu'on pousse le long du quai se heurtent entre les trottoirs.

Roger n'écoute pas la conversation des vieillards. Ceux-ci parlent peu, se reposent en des silences pleins et lourds. On sent qu'ils ont leur langage à eux, comme les tout petits, un langage qu'ils sont seuls à comprendre, depuis quarante ans et plus qu'ils se connaissent.

Ils sont devenus amis jadis, quand ils débutaient dans la vie, maigres et ardents, quand M. Repasse, qui est maintenant le bottier de la haute société, travaillait encore dans une échoppe et que M. Pelcat, qui n'avait pas encore son ventre encombrant, courait les foires de campagne comme colporteur.

Peut-être se sont-ils un moment perdus de vue? Ils ont travaillé, fondé des familles, puis ils se sont retrouvés sur l'autre versant de l'existence, et qui sait s'ils ne se croient pas encore les mêmes?

Ont-ils parlé de la guerre? Roger ne l'a pas entendu. Il joue avec Rita, la chienne malinoise de M. Fourneau qui a plusieurs prix de dressage, lui lance des bouts de bois dans l'eau du fleuve.

— Apporte, Rita... Apporte!...

M. Fallières?... L'empereur Guillaume?...

On approche de l'établissement de bains dont les plongeoirs émergent de la Meuse, tout au bout du quai, entourés de pilotis et de cordes tendues. On sent davantage la forte odeur de l'eau. En face, n'étaient les arbres, on apercevrait, quai de Coronmeuse, au bord du canal, la maison de tante Louisa.

Roger a les paupières un peu lourdes, un vide dans la poitrine, parce qu'il n'a pas assez dormi. Il revoit Mlle Lola sur son lit, quand on aspergeait son visage d'eau de Cologne, et il pense davantage à elle qu'à l'incendie.

Son père a dit qu'il n'y aurait pas la guerre.

On franchit une barrière, on suit une allée au sol de briques rouges, on tourne à gauche et on arrive devant les cabines. Le garçon se précipite vers la plus grande, la seule qui puisse contenir une douzaine de personnes.

Alors, les vieillards se déshabillent, tous ensemble, vont et viennent, leurs jambes maigres, tavelées ou veinées de bleu, jaillissant de leur chemise, ils plaisantent, se font des farces, se lancent une serviette ou un savon à la tête, tandis que Roger enfile son caleçon rayé de bleu qu'il a apporté sous le bras, roulé dans une serviette-éponge avec son peigne et sa savonnette rose.

On entend, de l'autre côté de l'eau, le vacarme des premiers trams. C'est l'heure où Élise descend pour allumer son feu et moudre le café. Les autres enfants de l'école sont encore au lit et la plupart s'éveilleront en geignant, cherchant des excuses pour retarder le moment de se lever.

Sous les pieds nus, les briques sont froides, même en plein été, à cette heure-là. L'eau est froide aussi, que Roger tâte d'un orteil avant de se diriger vers le plongeoir du grand bain. M. Effantin, le commissaire de police, a la peau aussi blanche que du papier et Roger détourne toujours les yeux avec gêne de son grand corps maigre dont on compte les os.

Les vieux continuent à se chamailler et à rire, sur les plongeoirs et, dans l'eau, on bouscule M. Repasse, qui a un sale caractère ; seul Chrétien Mamelin s'en va à pas réguliers jusqu'au bout du bain, se glisse lentement dans l'eau, sur le dos, en prenant soin de ne pas se mouiller la tête, et descend ainsi le fil du courant en remuant à peine les mains des deux côtés du corps. C'est à cause de sa maladie de cœur. Il rentre le premier dans la cabine, à pas égaux, des gouttes d'eau sur la peau, et Roger, nageant au-delà des cordes, peut le voir qui s'habille avec les mêmes gestes minutieux qu'il a pour repasser les chapeaux sur les têtes de bois dans l'arrière-boutique de la rue Puits-en-Sock.

Pendant des heures, on garde aux lèvres le goût du bain,

le goût aussi de la gorgée de café au rhum que Roger a le droit de boire ensuite, dans la tasse de son grand-père, car on s'arrête quelques minutes dans la cuisine du tenancier.

Au retour, on voit davantage de fenêtres ouvertes, de femmes qui balayent leur seuil, ainsi on sent que pour la plupart des gens la vie commence à peine et qu'ils sont encore englués de la moiteur des lits.

— Toujours en retard, Van Hamme! dira tout à l'heure M. Penders, l'instituteur. Demandez à Mamelin depuis quelle heure il est levé. Demandez-lui ce qu'il a fait avant de venir en classe.

Ainsi, la journée de Roger commence d'une façon exceptionnelle. Seul de tous les élèves, à dix heures, il a le droit de quitter l'école pour traverser la rue, pousser la porte qui reste contre et boire le verre de bière qui l'attend sur une marche de l'escalier, avec un œuf battu.

— C'est moi, mère.

— Essuie bien tes pieds. Le corridor est nettoyé.

Seul, parce qu'il habite tout près, il a assité à l'incendie. Seul, à onze heures et demie, il ne prendra pas place dans le rang que M. Penders conduit jusqu'au coin de la rue, parce que sa maison est juste en face, et tout le monde sait déjà qu'il est le chouchou de frère Médard.

La preuve, c'est que sa mère rejoint celui-ci sur le trottoir où il est campé.

— Dites-moi, frère Médard, est-ce que vous croyez que nous aurons la guerre?

Ne craint-il pas, en la rassurant trop vite, de perdre de son importance?

— Qui sait, madame Mamelin? Cela dépendra de l'attitude du gouvernement français. Sans doute serons-nous renseignés ce soir.

Des monceaux de frites attendent sur le coin du feu le moment de passer une seconde fois dans la friture grésillante.

— Mange vite, Roger. Les pensionnaires vont arriver.

Roger, ce midi-là, aura un petit pain frais que M.
Bernard a laissé à son déjeuner.

10

Élise, comme d'habitude, s'est levée à six heures du
matin. Il n'y a pas d'armoire ni de portemanteau dans la
chambre blanchie à la chaux dont les petites fenêtres
donnent sur la route et sur un horizon de prairies. Désiré
dort encore, Roger dort dans la chambre voisine qui est en
contrebas, carrelée de rouge comme une cuisine.

A quel point tout cela est nu! Propre, certes. Chaque
année, Mme Laude passe la maison entière, dehors et
dedans, au lait de chaux. Ce n'en est pas moins une
demeure pauvre. Les murs sont renflés ici, concaves plus
loin, une poutre traverse la pièce sans rien soutenir, sans
qu'on sache pourquoi elle a été posée, le crucifix est si
vulgaire qu'Élise serait incapable de prier en le regardant,
deux ou trois chromos sont encadrés de noir, le verre de
l'un deux, qui représente Napoléon à Austerlitz, est fêlé
depuis plusieurs générations.

— N'est-ce pas étrange, docteur, que je sois encore plus
nerveuse à la campagne qu'en ville?

Le docteur Matray, dont le visage carré est naturellement assez dur, a regardé Élise avec une certaine douceur,
sans lui répondre.

— J'ai tout essayé, du fer, des fortifiants, les pilules que
vous m'avez ordonnées...

Rien n'y a fait et on dirait que le docteur sait que rien ne
peut y faire. A-t-il découvert cette tare mystérieuse qu'Élise a de plus en plus la conviction de porter en elle et qui
l'empêche d'être pareille aux autres?

Le lit est net. Elle en a décousu le matelas. Pourtant, bourré de crin végétal, il vous imprègne, surtout quand on transpire par les chaudes nuits d'été, d'une odeur de foin un peu moisi. Désiré appelle ça l'odeur de la campagne, et aussi ce relent insaisissable de lait suri qu'on retrouve dans toute la maison bien que celle-ci soit loin d'une étable.

Élise, comme un prestidigitateur, attrape son linge épars sur la table ronde et sur les deux chaises à fond de paille, sa chemise, son pantalon, son corset, son cache-corset, son jupon de dessous, elle se lave, se coiffe devant le miroir piqueté de roux où l'on se voit un nez de travers, et pendant ce temps-là les vaches meuglent, tournées vers la ferme des Piedbœuf d'où les femmes sortent avec des seaux pour les traire.

Élise a beau répéter que l'air de la campagne est salutaire, elle n'y est jamais à son aise, tout la choque, l'effraie même un peu. Elle descend les quelques marches qui conduisent à la cuisine dont la porte est ouverte sur la fraîcheur matinale du jardin et elle trouve Mme Laude et Frédéric attablés face à face devant les bols de café et d'énormes tartines de pain gris.

Elle a toujours l'impression qu'elle dérange, elle s'excuse, prépare le café dans sa propre cafetière, comme Mlle Frida le fait rue de la Loi, mais Mlle Frida ne pense jamais qu'elle gêne. Frédéric, aux épaisses moustaches blondes, garde sa casquette sur la tête du matin au soir, sans la quitter quand il mange. C'est un ouvrier. Toute la semaine précédente, il a été en grève et on le voyait partir dans son costume noir des dimanches pour assister à quelque meeting.

— Viens ici, Frédéric.

Mme Laude l'appelle comme un enfant et, comme à un enfant, elle lui remet son argent de poche, car il lui donne tout ce qu'il gagne.

Désiré s'habille en chantant, éveille son fils en lui chatouillant le nez, Frédéric s'en va à vélo, sa musette sur le dos, avec les tartines et le bidon de café. Puis Mme Laude s'éloigne à son tour, deux seaux suspendus à une sorte de bât garni de chaînes qu'elle porte sur les épaules, pour aller chercher l'eau à la pompe qui se dresse à la croisée des chemins.

Alors Élise, qui a mangé debout, en travaillant, fait ses lits, prend les poussières, épluche les légumes pour le dîner.

— Dépêche-toi, Roger. Fais voir si ta chemise est encore propre.

Un peigne mouillé a séparé par une raie les cheveux de chanvre du gamin. Il porte une chemisette de tussor que sa mère lui a faite. Ils sont encore une fois en deuil, mais, à la campagne, elle le laisse user ses pantalons bleus. Elle-même, sur une jupe noire — une jupe de serge grise qu'elle a teinte — porte un corsage blanc à col rond.

Ils se dirigent lentement vers le Thiers des Grillons, dans un univers où ils peuvent se croire seuls. Élise est triste et, quand elle est triste, elle se ressent davantage de ses fatigues. Les derniers temps, elle a beaucoup souffert de sa descente de matrice. Il a été à nouveau question de l'opérer, le spécialiste insistait, le docteur Matray, lui, a déclaré :

— Vous avez un enfant, madame Mamelin. Soignez-vous, reposez-vous, mais ne vous laissez pas opérer.

A cause de Roger, il l'a dit ! Donc, elle pourrait mourir. On viendrait la chercher en voiture comme Félicie, on la conduirait à l'hôpital ou dans une clinique. La famille viendrait la voir, Désiré amènerait Roger par la main le long de ces couloirs livides où l'odeur de maladie et de mort vous prend à la gorge. Il y aurait des oranges et des raisins sur un guéridon ripoliné, près des médicaments, puis on l'endormirait et, quand l'enfant et son père viendraient à nouveau...

— Non ! Non ! Je ne veux pas !

Elle en rêve la nuit, elle y pense dans le soleil, dans ce

merveilleux matin en robe vert pâle, tout auréolé de poudre d'or.

— Joue, Roger.

Il joue, c'est-à-dire qu'il frappe d'une baguette la poussière épaisse qui couvre la route et qui a déjà blanchi ses bottines.

Françoise est morte en avril. Elle a traîné un mois alors qu'on savait qu'il n'y avait plus rien à faire. Elle était condamnée. Élise courait la voir chaque fois qu'elle pouvait s'échapper de la rue de la Loi, trouvait des belles-sœurs, des voisines qui s'occupaient des enfants, le regard de Françoise, seule dans sa chambre, qui se fixait sur elle avec une expression qu'Élise n'a jamais vue à personne et qu'elle n'oubliera pas, dût-elle vivre cent ans.

Les stores étaient toujours baissés, car la lumière fatiguait la malade. Très maigre, les cheveux noirs répandus sur l'oreiller, la mâchoire déjà saillante comme celle des morts, la respiration saccadée, on ne voyait que ses grands yeux sombres, d'une immobilité terrible.

Elle pensait aux enfants, Élise le sait. Elle ne répond pas quand quelqu'un prétend :

— Elle ne s'est pas vue mourir.

Pourquoi donc, alors, ses yeux exprimaient-ils cette peur sans bornes chaque fois que la voix d'un des petits s'élevait dans la cuisine ? Pourquoi refusait-elle de les voir ? On les lui amenait parfois, croyant lui faire plaisir, et, avec un grand effort, elle s'en détournait ; on disait qu'elle n'avait pas sa tête à elle.

Élise seule a compris ce qui se passait chez Françoise. C'est pourquoi la mort de sa belle-sœur l'a brisée davantage que celle de Félicie, qui était pourtant sa sœur préférée.

Quelques instants avant de mourir, Françoise s'est dressée sur son lit, elle a poussé un cri pareil à un rugissement, il n'y a pas d'autre mot, en regardant si fixement la porte qu'on pouvait penser qu'elle voyait à travers. C'était un peu avant le lever du jour. Le bébé pleurait dans la chambre voisine et une voix étrangère, celle de la femme du suisse, Mme Collard, essayait de le rendormir.

— Tu vas déchirer tes vêtements, Roger.

Il joue à se faufiler par le trou d'une haie. Étonné par la voix de sa mère, il la regarde, s'aperçoit que ses yeux sont embués, mais il ne dit rien et continue à s'amuser tout seul sans conviction.

Le feuillage des arbres se rejoint au-dessus de la pente rapide du Thiers des Grillons et forme une voûte sombre que le soleil ne traverse que par places, mettant des taches brillantes sur les pavés inégaux. L'air bruisse. La ville, dans la vallée, est comme un lac bleuté couvert de vapeur d'où émergent les cheminées des usines et d'où fusent méchamment les coups de sifflet des locomotives. On devine les rames de wagons qui s'entrechoquent, des bennes qui se déversent au-dessus du vide, des marteaux monstrueux qui frappent du métal incandescent. Plus grêles dans cette symphonie puissante s'élèvent la sonnerie du tram qui s'arrête juste en bas de la côte, des cris d'enfants dans une école ; un bourdon maladroit frôle le visage d'Élise et un oiseau pépie, le bec ouvert, le jabot gonflé, légèrement posé sur un fil barbelé.

Élise s'assied dans l'herbe qu'elle a couverte de son mouchoir. Roger cherche des noisettes. Les rayons du soleil, pâles et légers, dans le petit matin, deviennent d'un jaune foncé de blés mûrs et se peuplent d'une vie bourdonnante.

Les locataires sont en vacances, Mlle Frida elle-même est allée passer un mois à Genève, ce qui prouve que M. Charles avait raison.

— Regarde, mère.

Le gamin, de temps en temps, vient montrer à Élise des noisettes, des glands, des fraises qu'il a trouvés dans le bois.

— Peut-être qu'oncle Charles a pris par la grand-route?

Elle se le demande aussi, car il est au moins onze heures, à en juger par le soleil, et elle est sur le point de reprendre le chemin de la maison quand, tout en bas du Thiers des Grillons, dans une flaque de lumière, on aperçoit trois silhouettes.

— Mon Dieu! soupire Élise, le cœur serré.

Pourquoi Charles Daigne fait-il porter le voile par sa fille qui n'a que dix ans? Loulou est en grand deuil, comme une femme, et c'est à mi-côte seulement que la pauvre petite, qui doit avoir très chaud, s'arrête pour rejeter son crêpe en arrière.

Roger est déjà parti en courant à leur rencontre. Ils tiennent par la main un bonhomme de deux ans, Joseph, en culotte noire à un âge où d'autres garçonnets portent encore des robes, gravissant de ses petites jambes la côte empierrée.

Mathilde Coomans, qui habite le coin de la rue de la Loi où son commerce ne marche toujours pas, s'est chargée du plus jeune qu'Élise voulait prendre chez elle, un bébé de cinq mois qu'on nourrit au lait de vache.

— Comment ferais-tu, avec tes locataires?

Elle souffre de voir le bébé chez Mathilde qui n'a pas d'ordre, n'est jamais habillée avant dix heures du matin et regarde autour d'elle d'un air hébété comme si elle ne s'y retrouvait pas dans sa boutique. Qu'une cliente lui demande une livre de flageolets ou de pois cassés, et la voilà perdue.

Le petit groupe s'est arrêté, car Joseph n'en peut plus. Son père, qui essaie de le porter, est obligé de reprendre son souffle tous les dix mètres.

— Mon Dieu, Charles, tu dois être en nage. Donne-le-moi. Bonjour, ma pauvre Loulou.

— Bonjour, tante.

Ils sont seuls sur cette longue route qui dégringole vers la ville, Charles et les enfants semblent surgir d'un autre monde, dans leurs vêtements noirs qui sentent encore le neuf.

— Comme elle est pâle, Charles!

Loulou a toujours été pâle. Son mince visage est d'une blancheur mate que souligne le crêpe de son voile taillé dans un crêpe de sa maman morte.

— Tu devrais me la laisser aussi, Charles. Ne fût-ce qu'un mois. L'air lui ferait tant de bien!

Et Charles de répondre simplement.

— J'ai besoin d'elle à la maison.

Élise pleurerait volontiers. Elle souffre de les voir si calmes, si simples après la catastrophe, comme s'ils n'avaient pas compris. Charles n'a pas changé. Son visage garde une douce expression de mouton qui devient exaspérante. Il n'a pas pu venir la veille, parce que c'était dimanche et que le dimanche il y a les offices. Jamais, depuis qu'il est sacristain à Saint-Denis, il n'a eu un dimanche de libre, jamais il n'a vu la couleur d'un dimanche ailleurs que dans le béguinage au porche silencieux qu'il habite et que dans la nef éclairée par les cierges.

— J'ai bien cru que je ne pourrais pas venir aujourd'hui, à cause de la demoiselle Tonglet qui est morte vendredi. C'est une chance qu'ils aient commandé l'absoute pour trois heures.

— Tu auras à peine le temps de dîner.

Comment peut-il encore tout ordonner pour des absoutes et des messes de mort? Il y a des moments où on sent l'envie de le secouer. Il est trop doux, trop résigné. Il ne se rend pas compte, on le jurerait, du drame qui s'est abattu sur lui et sur les siens.

— Alors, Loulou, c'est toi qui soignes ton papa?

— Oui, tante.

— Tu fais la cuisine, la vaisselle?

— Oui, tante. Mme Collard vient m'aider pour les lits.

Loulou est si belle, si fine! On l'a affublée de jupes trop longues qui lui donnent l'air non d'une enfant mais d'une naine. Chacun se retournait sur elle quand, à la procession, vêtue de blanc et de bleu ciel, elle incarnait la Vierge.

— Enlève ton veston, Charles. Il fait trop chaud.

Peu importe. Il a chaud, mais il ne se met pas à son aise alors même qu'il n'y a personne pour le voir. On ne sait que lui dire. C'est un supplice de lui arracher un mot, une phrase. Il marche, ne regarde ni la campagne, ni la maison de Mme Laude dans laquelle il entre comme il entrerait dans n'importe quel endroit où on voudrait le pousser.

— Tu vois, j'ai fait venir le lit-cage de Roger quand il était petit.

Joseph tient déjà de son père. Il n'a pas ouvert la bouche. Il s'est laissé embrasser par cette jument de Mme Laude et, s'il en a eu peur, il ne l'a pas montré.

— Tu t'amuseras bien ici, Joseph?

Comme si on n'aurait pas pu lui trouver un nom plus gentil!

— Tu as apporté son linge et ses vêtements, Loulou?

Un minuscule paquet enveloppé de papier gris, serré d'une ficelle rouge. Il n'y a presque rien de léger pour l'été.

— Peu importe. Je lui arrangerai quelque chose.

Pour un peu, elle serait obligée de saisir Charles Daigne comme un pion pour le poser sur la case suivante. A table, il consulte sa montre, ne pense qu'à son église, à ses absoutes, à ses offices. Sait-il ce qu'il a mangé? Loulou s'occupe de lui comme elle s'occuperait de son petit frère.

Au moment de partir, il se penche, embrasse son fils sur les deux joues, simplement, et c'est à son nez que perle une goutte d'eau.

— Tu viendras le voir, Charles?

— Dès que je pourrai.

Joseph ne pleure pas.

— Dis au revoir à ton père et à ta sœur, mon petit Jojo.

Elle vient de trouver un nom. L'enfant n'ouvre pas la bouche, les regarde partir de ses prunelles si douces qu'Élise se contient pour ne pas éclater en sanglots et elle pense que c'est déjà un oiseau pour le chat.

— Si vous saviez l'effet que cela m'a produit, madame Laude!

Maintenant encore, de voir le père et la fille, tout en noir, qui s'éloignent entre les deux haies, crûment dessinés sur la blancheur de la route, Charles avec son chapeau melon perché sur le sommet de son crâne, ses épaules tombantes, ses pantalons étriqués, cette main qu'il tend et dans laquelle Loulou glisse la sienne, ce regard qu'on devine glissant sur les choses avec une morne indifférence! Ils viennent d'ailleurs, de ce monde enfumé qu'Élise contemplait en les attendant, si sombre quand on le découvre de loin, si plein pourtant de petites maisons quiètes, de bouilloires qui chantent sur un poêle bien astiqué, de petits coins rassurants, à la taille de ceux qui y vivent, de leurs besoins, de leurs joies, de leurs douleurs.

— Qu'est-ce que tu as, mère?

Depuis que Roger est un grand garçon, elle doit sans cesse prendre garde à lui.

— Ce n'est rien. Ne fais pas attention.

Le petit de Françoise n'a même pas pleuré. Il ne sait pas encore qu'il est orphelin, peut-être de son côté Charles ne réalise-t-il pas qu'il est veuf?

— Viens ici, Jojo. Tu as trop chaud comme ça.

Elle lui enlève sa blouse sombre et d'étroites épaules blanches comme du lait semblent surprises par l'éclat du soleil.

— Qu'est-ce qu'on lui mettrait bien, madame Laude? Je ne peux pas le voir tout en noir. Demain, je lui ferai un petit costume.

Pas aujourd'hui, car il faut sortir. C'est l'heure. On n'est pas à la campagne pour tenir les enfants enfermés.

— Prends tes jouets, Roger. Donne gentiment la main à ton petit cousin.

— Où va-t-on?

— Aux marronniers.

Sa mère prépare le goûter qu'elle glisse dans son filet, avec un travail de crochet. Elle emporte un pliant, une ombrelle mauve.

— A tout à l'heure, madame Laude. Vous serez gentille de mettre la compote au feu, vers cinq heures. Avec un filet d'eau, n'est-ce pas?

Elle a beau faire, elle ne parvient pas à chasser l'image de Charles et de ses deux enfants telle qu'elle est imprimée sur sa rétine quand ils gravissaient lentement le Thiers des Grillons. Ils étaient si seuls! Ils avaient l'air des survivants d'un cataclysme qui aurait dévasté le monde, ne laissant qu'eux sur terre, trois êtres falots, vêtus de noir, errant dans l'immensité indifférente et vide.

Et cependant il n'y a que la maman qui s'en soit allée!

— Roger, il faut être gentil, très gentil avec ton cousin. Vois-tu, quand la maman est morte, il n'y a plus rien.

Elle pense à l'hôpital où elle irait si elle écoutait le spécialiste, à Désiré tenant Roger par la main et marchant avec lui le long d'une interminable rue déserte. Elle en a rêvé plusieurs fois, elle est persuadée qu'elle connaît cette rue, elle cherche dans ses souvenirs, en vain, elle ne l'a jamais vue et pourtant elle est sûre qu'elle existe et qu'un jour elle s'arrêtera soudain en s'écriant:

— Tu le fais marcher trop vite, Roger. Pense qu'il a de toutes petites jambes.

Du vert, du vert, toujours du vert, les taches blanches des vaches affalées, puis des haies vives, de l'herbe encore sur l'étroit chemin, une barrière qu'on franchit en septembre pour aller cueillir des champignons dans les prés des Piedbœuf.

Élise est si lasse !

A l'écart de la route, là où le terrain en pente douce descend vers les bois touffus, ils atteignent enfin une quadruple allée de marronniers où l'on entre comme dans une cathédrale et où des petits frissons d'air vous caressent les joues. Elle ouvre son pliant, cherche son crochet nickelé, le coton blanc cru auquel un bout de dentelle est encore accroché comme un cordon ombilical.

La tête penchée sur son ouvrage, ses lèvres remuent comme si elle parlait à quelqu'un ou récitait une prière, elle lève parfois les yeux vers le fond de l'allée où l'on aperçoit le rose d'une construction qu'entourent des massifs de fleurs et des barrières peintes.

Elle explique déjà, comme si Mme Dossin était assise près d'elle :

— C'est le neveu dont je vous ai parlé, celui dont la pauvre maman...

Ils sont là comme dans un écrin et les grands arbres se dressent autour d'eux pour leur cacher l'immensité inquiétante de l'horizon. Ces arbres, Élise et Roger les connaissent comme des amis, comme des créatures humaines, chacun a sa physionomie propre, son caractère, le troisième est creux comme un vieux malade, un autre tend horizontalement une branche basse sur laquelle Roger aime à faire de l'équilibre, il y en a un, tout au bout de la rangée, qui a été frappé par la foudre et qui n'est plus qu'un blême squelette d'arbre.

L'écharpe rose saumon de Mme Dossin flotte dans le jardin dont le parfum arrive par bouffées, alternant avec des odeurs de mousse et de terre humide.

Elle ne viendra pas tout de suite. Elle appelle d'abord :

— Jacques ! Où es-tu ?

Elle ne crie pas après son fils comme les femmes d'Outremeuse qui fêlent de leur voix perçante le cristal de l'air. Elle module le nom en traînant un peu sur la première syllabe, ce qui donne à ce nom un charme de plus.

— Un si beau prénom, madame Laude! Si je pouvais encore avoir un fils...

Jacques, pour elle, ce n'est pas seulement un enfant, c'est l'ombre douce des marronniers, l'herbe plus soyeuse qu'ailleurs, c'est une villa neuve, si jolie, si confortable, où tout est net, c'est Mme Dossin qui ne se précipite pas sur Élise comme la misère sur le pauvre monde, mais qui se promène encore un peu parmi les roses de son jardin.

— Où es-tu, Jacques?

Celui-ci a rejoint Roger sous les arbres, et alors seulement sa mère paraît au bout de l'allée, vêtue de clair, une ombrelle à la main; elle s'avance sans se presser, paraît surprise en apercevant Élise sur son pliant.

Aucune des deux femmes n'est dupe de ces rites qui se sont établis peu à peu et qui constituent maintenant un cérémonial secret et invariable. Mme Dossin, qui dispose d'une somptueuse véranda, d'un jardin rempli de fleurs qu'arrose du matin au soir un vieux jardinier au vaste chapeau de paille, Mme Dossin qui possède, dans le périmètre délimité par les barrières blanches, des chênes, des tilleuls, des hêtres pourpres artistement groupés, ombrageant des bancs placés aux meilleurs endroits, Mme Dossin n'a aucune raison de venir s'installer dehors et elle ne pourrait pas, comme Élise qui n'a que deux chambres chez Mme Laude, emporter un pliant pour s'asseoir; elle salirait sa robe en s'asseyant dans l'herbe; elle reste donc debout, s'attarde, cherchant son fils des yeux.

— Prenez mon pliant, madame Dossin. Je vous assure que je préfère l'herbe.

Alors, pourquoi emporte-t-elle un pliant?

— Je ne suis pas fatiguée.

Elle est jeune, jolie, dolente, un peu triste ou plutôt mélancolique, avec des enjouements subits. Voilà deux hivers déjà que les médecins l'envoient à la montagne. Élise sait ce que cela signifie.

— Une personne si distinguée et si simple, madame Laude! Son fils est si bien élevé!

A quoi cela tient-il qu'on sache du premier coup d'œil que c'est un enfant de riches? Il ressemble à sa mère. L'ovale de son visage est très allongé, son teint diaphane, des cils très longs donnent de la langueur à un regard plein de gentillesse. On ne pourrait pas dire en quoi il est habillé autrement que les autres, et pourtant aucun enfant ne lui ressemble, il est fait pour vivre dans cette villa neuve au côté d'une maman jeune et gracieuse.

— Voici le fils de ma belle-sœur qui est morte, madame Dossin, celle dont je vous ai parlé. Son père me l'a amené ce matin, car il va passer ses vacances avec nous. Ne grimpe pas si haut, Roger. Reste près de Jacques. Faites-moi donc le plaisir de prendre le pliant.

Mme Dossin est lasse. Elle doit s'ennuyer. Un beau jour, elle s'en ira comme Françoise s'en est allée, mais lira-t-on la même terreur dans ses yeux? Elle sait que son fils ne manquera de rien. Il a déjà une institutrice, car on le juge trop délicat pour l'envoyer en classe.

— Son petit frère est chez une de ses tantes. L'aînée, à dix ans, reste avec le père et tient son ménage comme une brave petite femme. Si vous l'aviez vue avec son voile!

Est-ce que Mme Dossin pense qu'elle mourra bientôt, que c'est peut-être son dernier été dans la maison que son mari a voulue aussi pimpante qu'un jouet?

Élise ne l'envie pas. Elle la plaint. Et pourtant, aujourd'hui, elle lui en veut, de mauvaises pensées fermentent en elle, qu'elle tente de cacher, mais qui percent malgré tout.

— Pour les riches, n'est-ce pas? le malheur n'est jamais tout à fait le malheur. Vous comprenez ce que je veux dire ?

Elle a remarqué le col de vraie dentelle des Flandres, la broche en or, les boucles d'oreilles massives.

— Pensez-vous, par exemple, que la mort d'un mari soit aussi tragique pour quelqu'un qui a de l'argent que pour les malheureuses de Souverain-Wandre ?

Les journaux ont été remplis, les dernières semaines, par la catastrophe du charbonnage de Souverain-Wandre, quatre-vingt-cinq mineurs ensevelis par un coup de grisou ; on a vu, sur la couverture des illustrés du dimanche, les femmes et les enfants attendant parmi les gendarmes, autour du puits de mine où descendaient des équipes de sauveteurs en casque de cuir bouilli.

On a ouvert des souscriptions. Mais après ? Ce n'en sont pas moins des femmes en deuil, avec des enfants à nourrir. Beaucoup sont enceintes. Elles iront faire des ménages en ville, ou elles deviendront hiercheuses, on les apercevra, un mouchoir noué autour des cheveux, un sac sur le dos, un crochet de fer à la main, gravir le terril des hauts fourneaux pour chercher quelques morceaux de charbon parmi les scories fumantes.

Cela fait mal à Élise. Elle souffre quand, le soir, on reconduit quelqu'un jusqu'au sommet du Thiers des Grillons et qu'elle découvre les cheminées crachant le feu dans un halètement effroyable.

Elle plaint Mme Dossin qui est tuberculeuse. Elle se fait humble devant elle, d'instinct, parce qu'elle est riche, mais elle s'en veut de cette humilité, elle s'en veut de lui avoir offert son pliant, d'avoir insisté, de s'être assise elle-même par terre. C'est plus fort qu'elle. Elle a été élevée ainsi.

Elle prononce des paroles qui peuvent paraître banales :

— Il me semble que Jacques a déjà de meilleures couleurs.

Il s'en faudrait de peu qu'elle ne devînt vraiment méchante. Parce qu'elle a mal. Non seulement au dos et au

414

ventre. Dans la paix lourde de la campagne, le sentiment de son impuissance devant le destin la point plus douloureusement que dans le havre de la rue de la Loi.

On est en train de célébrer à Saint-Denis les obsèques de Mlle Tonglet, la fille du charcutier de la rue de la Cathédrale. Elle souffrait d'une maladie des os. Des gens meurent chaque jour. Qui n'est pas malade?

— Roger! Si la branche casse, tout tombera, et tu te feras très mal. Il est si turbulent, madame Dossin! Il est vrai que j'aime encore mieux ça que de le voir trop calme.

Il vaut mieux qu'elle se taise. Jacques, lui, est toujours calme, craintif, emprunté dans ses mouvements et, bien que plus grand, plus long que Roger, il regarde avec admiration son camarade qui grimpe aux arbres. L'hiver précédent, il s'est cassé un bras en tombant d'une chaise.

— Tu es content, Jojo, d'être à la campagne?

Elle ne fera plus d'allusions, elle veut même se faire pardonner, elle se force à sourire de son sourire le plus aimable et le plus effacé.

— Quelle jolie dentelle vous avez, madame Dossin! Comme elle est fine!

L'ombre des arbres s'allonge, la fraîcheur tombe sur les épaules, la maman de Jacques frissonne.

— Vous auriez dû emporter un châle.

— Je m'en vais, madame Mamelin. Il est l'heure.

On fait de nouveau le trajet, dans cette lumière angoissante, dans ce calme inhumain du jour à son déclin. On rejoint sur la grand-route Désiré qui marche à pas comptés en lisant son journal et, tandis que Roger se précipite dans ses grandes jambes, Élise pense encore à Charles Daigne qui parcourait tout à l'heure le même chemin en sens inverse, aux femmes que les gendarmes étaient obligés de repousser, autour du puits de mine sinistré, à l'enterrement interminable auquel le Roi a assisté.

On se met à table, dans le jardin où on sent l'ombre se resserrer autour de soi. Les grenouilles coassent dans les mares, d'invisibles grillons commencent leur concert énervant.

De l'écheveau embrouillé de ses pensées, Élise n'a retenu qu'un fil, qu'une idée qui se précise tandis qu'elle aide Mme Laude à desservir la table et qu'elle entend Désiré mettre les deux enfants au lit.

Des soldats passent sur la route, regagnant le fort d'Embourg dont les glacis s'étalent à huit cents mètres de la pompe, Frédéric, qui est rentré et qui a fait le tour de la maison sans se montrer, se lave bruyamment derrière une cloison de vieilles planches où il doit être tout nu.

C'est l'heure où, presque chaque soir, Élise et Désiré font les cent pas sur la route, allant et venant d'un point déterminé à un autre, tournant invariablement à hauteur de l'arbre rabougri qui émerge du talus, là où Roger a enterré jadis son canari.

Désiré fume sa pipe dont l'odeur se mêle à l'odeur de la nuit. Quand il a mangé, Frédéric, sa casquette sur la tête, vient s'asseoir à même le seuil de la maison et regarde vaguement devant lui, sourd au murmure confus de ses locataires.

Élise a pris le bras de Désiré. Même s'ils se regardaient en face, ils se verraient à peine. Comme il la sent soudain trembler, il questionne :

— Tu as froid ?

— Écoute, Désiré...

Il le faut. Elle n'y tient plus.

— Ne crois-tu pas que tu devrais prendre une assurance sur la vie ?

Elle croit, elle a toujours cru qu'il ne sentait pas, qu'il n'avait pas d'antennes. Elle l'a répété maintes fois à Valérie, à Louisa, à la pauvre Félicie. Il marche en silence et elle est loin de se douter que cette question, qu'elle vient enfin de poser après un long frémissement de tout son être, il l'attend depuis longtemps, depuis des mois, peut-être des années, et que son sang s'est figé dans ses veines.

Pourtant, il parvient à articuler d'une voix normale, à peine un peu blanche :

— Pourquoi me parles-tu de cela aujourd'hui ?

— J'ai déjà voulu t'en parler.

Comment expliquer que c'est la vue de Charles en deuil, le souvenir du regard de Françoise, sa conversation avec Mme Dossin qui est tuberculeuse, qui lui ont donné, Dieu sait par quels détours, un insupportable besoin de sécurité ? Cela remonte à plus loin, certes, aux années passées dans une petite rue sale avec sa mère, aux casseroles vides qu'on mettait sur le feu, au suicide de M. Marette, aux heures passées avec Mme Pain sur le banc de la place du Congrès. Même les journaux, qui ne parlent plus que de guerre et de catastrophes, ont aidé à cristalliser ses angoisses, même Mlle Frida et les visites de M. Charles.

Elle a mal aux reins, ce soir. Sa chair est malade.

— J'espérais toujours que tu y penserais de toi-même. On ne sait pas ce qui peut arriver. Qu'est-ce que je ferais, seule avec Roger ?

Le bras de son mari est devenu plus dur, Désiré est tout raide, on dirait qu'il a envie de marcher seul.

— Tu travaillerais.

Il a dit ça d'une voix si neutre qu'elle se demande si c'est bien lui qui a parlé.

— Mais, Désiré, si je n'avais pas la force de travailler ?

Ils sont à cinq pas de l'arbre tordu qui fait une tache sombre et presque humaine dans le ciel, des bras qui se tendent désespérément, un corps blessé. Toutes les étoiles brillent au-dessus d'eux, une brise légère fait frissonner les cheveux d'Élise, un train siffle dans la vallée.

Comment saurait-elle que les prunelles de Désiré sont fixes, que ses dents s'incrustent dans le tuyau de sa pipe, qu'il aurait tout donné, oui, tout, littéralement, pour qu'elle ne parle jamais de ça? Et cependant il trouve des accents de gaieté pour lui lancer:

— Telle que je te connais, tu t'en tireras toujours, va!

Elle a détaché son bras du sien. Elle reste debout à la même place, tandis qu'il fait encore deux pas, mais il n'ose pas se retourner par crainte de laisser voir son visage, même dans l'ombre.

— Tu viens?

— Jamais, Désiré, jamais, tu m'entends, je n'aurais cru qu'un homme serait capable de dire à sa femme...

Elle voudrait se tordre les bras comme les branches de l'arbre, se rouler dans la poussière, être battue comme plâtre, elle voudrait qu'il arrive n'importe quoi et elle reste immobile dans l'obscurité, sans aide, sans appui, elle a envie de se laisser tomber tout d'une pièce et de rester là éternellement.

— Et tu fumes ta pipe! Tu es content de toi!

— Viens.

Il ne pourrait plus en dire davantage. Il y a des années qu'il a sollicité une assurance-vie, qu'il a passé la visite médicale et, comme par ironie, devant le médecin de sa propre compagnie, le docteur Fischer, presque un ami.

— Vous êtes un homme, n'est-ce pas, Mamelin?

Le cœur. Il a déjà compris.

— En prenant des précautions, en évitant les fatigues, les émotions, vous pouvez encore...

Il est là, près de l'arbre crucifié, grand et fort en apparence, mais il a dû poser sa main sur sa poitrine, il presse un organe qui bat si vite qu'il a besoin de le retenir.

— Comment, comment, comment un homme peut-il dire froidement à sa femme ce que tu viens de me dire? Non, vois-tu, Désiré, je...

Elle rentre. elle préfère rentrer en titubant, enjamber Frédéric qui la regarde de bas en haut, toujours assis sur le

418

seuil; elle balbutie par habitude:

— Pardon.

Elle court. Elle n'a plus que quelques secondes à elle et elle s'abat sur le lit sans avoir allumé la lampe, ses dents mordent la courtepointe, elle voudrait mourir tout de suite tandis que Désiré, dehors, elle en est sûre, achève tranquillement sa pipe sous le ciel étoilé.

Tout à l'heure, il viendra s'asseoir, sans rien dire, sur une chaise à fond de paille. Et il faudra que Roger parle tout seul dans son sommeil pour arracher Élise à sa prostration.

Le corps vide, le goût du désespoir aux lèvres, elle sera bien obligée de prononcer:

— Tu as des allumettes?

Elle se déshabille. La voilà en culotte bouffante et en cache-corset, dans la lumière rougeâtre de la lampe sans abat-jour. Le lit est comme un gros animal malade, l'édredon cramoisi prend des formes de baleine.

Désiré se couche le premier et se tourne vers le mur, ne voyant plus rien que la tache d'une mouche écrasée, puis la lampe s'éteint, le sommier grince.

Longtemps après, il avance prudemment la main, mais le bras qu'il frôle se retire d'une secousse brusque.

— Bonsoir, Élise.

Silence.

— Bonsoir, Élise.

Jamais, après les plus violentes disputes, ils ne se sont endormis côte à côte sans se souhaiter le bonsoir. La mort pourrait le prendre dans son sommeil comme c'est arrivé à d'autres, et il s'en irait sans un dernier mot de sa compagne.

Il attend, mordillant ses moustaches qui gardent le goût du tabac, cependant qu'Élise, dont les traits sont devenus durs et pointus, pense froidement, rageusement, à en finir.

11

Une année presque entière s'est écoulée depuis
Embourg et la vie continue, on pourrait croire qu'il n'y a
rien de changé rue de la Loi. Élise prépare des petits plats
sucrés pour Désiré quand il rentre à deux heures et, par les
belles soirées de printemps, afin d'être tranquille dans la
cuisine, elle l'envoie causer sur le trottoir avec les locataires.

Au moment même, c'est grâce aux oreillons de Roger
que la vie, les premiers temps tout au moins, n'a pas été
plus difficile. Chez Élise, les impressions durent. Comme
les neuvaines de sa sœur Marthe ou les plongeons de
Léopold dans les estaminets des petites rues. La moindre
dispute d'un dimanche déteint sur la semaine entière. Pour
ne prendre qu'un cas, bien que Roger ait maintenant onze
ans et qu'il soit en sixième année, dans la classe de frère
Médard, sa mère lui reproche encore le chagrin qu'il lui a
fait lors de sa première communion privée. Or, il avait
alors sept ans. Il s'en souviendra toujours, lui aussi, pour
une autre raison, une raison particulièrement secrète. La
veille de ce jour, qui doit être le plus beau jour de la vie,
après un bain encore plus minutieux que les autres samedis, il cheminait sur les trottoirs lavés à grande eau quand il
a rencontré Lucile, la fille de la marchande de légumes de
la rue Jean-d'Outremeuse, une gamine qui louche un peu
et qui se cache toujours dans les coins avec les garçons.

Roger sort à peine du confessionnal, son âme, comme
son corps, est propre pour le lendemain, et pourtant le
voilà qui suit Lucile à la piste comme un chien, en proie à
une lancinante curiosité, il lui parle d'une voix honteuse,
invente un jeu accroupi pour voir entre ses jambes et
supplie enfin, n'y tenant plus, rouge comme la crête d'un
jeune coq:

— Laisse-moi toucher.

Depuis plusieurs semaines, sa mère lui répète:

— N'oublie pas que le jour de leur première communion les enfants doivent demander pardon à leurs parents de toutes les peines qu'ils leur ont faites.

Le matin, en s'habillant pour la messe, elle a attendu. Plusieurs fois, elle a répété:

— Roger.

— Quoi?

— Tu n'oublies rien?

— Non.

Il sait fort bien ce qu'elle attend. Profitant d'un moment où Désiré était seul, il est allé lui demander pardon d'une voix balbutiante, mais il ne demandera pas pardon à sa mère, il ne peut pas, justement parce qu'elle attend. Ce n'est pas méchanceté de sa part. C'est une impossibilité, tout simplement. Les mots ne franchiraient pas ses lèvres.

Élise en a fait un drame. On a quitté la maison, les yeux rouges, la tête vide d'avoir pleuré, et, maintenant encore, après tant d'années, chaque fois qu'elle est fâchée contre son fils, elle ne manque pas de rappeler:

— Quand je pense que tu m'as tant fait pleurer le jour de ta première communion.

Que serait-il arrivé si, après le soir d'Embourg, Roger n'avait pas été providentiellement malade? La température montait en flèche avec une déroutante rapidité. A midi, il avait déjà 39°5. Mme Laude est allée chercher un docteur à Chênée. Pendant une semaine, les murs de la chambre, autour de Roger, ont été d'une matière à la fois molle et menaçante, la même matière que l'édredon cramoisi qui enflait jusqu'à toucher le plafond tandis que Roger se sentait une tête monstrueusement grosse qu'il tâtait avec effroi.

Quand Désiré est rentré, le premier soir, Élise a prononcé, comme s'il ne s'était rien passé entre eux:

— Il faut que tu ailles faire faire l'ordonnance à Chênée.

Puis, plus tard, comme son mari voulait veiller :

— Non ! Tu travailles demain matin. Moi, ici, je n'ai rien à faire.

Elle n'a rien oublié, comme il aurait pu le penser. Quand il a voulu l'embrasser comme d'habitude, elle a détourné la tête et ses lèvres n'ont frôlé que des cheveux.

Frédéric qui, du seuil, a presque assisté à la scène sur la grand-route, a dû en parler à Mme Laude. Celle-ci, de temps en temps, regardait Élise en cherchant à deviner, mais grâce à la maladie de Roger, Élise avait une bonne raison pour pleurer quand elle en avait envie, tout à son aise, et pour montrer un visage de *Mater Dolorosa*.

Voilà comment les choses se sont passées. On ne peut pas vivre éternellement dans le drame. Les forces humaines ont des limites, les plus violentes douleurs se diluent, quelque énergie qu'on dépense à les retenir. Il est arrivé à Élise de sourire à une plaisanterie de Mme Laude, puis d'adresser la parole à Désiré sur d'autres sujets que la santé de l'enfant. Ainsi Mme Laude a-t-elle pu annoncer à Frédéric :

— Ils sont raccommodés.

Désiré s'y est trompé un instant, car il prend volontiers ses désirs pour des réalités, il est sans malice, sans rancune.

Un regard, de temps en temps, aigu comme une invisible aiguille de glace jaillie des prunelles transparentes d'Élise, suffit à proclamer :

— Ne te fais pas d'illusions. Je ne suis pas morte, certes. Je vais, je viens, je m'occupe du ménage et des locataires comme autrefois, mais jamais plus je ne serai la même, il y a désormais en moi un ressort cassé, qu'il n'est du pouvoir de personne de réparer.

Il feint de ne pas s'en apercevoir, se montre gai, enjoué. Un petit rond de soleil sur sa joue, quand il se rase, suffit à le faire fredonner; chaque matin il éveille son fils en lui tirant le nez.

Quand une dispute éclate encore, Élise sort son dard de glace et il lui suffit d'articuler, lèvres tendues:

— Tais-toi. Tu sais bien que tu n'es qu'un égoïste.

Il se tait, n'essaie pas de se disculper. «Égoïste» est devenu le maître mot. Confondu, il s'éloigne ou s'empresse de parler d'autre chose, de sorte que les gens pourraient s'imaginer qu'il existe un lourd secret entre eux.

Jusqu'à Roger qui s'entend dire, les jours de grande colère, quand sa mère lui reproche sa première communion:

— Tu ne vaux pas mieux que ton père.

Et cependant elle sent confusément que cet égoïsme masculin qui l'a tant fait souffrir est involontaire, qu'il est peut-être une loi de la nature. Désiré ne voit pas ce qu'il ne veut pas voir. Il se figure presque sincèrement que les choses sont comme il voudrait qu'elles fussent. Il a réglé ses journées de telle sorte qu'elles sont un enchaînement harmonieux de petites joies et la moindre de ces petites joies qui vient à manquer menace tout l'édifice. Une tasse de café et une tartine, un plat de petits pois vert clair, la lecture du journal au coin du feu, une servante qui, sur un escabeau, lave une vitrine à grande eau, mille satisfactions paisibles qui l'attendent à chaque tournant de la vie, qu'il a prévues, dont il s'est réjoui d'avance, lui sont aussi nécessaires que l'air qu'il respire, et c'est grâce à elles qu'il est incapable d'une vraie souffrance.

— Si tu connaissais les hommes, ma pauvre Valérie!

Depuis Embourg, Élise ne prononce plus ces mots sur un ton résigné. Elle en a pris son parti. Elle s'est affranchie. Il y a en elle une force agressive qui confine parfois à la frénésie.

— Je ne me laisse plus faire, va! Je le *strogne*, je les *strogne* tous, tant qu'ils sont.

Ce simple petit mot est plus que tout le reste révélateur

de la transformation qui s'est opérée en elle. Elle a toujours eu horreur de la vulgarité du patois. C'est ce qui la hérissait le plus dans la maison de la rue Puits-en-Sock, où un Lucien, une Catherine, un Arthur, parlaient volontiers le wallon.

Strogner, dans ce langage, c'est voler, mais non pas voler ouvertement : c'est prendre par petites doses, subrepticement, c'est tricher, guetter l'occasion de s'approprier malignement les choses, et désormais Élise strogne sans cesse, sans remords, elle strogne Désiré, elle strogne ses locataires, elle strogne Mlle Frida, jamais la maison de la rue de la Loi n'a bourdonné d'une vie aussi pleine, on entre, on sort, on boit, on mange, on crie, Élise se dépense sans compter, sans regarder à sa peine, sans s'inquiéter de ses reins ou de son ventre, parce qu'à chaque instant elle strogne, c'est perpétuellement de l'argent qu'elle prend à l'un ou à l'autre et qu'elle glisse dans la poche de son jupon de dessous ou dans la soupière à fleurs roses avant d'aller le porter, le jeudi après-midi, à la Caisse d'épargne, sur le livret de Roger.

Grâce à cette activité débordante, à cette passion qu'elle satisfait avec une obstination rageuse, on ne la voit presque jamais douloureuse ou mélancolique comme autrefois, c'est comme une fièvre qui la rend plus alerte et plus jolie, à la façon des poitrinaires dont les yeux sont si brillants et les pommettes si colorées.

Seulement, il ne faut pas qu'elle s'arrête, qu'elle se détende un seul instant, car alors, peut-être que le vertige la prendrait.

Mme Corbion avait raison. Élise a eu tort de se méfier d'elle. On ne doit pas avoir trop de sentiment. Les autres en ont-ils à votre égard ?

Peu de gens s'aperçoivent du changement qui s'est produit en elle. Elle est toujours propre, toujours en mouvement, elle a gardé son sourire humble, sa tête se penche encore un peu, comme pour passer à travers les coups, mais, ce qu'on ne voit pas, c'est qu'elle possède un but qu'elle s'avoue enfin à elle-même ; elle a une passion, comme Léopold et Marthe ont la leur, elle strogne, calcule, ajoute les sous aux sous, les francs aux francs, elle se plaint toujours de n'avoir que le strict nécessaire et, pour rien au monde, elle ne toucherait à son magot.

Extérieurement, cette année-là marque l'apogée de la maison de la rue de la Loi. Les deux amis de M. Bernard, M. Jacques et M. Dollent, prennent la pension complète, M. Bogdanowski et Mlle Lola ont fini par se joindre à eux et, la cuisine étant devenue trop petite, surtout qu'ils amènent souvent des amis à dîner ou à souper, on a repris la salle à manger à M. Schascher qui a dû chercher un gîte ailleurs. Pour ce qu'il payait !

On n'arrête pas de faire des frites et de griller des côtelettes, la femme de ménage vient trois fois par semaine toute la journée, Élise voudrait que la maison fût plus grande, elle servirait vingt, trente repas, rien ne l'arrête et elle n'a même plus le temps d'aller dire bonjour à ses sœurs.

La vieille Mme Smet ne passe plus avec elle la journée du vendredi. Par délicatesse, elle prétend qu'elle a de trop vieilles jambes pour venir de si loin, mais le tram est à deux pas, la vérité c'est qu'elle est effrayée par le mouvement vertigineux dont Élise a fini par s'entourer, par ces hommes de partout qui parlent toutes les langues et qui sont là comme chez eux.

Élise sent bien qu'on ne peut pas vivre toujours à un pareil rythme et qu'un moment viendra sans doute où elle sera écœurée de strogner. Eh bien, elle imite Désiré, elle évite d'y penser, se refuse à rester en tête à tête avec elle-même, c'est d'une voix maussade, depuis quelque temps, qu'elle crie du premier étage, quand elle entend certain pas lourd et maladroit dans le corridor :

— Entre, Léopold. Je descends tout de suite.

Léopold a-t-il senti qu'il gênait ? C'est probable. Il se

trompe s'il pense que c'est parce qu'il est mal habillé et qu'il a l'air d'un vieux pauvre, ou parce qu'ensuite il va boire son petit verre dans l'estaminet d'à côté. Élise s'en moque. Elle se moque de tout. Ce qui la gêne, c'est que, devant Léopold, elle redevient elle-même. Elle tente en vain de s'illusionner.

— Dans la vie, vois-tu, Léopold, on a toujours tort d'attendre que les gens vous donnent quelque chose, ne fût-ce qu'un peu de considération qu'on ne refuserait pas à un chien.

Le regard de Léopold ne l'approuve pas. Peut-être n'a-t-il jamais attendu qu'on lui donne? Pour un peu il repousserait la tasse de café rituelle tant on sent que la vie d'Élise n'est plus qu'un calcul passionné.

Une fois, Désiré a eu la maladresse de murmurer:

— Tu ne crois pas que tu te fatigues trop?

Elle lui a lancé son fameux regard.

— C'est toi qui oses me dire ça? Faut-il que je te rappelle ce que tu m'as répondu certain soir?

Ils vivent dans la même maison, dorment dans le même lit, comme par le passé. Elle le soigne du mieux qu'elle peut. Souvent elle est gaie, même quand ils sont seuls. Elle s'habille avec coquetterie. On se promène tous les dimanches en famille. Grâce à sa bourse, comme elle dit, car elle ne rend de comptes à personne, on pourra mettre Roger au collège.

Et pourtant on a parfois l'impression de vivre dans le vide, de faire des gestes qui ne correspondent à rien, d'agiter les lèvres pour articuler des sons sans signification aucune. Le dimanche, surtout. Élise a pris les dimanches en grippe, ces rues désertes dans lesquelles on gravite tous les trois comme si on ne savait où se mettre, le long cheminement fade vers Coronmeuse, le couvent des Ursulines, ou n'importe quel but d'excursion. Elle rentre la tête lourde, n'a rien de plus pressé que de ranimer son feu, de retirer sa bonne robe et de s'assurer que les locataires sont rentrés.

Elle a deux mille francs à la Caisse d'épargne et Désiré n'en sait rien. Il lui en faut beaucoup plus, il lui en faut tellement qu'il lui semble qu'elle s'acharnera toute sa vie à remplir ce livret qui se couvre lentement de timbres roses et bleus représentant de l'argent.

Comme Mme Marette, comme tant de veuves qu'elle connaît, elle collectionne, elle veut avoir sa maison, elle ne se sentira en sécurité que quand elle possédera sa maison bien à elle... Ainsi, quand il arrivera quelque chose à Désiré...

Pourquoi éprouve-t-elle soudain le besoin de sangloter, toute seule dans sa cuisine, comme si cette bête qui la ronge en dedans avait déjà détruit son équilibre, comme si une grosse bulle d'air, en essayant de se frayer un chemin dans sa gorge serrée, la soulevait tout entière ?

Ses traits se sont à peine brouillés dans une moue d'avant les larmes que la porte de la rue s'ouvre : vite elle épingle son sourire comme elle redresserait son chignon.

— Entrez, monsieur Jacques, M. Bernard a dû sortir. Il demande que vous l'attendiez dans sa chambre. Il revient tout de suite.

Elle a tout juste le temps de mettre la table. Elle pleurera une autre fois, plus tard. Parfois, elle souhaite que vienne bien vite l'époque où elle pourra pleurer à son aise en s'abandonnant à sa fatigue.

Cela, personne ne le sait, ne le soupçonne. On vit peu d'heures avec soi-même, les minutes de crise sont brèves, entrecoupées, pour qu'on puisse y tenir, de longs morceaux de vie de tous les jours, et, quand les locataires sont enfin réunis dans la salle à manger, Élise, plus fraîche que jamais, le teint animé par la chaleur de ses feux, a passé un joli tablier à bavette et à volants sur sa jupe, elle se penche pour poser la soupière au milieu de la nappe et pour s'assurer qu'il ne manque à table ni un verre, ni une fourchette, ni la salière, ni le bocal d'oignons confits.

Jamais Roger n'a été aussi radieux, n'a vécu un si long enchaînement d'heures graves et succulentes, d'une plénitude qui fait penser à la plénitude parfaite de l'œuf, d'une profondeur qu'atteignent seuls certains firmaments nocturnes peuplés d'astres jusqu'au tréfonds de l'infini.

Tout participe à tout, les objets se transfigurent, les gestes se transposent, la chambre rose que Mlle Lola a quittée l'avant-veille pour les vacances est si chaude et si colorée, si palpitante dans ses moindres recoins, que l'enfant s'en trouve assoupi, suspendu à l'extrême limite du réel et du rêve, filtrant ce qu'il s'incorpore du monde extérieur à travers la grille de ses cils mi-clos.

Les bruits lui parviennent, les moindres heurts familiers, le chuchotement secret des choses, mais depuis quinze jours il échappe aux règles communes: seul dans la maison, il n'est pas tenu à se plier à la discipline des heures qui passent, il vit en marge de la vie quotidienne qui glisse autour de lui avec la fluidité de l'eau.

C'est hier qu'a eu lieu à l'institut Saint-André la distribution solennelle des prix, événement d'autant plus mémorable que Roger a fini sa sixième et qu'à la rentrée il ira au collège des Jésuites. Il est premier. Il a été chaque année premier de sa classe, sauf en cinquième, à cause de Van Hamme, un garçon pâle, au front obstiné, fils d'un sculpteur sur bois de Bressoux, qui passe sa vie à étudier, la tête dans les mains, et qu'on n'a jamais vu jouer.

Peut-être, cette année, frère Médard a-t-il un peu triché pour que le fils de Mme Mamelin soit le premier malgré Van Hamme? En tout cas, le directeur, lui, a triché.

Roger était dans la salle, parmi les parents, à cause de sa jambe plâtrée. Il avait fallu le porter.

— Mesdames, messieurs, mes chers enfants, a dit le frère directeur, il faut maintenant que je rende un hommage mérité à la conduite exceptionnelle d'un de nos élèves…

Un frisson. Roger attend et il se passe une éternité avant

que son nom soit enfin prononcé, que les visages se tournent vers son visage rougissant.

— ... un de nos élèves, Roger Mamelin, qu'une blessure empêche de se trouver parmi ses condisciples, mais que j'ai la joie d'apercevoir, chargé de prix, au premier rang de l'assistance...

Le frère directeur lit le laïus que frère Médard a rédigé.

— Un matin du début de ce mois, alors qu'une chaleur accablante nous obligeait à fermer nos écoles...

C'est exact. Les écoles de la ville ont été fermées pendant trois jours et c'est le troisième que Roger est allé jouer sur le champ de manœuvres avec des camarades de la place du Congrès. Dans l'embrasement du soleil, près de la brillante coulée de la Meuse, du déversoir grondant dont l'écume s'émiettait en poussière brillante, les soldats faisaient l'exercice, des canons et des caissons tirés par quatre chevaux sautaient parmi les fosses et les bosses de la plaine.

— ... effrayé par un cheval qui se cabrait, continue le frère directeur.

Ce n'est pas vrai. La vérité est plus simple, si simple qu'elle est impossible à dire un jour comme aujourd'hui, alors que les enfants portent des couronnes dorées sur la tête. Le sang aux joues, ils étaient quatre, comme des petits crapuleux, à jeter de grosses pierres dans le fleuve, quand un des gamins a crié :

— Étienne !... Là !... Là !...

Et on voyait un chapeau de paille dériver, s'écarter de la berge, entraîné par le courant rapide d'où émergeait parfois un bras.

Roger a sauté dans la Meuse, presque sans le savoir. Il a nagé. Deux fois, il a failli abandonner la partie parce qu'Étienne se cramponnait à lui et que la peur le poignait.

En fin de compte, il l'a sauvé, Dieu sait comment, il a

poussé sur les moellons de la rive le corps ruisselant, en proie à des convulsions. Après, ils ont marché vers la seule maison proche, une curieuse construction rose émergeant de la plaine des manœuvres, un café pour soldats, et on leur a fait boire du rhum. Roger est rentré chez lui, tout seul, piteux, parlant à mi-voix, gesticulant sur les trottoirs dans les vêtements trop grands que les gens du café lui ont prêtés.

C'est la première fois de sa vie qu'il a porté des pantalons d'homme si longs qu'il a fallu faire de larges ourlets et les maintenir avec des épingles de sûreté.

Le frère directeur évite de donner ces détails.

— Par suite de sa bravoure, Roger Mamelin est aujourd'hui immobilisé sur sa chaise, alors qu'il se réjouissait tant de tenir le rôle du Mois de Mai dans «La Ronde des Mois» qu'on vient de vous présenter...

Comment un frère des écoles chrétiennes, un directeur peut-il mentir ainsi?

Le réel et l'irréel se confondent si bien dans la chaleur abrutissante que Roger finira par croire qu'il a attrapé son épanchement de synovie en repêchant son camarade.

Or, c'est le lendemain qu'il est tombé, sur une bordure en brique entourant une plate-forme, dans le jardin des frères. Il courait, un pied de chaque côté de la bordure, comme un petit mal élevé; il a eu le pressentiment du malheur et il a continué quand même.

Il était seul dans le potager. Frère Médard, pendant la répétition de «La Ronde des Mois», avait envoyé son chouchou chercher un objet dans la classe dont il lui avait remis la clef.

Qu'importe? C'est beaucoup plus joli comme le frère directeur le raconte et il vaut mieux ne pas avouer que des élèves de l'institut Saint-André s'amusent à jeter des pierres dans l'eau.

Tout le monde est gentil avec lui. On lui a remis solennellement un Bayard en zinc doré. La plupart des mamans d'élèves sont venues l'embrasser.

A la maison, ils sont trois étudiants en médecine à le soigner, à apporter des pansements et des bandes plâtrées qu'ils chipent à l'hôpital de Bavière où ils sont externes.

Roger a-t-il encore mal? Son genou est-il encore gonflé?

Il est si bien ainsi, dans la chambre rose de Mlle Lola, sur une chaise longue, jambes étendues, les bras sur de confortables accoudoirs, avec, à portée de la main, sur une chaise, son œuf à la bière, des bonbons multicolores et une collection de journaux illustrés qui sentent bon l'encre fraîche.

Il lit un peu, contemple les images, suit d'un regard paresseux le vol d'une mouche, ou les dessins d'ombre et de lumière sur le papier peint aux fleurs biscornues, il tend l'oreille aux allées et venues de sa mère, à la trompette du marchand de légumes qui tourne le coin de la rue Pasteur, aux marteaux de chez Halkin, au silence de l'école fermée pour deux longs mois.

N'est-ce pas extraordinaire qu'il ait déjà franchi cette première étape de sa vie d'écolier, qui lui paraissait si longue quand il a mis les pieds pour la première fois dans la classe de frère Mansuy? Cette classe était sombre, par ce matin d'automne, et pourtant ses souvenirs d'école sont presque tous des souvenirs ensoleillés, sauf un peut-être, ou plutôt deux qui viennent jeter une ombre grise dans l'éblouissement de sa rêverie : d'abord ses chuchotements pervers, dans les coins, avec Ledoux à tête de clown, sur la différence entre les garçons et les filles ; puis l'histoire du catéchisme neuf.

Depuis cette histoire, il déteste frère Mansuy ; en tout cas, il l'évite, parce que frère Mansuy sait. On avait acheté à Roger un catéchisme d'occasion et sa couverture cartonnée était d'un bleu passé, les coins étaient cassés, on voyait les fils de la reliure, des taches rousses sur certaines pages. Roger désirait si ardemment un catéchisme neuf au dos craquant qu'un jour il est allé trouver frère Mansuy.

— Ma mère a dit que vous me donniez un nouveau catéchisme.

Comme il devait être petit, alors! Il n'en revient pas d'avoir eu cette audace. Il a eu son catéchisme. Il en a joui secrètement, car il n'osait pas le montrer à la maison et, chaque soir, dans son lit, il était tourmenté par l'idée de la catastrophe inévitable. Avant les vacances de Pâques, ses parents recevaient, avec les notes du trimestre, la liste des fournitures scolaires. Il était urgent de parler à sa mère. Dix fois il a failli le faire et, à la fin, il n'a pas osé, il est entré dans la classe à l'heure de la récréation, son catéchisme à la main, c'est au frère qu'il a parlé, Dieu sait comment, sans rien voir, tant il était ému.

— Ma mère m'a dit de vous le rendre. Elle a retrouvé le vieux.

Frère Mansuy n'a pas paru étonné. A croire qu'il avait tout deviné. Il a gardé son sourire si doux et peut-être même a-t-il donné à l'enfant une gomme à la violette.

Maintenant encore, Roger lui en garde rancune, justement parce qu'ayant tout deviné il a eu la générosité de se taire, d'épargner une humiliation à un gamin.

Cela n'a plus d'importance, puisque c'est fini et que Roger ne franchira plus en qualité d'élève le vaste portail vert. Sauf Mlle Lola qui est partie et qui fait des études pour rire, les autres locataires ont encore un ou deux examens à passer. Après, ils rentreront chez eux pour les vacances et on ira à Embourg.

Roger suce un bonbon, lit l'histoire d'«Onésime Pourceau sportsman» qui prend chaque semaine les deux pages de milieu du *Petit Illustré*. Il renifle l'odeur de la soupe aux tomates, se réjouit de descendre pour dîner, une jambe en l'air, en sautant et en se tenant à la rampe. Toutes les minutes sont bonnes et pourtant il se demande s'il aura encore longtemps mal au genou ou s'il ira un peu jouer dans la rue.

Il est déjà onze heures. Un tram passe rue Jean-d'Outremeuse. Élise met la table, on entend le heurt des assiettes, un courant d'air referme violemment la porte de la cuisine, Mlle Frida étudie dans sa chambre, fenêtre et porte ouvertes, face au mur blanc de la cour où chemine depuis quelques jours une colonne de fourmis dont on a en vain ébouillanté le nid.

Peut-on se douter que, d'une seconde à l'autre, cet ordre paisible sera bouleversé? Élise elle-même pressent-elle que la frénésie anxieuse qui la pousse en avant va soudain trouver son point d'orgue?

La porte de la rue s'ouvre. Elle regarde à travers le carreau. Tiens! C'est M. Bernard qui est en avance. Qu'est-ce qu'il a? Il paraît pressé, il se précipite dans l'escalier, se penche sur la rampe et crie:

— La guerre, madame Mamelin! C'est la guerre! Les Allemands sont entrés en Belgique! On se bat aux alentours de Visé.

A Visé, où on va parfois le dimanche manger des gaufres avec la famille de tante Louisa? Élise sourit, sceptique.

— Ce n'est pas possible, monsieur Bernard!

Sous un ciel si bleu et si vaste que, du clocher de Saint-Nicolas, on pourrait presque apercevoir la plaine verte des environs de Visé où la Meuse s'élargit!

Mlle Frida, toute raide, est debout sur le seuil de sa chambre.

— Savez-vous s'il y a encore des trains?

Dès lors, tout s'embrouille, on ne sait plus qui entre et qui sort, ce qui se passe avant ou après. Élise n'a pas pris le temps de pleurer. Elle s'est contentée de frapper à la porte de la maison voisine; la vieille Mme Delcour, toute cassée, a montré un visage surpris sous son bonnet noir.

— C'est la guerre, madame Delcour! M. Bernard revient de l'hôpital. Il se met déjà en soldat.

A moitié couché sur deux chaises, squelettique, l'homme à la maladie du sommeil regarde Élise de ses yeux vides et il n'y a que le bout de ses doigts qui remue.

— Qu'est-ce que vous allez faire, mademoiselle Frida?

— Je pars.

— Vous rentrez dans votre pays? Vous ne pourrez pas passer par l'Allemagne.

— Je passerai par la France et la Suisse.

Elle fait ses bagages, M. Bogdanowski arrive à son tour, fiévreux. Plus prudent, il est déjà allé à la gare retenir sa place dans un train.

— Il faut se battre pour avoir un billet. Si vous voyiez la foule…

M. Bernard descend, en uniforme vert bouteille de chasseur à pied.

— Est-ce qu'on mange quand même? plaisante-t-il sans beaucoup d'entrain.

— Je me demande, monsieur Bernard, pourquoi mon mari ne rentre pas. Je suppose qu'ils ne vont pas garder le bureau ouvert. Mon Dieu, Roger! Pourquoi es-tu descendu? Fais attention à ta jambe. Qu'est-ce que tu veux?

— Qu'on m'enlève le plâtre.

— Qu'est-ce qu'il faut faire, monsieur Bernard?

Voilà M. Jacques à la belle barbe noire, M. Dollent qui porte gauchement son uniforme, car il est déjà allé à l'hôpital de Bavière, où il est interne, se mettre en tenue.

— Vous ne voulez pas me recoudre un bouton, madame Mamelin?

Elle pense machinalement, car c'est le mot favori de M. Dollent, qu'il dit mi-plaisamment, mi-sérieusement:

— Ma reconnaissance ne s'éteindra qu'avec mon dernier soupir…

Elle se tait. Elle y pensera plus tard, elle y pensera souvent.

— Vous allez vous battre?

— Je n'en sais rien. Je dois rejoindre mon régiment au fort de Boncelles. Je cherche à emprunter un vélo pour aller plus vite.

— Écoutez...

On tend l'oreille. On n'entend rien.

— Le canon... Un bruit sourd... Ne remue pas les pieds, Roger...

On écoute encore et on perçoit un bourdonnement lointain. M. Bernard mange. M. Jacques, toujours calme, avec des gestes d'une délicatesse étonnante pour un homme, défait l'appareil qui emprisonne le genou de Roger.

« Ma reconnaissance ne s'éteindra qu'avec mon dernier soupir. »

Elle ne sera pas longue, hélas ! Ce soir même, M. Dollent, qui a les cheveux roux, M. Dollent qui cherche un vélo pour aller plus vite, sera tué dans ce bois du Sart-Tilmant, près de Boncelles, où on est allé si souvent en excursion le dimanche et où deux régiments de chasseurs s'extermineront, se prenant pour des ennemis.

Sait-on seulement comment les Allemands sont habillés ? On n'est pas fait pour la guerre. Tout cela est une effroyable erreur.

Élise sert à manger, n'importe où, n'importe comment, guettant toujours le cadre lumineux de la porte de la rue qui reste ouverte. On plaisante encore, surtout le petit Bernard qui, trouvant les études de médecine trop longues et trop ardues, se contentera d'un diplôme de dentiste.

— Bon voyage, mademoiselle Frida. Nous nous retrouverons peut-être à Berlin, puisque les Russes sont avec nous.

On va, on vient, on ne s'entend pas, on ne pense pas, on sait que c'est la guerre, puisque tout le monde le dit et que les gens qui reviennent du centre de la ville ont vu les affiches, mais une fièvre encore allègre soutient chacun, on pourrait croire qu'on s'attendait à ça, à être délivré enfin du train-train quotidien, de l'amas de soucis accumulés que chaque homme traîne après soi.

Peu à peu la maison se vide, les portes restent ouvertes comme après un déménagement et des choses traînent sur le plancher des chambres, un peigne cassé, un tube vide de pâte dentifrice, des boîtes en carton, des papiers froissés. Quand on reconnaît enfin le pas de Désiré, celui-ci marche comme d'habitude, se penche machinalement pour embrasser son fils au front.

— Alors, Désiré?

Gravement, simplement, il prononce :

— C'est la guerre.

— On a appelé la garde civique?

Il fait oui de la tête, puis se hâte de sourire.

— Nous devons garder les monuments publics. Sans doute a-t-on peur que l'Hôtel de Ville ou le Palais de justice s'en aillent? Ne crains rien. On n'a pas le droit de nous envoyer au front.

Il s'habille, coiffe l'étrange chapeau à plumes mordorées qu'il a porté si souvent dans les revues, ou pour aller au tir communal où le meilleur tireur gagnait chaque année un couvert en argent. Désiré a déjà gagné deux couverts. On avait décidé de ne s'en servir que quand il y en aurait trois, un pour chacun.

Élise l'accompagne sur le seuil, s'efforce de sourire.

— Reviens vite, sais-tu.

Il n'ira pas loin. Avec quelques autres de sa compagnie, dont le petit Grisard, on les enverra garder l'abattoir, que les gens des petites rues ont commencé à piller. C'est là-bas, au bout du quai des Pêcheurs, Roger passait devant chaque matin avec son grand-père, MM. Pelcat, Repasse, Fourneau, quand on allait se baigner dans la Meuse à six heures et demie.

Maintenant, Roger joue aux billes, tout seul, devant la porte ; deux fois, il est allé jusqu'au coin de la rue, mais son ami Albert ne paraît pas.

436

Élise s'assied enfin dans sa cuisine et tout son être se détend, elle se retrouve sans fièvre, sans pensées ; un coude sur la table, la main sur le front, elle mange des mets refroidis qu'elle prend sur n'importe quelle assiette, cela n'a plus d'importance, et quand elle se lève, elle regarde autour d'elle sans savoir ce qu'elle doit faire, elle met de l'ordre, par habitude, bien que cela ne serve plus à rien, et elle se sent aussi lasse que si elle venait de faire une lessive de quinze jours.

TROISIÈME PARTIE

1

La voix du père Renchon, qui donne sa leçon d'histoire, coule, monotone et fluide comme la pluie qui n'arrête pas de tomber depuis des jours et des jours d'un ciel de crépuscule. Tout est humide et gris dans la classe, les murs nus passés au lait de chaux, les pupitres noirs qu'ont essuyés des manches mouillées, le sol de béton qui garde la trace des pas ; et quand Roger, dans son coin, près de la fenêtre, dodeline la tête, il touche les pardessus pendus au portemanteau, avec des gouttelettes froides accrochées aux poils de laine.

Tassé sur un banc sans dossier, le dos rond, il feint d'écrire dans un cahier étalé devant lui, mais c'est plus bas qu'est fixé son regard, sur le livre à couverture de toile ouvert sur ses genoux, à l'abri du pupitre.

Le livre sent le cabinet de lecture, les vêtements en longue théorie du portemanteau sentent la laine mouillée, la classe sent l'encre croupie et la craie surie, tout est terne, tout paraît vieux et sale, avec des arêtes trop nettes, des contours trop durs dans du flou, comme les toits luisants qu'on aperçoit au-delà de la vaste cour du collège et comme cette lointaine fenêtre déjà éclairée derrière laquelle un être va et vient sans qu'on puisse savoir si c'est un homme ou une femme, ni à quelle mystérieuse besogne il s'affaire.

Cette ambiance-là, Roger Mamelin la pompe chaque fois qu'au moment de tourner la page il lève un instant les yeux, puis il baisse à nouveau la tête sur «La Dame de Monsoreau» pour laquelle il crée instantanément un décor en noir et gris, avec des pans d'un blanc blafard, comme les gravures du siècle passé.

Tout se lie, s'enchaîne, s'harmonise, tout, y compris la voix du père Renchon, vient se fondre dans son univers, à tel point qu'il sursaute quand cette voix change de ton. Alors, fermant précipitamment son livre, il se hâte de remonter à la surface.

La voix dit, avec une douceur et une politesse qui soulignent la valeur des mots :

— Monsieur Neef, si ce que je dis n'a pas l'heur de vous intéresser, puis-je vous demander de feindre tout au moins une attention courtoise ?

Roger, comme les autres, se tourne tour à tour vers les deux Neef, car il y en a deux dans la classe, deux Neef sans aucun lien de parenté, Neef-l'aristocrate, qui habite un château et vient chaque matin au collège à cheval, suivi d'un laquais, et Neef-le-paysan, fils d'un brasseur de la campagne, qui sursaute et rougit chaque fois qu'un professeur s'adresse à son homonyme.

Chose curieuse, malgré leur dissemblance, les deux Neef ont un point commun : ils ont dépassé depuis longtemps l'âge d'être en troisième année, parmi des gamins de quinze ans. Ce sont déjà des hommes, l'un, le fils du brasseur, aux lèvres ombragées de poils bruns et à la grosse voix de basse, l'autre, maigre, et si racé qu'il en a le visage de travers, avec des allures précieuses de petit-maître.

— Vous ne m'avez pas entendu, monsieur Neef ? Oui, vous. C'est bien à vous que je m'adresse.

Le père Renchon précipite imperceptiblement son débit, ce qui est la seule façon d'extérioriser sa colère.

— Étant donné que votre présence ne m'est pas plus

agréable que ne paraît vous l'être mon cours, je vous autorise volontiers à aller vous promener en attendant la fin de celui-ci.

Sans aucune émotion, le Neef en culotte et en bottes d'équitation se lève, s'incline en passant devant la chaire comme pour remercier d'une faveur, se dirige vers la porte et se retourne, au moment de la franchir, afin d'adresser un clin d'œil à ses condisciples.

Roger baisse la tête, retrouve aussitôt la page, le fil de son histoire, lit une phrase par-ci, attrape un mot par-là, saute des passages entiers, des répliques, qu'il a devinés d'avance ; tout rentre dans l'ordre autour de lui, y compris la voix du professeur qui reprend sa leçon sur un ton indécis comme s'il accordait un violon.

Il y a pourtant quelque chose qui ne va pas. Roger le sent, puisqu'il lève encore la tête au moment précis où le père Renchon s'interrompt de parler. Il voit les visages tournés vers les fenêtres, et, dehors, dans la galerie qui dessert tout un rang de classes et qui ressemble à une gigantesque passerelle de navire, un Neef qui paraît se donner la comédie à lui-même, mimant avec gravité une scène de salon, baisant la main d'une dame invisible, refusant avec grâce une tasse de thé, causant, faisant le joli cœur, invitant enfin sa compagne à danser.

Derrière lui, les lignes dures, dessinées à l'encre de Chine, de la balustrade de fer, les colonnes grêles, le ciel uni et morne en toile de fond de photographie. Ce décor, Neef ne semble pas le voir, il joue son personnage avec une telle conviction qu'il crée autour de lui des présences invisibles et il esquisse les premières mesures d'un tango, le corps tendu, les cils mi-clos, quand une monstrueuse silhouette entre dans le champ, sombre et dure comme la réalité, lente et implacable, le grand manitou en personne, le croquemitaine du collège, le père Van Bambeek, préfet de la discipline.

Alors les rires fusent des gorges contractées, les yeux

picotent, on a envie de crier d'enthousiasme, le père Renchon lui-même ne parvient pas à transformer tout de suite son sourire en une grimace austère, mais un regard du préfet à travers les vitres suffit à figer les physionomies, le professeur psalmodie à nouveau, après un sec coup de règle sur sa chaire.

Roger a baissé les yeux sur son livre invisible du dehors, mais le charme est rompu, il lit sans comprendre, attentif aux deux silhouettes qui vont, pendant deux minutes, passer et repasser à pas égaux devant les fenêtres, apparaissant et disparaissant à intervalles réguliers, l'immense père jésuite en soutane, qui a été officier de cavalerie, flanqué du chétif Neef qui n'a rien perdu de sa désinvolture.

Tout à l'heure, pour amuser ses camarades, il leur jouait la comédie, et maintenant il fait presque les mêmes gestes, ou plutôt il est le même homme, plus exactement encore ils sont deux hommes, le père jésuite et le fils du châtelain, qui devisent sur un pied d'égalité mondaine, loin du collège et de ses classes, des cours et des pensums ; et, quand ils se séparent, au-delà de la fenêtre par laquelle Roger est le seul, de sa place privilégiée, à les apercevoir, ils échangent une poignée de main, Neef vient se rasseoir à son banc, aussi naturellement qu'il est parti tout à l'heure, cependant qu'une légère rougeur, Roger en est sûr, colore le front du père Renchon.

Les minutes passent, la pluie tombe, d'autres fenêtres se sont éclairées dans le lointain pâté de maisons, quand des pas résonnent dans la galerie et, cette fois, Roger, qui a reconnu le pion, sait que c'est pour lui, tout le monde le sait, tous le cherchent des yeux, l'autre Neef, le paysan aux souliers cloutés, essaye de l'encourager d'un triste et bon regard de chien.

— Monsieur Mamelin, veuillez me suivre chez le préfet des études.

On a beau s'y attendre, cela produit un choc. Roger se

lève, traverse la classe, suit le surveillant le long de la galerie froide et entrevoit des élèves dans des classes, des professeurs à leur chaire, des équations sur un tableau noir. Le surveillant le précède et semble le tirer au bout d'une chaîne invisible. Il frappe à une porte vitrée, s'efface. Pas un bruit, rien qu'un grattement sur le papier, de l'ombre partout, sauf sur le bureau qu'éclaire une lampe à abat-jour vert, un visage fantastiquement sculpté par cette lumière, un nez bulbeux entouré de plis flasques et profonds, un imperceptible filet de regard sous les paupières baissées.

Le préfet des études, qui fait l'intérim de recteur, écrit d'une écriture fluide et régulière et de longues minutes passent sans qu'il paraisse soupçonner une présence. Puis sa main atteint un buvard, il sèche sa feuille avec soin, attire à lui, non sans dégoût, un papier dont Roger était si fier la veille encore et qui le déçoit soudain par sa vulgarité indécente.

C'est un journal qu'il a rédigé seul, tiré lui-même à la pâte à copier. La première page s'orne d'une caricature du préfet des études.

Celui-ci, qui a saisi le document entre deux doigts, comme une chose malpropre, le tient un instant en suspens dans la lumière de la lampe et lève enfin les yeux vers l'élève coupable.

Pour Roger, cela dure une éternité. La gorge sèche, les paumes moites, il ne peut détacher ses yeux du papier glacé sur lequel l'encre violette a imprimé ses salissures. Est-ce par pitié que le père jésuite laisse enfin tomber la feuille dans la corbeille placée à gauche de son pied?

— Je suppose, monsieur Mamelin, que vous connaissez le règlement du collège?

Le voudrait-il, aurait-il décidé farouchement de se taire que, sous le regard du préfet, il ne pourrait s'empêcher de balbutier:

— Oui, mon père.

— Vous savez donc que vous êtes passible de renvoi définitif.

Une image jaillit du chaos d'ombres et de lumières qui l'entoure, une suite d'images, un quai sous la pluie, un pont qui enjambe la rivière en crue et sur lequel passe un tram à l'œil jaune, un boulevard bordé de maisons basses, et lui, Mamelin, qui marche, qui va atteindre le coin de la rue des Maraîchers, la maison d'angle qui est la sienne depuis quelque temps, lui qui s'arrête en apercevant un peu de lumière tiède derrière le store de la cuisine et qui entend ou croit entendre le bruit familier du poêle qu'on tisonne. Il a sa clef en poche, mais il ne s'en sert pas, il ne veut pas entrer, il fait demi-tour, il marche, il va, il vient, dix fois il atteint le pont d'Amercœur et il en a encore pour longtemps à errer sous la pluie avant d'apercevoir la silhouette impassible de son père qui rentre de son bureau.

— Père, je suis...

Même en imagination, le mot ne passe pas.

— Je suis renvoyé du collège...

De tous les cauchemars qui l'ont fait hurler d'effroi, dressé dans son lit, c'est le plus terrible et pourtant il n'a pas bougé, il se réveille, s'étonne d'être immobile devant un abat-jour vert tandis que le préfet des études caresse doucement la croix passée dans sa ceinture de soie noire.

— Votre acte d'indiscipline, monsieur Mamelin, est d'autant plus grave, d'autant plus inexplicable que vous êtes ici, n'est-ce pas ? dans des conditions particulières. Je n'insisterai pas sur la reconnaissance que nous pourrions attendre de vous ni sur la pénible stupeur que nous a causée...

Oh ! Comme il en veut à sa mère de ce qu'il souffre en ce moment ! Comme il sent qu'il lui en voudra toute sa vie ! Comme il hait tante Louisa, comme il la revoit, dans son arrière-boutique de Coronmeuse où flottent des relents d'épices et de genièvre, les mains sur le ventre, la tête penchée, sermonnant en flamand une Élise humble et docile !

Car c'est de là, de cet antre de fausse bonté et de bigoterie, que l'idée est venue.

— Pourquoi n'en fais-tu pas un prêtre ? Lorsque les autorités ecclésiastiques sentent une vocation chez un enfant pauvre, elles n'hésitent pas à payer ses études et, plus tard...

Oui, plus tard ! C'est à plus tard qu'Élise a pensé, à son fameux veuvage qui la hante et que Louisa a résolu comme par enchantement. Il existe un vers là-dessus, qui bourdonne dans la tête de Roger :

« Quand tu seras curé, je serai ta servante. »

— Est-ce que vous croyez, frère Médard, que Roger ferait un bon prêtre ?

Parce qu'il servait la messe chaque matin !

« Votre acte d'indiscipline, monsieur Mamelin, est d'autant plus grave, d'autant plus inexplicable que vous êtes ici, n'est-ce pas ? dans des conditions... »

Les dents serrées, il baisse la tête pour ne pas laisser voir sa haine. Il y a un souvenir qu'il voudrait effacer de sa mémoire, comme il voudrait oublier l'histoire du catéchisme, ou celle de la fille de la légumière qu'il suppliait, la veille de sa première communion, de se laisser toucher.

— Rien qu'une fois... Avec un doigt...

Comme c'était plus laid, cette course, derrière sa mère qui le tirait par la main vers la maison de M. le doyen de Saint-Nicolas, dans la petite cour au fond de l'impasse, près de l'école gardienne de sœur Adonie ! C'était vers le soir, en automne, un soir doux et bleuté ; des géraniums, sur l'appui des fenêtres, étaient d'un rouge saignant. Les lampes n'étaient pas allumées. On a attendu longtemps dans le parloir, sur des chaises garnies de crin noir, et l'air sentait mauvais, une odeur que maintenant Roger est capable de reconnaître entre mille autres, celle des maisons où vivent des hommes seuls, la même qui l'écœurait chez les frères de l'institut Saint-André, quand on l'envoyait faire une commission aux cuisines, la même qu'on retrouve, à peine atténuée, dans les locaux privés des pères jésuites. Ne va pas encore me contredire, comme toujours!

Et elle a parlé, quand le petit doyen large et sans cou, vulgaire comme un pot à tabac, le visage lie-de-vin, les a enfin reçus. Elle a parlé comme elle sait le faire quand elle veut passionnément quelque chose, humble et fière tout ensemble. Le «strict nécessaire» y a passé, et ses maux de reins du soir, et ses organes, et Désiré qui est le meilleur des hommes mais qui, comme tous les Mamelin, manque d'initiative et d'ambition.

Le doyen la regardait de ses gros yeux à fleur de tête en pensant sans doute que c'était l'heure de son dîner, mais toute la famille devait défiler, un cousin Peters qui est curé dans un village du Limbourg, un autre cousin, du côté Mamelin, professeur au grand séminaire de Louvain, la sœur de Désiré aux Ursulines, à Ans...

— Il ne pense qu'à étudier, monsieur le doyen. J'ai toutes les peines du monde à lui arracher ses cahiers pour l'obliger à jouer un peu. M. Jacques, un de mes anciens locataires qui n'a plus que son dernier examen à passer pour être médecin, dit qu'il n'a jamais vu un enfant aussi en avance sur son âge...

Elle a gagné. Elle a eu sa lettre, que le doyen a écrite du même air abruti.

Et Roger est entré au collège à demi-tarif.

Et aujourd'hui on le chasse, mais auparavant on a soin de lui faire payer sa dette.

« ...*La plus élémentaire reconnaissance...* »

— Eh bien! monsieur Mamelin, vous rendez-vous compte de l'étendue de votre faute?

— Oui, mon père.

Non, non et non! Ce n'est pas vrai! Il a envie de crier de

toutes ses forces. Il n'a pas honte. Et, s'il appelait Neef, Neef-du-Château, bien entendu, et non Neef-le-paysan dont le collège n'a que faire, il serait sans doute à arpenter la galerie avec le R.P. Van Bambeek en devisant de la dernière vente de charité.

— Réfléchissez à la question que je vous pose. Avez-vous sincèrement l'intention, le ferme propos de vous amender, je veux dire de rompre une fois pour toutes avec un certain esprit qui n'est pas de mise dans cette maison?

— Oui, mon père!

Quel non formidable résonnerait dans le bureau si on pouvait entendre sa voix intérieure!

— Votre cas a été discuté longuement. Je vous dis tout de suite que j'ai exposé la situation de vos parents. C'est par égard pour eux, monsieur Mamelin, par égard surtout pour votre mère dont nous connaissons le courage et l'abnégation, qu'une mesure de clémence a été prise en votre faveur.

Pas renvoyé!

Roger, soudain, en est moins soulagé que déçu.

Le père s'est levé, et il a pressé un timbre électrique et on aperçoit le visage du surveillant derrière la porte vitrée.

Encore une petite phrase, qui tombe sec et qui en dit si long:

— J'espère que nous n'aurons pas à y revenir.

C'est tout. C'est fini. Il continuera à venir au collège et il en veut au préfet des études de son indulgence menaçante et glacée comme le courant d'air qui l'accueille dans la galerie. Quand il pénètre dans la classe, les lampes sont allumées et il a peur de la lumière crue, des regards braqués sur lui, car il sent que son visage exprime, non la contrition et la reconnaissance, mais une volonté mauvaise.

Le père Renchon doit savoir, car il ne se tourne même

pas de son côté tandis que le garçon se rassied à son banc. Peut-être a-t-il été consulté? Est-ce que Roger va lui en vouloir aussi?

On glisse sur son pupitre un billet qui a passé de main en main et Neef-le-paysan lui fait comprendre, en se contorsionnant, que c'est lui qui l'a envoyé, le supplie du regard de répondre.

Le grand idiot à la voix qui mue a écrit de son écriture de primaire:

« Qu'est-ce qu'il a dit? »

Et Roger de tracer rageusement un seul mot en travers:

« Merde. »

Le billet s'en retourne comme il est venu mais le père Renchon, sans interrompre son cours, le suit à la piste de ses petits yeux malicieux. Au moment où le destinataire le déplie il prononce:

— Monsieur Neef.

Ils sont deux à se lever à la fois, les deux Neef, comme toujours.

— Ce n'est pas de vous qu'il s'agit, par exception, remarque avec une politesse exquise le professeur en s'adressant au Neef-du-Château.

Puis, se tournant vers l'autre:

— Monsieur Neef, veuillez m'apporter ce papier dont la lecture paraît si passionnante.

Le pauvre dadais traverse la classe en traînant ses semelles à clous sur le ciment où il arrive qu'elles fassent des étincelles. En rougissant, il pose l'objet sur un coin de la chaire et reste là, désespéré, demandant pardon du regard à Roger.

— Je vous remercie. Vous pouvez retourner à votre place.

Les lèvres minces du père Renchon se sont légèrement étirées. Roger seul s'en est aperçu. Neef, de loin, quémande toujours son pardon.

— Dites-moi, monsieur Neef, vous seriez bien aimable de me faire cinq cents lignes pour jeudi.

Neef-le-Châtelain a la malencontreuse inspiration de jouer une fois de trop sur l'équivoque.

— Moi? questionne-t-il en se dressant.

— Vous aussi, bien entendu, puisque vous y tenez.

A-t-il regardé Roger? Son regard a glissé très vite. Cependant le gamin a la conviction qu'il y a eu dans tout ceci quelque chose de voulu, un contact doux et subtil, une sorte de message bienveillant.

— Continuons, messieurs.

Et, tirant sa montre de sa large ceinture :

— Monsieur Mamelin, il est trois heures et demie.

2

C'était fin août 1915, par une de ces matinées où l'air bourdonne et où les choses s'auréolent comme d'une fumée frémissante Roger était à Embourg, tout seul, dans la nouvelle maison que Mme Laude avait louée sur la grand-route et où elle réalisait enfin son rêve de tenir un café.

Rue de la Loi, Élise faisait les chambres, toutes fenêtres ouvertes, toute literie dehors, se penchant dès qu'elle entendait la petite trompette d'un marchand, comme avant, comme au bon temps, car, si elle n'avait plus ses locataires, si pendant de longs mois les chambres étaient restées vides, elles venaient d'être réquisitionnées par l'armée allemande.

Les pièces avaient de nouveau un nom, une odeur, Désiré était seul à bouder ses hôtes qu'il feignait d'ignorer, tandis qu'Élise s'affairait du matin au soir et parlait avec volubilité un curieux allemand qui lui revenait de sa petite enfance.

Elle pouvait à nouveau laver à grande eau, retourner les matelas, cirer les meubles, astiquer les cuivres ; des boîtes de cigarettes étrangères traînaient sur les tables, des lettres, des paquets de chocolat au goût amer. Elle avait découvert dans un tiroir du commandant Schorr, un bel homme sanguin qui sentait toujours l'eau de Cologne, une boîte d'ampoules pharmaceutiques dont elle avait parlé à l'occasion au Dr Matray.

— Figure-toi, Désiré, qu'il est atteint d'une mauvaise maladie.

— Tant mieux !

— Un si bel homme ! Quand on pense qu'il va choisir les filles Offenstadt, tu sais, celles dont les parents sont propriétaires des grands manèges...

La chambre de Mlle Pauline — car Mlle Lola n'a fait que passer sans laisser son empreinte — est occupée par un autre commandant, un de ceux qui portent une cape flottante et qui traînent leur sabre sur le trottoir, un homme racé, sanglé dans son uniforme sous lequel il doit y avoir un corset, monocle toujours à l'œil. Il paraît qu'il est banquier dans le civil.

Quant à la chambre de Mlle Frida, elle suffit à un lieutenant du «Landsturm», M. Kramp, un Bavarois court et tout rond, tout gras, tout rose, placier en champagne avant la guerre, qui a déjà fait venir deux fois sa femme en cachette. Inutile de dire que celle-ci était toujours fourrée avec Élise dans la cuisine.

— Je t'assure, Désiré, que ce sont des gens comme les autres. C'est parce que tu ne les comprends pas.

Mais Désiré ne tolère même pas ce sujet de conversation. Son visage prend une telle expression qu'on sent qu'il vaut mieux se taire. Un jour, un mois à peine après l'entrée des Allemands dans la ville, Élise a bien cru qu'il allait la battre et, pour la première fois depuis son mariage, elle a vraiment eu peur de lui.

En revenant de son bureau, à deux heures, il s'était figé devant un écriteau posé derrière les vitres de sa propre maison et qui faisait tache sur tout le quartier, avec ses caractères barbares, mal tracés au pinceau :

Wein, gute Qualität
1 Mark 50

Au lieu d'entrer directement dans la cuisine, il est allé décrocher l'écriteau et, quand il s'est enfin approché d'Élise, il était si pâle, son visage s'était tellement fermé qu'elle avait reculé.

— Écoute, Désiré, ce n'est pas moi... Tout le monde en vend... Schroefs m'a conseillé de le faire et c'est lui qui a rédigé l'écriteau... Il a du vin plein sa cave, qu'il craint qu'on lui prenne un jour ou l'autre... Il me le fournit à un mark...

Désiré n'a pas mangé, n'a pas desserré les dents. Élise n'a pas insisté davantage et on est resté longtemps sans prononcer le nom d'Hubert Schroefs dans la maison.

Pendant que, rue de la Loi, Élise va et vient dans les courants d'air, Roger, à Embourg, dévale le long de la grand-route brûlante où les pieds enfoncent jusqu'aux chevilles dans la poussière dorée.

Il a douze ans et demi. Il vient de terminer, au collège Saint-Louis, sa sixième latine et il a remporté plusieurs prix. Il porte des culottes très courtes qui découvrent des jambes égratignées par les ronces, une chemise de tussor ouverte sur sa poitrine. Ses cheveux, l'été, tranchant sur son visage hâlé, paraissent plus blonds.

Il court à perdre haleine, poussant une brouette dans laquelle une grande fille de quinze ans rit aux éclats.

La route est déserte, d'un blanc aveuglant. Le village est déjà loin derrière eux et à un tournant où la brouette tangue dangereusement, Roger aperçoit une silhouette onduleuse, une jeune femme à la jupe qui balaie la poussière, au corsage de dentelle, marchant lentement en s'abritant d'une ombrelle à fleurs.

Il a beau faire, l'obstacle l'attire, la brouette l'entraîne et c'est aux pieds de la promeneuse effarouchée, qui recule en poussant un cri, que le véhicule vient verser tandis que son fardeau roule dans la poudre blanche.

Malgré la joie qui le gonfle, il va s'excuser en bégayant quand une voix, qui lui semble venir de très loin, d'un monde qu'il a oublié depuis longtemps, s'exclame avec une indignation pudique :

— Roger ! Mon Dieu...

Il reste là, ébahi ! La demoiselle, c'est Aimée, sa cousine, la plus jeune fille de tante Louisa de Coronmeuse, qui a passé son examen de régente et qui est professeur aux Filles-de-la-Croix.

Toutes les pâleurs, toutes les délicatesses romantiques sont dans son visage trop long, si étroit qu'il n'est qu'un profil. Aimée est aérienne, immatérielle au point de souffrir quand les circonstances l'obligent à se nourrir devant un étranger.

Or, voilà qu'une autre voix fait, avec un respect que contrarie une violente envie de pouffer :

— Mademoiselle !

— Renée !... Comment est-ce possible !... Vous, ici, dans cette tenue !... Vous, dans une brouette !

Ils sont là, dans l'éblouissement du soleil, au milieu d'une courbe harmonieuse de la route.

— J'espère que vos parents ne sont pas au courant de ce genre de distraction ?

— Ils m'ont laissée pour quatre jours à Embourg, mademoiselle. Ils viendront me chercher dimanche. Je suis chez Mme Laude, avec Roger.

C'est un de ces moments où, sans raison précise, les cœurs bondissent dans les poitrines, où rien n'existe plus que la joie de vivre qui vous soulève, fait briller les yeux, brûle les paupières.

— Tu viens, Roger?

Cousine Aimée veut intervenir.

— Où allez-vous?

— Au bois!

— Écoutez un instant...

Ils pouffent tous les deux, ensemble, comme s'ils s'étaient donné le mot. Ils n'en peuvent plus. Sa robe de pensionnaire à larges plis couverte de poussière, Renée se jette dans la brouette et quand Roger pousse celle-ci de toutes ses forces décuplées par le plaisir, elle se renverse les jambes en l'air.

— Tu as vu, dis, tu as vu?

— C'est ton professeur?

— Tu sais comment on l'appelle, aux Filles-de-la-Croix? Mlle Guimauve. Cela lui va bien, dis? Comment est-il possible que ce soit ta cousine?

Ils sont fous. Le monde est à eux, le soleil n'éclaire, ne réchauffe qu'eux, c'est pour eux que les oiseaux chantent et ils rient en se regardant pour se gonfler d'allégresse cependant que la flexible silhouette à l'ombrelle chemine en ondulant vers le clocher du village.

Ils ont abandonné la brouette au bord du fossé. Ils ont grimpé dans le bois en pente qui borde la route et la relie au Thiers des Grillons. Ils ont couru. Ils se sont cachés. Ils ont bu dans le creux de leurs mains l'eau de la source, de leur source, car, s'ils ne l'ont découverte que d'hier, elle est déjà à eux. Puis ils ont aperçu un massif de houx aux baies rouges.

— Tu en veux?

— Tu vas te piquer.

— Qu'est-ce que cela me fait?

Bravement, pour atteindre les plus lourdes branches, il pénètre dans le buisson, se hisse, se faufile tandis que Renée, ses belles lèvres entrouvertes, rouges comme les baies de houx, le regarde en respirant plus fort.

— Reviens. Il y en a assez.

Il en veut davantage, va toujours plus haut, plus avant dans le fourré épineux et quand il parvient enfin à s'en dégager, il a les jambes et les mains marbrées de sang, une longue balafre vermeille sur la joue.

— Laisse-moi t'essuyer. Si! Laisse-moi faire. Les femmes sont faites pour soigner les hommes.

C'est une fille admirable, une brune à la chair dorée, déjà mûre à quinze ans. Ses cheveux bouclés, d'un noir luisant, tombent en désordre sur ses épaules.

— Couche-toi ici... Reste tranquille...

Et, à genoux près de lui, elle éponge le sang avec son mouchoir qu'elle a trempé dans la source.

— Je te fais mal?

— Non.

— Un tout petit peu?

— Non.

— Cela ne pique pas?

— Non.

— Tu dis cela pour faire le brave.

— Je le dis parce que c'est vrai. Je ne sens rien.

— Pourquoi as-tu fait ça?

— Pour t'apporter du houx.

— Tu m'aimes bien?

Il rougit, se trouble, ne répond pas. Ce n'est qu'en dedans, les yeux clos, qu'il prononce:

— Je t'aime.

Et alors il sent pour la première fois des lèvres s'écraser sur sa bouche. C'est si inattendu, si merveilleux que des larmes gonflent ses paupières pendant qu'une voix brouillée chuchote à son oreille:

— Tu m'aimes bien?

Il ne peut répondre qu'en retenant la tête de Renée contre la sienne, à deux mains, en caressant sa joue de sa joue, en s'enfonçant dans les cheveux noirs qu'il respire.

— Tu es content?

Il ne comprend pas pourquoi elle halète, pourquoi elle

l'enveloppe si étroitement de son corps dur. Elle est contre lui des pieds à la tête, elle est sur lui, il sent la fraîcheur de ses jambes nouées aux siennes, il ne bouge plus, il a rougi une fois de plus, il a honte, il ne sait plus au juste ce qui se passe, mais il voudrait que cela dure longtemps, toujours, une chaleur inconnue l'a pénétré, ses mains tremblent, il a peur, surtout, qu'elle parle, ou qu'elle le regarde, il lui semble que tout ce qui se passe en lui d'étrange et de merveilleux doit se lire sur son visage.

C'est un rêve. Comme dans un rêve, la notion du temps s'efface, celle du lieu aussi, et pourtant il entend toujours couler la source et il y a parfois un craquement dans le sous-bois, une bête, sans doute, un écureuil ou une belette qui vient les contempler, il a chaud, il est imprégné d'une odeur de salive et de peau mouillée, des cheveux le chatouillent, un instant il en a plein la bouche, puis tout à coup il se tend, peut-être va-t-il crier, se dégager, elle le retient d'une pression de la main sur son bras, elle mord sa lèvre cruellement, comme pour lui ordonner de rester et des secondes s'écoulent, peut-être des minutes d'une vie qui n'a aucun rapport avec la vie qu'il connaît. Il a peur. Il est honteux. Sa lèvre lui fait mal. Il est pris de vertige. C'est trop violent. Cela ne peut pas durer une seconde de plus sans qu'il devienne fou, et voilà en effet qu'il se raidit, qu'il reste comme mort.

Quand il ose enfin ouvrir les yeux, Renée, apaisée, lui sourit de ses lèvres saignantes et il se cache la tête dans sa poitrine, se met à sangloter.

Combien de temps est-il resté ainsi ? Une voix murmure à son oreille :

— Tu es content ?

Il ne peut que répondre par une étreinte. Il essaie de faire oui de la tête.

— Tu es un petit garçon, n'est-ce pas ? Tu es mon petit garçon à moi.

Et c'est comme un petit garçon que, la lèvre gonflée par

ses pleurs, une grande joie, un orgueil insensé brillant à travers ses larmes, il répond enfin oui.

C'est à cause de ces quatre journées d'Embourg, à cause de la brouette, de ce matin brûlant où ils ont tant ri de l'effroi pudibond de la cousine Aimée venue en visite et si mal récompensée, c'est à cause de Renée, qu'abandonnant le collège Saint-Louis et les humanités latines, Roger, un matin, avec cette gaucherie et cette angoisse des nouveaux, a gravi la rue Saint-Gilles en cherchant des yeux le collège Saint-Servais.

La rue Sainte-Véronique, où se trouve l'institution des Filles-de-la-Croix, est toute proche de la rue Saint-Gilles. Renée a dit, le dernier soir d'Embourg, alors qu'il avait pénétré dans sa chambre en passant d'une fenêtre à l'autre par l'extérieur, marchant sur l'étroite corniche de zinc qui surmonte le café de Mme Laude :

— Tu viendras me voir à la sortie des Filles-de-la-Croix. La bonne m'attend tous les jours, mais c'est une fille avec qui on pourra s'arranger. Nous passerons par le boulevard d'Avroy. L'hiver, il y fait très noir.

— Tu es sûre que la bonne ne dira rien ?

Eh oui, elle en était sûre, trop sûre, hélas ! Mais alors, il ne savait pas encore.

Quelle tâche il a dû accomplir en un mois, avant la rentrée d'octobre ! Pour changer de collège, il fallait d'abord abandonner les études latines car, s'il existe deux collèges dans la ville, chacun se réserve les élèves d'une rive de la Meuse.

— Mère, je ne veux plus être prêtre.

— Qu'est-ce que tu dis ? Je parie que c'est Mme Laude qui t'a mis en tête de pareilles idées.

Car Mme Laude est mécréante et lance volontiers de grosses plaisanteries sur les curés.

— Ce n'est pas Mme Laude. Ce n'est personne. Je ne veux plus être prêtre. Je veux devenir officier.

456

Car, ainsi, il devra faire ses humanités scientifiques, et ces cours ne se donnent qu'au collège Saint-Servais. Il a longuement réfléchi. Il a choisi avec soin la profession qui n'exige pas un établissement coûteux, ni de longues années d'université que ses parents seraient incapables de lui payer.

Enfin, il y a le prestige de l'uniforme, du titre, auquel, il ne l'ignore pas, sa mère est sensible.

— Tu sais bien, Roger, que c'est impossible. Si tu ne veux plus être prêtre, on ne t'accordera pas la demi-gratuité.

— Il paraît qu'on l'a accordée à d'autres.

— Qui t'a dit ça?

— Des camarades.

On est allé voir frère Médard et Roger n'a pas bronché. On a fait une nouvelle visite à M. le doyen, puis au préfet du collège Saint-Louis, puis au collège Saint-Servais.

Un mois durant, il a vécu dans l'angoisse, toute son énergie tendue vers un même but, sans voir une seule fois Renée, que ses parents avaient emmenée à Ostende.

Le miracle s'est produit. Il a gagné la partie. Les Jésuites de la rue Saint-Gilles ont accordé, non la demi-gratuité, mais un rabais d'un tiers, peut-être pour se débarrasser de l'insistance d'Élise.

— Tu comprends, Louisa, s'il n'a pas la vocation, nous ne pouvons pas le forcer. Il n'y a rien de plus lamentable qu'un mauvais prêtre. Comme officier il aura sa carrière assurée et, une fois leurs épaulettes gagnées, ils n'ont plus rien à craindre de la vie.

La rue Saint-Gilles, à l'autre bout de la ville, est une artère étroite et commerçante comme la rue Puits-en-Sock, avec le même tram flottant entre les trottoirs. Et pourtant, tout de suite, Roger s'y est senti étranger.

Le premier jour, il a voulu entrer dans le vaste bâtiment de pierre flanqué d'une chapelle où il s'était présenté avec sa mère. Il a soulevé le marteau de bronze, le bruit s'est répercuté comme dans une maison vide ; longtemps après le battant s'est à peine entrouvert sur un couloir solennel et un frère, ahuri, a regardé le gamin sans comprendre ce qu'il venait faire, puis, mis au courant, lui a désigné le haut de la rue.

— L'entrée des élèves est par là.

Roger l'a cherchée longtemps, ne voulant pas croire que c'était cette vulgaire porte cochère mal peinte, coincée entre deux boutiques, qu'il prenait pour l'entrée d'une écurie ou d'une remise.

Mais qu'importait l'hostilité du décor et celle de tous ces élèves parmi lesquels il était un inconnu ? A quatre heures, il se précipiterait en courant vers la rue Sainte-Véronique — car elle sortait à quatre heures, elle aussi, mais il s'arrangerait pour sortir un des premiers et il la rattraperait. Il verrait Renée, il n'avait peur que de la bonne qu'il faudrait amadouer, il se demandait quelle somme d'argent serait nécessaire pour y réussir.

Renée ne rentra de vacances que vers le 15 octobre. Roger n'avait pu s'empêcher de parler d'elle à ses nouveaux camarades et il refusait de les croire, il les haïssait comme d'immondes menteurs quand ils prétendaient tous la connaître, il serrait les poings, prêt à se battre, quand, rien qu'à l'énoncé de son nom, les plus grands échangeaient des clins d'œil et des bourrades dans les côtes.

Un soir qu'il galopait derrière les jeunes filles sorties des Filles-de-la-Croix, il sentit son cœur battre, c'était Renée qui, devant lui, accompagnée d'une servante portant ses livres et ses cahiers, venait de passer sous un bec de gaz.

Elle avait sa robe à larges plis de pensionnaire, un chapeau d'uniforme, rond, luisant, à bord dur ; il y avait quelque chose de changé en elle, il ne savait pas quoi, il fut un bon moment à la suivre avant de découvrir qu'elle avait les cheveux relevés et roulés sur la nuque en lourdes tresses.

Elle tourne à gauche, dans une rue obscure et déserte. Il

hâte le pas, ouvre déjà la bouche pour parler, ses genoux tremblent. Quand il tourne le coin à son tour, la servante marche toute seule, un peu en avant, au bord du trottoir, tandis que Renée, au bras d'un homme, frôle les maisons.

Il y a deux ans de cela, deux ans qu'il est élève à Saint-Servais. Le père Renchon vient de lui rappeler qu'il est trois heures et demie et le voilà qui quitte la classe dont la lumière le suit un instant tandis qu'il ouvre et referme la porte.

Il serait incapable de dire pourquoi le collège, à cette minute, lui rappelle si vivement la Linière, qu'une bouffée de sa petite enfance l'enveloppe, qu'il se sent la tête lourde, les membres gourds, l'esprit entre la veille et le rêve comme quand, le jeudi après-midi, il revenait avec sa mère de chez tante Louisa.

C'est un souvenir d'hiver car, au moment où on quittait la boutique pleine d'une lumière chaude et comme sirupeuse, Roger ressentait toujours une angoisse au seuil du quai tout noir où une pluie fine et glacée restait en suspens dans l'air à la façon d'un brouillard.

On se retournait pour dire une dernière fois au revoir à tante Louisa qui s'encadrait dans la porte, et, peut-être, pour se raccrocher un moment au rectangle rougeâtre de la vitrine, car, après, il n'y avait plus qu'un vaste monde humide et mystérieux où des becs de gaz entourés d'une auréole trouble clignotaient de loin en loin. Quant à ce qu'il y avait sur leur gauche, au-delà du terre-plein aux quatre rangées d'arbres nus, là où on entendait rouler les flots de la Meuse en crue, c'était le noir absolu, le chaos, la fin du monde.

On marchait vite, Élise elle aussi avait hâte d'atteindre le pont Maghin et les rangs de boutiques rassurantes. Or, à mi-chemin, se dressaient les murs de brique noircie, vertigineux, percés de ces hautes fenêtres étroites, comme des fenêtres de cathédrale. Ce n'étaient pas de vraies fenêtres avec des rideaux qui ont un regard bienveillant de maisons habitées, c'étaient des trous glauques, les vitres étaient dépolies et sales, il en manquait et, derrière, on sentait un vide aussi vaste que dans une église.

Dans ce vide inhumain, où sautait la lumière des lampes à arc, résonnaient des bruits de machines, des heurts de métaux, des sifflements de vapeur : Roger savait, pour les avoir vues sortir quand on passait à six heures juste, au moment de la sirène, qu'elles étaient des milliers de filles sales, grossières et sans chapeau, venues des petites rues, qui s'agitaient sans fin, minuscules au fond du gouffre, écrasées par l'espace, traquées par les monstres mécaniques.

Presque aussi dur et hostile lui apparaît le monde dont il se détache en ce moment, qu'il a l'air de fuir, tout seul, qu'il a cru tout à l'heure, chez le préfet des études, quitter aujourd'hui pour toujours.

Son pardessus humide sur le dos, sa serviette à la main, il longe cette interminable galerie où des fenêtres toutes pareilles lui dévoilent le même spectacle de murs nus, de vêtements sombres qui pendent sur un rang, de bancs noirs, d'élèves mal assis, immobiles dans la lumière crue.

Au-delà de la balustrade de fer, c'est le noir d'une cour si vaste, si nue qu'on hésite à s'aventurer dans son immensité et, pour l'atteindre, il faut descendre l'escalier de fer trop à pic qui a des résonances d'usine.

De l'escalier, de la cour qu'il traverse de biais, on ne découvre plus rien du monde ordinaire. D'un côté, ce sont les murs aveugles de la salle des fêtes qui ne s'ouvre que dans de rares occasions. Au fond, un mur implacable comme celui d'une prison et, à gauche, ce bâtiment titanesque dont il vient de quitter une des cases et qui lui rappelle la Linière, trois étages de classes reliées entre elles par la ferraille des escaliers et des galeries.

Combien voit-on à la fois de fenêtres aussi nues,

exhalant la même lumière sans chaleur ? Peut-être vingt par étage, il ne les a jamais comptées, rien ne distingue les classes les unes des autres, et il lui arrive souvent encore de se tromper, cela arrive à tous les élèves.

Ceux-ci sont trop, plus de mille. On ne peut pas se familiariser avec tous les visages, on connaît à peine de vue les professeurs, c'est une foule noire, où des petits en costume marin se faufilent entre les jambes de jeunes gens à moustache.

Aux récréations, il faut bien que chaque classe, chaque groupe se fasse un coin quelque part, de sorte que dans cette cour rigoureusement géométrique, sans un arbre, sans une poignée de terre, aux milliers de briques égales et soigneusement rejointoyées, il existe des endroits où Roger n'a jamais mis les pieds, des zones entourées d'une invisible frontière qui lui sont pour ainsi dire interdites.

Or, tandis qu'il marche, hypnotisé par le spectacle décourageant des fenêtres, il se heurte à quelqu'un, non, il l'évite de justesse, il y a un homme debout, tout seul au milieu du désert. Roger se fige, saisi d'une peur instinctive, quand enfin la voix du surveillant le rassure.

— Bonsoir, monsieur Mamelin.

— Bonsoir, monsieur Sacré.

Des vélos sont rangés à droite, sous un hangar, des centaines de vélos au repos, mais Roger n'aura pas le sien, n'en aura jamais, car cela coûte beaucoup trop cher. Il s'enfonce dans une sorte de goulot qui va se rétrécissant toujours. La cour se termine en entonnoir, deux murs qui se rapprochent, une voûte glaciale et enfin une porte cochère, celle-là qu'il a détestée dès le premier jour.

Il est dans la rue, son pas devient plus léger, un tram descend, un autre monte, ils s'attendent au croisement ; les vitrines, par crainte des avions, sont à peine éclairées ; en plein centre de la ville, on pourrait se croire dans une morne rue de faubourg et les magasins ont tous l'air, de loin, de ces pauvres boutiques des quartiers ouvriers où quelques légumes fanés voisinent avec des bougies, des bonbons et des savonnettes.

Il pleut, le pavé est mouillé, ses souliers prennent l'eau ; on ne peut plus acheter de souliers ; la plupart des gamins portent des semelles de bois, mais on ne peut pas venir ainsi chaussé au collège Saint-Servais, quoi qu'en dise Élise.

— Au moins, tu auras les pieds secs et tu pourras te moquer de ce que disent tes camarades.

Il y a trois ans maintenant que la guerre dure et que les vitres des réverbères sont passées au bleu, de sorte qu'ils éclairent à peine ; et quand, à six heures, les magasins ferment leurs volets, on erre dans les rues comme des fantômes en braquant devant soi le rayon dansant d'une lampe de poche. Parfois des rires fusent, surtout des rires de gamines. On découvre des couples collés contre un portail ou dans une encoignure. On le fait exprès. On s'acharne à éclairer un bout de cuisse pâle.

Roger a gardé au visage la chaleur qui l'a envahi dans le bureau du préfet des études, il tourne à droite dans une ruelle, pour couper au court. C'est une ruelle interdite aux élèves, mais il n'a jamais tenu compte de la défense. C'est interdit de fumer aussi, et il le fait exprès de bourrer sa pipe, le portail à peine franchi.

Ce soir, il est lourd de rancœurs imprécises et il donne de temps en temps un coup de pied dans le bord du trottoir comme un gamin des rues.

Il déteste le collège. Il était presque soulagé, tout à l'heure, à la perspective pourtant effrayante d'en être exclu, de n'avoir plus jamais à y revenir, et cependant, tandis que, débouchant de la ruelle, il traverse le boulevard d'Avroy, il envie les élèves de sa classe qu'il a laissés assis sur leurs bancs et qui attendent quatre heures en écoutant le discours monotone du père Renchon.

Il envie surtout leur sortie quand ils s'en vont par groupes, car ils habitent presque tous les mêmes quartiers, les quartiers riches de la ville ; leurs parents se connaissent, ont leur nom sur des plaques de cuivre, ce sont des médecins, des avocats, des avoués, des juges, des industriels ; les élèves parlent de leur bonne et de la mer où ils vont chaque année, ils ont des sœurs qui sont déjà des jeunes filles.

L'été, surtout, ils donnent une impression de vie radieuse quand, montés sur des vélos nickelés dont, désinvoltes, ils ne tiennent le guidon que d'une main, ils s'envolent en bandes, se faufilent en s'attendant les uns les autres dans la cohue de la rue Saint-Gilles pour se regrouper sur les pistes ombragées du boulevard.

Aucun élève ne suit le chemin de Mamelin et, s'il entend d'aventure un pas pressé derrière lui, si quelqu'un le rejoint, essoufflé, c'est Neef, Neef-le-paysan, bien sûr, qui se raccroche à lui jusqu'au pont d'Amercœur où il doit prendre le tram de Chênée. Roger le fuit, le rudoie. Le pauvre Neef a beau lui offrir humblement son amitié et son dévouement, il les refuse, il s'en veut parfois, mais c'est plus fort que lui, il préfère sa solitude à la compagnie du rustaud en vêtements de velours à côtes.

Il passe rue Hazinelle. Déjà, dans l'ombre des trottoirs, des deux côtés de l'École supérieure des filles, des jeunes gens, des hommes attendent la sortie. Il y a là une petite place à laquelle aboutissent deux ruelles et, à cause de ces silhouettes aux aguets, à cause aussi des choses qui se racontent, de certains scandales dont les journaux se sont fait l'écho, on y ressent une fièvre spéciale, les murs, les portes, les quelques arbres nus, les coins d'ombre surtout ont un autre aspect et comme une autre odeur qu'ailleurs.

On prétend qu'un certain nombre de jeunes filles de Hazinelle — certains disent trois, d'autres davantage — ont été découvertes par la police dans une chambre meublée de la rue de la Casquette en compagnie d'officiers allemands.

Chaque fois qu'il passe devant l'école, Roger revoit la même image qu'il a créée de toutes pièces, ou plutôt qui s'est composée en lui presque à son insu et qu'il retrouve pareille, avec des parties floues, des pans d'ombre et, par contre, des détails d'une précision trop crue, comme sur certaines photographies que des camarades lui ont montrées et qui provoquent toujours chez lui le même malaise.

La chambre de la rue de la Casquette ressemble à la chambre de Mlle Lola, tout en étant éclairée en vert comme la chambre de M. Saft, et il s'y trouve en outre le fauteuil de cuir du salon. Un des officiers ressemble au commandant Schorr qui a une mauvaise maladie, l'autre aux caricatures du Kronprinz qu'on se passe sous le manteau. Des jeunes filles, il ne voit que des visages minces et pâles, des yeux cernés, des narines pincées, des taches laiteuses de chair sous les robes troussées.

Alors il marche plus vite, ne fait que traverser, comme des fleuves à gué, les rues passantes, coupant toujours au court à la façon d'Élise, moins pour gagner du temps que par goût pour ces venelles étroites aux maisons de guingois, où des bornes plantées de travers flanquent les portes cochères et où s'amorcent de noirs boyaux qui mènent Dieu sait où.

Parfois un pas le fait sursauter. Il a peur, mais c'est une peur voluptueuse, comme quand il allait, à six heures du matin, servir la messe à l'hôpital de Bavière. Invariablement, dans le noir des matins d'hiver, quelqu'un marchait à cent mètres derrière lui et, après s'être dominé un certain temps, Roger ne pouvait s'empêcher de courir à toutes jambes jusqu'au moment où il s'arrêtait enfin, haletant, dans la lumière pâle du portail dont il étreignait le marteau.

Presque tous ses souvenirs sont troubles, avec des lumières équivoques et de mystérieux reflets dans des décors noyés d'ombre, la guerre elle-même est quelque chose de noir, une oppression lourde : la cave où l'on se terrait en compagnie de voisins inconnus, pendant le bombardement ; le papier brûlé qui flottait dans l'air comme une neige infernale et qu'on voyait à travers les soupiraux recouvrir peu à peu les trottoirs quand la bibliothèque communale de la rue des Pitteurs a flambé ; puis les uhlans, les premiers à pénétrer dans la ville — on disait que c'étaient des parlementaires — qu'on regardait passer avec angoisse et dont on ne voyait que les bottes ; les lampes ou les bougies qu'il a fallu tenir allumées à toutes les fenêtres des maisons pendant que les troupes défilaient pendant des nuits et des nuits...

La rue Puits-en-Sock, la rue Jean-d'Outremeuse ont changé de couleur, et la maison de la rue de la Loi que les Mamelin n'habitent plus depuis six mois et qu'il reconnaît à peine, lui paraît étroite et sale, sans vie, sans personnalité. Il en a un peu honte. Il ressent un malaise à l'idée que c'est là qu'a vécu la plus grande partie de son enfance, il rougit de son enfance elle-même et c'est avec répugnance qu'une fois encore, la dernière, il vient de le décider en route, il franchit le portail vert, indifférent à la plaque de cuivre où, de son seuil, il épelait jadis en fermant à demi ses paupières criblées de soleil les mots «Institut Saint-André».

On n'éclaire plus la salle d'attente, à droite du porche, car il faut économiser le gaz ; Roger ne fait que deviner en passant les mères assises dans l'obscurité humide, serrant leur châle autour de leurs épaules.

Les classes sont moins claires, il le jurerait. Il traverse la cour. Il n'est plus un élève. Pour ceux assis sur les bancs de bois verni, il est un grand, presqu'un homme, il va droit aux cuisines ; la grande cuve de bouillie vient d'arriver du ravitaillement, jaune, sucrée, à base de maïs envoyé par la Croix-Rouge américaine.

A cette vue, Roger est écœuré, il n'en mangera même

pas aujourd'hui ; ce soir, pour la dernière fois, il n'a pas un mot, pas un sourire pour le frère cuisinier au ventre lourd en forme de poire, au visage vulgaire, à la soutane souillée. Il sait que sa mère insistera pour qu'il continue à quitter le collège à trois heures et demie et à venir servir le goûter aux élèves de l'Institut Saint-André.

C'est encore une idée à elle. Elle est hantée par son désir de lui donner des forces. Le ravitaillement est devenu si difficile qu'il a fallu distribuer des rations supplémentaires dans les écoles.

Dans les classes supérieures, dans les collèges, les élèves ne reçoivent qu'un minuscule pain blanc, mais les petits des écoles primaires ont droit, en outre, à un bol de cette bouillie que Roger, aidé du frère cuisinier, emporte vers la classe de frère Mansuy.

Sur l'estrade, c'est lui qui remplit les bols que les enfants, en rang, lui tendent l'un après l'autre, c'est lui aussi qui surveille les petits pains qu'ils prennent ensuite dans une corbeille.

Moyennant quoi, quand il a fini la distribution dans toutes les classes, il a droit à autant de bouillie qu'il en peut manger et à trois ou quatre petits pains, car il y a toujours des absents et des malades.

Jamais plus il ne goûtera à cette pâte tiède et gluante, d'un vilain jaune, qu'il manie à la louche et dont il lui est arrivé de se gonfler l'estomac jusqu'à en avoir la respiration coupée. C'est une sorte de vengeance qu'il accomplit.

Il ne viendra plus rue de la Loi. Il sortira du collège en même temps que les autres. Il va l'annoncer tout de suite à sa mère. Il l'a déjà dit au frère Médard, en rougissant, comme chaque fois qu'il ment.

— Le père Renchon craint que mon absence à des cours, parfois importants, ne porte tort à mes études.

Mon Dieu ! Comme l'école est sombre et comme, sur les murs verts, sur les étagères, sur les pupitres, les choses ont l'air de stagner, les mesures de capacité, par exemple, et les cartes géographiques qui sont devenues presque brunes, les images glacées, imprimées à Leipzig, qui représentent les saisons. Roger souffre en regardant celle de l'hiver, avec la foire dans une petite ville, l'homme en pelisse vert bouteille, la jeune fille au traîneau, qui sont restés figés depuis son départ.

Il voudrait être sûr que c'est vraiment fini, qu'il ne reviendra jamais. Dans la cour, il renifle une dernière fois l'odeur des urinoirs d'ardoise, il aperçoit dans un coin l'évier blafard et le robinet dont, en sa qualité de chouchou du frère Médard, il détenait la clef.

Ce n'est plus sa rue, ni son quartier. Il franchit le pont d'Amercœur qu'on ne passait jadis que pour se rendre une fois par an au cimetière de Robermont, il tourne à gauche, suit un boulevard miteux bordé de maisons basses, d'entrepôts et de terrains vagues.

Le quartier l'humilie. C'est presque Bressoux, d'où venaient les petits voyous qui envahissaient la place du Congrès et que les mères essayaient en vain de chasser. Et, si leur maison est belle, au coin de la rue des Maraîchers, trop belle et trop grande pour eux, c'est par raccroc, presque par charité qu'ils l'occupent.

On dirait qu'Élise ne peut pas vivre comme tout le monde, qu'il y a un sort sur elle. Comment a-t-elle déniché cette maison qui était un important bureau de poste que des changements administratifs ont désaffecté? Elle ne s'explique jamais à fond sur ce genre de questions, on sent toujours une tricherie à la base : un vieux médecin, qui vit seul dans la maison d'en face et qui est chargé de la location, a accepté, pour la durée de la guerre, un loyer dérisoire.

Il va y avoir une scène, à cause des petits pains. Car, puisque Roger peut manger de la bouillie de maïs à sa faim, les petits pains du frère Médard sont partagés par la famille.

Roger, selon son habitude, répète en marchant les phrases qu'il prononcera.

— Je ne vais plus servir le goûter à l'institut Saint-André.

Et quand on voudra savoir pourquoi? Mentira-t-il comme au frère Médard? Il a, au contraire, une méchante envie de déclarer catégoriquement:

— Parce que je ne veux plus.

— Pourquoi ne veux-tu plus?

— Parce que je tiens à rester au collège jusqu'à quatre heures comme les autres.

Si sa mère insiste trop, il lui dira qu'il en a assez d'être un mendiant.

Il a hâte d'être arrivé, il croit déjà respirer l'atmosphère de bataille qui va envahir la cuisine dont, en tournant le coin, il entrevoit la lumière.

Il enfonce la clef dans la serrure. Il dépose sa serviette, accroche son pardessus au portemanteau. Tiens! Il y a quelqu'un. Il découvre, accroché à la patère de cuivre, un vêtement de femme qu'il ne connaît pas et, au-dessus, un petit chapeau de vieille, à fleurs mauves.

Il sourcille, soupçonneux, jaloux de leur tranquillité, pousse la porte de la cuisine, les lèvres déjà entrouvertes pour une question, et il se heurte à sa mère qui s'est levée précipitamment avec un sourire qu'il lui connaît bien, son sourire le plus doucereux.

— Je vous présente mon fils, mademoiselle Rinquet. Mon Roger qui revient du collège Saint-Servais, où il étudie pour devenir officier. Entre, Roger, figure-toi que Mlle Rinquet, qui est retraitée des postes, va vivre avec nous.

Et elle sourit de plus belle, tournée vers le fauteuil de Désiré où est tassée une petite vieille à l'œil féroce occupée à ravauder un bas de laine noire.

Eh bien! Tu ne dis pas bonjour à Mlle Rinquet? C'est la surprise, mademoiselle. Je n'en avais parlé ni à mon mari ni à mon fils. Mais vous verrez que vous serez tout de suite de la famille.

3

Ainsi que cela leur arrive de temps en temps, ils se sont retrouvés par hasard, le dimanche matin, chez tante Cécile. Autrefois, Désiré disait :

— Je vais chez moi.

Ou bien on allait rue Puits-en-Sock. Maintenant, on va chez Cécile, bien que Chrétien Mamelin soit encore là. Il tient moins de place, sa haute silhouette s'est comme tassée, on sursaute, parfois quand on le voit surgir devant soi, tant il fait peu de bruit.

Par habitude, tout le monde vient encore passer un moment dans la cuisine dont l'odeur a un peu changé, a suri, à cause des trois enfants de Cécile. C'est à cause d'eux aussi, afin de les surveiller quand l'été ils jouent dans la cour, qu'on a gratté la vitrophanie d'une des vitres.

Cécile est malade. Pour la première fois, ce matin-là, on a trouvé dans la maison une personne étrangère occupée à faire le ménage et la cuisine, une forte fille qui est servante chez Gruyelle-Marquant, et cela choque tous les fils Mamelin de la voir préparer le bœuf à la mode des dimanches.

Cécile, enveloppée dans un châle, est assise près de la cuisinière et, quand Lucien entre, ou Arthur, ou Désiré, elle recommence à expliquer comment ça l'a prise, puis elle soulève sa robe une fois de plus pour laisser voir ses chevilles enflées, d'un blanc malade.

Elle est plus désolée qu'inquiète. C'est son inaction forcée qui la mine et lui fait honte, elle garde l'œil et l'oreille à tout, épie les gestes de la servante, il lui semble que tout va de travers, elle souffre physiquement de voir une forte fille de vingt-deux ans incapable d'habiller convenablement des enfants.

Pour lui remonter le moral, chacun plaisante, Désiré comme les autres, de sa voix sonore.

— Bonjours tout le monde! Alors, Cécile, ça ne va pas? Avoue que tu avais envie de te faire dorloter. Tiens, tu es ici, Roger?

Désiré, qui sort de la grand-messe à Saint-Nicolas, se chauffe les mains au-dessus des casseroles dont il hume le fumet.

— Dites donc, mes enfants, devinez ce que nous allons manger à midi. Parle la première Cécile... Non, tu ne devinerais jamais. N'est-ce pas, Roger? Des pommes de terre frites, rien que cela! Figurez-vous qu'hier, au bureau, un client de la campagne à qui j'ai rendu quelques petits services m'a apporté un kilo de pommes de terre. On n'en trouve même pas à trente francs le kilo dans le commerce. Quand j'ai ouvert le paquet, à la maison, Roger en a eu les larmes aux yeux. Alors, j'ai dit à Élise:

« — On va faire une folie, tant pis! Notre ration de saindoux y passera, mais, demain, il faut que nous mangions des pommes frites. »

On a bavardé encore un peu, à bâtons rompus, chacun dans son coin, enveloppés de bonne chaleur, et à la fin Cécile finissait par ne plus penser à tout son ménage qui allait de travers.

— Tu viens, fils?

Ils rentrent ensemble, marchent du même pas. Il fait très froid. Ce matin, il a fallu casser avec le manche d'un marteau la couche de glace qui s'était formée pendant la nuit dans les brocs de faïence.

— Cécile a mauvaise mine, remarque Désiré qui a une prédilection marquée pour sa sœur cadette. Quand tu as un moment, pendant la semaine, tu devrais venir lui dire

470

bonjour en passant.

Il parle à son fils comme à un égal. Ils se comprennent. Ils savent l'un et l'autre que le mari de Cécile, Marcel, est une brute éclatante de santé qui ne conçoit pas que sa femme puisse être sérieusement malade.

— Une cigarette, fils?

Le geste touche Roger, ce geste familier du père qui tend tout naturellement son étui à son fils comme à un camarade. Puis, en marchant côte à côte, ils pensent tous les deux à autre chose, à la même chose, ils ont envie d'en parler, mais ils hésitent.

Il fait gris, ce matin-là, un gris dur et coupant. Ils ont la même répugnance pour le pont d'Amercœur qui leur restera toujours étranger, pour le boulevard miteux au bout duquel se trouve leur nouvelle maison à laquelle ils ne s'habituent pas.

Mlle Rinquet a gâché leur matinée du dimanche, le premier qu'elle passe chez eux. Certes, il fait vraiment très froid. Le thermomètre, quand on s'est levé, marquait − 12°. On est descendu avant de faire sa toilette, comme tous les dimanches. Élise, au bas de l'escalier, a appelé:

— Mademoiselle Rinquet! Le déjeuner est servi.

On avait beau tisonner le poêle, il fallait se coller dessus pour sentir un peu de chaleur.

— Elle ne répond pas. Pourvu qu'elle ne soit pas malade.

Élise est montée, on l'a entendue parlementer à travers la porte.

— Elle ne veut pas descendre. Elle dit qu'elle ne se lèvera que quand j'aurai allumé du feu chez elle.

— J'espère que tu n'en feras rien?

Élise a hésité. Si elle avait été seule, elle aurait sûrement cédé.

— Comment? Nous n'avons déjà pas assez de charbon pour la cuisine, Dieu sait quand on en distribuera à nouveau et tu irais faire du feu chez cette femme?

— Elle est vieille, Désiré.

— Ce n'est pas une raison pour qu'elle use toutes nos provisions.

On a mangé en silence. On a coupé le pain en quatre morceaux égaux, pesé ceux-ci sur la balance et, comme chaque matin, chacun a reçu sa ration de la journée.

— Prends le plus gros morceau, Désiré. Mais si. Tu travailles. C'est toi qui en as le plus besoin.

— Mais non. C'est Roger, qui grandit.

On était encore à table quand Mlle Rinquet est descendue. On ne pouvait en croire ses yeux tant l'apparition était inattendue. Sûrement qu'elle l'avait fait exprès de ne pas mettre son râtelier, si bien qu'elle n'avait plus de bouche, que le bas de son visage n'était plus qu'une vilaine chose molle ; sur le sommet de son crâne presque chauve se dressait un minuscule chignon noir agressif et, pour comble, elle était enveloppée dans une robe de chambre en pilou d'un violet à faire grincer des dents.

— Venez vite vous chauffer, mademoiselle Rinquet.

— Je n'ai jamais vu une maison aussi froide que celle-ci. Si j'avais su...

— Mais non, mademoiselle. Il fait froid partout. Regardez plutôt le thermomètre qui est dehors. Vous savez bien qu'il y a trois mois que personne n'a reçu de charbon.

— Vous en avez dans la cave, je l'ai vu.

— Nous en avons très peu, juste le strict nécessaire, et je ne vous dis pas au prix de quelles peines nous l'avons obtenu.

On lui donne la place de Désiré près du feu. Elle examine son morceau de pain, se lève pour le peser d'un air méfiant.

Il en est ainsi pour tout. Le four, par exemple, ne contient que trois briques réfractaires. La veille, elle en a pris deux pour elle seule, comme si la chose lui était due : Élise et Désiré ont dû s'en passer.

Même quand elle n'a plus faim, que ça crève les yeux,

elle mange, méchamment, jusqu'à la dernière bouchée, pour avoir la certitude d'avoir pris toute sa part.

Et Élise qui insiste encore!

— Un peu de purée, mademoiselle Rinquet. Mais si. Il y en a assez, je vous assure. Moi, je n'ai plus faim.

Il va falloir lui donner des pommes frites, de ces miraculeuses pommes frites dont on n'a plus mangé depuis un an et auxquelles on ne cesse de penser depuis la veille. A cette idée, Roger devient pâle de rage.

En attendant, toute la matinée, on n'a su où se caser. Sans se laver, sans se rafraîchir le visage, sans mettre son râtelier, sentant mauvais dans son pilou violet, la vieille est restée collée à la cuisinière et Élise avait de la peine à atteindre ses casseroles et à surveiller son feu.

D'habitude, c'est le meilleur moment de la semaine. On traîne ; on attend de l'eau chaude pour se laver ; on va et vient sans but précis dans la maison jusqu'à l'heure de la grand-messe ; Désiré enfonce un clou ou raccommode quelque chose.

Roger a préféré s'en aller sans but par les rues froides et quasi désertes. Il a assisté à un bout de messe à l'église Saint-Remacle, il a erré au marché aux puces de la place Delcour, puis il est allé s'asseoir chez tante Cécile.

Son père, maintenant qu'ils rentrent chez eux, sait si bien ce qu'il pense qu'il murmure :

— Il vaut mieux ne rien dire, pour ta mère.

Puis il ajoute, ce qui touche Roger bien davantage :

— Elle croit bien faire.

C'est tout. Il ne faut plus parler de ça.

— Qu'est-ce que tu fais, cet après-midi ?

— Je ne sais pas encore.

— Il y a quelque chose de bien à lire à la maison ?

— De l'Eugène Sue.

Car Roger va deux fois la semaine chercher des livres à la bibliothèque communale de la rue des Chiroux (celle de la rue des Pitteurs a brûlé le jour où les Allemands ont fusillé trois cents personnes) et dans un cabinet de lecture de la rue Saint-Paul. Il choisit ce qui lui plaît. Le soir, ou le dimanche, Désiré lit un de ces livres, au petit bonheur, et tant pis si son fils le reporte avant qu'il ait fini, il ne le dit même pas, il en recommence un autre dont il ne connaîtra peut-être pas la fin.

Voilà comment ils sont tous les deux.

— Tu verras que la vieille chipie remplira son assiette de frites, ne peut s'empêcher de soupirer Roger au moment où on atteint le seuil. Et mère lui dira (il imite la servilité sucrée d'Élise) :

« — Servez-vous donc mieux que cela, mademoiselle Rinquet. Servez-vous. Moi, je n'y tiens pas.

Il en pleurerait et Désiré, en le faisant passer devant lui après avoir ouvert la porte, pose un instant la main sur son épaule comme pour lui rappeler :

« — Elle croit bien faire. »

L'air est tout bleu dans la maison, comme les dimanches d'avant la guerre, on entend la chanson de la graisse dans la lourde casserole de fer battu qu'on revoit après si longtemps, Élise, le feu aux joues, leur lance, affairée :

— Laissez un moment la porte ouverte, que la fumée s'en aille.

Puis elle va crier au bas de l'escalier :

— Mademoiselle Rinquet ! Vous pouvez descendre. C'est servi.

On n'a pas échappé à la lamentable discussion.

— Qu'est-ce que tu as envie de faire, Désiré ?

— Décide. Nous ferons ce que tu voudras.

— Tu tiens à sortir ?

Et Mlle Rinquet est là, immobile, silencieuse, les yeux dilatés dans sa tête d'oiseau de mauvais augure. Elle a mangé des frites, autant qu'elle a pu en avaler, avec l'air de narguer Roger qui ne pouvait détacher le regard de son assiette. Au moment où Élise fait la vaisselle, elle gêne plus que jamais, tout irait mieux si seulement elle reculait de quelques centimètres, on essaie de le lui faire discrètement comprendre, elle le comprend sûrement, mais elle resterait rien que pour les faire enrager, surtout Désiré et Roger qu'elle ne peut pas sentir.

— Où irait-on? Chez Louisa de Coronmeuse?

La vérité, c'est que Désiré aimerait rester à lire au coin du feu, à sa place, dans son fauteuil que la locataire lui a chipé et il se demande, sans oser lui poser la question, si elle compte y rester tout l'après-midi.

— Tu sors, Roger?

— Oui, mère.

— Tu viendrais avec nous si nous allions dire bonjour à tante Louisa?

— Non.

Cela va durer une heure au moins et il préfère s'échapper avant écœurement complet, il monte dans sa chambre, recommence toute sa toilette, malgré le froid. Ce matin, en se regardant dans une vitrine de la rue Entre-Deux-Ponts, il a eu l'impression que son col ne lui allait pas. Il change trois fois de cravate, pénètre sur la pointe des pieds dans la chambre de ses parents pour prendre le flacon de «Floramye» dont il imbibe son mouchoir. Il passe même ses doigts mouillés de parfum sur ses joues, autour de ses lèvres. Il est prêt. Un soleil coupant a percé la couche des nuages blancs. Roger descend, ne fait, à cause du parfum, qu'entrouvrir la porte de la cuisine.

— A ce soir.

— Roger, écoute...

Il a soin de ne pas écouter et déclenche un vacarme dans la maison en refermant sur lui la porte de la rue. Il a entrevu son père en pantoufles, la pipe allumée, un Eugène Sue à la main cherchant un coin où se caler. Leurs regards se sont croisés et Désiré a murmuré, le cœur sûrement gros:

— Amuse-toi bien.

Roger sait qu'il ne s'amusera pas. Comment, pourquoi s'amuserait-il? Avec qui? Il a déjà franchi le pont d'Amercœur, il a suivi la rue Puits-en-Sock et il traverse la Meuse à la passerelle alors que la plupart des gens sont encore à traîner à table. Il est toujours trop tôt, partout où il va, comme s'il craignait de perdre la moindre miette d'un plaisir possible. Car quel plaisir prendrait-il, avec en poche les cinquante centimes de son dimanche, plus les dix centimes rituels de grand-père?

Si peu qu'il en ait mangé, les frites lui barbouillent l'estomac, parce qu'on n'y est plus habitué et qu'il avait la poitrine serrée d'énervement en les mangeant. Il s'arrête aux étalages, moins pour contempler les paquets de cigarettes que pour s'assurer qu'il n'y a rien qui cloche dans sa tenue. L'idée du ridicule le hante. Souvent il épie les passants, cherchant à se rendre compte de l'effet qu'il produit sur eux.

Les jeunes gens de son âge, surtout ceux du collège, portent des culottes serrées aux genoux, lacées ou boutonnées sur le côté de la jambe à la façon des culottes de cavalier. Pour bien faire, les bas doivent être en grosse laine chinée et comporter un large rebord à dessins de couleur. Or, les siens, qu'Élise fait faire chez les vieilles demoiselles Chaineux parce qu'ils sont inusables, sont d'un gris terne avec deux bandes d'un gris plus sombre. Les culottes sont grises aussi, le veston est noir.

— C'est tout ce qu'il y a de beau comme drap! affirme sa mère.

C'est peut-être vrai. On l'habille aux coupons achetés en solde. Cortleven, le cousin d'Élise, qui est coupeur dans une maison de confection, n'a jamais pu lui tailler un costume comme les autres, il y a toujours quelque chose d'indéfinissable qui fait étriqué, qui sent l'amateur.

Roger en souffre. Deux fois, ce jour-là, il a ciré ses souliers à bout verni, deux fois il a recommencé la raie qui sépare ses cheveux, et devant chaque vitrine il change un peu l'équilibre de son chapeau, il met un gant puis l'enlève, se demande s'ils ne sont pas trop jaunes pour la saison. Ce sont des gants en chevreau glacé, couleur caca d'oie, qu'il a trouvés dans le tiroir de son père et que celui-ci portait avant son mariage.

Il est une heure et demie et naturellement il n'y a encore personne au Carré. On appelle ainsi la rue de la Cathédrale, la plus commerçante et la plus chic de la ville, ou plutôt un tronçon de celle-ci, entre la rue de l'Université et le boulevard d'Avroy, là où le soir, et les dimanches après-midi, la foule va et vient lentement comme une procession.

Tout est laid à ses yeux, il a pour les choses autant que pour les gens un regard dur et hostile qui contient une menace ; et cette menace, il lui arrive de la formuler à mi-voix, en se regardant dans une vitre pour juger de l'expression de sa physionomie.

— Je m'en irai.

Qui est-ce qu'il punira en partant pour Dieu sait quelle destinée ? Est-ce la vitrine dans laquelle il se regarde, la plus laide sans doute de la ville, la plus déprimante, celle d'un photographe qui fait en série des photographies d'identité ? Dans l'encadrement jaune citron de la boutique, on voit des centaines de bandes d'épreuves en gris et noir et, sur chaque bande, le même visage se répète douze fois, les mêmes nez de travers, les mêmes mentons hargneux ou veules, les mêmes yeux effarés, un monde, une humanité de cauchemar qu'on ne voit jamais dans la rue et qui paraît invraisemblable.

— Les gens sont laids, la vie est bête. Mon Dieu ! Comme elle est bête !

Est-il possible que chez lui, par exemple, son père et sa mère, à cette heure, soient encore à se demander ce qu'ils feront de leur après-midi, sous le regard empoisonné de Mlle Rinquet ? Ce qu'ils feront, ils le savent bien. Ils ne feront rien. Ils vont en parler pendant une heure encore.

Élise s'énervera. A certain moment, Désiré, plongé dans sa lecture, omettra de lui répondre, elle lui reprochera alors de ne pas avoir d'attentions à son égard, de n'être qu'un homme, et, si elle est dans un de ses mauvais jours, la scène éclatera, les larmes, les spasmes nerveux, Élise montera se jeter sur son lit dans la chambre glacée, Désiré ira la chercher.

— Non, laisse-moi, je t'en supplie. Et tout cela devant les gens! Une personne qui est à peine arrivée chez nous et qui doit assister à des scènes pareilles...

Elle finira par se laver les yeux et par descendre en s'efforçant de sourire à Mlle Rinquet.

— Vous n'avez pas froid, mademoiselle? Vous ne voulez pas une tasse de malt pour vous réchauffer? Je peux vous en faire en quelques minutes...

Ils resteront là tous les trois, chacun incrusté dans son petit morceau d'espace, avec de temps en temps un plouf du poêle, le bruissement d'une page du livre de Désiré, le tintement d'une aiguille à tricoter tombée par terre.

— Laissez, mademoiselle, je vais vous la ramasser.

Et on appelle ça vivre! Ils vivent! Roger vit aussi. Il marche entre les rangs de magasins dont la plupart ont leurs volets clos, regardant avec haine les enseignes, certains noms trop familiers, en grosses lettres noires ou brunes, suivant des yeux les gens qui s'engouffrent frileusement dans les théâtres. Depuis quinze jours qu'il a remarqué que son gros pardessus l'engonce, il évite de le boutonner, malgré le froid, il le tient nonchalamment ouvert, une main dans la poche de son pantalon, car il est assez fier de ses culottes de cavalier qu'autrement on ne verrait pas.

Peu importe qu'il n'y ait personne pour le regarder. Il a besoin de se faire une image prestigieuse de lui-même. Il n'y arrive pas. Il sait que mille détails clochent, il a mis son épingle de cravate trop haut, il la change, maintenant elle est de travers, et la rue reste vide, les garçons attendent en rêvant derrière les vitres embuées des cafés et des tavernes.

Il partira, et jamais, jamais il ne vivra comme son père et sa mère, il se le promet, rien ne sera admis dans son existence qui puisse lui rappeller son enfance.

Cette enfance, il la hait. Il hait la rue de la Loi, la rue Pasteur, l'institut Saint-André comme le collège Saint-Servais, il hait frère Médard et Mme Laude, et toutes les petites laideurs, les petits lâchetés quotidiennes qui le font souffrir. Il est décidé à se venger, il ignore encore comment, mais il se vengera, il le sait, il y pense tandis que sa main, dans sa poche, tripote les douze sous dont il connaît d'avance la destination.

Dans une étroite rue transversale, la rue Lulay, on entend vibrer la sonnerie d'un cinéma, le premier qui se soit installé dans la ville quelques années plus tôt. Roger est allé jeter un coup d'œil sur les affiches bariolées qui représentent des cow-boys, mais ce n'est pas à ce cinéma-ci qu'il ira tout à l'heure, car il lui rappelle aussi des souvenirs humiliants.

Quand il était plus petit, il y venait le jeudi après-midi. Il n'avait pas assez d'argent pour payer sa place, mais le tenancier, moyennant deux sous, parfois un seul, laissait entrer quelques gamins afin de garnir le premier rang dont personne ne voulait et qui, vide, faisait mauvais effet. Quitte à les mettre dehors si la foule devenait trop nombreuse !

Il ira au «Mondain» rue de la Régence, où une bouffée chaude vous accueille dès l'entrée et où il y a des fauteuils rembourrés de gris perle et des loges. Là encore il souffrira, il ne pourra se payer qu'une place de secondes. La dernière fois qu'il y est allé, sa cousine Schroefs, Germaine, qui a les traits épais de son père, est passée près de lui, en manteau de petit-gris ; il l'a reconnue grâce à la lampe électrique de l'ouvreuse tandis qu'elle allait prendre place dans les fauteuils réservés.

L'ambiance du cinéma, l'obscurité traversée d'un pinceau de lumière blanche, les images qui sautent sur la toile, les ritournelles du piano, la foule invisible et chaude qu'on sent autour de soi lui donnent toujours une sorte de fièvre. Tous ses désirs, ses orgueils s'exacerbent, se multiplient par dix ou par cent, il voudrait tout vivre à la fois, cet appétit immense se concrétise finalement par des regards furtifs, et anxieux vers les loges. Il sait ce qui s'y passe, des camarades du collège le lui ont raconté ; il suffit d'ailleurs de les contourner comme en cherchant une place pour entrevoir des couples curieusement contorsionnés, deviner des jupes haut troussées, des mains qui s'égarent. Il jurerait qu'il se dégage de ces loges aux étreintes furtives une odeur spéciale qui lui rappelle celle du Carré à certaines heures du soir.

Car, tout à l'heure, le Carré vivra sa vraie vie, celle du moins pour laquelle Roger est là des heures d'avance. Quand les derniers volets seront fermés, que la nuit sera complète, que les réverbères ne seront que de vagues points de repère, l'ombre s'animera peu à peu, peuplée de pas sonores ou furtifs, de silhouettes à peine entrevues, de rires et de chuchotements.

Des groupes de jeunes filles viennent exprès se promener, bras dessus, bras dessous, dans le noir propice et des bandes d'étudiants les taquinent, les poursuivent et parfois les emmènent.

D'autres femmes vont seules, lentement, le long des murs, en s'arrêtant souvent ; on respire à leur passage une bouffée de parfum et il y a presque toujours dans leur sillage un homme au col de pardessus relevé.

Roger les frôle, le cœur gros. Il ne sait pas au juste ce qu'il désire. Ce n'est pas toujours la même chose. Une chaleur l'envahit rien qu'à la vue des globes laiteux qui, dans les petites rues, servent d'enseigne à certains hôtels où les couples se glissent furtivement. La porte, le plus souvent, bâille sur un corridor puant, mais cette vulgarité même lui donne le vertige, il imagine les lits douteux, les papiers peints en lambeaux, un canapé défoncé et couvert de taches, il voit, il veut voir un visage de femme aux yeux cernés, aux lèvres lasses, au corps souffreteux qui se dénude peu à peu, avec un morne dégoût, dans la lumière équivoque.

Comme il serait heureux de pleurer avec elle, de se tordre de désespoir, chair contre chair, avant de s'abîmer dans le plaisir !

Mais non ! Ce qu'il voudrait, c'est, élégant et désinvolte, pousser la porte tournante et bien huilée d'une de ces brasseries d'où sourd de la musique, une femme à son bras, et chercher dédaigneusement une table libre, appeler le garçon d'un geste blasé.

— Que prennent ces messieurs-dames ?

Puis tendre à sa compagne, occupée à rejeter de ses épaules son manteau de fourrure, un étui à cigarettes, un très bel étui en or ou en argent, contempler les gens de très loin, de très haut, comme sans les voir, sourire à peine, poser négligemment la main sur le genou tiède de son amie, se comporter avec elle de telle façon, — les amants ont une manière particulière de se sourire, à la fois émue, reconnaissante et attendrie, — se comporter avec elle de telle façon que chacun sente à les regarder qu'ils sortent des draps moites où ils ont épuisé toutes les joies que la chair peut donner.

Pourquoi, plus simplement, n'est-ce pas lui qui est debout dans ce renfoncement obscur, lèvres à lèvres avec une femme dont on ne fait que deviner en passant le profil perdu, le regard fixe ?

Un soir, peut-être, il aura le courage d'adresser la parole à Sidonie. Il y a des semaines qu'il fait le Carré avec l'espoir de la rencontrer seul à seule. Il connaît son prénom, parce que tout le monde le connaît, des jeunes gens le murmurent dans l'ombre quand elle passe au bras d'une amie, reconnaissable à sa toque et à son manchon de

481

fausse hermine ; d'autres, les voyous, chantent ce nom sur l'air des lampions.

Elle n'a que seize ans, elle est mince, avec un visage diaphane ; ses yeux sont si clairs qu'on dirait les prunelles transparentes et, pour lui, elle incarne toute la fragilité humaine et toute la féminité. Elle a eu des amants, il a besoin qu'elle en ait eu. Il l'a vue avec son amie et des hommes pénétrer gaiement dans des restaurants. C'étaient des hommes et non des jeunes gens. On sait ce que les hommes exigent. Il l'a rencontrée en compagnie d'officiers allemands en longue cape, traînant le sabre sur les trottoirs.

Il sent cependant qu'elle est pure, il veut qu'elle soit pure, tout en imaginant son corps frêle et blanc souillé par ses amis d'un jour ; il l'aimerait, lui, de toute son âme, ils marcheraient côte à côte, enlacés, joue contre joue, sans rien dire, attentifs à une musique intérieure, de temps en temps leurs lèvres se chercheraient et une vie nouvelle commencerait.

— Qu'est-ce que tu fais là, Mamelin ?

Il ne faisait rien. Il pensait, en regardant les cigares à un étalage ; il se regardait sans doute un peu aussi. Il a une certaine peine, mis soudain face à face avec Gouin, à effacer l'expression farouche de son visage.

— Je ne fais rien, tu vois. J'attendais l'heure d'aller au cinéma.

Gouin a un an ou deux de plus que lui. Il y a des années qu'ils ne se sont pas rencontrés, depuis l'institut Saint-André.

Maintenant, il porte de longs pantalons, des souliers jaunes comme on n'en voit qu'aux accapareurs, un chapeau gris perle, un manteau ample et confortable et sa main joue avec une canne de jonc. Roger envie son assurance. Il est gros, sa chair est drue, sa peau rose et tendue.

— Tu te souviens de la rue de la Loi. A propos,

qu'est-ce que tu fais maintenant?

— Je suis au collège Saint-Servais. Et toi?

— J'aide mon père dans le commerce.

Le père Gouin est charcutier à Bressoux. Depuis la guerre, c'est le métier le plus profitable.

— Dis donc, Mamelin, j'ai un rancart à trois heures avec deux poules. Je suis seul. Tu ne peux pas venir avec nous? Tu t'occuperais de la copine.

— Où allez-vous?

— Au cinéma pour commencer. Qu'est-ce que tu en dis? Dans une loge, on peut déjà rigoler.

Un flot de sang a envahi le visage de Roger.

— C'est que...

— Quoi?

— Je suis sorti sans emporter assez d'argent.

Alors Gouin éclate de rire, lui tape lourdement sur l'épaule, prend à même sa poche une poignée de billets, des marks et des francs, des petites coupures et des grosses.

— Regarde! Si ce n'est que ça qui te gêne, je payerai pour tout le monde. Ou plutôt, tiens...

Il lui fourre des billets dans la main, sans compter.

— Moi, tu comprends, c'est facile: je chipe de temps en temps un jambon à la maison et je le revends. J'en ai justement pris un hier, un beau jambon de douze kilos.

Il ne s'aperçoit pas que, de rouge qu'il était, Roger est devenu pâle, plus effaré encore par la simplicité bon enfant avec laquelle les mots ont été prononcés que par les mots eux-mêmes.

— Tu crois que je ne vous gênerai pas?

— Imbécile! Puisque je te dis que ce sont des poules! Après, on trouvera bien un endroit pour se les envoyer et le tour sera joué. Filons. Elles doivent déjà nous attendre au coin de la rue du Pont-d'Ile.

Il a suivi Gouin. Un instant, rue du Pont-d'Ile, il a failli reculer en reconnaissant une des deux filles qui attendaient, car c'était l'amie de Sidonie. L'autre, qu'il voyait de dos, était grande et grasse. C'était celle-là que Gouin s'était choisie.

— Mon camarade Roger, Mlles Jeanne et Camille... C'est bien comme ça, n'est-ce pas?

Gouin a ajouté devant elles, tout naturellement:

— Camille, c'est la tienne. Et maintenant, allons rigoler!

Il a marché devant la grosse fille tandis que Roger, derrière, restait silencieux à côté du bas-cul à figure ronde et vulgaire. Elle était vraiment petite. En outre, elle était trop formée pour son âge, ce qui contribuait à lui donner l'air d'une naine.

— Où allons-nous? a-t-elle questionné pour dire quelque chose, en le voyant intimidé.

— Je crois que nous allons au «Mondain».

— C'est votre ami?

Gêné, il a répondu:

— J'étais à l'école avec lui.

— J'habite derrière chez eux. C'est ma mère qui fait leur lessive.

Le soleil a déjà disparu, les rues sont d'un gris froid, la sonnerie du cinéma tremblote, ils s'y sont engouffrés et ils ont dû attendre un bon moment pour qu'on leur trouve une loge libre.

Pas un instant Roger n'est à son aise. Devant lui, Gouin et sa compagne chuchotent, chahutent et rient si fort que des spectateurs se retournent et font «chut».

— Ça va, derrière?

Il répond:

— Ça va.

Mais il pense au jambon volé, à la mère de Camille qui lave le linge chez les gens, comme la femme qui venait chaque semaine rue de la Loi. C'est Camille qui finit par mettre timidement sur la sienne sa main déjà moite.

— Je vous déplais?

Il dit non. Il pense aussi à ce qu'a dit Gouin.

«Après, on trouvera un endroit pour se les envoyer...»

Et la petite, qui fait tout ce qu'elle peut pour rompre la glace, murmure:

— Moi, je vous connais déjà. Je sais où vous habitez: la belle maison du coin de la rue des Maraîchers. Je passe presque tous les jours devant. L'été, je vous voyais lire dans votre chambre, en fumant votre pipe, les pieds sur l'appui de la fenêtre, et je vous appelais le jeune homme qui lit toujours. Puis, avec Sidonie, nous vous avons aperçu au Carré. Mais vous êtes fier. Vous ne parlez à personne. Vous êtes toujours si élégant, si bien habillé! L'autre jour, vous nous avez presque bousculées et Sidonie était vexée que vous ne nous regardiez même pas.

— C'est vrai?

Malgré les accords en cascade du piano, on continue à entendre la grêle sonnerie de l'entrée, on pense à la lumière bleue au-dessus de la porte matelassée, on entend aussi le bruit d'insecte que fait le film en se déroulant, des gens entrent et d'autres sortent, il fait chaud, Roger sent de la sueur sous ses bras, la main de Camille, dans la sienne, est molle et mouillée, la naine se rapproche de lui et, par contenance, pour ne pas lui faire de peine, car il sent qu'elle en a envie, il lui entoure la taille de son bras.

Cela le gêne qu'elle sente le pauvre. Longtemps il se demande s'il l'embrassera. Il n'en a pas envie, cela lui répugne un peu, mais elle pose une main sur sa cuisse et alors un contact s'établit, ses mains bougent aussi, cherchent la peau nue au-dessus des bas, puis montent insensiblement dans la chaleur.

Les deux autres en font autant devant eux, on le voit à leur pose, à une certaine sorte d'immobilité comme anxieuse qui les saisit soudain. Roger est mal placé. Son épaule s'ankylose, son bras se fatigue et, quand il se tourne vers sa compagne, il voit, dans le pâle halo de l'écran, une petite tête ronde et attentive, deux yeux qui suivent les péripéties du film comme s'il ne se passait rien plus près d'elle.

Il pose enfin une question.

— Pourquoi Sidonie n'est-elle pas avec vous aujourd'hui?

— Comment? Vous ne savez pas? Je crois bien que vous êtes le seul, au Carré, à ne pas être au courant. La police s'en est occupée. C'était avant-hier soir, et aujourd'hui Sidonie n'a pas pu sortir à cause de sa robe déchirée que sa sœur est en train de raccommoder. C'est une couturière.

Elle s'interrompt un instant pour souffler:

— Attention. Tu me fais un peu mal.

Puis elle continue, naturelle:

— Deux types nous avaient offert à souper dans une friture, rue Lulay, sûrement des accapareurs, des paysans endimanchés comme on en voit le lundi à la Bourse, les poches pleines d'argent. Nous, on avait décidé de nous moquer d'eux. On a commencé par bien manger, par commander tout ce qu'il y avait de bon, de la salade russe, de la langouste, des entrecôtes. Nous étions au premier, dans le petit cabinet particulier, vous savez...

Non, il ne sait pas, il n'a jamais soupçonné qu'il existât des cabinets particuliers dans les fritures.

— On a beaucoup bu, de la bière anglaise, du champagne, du vin, puis encore de la bière anglaise. Les types étaient saouls. Sidonie était malade. Alors, au lieu de la soigner, ils ont voulu s'amuser et ils se sont mis en tête de déshabiller Sidonie qui ne voulait pas et qui leur criait des injures en se débattant. Plus elle criait et plus ils riaient. Le plus gros des deux, un homme rouge comme un boucher, avec de gros yeux de poisson, s'était déboutonné et voulait à toute force...

Son amie, sans se retourner, observe:

— Parle plus bas, Camille. Les gens de la loge voisine t'écoutent. Et, à Gouin qui la questionne:

— Je vais te raconter. Je n'y étais pas, mais Sidonie m'a tout dit.

Sidonie, en se défendant, s'est blessée au coude avec une bouteille cassée. Camille, en voyant le sang, a perdu la tête et s'est précipitée dans l'escalier en appelant au secours. Le patron est intervenu, essayant en vain de calmer les deux gamines surexcitées.

— Pas de scandale, mes enfants! On va arranger ça. D'ailleurs, si vous êtes venues ici, n'est-ce pas? vous deviez vous douter que ce n'était pas pour enfiler des perles.

Elles étaient saoules, réclamaient la police à grands cris, des consommateurs du rez-de-chaussée se sont émus et ont appelé un agent.

Du coup, l'idée vint à Gouin d'aller souper tout à l'heure dans le même cabinet particulier.

— Tu ne trouves pas, Mamelin, que ce serait farce?

Mais Camille proteste.

— Le patron ne me laissera pas entrer. Il était furieux. Il a été jusqu'à nous offrir de l'argent pour que nous nous taisions.

— Vous avez été bêtes! fait l'amie.

— Puisque je te dis que nous étions *schlass*. Et puis! quand même, pas avec des brutes pareilles!

Roger en est malade. Il a beau faire, il ne parvient pas à chasser de sa rétine l'image du cabinet particulier tel qu'il se le représente, Sidonie demi-nue et sanglante, l'homme à la tête de boucher, l'agent enfin qui ne sait que faire et qui les emmène.

Il voudrait bien rentrer chez lui. S'il n'était pas ici avec l'argent de Gouin — l'argent du jambon! — et s'il n'en avait pas encore dans sa poche, il s'excuserait d'une façon quelconque et il s'en irait.

— Dites donc, mes enfants, j'ai l'impression que c'est le film que nous avons déjà vu en arrivant. Si on filait?

On file. De braves gens, qui doivent en avoir trop entendu, protestent par un murmure à leur passage. On est happé, encore chaud, par l'obscurité glacée, il faut un moment pour s'orienter, pour se souvenir qu'on est rue de la Régence, que la place Verte est à droite et la passerelle à gauche.

— Qu'est-ce que nous faisons maintenant?

Comme chez les Mamelin quand on discute des heures durant sur l'emploi du dimanche après-midi! On marche, sans savoir où on va, Gouin devant avec son amie, Roger avec Camille suspendue à son bras.

— Décidons de ce que nous faisons. Tu es sûre, toi, qu'on ne te laissera pas entrer rue Lulay?

— En tout cas, je n'essayerai pas. Allez-y si vous voulez.

— Et toi, Mamelin, qu'est-ce que tu proposes?

La vérité, Roger la soupçonne, c'est que son camarade n'a plus envie de rien, que sans doute les plaisirs pris dans l'obscurité du cinéma l'ont apaisé. Il a perdu sa joie bruyante de tout à l'heure. C'est sans conviction qu'il veut s'amuser, parce qu'il se l'est promis et qu'il l'a promis aux autres. Il n'est que six heures.

— Si on commençait par aller boire un verre?

Mais Roger répugne à se montrer dans un café en compagnie de son petit bas-cul mal habillé qui porte autour du cou un ahurissant boa aux plumes défraîchies.

C'est Jeanne, la grosse, qui le sauve en parlant bas à Gouin. Il n'entend pas ce qu'elle dit, mais il devine.

— Laisse-les donc aller de leur côté. Il n'est pas rigolo, ton ami! On ne pourra rien faire avec lui.

Du groupe, il n'y a sans doute que Gouin et Camille à envisager sans aucune gêne la partie à quatre projetée. Pour Roger, le récit de la soirée de la rue Lulay a suffi. Avec la meilleure volonté du monde, il n'aurait pas pu.

— Elle dit que vous avez peut-être envie de...

— Justement! D'ailleurs, il faut que je rentre de bonne heure. Mes parents m'attendent.

— A dimanche?

— A dimanche...

Ils ne précisent pas où ils se retrouveront. Cela vaut mieux. Ils se serrent les mains. Gouin questionne à mi-voix:

— Ça y est?

Roger fait oui, bien qu'ils sachent l'un comme l'autre que ce n'est pas vrai. Puis il revient sur ses pas et fourre dans la poche de son camarade les billets que celui-ci lui avait donnés.

— Qu'est-ce que tu fais?

— Rien... Bon amusement...

Camille le suit, accrochée à son bras, s'efforçant en vain de régler son pas sur le sien. Ils passent dans l'obscurité des rues comme les couples qu'il a tant enviés et, à cause de cela, l'idée lui vient, au moment de s'engager sur la passerelle d'entraîner sa compagne sur le quai désert et là, dans un coin bien noir, de la prendre tout à fait.

— Pourquoi t'arrêtes-tu?

Oui? Non? Il le fait? S'il la prend, il devra l'embrasser sur la bouche et cela le dégoûte. Il s'effraie aussi du froid, des gestes compliqués qu'il faudra accomplir. Et si, le lendemain, en plein jour, elle vient lui parler familièrement dans la rue et peut-être l'embrasser devant tout le monde? En outre, elle le racontera sûrement à Sidonie.

C'est non.

— Il faut que je rentre. On m'attend vraiment.

— Cela ne t'ennuie pas que je t'accompagne jusque devant chez toi? C'est mon chemin.

Rue Puits-en-Sock, il passe devant chez son grand-père, mais les volets sont baissés, tout est noir.

— On sent tout de suite que tu n'es pas du même genre que ton ami. Je parie que tu n'as pas dû sortir souvent avec lui.

— Pourquoi?

— Pour rien. Ils sont sûrement à l'hôtel. Jeanne était gênée, je m'en suis aperçue, bien que ce ne soit pas la première fois et qu'elle ait déjà fait ça devant moi. C'est toi qui la gênais.

Il feint de rire. Il est flatté.

— Je suis donc si impressionnant?

— Non. Mais, si on m'avait dit hier qu'on ferait des choses tous les deux, je n'aurais pas voulu le croire. Sidonie non plus.

— Tu le lui diras?

— Pas si tu me demandes de ne pas le dire.

— Alors, ne le dis pas.

— Tu es amoureux d'elle, hein?

Il ne répond pas.

— Avoue que tu en es amoureux. Tous les hommes sont amoureux de Sidonie. Je ne suis pas jalouse. Je vois bien la différence, va, et si tu voulais...

— Tu crois?

— Je suis sûre que vous vous entendriez. Tu veux que je lui parle?

Cette fois, il la serre contre lui sans avoir besoin d'un effort, il se penche, l'embrasse sur la joue.

— Tu penses que j'ai des chances?

— Tu sais que c'est la première fois que tu m'embrasses?

— Ah!

— Parce que je t'ai parlé de Sidonie. Viens jeudi au Carré.

— A quelle heure?

— Comme toujours, entre cinq et six heures. Je te ferai signe. Si j'allume plusieurs fois ma lampe de poche quand tu passeras près de nous, c'est oui...

— Et si c'est non?

— Puisque c'est oui d'avance!

Lui a-t-il seulement dit bonsoir? Il ne sait plus comment il l'a quittée, il est chez lui, il a retrouvé les quelques mètres cubes lumineux et chauds de la cuisine, chacun à sa place, figé, serti dans l'immobilité de l'atmosphère comme les habitants de Pompéi dans la lave, son père qui lit, assis sur une chaise renversée en arrière, Mlle Rinquet qui tricote et compte les points de ses lèvres qui remuent sans bruit, sa mère qui raccommode, le chignon penché.

Pour dire quelque chose, et bien que la table soit dressée pour le souper, il lance le traditionnel:

— On mange?

Et il sent pendant quelques instants les palpitations d'une vie immatérielle qui est celle de la maison, de celle-ci et de nulle autre, il perçoit comme le grignotement du temps — et ce n'est pas seulement le tic-tac du réveil posé sur la cheminée — le poêle a une respiration bien à lui, et la grosse bouilloire d'émail blanc avec un coup sur le bec en col de cygne; l'air l'enveloppe, le touche, il le sent comme une chose qui a sa densité propre, sa température, sa douceur, peut-être ses intentions, l'air se referme sur lui et l'enveloppe; des reflets ont trembloté comme des signaux, sur le bougeoir, sur une tasse à fleurs, sur le poêlon en cuivre rouge; c'est d'abord un peu angoissant quand on vient du dehors, puis Roger s'accorde tout doucement à ce rythme mystérieux et s'apaise.

4

— Et pour Monsieur Mamelin, plaisante Raoul, ce sera sans doute une coupe à la Titus?

— Je me le demande, répond sérieusement Roger en examinant dans la glace, au-dessus des flacons de lotions, son visage posé comme une tête postiche sur la molle pyramide du peignoir blanc.

Il y a douze ans que Raoul, qui est le coiffeur des Mamelin depuis qu'il existe des Mamelin rue Puits-en-Sock, lui coupe les cheveux. C'est lui qui a fait sauter d'un coup de ciseaux le toupet de bébé qu'Élise conserve religieusement dans du papier de soie, et, depuis cette lointaine époque, la sempiternelle plaisanterie se répète chaque quinzaine.

— A la Titus?

Or, voilà que Roger qui, lui, ne plaisante pas, qui n'a jamais plaisanté quand il s'agissait de ses cheveux, à qui il est arrivé de piquer des colères bleues dans le salon de coiffure pour quelques millimètres en trop peu, voilà que Roger a l'air d'hésiter, hésite vraiment, cache un instant le haut de son front avec deux mains comme pour juger de son aspect une fois tondu.

— Je me demande, Raoul, si ce ne serait pas le plus simple.

Raoul ressemble un peu à Désiré; il a la même barbiche de mousquetaire, mais en roux ardent, le front fuyant aux tempes dégarnies, les yeux malicieux dans un visage qu'il garde imperturbable cependant que du matin au soir il dévide le chapelet de ses plaisanteries. C'est un Désiré plus fade, dont on aurait étiré le visage en longueur.

D'un des multiples petits tiroirs dont Roger, enfant, a épié tant de fois les secrets, il a extrait une tondeuse qu'il fait virevolter dans sa main.

— Alors, c'est oui?

Roger réfléchit, hésite toujours, à peine ému. Que Raoul, le prenant au mot, commence l'opération et il le laissera faire. Déjà la tondeuse frôle sa nuque, il sent le contact froid du métal, mais c'est le coiffeur qui se dégonfle.

— Vous ne parlez pas sérieusement?

— Pourquoi pas?

Comment Raoul n'a-t-il pas remarqué que Roger, toujours soigné, a les ongles noirs et qu'il porte un vieux costume, une lavallière nouée à la diable et des souliers mal cirés? Au lieu de sa fine pipe de bruyère, il fume une de ces grosses pipes en imitation d'écume, à long tuyau de merisier, comme on en voit pendre sur la poitrine des vieux qui prennent le frais sur le pas des boutiques. Comme eux, il tasse la cendre en enfonçant son index dans le fourneau et tout à l'heure, en venant chez Raoul, il a acheté du tabac à priser dont il s'est bourré les narines avec ostentation en pleine rue.

On est à la mi-mars. Les vacances de Pâques viennent de commencer. La veille, sous une pluie battante de printemps, Roger est allé en sabots faire la queue au ravitaillement, un filet à provisions à la main. Élise n'en est pas encore revenue de sa surprise.

— Non, monsieur Mamelin. Je ne prends pas la responsabilité de vous tondre. Je n'ai pas envie de me faire arracher les yeux ni de vous voir éclater en sanglots. Parlons sérieusement. Comment dois-je vous les couper?

Roger, avec un sourire d'homme incompris, tire de petites bouffées voluptueuses de sa pipe.

— Comme vous voudrez, Raoul.

— La raie au milieu ou sur le côté?

— Pas de raie du tout. Laissez-les donc longs.

— A l'artiste?

Il se fera tondre plus tard, car il le fera un jour, il y a déjà plus d'une semaine qu'il y pense. C'est un moyen radical de se mettre une fois pour toutes au-dessus des mesquines vanités qu'il méprise.

Les gens ne devraient-ils pas comprendre, du premier coup d'œil, qu'il a changé du tout au tout? La preuve, c'est qu'il est heureux dans cette boutique qu'il haïssait autrefois, et qu'au lieu de chercher dans la glace le reflet d'un visage tendu, au regard lointain et dédaigneux, il donne à ses traits toute la bonhomie dont ils sont capables, se gonfle, voudrait être gras et tout en rondeurs comme un brave bourgeois du quartier.

Il y a, ce matin-là, un soleil très léger. Depuis que, les mains dans les poches, des livres sous le bras, Roger a franchi le pont d'Amercœur, il a l'impression de vivre au milieu d'un décor de théâtre. Ses yeux sourient à tous les spectacles, il s'est amusé, un peu plus tôt, à contempler une grosse fille qui lavait à pleins seaux d'eau claire les carreaux blancs d'une poissonnerie, puis il a regardé les poissons, les grondins épineux et roses, les raies blafardes, les soles distinguées, il s'est penché sur les barils de harengs alignés le long du trottoir pour en respirer la forte odeur.

La boutique de Raoul est encore plus décor de théâtre que le reste. Elle participe d'ailleurs déjà au théâtre dont on aperçoit le portique un peu plus loin dans la rue Surlet. La vitrine étroite, en fausse équerre, ne contient que des perruques. On cherche la porte sans la trouver dès l'abord, car elle est prise dans la maison voisine; le salon de coiffure est une sorte de réduit triangulaire, un mur est percé d'une ouverture qui contient un poêle et, par-dessus ce poêle, dans un réduit encore plus étroit et qui semble sans issue, on aperçoit le père de Raoul qui pique de longs cheveux filasses sur une tête de bois.

Raoul et son père sont les perruquiers et les maquilleurs en titre du pavillon de Flore, où l'opérette alterne avec le mélodrame. Les murs sont couverts de photographies dédicacées, on ne parle que barytons, basses chantantes et ténors légers, on évoque un monde invisible et pourtant présent, vêtu de costumes d'autrefois; il flotte comme une odeur de coulisses, de tournées, de becs-papillons et de feux de Bengale, les armoires vitrées sont bourrées de fards gras et les années ne se comptent pas comme ailleurs.

«C'était la saison où Mercœur a créé la «Veuve Joyeuse» au pavillon de Flore. Quelle voix! Quelle prestance! Quel abattage dans le duo! Depuis, je prétends que personne n'a joué Danilo. »

Par tous les temps, la porte reste ouverte, car autrement il n'y aurait ni assez d'air ni assez d'espace. On est dans la rue. La vie de la rue entre librement dans la boutique, les bruits, les voix, les odeurs, le soleil. Et les voisins viennent s'asseoir un petit moment comme dans un endroit public.

— Alors, Raoul, quoi de neuf?

— Tout est vieux, surtout nous, hélas!

— Tu pourras me prendre tout à l'heure pour la barbe? Je vais à l'enterrement.

— Narquet?

— On se demande comment ce garçon-là a pu partir si vite. Un homme qui, voilà quinze jours encore, pêchait à côté de moi au barrage des Grosses-Battes. A propos, ce matin j'ai aperçu le grand Henry qui allait à la pêche. Il ne prendra rien. Les eaux sont trop grosses.

Raoul les écoute en tirant doucement sur sa pipe. Il lui semble qu'il aspire ici la vie de tout le quartier, et ce quartier de la rue Puits-en-Sock, dont la rue Surlet, qui y débouche à angle aigu, n'est qu'une sorte de prolongement, il s'est mis soudainement à l'aimer.

Il voudrait, lui aussi, connaître chacun par son prénom, pouvoir dire comme Raoul et ses clients: « N'est-ce pas sa belle-sœur — si tu te souviens, la petite qui boitait un peu et qui était si chaude? — qui a filé avec le choriste aux dents gâtées un soir qu'on jouait la « Tour de Nesle »? Je la vois encore dans ce fauteuil, quand elle est venue se faire friser pour sa première communion. »

Roger souhaiterait les maisons encore plus étroites, plus de travers, coupées d'angles vertigineux, de couloirs biscornus, peuplées de coins et de recoins mystérieux, d'odeurs variant à chaque pas. Il aime les gens qui portent le costume de leur métier et qui s'interpellent de seuil à seuil, des gens qui sont nés dans la maison qu'ils habitent et qui se connaissent depuis toujours, qui, déjà vieux et grands-pères, se chamaillent encore comme quand ils étaient écoliers ou quand il servaient la messe à la paroisse.

Camille est morte. Elle est morte en janvier, dans la nuit du dimanche au lundi, vers le petit jour. Quelques heures avant, dans une loge du cinéma «Mondain», derrière Gouin et son amie, Roger fourrait encore les mains sous ses jupes.

Le lundi soir, alors qu'il ne pensait qu'au rendez-vous du jeudi et qu'aux signaux que Camille devait lui adresser avec sa lampe de poche pour le renseigner sur les intentions de Sidonie, Élise, s'adressant à l'inévitable Mlle Rinquet, s'est soudain lamentée :

— Comme si ce n'était pas assez de nos misères, voilà maintenant les épidémies qui commencent.

C'était en pleine époque noire, l'époque du Carré et des pérégrinations sans fin dans l'obscurité, à la poursuite de Dieu sait quel plaisir équivoque, une période où, pour Roger, tout était sombre et angoissant. Élise parlait en épluchant des rutabagas et Mlle Rinquet écoutait, noire comme les rues les plus noires.

— Rien qu'aujourd'hui, il y a eu trois cas de cholérine à Bressoux, entre autres une gamine qui est rentrée chez elle hier soir, bien portante et gaie, et qu'on a dû enterrer cet après-midi tant la décomposition était rapide. Il paraît que sa mère hurlait derrière le cercueil. C'est une pauvre femme qui fait des lessives.

Roger, le nez baissé sur son livre, a senti son sang se glacer.

— On m'a affirmé que, si les médecins parlent de cholérine pour ne pas effrayer la population, il s'agit bel et bien du choléra. Il paraît qu'on voit cela à chaque guerre. Pensez aux milliers et aux milliers de cadavres qui, sur les champs de bataille, restent des jours et des jours, parfois des semaines sans être enterrés !

Il est parvenu à questionner d'une voix blanche.

— Tu ne sais pas comment elle s'appelle?

— On m'a dit son nom ce matin au ravitaillement, mais je l'ai oublié. Sa mère travaillait notamment chez un de tes anciens camarades de Saint-André, le charcutier de la rue Dorchain. En voilà un qui ne se plaint pas de la guerre, mais j'espère bien qu'un jour ces gens-là devront rendre gorge. Quand on pense à tant de pauvres petits enfants qui n'ont rien à manger!

Roger a vécu huit jours dans la terreur, une terreur blanche, si l'on peut dire, une terreur rentrée. Il n'est pas allé au Carré. Il n'y est pas retourné une seule fois depuis! Il n'a pas revu Sidonie. Il a vécu seul, ne sachant où se mettre, se tassant dans n'importe quel coin avec un livre, des soirs et des soirs durant, des dimanches entiers. Au besoin, quand sa mère et Mlle Rinquet psalmodiaient en sourdine leurs lamentations, il s'enfonçait les doigts dans les oreilles et continuait farouchement sa lecture, ne sortant, en dehors du collège, que pour aller échanger ses livres rue Saint-Paul et à la bibliothèque des Chiroux.

Il a négligé sa toilette, il a pris goût au débraillé et il a envisagé de se faire tondre.

— Pourquoi ne t'installes-tu pas près du feu, Roger? Que vas-tu encore faire là-haut? Tu attraperas une bonne pleurésie, comme mon beau-frère Hubert, à rester dans une chambre glacée.

Il s'y enferme pourtant, s'enveloppe d'une robe de chambre que sa mère a taillée dans une vieille courtepointe à ramages roses. Il n'y a pas le gaz au premier étage. Il allume une bougie. Il a froid, ses doigts s'engourdissent, les engelures lui font mal. Il fume, arpente la chambre, contemple par la fenêtre, avec une émotion sans cause, l'obscurité humide du boulevard où passent des ombres et enfin, les paupières gonflées de larmes, il se met soudain à écrire.

Mélancolie du haut clocher
Si haut, si seul...

C'est le clocher de Saint-Nicolas, froid et dur, qu'il voyait du seuil de la rue de la Loi pendant des journées entières quand il était petit. Il voudrait le décrire, figé dans l'immensité cruelle d'une nuit de lune, le clocher qu'on croit raide d'orgueil et qui pourtant contemple avec envie, sans jamais pouvoir descendre jusqu'à eux, les toits des maisons basses blotties à ses pieds, tous ces toits d'ardoises ou de tuiles, plats ou pointus, bossus, branlants, plantés de cheminées qui fument, percés de lucarnes d'où s'exhale une pâle lumière, ces toits fraternellement adossés qui essayent encore de s'unir par-dessus les ruelles où coule de la vie, et qui s'empêchent les uns les autres de s'écrouler.

La maladie de Cécile s'est aggravée. Elle reste immobile du matin au soir, les pieds dans un baquet d'émail, car l'eau suinte sans cesse de ses jambe enflées.

Roger a pris l'habitude d'aller la voir. Il se rend tous les jours rue Puits-en-Sock. C'est lui qui porte à sa tante les livres qu'elle dévore dans sa solitude, et peu à peu une nouvelle vie a commencé, la démarche de Roger est devenue plus lente et plus grave, on l'a vu errer sans but et sans rancœur dans les petites rues, sous le fouillis de toits que domine le clocher de Saint-Nicolas.

Il était presque sincère quand Raoul a proposé de lui couper les cheveux à la Titus et qu'il a répondu :

— Pourquoi pas ?

C'est à peine s'il a ressenti une légère angoisse. Il aurait laissé faire. Il est satisfait, à présent, de sa coiffure à l'artiste. Il faut qu'il laisse pousser ses cheveux beaucoup plus longs. Tout ou rien. le crâne superbement rasé ou une tignasse en désordre qu'on secoue d'un mouvement de la tête et dans laquelle on passe ses doigts écartés.

— Je vous mets un peu de brillantine?

— Non.

— Je les mouille.

— Non.

Il les veut aussi hirsutes que possible. Il regrette de ne pas être venu en sabots, de n'être pas un apprenti dans une des échoppes moyenâgeuses du quartier.

— Merci, Raoul.

Il est content. Il jouit pleinement du rayon de soleil qui se joue dans les glaces, de toutes les images qui s'y bousculent en un chaos où on se retrouve à peine, où il ne s'y retrouvait pas du tout dans les plans et les arrière-plans quand il était petit; il caresse le gros fourneau lisse et tiède de sa pipe et, en se regardant une dernière fois dans le miroir, il essaie de se donner les allures bonasses d'un vieil artisan d'Outremeuse.

Il n'y a pas de transition entre la boutique et la rue, c'est la même vie qui continue, vulgaire, bruyante et bariolée, une vie au fort goût de peuple. Ses narines se dilatent, ses yeux s'ouvrent tout grands, il est sans répugnance, l'odeur même des eaux bleuâtres qui coulent dans le ruisseau lui paraît savoureuse.

Il n'a que quelques pas à faire pour atteindre la vitrine du libraire et, en tout autre temps, la seule vue de l'étalage lui aurait causé une réelle souffrance, c'est presque le comble du sordide et de la laideur. A cause, sans doute, de la proximité du marché aux puces, la rue Surlet prend des allures de bric-à-brac où voisinent les choses les plus inattendues.

Ainsi cette vitrine, où sont rangés des romans populaires à soixante-cinq centimes, fatigués, déchirés pour la plupart, culottés comme de vieilles pipes, et où l'on voit tout à côté des piles électriques parmi les chaussures d'occasion, des peignes en celluloïd et un hallucinant mannequin de couturière.

Sur le plancher sale du magasin traînent toujours trois

ou quatre marmots dont le plus jeune montre son derrière et que Roger a trouvé une fois tranquillement installé sur son pot à côté du comptoir. Une femme aux cheveux incolores, les bras couverts de mousse de savon, se montre un instant dans l'encadrement de la porte.

— Ah! c'est vous. Je vous laisse vous servir, n'est-ce pas?

Cette familiarité lui fait plaisir. Il est presque fier d'être là comme chez lui, de contourner le comptoir, de fouiller dans les rayons et de se pencher dans la vitrine. On entend des pas, des cris, des bordées de jurons à l'étage supérieur. La maison est pleine de marmaille et de femmes mal embouchées qui s'asticotent par les fenêtres ou à travers la zone neutre de l'escalier. Il n'existe pas d'entrée particulière et tout ce monde passe par la boutique. Roger y a vu une fois une fille au visage très maquillé, au luxe de pacotille, et cela a été une révélation pour lui de l'entendre crier dans la cage d'escalier:

— N'oublie pas mes chemises, m'an!

Ainsi, ces femmes, qu'il poursuit sans espoir au Carré, habitent des maisons cemme celle-ci, elles ont une mère, peut-être des petits frères et des petites sœurs, et personne n'en est gêné, on trouve naturel qu'elles aillent faire le trottoir quand l'heure est venue, comme les hommes se rendent à l'atelier.

Il feuillette les livres avant de fixer son choix. Les premiers jours, il a porté à Cécile les livres qu'il lit d'habitude, ceux qu'il emprunte à la bibliothèque communale ou au cabinet de lecture, reliés de toile noire, sentant la moisissure. Mais Cécile ne les finissait jamais.

— Cela ne m'amuse pas, Roger. Je suis peut-être sotte, mais je ne comprends pas quel plaisir on peut avoir à lire ça.

— Qu'est-ce que vous aimeriez, tante?

Elle n'a pour ainsi dire jamais lu. Elle n'en a pas eu le temps.

— Je ne sais pas, moi. Je me souviens d'un livre qu'on m'a prêté, il y a longtemps et qui était si passionnant. Je crois que cela s'intitulait «Chaste et Flétrie». Voilà des romans comme j'en voudrais.

Il en a été ému. C'est étrange de constater comme Cécile, depuis qu'elle est malade, est devenue petite fille. Elle parle d'une voix faible et monotone. Ses cheveux noirs tombent sur ses épaules et sur son dos. Elle ne ressent aucune gêne devant lui, il est arrivé que son corsage s'écarte et qu'il aperçoive un pauvre sein tout mou.

— Je suis maigre, hein? a-t-elle dit, sans honte, en surprenant son regard.

C'est pour elle qu'il a découvert cette boutique de la rue Surlet. La marchande, qui sait à peine lire, qui reconnaît surtout les livres d'après les couvertures, lui a appris comment on procède. Il faut d'abord payer le prix d'un livre neuf en manière de garantie, puis, à chaque fois qu'on vient l'échanger, verser vingt centimes.

Un jour, il a emporté deux livres au lieu d'un. Il y en avait un pour sa tante et un pour lui, car, à force de voir toute la série des Rocambole, sa curiosité s'était piquée.

Par crainte d'un sourire, il n'osait pas montrer ce livre à son père. Maintenant, il les lit tous, Désiré aussi. Malheureusement, on ne trouve jamais la série au complet.

— Le numéro 16 n'est pas encore rentré, madame Pissier?

— Celui qui a un vampire sur la couverture? Voilà bien dix fois qu'on me le demande, cette semaine. Si je savais quel est le cochon qui l'a emporté et qui le garde depuis plus d'un mois... Pourvu que ce ne soit pas quelqu'un qui est mort depuis!

Pour sa tante, il choisit, d'après le titre et l'image, une histoire sentimentale et très triste comme elle les aime.

— Je mets quarante centimes sur le comptoir. A demain, madame Pissier.

Il lit facilement un livre par jour, deux parfois quand il ne va pas au collège. il commence déjà à lire dans la rue, ne referme le bouquin qu'en pénétrant dans le couloir de chez son grand-père. Il traverse la cour. Il ne vient pas en visite comme autrefois. Il est un peu chez lui. Il salue Thérèse, la sœur de Marcel, qui s'est installée dans la maison pour garder les enfants et qui a des pommettes roses de poitrinaire.

— Tante va mieux?

— Toujours pareil. Elle a déjà demandé deux fois après toi.

Jamais, jadis, il n'allait plus loin que cette cuisine où on s'efface machinalement en passant près du coin où se tenait Vieux-Papa. Maintenant, il franchit la porte du fond et c'est tout le mystère de la rue Puits-en-Sock qu'il pénètre. Il se trouve d'abord dans un couloir sans air ni lumière, où il avance à tâtons. Il descend deux marches de pierre, sa main trouve une ficelle qui déclenche un mécanisme et le voilà dans la clarté d'une cuisine où règne une doucle odeur de bonbons.

Des bonbons, il y en a sur tous les meubles, sur la table couverte d'une toile cirée, sur le buffet, sur une commode, sur les chaises, car Roger n'est plus dans la maison Mamelin, mais chez les Gruyelle-Marquant, les confiseurs d'à côté. Par la fenêtre, il découvre une courette avec, au fond, l'atelier qui est la confiserie, et il sait qu'en contournant le mur sans fenêtres il pourrait se rendre chez les demoiselles Kreutz, les vieilles filles aux poupées, et même, beaucoup plus loin, atteindre le fournil du pâtissier dont la boutique est presque au bout de la rue.

En réalité, ce sont des petites rues du temps jadis, le nom de l'une d'elles est encore gravé dans la pierre. Il a existé tout un réseau de ruelles et d'impasses où les artisans avaient leur atelier et qui n'ont plus d'issue aujourd'hui, de sorte que les maisons de la rue Puits-en-Sock, aux façades distinctes, ont gardé, sur leur derrière, comme des rapports clandestins.

Cela lui fait plaisir aussi d'entrer dans la familiarité des choses, d'être là comme chez lui, de crier, pour que personne ne se dérange:

— C'est moi!

Il aurait pu entrer par le magasin où il se trouve à présent, mais il préfère ce détour par les coulisses. Son oncle Marcel est à ranger des factures derrière un comptoir. La vendeuse, qu'on appelle «Pipi», il n'a jamais osé demander pourquoi, sert une cliente, une revendeuse de la campagne qui a posé devant elle un énorme cabas de paille noire.

— Tante est là-haut?

Comme si la pauvre Cécile était encore capable de se promener! On lui répète:

— Elle a déjà demandé deux fois après toi.

Les deux maisons n'en font plus qu'une. Les Gruyelle-Marquant, aux premiers bruits de guerre, en 1914, se sont réfugiés en Hollande et ils y attendent la fin des hostilités. Le magasin est resté fermé plusieurs mois, puis, par un moyen détourné, par un passeur, comme on les appelle, Marcel Wasselin a reçu une lettre lui demandant s'il voulait gérer le commerce jusqu'au retour des propriétaires.

Pipi, qui était déjà dans la maison avant la guerre, est revenue. C'est une forte fille courte et cambrée, à la croupe drue, à la chair si dure qu'on ne peut pas la pincer. Ils s'entendent fort bien, Marcel et elle, car ils sont de la même race. Devant les gens, Wasselin lui donne des claques sonores sur les fesses, ou bien lui saisit les seins à pleines mains, et derrière, dans la cuisine encombrée de bonbons roses, entre deux clients, il la renverse tout bonnement sur un coin de table. Roger les a surpris. C'est tout juste s'ils ont paru gênés et son oncle, en se rajustant, s'est contenté de lui adresser un clin d'œil complice.

C'est ce même magasin, immense et profond, avec ses

deux vastes vitrines, qui était si impressionnant autrefois, surtout aux approches de la Saint-Nicolas, quand on pouvait à peine s'y faufiler tant il y avait de monde. Roger revoit encore M. Gruyelle, toujours un peu solennel, des favoris blancs encadrant un visage aussi rose que ses fondants, les mains derrière le dos, surveillant ses vendeuses ; il évoque les demoiselles Gruyelle-Marquant, dodues et fraîches, qui l'embrassaient en glissant deux ou trois dragées dans sa poche ou dans le creux de sa main.

A présent, Marcel Wasselin règne en maître avec Pipi, les rayons regorgent encore de sucreries et de chocolats de toutes sortes, le tiroir-caisse est bourré de billets qu'on y pousse n'importe comment, francs et marks mélangés, et là-haut Cécile est seule, les pieds dans son baquet, au milieu de la chambre des Gruyelle-Marquant.

Élise a soupiré quand on lui en a parlé :

— Mon Dieu, Désiré, ne trouves-tu pas que Marcel en prend trop à son aise ? Si M. Gruyelle, qui est si strict, savait ça ! Et il l'apprendra fatalement un jour.

— C'est son affaire, n'est-ce pas ?

— Je me demande comment il a pu confier une affaire comme la sienne, une maison si sérieuse, qui existe depuis plus de cent ans, à un Marcel. Vois-tu, on ne m'enlèvera pas de la tête que celui-ci profite, qu'il n'est pas très scrupuleux. Et ce n'est pas Pipi qui doit le gêner beaucoup. Tout cet argent qui leur passe par les mains, sans contrôle !

Roger jette un coup d'œil vers le dernier comptoir, celui du fond, qui est protégé, jusqu'à une certaine hauteur, par un treillage, car c'est là que sont exposés, dans les coupes de verre, les bonbons et les chocolats les plus fins.

Si, quand il redescendra, il n'y a personne dans le magasin, comme c'est souvent le cas, il passera vivement le bras par-dessus le treillage. Il a déjà choisi l'endroit exact, car il a un faible pour les grosses bouchées de chocolat enveloppées de papier doré, qui coûtent cinquante centimes la pièce.

Les autres s'en font-ils faute ? Sa mère n'a-t-elle pas dit elle-même que Marcel et Pipi n'étaient pas des gens scrupuleux ? Son oncle aurait-il pu, avec ce qu'il gagne comme gérant et avec la chapellerie où le grand-père Mamelin fait toute la besogne, offrir à ses enfants la Saint-Nicolas qu'il leur a offerte la dernière fois, entre autre choses une poupée grandeur nature comme on n'en voit pas dans les magasins et à laquelle on a mis — Élise en a été outrée — les cheveux de tante Madeleine, ceux qu'on lui a coupés solennellement quand elle est entrée en religion ?

Ce n'est pas pour le chocolat que vient Roger. C'est réellement pour sa tante. Il a plaisir à s'engager dans l'escalier en colimaçon qui s'amorce au beau milieu du magasin et qui se perd dans le plafond. Il pousse gaiement une porte qui lui est devenue familière.

— Salut, tante ! Alors ?

Et c'est encore une joie de découvrir la rue Puits-en-Sock d'un premier étage, surtout par un matin de soleil. Il s'assure que sa tante a caché ses jambes sous la couverture étalée sur ses genoux, car leur vue lui cause un malaise, elle ne paraît pas s'en rendre compte, elle les montre à tout le monde, à tout propos.

— Tu m'avais promis de venir de bonne heure.

— C'est que je suis allé chez le coiffeur. Figurez-vous, tante, que je voulais me faire couper les cheveux à ras et que Raoul a refusé.

— Comme tu es sot, Roger. Quand tu as la chance d'avoir de si beaux cheveux ! Assieds-toi.

Il n'est pas avec elle comme avec une tante. C'est une femme. Elle a trois enfants. Elle connaît la vie, et pourtant ils sont ensemble comme s'ils avaient le même âge et même, depuis qu'elle est malade, c'est elle la plus enfant, elle a l'air d'une petite fille et il est arrivé à Roger, par inadvertance, de la tutoyer.

— Comment allez-vous aujourd'hui ?

— C'est toujours pareil. Le docteur prétend que j'irai mieux quand viendra l'été, mais je me demande s'il y comprend quelque chose. La nuit, c'est au cœur que cela me prend. Je le lui ai dit et il affirme que je me fais des idées. Comme si maman n'était pas morte d'une maladie de cœur, elle qui ne s'était jamais plainte de sa vie !

— Le docteur a raison, tante. Vous pensez trop.

— Qu'est-ce que tu m'as apporté de beau à lire ? Thérèse est chez nous ? Les enfants ne sont pas trop turbulents ? Ce qu'ils doivent la fatiguer, elle qui n'a déjà pas trop de santé ! Sans compter qu'elle ne sait pas s'y prendre avec eux. Je n'ose rien lui dire, parce que c'est la sœur de Marcel et qu'elle fait ce qu'elle peut. Moi, quand ils viennent me voir et qu'ils sont là de dix minutes, je me sens lasse. Tiens, maintenant, rien que de parler...

— Ne parlez pas, tante. Vous savez bien qu'avec moi il n'y a pas à se gêner.

— C'est vrai que des hauteurs on entend à nouveau le canon ?

— On le dit. Cela dépend du vent.

— Si seulement la guerre pouvait finir ! Il me semble que je serais capable de me lever. Tu ne veux pas manger un raisin ? Si. Fais-moi le plaisir d'en manger quelques grains. Tout le monde m'en apporte et je ne sais qu'en faire. C'est Pipi qui les mange chaque fois qu'elle monte.

Roger a peur de laisser voir sa répugnance pour ces gros raisins de serre qui ont séjourné dans la chambre de la malade et que Cécile a touchés de ses mains moites, peut-être après avoir caressé ses jambes comme elle le fait souvent d'un mouvement machinal. Les portraits de M. et Mme Gruyelle-Marquant les regardent. En face, dans les maisons étroites, on voit des gens qui vont et viennent derrière les fenêtres, Cécile connaît la vie qui se déroule heure par heure dans tous les intérieurs, elle n'a qu'à tendre son bras maigre pour écarter les brise-bise, et les autres doivent l'observer de leur côté comme elle les observe. Cette promiscuité n'a-t-elle pas quelque chose de rassurant? Les visages deviennent familiers, la vie se prolonge.

— Qu'est-ce que tu regardes, Roger?

Il tressaille, elle s'en aperçoit et regarde à son tour une des fenêtres, sourit d'un sourire exempt d'ironie. Au-dessus de l'épicerie, à gauche du boulanger, habite une couturière qui vient de finir son ménage, comme chaque matin à cette heure-là, et qui vaque tranquillement à sa toilette. Elle est en jupon de dessous. Son corsage, d'un blanc cru, orné de minuscules festons, laisse à nu des épaules bien en chair; ses bras musclés, qu'elle tient haut levés pendant qu'elle arrange son chignon, font bomber sa poitrine, et ses lèvres, entre lesquelles on devine les épingles à cheveux, avancent en une moue leur bourrelet charnu.

— Tu n'as pas encore de bonne amie?

Il ne répond pas tout de suite, se fait prier.

— Tu peux tout me raconter, va. Ce n'est pas moi qui le dirai à ta mère.

— Surtout que ma mère fait des neuvaines pour que je reste pur jusqu'à mon mariage, comme elle dit. Elle le répète à tout le monde. L'autre jour, elle l'a dit à cette vieille chipie de Mlle Rinquet qui me déteste et qui déteste père presque autant que moi.

— Tu ne veux pas que la neuvaine soit exaucée?

Il baisse la tête et rougit, en proie à des sentiments compliqués. C'est malgré tout sa tante; justement parce que c'est sa tante, il éprouve plus de plaisir à lui parler de ces choses qu'à un camarade du collège, par exemple. C'est une femme. Et il a confiance en elle. Il est persuadé qu'elle lui gardera le secret.

— Tu ne réponds pas?

Il se contente d'un sourire mystérieux.

— Cela veut dire que c'est déjà fait? Dis, Roger?

Il bat des paupières en manière d'affirmation.

— Il y a longtemps?

— Oui.

— L'année dernière?

— Non.

— Encore plus longtemps?

— Il y a trois ans, à Embourg.

— Mais voyons, Roger, tu n'avais que douze ans et demi! Ce n'est pas possible.

— Je le jure.

— Mon Dieu! Et ta mère qui prie pour toi...

Il regrette déjà d'avoir parlé, car Cécile est devenue rêveuse. Quand elle fait allusion à Élise, on dirait qu'elle la plaint.

— Et maintenant?

— Cela dépend.

Il ne peut pas lui dire la vérité. Cette vérité-là, il ne peut l'avouer à personne, même à ses camarades, même à ceux qui en font autant.

— Tu prends tes précautions, au moins, Roger?

— Mais oui, tante.

Ce n'est pas vrai. Il n'a pris aucune précaution. Il ne sait même pas au juste ce que cela veut dire. Après le dimanche au cinéma «Mondain», un désir l'a hanté comme une idée fixe et si, pour revenir du collège, il a continué à se faufiler dans les petites rues, ce n'était pas pour gagner du temps, il faisait, au contraire, de longs détours afin de passer, le cœur battant, par ces ruelles où, derrière les rideaux de chaque maison, on voit une femme en chemise qui tricote ou qui fait du crochet.

Il savait que ces femmes qui, dans l'obscurité, le prenaient pour un homme, tapotaient la vitre à son passage en esquissant un sourire ou un geste obscène. Mais il était incapable de se retourner pour les voir, la puanteur de ces rues lui collait au corps, l'accompagnait longtemps alors qu'il s'enfuyait à pas précipités sans parvenir à calmer sa fièvre.

Il a découvert, un soir, une rue moins répugnante, près de la passerelle, une rue presque aussi décente en apparence que la rue de la Loi ou la rue Pasteur, des maisons propres, bien bâties, des femmes qui lui ont paru plus bourgeoises encore qu'installées pareillement à l'affût derrière leur rideau de guipure.

Il n'a osé se renseigner auprès de personne sur le prix qu'il aurait à payer. Un soir qu'il avait deux marks en poche, il est entré en trébuchant, les jambes lasses d'avoir fait au moins dix fois le tour du pâté de maisons. Il entendait couler entre ses quais de pierre la Meuse toute proche, et les planches de la passerelle résonner sous les pas.

Une main a refermé la porte à clef derrière lui, un rideau épais a été tiré sur le rideau transparent.

— Tu veux boire quelque chose ?

Il a fait signe que non. Au prix d'un effort douloureux, il est parvenu à prononcer, les oreilles si bourdonnantes qu'il ne reconnaissait pas sa propre voix :

— Je n'ai que deux marks. Est-ce assez ?

— Fais voir.

Elle a glissé les deux marks dans son bas noir, poussé une porte, versé de l'eau dans une cuvette de faïence, près d'un grand lit couvert d'une courtepointe, comme il y en a dans les chambres des locataires, la même exactement que jadis dans la chambre de M. Saft.

— Viens te laver. Qu'est-ce que tu as ? Viens donc.

Puis elle l'a regardé et elle a compris.

— Ah ! c'est ça...

Elle a cru que c'était la première fois et c'était presque vrai.

— N'aie pas peur. Viens.

Il est ressorti de la maison cinq minutes plus tard et il s'est précipité vers le quai où il s'est mis à marcher à grands pas en refrénant son envie de courir à toutes jambes.

Pourtant, il y retournera. Déjà deux ou trois fois, depuis lors, il est allé rôder dans la rue, la femme lui a fait signe, peut-être l'a-t-elle reconnu, mais il ne lui est plus arrivé d'avoir deux marks en poche et un soir — un lundi, il s'en souvient — son envie était si lancinante qu'il a failli entrer, tendre sa montre en balbutiant :

— Je n'ai pas d'argent sur moi, mais je vous laisserai ma montre.

Il n'a pas osé.

— C'est drôle, les garçons, murmure Cécile qui l'observe avec attention.

Et elle avoue, comme à une grande personne, comme si Roger n'était pas son neveu :

— Moi, ça ne m'a jamais fait plaisir. Pourtant, j'ai eu trois enfants. Pauvre Élise ! Quand je pense à ses neuvaines... A propos, j'allais oublier de te payer mon livre. Prends mon porte-monnaie sur la table, veux-tu ?

Elle lui donne les vingt centimes de la location. Puis, elle lui tend une pièce de cinquante centimes.

— Tiens, tu t'achèteras du tabac.

— Mais non, tante. Merci.

— Prends-les, voyons ! Je sais que le tabac est cher. Papa ose à peine fumer sa pipe et la laisse éteindre à chaque instant pour qu'elle dure plus longtemps.

Il accepte à regret, pour ne pas la froisser, car il n'aime pas que des questions d'argent interviennent entre Cécile et lui.

— Comment est-elle, ta bonne amie d'à présent ? Car je suppose que tu en as encore une ? Mais, dis-moi, comment fais-tu leur connaissance ? Tu les rencontres dans la rue !

— Oui.

— Et tu leur adresses la parole, comme ça, de but en blanc ?

Bien qu'il n'ait jamais osé le faire, il dit oui.

— Et elles t'écoutent ? C'est ce que je ne parviens pas à comprendre. Que des jeunes filles se laissent accoster par un homme qu'elles ne connaissent ni d'Ève ni d'Adam...

Elle a dit «un homme» et il éprouve le besoin d'affirmer :

— Elles sont même bien contentes.

— Et elles se laissent faire?

— Pas toutes. La plupart.

— Le même jour?

— Cela dépend.

— Quand je pense que j'ai vécu si longtemps sans me douter de tout ça! Ta mère aussi, je parie, comme je la connais. Fais quand même attention, Roger.

— Mais oui, tante.

— Tu comprends ce que je veux dire?

Elle fait allusion aux maladies qu'on risque d'attraper.

— Oui, je sais.

— Tu t'en vas déjà?

— J'ai promis à mère d'aller chercher le pain au ravitaillement.

— On fait toujours la queue aussi longtemps? Je ne sais plus rien de ce qui se passe dehors.

— On attend une petite heure, parfois plus. J'emporte toujours un livre. Au revoir, tante. A demain. Si votre roman ne vous amuse pas, j'irai vous en chercher un autre.

Il sent confusément que c'est une matinée qui compte, mais il ne sait pas encore pourquoi. Il est plus attentif aux détails, comme s'il pressentait que plus tard il éprouvera le besoin de les évoquer.

Le fauteuil dans lequel Cécile est assise, c'est le fauteuil de Vieux-Papa qu'on a apporté de chez Mamelin. Le papier peint des murs est d'un bleu passé. Au milieu de chaque brise-bise, il y a une cigogne au crochet. Sur le vieux plancher, on a étendu une couche de peinture rougeâtre qu'on a cirée ensuite et sur laquelle sont posées trois petites carpettes grises. Le boulanger, en face, se tient sur le seuil de sa porte, tout enfariné, les mains aux hanches, du soleil dans ses cheveux, et Roger attend qu'il rentre dans sa boutique, car il n'a pas oublié les chocolats qu'il veut chiper au passage et il craint d'être vu à travers la rue.

Il y a longtemps que la sonnerie du magasin n'a pas résonné. Il y a donc des chances pour qu'il ne rencontre personne en bas. C'est l'heure où Marcel doit être occupé à la cuisine.

— Alors, c'est entendu. A demain, tante.

— A demain, Roger. Ne viens pas trop tard. Si tu savais comme je m'ennuie, toute seule ! A propos, en passant, dis à Thérèse de me monter mon bouillon. Qu'elle fasse attention, si elle laisse les enfants seuls dans la cuisine, qu'il n y ait rien sur le feu qu'ils puissent renverser. Cela me fait toujours peur !

Voilà. La porte est refermée. Il descend l'escalier en faisant le moins de bruit possible, découvre peu à peu toute l'étendue du magasin. Le boulanger d'en face a dû regagner son fournil, les passants ne s'occupent pas de Roger, celui-ci va se diriger vers le treillage aux bouchées de chocolat quand son regard tombe sur le tiroir entrouvert, bourré de billets en désordre.

Il y a trop peu de temps qu'il a évoqué l'image trouble de certaine fenêtre et d'un rideau qu'une main écarte, d'une femme qui attend, cette image lui saute à l'esprit, une chaleur cuisante l'envahit, il fait rapidement quelques pas, se penche par-dessus le comptoir et plonge dans les billets une main qu'il enfouit aussitôt au plus profond de sa poche.

Tout rouge, les yeux luisants, il se dirige vers la cuisine aux bonbons, tressaille, car Pipi est là, immobile, silencieuse, il reste un moment à se ressaisir, sans comprendre tout de suite qu'elle lui tourne le dos et que, mouillant un crayon de sa salive, elle est trop absorbée par la lettre dont elle ne trouve pas la suite pour s'être aperçue de quoi que ce soit.

A peine a-t-elle la notion de sa présence, elle le regarde sans le voir, murmure d'une voix lointaine :

— Vous partez ?

— Il faut que j'aille chercher le pain au ravitaillement.

Pourquoi s'attarde-t-il dans la cuisine où il n'a rien à faire ?

— Je m'en vais. Oui, il est temps.

— Votre tante n'a besoin de rien ?

— Non ! Si. J'ai une commission pour Thérèse.

Il est parvenu à s'arracher enfin, il passe côté Mamelin, où l'eau chante dans la bouilloire et où les enfants se traînent par terre. Si Cécile les voyait !

— Tante demande qu'on lui monte son bouillon.

Il emporte le souvenir des taches multicolores que le soleil met un peu partout après avoir traversé les faux vitraux, de la silhouette appliquée de son grand-père qu'il aperçoit, de la cour, penché sur des formes de feutre dans l'arrière-boutique. Il n'a pas le courage d'aller l'embrasser. Il court, s'écarte brusquement d'un tram qu'il n'avait pas entendu et se heurte à Marcel Wasselin qui sort du café du coin en s'essuyant les moustaches. Il dit, sans savoir :

— Je suis en retard.

Il a l'impression que son oncle se retourne sur lui, il va toujours, pris de vertige, ce n'est que passé le Pont d'Amercœur, à cent mètres de l'école où se fait la distribution de pain, qu'il s'arrête enfin, les jambes tremblantes, sort de sa poche une main crispée, depuis le magasin des Gruyelle-Marquant, sur les billets que la sueur a ramollis.

Il y en a trois, deux petites coupures d'un mark comme il l'avait décidé, mais aussi un gros billet de cinquante marks qu'il contemple avec effroi, qu'il ne sait où mettre, où cacher, dont le souvenir ne cesse de le hanter pendant qu'il fait la queue parmi les ménagères en essayant vainement de s'intéresser à Rocambole.

Longtemps, ce jour-là, il va et vient dans la maison comme s'il cherchait un objet introuvable. A quatre heures enfin, Élise va acheter des légumes dans le quartier, l'inévitable Mlle Rinquet reste comme une méchante araignée noire dans la cuisine, il s'enferme dans sa chambre, monte sur une chaise, retire une des boules en bois tourné qui garnissent les coins de sa garde-robe.

Ces boules se fixent par des chevilles et c'est autour d'une de celles-ci que Roger enroule soigneusement son billet avant de l'enfoncer dans son trou.

C'est fini. Il respire. Il se jure de ne jamais y toucher. Peut-être même ne se servira-t-il pas des deux marks qu'il a cachés, pliés menu, au fond de sa blague à tabac. Oui, il se promet de ne pas les utiliser, de les donner à un pauvre, par exemple, mais il n'est pas encore sûr de le faire.

Il descend, chausse ses sabots et, sans pénétrer dans la cuisine où la vieille chipie est incrustée, il s'en va, les mains dans les poches. Il ne sait pas où il va. Il se dirige vers Bressoux à travers un quartier de petites gens, longe des maisons pauvres. Des enfants jouent sur les seuils et sur les trottoirs, des tombereaux ont l'air de vouloir moudre le pavé de leurs roues ferrées, il fait sale, tout est morne, le soleil décline déjà, on voit passer lentement de gros nuages blancs qui vont finir par envahir le ciel ; l'herbe, le long des terrains vagues, est d'un vert terne, une chèvre broute et s'interrompt parfois pour bêler, attachée à une palissade ; une femme crie après son fils ; il y a des hangars, des écuries, des ateliers où l'on cloue ; des poules et des coqs picorent dans les cours ; c'est un quartier de transition entre la ville et la campagne ; peut-être Roger ira-t-il ainsi, de son pas lourd et lent, les mains dans les poches, entendre le salut dans la crypte du Bouhay, où des pères ont édifié une grotte à l'imitation de Lourdes.

Il tasse du doigt les cendres de sa pipe, crache comme les gens du peuple, traîne ses sabots comme eux et, sous le ciel qui pâlit toujours, il regarde avec dégoût le monde sans joie qui l'entoure et qu'il sent à son image.

5

Il n'y en a plus pour une demi-minute avant que la cloche, en sonnant neuf heures et demie, ne donne le signal du changement de cours. Les briques, ce matin, dans la cour démesurée, sont d'un rose tendre sous le soleil ; le surveillant, un bras levé, balance déjà la chaîne sur laquelle il va tirer par saccades. Roger le voit, referme sa grammaise allemande d'un geste si sec, sans le vouloir, que cela fait dans la classe comme un bruit de claquettes.

Alors, sans une seconde de transition, comme s'il guettait depuis longtemps cette occasion, le professeur d'allemand laisse en suspens la phrase commencée pour prononcer :

— Monsieur Mamelin, vous me conjuguerez deux fois les verbes séparables et inséparables.

Les élèves se retournent sur Roger qui sourit dans un rayon de soleil. Tout le monde voit ainsi son nouveau costume et Neef-le-paysan s'efforce d'exprimer son admiration par de grands gestes maladroits qui pourraient lui coûter cher.

— Que dites-vous, monsieur Mamelin ?

— Je ne dis rien, monsieur.

— Dans ce cas, vous...

La cloche s'ébranle, déclenchant dans toutes les classes un brouhaha familier, des portes s'ouvrent, les professeurs passent d'une classe dans l'autre. L'air sent le printemps. On est saturé de printemps. On en porte l'odeur avec soi, en soi. Et c'est dans cette atmosphère capiteuse que le professeur d'allemand, continuant de parler, comme par la force acquise, rassemble ses livres, ses cahiers, avec des gestes d'automate, des roulements d'yeux furibonds, décroche son chapeau melon qu'il va — Roger attend ce geste rituel — essuyer d'un revers de manche avant de le poser sur le devant de son crâne.

— ... me les conjuguerez quatre fois.

Ce n'est pas un père jésuite. C'est un laïc. C'est un pauvre homme, un si pauvre homme qu'il éprouve le besoin de jouer les croquemitaines pour s'illusionner. Mamelin est le seul à l'avoir compris. Il ne l'a jamais rencontré en dehors du collège, mais il est certain qu'il habite une maison étriquée dans le genre de celle de la rue de la Loi, qu'il a une femme qui se plaint des reins, les jours de lessive, et que ronge la peur de rester veuve sans ressources et sans pension.

Comme il porte un nom compliqué, Roger l'a baptisé J.P.G., car il signe de ces initiales les compositions qu'il corrige à l'encre rouge, sauf celles de Mamelin qu'il ne se donne pas la peine de lire et sur lesquelles il se contente de tracer une croix vengeresse en travers des pages.

Combien les Jésuites peuvent-il le payer? Guère davantage, sans doute, que ce que M. Monnoyeur donne à Désiré. Il ne se sent jamais à son aise dans le vaste collège de la rue Saint-Gilles, il doit avoir l'impression d'entendre sur son passage un murmure dédaigneux (c'est pour cela qu'il a adopté une démarche aussi raide):

— C'est J.P.G., un pauvre type de professeur d'allemand qui crevait de faim avant que les pères n'aillent le chercher!

Il s'habille tout en noir, sans une tache de couleur, avec un faux col trop haut qui l'empêche de tourner la tête. Il a toujours l'air de revenir d'une noce ou d'un enterrement, plutôt d'un enterrement. Il cire ses moustaches noires et les redresse farouchement en deux crocs rigides, roule de manière féroce ses gros yeux sombres et globuleux dans un visage de cire.

Tous les élèves en ont peur, sauf Roger qui ne le prend pas au sérieux, qui s'amuse de ses gesticulations saccadées d'automate et qui, indifférent à la leçon, sourit à ses pensées.

On croit qu'ils se détestent, le professeur et lui. Bon élève en général, premier dans certaines branches, comme la composition française, Roger est le dernier en allemand, tellement loin en arrière des autres qu'il ne se donne plus la peine d'étudier. Il ne s'occupe que des faits et gestes de J.P.G., qu'il épie comme il épierait un scarabée.

Le professeur s'en est aperçu et souffre, en poussant la porte de la classe, de sentir cette curiosité qu'il croit ironique. Il ne rougit pas, parce qu'il n'a pas de sang sous la peau, mais il se trouble et promène sur les élèves un dur regard qui n'ose pas s'appesantir sur Mamelin.

— Il est toujours entendu que ceux que la leçon n'intéresse pas, répète-t-il souvent à sa seule intention, ne m'intéressent pas non plus. Je les prie seulement de conserver une attitude décente, ce qui est le minimum que je puisse exiger d'eux.

Est-il possible qu'il sente que Roger a tout découvert, les fines crevasses de ses chaussures qu'il noircit avec de l'encre, le bord élimé des manches, toutes ces misères honteuses que le gamin connaît si bien, et aussi la terreur qu'inspirent au professeur ces jeunes gens élégants et bien nourris dont les parents sont des gens influents et qui pourraient lui faire perdre sa place?

Ils sont les deux seuls, dans la classe, le professeur et l'élève, à appartenir au même milieu, à en souffrir, et, au lieu d'avoir pitié l'un de l'autre, ils se hérissent, comme furieux de retrouver chez autrui leur propre image, ils se sont pris en grippe dès le premier contact et ils se livrent une guerre acharnée.

Qui sait? C'est peut-être en partie à cause de J.P.G. que Roger s'intéresse de moins en moins à ses études? Dernier en allemand, il s'est familiarisé avec ce genre de honte, le titre de mauvais élève ne l'impressionne plus, il n'a fait aucun effort, les derniers mois, pour s'assimiler la trigonométrie et il se contente de copier sur un voisin ses devoirs d'algèbre.

Qu'importent les verbes à conjuguer quatre fois ? Il a de l'argent en poche. Il lui suffira, en sortant du collège, à midi, d'entrer dans la boutique du papetier de la rue Saint-Gilles, et un minable père de famille lui fera ses verbes pour cinq ou six francs.

Le père Renchon est entré dans la classe à son tour, mince et doux, les cheveux roux, le visage marqué de petite vérole. Ses yeux, d'un bleu-violet, ne vont pas tarder à se poser sur Roger, celui-ci le sait et l'impatience s'empare de lui, il a peur de ce premier regard du Jésuite, comme J.P.G. a peur du sien, il voudrait que ce contact eût déjà eu lieu pour en être quitte.

Ce n'est pas une journée ordinaire que ce premier jeudi après les vacances de Pâques. La rentrée, pour tout le monde, a eu lieu le lundi, pour Roger aussi en apparence, mais pour lui ce n'était pas la vraie rentrée, il s'est efforcé de passer inaperçu ; ces journées d'attente ne comptaient pas, il aurait voulu les vivre invisible jusqu'à ce matin de jeudi où, enfin, il est entré la tête haute au collège en s'efforçant en vain de contenir le frémissement orgueilleux de ses lèvres.

Des élèves ont feint de ne pas s'apercevoir de la transformation qui s'est opérée en lui, l'ont regardé à la dérobée, puis se sont plongés dans leurs cahiers, mais un Neef (Neef-le-paysan, bien sûr) ne s'y est pas trompé et, pendant toute la classe d'allemand, s'est efforcé de faire comprendre à Mamelin ses gestes et ses mimiques enthousiastes.

J.P.G. a tressailli aussi. Il n'a rien dû comprendre au miracle car ce n'est pas le costume seul qui a changé. Du jour au lendemain, Mamelin s'est transfiguré, est devenu semblable aux autres dans les moindres détails de sa toilette, ou plutôt il est un peu au-dessus des autres, d'une élégance plus appuyée, de sorte qu'il est impossible de ne pas le remarquer.

Pour la première fois, tout comme les élèves les plus âgés, il porte de longs pantalons. Son costume est beige, d'un beige délicat ; on le sent d'une laine anglaise souple et moelleuse. Ses chaussures jaunes sont éblouissantes, fines et pointues, avec des talons qui martèlent sèchement le pavé. Il porte une cravate en gros tricot de soie rouge et un mouchoir immaculé, à son chiffre, jaillit de sa poche. Ses cheveux, séparés par une raie, sont luisants de brillantine et on jurerait — sans d'ailleurs se tromper — qu'il a passé ses ongles au vernis rose.

Pourquoi, alors que le soleil lui-même sourit à un Mamelin transfiguré, J.P.G. a-t-il esquissé une moue où il a voulu mettre du dégoût ? Pour se venger de cette moue, Roger, pendant tout son cours, a fixé sur le professeur un regard provocant qui s'arrêtait avec insistance sur les manchettes en celluloïd, sur les bords effrangés des manches, sur les chaussures éculées.

Il attendait la riposte, il savait qu'elle viendrait, il aurait été déçu si, négligeant le prétexte d'une grammaire refermée quelques secondes avant le coup de cloche qu'on sentait dans l'air, J.P.G. n'avait enfin laissé jaillir sa rancune.

— *Monsieur Mamelin, vous me conjuguerez deux fois les verbes séparables et inséparables.*

Rien que la façon de prononcer le «monsieur», en articulant ce mot avec une lourde ironie, sentait la vengeance !

Le père Renchon, lui, sera sans mépris, car il aime Roger. Si l'un n'était pas un Jésuite de trente-deux ans et l'autre un élève de quinze ans et demi, ils seraient sans doute des amis. Oui, le père Renchon aurait pu être l'ami

519

que Roger n'a jamais eu, qu'il n'aura sans doute jamais. Il arrive qu'en classe leurs regards se cherchent, restent un instant en suspens comme s'ils tentaient l'un et l'autre quelque impossible échange.

— Nous allons, si vous le voulez bien, continuer à étudier l'influence de Lamartine et celle de Victor Hugo sur le mouvement romantique.

Le père Renchon va se tourner vers lui, c'est fatal. Car les cours de littérature sont le plus souvent une sorte de controverse entre le professeur et Mamelin. Lamartine et Hugo ont déjà servi de prétexte à une discussion ardente, le père tenant pour l'élégance et la pureté du premier, Mamelin pour la puissance passionnée du second. Chacun à la veille du cours, prépare ses arguments, fourbit les armes qu'il brandira.

Mais voilà que Roger attend avec crainte ce regard qui lui parvient enfin à travers la classe. Il a envie de se détourner, il ne peut pas, il lève la tête, il donnerait gros, il donnerait peut-être ses souliers jaunes, qu'il a eu tant de mal à obtenir, pour que ce qu'il redoute ne se produise pas.

Cela se produit, presque exactement comme il l'a prévu. D'abord, c'est un sourire amusé, c'est plutôt une gaieté furtive qui passe dans les prunelles claires du Jésuite à la vue du nouveau Mamelin. Celui-ci a-t-il vraiment trop plaqué ses cheveux sur son crâne, comme sa mère l'a prétendu ? Peut-on, de si loin, s'apercevoir qu'il a mis un soupçon de poudre de riz sur ses joues ? Une ombre succède au sourire, le père Renchon devient songeur, le voilà triste, non, plutôt découragé. C'est déjà passé. Personne, sauf Roger, ne s'en est aperçu, mais on dirait, quand il ouvre le livre posé devant lui, qu'il sait que sa voix, aujourd'hui, n'aura pas d'écho.

— Dites-nous donc, monsieur Chabot, ce que vous pensez de la bataille d'Hernani.

Ce n'est pas une injure, ce n'est pas une opinion, c'est

pis que cela. Chabot-le-diplomate, comme Roger l'appelle, un grand garçon racé, au fin visage, à la courtoisie raffinée, est le seul élève de troisième que l'on puisse opposer à Mamelin en littérature. C'est d'ailleurs le sujet le plus brillant de la classe et il tient ce rôle avec une élégante discrétion; timide, il semble s'excuser de ses succès qu'il accueille avec nonchalance.

Pourquoi, alors que c'était à Roger de parler de Victor Hugo, et surtout de la tumultueuse bataille d'Hernani, le père Renchon s'est-il adressé à son rival? Chabot, qui ne s'y attendait pas, rougit, se tourne vers Mamelin comme pour s'excuser, cherche ses idées et ses mots.

Eh bien! cela vaut mieux ainsi. D'ailleurs, Roger n'a rien préparé: au lieu d'employer ses vacances de Pâques à étudier les romantiques, il a dévoré toute la série des Rocambole. Il n'écoute pas ce que dit son camarade. Un sourire de défi aux lèvres, il pense à autre chose, ostensiblement, contemple par la fenêtre, ouverte pour la première fois de l'année, une femme qui repasse des langes d'enfant dans une chambre lointaine.

Cette femme du peuple lui rappelle la couturière qui faisait sa toilette rue Puits-en-Sock, en face de chez Gruyelle-Marquant, et sa tante Cécile aux pieds dans un baquet d'émail. Il lui monte à la tête comme des bouffées rances, honteuses, répugnantes, il se souvient d'un Mamelin en sabots de bois, à la tignasse hirsute, aux ongles noirs, qui fumait une pipe juteuse de vieux retraité et s'acheminait, les mains dans les poches, à travers les quartiers miteux, vers la crypte du Bouhay.

Ses traits se durcissent, ses lèvres deviennent plus minces, ses yeux se font minuscules, ne sont plus que des points brillants entre les paupières, comme ceux de son oncle Louis de Tongres, et ses doigts se crispent dans leur désir inconscient de broyer quelque chose.

Est-ce ainsi qu'ils ont passé leurs vacances de Pâques, ceux qui l'entourent? Il ne s'occupe pas de quelques paysans, comme Neef, qui ne comptent pas, qui débarquent le matin de leur tram et repartent le soir sans avoir rien compris, rien cherché à comprendre d'un monde où personne ne s'est seulement aperçu de leur présence. Ceux-là, têtus, obstinés, pâles d'un effort trop grand pour leur cervelle frustre, vivent, sourds, aveugles et muets, dans une sorte de tunnel au bout duquel les attend le diplôme convoité.

Qu'importe qu'ils soient mal habillés, qu'ils sentent l'étable, que leur haleine empeste le saucisson qu'ils apportent, avec leurs tartines de gros pain, dans une toile cirée ? Souffrent-ils, à la récréation ou à la sortie, de ne faire partie d'aucun groupe ?

Mais les autres, tous ceux qui, comme Chabot, habitent de grandes maisons à cuisine-cave et à escalier intérieur de marbre, dans le quartier de Fragnée, avec des bonnes au tablier amidonné ? Est-ce que, la veille encore, ils devaient subir une scène ignoble avec une Élise déchaînée pour obtenir enfin les deux cents francs de ces souliers sans lesquels le costume n'aurait pas fait d'effet ?

C'est tous les jours, depuis qu'ils sont nés, qu'ils sont bien lavés, bien habillés, qu'ils mangent à leur faim malgré la guerre, et rien ne les oblige à aller, rue Surlet, échanger les romans écœurants d'une tante Cécile pour avoir accès ensuite, après Dieu sait quelles mortelles angoisses, au tiroir-caisse des Gruyelle-Marquant.

J.P.G. n'a jamais rien compris aux regards de Roger. Ou alors, il a peut-être compris, il y a lu une pitié dont il ne veut pas et sa fierté le fait se révolter contre elle.

Le père Renchon a compris et il est triste, déçu. C'est au tour de Roger d'avoir honte, de se hérisser contre cette honte, de se raidir et de protester rageusement.

Voilà. Aujourd'hui, il *leur* ressemble. Il est aussi bien habillé que Chabot, que Leclerc, que Neef-le-Château, que le gros Lourtie dont le père est le plus important brasseur de la ville et qui est si bête qu'à dix-neuf ans, déjà obèse, il est assis sur les bancs, trop petits pour lui, de troisième.

Tout à l'heure, au lieu de filer droit vers le quartier d'Outremeuse en rasant les maisons et en empruntant les ruelles, Roger s'arrêtera avec eux chez Mariette pour manger des glaces. Il y a trois ans qu'il en a envie, qu'il passe en détournant la tête devant la confiserie que la fraîche Mariette a ouverte à deux cents mètres du collège, une boutique si blanche, si luisante de propreté, si parfumée que l'eau vous en vient à la bouche, surtout quand on voit une bande de camarades franchir le seuil en se bousculant.

Que lui importent Hugo et Lamartine, Théophile Gautier et son gilet rouge ? Il n'y en a qu'un qui l'intéresse dans cette bataille d'Hernani, Dumas, pauvre et inconnu, gratte-papier dans un bureau où on l'a accueilli par charité, qui a fait la queue pendant de longues heures pour décrocher une place debout tout au fond du théâtre.

Est-ce que Dumas ne regardait pas la foule autour de lui du même œil que Roger regarde aujourd'hui ses camarades, et sa main, à son insu, ne se crispait-elle pas aussi sur une proie invisible ?

Qu'est-ce que le père Renchon attend de lui ? Pourquoi semble-t-il l'interroger en silence ? Espère-t-il qu'il va lever la main pour interrompre le récit monotone et trop châtié de Chabot ?

Que vient faire le père Van Bambeek dans la galerie ? Il s'est arrêté. A travers les vitres de la porte, il regarde dans la classe avec l'air d'attendre quelqu'un. Chabot, qui l'a enfin aperçu, se dirige vers le père Renchon, lui parle à voix basse et va rejoindre le préfet de discipline.

Mais il ne s'agit pas entre eux de discipline, car les choses ne se passeraient pas ainsi. C'est une rencontre entre hommes. Roger le sait, et cela aussi le met en fureur, car on ne lui parle jamais de la sorte, surtout le préfet.

Leur seule entrevue, qui a été brève, a laissé chez

Mamelin un souvenir si cuisant que le rouge lui monte aux oreilles. C'était pendant la récréation, par une belle journée comme aujourd'hui. Roger courait. Une voix sèche l'a arrêté net dans son élan.

— Monsieur Mamelin.

Il s'est approché du père Van Bambeek en reprenant son souffle et en se demandant quelle faute il avait commise, et celui-ci, haut de deux mètres, bombant le torse comme un athlète de foire, est resté un bon moment sans le regarder, a paru enfin se souvenir de sa présence. Sa main s'est tendue, deux doigts ont saisi dans la poche de Roger la pipe dont le tuyau dépassait, l'en ont tirée à moitié, puis l'y ont remise.

Rien d'autre. Pas un mot. Un imperceptible haussement d'épaules, mais un air de mépris si total...

— Allez! Je vous en prie.

Pas même une punition. Maintenant, avec Chabot, ils s'entretiennent du frère aîné de ce dernier, à qui les Jésuites ont fait passer la frontière pour rejoindre l'armée par la Hollande et l'Angleterre. Roger n'a pas de frère au front, ni, comme Neef-le-Château, de parents qui président des œuvres de bienfaisance. Il n'est rien. Il n'intéresse pas le père Van Bambeek qui lui abandonne dédaigneusement sa pipe.

— Vous n'avez rien à dire sur le sujet, monsieur Mamelin?

— Non, père.

— Je pense qu'il est superflu de demander à M. Stievens ce qu'il pense de la question?

C'est autour de Roger de manifester son ironie et celle-ci atteint son but, amène du rose aux joues du professeur, car il est par trop facile de faire rire une classe par de tels procédés, de s'en prendre à l'élève le plus borné, qui, d'ailleurs, a depuis longtemps conscience du rôle d'amuseur qu'on lui fait jouer et qui, complaisamment, se montre plus bête que nature.

En voilà un avec qui Roger pourrait sortir cet après-midi. Car c'est à cela qu'il pense depuis le matin, depuis plusieurs jours, exactement depuis qu'il possède son nouveau complet. C'est un costume de son cousin Jacques Schroefs. Celui-ci, comme le frère de Chabot, a franchi la frontière, à travers les barbelés et les fils électriques, dès qu'il a atteint ses dix-huit ans, afin d'aller s'engager dans l'armée.

— Tu vois, Roger, que tu as toujours de mauvaises pensées et que tu te fais une idée fausse des gens. Tu as eu tort de prétendre que Hubert Schroefs n'a pas de cœur. Il a dit oui tout de suite quand ma sœur Marthe a proposé de te donner deux costumes de son fils.

C'est en vain que sa mère a essayé de lui arracher un mot de reconnaissance.

— S'il compte que je vais lui faire des bassesses, il se trompe.

— Il ne s'agit pas de bassesses, Roger. Il me semble que tu peux tout au moins aller le remercier. Des costumes à peu près neufs, qui ont été fait sur mesure chez Roskam.

— Pas sur mes mesures à moi, en tout cas !

Il y a eu une scène. Élise a pleuré, de fil en aiguille elle a rappelé à son fils tous ses chagrins passés, y compris la sempiternelle histoire de sa première communion, quand il avait sept ans et qu'il s'est obstiné à ne pas demander pardon à sa mère.

Rien n'est plus affreux que ces scènes-là, dans l'étroite cuisine surchauffée où ils ont l'air de s'entrechoquer, le sang à la tête, les yeux brillants. Le plus souvent, Roger parvient pendant un certain temps à se contenir, il se jure de rester calme, mais bientôt ils sont tous les deux comme des fous, ils deviennent vraiment fous, ils auraient honte d'eux s'ils pouvaient se voir ainsi déchaînés, incapables du moindre contrôle, et après, les nerfs endoloris, la tête vide, ils cherchent en vain à oublier les choses qu'ils ont dites, les paroles démesurées qu'ils ont prononcées.

Roger sait que sa mère déteste Schroefs presque autant que lui. Il n'ignore pas non plus par quel miracle elle a décroché enfin ces fameux complets dont on parle depuis longtemps sans espoir, Schroefs restant sourd à toutes les allusions de sa belle-sœur. N'est-ce pas Élise qui disait encore quelques jours plus tôt :

— Cet homme-là laisserait crever un chien de faim devant sa porte, et peut-être que, si c'était un pauvre au lieu d'un chien, il le regarderait froidement mourir.

Il a fallu que frère Médard fasse appeler Élise rue de la Loi, on s'est d'abord demandé pourquoi.

— Mon Dieu, Désiré, pourvu qu'ils n'aient pas encore une fois des ennuis avec les Allemands !

Car tous les frères de l'institut Saint-André ont été arrêtés un beau jour par les Allemands et enfermés dans la forteresse de la Chartreuse où on fusille les espions. On chuchotait que frère Médard et frère Maxime étaient au secret, chacun dans un cachot sans fenêtre. On guettait sur les murs les affiches rouges qui annoncent les exécutions.

Sans rien dire à Désiré, qui ne l'aurait sans doute pas laissée faire, Élise est allée à la Chartreuse, toute seule, emportant un gros paquet de provisions. Qui sait ce qu'elle a raconté, dans son mauvais allemand, aux sentinelles qui ont fini par la laisser passer ? Pendant un mois, elle a récolté rue de la Loi et dans leur ancien quartier des douceurs qu'elle portait ensuite aux prisonniers.

Eh bien ! c'est indirectement l'origine des deux costumes. Les frères ont été relâchés. Quand frère Médard a fait appeler Élise, c'était pour lui remettre une lettre de Jacques Schroefs. Les Allemands ne s'étaient donc pas trompés, comme tout le monde l'a prétendu, et le frère à la jambe de bois est bel et bien un personnage important dans le trafic des lettres à travers la frontière.

— Figure-toi, Désiré, qu'il y avait une lettre de Jacques. Une lettre de quatre pages! Et son père qui, depuis trois mois qu'il est sans nouvelles, ne desserrait plus les dents! J'ai couru comme une folle. Je ne sais pas comment je ne me suis pas fait écraser par un tram. Déjà dans le magasin, je criais: Hubert! Hubert! Et lui, debout sur le seuil de son bureau, me regardait d'un œil glacé. J'en avais perdu les jambes et la voix, de joie.

» — Hubert! C'est... C'est de Jacques!

Elle se remettait à pleurer en le racontant.

— Il est devenu si blanc que j'ai cru qu'il allait s'évanouir. Il n'osait pas la lire. Il est monté, il s'est assis dans son fauteuil, sans un mot. Le papier tremblait dans sa main, il ne trouvait pas ses lunettes. Il y avait des larmes dans ses yeux, les seules larmes que je lui aie jamais vues. Sa femme et sa fille pourraient mourir sans qu'il bronche.

» — Lis tout haut, suppliait ma sœur, qui était heureusement dans un de ses bons jours.

— Ce n'est pas une fois, mais dix fois, qu'il a relu la lettre. Il est allé chercher son ami Magis. comme par hasard, M. Van Camp est arrivé à l'improviste. Hubert a fait monter une vieille bouteille. Il ne pensait plus à moi. C'est Marthe qui a fini par me demander:

» — Et Roger, ma fille?

» — Il va bien. Merci. Il est toujours au collège. Il grandit si vite que je ne sais plus comment l'habiller...

Élise a dû ajouter:

— Avec ce que gagne Désiré!

Telle est l'origine des deux complets. Elle est même encore plus compliquée. Jacques, dans sa lettre, parle du fils de Louisa de Coronmeuse, Évariste, qui est au front aussi, déjà officier, car il était étudiant avant la guerre.

« J'étais mal ficelé dans mon uniforme d'ordonnance et, quand je me suis précipité vers lui pour l'embrasser, j'ai tout de suite compris que cela ne lui faisait pas plaisir. Il m'a laissé entendre qu'entre officier et soldat, fussent-ils cousins,

les rapports doivent rester dignes. C'est le mot dont il s'est servi. Il a été très digne et même glacial. Je me suis retiré déçu, le cœur gros, car je n'ai pas un ami dans ma compagnie où je suis le seul intellectuel, ce qui me fait mal voir. »

Alors, devant M. Magis et M. Van Camp, Marthe a proposé de donner à sa sœur, pour Roger, les costumes presque neufs «qui seront quand même trop petits au retour de Jacques». Schroefs n'a pas osé refuser. Il a profité de l'occasion pour faire un beau geste.

— Jamais, tu entends, je n'irai lui dire merci. Je le hais. C'est un personnage répugnant.

— Tais-toi, Roger. Aie au moins le respect de ta famille.

— Elle est jolie, ma famille! Oui, tu peux t'en vanter...

Et le ton monte, tous deux s'échauffent, sa mère pleurniche, il lui en veut de ses larmes qu'il appelle des larmes de crocodile.

— Sais-tu ce qu'il a dit derrière ton dos, Hubert Schroefs? Que tu es une mendiante!

— Roger!

— Ce n'est d'ailleurs pas la première fois. Félicie t'avait dit la même chose avant lui.

— Je te défends de parler de Félicie.

— Puisque c'est la vérité. Oui, tu es une mendiante. Tu as ça dans le sang. Alors même que tu n'as besoin de rien, tu as l'air de demander quelque chose. Il faut que tu parles du strict nécessaire à tante Louisa de préférence, parce que tu sais que tout ce qui humilie père la fait jubiler...

— Tu n'as pas honte, Roger, de dire des choses pareilles après tout ce que j'ai fait pour toi?

— Tu vas encore me rappeler ta descente de matrice, n'est-ce pas? Est-ce ma faute, à moi, si tu souffres des organes, comme tu dis si élégamment? Est-ce que j'ai demandé à venir au monde? Il aurait peut-être mieux valu que je ne naisse pas, pour la vie qui m'attend...

— Roger... Si tu ne te tais pas, je...

Pourquoi donc est-il incapable de se taire?

— Tu crois peut-être que je suis fier de la vie que nous menons?

Elle se prend les cheveux à pleines mains, son visage se crispe, c'est la crise.

— Roger, pour l'amour de Dieu, tais-toi, tais-toi, tais-toi!

Elle hurle, elle le secoue de toutes ses forces décuplées, il a peur, il est collé au mur, elle voudrait le griffer et il esquisse un geste comme pour riposter. Enfin, elle se jette par terre de tout son long, sur le carrelage de la cuisine, elle pleure, il se met à pleurer aussi, la supplie de se relever, s'agenouille pour lui demander pardon, affolé par ce visage qui n'est plus un visage de mère mais de pauvre fille qui souffre et qui paraît si jeune et si vieux tout ensemble.

— Pardon! Relève-toi vite! Relève-toi, je te le demande à genoux. Pense que Mlle Rinquet pourrait entrer...

— Cela m'est égal. Je lui dirai tout ce que tu m'as fait souffrir. Oui, j'ai besoin de me soulager le cœur, puisque ton père te laisse faire tout ce que tu veux. Je n'en peux plus. Je voudrais être morte.

— Mère, je te défends...

On se demande, à ces moments-là, si on a toute sa raison, et on est étonné de voir par la fenêtre, comme dans un autre univers, des gens qui passent sur les trottoirs, des chevaux, des charrettes, la vie qui continue.

Et pourtant c'est après avoir touché au plus profond de l'odieux qu'il a trouvé le moyen, alors qu'endoloris tous les deux ils reniflaient leurs dernières larmes, de lui arracher les deux cents francs des souliers. Il préfère ne plus penser à la façon dont il s'y est pris. Il lui a fallu se représenter comme la victime des railleries de ses camarades et de ses professeurs.

— Tu comprends, mère, tu as cru bien faire, mais le tort que tu as eu, ç'a été de me mettre au collège. D'ailleurs, je sens bien que je ne dois pas y rester. Je travaillerai. J'entrerai dans un atelier comme apprenti.

Est-ce qu'ils se doutent de ça, tous ces beaux messieurs; et le père Renchon, si malin, soupçonne-t-il seulement le quart de la vérité? Les deux cents francs qu'il a obtenus par de tels moyens? Eh bien! ils ne suffisaient pas. Il y avait encore une tricherie, car il triche autant que sa mère. Les souliers, qu'il a vus en vitrine rue de la Cathédrale, coûtent exactement deux cent quatre-vingts francs, mais il a compris qu'un tel chiffre effrayerait Élise. L'appoint a été fourni par le tiroir-caisse des Gruyelle-Marquant.

Pour cet après-midi, un Stievens ne lui suffit pas, dont la mère et la sœur vont avec les Allemands et trafiquent d'on ne sait quoi. Un effort comme celui qu'il a accompli mérite mieux que cela et, quand Chabot rentre dans la classe, se glisse discrètement entre les bancs comme sans s'apercevoir de la curiosité qu'il provoque, Roger prend une décision.

La récréation est à peine commencée, les groupes se sont à peine formés au pied de l'escalier de fer, qu'évitant le père Renchon avec qui il s'entretient d'habitude, Mamelin s'approche de son condisciple. Le grand Chabot marche à pas lents en compagnie de Leclerc. Il évite de manifester sa surprise en voyant Roger qui s'approche.

— Je voudrais te demander quelque chose. Qu'est-ce que tu fais cet après-midi?

— Mais... Je ne sais pas encore...

Ils ont eu, Leclerc et lui, le temps d'échanger un coup d'œil.

— Dans ce cas, je t'invite à venir voir la revue avec moi à la «Renaissance». J'aurai des loges. Si Leclerc veut t'accompagner, je l'invite aussi, bien entendu.

— C'est que, justement, les jeudis après-midi, nous allons à Cointe jouer au tennis... N'est-ce pas, Leclerc?

— Bien sûr. Tu dois venir chercher ma sœur à deux heures. Tu le lui as promis.

— Bien. Fort bien. Tant pis!

Du moment que Chabot a refusé, les autres refuseront, car tout le groupe de Fragnée se serre autour de lui. Pourquoi, s'il savait qu'il irait au tennis, avoir prétendu tout d'abord qu'il ignorait l'emploi de son temps? Par crainte de voir Mamelin s'inviter, simplement. Ils tiennent à rester entre eux. Camarades dans la cour du collège, soit. Mais, une fois la porte franchie, on se retrouve entre gens d'un même milieu.

Se rabattra-t-il sur Stievens, qui a de l'argent aussi et qui est peut-être le plus richement habillé de tous? Stievens est presque aussi isolé que lui. Il est même indésirable. Au Carré, on se montre en se poussant du coude sa mère et sa sœur qui ont l'air de deux cocottes.

Le père Renchon est debout, tout seul devant le mur ensoleillé. qui sait s'il n'a pas deviné ce qui vient de se passer? C'est pour ne pas gêner Roger qu'il feint de s'intéresser à une partie de barres quand celui-ci se tourne vers lui sans le vouloir.

Il ira seul au théâtre. Il y est déjà allé dimanche, mais il s'est contenté d'un fauteuil, car il n'avait pas encore son costume, que Cortleven a dû ajuster à sa taille. Il a repéré la loge où il s'installerait, la première, presque sur la scène. Il tiendra le bras négligemment posé sur le rebord de velours cramoisi, la main pendante, et il applaudira un des premiers à chaque couplet, avec une pointe de condescendance nonchalante, des regards complices aux acteurs.

— Dis-moi, Mamelin...

Verger, qui a couru pour le joindre, reprend son souffle. C'est un garçon maigre, au visage osseux et blafard, qui paraît plus vieux que son âge et qui a la réputation d'être vicieux. Ce n'est pas tout à fait un riche, mais ce n'est pas non plus un pauvre, ni un fils d'employé. Son père est un important entrepreneur de peinture en bâtiment.

— C'est vrai que tu as une loge pour la «Renaissance» et que tu cherches quelqu'un pour t'accompagner?

— Qui te l'a dit?

— Leclerc. Il vient de me dire que, si je voulais aller au théâtre cet après-midi, tu avais des places dont tu ne savais que faire. Tu m'emmènes?

On dirait que chaque mot est choisi avec soin pour le blesser. Un goût d'amertume aux lèvres, Roger reste immobile, silencieux, il observe le grouillement de la cour à travers ses cils mi-clos, il sent que quelque part Chabot et Leclerc sont à épier, peut-être le père Renchon l'observe-t-il de son côté, il a besoin d'un grand effort pour garder son visage impassible, puis pour prononcer d'une voix naturelle:

— Si tu veux.

Qui sait qui on lui enverrait s'il avait le malheur de refuser à Verger?

— C'est à quelle heure?

— Deux heures.

— Tu as déjà les places?

Il dit oui, mais ce n'est pas vrai. Peu importe. Il les prendra au guichet. Peut-être a-t-on cru qu'il disposait par hasard de places gratuites. Pour un peu, on arrêterait les élèves au hasard.

— Tu ne veux pas aller au théâtre? Si oui, va donc trouver Mamelin.

Il est écœuré, de lui et des autres, il voudrait être dans sa chambre pour pleurer. Parce qu'il ne peut pas le faire, il se raidit à l'extrême, son visage devient pointu comme celui d'Élise à certains moments, son sourire agressif. Il n'a rien à dire à Verger, qui n'est pas un camarade.

Une fois, une seule, voilà plus d'un an, ils sont allés ensemble, un jeudi après-midi, chez Lafont, un garçon qui a déjà dix-sept ans et dont le père tient un grand magasin de chaussures. Lafont les a reçus dans sa chambre. Le teint animé, les yeux brillants, il leur a tout de suite montré des photographies obscènes qu'il commentait avec les mots les plus crus. Il a fait monter du vin par la bonne. On entendait la mère et les sœurs aller et venir dans l'appartement, derrière les murs, la sonnerie du magasin résonnait de cinq en cinq minutes.

Pourquoi, alors que Lafont le frôlait en passant derrière lui, s'est-il mis sur la défensive comme s'il avait flairé un piège ? Il revoit les deux visages de ses condisciples, Lafont maladif et excité, aux yeux luisants qui provoquaient la répugnance, Verger pâle et comme en proie à une idée fixe.

Soudain, Lafont s'est livré à des exhibitions; Roger avait beau se détourner, il le trouvait toujours, obstiné, devant lui.

Quelle excuse a-t-il inventée pour s'en aller ? Il se souvient seulement qu'il est parti avec l'impression très nette qu'après son départ les deux autres allaient continuer leurs jeux ignobles.

— Tu as déjà vu la revue ?
— Oui.
— C'est bien ? Il y a des poules ?
— Tu verras.
— Où se retrouve-t-on ?
— Devant le théâtre, à deux heures.

Heureusement que la cloche sonne, car il ne trouverait plus rien à dire. Il a des remords en apercevant le pauvre Neef qui prend place dans le rang en traînant ses semelles cloutées, après avoir passé la récréation à rôder autour de lui. L'imbécile doit se figurer que maintenant que Mamelin est habillé comme les autres, il ne daignera plus lui adresser la parole.

C'est encore un cours du père Renchon, un cours de géographie. Cela n'a pas d'importance. Roger regarde par la fenêtre ouverte et son regard perdu dans le chaos lointain des toits devient toujours plus dur. Ce matin-là, son père n'a rien dit quand il l'a vu habillé de neuf des pieds à la tête. La veille, quand Roger a montré sa cravate de soie rouge qu'il venait d'acheter, Désiré l'a tâtée un instant.

— C'est un solde, tu comprends? Sinon, je ne l'aurais pas eue pour six francs. Il paraît qu'il y a un défaut, mais cela ne se voit pas.

Élise l'a cru, elle qui est toujours à l'affût des soldes et des occasions. Elle a même demandé:

— Il n'y en a pas une plus sombre pour ton père?

La cravate, dans la chemiserie la plus élégante de la rue du Pont-d'Île, a coûté quarante-cinq francs. En huit jours, tant en francs qu'en marks, en petits et en gros billets, Roger a pris deux cents francs environ dans le tiroir de la rue Puits-en-Sock.

Dimanche matin, il a failli être pincé. Le magasin était désert. Roger revenait du tiroir en enfonçant rapidement sa main dans sa poche quand il a eu la sensation d'une présence. En levant la tête, il a vu son grand-père debout à la porte de la cuisine. Un dixième, un centième de seconde peut-être, il a cru que tout était perdu et il était sur le point de se jeter à genoux quand il s'est souvenu des bouchées au chocolat. Il a passé la main gauche par-dessus le treillage et, Dieu sait comment, il a pu articuler avec un petit rire nerveux:

— Je crois que je peux bien m'en offrir une pour mon dimanche, n'est-ce pas, grand-père?

Le vieux Mamelin a-t-il été dupe? A-t-il vu le premier geste? A-t-il soupçonné la vérité? Il n'a rien dit. Il s'est penché pour tracer la croix rituelle sur le front de son petit-fils et il est monté lentement chez Cécile.

Depuis qu'il a cédé son affaire à Marcel moyennant la nourriture, l'entretien et cinq francs d'argent de poche par semaine, il s'efface de plus en plus, évite la cuisine où tout le monde se retrouve, vit du matin au soir parmi les têtes de bois de l'arrière-magasin. Quand il sort, c'est pour aller prendre l'air avec son ami Kreutz.

Roger s'est promis de ne plus recommencer et, cette fois, il en a le ferme propos. Il a eu trop peur. La peur est la sensation la plus atroce et la plus dégradante qui soit. Il lui reste un peu plus de cent francs. Il ira à la «Renaissance» avec Verger. Il achètera des cigarettes de luxe dont il avait déjà envie quand il était encore au collège Saint-Louis et qu'on ne vend que dans un magasin de la rue de la Régence, de fines cigarettes de dame qu'on aperçoit, avec leur bout doré, à travers l'étui de cellophane rouge.

Si Chabot l'avait accompagné, ou un autre du groupe de Fragnée, il s'était promis, comme si c'était le geste le plus naturel du monde, d'envoyer l'ouvreuse acheter des fleurs et de les jeter, après le deuxième acte qui se termine par un ballet, à une petite danseuse du second rang qui a un visage touchant de gamine mal portante.

Le fera-t-il pour Verger? Peut-être. Pas tant pour Verger que parce que celui-ci ne manquera pas de le raconter aux autres.

Il s'est trop promis de cet après-midi-là. Maintenant, il a hâte d'y être, il s'impatiente, indifférent à ce qui l'entoure. La cloche sonne enfin, il continue d'éviter le père Renchon, bien qu'il passe rarement un jour sans échanger quelques mots avec lui. Dans la cour, il attend Neef, le seul qui aille de son côté. Neef-le-paysan qui n'en revient pas des souliers jaunes de son camarade.

— Où as-tu pu trouver des chaussures pareilles?

— Rue de la Cathédrale.

— Elles ont dû te coûter cher.

— Deux cent quatre-vingts francs.

— Ton costume est d'un chic! Qui te l'a fait?

— Chez Roskam... Entrons donc chez Mariette manger des glaces... Mais si!... Puisque je t'invite...

Chabot et Leclerc passent à vélo sans s'arrêter. On dirait un fait exprès, il n'y a pas un seul élève de troisième chez Mariette ce jour-là. Le père de Neef doit avoir des sous, mais il n'en donne pas à son fils. Le grand jeune homme en mue est là, mal à l'aise, à supputer le prix des glaces qu'il lèche d'une langue respectueuse tandis que Roger joue à la désinvolture, dit «Mariette» comme un vieil habitué et goûte des bonbons qu'il prend par-ci par-là dans les coupes.

— Qu'est-ce que je vous dois, Mariette? Le praliné était fameux.

Il tire tous les billets à la fois de sa poche, semble en piquer un au petit bonheur, ramasse sa monnaie avec indifférence.

— A demain, Mariette.

En sortant, il cherche son image dans un miroir, s'efforce de se sourire à lui-même.

— Tu es sûr qu'elle t'a rendu ton compte? Tu n'as pas regardé. Je ne sais pas comment je te rendrai ça, mais, si tu acceptais de venir un dimanche à Beaufays, mes sœurs seraient bien contentes. Je leur parle si souvent de toi qu'elles te connaissent et me demandent toujours quand tu viendras.

Ses sœurs doivent lui ressembler. Elles sont toutes les trois plus âgées que lui, ce sont de vieilles filles, il y en a une, l'aînée, Laurence, qui louche un peu. Tout cela, Neef le lui a déjà dit, et aussi que, depuis la mort de sa mère, son père s'est mis à boire.

Roger le fait exprès de passer par la rue de la Cathédrale pour apercevoir, au coin de la rue Lulay, les affiches du théâtre de la «Renaissance».

— Tiens! J'y vais justement cet après-midi.

— On dit que c'est amusant.

— Je sais. J'y suis déjà allé.

— Et tu y retournes?

Allons! Il le faut. C'est plus fort que lui. Il a beau se rendre compte qu'il est ridicule, il parle de la petite danseuse, qu'il n'a vue que de loin, comme si elle n'avait plus rien à lui refuser, fait allusion aux fleurs du deuxième acte et à la loge qui est presque sur la scène.

Pendant qu'il parle ainsi d'abondance, devant un Neef ébloui qui l'envie, il ne cesse pas un seul instant de se sentir affreusement triste.

6

Cela a dû commencer entre trois et quatre heures, vers le moment où l'averse est tombée si dru qu'on a entendu toute circulation s'arrêter dans les rues et qu'il a fallu allumer le gaz. Roger garde un souvenir très net, sans aucune déformation, de ce qui a précédé la pluie. Il y avait du soleil, mais ses rayons trop aigus, d'un jaune épais, rougeâtre, ne présageaient rien de bon, on sentait une menace dans l'air où parfois un gros nuage rapide interceptait la lumière pendant quelques secondes, promenant sur la ville une grande ombre mouvante.

Il revoit dans ses détails les plus mesquins la chambre de son cousin Gaston, au second étage d'une maison de la rue Gérardrie. Il est assis devant la table dont on a retiré le tapis, l'armoire à glace lui renvoie son image, sans veston, manches de chemise retroussées, les cheveux déjà dépeignés. Son regard est un peu fixe, ses mouvements brusques et saccadés, mais on ne peut pas dire qu'il soit ivre.

Il n'a jamais été ivre de sa vie. Les seuls souvenirs qui peuvent vaguement ressembler à des souvenirs d'ivresse sont ceux du nouvel an quand, chez son grand-père, il avait droit, comme les hommes, à une petite goutte de Kempenaar. Au début de l'après-midi, on se dépêchait de gagner Coronmeuse où, dans le salon de tante Louisa, près du piano ouvert, on buvait du vin doux de Touraine en mangeant des biscuits en forme de demi-lune. Quelquefois, il fallait encore s'arrêter en chemin, chez une parente éloignée. Cela dépendait si l'on parvenait à passer sans être vus. Il faisait déjà noir. On buvait en vitesse, debout, on courait jusqu'à l'arrêt du tram, la lumière de celui-ci, qui voguait dans l'obscurité de la ville, paraissait à Roger plus sirupeuse et, dans le salon des Schroefs, il restait encore à déguster du vin chambré dont il revoyait, tremblant au centre du verre, le rubis scintillant.

En regagnant Outremeuse, il était lourd de bien-être. Il ne soupait presque pas et sombrait bientôt dans la mollesse sans fond de son lit.

Il en est tout autrement cette fois-ci. Il a commencé par être pâle, tendu, agressif, et, mettant une assurance exagérée de jongleur de music-hall dans ses gestes, il a cassé d'abord un verre, après quoi il a éprouvé le besoin d'en piétiner les morceaux sur le plancher.

— Passe-moi la Chartreuse, Gaston, que je goûte la différence avec la Bénédictine.

Il y a de l'extravagance dans l'air, il s'en rend compte et cela l'excite. Ils sont là, Gaston Van de Waele et lui, dans une chambre meublée de la rue Gérardrie, une chambre à peu près pareille à celles de la rue de la Loi, en moins propre, en miteux. Sur la table sont rangés les récipients de verre aux formes étranges qu'ils sont allés acheter tout à l'heure; par terre se trouve une bonbonne entourée d'osier.

L'air est saturé d'alcool et ils n'osent pas ouvrir la fenêtre, par crainte que les gens d'en face ne voient ce qu'ils font. La porte est fermée à clef, le verrou tiré, ils tressaillent quand ils entendent des pas dans l'escalier, mais les visiteurs frappent invariablement chez la cartomancienne qui habite de l'autre côté du palier.

Ils goûtent tour à tour, dans le même verre, à un breuvage verdâtre, claquent la langue, se regardent sans rire.

— Il y a une différence ?

— Sûrement. Ceci a un parfum de dentifrice que l'autre

n'a pas mais on retrouve toujours l'arrière-goût.

— Si on ajoutait quelques gouttes d'essence?

Jusqu'ici, Roger garde conscience, et même une conscience très nette, de l'endroit où il se trouve. La rue Gérardrie est une drôle de rue qu'il connaissait mal. En plein centre, à deux pas de la rue Léopold où il est né, elle n'attire que les gens de la campagne, surtout par ses restaurants sans nappe où on peut apporter son manger et où d'épaisses servantes servent des œufs au lard et des tartes grandes comme des roues de charrette. Les magasins vendent du matériel pour la ferme et la basse-cour, on voit aux vitrines des œufs de plâtre, des paquets d'aliments en poudre pour les cochons, des paniers de forme bizarre dont les habitants des villes ignorent l'usage.

C'est ici, tout naturellement, que ce Flamand de Gaston Van de Waele, en arrivant de Neeroeteren, s'est installé. Il a beau avoir de l'argent et des prétentions à l'élégance, s'acheter les costumes les plus chers et ne porter que des souliers vernis, il n'y a qu'ici qu'il se sente à son aise.

Contrairement à Roger qui pâlit, il devient de plus en plus rouge et de plus en plus luisant à mesure que l'après-midi s'avance. Il en est répugnant. Il n'a que dix-huit ans, mais il en paraît davantage, c'est déjà un homme, une sorte de taureau tellement débordant de sève qu'il sue par tous les pores. Sa peau colorée est tendue sur une chair qui se gonfle, ses lèvres épaisses sont comme une viande frais tranchée, il a un gros nez informe aux narines dilatées, des yeux qui lui sortent de la tête sous un front bas où les cheveux rejoignent presque les sourcils.

Une bête que tourmentent de gros instincts. Et quand, revêtu de son complet bleu marine, un col trop blanc autour du cou, il enfile par surcroît des gants de peau, toute cette carapace civilisée semble devoir craquer sous la poussée des muscles.

C'est lui qui habite avec sa mère et ses frères et sœurs la propriété de Neeroeteren où ont vécu les parents d'Élise et dont Léopold a peint une reproduction à l'huile. Son père a été déporté en Allemagne parce qu'au début de la guerre il faisait le passeur, car il n'y avait que le canal à franchir, en face de la maison, pour se trouver en territoire hollandais.

Est-ce que déjà tout commence à s'embrouiller ? Un coup de tonnerre éclate, un seul. Il n'y en aura pas d'autres. C'est plutôt un signal et la grêle se met à tomber, les grêlons rebondissent sur l'appui de fenêtre, le ciel, d'un seul coup, devient si sombre que, dans toutes les maisons, on se précipite pour allumer le gaz. La preuve que Roger a encore tous ses esprits, c'est qu'il dit :

— Baisse le store, Gaston. Avec la lumière, on peut nous voir d'en face.

Dès ce moment, pourtant, il perd la notion de l'heure, commence à s'embrouiller dans l'enchaînement des événements. Il évolue dans un monde de plus en plus incohérent et il lui arrive, en se voyant dans la glace devant un chaos de verres et d'éprouvettes, d'éclater d'un rire forcené.

— Dis donc, tu crois que le type voudra goûter de toutes les bouteilles ?

Son cousin Gaston a rapporté de Neeroeteren, en plusieurs voyages, par le tram vicinal, cent cinquante litres d'alcool qu'ils ont fait là-bas en distillant des pommes de terre avariées et du blé charançonné. Il a eu l'idée, au lieu de le vendre à assez bas prix comme alcool industriel, de le transformer en cognac et en liqueurs.

Ils sont entrés ensemble dans une boutique de la rue de la Casquette où un Arménien vend des essences qui permettent, affirme-t-il, de fabriquer chez soi, sans appareils spéciaux, du cognac ou du rhum, de la Bénédictine, de la Chartreuse, des amers et du curaçao.

Heureusement que Roger est là, car Gaston serait incapable de s'y retrouver dans la notice qu'on leur a remise en même temps que les flacons minuscules, et maintenant ils fabriquent à tour de bras, ils veulent essayer toutes les essences, s'agitent parmi les vapeurs d'alcool dont ils sont saturés, dégustant à tout bout de champ, retrouvant dans toutes leurs compositions le même arrière-goût d'alcool rectifié.

Qu'est-ce que cela peut faire? Roger a déjà déniché un acheteur car Gaston, qui se montre plein d'assurance en d'autres occasions, n'ose pas se présenter chez les gens. Il est resté dans la rue. C'est Roger qui est entré dans une dizaine de petits cafés.

— Pardon, monsieur. Vous ne voudriez pas m'acheter du cognac, du rhum, des liqueurs?

Depuis l'occupation par les Allemands, l'alcool est sévèrement défendu et on ne le sert qu'aux clients sûrs, dans l'arrière-boutique, au fond d'une tasse à Bovril.

— A quel prix?

Il n'a qu'un défaut. Par crainte de rater l'affaire, ou d'être pris pour un profiteur, il cite toujours un prix trop bas qu'il regrette aussitôt.

— Cinquante francs la bouteille.

La plupart se sont méfiés de ce gamin trop bien habillé et trop poli. D'autres ont discuté, ont demandé à réfléchir. Ce soir, les deux cousins peuvent livrer dix bouteilles dans un caboulot, près du pont des Arches, sous des arcades, juste à côté du magasin où, quand Roger était petit, il venait chaque semaine avec sa mère acheter du beurre.

Qu'est-ce que Gaston aurait pu faire sans lui? Pourquoi ne lui donne-t-il que le tiers, au lieu de la moitié des bénéfices?

Il y pense. Il pense beaucoup, à plusieurs sujets qui se brouillent, il garde seulement la notion de l'endroit étrange où il se trouve, comme suspendu au-dessus de la ville dont on entend monter les bruits. Derrière le store baissé, il sent une vaste étendue grouillante et sombre, des tas de petits cafés, des boutiques, des gens qui marchent vite et d'autres qui s'abritent sur les seuils, les épaules basses, avec des mines de chiens mouillés.

— Tu n'es pas malade, Roger?

— Non.

— Tu es tout pâle. Tu ferais peut-être mieux de vomir.

— Je n'ai pas envie de vomir.

Ce qu'il sait, c'est qu'il déteste Gaston. Il déteste aussi Verger, et le père Van Bambeek. Ce sont des lâches. Verger est un lâche. Roger revoit son visage blême, son front barré d'un pli profond, dans la loge de la « Renaissance ». Il n'a pas ri une seule fois. Il ne rit jamais. Seules ses lèvres s'étirent comme du caoutchouc. Dire que pendant tout le spectacle, et pendant les entractes au cours desquels ils allaient boire un verre à la brasserie, il roulait la même pensée dans sa grosse tête! Il a bien fallu que ça sorte, après, quand ils se sont retrouvés dans l'obscurité du Carré.

— Je croyais qu'on t'avait donné des places.

— Eh bien?

— J'ai vu les billets. Tu les a pris au guichet.

— Qu'est-ce que cela peut te faire?

— Comment fais-tu pour avoir de l'argent?

— Est-ce que cela te regarde?

— Moi, je pourrais en avoir aussi.

— Qu'est-ce que tu attends?

— Je sais où on trouve presque pour rien de vieux bacs d'accumulateurs. Je sais aussi comment me procurer des plaques de plomb et des acides.

Roger a laissé tomber:

— Chez ton père!

— Peu importe. Les accus, à présent, valent très cher, jusqu'à cent quatre-vingts francs. On m'a dit qu'il y a quelqu'un, rue de la Madeleine, qui les rachète à ce prix-là.

— Pourquoi n'y vas-tu pas?

— Je n'ose pas. J'ai peur qu'on me reconnaisse. Si tu voulais, on pourrait s'arranger tous les deux.

— Comment?

— On les porterait ensemble et c'est toi qui entrerais.

— Pendant que tu attendrais dans la rue!

— Je te donnerais vingt-cinq pour cent. J'ai de quoi faire au moins une dizaine de batteries. A quarante-cinq francs pièce, cela te procurait quatre cent cinquante francs.

Il y a trois semaines de cela et ils ont vendu les dix batteries. Ils en portaient deux à la fois, car c'est lourd. Verger restait dans la rue, transi de peur, à lancer des regards anxieux vers la maison de M. Gugenheim.

Roger n'a pas eu peur, pas même la première fois. Par contre maintenant, peut-être à cause de l'alcool qu'il a bu, cela lui fait l'effet d'un cauchemar et il en veut terriblement à Verger, il ne sortira plus avec lui, d'ailleurs il n'a plus rien à vendre et Roger ne s'amuse pas en sa compagnie, il a toujours l'air d'être harcelé par des pensées honteuses, il s'effraie, croit qu'on le suit dans la rue.

— Regarde derrière toi.

— Eh bien?

— Tu ne trouves pas que ce type-là ressemble à un policier en civil? Tu as déjà dépensé tout ton argent?

— Et toi?

Je le garde pour m'acheter une moto au moment des vacances. Je la cacherai quelque part en ville. On ne le saura pas chez moi.

— Et si tes parents te rencontrent?

Je leur dirai que c'est un camarade qui me l'a prêtée.

Verger est avare. Avant d'entrer dans un café, il suppute combien cela lui coûtera, fait des comptes, hésitant, tiraillé par des envies contraires.

— Paie pour les deux. Je te rembourserai après.

C'est un sale type, voilà! Gaston Van de Waele dépense sans compter, à plein portefeuille, avec une sorte de frénésie, mais c'est un sale type à sa façon. Roger se comprend et le lui dira un jour. Et le fils Gugenheim est un plus sale type encore, avec son visage de travers, son nez de Juif, sa grande bouche vicieuse et les lourdes paupières qui lui tombent à moitié sur les yeux.

Roger voudrait vomir, mais il sent qu'il n'y parviendra pas. Son regard est sombre, anxieux, sa bouche amère, la chambre est laide, on y étouffe, les murs se resserrent comme ceux de la chambre d'Embourg quand il a eu les oreillons. Il se demande s'il n'a pas rêvé l'immense magasin des Gugenheim, si un endroit pareil existe réellement, sans que personne le connaisse. Car il n'en avait jamais entendu parler, il est passé cent fois devant sans seulement remarquer la porte étroite, à la vitre dépolie, à deux pas de chez Ramaekers où on lui a commandé des souliers sur mesure quand il est entré au collège Saint-Louis.

Or, à l'intérieur, on pourrait presque se croire au «Grand Bazar». Il y a des rangées et des rangées de rayons, deux étages de galeries. Une lumière sale tombe du toit vitré et on ne voit personne, pas un client, pas un vendeur; on sursaute quand surgit dans le vide sonore la silhouette disproportionnée d'un gamin de quatorze ans qui est le seul être vivant parmi les marchandises grotesques qui s'étalent ou s'empilent. Des centaines de masques de Mardi gras, par exemple, sont alignés le long d'un mur, des faux nez en carton, des barbes, des moustaches. Ailleurs, on voit des kilos de peignes bleus, verts ou roses semés de faux brillants, des ballots de châles multicolores, des jouets, des pipes en terre, des vêtements, des chemises comme personne n'en porte et d'invraisemblables articles de ménage. Tout est laid, vulgaire à faire grincer les dents.

Pourquoi le gamin dont la blouse noire couvre les pieds comme la jupe d'un enfant de chœur presse-t-il sur un timbre électrique? A-t-il peur qu'on vienne l'assassiner, voler les masques ou les peignes, compte-t-il ranimer soudain le monde mort qui l'entoure? La sonnerie résonne très loin ; longtemps après on perçoit un pas feutré qu'accompagne le martèlement régulier d'une canne, un vieillard à barbe blanche, caricature du Père Noël, surgit on ne sait d'où, une calotte de ghetto sur la tête.

C'est M. Gugenheim le père, qu'on a peine à comprendre quand il parle, à cause de son accent. Des accumulateurs ? Peut-être. Il ne dit pas non. Cela ne l'intéresse pas personnellement. Il ne vend, lui, que des articles pour colporteurs et pour forains. Sa maison est honorablement connue depuis soixante ans que son père l'a fondée. Mais peut-être un de ses amis accepterait-il de s'y intéresser ? Combien le jeune homme en veut-il ? Cent quatre-vingts francs ? Jamais il n'oserait citer un chiffre pareil à son ami.

Tiens ! Un nouveau personnage, qui n'a pas plus de vingt ans, a surgi sans qu'on l'entende venir et, debout près du père Gugenheim, il a exactement l'air d'un mannequin figé dans une vitrine de tailleur, un mannequin dont les yeux jaunes fixés sur Roger essayeraient de lui faire comprendre quelque chose.

— Apportez-moi toujours la marchandise et nous verrons. Je veux dire que mon ami verra, n'est-ce pas, Max ? A cent cinquante francs, qui sait si on ne pourra pas s'entendre. Vous vous êtes mis jeune dans les affaires, n'est-ce pas ? Je parierais que votre père est dans le commerce, qu'il vend des accumulateurs ?

On ne reconduit pas Mamelin. Il se trompe de porte, débouche dans une cour qui fait penser au fond d'une cheminée d'usine. Puis, quand il a atteint enfin la rue, Max Gugenheim se lance à sa poursuite.

— Attendez. J'ai deux mots à vous dire. Ce n'est pas la peine d'apporter la camelote au vieux, qui est bien assez riche comme ça. Moi, je vous les prends à cent quatre-vingts. Venez, que je vous montre où vous pouvez me trouver. Vous voyez ce couloir ? N'ayez pas peur. Au fond, à droite, il y a un escalier. Vous monterez au troisième. Ne vous trompez pas. Pas au second, mais au troisième. C'est un grenier. Vous n'avez qu'à me dire quand vous viendrez et je vous y attendrai.

Méfiant, il examine Verger qui s'est décidé à s'approcher d'eux et qui ne desserre pas les dents.

— Qui est-ce?

— Un camarade. Nous sommes associés.

— Vous n'avez rien d'autre à vendre?

Alors Verger, toujours bourré d'arrière-pensées:

— Qu'est-ce que vous voudriez acheter?

N'importe quoi: du beurre, des conserves, du sucre, de la farine, des pneus de vélo, des chaussures...

Qu'est-ce que Roger est en train de boire? Cognac, rhum, Chartreuse verte?

— Et moi, s'écrie-t-il en frappant la table de son poing, je te dis que ce sont des sales types.

— Mais oui, mais oui, approuve son cousin. De qui parles-tu?

— De Gugenheim.

N'est-ce pas curieux que ce soit par Max Gugenheim que les deux cousins se sont retrouvés? Un beau jour, ou plutôt un soir, dans le fameux grenier où on accède par un escalier sans rampe et où, faute de lumière, on s'éclaire d'une bougie, Mamelin s'est trouvé nez à nez avec Gaston Van de Waele qu'il n'avait pas vu depuis un an.

— Qu'est-ce que tu fais ici?

— Des affaires. Et toi?

A présent, Roger affirme, catégorique, souhaitant la contradiction:

— Et nous sommes de sales types aussi. Des types tout ce qu'il y a de sale! Tant pis pour ceux qui n'ont pas le courage d'être des sales types!

Pleut-il toujours? Il n'en sait rien. Son esprit tourne en rond autour de cette idée de sale type. Si on n'est pas un sale type, tant pis! Son père, par exemple, n'est pas un sale type. Et où est-il, son père, à cet instant? Dans un bureau

546

de la rue Sohet, sous une lampe à abat-jour vert, à trembler devant un M. Monnoyeur qui est cent fois moins intelligent que lui. Quand il rentrera rue des Maraîchers, cette vieille chipie de Mlle Rinquet lui aura pris son fauteuil. Elle le fera exprès, quitte à en être malade, de dévorer la plus grosse part du dîner alors que Désiré a toujours été un fort mangeur. Elle a fait des gâteaux secs, à la farine blanche, ou plutôt c'est Élise qui a fait tout le travail. Elle les a enfermés aussitôt dans une boîte en fer qu'il a fallu lui prêter et on ne les a jamais revus, elle les enferme dans sa garde-robe, avec son linge — c'est dégoûtant! — et elle porte toujours la clef sur elle. Élise n'est pas parvenue à chiper un seul gâteau.

— Tu comprends, Gaston? Si on n'est pas un sale type, on n'a plus qu'à crever. Ainsi, toi tu es un accapareur. Car tu es un accapareur.

— Tu devrais essayer de vomir.

— Tu crois que je suis saoul? Parce que je dis que tu es un accapareur? Et ton père? Pourquoi a-t-il fait le passeur, ton père, si ce n'est pour soutirer le plus d'argent possible aux jeunes gens qui allaient s'engager? Et qu'est-ce qu'il fait en Allemagne, ton père? Il trouve encore le moyen de gagner de l'argent, tout déporté qu'il est, en tenant une maison de bains pendant que les prisonniers meurent de faim. Veux-tu que je te dise ce qu'il est, ton père? C'est un syphilitique! Quand le Dr Matray est venu voir ta sœur à la maison, il l'a bien dit à ma mère, je l'ai entendu, tout en faisant semblant de ne pas écouter.

Un trou. Il se souvient seulement d'avoir trébuché dans l'escalier, de s'être collé contre le mur pour laisser passer une jeune femme qui sentait très bon et qui les a dévisagés curieusement, son cousin et lui. Il a levé la tête pour essayer de voir sous sa robe pendant qu'elle montait.

Il a été dérouté en trouvant les rues encore claires. On allumait seulement les becs de gaz peints en bleu. Il ne pleuvait plus. Une forte bise commençait à sécher les pavés, par plaques.

— Tu comprends, si le type exige d'y goûter, je lui dirai :

» — Pardon, monsieur...

» Oui, je lui dirai...

Il gesticule. Il ne reconnaît pas les chemins par lesquels on le fait passer. Il va où son cousin le pousse, dans une ville extraordinaire où s'agitent des milliers de sales types et il se retourne sur toutes les femmes avec un violent désir de les voir nues, salement nues, les chairs blêmes dans le demi-jour crépusculaire. Tout à l'heure, il ira en voir. Où sont les bouteilles ? Ont-ils oublié les bouteilles ? Bon ! C'est Gaston qui les porte dans un paquet ficelé.

— Tu as pris la Chartreuse, Gaston ? Si le type veut goûter, tu comprends, moi, je débouche la Chartreuse. A cause de la couleur, c'est ce qui fait le plus d'effet.

— Écoute, Roger...

— Oui.

— Nous sommes arrivés. Est-ce que tu te sens capable d'y aller ?

— Donne ! Donne, te dis-je.

Il a descendu deux ou trois marches. Il y avait des hommes, quatre au moins, dans un coin d'une salle basse. Il a traversé celle-ci sans les regarder, s'est trompé de porte comme chez Gugenheim et a failli dégringoler dans le trou humide d'une cave. Il s'est retrouvé enfin au milieu d'une cuisine où il y avait une cafetière d'émail à fleurs bleues sur le poêle.

— Voilà. J'ai promis dix bouteilles et je vous apporte les dix bouteilles.

Il y avait aussi une vieille femme dans un fauteuil d'osier comme celui de Désiré ou plutôt de Mlle Rinquet, puisque la vieille chipie... Sale bête de Mlle Rinquet ! C'est un besoin chez Élise de toujours raccrocher les gens. Elle irait les chercher dans la rue. Si elle n'avait personne devant qui s'aplatir du matin au soir, elle en deviendrait malade !

— Vous ne voulez pas y goûter?

Il a envie, lui, de déboucher une bouteille pour boire encore un verre. Le patron ne veut pas. Il est tout petit, tout rond comme M. Van Camp, et il a aussi l'air d'un marchand de fromages. Il regarde Roger en dessous, comme si celui-ci constituait pour lui un mystère indéchiffrable. Est-ce ainsi que les choses se passent pour les jambons de Gouin? Roger ne compte pas les billets qu'on lui donne. A quoi bon? Pourvu seulement qu'il ne se mette pas à vomir en traversant le café! Quelle tête ferait le père Van Bambeek s'il le rencontrait à la sortie? Où est Gaston? Il n'y a plus personne dans le bout de rue. Il fait noir. La Meuse coule quelque part.

— Gaston! Ga-aston!...

— Chut! Eh bien?...

— Où étais-tu?

Il était occupé à pisser dans une encoignure.

— Tu as l'argent?

— Bon! Je ne sais plus dans quelle poche je l'ai mis. Cherche toi-même. Fouille-moi. Mais si, fouille-moi, puisque je te le dis!

Jamais il ne saura où ils ont mangé des tartines de fromage, mais c'était sûrement dans un de ces restaurants pour paysans où son cousin est comme chez lui.

Est-ce que Gaston est saoul aussi?

— Tu es saoul, Gaston? Quelle heure est-il? Il faut que je rentre à la maison.

Encore une rue sombre où le vent souffle, une patrouille dans les jambes de laquelle Roger a failli se jeter, les pas lourds et cadencés des trois soldats allemands qui s'éloignent en fumant leur pipe. Ce sont des «bons», des Bavarois, avec une bande orange à leur béret.

— Si on allait dans une boîte de nuit? Dis, Gaston, allons au «Gai-Moulin».

Il ignore qu'il n'est que huit heures. L'obscurité lui suffit. Il voudrait entendre de la musique, payer le champagne à des danseuses, se carrer sur des banquettes de velours rouge.

— Dis, Gaston...

Qu'est-ce qu'il voulait dire? Il ne sait déjà plus. Toute cette ville noire et visqueuse, dans laquelle ils errent comme dans un labyrinthe, c'est... Il ne parvient pas au bout de son idée, c'est bête, car l'idée était importante et même capitale. Il est triste, écœuré. Tout est hideux. C'est sale. Voilà le mot! C'est sale! Et il voudrait que ce soit encore plus sale, sale à en pleurer de dégoût ou de pitié, à se rouler par terre en gémissant!

— Qu'est-ce que tu as?

Il s'est arrêté devant une porte et désigne gravement du doigt le volet en articulant:

— C'est chez Gugenheim.

— Et alors?

— Alors rien. C'est chez Gugenheim. Si on sonnait?

Où ont-ils bu un verre de bière? Cela n'a pas d'importance. En tout cas, ils sont passés derrière l'Hôtel de Ville, au pied de l'escalier à double révolution où on vient voir les mariages.

Et maintenant, tout se mélange une fois de plus, les images se superposent, il fait un effort pour se réveiller, car il sent qu'il dort. Il est calé dans un coin de banquette, pas loin d'un poêle en forme de colonne devant lequel un chat noir et blanc ronronne sur une chaise.

— Ça va mieux? lui lance Gaston d'une voix grasse.

Sale type!

Tiens! Le mot lui revient. Est-ce que son esprit n'a pas tourné longtemps en rond autour de cette notion de sale type qu'il retrouve sans le vouloir à son réveil? Mais quand? Pourquoi? De quel sale type s'agissait-il?

— Je t'ai donné l'argent, au moins? Tu l'as trouvé?

Car il se revoit les bras en l'air au bord d'un trottoir pendant que Gaston tâtait ses poches.

Gaston n'a jamais été aussi rouge, n'a jamais eu la peau

aussi tendue. On a l'impression déplaisante qu'il a besoin d'une saignée. Il est renversé en arrière sur la banquette de molesquine, la cravate dénouée, le col ouvert, et sa main triture le sein d'une grosse fille blonde assise à côté de lui.

Elle rit. Ils rient tous les deux aux éclats, Roger ne sait pas pourquoi, puis ils se mettent à parler flamand, pour rire bientôt de plus belle.

— Tu peux en profiter aussi, tu sais, lance Gaston en désignant sa compagne du regard. Il y en a pour deux. Approche. C'est du solide, n'aie pas peur.

Il la pelote de ses grosses mains, veut à toutes forces que son cousin tâte à son tour. Roger a dû le faire. La femme sent la bière, la poudre de riz et les aisselles chaudes.

Tous les deux croient qu'il s'est rendormi, mais ce n'est pas vrai. Ses cils battent de temps en temps. Il regarde autour de lui, par petits coups. Il voit tout. Le café est mal éclairé. Les tables sont en bois verni, d'une propreté méticuleuse, et de la sciure de bois forme des dessins sur les carreaux.

Près de la fenêtre, tendue d'un rideau brodé, deux Allemands sont attablés avec une femme qui est tout l'opposé de celle de Gaston, maigre et noiraude, le visage sérieux. Le menton sur sa main repliée, elle écoute avec patience et gravité ce qu'essaie de lui raconter un monumental feldwebel roux qui doit avoir les quarante ans et qui porte sur le front le curieux béret sans visière, gris à bande vert bouteille, avec la cocarde d'émail noir, blanc et rouge.

L'autre Allemand, encore plus vieux, est malingre, presque bossu, à moins que ce ne soit sa capote trop grande qui le déforme, et, tête basse, il sombre dans une noire mélancolie.

Le colosse roux a tiré de son portefeuille tout un lot de photographies qu'il étale sur la table, parmi les verres de bière que flanquent des verres de genièvre. Peut-être est-il saoul aussi? Il explique, il voudrait expliquer, cherche des mots introuvables, s'obstine, sourcils froncés, sourit largement quand sa compagne fait mine de comprendre enfin et qu'elle lui parle à son tour en petit nègre. Sans quitter des yeux les photographies de sa femme et de ses gosses, il fourre, de contentement, sa main sous la jupe et fredonne une chanson sentimentale en se balançant en cadence.

C'est très loin et tout près. Entre Roger et les choses, flotte un brouillard jaune qui amortit les sons, donne du moelleux et du mystère aux images; il ferme les yeux et continue à entendre la romance fredonnée à laquelle se mêlent bientôt les pas feutrés d'un cheval sur la neige durcie.

C'est sans doute à cause de la voix de Gaston, des mots flamands qui se chuchotent, des bouffées de chaleur que lui envoie le poêle. Il est dans un traîneau, avec Cécile, la seconde des filles Van de Waele, et Alice, la plus petite, celle qui a l'air d'une sauterelle ou d'un autre insecte. Le traîneau n'est pas large. Jef a pris place sur le siège et sert de cocher. On ne voit que son dos d'ours. A droite de Roger, Alice remue tout le temps, mais à gauche, Cécile, qui a presque le même âge que lui, se blottit contre son flanc.

Il a passé un bras autour de sa taille. Sa main droite est dans la sienne, sur son giron; une épaisse couverture qui sent bon l'écurie les couvre jusqu'au menton.

Bien que la lune se soit cachée, on distingue les jambages noirs des peupliers sur la neige scintillante. La bise soufflette les visages bleus de froid, mais les mains sont brûlantes, une chaleur intime règne sous la couverture et, du giron de Cécile, dont Roger sent les contours à travers la robe, se dégage une chaleur plus pénétrante.

Il ne bouge pas. Il voudrait que cela dure très longtemps, qu'on n'arrive jamais à l'église du village où on va assister à la messe de minuit.

Il n'a vécu qu'une dizaine de jours à Neeroeteren.

D'abord Mia, la sœur de Gaston, l'aînée des filles, est venue à Liège pour faire soigner les plaies qu'elle a un peu partout sur le corps et qui s'enveniment au lieu de guérir. Quand on a parlé de soins fréquents et délicats, Élise, comme il fallait s'y attendre, s'est proposée, et Mia est venue habiter la maison de la rue de la Loi qu'on n'avait pas encore quittée. Si Désiré se plaignait de l'odeur des pommades et des pansements peu ragoûtants qui traînaient jusque dans la cuisine, Élise répétait :

— Tu oublies qu'ils nous envoient du ravitaillement !

Roger a été invité à passer les vacances de Noël à Neeroeteren. Il revoit la grande cuisine où Gaston, au haut bout de la table, tenait gravement le rôle de père de famille, récitait le bénédicité, puis remplissait son assiette le premier tandis que sa mère s'affairait autour de lui comme une servante et que ses sœurs se taisaient respectueusement.

Nulle part ailleurs, il n'a été imprégné d'une chaleur aussi rassurante que dans cette pièce où pendaient des jambons et des quartiers de lard et où on grattait le givre sur les vitres pour voir les bestiaux passer lentement dans la cour.

Jef, le frère de Gaston, est un monstre à grosse tête, aux mains de géant. Il a emmené Roger dans les bois de sapins pour chasser les écureuils ; il en a tué deux à coups de pierres et les a dépecés encore chauds. Sous un toit où l'on fait la cuisine des cochons, il a allumé ensuite un feu de bûches et il a grillé au bout d'un bâton les cadavres dont le sang coulait dans les flammes.

— Tu n'en manges pas ? C'est très bon.

Il tue et mange aussi les chats, les mulots, des tas de bêtes. Il mange toute la journée, n'importe quoi. Roger, lui, emportait dans ses poches des pommes de terre qu'il faisait cuire sous la cendre.

La mère Van de Waele, dont les jupes pendent autour d'un corps en manche à balai, a, comme Élise, un visage craintif d'esclave. Les hommes seuls comptent dans la maison ; un seul homme, le maître et, en l'absence de son père, c'est Gaston ce maître-là. Les filles se serrent dans un coin à son arrivée, le silence se fait instantanément ; il s'assied, on se précipite pour lui retirer ses bottes et lui mettre ses pantoufles, on lui apporte sa pipe toute bourrée, un tison qu'on a saisi dans l'âtre au bout des pinces.

Peut-être Roger a-t-il été tenté de vivre ainsi dans l'immensité des champs que coupent les canaux gelés et les rideaux de peupliers penchés vers l'est ? Il aurait épousé Cécile à la peau douce et un peu molle qui le regardait déjà avec des yeux soumis.

Il s'agite dans son coin. Une rage s'empare de lui. Il va s'exciter à nouveau. Il s'excite. Qu'est-ce qu'il a dit à Gaston tout à l'heure ? La vérité ! Qu'ils sont tous syphilitiques. C'est le père qui a apporté ça dès les premiers temps de son mariage. Sa femme a dû se soigner presque aussitôt et maintenant ses cheveux tombent, elle n'a presque plus de dents. Jef, le second fils, est un anormal qu'on pourrait exhiber sur la foire comme homme des bois. Il lui arrive de rôder autour des enfants qui patinent sur les canaux comme il rôde autour des chats et des écureuils, et qui sait si un jour il ne lui arrivera pas d'en étrangler un ?

— Des sales types ! hurle Roger en se dressant.

— Qu'est-ce qu'il a, ton ami ? s'étonne la fille blonde. Ça lui prend souvent ?

— Assieds-toi, Roger. Tu ferais bien de boire une tasse de café.

— Je ne veux pas de café. Je veux de l'alcool.

Et, par crainte qu'on lui en refuse, il vide coup sur coup les deux verres qui sont sur la table, puis va se camper devant l'Allemand qu'il regarde d'un œil agressif.

— Pourquoi est-ce que je n'ai pas de femme, moi ?

— Chut ! Ne crie pas si fort. Je t'ai proposé de t'asseoir avec nous.

— Et si j'ai envie de faire l'amour?

— Pas si haut, mon petit monsieur, intervient la patronne qu'il n'avait pas encore vue, cachée qu'elle était par son comptoir derrière lequel elle faisait un petit somme. On peut s'amuser, mais il ne faut pas crier comme ça des bêtises. Regardez votre ami, il s'amuse gentiment.

— C'est un sale type.

— Allons! Allons!

— Et moi aussi, je suis un sale type. Et celui-là aussi est un sale type.

L'Allemand, qui ne comprend pas, lève son verre, fait mine de trinquer en prononçant :

— *Prosit!*

— Qu'on me donne à boire, gueule Roger déchaîné en se demandant ce qu'il pourrait bien faire pour se soulager. Qu'on me donne tout de suite à boire, ou je casse tout. Et d'abord, je veux pisser. Où est-ce qu'on pisse ici?

La vieille le conduit, à travers la cuisine, jusqu'à une courette qui suinte l'humidité. Il doit s'appuyer au mur, car il se sent osciller. Quand il rentre dans le café, il trouve les deux groupes qui se sont rapprochés: Gaston, les soldats allemands et les deux femmes à la même table.

Une seconde, il est sur le point de se dégriser. Son œil se fait tout petit, haineux, mais il suffit qu'on lui mette un verre dans la main pour qu'il s'assoie docilement.

— Tu comprends, Gaston, ce qui me fait enrager, c'est que ça pourrait être si épatant...

Qu'est-ce qui pourrait être épatant? Voilà ce qu'il est incapable d'exprimer. Il le sent. Il lui semble qu'il n'y aurait qu'un effort à accomplir une fois pour toutes et alors on ne serait plus des sales types, la vie serait belle et propre, harmonieuse comme certains souvenirs, on n'aurait plus l'impression, à chaque instant, de patauger dans l'ordure.

— Tiens! Un exemple! Un exemple et tu vas comprendre. L'argent que j'ai ici — il frappe un grand coup sur sa poitrine à la place du portefeuille — eh bien! cet argent-là, c'est plus que ce qu'on gagne en deux mois avec Mlle Rinquet. Et qu'est-ce que je vais en faire, hein? Essaie de dire ce que je vais en faire? Pour commencer, voilà...

Il prend un billet au hasard et le pousse dans la main de la fille noiraude.

— Prends-le, va! N'aie pas peur! Je suis peut-être saoul, mais je sais ce que je fais et je ne viendrai pas demain te le réclamer. Quant à coucher avec toi, je n'en ai pas envie.

— Chut...

Ce n'est pas une maison close, mais un café comme on en trouve dans les rues paisibles qui environnent l'Hôtel de Ville. Certes, on a le droit de s'asseoir dans un coin avec une serveuse et de la lutiner. De jour, il règne un clair-obscur favorable et le soir l'éclairage est aussi discret que possible.

— Qu'est-ce que vous avez tous à me regarder? Est-ce que j'ai du noir sur le nez? Hein? Vous n'osez pas répondre?

Le feldwebel se lève et lui parle dans sa langue, s'approche de lui en faisant mine de vouloir l'embrasser.

— Reste tranquille, Roger. Prends garde à ce que tu fais. Il n'est pas méchant. Il dit que tu ressembles à son frère cadet qui a été tué en août 1914.

— *Prosit.*

La vieille a rempli les verres. Elle n'apparaît que quand on a besoin d'elle et disparaît aussitôt. Le bossu, qui a une voix de basse inattendue, se lève à son tour, monte sur sa chaise et entonne à pleins poumons une chanson lugubre.

— Viens t'asseoir ici. Allons! Ne sois pas sot. Tu ne vas pas pleurer, maintenant?

— Pourquoi pleurerais-je?

Il obéit à la grosse fille qui l'enveloppe d'une caresse maternelle.

Plus tard, il a dû chanter aussi. Il est monté sur la banquette. Il a gesticulé. Dans un coin, Gaston, bleu de congestion, suppliait la vieille femme de le laisser monter dans une chambre avec sa compagne — une demi-heure, dix minutes, rien que cinq minutes, même pas!

— Je ne demanderais pas mieux, mon bon monsieur. Vous devez comprendre que je voudrais faire plaisir à un gentil garçon comme vous. Mais la police est très stricte. En outre, il y a les patrouilles qui passent presque toutes les nuits. On me fermerait ma maison. Je serais sur le pavé. Soyez sage. Reconduisez votre ami et allez vous coucher. Vous reviendrez demain.

Qu'est-il arrivé encore? On a fait boire, de force, à Roger du café bouillant, qu'il a renversé sur son beau costume. On a lavé les taches à l'eau tiède avec un coin de serviette. Il les méprisait, tous, autant qu'ils étaient à s'agiter autour de lui.

Ils ne comprenaient rien! Un mois plus tôt, par exemple, est-ce qu'il ne voulait pas que Raoul lui coupe les cheveux à ras? Il portait des sabots de bois, il fumait une pipe de vieux et il allait à pas lents assister au salut dans la crypte du Bouhay.

Et si maintenant son père le voyait assis à la même table que les soldats allemands? Roger aurait beau lui expliquer, Désiré ne comprendrait pas non plus. Ce n'est pas un sale type, lui! Il passe dans les rues sans voir les saletés. Jamais, comme son fils, il n'a été tenté de plonger dans les dessous de la ville. Il croit ce qu'on lui dit de croire et, pendant la grand-messe, il se tient tout droit à son banc, aussi serein qu'un saint de vitrail, pendant que Chrétien Mamelin va quêter de chaise en chaise pour le grand saint Roch.

Est-ce que saint Roch a besoin d'argent, lui aussi?

Roger a eu un rendez-vous avec la petite danseuse de la

«Renaissance». Dans la rue, c'est une gamine quelconque, craintive, très pauvre. Quand il lui a remis le poudrier doré qu'il venait de payer trente-deux francs, elle l'a regardé avec plus d'effroi que de reconnaissance, tant ce cadeau lui paraissait somptueux.

— C'est beaucoup trop, a-t-elle balbutié sur le même ton qu'Élise quand sa sœur Marthe lui glisse du chocolat ou des boîtes de sardines dans son filet.

Il a voulu l'embrasser. Elle s'est laissé faire docilement en regardant fixement par-dessus son épaule.

— Il ne faut plus m'envoyer de fleurs comme l'autre jour. Mes camarades se demandent ce que cela signifie. On croit que je cherche à me faire valoir.

— Qu'est-ce qu'elles disent de moi, vos camarades?

— Que vous avez l'air gentil et que vous êtes bien habillé.

— Et les acteurs?

— Je ne sais pas. Ils ne nous parlent pas.

Le père Renchon affecte de ne pas s'occuper de lui, évite de le questionner, car il ne sait aucune leçon, bâcle ses devoirs n'importe comment, parfois en marchant dans la rue. Chez lui, il ne fait qu'entrer et sortir.

— On mange?

Il se met à table et s'en va, le repas à peine fini, sort ou s'enferme dans sa chambre, évite surtout de se trouver en tête à tête avec son père. Quelquefois, il a l'impression que celui-ci le tient comme au bout d'un fil, qu'il sait tout, qu'il a peur d'intervenir et qu'il attend dans l'angoisse.

Il est complètement ivre. La preuve, c'est qu'il ne sait pas comment il quitte le petit café feutré. N'ont-ils pas marché un certain temps en compagnie des deux Allemands avec qui Gaston avait entrepris une interminable conversation?

Il s'aperçoit pourtant qu'il franchit la passerelle dont il

reconnaît les planches élastiques et toujours un peu visqueuses sous ses pas. Il a même voulu s'accouder au parapet pour pleurer en contemplant les reflets de lune sur l'eau. Son cousin l'a entraîné. Il le tient sous un bras, le fait marcher.

— Ne me brutalise pas, Gaston!

— Alors, avance! La poule a promis de venir me retrouver chez moi dès que la patronne sera endormie.

— Et si tu attrapes la syphilis? Dis, Gaston... Regarde... Nous sommes rue Puits-en-Sock... Je suis peut-être saoul, mais je la reconnais, car c'est la rue des Mamelin et là-bas, où il y a un gros gibus rouge au-dessus de la porte, c'est chez mon grand-père... A côté, c'est chez Gruyelle-Marquant... Tu crois que tu sais des tas de choses et tu ne sais rien du tout... Veux-tu que je te dise?

Il a bien failli parler, mais son visage s'est soudain refermé comme s'il reprenait conscience de l'abîme séparant de lui un Gaston Van de Waele.

— Cela ne te regarde pas. Va coucher avec la grosse fille. Elle sent la bière et le petit-lait.

Pourquoi le petit-lait? Il l'ignore. Cela va avec sa chair blanche et douce comme un pis de vache.

— Écoute, Roger, ce n'est pas la peine de dire à tes parents que tu es sorti avec moi. Ta mère, comme je la connais, en parlerait à toute la famille.

C'est vrai qu'à Neeroeteren Gaston récite le bénédicité à voix haute avant chaque repas!

— N'aie pas peur, va! Maintenant, tu peux me laisser. Je suis presque arrivé.

Et il s'éloigne, en zigzaguant, de son cousin qui le surveille encore, tourne le coin de la rue des Maraîchers, aperçoit tout de suite un peu de lumière qui filtre sous le volet. Il n'a pas besoin de tirer sa clef de sa poche, ni de toquer à la boîte aux lettres. On allume déjà dans le corridor. La porte s'ouvre. Ce n'est pas son père. C'est Élise.

— D'où viens-tu à cette heure-ci, Roger? Tu n'as pas honte?

La première chose qui le frappe, c'est sur le marbre noir de la cheminée, le disque familier du réveille-matin qui marque deux heures moins dix. A cette révélation, il est pris de panique, mais aussitôt il aperçoit Mlle Rinquet comme à l'affût dans le fauteuil de son père.

Alors la hargne lui remonte d'un seul coup, comme le sang vous monte à la tête. De rouge qu'il était, il devient exsangue, ses narines se pincent, ses prunelles se contractent, on sent que rien désormais ne sera capable de l'arrêter.

— Qu'est-ce qu'elle attend, la vieille chipie?

— Roger, veux-tu te taire? Ma parole, tu as bu! Mlle Rinquet qui a eu la gentillesse d'attendre avec moi! Vingt fois nous sommes allées jusqu'au pont d'Amercœur et je me suis même adressée au commissariat en pensant qu'il était arrivé un malheur.

— Elle aurait été bien contente!

— Roger! Monte tout de suite te coucher. Demain, tu lui demanderas pardon.

— Moi? Jamais de la vie! Je la déteste. Je la méprise! C'est une méchante femme qui ne mérite pas de vivre, et tu le sais bien. S'il y avait une justice, ce sont des vieux déchets comme elle qu'on enverrait sur les champs de bataille au lieu de tuer de pauvres soldats.

Élise s'affole, essaie en vain de le faire taire, ne trouve pas d'autre moyen que de crier plus fort que lui.

— Tu es fou! Tu es vraiment fou! Mademoiselle Rinquet, mon fils est devenu fou! C'est une honte. Je n'ai pas mérité ça. Et, pendant ce temps-là, son père est à ce point malade d'inquiétude qu'il a été forcé de se coucher...

Au mot de père, Roger a soudain quitté la cuisine. Il monte l'escalier quatre à quatre, s'arrête un instant sur le palier pour laisser son effervescence se dissiper un peu. Alors qu'il est debout, immobile, une main sur son cœur qui bat à grands coups, une voix prononce doucement:

— C'est toi, fils?

La porte est contre, la veilleuse qui servait quand il était petit est allumée. C'est si anormal que Roger frissonne, qu'une mortelle inquiétude s'empare de lui.

— C'est vrai que tu es malade?

Le plus terrible, c'est que l'ivresse empâte encore sa langue et qu'il trébuche sur les syllabes.

— Ta mère exagère toujours. Enfin, tu es revenu. Va vite te coucher.

Alors, d'un élan, Roger se jette la tête sur le lit, sur la poitrine de son père, il sanglote, il attend de pouvoir balbutier le mot pardon, mais sa gorge est trop serrée, une main caresse sa chevelure mouillée — il ne sait pas pourquoi ses cheveux sont mouillés — on entend la voix d'Élise, la porte de la cuisine s'ouvre.

Et son père murmure, comme s'il n'y avait pas besoin d'autres explications entre eux:

— Va vite te coucher. Bonsoir, fils.

Le lendemain matin, il a retrouvé au fond d'une poche une petite photo toute craquelée qui représente un gamin de quatorze à quinze ans, en costume tyrolien, debout sur une montagne couverte de sapins. Le gamin tient par la main une petite fille en jupons courts qui doit être sa sœur.

Longtemps il reste perplexe quand enfin lui revient à la mémoire l'image d'un feldwebel aux moustaches rousses qui fredonnait une chanson de son pays en se balançant de gauche à droite sur une banquette, la main sous les jupes d'une fille maigrichonne.

Mlle Rinquet a couru toute la journée pour trouver une chambre et, le soir, elle est venue chercher ses affaires avec un commissionnaire.

Alors, Élise, qui a pleuré sans cesse en faisant son ménage, a prononcé avec soulagement, en refermant la porte derrière le vieux poison:

— Bon débarras!

7

— Donne-moi ton bras, Roger, veux-tu? Si tu savais combien de fois, quand tu étais petit, j'ai répété à mes amies de l'«Innovation»:

» — Vous verrez, plus tard, lorsque je me promènerai au bras de mon grand fils et qu'on le prendra pour mon amoureux!

Élise s'efforce de sourire, d'effacer de ce sourire tout ce qui pourrait ressembler à de la mélancolie. Ainsi vont-ils bras dessus, bras dessous, ce matin-là, le long du quai de Coronmeuse. Demain, Roger remettra au collège un billet de Désiré disant que son fils a été souffrant, bien que le père Renchon connaisse déjà la vérité. Roger la lui a dite la veille:

— Je vais avec ma mère et des cousines chercher du ravitaillement à près de vingt kilomètres, au-delà de Visé, à deux pas de la frontière hollandaise.

Il est neuf heures du matin, l'heure qu'il préfère, quand les rues font leur toilette, que le soleil a encore toute sa légèreté prometteuse. Certes, dès que vient le soir, Roger est attiré par l'atmosphère équivoque de la ville mal éclairée et il a beau s'être juré de ne pas sortir, il lui suffit de voir par sa fenêtre le halo bleuâtre d'un bec de gaz, un couple anonyme qui passe en frôlant les maisons, pour se lancer pendant des heures dans des courses inavouables.

Malgré cela, il reste essentiellement l'homme du matin. De tous ses souvenirs, les meilleurs sont ceux de matins de printemps, la passerelle enjambant la Meuse scintillante, une buée ténue enveloppant encore les choses, le vacarme du marché aux légumes, place Cockerill, puis, au bord du fleuve, la Goffe et sa bousculade de paniers de fruits odorants et de commères fessues.

— Tu racontes à tout le monde que je pleure et que je me plains par plaisir, mais ce n'est pas vrai, Roger. Seulement, vois-tu, j'ai eu si peu de bons moments dans la vie ! Toi-même, tu m'as souvent fait souffrir. Est-ce que nous ne sommes pas bien, tous les deux ?

Mais oui, ils sont bien. Roger est ému de la sentir frémissante à son bras, si petite fille en somme, si désarmée qu'il en devient un homme.

— Si j'ai pris des locataires, si je les ai « strognés » autant que j'ai pu, c'est pour toi, pour qu'un jour tu sois quelqu'un. Et tu me fais si mal quand tu m'accables de reproches ! Ma seule joie, c'est de te voir bien portant, bien habillé, de savoir que tu ne manques de rien.

— Mais oui, mère.

Et il se demande sincèrement s'il ne va pas réaliser le rêve d'Élise. Il y a en lui plusieurs hommes en puissance et il est encore temps de choisir. L'idéal de sa mère c'est, par exemple, M. Herman, le premier violon du Théâtre Royal, qui ne s'est pas marié afin de rester avec sa vieille maman. Elle est toute menue, si fraîche et si soignée qu'Élise ne peut regarder sans envie leur maison à porte blanche de la rue Pasteur où la mère et le fils se dorlotent comme des amoureux.

Roger n'est pas musicien. Il pourrait probablement fournir une carrière comme celle de Vriens, le poète wallon qu'il rencontre chaque matin sur le quai, coiffé d'un vaste chapeau noir, cravaté d'une lavallière, les yeux rêveurs, le sourire bienveillant. Il écrit en patois des chansons tendres que chacun fredonne et il n'est personne qui ne le connaisse, qui ne se retourne sur son passage quand, fumant sa pipe à bouffées quiètes et gourmandes, il va prendre son poste à la bibliothèque communale des Chiroux.

Il connaît Roger, qui est son client le plus assidu, sauf depuis quelques semaines. Il y a longtemps qu'il l'encourage à écrire des poésies.

Élise rêve aussi d'une pâtisserie où un Roger solide et bon enfant s'agiterait dans la chaleur savoureuse du fournil pendant qu'elle-même, très propre, en tablier blanc brodé et craquant d'amidon, servirait des tartes sur un comptoir de marbre.

— C'est un si bon métier, Roger! As-tu jamais vu un pâtissier dans la misère? D'ailleurs, tous les commerces où l'on vend à manger sont de bons commerces. Regarde les bouchers. Je ne voudrais pas que tu sois boucher, mais il n'y en a pas un qui ne soit prospère.

Des matins comme celui-ci, il semble que la ville, pour l'amadouer, s'efforce de lui montrer un visage simplet et cordial. Là-bas, de l'autre côté du fleuve encombré de plusieurs rangs de péniches, ce sont les bains où il se rendait chaque matin en compagnie de son grand-père et des vieux habitués. Est-ce qu'un M. Fourneau, par exemple, toujours flanqué de sa chienne Rita qu'il faisait plonger après des cailloux, ne réalise pas le bonheur parfait?

Il suffit de se créer pour la journée un certain nombre d'habitudes, de rites, de petites joies, et la vie coule doucement, sans heurt, sans presque qu'on s'aperçoive de la fuite du temps.

Dans le quartier Saint-Léonard, on dit de M. Fourneau, comme on dit, rue Puits-en-Sock, de Chrétien Mamelin:

«C'est un si brave homme!»

Roger s'est engagé dans une autre voie et il lui arrive de s'effrayer, car il ignore où elle mène. Dans cette voie-là, où une force inconnue le pousse — sa mère dirait que ce sont ses mauvais instincts — il n'y aura personne pour l'approuver, pour l'aider, personne pour le consoler en cas de catastrophe.

— C'est comme ma sœur Louisa, Roger. Je sais que tu

ne peux pas la sentir. Elle ne fait rien pour être aimée, j'en conviens. Un jour, je te raconterai sa vie et tu lui pardonneras, j'en suis sûre. En attendant, essaie de te montrer un peu plus aimable avec elle, ne serait-ce que pour me faire plaisir.

Il promet. Que ne promettrait-il pas aujourd'hui ? Un rien lui arracherait des larmes. C'est un peu de son enfance qui lui sourit, qui tente timidement de le retenir alors qu'il se sent entraîné par un engrenage où il s'est engagé comme à son insu.

— Tu vas voir mon amie Éléonore Dafnet, que tu ne connais pas encore. Elle te connaît bien, elle. A l'« Innovation », elle était au rayon voisin du mien. Elle n'était pas heureuse, car son père était un ivrogne. Quand tu es né, c'est elle qui t'a donné la petite cloche d'argent qui porte la marque de tes premières dents. Elle a épousé un fermier de Lanaeken. Cela a dû être pénible pour une jeune fille aussi délicate et aussi sensible qu'Éléonore. Je l'ai rencontrée un soir de la semaine dernière, rue Neuvice. Nous sommes tombées dans les bras l'une de l'autre. Tout de suite, elle m'a dit :

» — Tu sais, Élise, si tu as besoin de ravitaillement, ne te gêne pas. Nous habitons un peu loin, mais tu as maintenant un grand fils qui doit bien t'aider.

Il sent le reproche — involontaire, car sa mère voudrait, elle aussi, qu'il ne subsiste rien de désagréable entre eux. Voilà deux mois qu'il ne s'est pas une seule fois proposé pour aller au ravitaillement. Élise passe ses journées à faire la queue, tantôt pour le pain, tantôt pour le lard d'Amérique, pour le riz, les pommes de terre ou le charbon. Lundi, elle a loué une charrette à bras qu'elle a poussée dans les rues, chargée de deux sacs de charbon, et elle a dû interpeller un passant pour qu'il l'aide à les descendre à la cave.

— Si ce n'était pas la guerre, nous serions si heureux tous les trois !

Il s'enlise, il a conscience de s'enliser dans du tiède, dans du soleil, dans du rassurant. Encore un petit bout de trottoir et c'est la boutique de tante Louisa, la porte vitrée aux réclames transparentes qui n'ont jamais changé, l'odeur du genièvre et des épices, le calendrier aux deux jeunes filles, la brune et la blonde.

— Anna va être prête tout de suite. Les petites Duchêne sont allées chercher du pain. Entre, Élise. Entre, Roger. Mon Dieu, ce qu'il grandit! Anna! Anna! Dépêche-toi, Élise est en bas.

On entend Anna, l'aînée des filles Jusseaume, qui s'habille au premier étage, où Roger n'est jamais monté. Dans la cuisine, on trouve Monique Duchêne, debout, vêtue d'une longue robe claire à fleurs, coiffée d'une capeline de paille d'Italie à ruban bleu pâle. Elle a pleuré. Elle tamponne encore ses yeux avec son mouchoir roulé en boule.

— Ma pauvre Monique, soupire Élise en l'embrassant. Tu viens avec nous? Tu ne crains pas que ce soit trop fatigant?

Longue et mince, elle fait penser à une fleur frêle dont la tige se ploie au moindre souffle d'air. Tout en elle est délicat et vaporeux comme un pastel.

Tante Louisa intervient:

— J'ai beau lui répéter que tout s'arrangera, que Dieu ne peut pas vouloir le malheur d'Évariste, elle ne cesse de se faire du mauvais sang. Ce matin, elle a appris par des voisins qu'il a encore écrit à cette femme.

Il n'y a pas si longtemps, on n'aurait jamais abordé ce sujet en présence de Roger. Sans doute considère-t-on maintenant qu'il est assez grand pour comprendre?

— Qui sait les mensonges qu'elle peut lui raconter? Mais j'ai écrit une longue lettre, moi aussi, qui est partie hier par un marinier. Quand Évariste la recevra, il verra de quel côté est la vérité.

Pourquoi faut-il qu'un matin pareil, alors qu'il était

détendu, qu'il n'aspirait qu'à se détendre davantage, il tombe sur cette écœurante histoire de famille ?

Monique Duchêne est une cousine, non pas une cousine à lui, bien qu'il l'appelle ainsi, mais une cousine du côté Jusseaume, une cousine germaine d'Évariste, qui est au front et qui a si mal reçu le pauvre Jacques Schroefs.

Elle a deux sœurs cadettes, celles qui sont allées chercher du pain et qui vont les accompagner à Lanaeken. Elles habitent le quartier, rue Sainte-Foi, juste derrière le quai de Coronmeuse. Leur père est médecin. Il n'a pour ainsi dire pas de clientèle. On le voit rarement et on parle de lui le moins possible, car c'est un homme étrange qui a un vice : il s'adonne à l'éther. Roger l'a entrevu deux fois ; un homme barbu, au poil et au teint gris, toujours sale et mal habillé, des pellicules sur le col de son veston, le regard aussi terne que le voisin de la rue de la Loi qui est mort de la maladie du sommeil.

Comment un tel homme peut-il être le père de la poétique Monique dont les pieds frôlent à peine la terre ?

Évariste et Monique étaient fiancés, jadis. Il n'y a pas eu de fiançailles officielles, mais il était convenu depuis toujours qu'on les marierait et qu'ils formeraient un beau couple. Évariste est grand et sec, le visage un peu sévère, car c'est un garçon consciencieux, qui prend la vie au sérieux. Il n'avait plus qu'une année d'études pour être avocat quand la guerre a éclaté.

Une autre catastrophe, pour lui, a précédé la guerre. Il a eu un enfant avec une fille du quartier, une fille du peuple dont le père, un petit homme carré et dru, est gardien de nuit dans une usine. C'est cet homme-là, têtu, buté, qui est venu trouver Louisa et qui, à tout ce qu'elle a pu lui objecter, s'est contenté de répéter :

— Il n'y a que le mariage.

Louisa a tenté l'impossible. Elle a offert de l'argent. Elle a consulté un grand avocat. On a même essayé de prouver, par des témoignages, que la fille Prunier avait eu des rapports avec d'autres hommes, de sorte qu'Évariste n'aurait pas été nécessairement le père de l'enfant.

Rien n'y fait. Dix fois par jour, ce Prunier venait la relancer, menaçant, mal poli, criant fort dans la boutique et jusque sur le trottoir où il menaçait d'ameuter les passants, gesticulant, revenant à son éternel refrain :

— Il n'y a que le mariage.

Ils se sont mariés deux mois avant la guerre, alors que Thérèse Prunier était enceinte de quatre mois. C'est une personne quelconque, gentillette et malingre comme il y en a tant, une gamine du peuple qui travaillait dans un atelier de couture.

Désiré a été le premier au courant, car c'est à lui qu'Évariste, dès le début, est venu faire part de ses ennuis. Désiré n'en a rien dit, même à Élise. On se demandait pourquoi Évariste, qu'on ne voyait jamais autrefois, était presque chaque soir rue de la Loi.

Il prend volontiers la vie au tragique. C'est dans son caractère. Il aime les attitudes et se regarde vivre. Le jour de son mariage, dans la cuisine du quai de Coronmeuse, pâle et les yeux rougis, il a déclaré à sa mère, qui le répète comme un texte sacré :

— Je vais à mon mariage comme à l'enterrement de mes jeunes espoirs.

Le couple n'a pas vécu ensemble. Il a été décidé que Thérèse continuerait à habiter chez ses parents et Évariste chez les siens jusqu'à la fin de ses études.

La guerre a éclaté, Évariste est parti avant la naissance de son fils qui est un enfant chétif et d'une nervosité excessive. Il a eu des convulsions. Sa mère a failli mourir en couches. Qui sait si Louisa ne priait pas pour que les choses s'arrangent de la sorte ?

Depuis, Monique Duchêne a pris l'habitude de venir chaque jour quai de Coronmeuse, où elle fait figure de bru.

— Vous n'avez pas de nouvelles, tante?

Elle ne dit pas encore maman, mais le mot se devine, les deux femmes se comportent ensemble comme bru et belle-mère, elles ne doutent pas un instant que c'est ainsi que cela finira, parce qu'il ne peut pas en être autrement, Dieu ne le voudrait pas. Elles vont à la messe ensemble et ensemble on les voit aux vêpres et au salut, priant, comme dit Désiré, «le bon Dieu à bas de la croix». Elles font brûler des cierges. Monique s'occupe de toutes les bonnes œuvres de la paroisse. Elle écrit à Évariste presque chaque jour, encore que les occasions d'acheminer le courrier par la Hollande soient assez rares.

Au début, les Prunier ont refusé que l'enfant aille passer une journée de temps en temps chez sa grand-mère paternelle.

«Si la mère n'est pas assez bonne pour eux, ils n'ont pas besoin du fils non plus.»

On a couru de plus belle les avocats. On est allé devant le tribunal. Louisa a obtenu gain de cause. Une fois la semaine, la mère de Thérèse, qui ne met un chapeau qu'à cette occasion, amène l'enfant jusqu'au seuil de la boutique puis s'en va, sans un salut, sans un mot. Et le soir, c'est Anna qui le reconduit jusqu'à la petite maison ouvrière où elle sonne, mais dont elle s'éloigne vivement avant qu'on ouvre la porte.

Toute la famille plaint Monique, admire son héroïsme.

— Si tu la voyais avec l'enfant, Désiré, tu en aurais les larmes aux yeux. Alors qu'elle a toutes les raisons de le détester, elle l'aime comme une vraie maman parce que, dit-elle, c'est l'enfant d'Évariste. Le jour où le petit est chez Louisa, elle y passe toute la journée. C'est elle qui le promène. Elle l'a rhabillé des pieds à la tête, et sais-tu ce que ces gens-là ont fait? Ils ont renvoyé les vêtements et le linge dans un paquet qu'ils sont venus déposer sur le seuil, comme des voleurs.

Thérèse continue à écrire à Évariste. Comme si elle

pouvait l'aimer !

— Tu comprends, Élise, ils n'ont vu qu'une chose : c'est que nous avons de l'argent. Qu'Évariste soit au front, cela n'empêche pas cette fille de courir avec des hommes. On m'a affirmé qu'on l'avait rencontrée avec des Allemands. Je l'ai écrit à Évariste. L'avocat, que j'ai encore vu hier, prétend que si Évariste écrivait une lettre dont il m'a remis le modèle, j'obtiendrais la garde de l'enfant. Monique serait si heureuse !

Et celle-ci soupire :

— Évariste ne le fera pas.

— Pourquoi, puisqu'il n'aime pas cette femme ?

— C'est un homme trop scrupuleux. Il veut accomplir son devoir malgré tout, boire le calice jusqu'à la lie. Je sais que Thérèse lui a écrit sur nous les pires mensonges. Il doit être si malheureux, là-bas, tout seul, tiraillé en tous sens !

Anna est descendue, solidement charpentée comme sa mère, le visage hommasse. Elle met ses gants, cherche son ombrelle.

— Tes sœurs ne sont pas encore là, Monique ? Moi qui croyais être en retard. Bonjour, tante. Roger n'est pas avec toi ?

Roger a préféré gagner l'atelier qui donne sur la cour ensoleillée, là où son oncle, dans l'ombre bleue, tresse des osiers parfumés en compagnie de l'ouvrier bossu. On se sent dans un autre monde. On entend les marteaux de chez Sauveur ; les trams qui passent sur le quai et dans la rue Sainte-Foi ; les sirènes des remorqueurs, des mouches qui bourdonnent. Roger voudrait être encore au temps qui lui paraît si lointain où il venait choisir une baguette d'osier qu'il épluchait ensuite patiemment, au temps plus lointain où, petit bonhomme court sur pattes, il rôdait autour de son oncle, qu'il ne connaissait pas, pour lui demander enfin avec anxiété :

— Dites-moi, ouvrier, on ne mange pas, dans cette

maison-ci?

La cour était plus vaste, le mur plus haut, énorme le seul arbre qui jaillissait d'entre les pavés inégaux et dont, en se soulevant à peine sur la pointe des pieds, il caresse aujourd'hui les feuilles veloutées.

— Roger! Où es-tu, Roger? Nous partons!

Il était plein de bonne volonté, ce matin, quand il donnait le bras à sa mère et qu'il essayait de l'évoquer, jeune fille, perdue dans l'immensité de l'«Innovation». Il se réjouissait d'aller à Lanaeken avec ses cousines Duchêne.

L'une d'elles, Colette, à peine plus âgée que lui, est une jolie fille au regard audacieux. Ses cheveux d'un blond éteint lui tombent sur le dos en deux lourdes tresses. Elle s'habille plus court que les demoiselles de son âge, elle a des gestes de garçon, plusieurs fois ils ont feint de se chamailler pour avoir l'occasion de rouler ensemble dans l'herbe ou dans les blés.

L'année dernière, quand on avait pris l'habitude d'aller, le dimanche, pique-niquer tous ensemble dans l'île Moncin, à trois kilomètres de Coronmeuse, il était amoureux de Colette, dans le bon sens, sans curiosités malsaines, sans aucune pensée qui le fît rougir.

Il admirait sa sœur Monique qui marchait nonchalamment derrière eux avec les grandes personnes en tenant son ombrelle penchée. Monique lui rappelait la maman de son petit ami Jacques, à Embourg, sous les sapins, et la villa si jolie parmi les roses du parc.

Colette, encore un peu sèche et anguleuse, deviendrait, pensait-il, le portrait de sa sœur aînée, dont elle avait le visage allongé et les prunelles d'un bleu d'aquarelle.

Maintenant, il sait. Colette est comme les gamines qu'on poursuit dans l'ombre du Carré. Elle court avec les garçons, se laisse trousser par eux et fait de sales choses dans les coins. On la connaît dans le quartier. Son autre sœur, qui n'a pas tout à fait quinze ans, est encore plus déchaînée qu'elle. On dit:

«Les petites Duchêne.»

Cela suffit. Elles provoquent les hommes, même des hommes mariés. On défend aux jeunes filles comme il faut de sortir avec «les petites du docteur».

Si Roger disait cela à sa mère, elle ne le croirait pas. Elle ne croit rien de ce qui est laid, surtout si cela a un lien quelconque avec la famille.

— Veux-tu te taire, Roger? Je me demande où tu vas chercher des idées pareilles.

Simplement en ouvrant les yeux et les oreilles. A présent encore, tandis qu'on marche le long du canal en suivant le chemin de halage où les arbres tracent une diagonale d'ombre tous les dix pas, il écoute sans le vouloir. Il aimerait mieux déambuler en se laissant bercer par sa rêverie, car, de tous les paysages de son enfance, c'est lui qu'il préfère.

Un havresac sur le dos, un bâton à la main, tête nue et le col de sa chemise ouvert, il va devant avec ses deux cousines. Élise, Anna et Monique suivent en parlant à mi-voix, en s'arrêtant de temps en temps parce que Monique est vite essoufflée.

Parfois ils dépassent une péniche qui glisse avec un léger froissement d'eau sur le canal où, sans raison apparente, des bulles montent à la surface. Ils frôlent le câble tendu, grimpent sur le talus pour éviter le cheval au pas lent que suit un charretier, parfois un enfant brandissant une baguette.

Le feuillage, au-dessus des têtes, forme une voûte immobile et fraîche, d'un vert sombre, qui se reflète dans l'eau, et à cent mètres à peine sur la droite, la Meuse coule librement, sans entraves, jusqu'à la mer, s'étale, scintillante, entre des rives basses; un pêcheur, de loin en loin, est immobile sous son chapeau de paille, dans un bateau plat que des fiches maintiennent au milieu du courant. Tout est si tranquille qu'à un kilomètre on entend grincer la mécanique d'une écluse ; un gros bourdon passe, ou bien, très loin, au pied des collines que voile un instant un long panache de fumée blanche, un train siffle éperdument.

— Elle est allée au cinéma avec le fils Sauveur. Bête comme il est, encore plus timide que son père, tu penses si elle a eu du plaisir ! Je lui ai dit : ma fille, tant que de choisir un homme...

Elles parlent, parlent sans répit, ne s'interrompent que pour éclater de rire.

— Depuis que Simone n'est plus avec Georges, elle s'est mise à courir les petits vieux. Tu te souviens de celui qui porte des guêtres blanches et qui nous a suivies tout un dimanche après-midi ? Il paraît qu'il a une garçonnière, pas loin de l'école Hazinelle. C'est un noble, mais il n'a plus le sou. Sa famille le tient serré. Eh bien ! Elle y est allée. Tu ne devinerais jamais ce qu'il lui a demandé...

Elles chuchotent, visage contre visage, lancent des regards provocants à leur cousin.

— Qu'est-ce que tu aurais fait à sa place, toi ?

Pourquoi, bon Dieu, Roger s'abaisse-t-il à leur demander, soudain cramoisi :

— Qu'est-ce qu'il lui a demandé ?

— Je ne peux pas te le dire.

— Pourquoi ?

— Yolande ! Il demande pourquoi !

Elles pouffent, continuent à le tenir en haleine.

— Je lui dis ?

— Tu es folle ? Si tu lui racontes des choses pareilles, je ne reste pas une minute de plus avec vous.

— Dis-le moi, Colette.

— Devine. Si tu devines, je te dirai si c'est ça.

La voilà à nouveau avec sa mauvaise fièvre et son regard oblique. Il y a des mots qu'il n'ose pas prononcer, fût-ce devant un camarade. Il essaie de s'exprimer par des périphrases, par des gestes à peine esquissés.

— C'est ça ?

— Tu es bête! Si ça avait été ça. Simone n'aurait pas demandé mieux. On voit bien que tu ne la connais pas.

— Alors, avec la bouche?

— Dis, Yolande... Il demande si c'est... Répète, Roger!... Si tu voyais la tête que tu fais!... Tu as déjà essayé toi?... Avec qui?... Raconte... Où était-ce?

Il se raccroche à la pure perspective du canal, il voudrait secouer cette fièvre sourde qui s'est emparée de lui. Il méprise ses cousines, et toutes les filles dont elles parlent.

— Dis-moi ce qu'il lui a demandé de faire.

— Qui t'a parlé de faire quelque chose?

— Alors, de se laisser faire?

— Il brûle, hein, Yolande? On lui dit?

— Si tu parles, je raconte à Monique où tu es allée hier au soir.

— Où es-tu allée, Colette?

Elles le tiennent, se jouent de lui en échangeant des coups d'œil complices.

— Est-ce que je te demande ce que tu fais avec les filles, toi?

Il entend, plus proches, les voix des trois femmes qui les suivent.

— Je sais bien qu'Évariste ne divorcera jamais. D'ailleurs Louisa ne le permettrait pas. Elle est trop foncièrement catholique. C'est assez d'un exemple dans la famille. Si vous saviez ce que ma sœur a souffert d'épouser un homme divorcé! Et pourtant ce n'était pas sa faute, à lui. C'est sa femme qui est partie avec un de ses ouvriers.

Roger tend l'oreille, comprend que c'est le mari de tante Louisa, ce paisible vieillard à barbe de patriarche, qui est un homme divorcé. Donc, du point de vue religieux, sa tante n'est pas mariée; elle a beau aller à l'église matin et soir, elle vit en état permanent de péché mortel.

— Crois-moi, ma pauvre Monique. Comme dit ma sœur, tout s'arrangera, car il y a un Bon Dieu au ciel.

Est-ce que, vraiment, au prix d'un effort surhumain, Roger ne parviendrait pas à secouer d'un terrible éclat de rire cette atmosphère qui l'oppresse? Sont-ils inconscients, tous, autant qu'ils sont? Sont-ils des monstres? Est-il possible qu'ils soient sincères avec eux-mêmes?

Tante Louisa prie le Bon Dieu pour qu'il «arrange les choses» sans divorce! Qu'est-ce que cela signifie, sinon que le Bon Dieu, afin qu'Évariste soit heureux et puisse épouser sa cousine, doit rappeler à lui la pauvre couturière qui n'a pas su éviter de faire un enfant?

Et Monique prie Dieu, elle aussi, se dévoue aux bonnes œuvres, chante à la grand-messe! Pour un peu, elles se mettraient toutes ensemble pour faire une neuvaine:

— Seigneur Jésus, sainte Vierge Marie, rappelez à vous cette fille qui empêche le monde d'être heureux!

Il entend Élise qui murmure:

— D'ailleurs, elle n'a aucune santé. Anna me disait tout à l'heure qu'elle sait, par la femme qui lave leur linge, qu'elle s'est mise depuis peu à cracher le sang. Elle souffre aussi du ventre. Elle n'était pas assez forte pour accoucher et il a fallu pratiquer la césarienne.

C'est honteux. C'est ignoble. Et pourtant rien ne craque, le ciel est d'un bleu inouï qui vous enveloppe de sérénité, des pâquerettes, par milliers, poussent leur petite tête innocente entre les herbes de velours, il n'est pas jusqu'au poisson qu'un pêcheur tire de l'eau qui n'ait l'air de frétiller joyeusement au bout de son fil.

Est-ce que la poétique Monique, quand elle était une gamine, se faisait tripoter par les hommes dans l'ombre des terrains vagues et dans les urinoirs? Est-ce qu'elle s'excitait comme ses sœurs à évoquer devant un garçon des scènes graveleuses?

La peau lui cuit sous le soleil. Il entend le rire saccadé des deux filles Duchêne. Il se retourne et voit les trois femmes sur un rang, l'ombrelle candide de Monique, l'ombrelle noire d'Anna qui n'est pas coquette, le visage penché d'Élise qui voudrait que tout le monde fût content et qui, pour cela, souhaite sans méchanceté la mort de Thérèse.

Sur le canal, une femme aux cheveux couleur de corde pousse de ses reins le gouvernail d'une péniche qui glisse en silence ; une petite fille en rouge, maigre et nue sous sa robe, joue à ses pieds sur le pont encore humide qu'on vient de laver ; la femme donne le sein à un bébé, ce sein est la seule tache blanche dans la nature, et au loin, à l'ombre des arbres, le mari marche, penché en avant, attelé à un filin d'acier ; c'est lui qui, d'un effort lent et continu, fait glisser le chaland entre les berges du canal.

Pourquoi les petites Duchêne ont-elles soudain éclaté de rire ? Il n'a rien dit. Il n'a rien fait. Il se rend compte qu'il les interroge d'un œil stupide et il est un bon moment avant de deviner l'ignoble vérité : elles se sont esclaffées parce qu'elles ont pensé qu'il ne pouvait détacher son regard du sein laiteux de la marinière !

On a mangé à Visé, qu'on appelle la ville martyre parce que la plupart de ses habitants ont été fusillés par les Allemands en août 1914 et que la ville a été complètement incendiée.

Ils étaient assis sur un talus et ils déballaient leurs provisions en regardant vaguement ce qui demeure de la cité. Des maisons, des églises, des monuments publics, il ne subsiste rien. On a depuis longtemps achevé de démolir les quelques murs qui restaient debout et maintenant pierres et briques sont rangées en tas réguliers. Les rues et les trottoirs intacts se dessinent avec une netteté stupéfiante, de sorte que c'est encore une ville, une ville où les pâtés de maisons sont remplacés par des tas de pierres d'un mètre ou deux de haut.

En face d'eux, une guinguette en planches a surgi, flanquée d'une amorce de tonnelle.

— Ce n'est pas la peine d'aller dépenser notre argent,

mes enfants. Pour boire quoi? Rien de bon. J'ai apporté du café pour tout le monde.

Le pont est cassé en deux comme un jouet. On voit au loin, sur une rive de la Meuse, le poste frontière, on devine, malgré le soleil qui éblouit, le câble tendu en travers du fleuve. Les éclairs qu'on observe parfois ne sont que des reflets sur les baïonnettes des sentinelles.

Le premier hiver de la guerre, deux cents jeunes gens se sont réunis dans la cale d'un remorqueur sans attirer l'attention des Allemands. Plusieurs jours durant, ils ont dû attendre que le plus fort de la crue permît au bateau de passer par-dessus les barrages et, une nuit enfin, le remorqueur s'est détaché de la rive et s'est lancé à toute vapeur dans le courant, sans feu de position, tandis que le coups de fusil crépitaient sur les berges.

Les Allemands avaient déjà tendu un câble, mais le patron risquant le tout pour le tout, comptant sur la violence du flot, a foncé droit devant lui et le câble a cédé, le remorqueur a tournoyé un instant sur lui-même tandis que les jeunes gens, enfin libres, se précipitaient en hurlant sur le pont.

Roger était trop jeune. Il l'est encore. Ses mâchoires se serrent tandis qu'il contemple la frontière. Que pourrait-il faire pour que la vie fût belle et propre, surtout propre?

Tête basse, il marche derrière les autres.

— Qu'est-ce que tu as, Roger?

— Rien, mère.

— Tu ne t'amuses pas?

Ses cousines se moquent de lui. Cela lui est égal. On emprunte des petits chemins. Élise commence à expliquer:

— Le plus dangereux, tout à l'heure, ce sera le passage à niveau. Vous avez vu la sentinelle. Heureusement que c'est un Bavarois. S'il arrive quelque chose, on pourra peut-être s'arranger avec lui. Tu passeras la première, Monique. Jolie et élégante comme tu l'es, il ne regardera que toi et nous en profiterons pour nous glisser de l'autre côté.

On a atteint la ferme d'Éléonore Dafnet qui les attend et qui se récrie :

— Comment! Vous avez mangé! Je reconnais bien là Élise. Et moi qui vous avais préparé un bon dîner!

Elle est maigre. C'est la même race qu'Élise, de ces femmes qui n'ont pas l'air d'avoir deux sous de santé et qui sont plus résistantes que les hommes. Pourquoi Roger pense-t-il soudain qu'elles semblent nées pour faire des veuves ?

— C'est cela, ton fils? Mon Dieu! Je n'oserais pas l'embrasser!

Elle est vêtue de noir comme une bourgeoise. La ferme est bien entretenue, la cuisine luisante de propreté. On entend quelque part les sons d'un accordéon et Élise, facilement inquiète, interroge son amie du regard.

— Ne fais pas attention. Ce sont mes locataires. Car figure-toi, Élise, que j'ai des locataires, moi aussi. Ils sont venus sans que j'aie besoin d'aller les chercher. Ce sont quatre Allemands, dont trois vieux. Je les ai dressés et, quand ils ne montent pas la garde, ils m'aident à traire les vaches.

Elle entrouve une porte.

— Hé! Franz... Viens donc dire bonjour à mes amies...

Comme il ne porte pas sa tunique ni ses bottes, et qu'il est chaussé de sabots pleins de paille, on n'a pas l'impression de se trouver devant un soldat allemand.

— Tu dois encore pouvoir t'expliquer avec eux, Élise? Ils sont bien gentils, tu sais. Je me réjouis qu'ils s'en aillent et que mon mari revienne, mais on ne peut pas dire que ceux-ci soient tracassants. Va me chercher une bouteille à la cave, Franz... *Flasche, ja... Wein...* C'est cela... Tu vois, il a compris!... Tu en auras un verre aussi, gros cochon!...

Si je te disais que rien ne l'amuse, celui-là, comme de s'entendre appeler gros cochon...

— Tu n'as pas peur?

— De quoi?... Son père est bourgmestre de son village... Je lui ai raconté que le tien l'a été aussi... Mais dans quoi allez-vous emporter les victuailles, mes enfants?

— Dis-moi, Éléonore, tu ne crois pas qu'ils comprennent tout ce que tu dis?

— Qu'est-ce que cela peut faire? Ils sont au courant. Je leur donne assez de beurre qu'ils envoient en Allemagne, où on crève de faim... Où il faudra faire attention, c'est au passage à niveau... Surtout si tu vois un adjudant... Celui-là, c'est une brute qui n'hésiterait pas à vous faire déshabiller sur la route pour s'assurer que vous ne cachez rien... La semaine dernière, il a ordonné à ses hommes de tirer sur un pauvre type qui fraudait...

Roger regarde gravement Élise, s'étonne que sa mère ait pu être jadis l'amie de cette femme qui est devant lui. Est-ce qu'à cette époque de l'«Innovation» elles se ressemblaient, et la vie a-t-elle suffi à les faire si différentes l'une de l'autre?

Élise parle à mi-voix. L'autre répond à voix haute:

— Ne t'en fais pas, ma fille! Je m'arrange pour ne pas y perdre. Si je te disais combien je leur prends pour laver leurs chemises et leurs chaussettes, tu ne me croirais pas. Tu n'as pas encore vu mon préféré. Attends... Éthel!... Éthel!... Viens ici, mon garçon, qu'on admire ton joli museau... Eh bien, ne dirait-on pas un enfant?... Je ne sais pas pourquoi on l'a mis avec les vieux, au lieu de l'envoyer en première ligne... Il a une peau tendre de fille et un rien le fait rougir... Des amies, Éthel, du temps où j'étais demoiselle... *Fräulein,* oui... Moi, *Fräulein...* Tu vois! Il ne sait plus où se mettre... Son père est notaire, à Mayence... Il a une sœur mariée à un baron... Un verre de vin, Éthel?... *Ja...* Prends les verres dans l'armoire...

Essaie de te rendre utile... Tu vois comme je les fais marcher?

— Tu n'as toujours pas de nouvelles de ton mari?

— Rien. Je n'ai pas reçu une seule lettre depuis un an.

Elle pousse un soupir, mais continue à remplir les verres.

— Dans quoi vas-tu mettre le blé?

— Tu verras. Je te montrerai quand ils ne seront plus là. Je me suis fait un jupon de dessous à deux épaisseurs, avec des coutures verticales tous les cinq centimètres...

On a mangé de la tarte avec les Allemands. Seule Monique se tenait un peu à l'écart. Puis soudain on s'est aperçu que le temps passait vite. Au grenier, on a dû chercher un entonnoir pour verser le blé dans les sortes de poches étroites dont le jupon d'Élise est composé. On a pesé le beurre, le lard.

Roger a compris le manège de Colette qui, après l'avoir regardé dans les yeux, est entrée comme par désœuvrement dans une remise mal éclairée. Il l'a suivie. Elle lui a demandé d'une voix un peu nerveuse :

— Qu'est-ce que tu veux?

Elle a dû avoir peur, car il la haïssait vraiment ; c'est par haine qu'il l'a renversée dans ses bras et que ses dents se sont heurtées aux siennes, ses mains rageuses ont déchiré du linge. Si sa sœur Yolande n'était pas entrée à ce moment, il aurait sans doute été jusqu'au bout, pour la salir.

— Eh bien! vous autres, vous ne vous embêtez pas.

— Brute! Sale brute! a grondé Colette en essayant de se rajuster.

Elle ne se moque plus de lui. Elle en a peur. Elle le respecte. C'est elle qui, tout au long du chemin du retour, va courir après lui.

Élise, un peu déçue, n'ose pas le montrer.

— Combien nous a-t-elle compté le blé ?

— Vingt-cinq francs le kilo.

— C'est cinq francs moins cher qu'en ville. Son beurre a un bon goût de noisette. Ce n'est pas comme le beurre du ravitaillement qui est toujours rance et plein d'eau.

Avait-elle espéré qu'Éléonore lui donnerait tout cela pour rien, ou au prix d'avant la guerre ?

Monique Duchêne est envoyée en avant pour franchir le dangereux passage à niveau. Roger et ses cousines rampent sur le talus et franchissent la ligne de chemin de fer à cent mètres des sentinelles. Élise, dans son jupon plein de froment qui se gonfle en crinoline, a l'air d'attendre famille ; elle ressemble un peu à ces figurines Louis XV en pâte tendre et son visage paraît plus délicat, plus fin.

— Laissez-moi porter quelque chose, tante.

— Mais non, Monique, tu as les mains trop délicates.

On évite le chemin de halage et on suit, près de la Meuse, un sentier entre les roseaux. On parle de moins en moins. On finit par ne plus parler du tout, tandis que le ciel tourne au vert pâle et que la brise couvre le fleuve de vaguelettes blanches.

Roger envie le jeune soldat qu'il a vu tout à l'heure à la ferme et qu'Éléonore Dafnet couvait de regards attendris. Ce garçon-là n'est-il pas heureux d'échapper à la vie quotidienne, à sa famille, aux maisons toujours les mêmes qu'il voyait depuis son enfance, dressées autour de lui comme des murs de prison ?

Dans une arrière-cuisine blanchie à la chaux, on a étendu quatre paillasses côte à côte. Des casques, des ceinturons traînaient sur des chaises à fond de paille et il y a un rasoir et un blaireau sur l'appui de la lucarne, un bout de miroir fixé avec des clous. On entend les vaches et les chevaux de l'autre côté du mur. Assis sur sa couche, pieds nus, la chemise ouverte sur un torse velu, un soldat de quarante ans qui est dentiste dans le civil joue de l'accordéon.

Et tante Louisa écrit à Évariste, qui est au front, pour l'entretenir de tous les ragots qui courent sur le compte de sa femme.

Elle le supplie de signer la lettre qui permettrait peut-être de reprendre l'enfant à Thérèse. Monique écrit de son côté pour lui faire entendre à demi-mot, car elle est pleine de délicatesse, qu'elle l'attend et qu'il la trouvera quoi qu'il advienne.

Éléonore Dafnet ne s'inquiète pas de son mari dont elle est sans nouvelles et qui est sans doute mort. Pour sa fête, elle s'est offert une broche de deux mille francs. Elle l'a montrée à Élise.

Désiré, ce soir, devra préparer son souper en rentrant du bureau, car on n'arrivera pas avant la nuit rue des Maraîchers. Il reste encore des endroits dangereux à passer. Non seulement on risque plusieurs années de prison, mais les sentinelles ont l'ordre de tirer.

— Qu'est-ce que tu fais, le dimanche ? demande Colette à Roger.

Il sait où elle veut en venir, mais il ne lui donnera pas le rendez-vous qu'elle espère. Il est content que Yolande soit survenue pour l'empêcher d'aller jusqu'au bout, car Colette se serait probablement raccrochée à lui.

Est-ce sa famille qui pèse à Roger ? Il y a des moments où il se demande si, comme Élise le prétend au cours de ses crises, il n'est pas un monstre. Il a beau faire. Ce matin, il était plein de bonne volonté. Qu'ont-elles eu besoin de remuer toutes leurs saletés devant lui ?

La solitude l'angoisse parfois. Mais comment faire pour ne pas être seul ?

On finit par marcher à la file indienne, les pieds butent, l'herbe est devenue grise et le soir a comme un arrière-goût de cendres refroidies. La lourde tarte d'Éléonore Dafnet — la pâte était mal cuite — pèse encore sur l'estomac.

Que lui reste-t-il de sa journée? Quelques minutes de légèreté et d'espoir quand, le matin, quai de Coronmeuse, sa mère lui a demandé avec une touchante timidité de lui donner son bras et qu'il a eu l'impression de respirer des bouffées d'une époque qu'il n'a pas connue, qu'il ne peut reconstituer que par Valérie et par quelques amies éparpillées.

Une petite fille en rouge, une femme qui donnait le sein en pesant sur la barre du gouvernail, un homme qui là-bas, dans l'ombre des arbres, peinait patiemment comme un cheval.

Puis ces paillasses, ces couvertures grises, cette odeur de caserne, ces quatre hommes fraternels et détachés du monde qui erraient dans la ferme de Lanaeken.

— Vous marchez trop vite, mes enfants. Monique ne peut pas suivre. C'est toi, Roger, qui vas de l'avant comme un fou.

Il ralentit son allure. Il fera tout ce qu'on voudra. Peu lui importe. Il n'a rien de commun avec eux. Il moudra docilement le grain dans le moulin à café, il le passera au tamis.

Sa vie est ailleurs, il ne sait pas encore où, il la cherche dehors et il continuera à la chercher.

Élise croit devoir se cacher de lui. Elle se figure qu'il n'a pas entendu. A certain moment, comme Éléonore Dafnet commençait une phrase, elle lui a fait signe de se taire en désignant Roger du regard. Les deux femmes ont continué en flamand, il a compris sans le vouloir.

Éléonore demandait à Élise si elle prenait encore des pensionnaires, car deux filles de fermiers des environs, qui suivent des cours à l'école Pigier, cherchent une chambre en ville.

Maintenant, sa mère explique à voix basse à Anna :

— Tu comprends, je n'ai pas dit non. Des filles de fermiers nous apporteront toujours quelque chose à manger. Je n'en parle pas encore à Roger, car il devient plus intraitable que son père. On dirait qu'il est jaloux de tout ce qui entre à la maison. Avec ça qu'il n'y est jamais.

On retrouve le quai de Coronmeuse dans la nuit, on entre un instant chez tante Louisa, on échange des paquets et on fait des comptes compliqués.

Puis ils ne sont plus que deux à traîner leur chargement le long des maisons noires. Élise est lasse. Elle s'efforce de suivre son fils sans se plaindre. Ils ne se parlent plus. Ils n'ont rien à se dire.

On traverse le pont Maghin, on passe par la place du Congrès et machinalement on jette un coup d'œil dans la rue Pasteur où il n'y a pas une âme et qui paraît morte.

Encore le pont d'Amercœur pour franchir la dérivation et ils seront chez eux, ils entreront enfin dans la cuisine où Désiré, en bras de chemise, a mis la table et les attend en lisant le journal dans son fauteuil reconquis.

— Alors, Élise ? Alors, fils ? L'expédition s'est bien passée ?

Chacun se déharnache. Élise parle d'abondance, comme chaque fois qu'elle a quelque chose à cacher et Roger, à la dérobée, regarde son père, le cœur gros.

Élise lui a rapporté un morceau de tarte qui fait piteuse figure sur la table, avec son papier qui colle et les fruits qui ont imprégné la pâte.

8

Il est quatre heures. Le surveillant, qui a ouvert le portail à deux battants, va se planter au milieu de la rue Saint-Gilles afin d'arrêter le flot des élèves au passage des tramways.

On est en juin 1918. Sur les hauteurs, on entend de plus en plus nettement le canon. Les Allemands qu'on rencontre dans la ville sont de vieux soldats du «Landsturm», des barbus, des chauves, des trop petits, ou des trop grands, ou des tordus. Ils ne jettent plus dans le ruisseau le trop-plein de leur gamelle. On les voit qui traînent par petits groupes leurs courtes bottes le long des trottoirs, et qui s'arrêtent avec des concupiscences d'enfants devant les étalages.

L'autre jour, comme Élise sortait du ravitaillement américain où elle avait attendu plus de trois heures, elle en a vu un qui lui a fait pitié et elle n'a pu s'empêcher d'en parler au souper. Il était campé au bord du trottoir, en face de la sortie. Dans sa grande pipe de porcelaine, il fumait quelque chose qui n'était pas du tabac, qui sentait comme les feux qu'on allume dans les campagnes, du foin sans doute, ou des feuilles de chêne. Il devait être grand-père. Cela se devinait à sa façon de regarder les enfants d'un certain âge. Il avait été gros et son uniforme était maintenant trop large, la boucle de son ceinturon pendait sur son ventre dégonflé.

— Si tu avais vu, Désiré, le regard qu'il lançait au morceau de lard qu'on apercevait dans mon filet! L'eau lui en montait à la bouche.

S'ils ont faim, la population a faim aussi et on reconnaît depuis quelque temps des gens aisés qui viennent gauchement se glisser dans la queue des soupes populaires.

On porte des canotiers de paille rustique, de la «paille-rocher» comme disent les chapeliers. La coiffe doit être excessivement haute, le bord aussi étroit que possible, le ruban inexistant. C'est le dernier chic, avec les souliers jaunes à bout américain et les pantalons très larges. On a lancé aussi les cols souples, en piqué, dont on retient les pointes, des deux côtés de la cravate, par une barrette que terminent deux boules en métal.

Roger est mis à la mode, à part les pantalons qui sont de largeur moyenne. Le portail franchi, il cherche quelqu'un des yeux et, quand il aperçoit Stievens, lui emboîte le pas.

— On va faire un billard?

Car il en est arrivé là: à guetter un Stievens et à descendre avec lui la rue Saint-Gilles, le regard et la démarche exagérément assurés. Il n'emporte plus sa serviette de toile cirée, mais, comme les étudiants de l'Université, il tient ses livres et ses cahiers à la main, serrés par une courroie. Il s'embarrasse du strict minimum. Tout le monde sait que maintenant, par exemple, ils ne rentrent pas chez eux pour étudier, mais qu'une vie étrangère au collège les attend.

Stievens, comme Mamelin, est coiffé d'un de ces chapeaux de paille qu'on voit surtout aux accapareurs. On dirait qu'ils ont rompu l'un et l'autre avec le reste de la classe. Ils y viennent encore, s'assoient à leur banc, ouvrent un cahier, par contenance, mais il est évident qu'ils ne participent plus à la vie commune. Ils ne préparent pas non plus les examens qui sont proches.

Neef-le-paysan se perd en conjectures. Son regard exprime sa stupeur et son désespoir de voir Roger, qui était parmi les meilleurs élèves, se mettre délibérément, de lui-même, sur le plan de Stievens.

Ils marchent tous les deux, dédaigneux des camarades qui les dépassent. En dépit des règlements, ils pénètrent, sans se donner la peine de se cacher, sous le porche du «Palace». Il existe une cage vitrée, à droite, où les spectateurs doivent prendre leur billet d'entrée, mais ils ne s'y arrêtent pas, ils passent, avec un bonjour familier et protecteur, devant l'employé chargé du contrôle, qui soulève pour eux la tenture de velours.

La salle est pleine de monde. Les spectateurs, assis autour des tables, boivent de la bière ou de la grenadine. Un film à épisodes se déroule sur l'écran. Les deux jeunes gens restent un moment debout; la lumière se fait pour une attraction, les musiciens reprennent leur place à l'orchestre, on tend un filet au-dessus des têtes tandis que des acrobates moulés dans leur maillot couleur de plâtre se hissent jusqu'au cintre le long des cordes tendues.

— On y va?

Ils passent, comme indifférents aux amusements de la foule. Au fond de la salle, près du bar où traînent quelques professionnelles, ils soulèvent une tenture, s'engagent dans un escalier où leur parvient, en même temps que la musique du hall, le bruit des billes qui s'entrechoquent.

Roger n'a pas seize ans. Stievens est son aîné de quelques mois. Graves, imbus de l'importance de leurs gestes, ils pénètrent d'une démarche lente dans les salons lourdement décorés de l'académie de billard.

— Le 9 est libre, Albert?

— Mais oui, messieurs. Comme d'habitude?

La lumière du jour ne pénètre pas dans les salons. A peine devine-t-on la musique du «Palace», surtout quand un roulement des tambours et des caisses souligne l'exercice périlleux d'un acrobate.

Ici, tout est austérité, élégance. Les réflecteurs n'éclairent que le vert des tapis et les têtes sont comme des figures de cire dans la pénombre. Chacun, qu'il joue ou qu'il attende son tour, surveille ses attitudes, interroge les miroirs des panneaux, il y a une qualité toute particulière de désinvolture difficile à acquérir, un sourire blasé qui est comme la marque du cercle.

Le calme est tel qu'un éclat de voix suspendrait tous les gestes commencés. Et pourtant, alors qu'il va et vient avec raideur au plus profond de ce silence, Roger sent une force intérieure qui l'emporte à une vitesse vertigineuse et rien, désormais, sinon la catastrophe, ne pourra l'arrêter.

Il a besoin de Stievens. Cela l'humilie d'en être réduit à l'attendre à la sortie du collège, mais que ferait-il d'autre, à quatre heures de l'après-midi, puisqu'il ne peut pas rentrer chez lui? Il a déjà vu le programme des trois cinémas de la ville. Les théâtres ne jouent pas en matinée. Il a assisté, la veille, au spectacle du «Palace», il en a même vu deux fois une partie. Et quand il est seul ainsi, assis au milieu de la foule, il lui arrive d'être empoigné soudain par une angoisse intolérable. Il a peur, il ne sait pas de quoi. Il a besoin d'une présence pour le rassurer et il va chez Gaston, ou chez Stievens, car il lui est arrivé d'aller chercher celui-ci chez lui.

Faute de connaître les gens, on se fait d'eux une idée fausse. Les Stievens, par exemple, habitent une maison fort simple, à peine un peu plus élégante que celle de la rue des Maraîchers. La vraie différence, en dehors de quelques bibelots, est qu'ils ont un salon et qu'ils prennent leurs repas dans la salle à manger. Le père, mort peu avant la guerre, était courtier. La mère continue ses affaires.

Les deux femmes, la mère et la fille, qui paraissent si extravagantes quand on les rencontre au Carré, emplumées ou couvertes de fourrures, sont, chez elles, des personnes tout à fait quelconques, désirables ni l'une ni l'autre. La jeune fille a les mêmes traits épais, la même chair grossière que son frère. Toutes deux traînent dans la maison en savates et en négligé. Les Stievens, qui ne jettent pas l'argent par les fenêtres, ne dépensent que pour s'habiller.

— Je sais bien que je ne passerai pas de classe, dit simplement Stievens qui n'en a aucun regret. Cela m'est égal. J'entrerai comme employé dans une maison de commerce pour apprendre la partie, puis je me mettrai à mon compte.

— Tu auras de l'argent pour t'installer?

— J'épouserai une jeune fille qui m'en apportera.

La plupart du temps, quand il rentre, il n'y a personne à la maison. Il mange n'importe quoi, ouvre une boîte de conserve et va se coucher. Si, en ville, il rencontre sa mère et sa sœur, il leur dit bonjour de loin, qu'elles soient seules ou en compagnie, et chacun continue son chemin de son côté.

Ils jouent au billard et cela rappelle à Roger des souvenirs. Il y a si peu de temps de cela et c'est déjà si loin! A l'époque où il passait ses doigts dans ses cheveux longs et où il sortait volontiers en sabots, il lui est arrivé deux ou trois fois, le soir, d'aller faire un billard avec son père dans un café d'Outremeuse.

Tout le monde reconnaissait Désiré, savait que c'était les Mamelin père et fils qui jouaient ensemble comme des égaux.

— A toi, fils.

— Comment ferais-tu ce point-là, toi? En coulé?

— Par deux bandes avec effet contraire.

L'atmosphère était lourde et familière. Les demis de bière étaient posés sur un guéridon où on allait de temps en temps boire une gorgée. On s'essuyait les lèvres du revers de la main. Là aussi, Roger s'observait à la dérobée dans les glaces, mais c'était pour s'assurer de la bonhomie plébéienne de son visage.

On venait les regarder jouer.

— Alors, Désiré, tu enseignes le billard à ton garçon?

— En attendant que ce soit lui qui me rende des points.

Maintenant, ils osent à peine se regarder, son père et lui. Roger s'enfuit de la maison la bouche encore pleine et des remords le poursuivent à l'idée qu'il laisse Désiré seul en tête à tête avec sa mère.

Cécile est morte. Elle est restée couchée toute une semaine et on n'a jamais vu autant de mouches que cette semaine-là, l'atmosphère a rarement été aussi orageuse. La voix de sa tante était si faible qu'il fallait approcher l'oreille de sa bouche et qu'on devinait plutôt ce qu'elle voulait dire. Pourtant, elle ne se rendait pas compte de son état.

— Si tu savais comme je suis maigre, Roger! Regarde. Il n'y a plus rien. Les os eux-mêmes ont fondu…

Elle levait la couverture. C'était affreux. Roger ne voulait plus aller la voir. Une odeur, qui lui apparaissait comme une odeur d'agonie, le prenait à la gorge. Sa tante le réclamait sans cesse. Elle voulait qu'il lui lût la fin d'un roman populaire qu'elle avait commencé et qu'elle ne pouvait plus lire elle-même.

— Tu n'es pas gentil, Roger, grondait Élise. Toi qui étais tout le temps fourré chez Cécile, tu n'y mets plus les pieds à un moment où elle a tant besoin de toi.

Est-ce sa faute? Il se sent pâlir rien que de la regarder, ses tempes deviennent moites, la tête lui tourne. Quand elle lui a serré la main de ses doigts qui collent, il évite de toucher quoi que ce soit avant de s'être savonné deux ou trois fois les mains au robinet.

Ce n'est que tout à la fin qu'elle s'est vue mourir. Au lieu de se débattre et de se révolter comme Félicie, elle a montré une sérénité inattendue. Elle était presque gaie. Elle lui disait:

— Mon Dieu, Roger, je vais faire une bien vilaine morte! Si tu voyais mon portrait quand j'étais jeune fille! Tu le demanderas à Marcel, s'il le retrouve. Il n'y a que mes cheveux qui soient restés beaux. A l'école, on m'appelait la petite qui a de si beaux cheveux.

On a dû promettre qu'on lui mettrait des fleurs sur la tête, une fois morte, comme quand elle suivait la procession, et elle est entrée doucement dans le coma, qui a duré vingt-quatre heures.

Toute la famille a été d'accord pour ne pas porter le deuil, à cause de la guerre. Les femmes ont encore leur voile de crêpe dans leur armoire et elles auraient pu le mettre. Comme dit Catherine, la femme de Lucien:

— Tu nous vois, Élise, faisant la queue au ravitaillement ou poussant une charrette de pommes de terre dans les rues avec un crêpe sur la tête?

Le costume de Désiré est noir. Il s'est toujours habillé en sombre. Roger porte un brassard sur son complet beige. Chrétien Mamelin vit désormais dans une maison étrangère, puisque c'est maintenant la maison d'un gendre.

— Pauvre papa! Lui qui n'a jamais beaucoup aimé Marcel! Si seulement, comme nous le lui avons tous conseillé, il avait remis la chapellerie à Arthur, qui est du métier! Il ne voulait pas quitter Cécile et maintenant c'est Cécile qui le quitte...

Marcel ne sera pas long à se remarier, tout le monde est d'accord sur ce point. Il n'y a que Désiré à ne rien dire. Il a été fortement ébranlé par la mort de sa sœur préférée. Quand Élise en parle, on sent qu'il souffre et il ne tarde pas à sortir de la cuisine.

Comment Élise a-t-elle pu garder au moins dix jours un secret qui devait l'étouffer? Pendant tout ce temps-là, elle a embrassé son fils comme si rien n'était, mais elle l'observait sans cesse, il s'en rendait compte, sans parvenir à en deviner la raison. Plusieurs fois, il a eu nettement l'impression qu'elle avait quelque chose sur le cœur. Il ne s'en est pas inquiété car, avec sa mère, il en a toujours été ainsi, on pourrait dire que cela ressemble aux neuvaines de Marthe ou de Léopold, qu'on ne voit plus depuis des mois. Pendant des semaines, elle est gaie, enjouée même, aux petits soins pour chacun. Peu à peu son visage devient plus pointu, elle commence à regarder les gens en dessous et à soupirer.

— Mais non, Désiré! Je t'assure que je n'ai rien. Pourquoi aurais-je quelque chose? Tu me donnes tout ce qu'il me faut, n'est-ce pas?

C'est signe que l'orage est proche. Il couve plus ou moins longtemps en attendant une occasion d'éclater, un prétexte le plus souvent futile, sans aucun rapport avec la cause véritable. Et c'est la scène : les larmes, les reproches à n'en plus finir, la crise de nerfs.

Cette fois, c'est venu à propos de fromages, des petits fromages de Herve qu'on a rapportés de chez Éléonore Dafnet et qu'on a mis à la cave où, paraît-il, ils peuvent se conserver des mois. Un après-midi qu'il était seul à la maison, Roger a mangé deux de ces fromages et il n'en a rien dit, persuadé que dans le nombre cela ne se remarquerait pas.

Cette histoire de fromages aussi, Élise l'a gardée sur le cœur pendant deux ou trois jours.

— Où vas-tu, Roger?

— Je sors.

— Tu ferais mieux d'apprendre tes leçons.

— Je les sais déjà.

— Qui vas-tu retrouver?

— Personne. Des camarades.

— Tu ne crois pas que ce serait plus joli de ta part de te proposer pour aller à ma place au ravitaillement?

Il se tait, décidé à ne pas y aller, car il a rendez-vous avec Gaston Van de Waele.

— Mais non! Je te connais, va! Tu aimes mieux attendre que je passe mon après-midi à faire la queue en plein soleil pour voler des fromages dans la cave. Ne t'en va pas. Je n'ai pas fini. C'est honteux, alors qu'un homme grand et fort comme ton père a la même ration que nous...

— Écoute, mère...

— Non, Roger. Vois-tu, tu me fais trop de peine et il faut que je te le dise une bonne fois. Ton père est trop bon avec toi. Il en est bête. Si je lui parle de toi, il prend toujours ta défense.

— Je t'en prie, mère. Si nous commençons, tu sais bien

comment cela va encore finir.

— J'en parlais hier à ma sœur Louisa...

C'est mauvais signe que, depuis quelque temps, elle soit toujours à courir à Coronmeuse. Pourtant, il ne se doute pas encore que c'est si grave. Élise elle-même ne sait comment en venir où elle veut en venir.

— Si on laissait tante Louisa tranquille? propose-t-il. J'aime encore mieux aller au ravitaillement et que ce soit fini. Donne-moi les cartes et le filet.

— Tu n'as pas honte, Roger?

— J'ai eu tort de manger les fromages, c'est vrai. Voilà. Tu es contente?

— Il ne s'agit pas de fromages. Il s'agit de toi. Moi qui ai tant prié pour que tu sois un honnête homme.

Il pâlit. Son cœur cesse de battre. Il est soudain persuadé que ses vols dans le tiroir-caisse des Gruyelle-Marquant sont découverts, que son grand-père l'a vu, qu'il en a parlé. Il reste là, rigide, comme un condamné.

— Cécile m'a tout appris avant de mourir. Pauvre fille! Sur son lit de mort, elle se faisait encore du mauvais sang pour toi et elle m'a suppliée de veiller sur ta conduite.

— De quoi s'est-elle mêlée?

— Ne fais pas l'innocent, Roger. Tu le sais bien. Dire que je me saignais aux quatre veines pour que, malgré la guerre, tu ailles prendre le bon air à Embourg! Ta pauvre cousine allait te voir, sans se douter de ce que tu faisais avec une des ses élèves. Quand j'ai appris cela, j'ai cru que j'allais devenir folle. Je ne voulais pas le croire. Et toi, tu t'en vantais auprès de Cécile, pendant que je priais pour que mon fils...

— ... reste pur jusqu'au soir de son mariage, je sais.

— Tu as encore le courage de te moquer de moi?

— Mais non, mère, je ne me moque pas. Essayons seulement de ne pas être ridicules. Je te jure qu'il est encore temps de nous arrêter. Tout à l'heure, tu vas te rouler par terre et dire des mots que tu regretteras.

C'est arrivé, évidemment. Il s'est emballé à son tour. Pourquoi s'en est-il pris à tante Louisa, à Évariste, à Monique? Il était tellement ulcéré par la trahison de Cécile, qui est morte, qu'il est vite devenu odieux. Il ne veut pas se souvenir de ses paroles. Les choses sont allées si loin qu'une Élise déchaînée a fini par hurler:

— Je te maudis, Roger, tu entends?

Elle lui a jeté un objet à la tête, un soulier de Désiré qu'elle venait de rapporter de chez le cordonnier. Il s'est enfui. Il n'était que cinq heures. Il est allé à la rencontre de son père qui a compris rien qu'en voyant sa tête.

— Qu'est-ce qu'il y a encore, fils?

— Une scène avec mère.

— Pourquoi t'y prends-tu si mal avec elle? Tu sais combien elle est nerveuse et tu t'obstines à lui répondre.

— Cette fois-ci, c'est plus grave. Tante Cécile lui a raconté des choses que je lui avais confiées comme à un camarade. Des histoires de filles. C'était elle qui me questionnait toujours.

Il est plus gêné d'aborder ce sujet avec son père qu'avec sa mère.

— Tu as une bonne amie? C'est ça?

— Pas tout à fait. Tu sais les neuvaines que mère et tante Louisa s'obstinent à faire à mon intention. Eh bien! quand mère a appris qu'elles étaient inutiles...

Désiré ne l'a pas questionné.

— Viens. Surtout, si ta mère en parle encore, ne réponds sous aucun prétexte, n'essaie pas de lui prouver que tu as raison.

— Elle est déchaînée. Tu vas voir.

On n'a rien vu ce soir-là, grâce aux deux locataires envoyées par Éléonore Dafnet qui sont arrivées providentiellement. Ce sont deux filles aussi différentes l'une de l'autre que la blonde et la brune du calendrier de chez tante Louisa. Élise s'efforce de sourire en dépit de ses yeux rouges et des regards haineux qu'elle lance à son fils dès que les autres ont le dos tourné.

— Excusez-moi, mesdemoiselles. Je ne vous attendais pas aujourd'hui et la maison est un peu sens dessus dessous. Nous venons de perdre une sœur de mon mari qui laisse trois petits enfants.

Depuis lors, on vit en plein drame, en pleine incohérence. Pourquoi Roger n'a-t-il pas le courage de suivre le conseil que son père lui a donné?

— Évite de sortir pendant quelques jours. Ingénie-toi à rendre service à ta mère. Elle est si sensible aux petites attentions. Si tu t'y prends gentiment avec elle, dans huit jours elle aura tout oublié.

Il fait le contraire, presque malgré lui.

Alors, Désiré lui parle avec fermeté.

— Ta mère a raison, Roger! A ton âge, on n'a pas le droit de rentrer à minuit, quand ce n'est pas à des deux heures du matin. Tu n'étudies plus. On ne te voit jamais un livre à la main. Tu es sans cesse dehors, avec des camarades qui ne te conviennent pas...

Mais Désiré n'a-t-il pas l'air de lui faire comprendre par un clignement d'yeux:

— Je dis cela pour avoir la paix. Je te comprends. N'est-ce pas assez que je reste à la maison tous les soirs? J'y reste depuis que je suis marié. Tu es jeune, toi. Tu as toute la vie devant toi...

Élise le sent et les épie, cherchant à saisir des preuves de leur complicité.

— Demande-lui où il est encore allé traîner hier. Il a dû boire et il a vomi tout son dîner. Il ne pourrait pas prétendre le contraire, car j'ai trouvé son complet couvert de taches de vomissure et j'ai eu toutes les peines du monde à le nettoyer.

— Réponds, Roger. Où étais-tu?

— Avec Gaston. C'est le jour des étudiants.

Gaston Van de Waele, qui est inscrit dans une école commerciale où il met rarement les pieds, ne s'en considère pas moins comme étudiant et, le vendredi soir, il se coiffe d'une casquette de velours vert à longue visière, comme ceux de l'Université. Ils sont des centaines à se retrouver au pavillon de Flore où la représentation leur est réservée.

Roger les suit. On fait du chahut. Après le théâtre, des monômes s'organisent, on parcourt les rues en chantant, on grimpe aux becs de gaz et tire les sonnettes, on pénètre bruyamment dans les cafés encore ouverts et dans les boîtes de nuit ; cela finit presque toujours dans quelque mauvais lieu, par une beuverie crapuleuse que scandent des cris d'animaux et des chansons obscènes de corps de garde.

— Demande-lui donc où il trouve l'argent pour sortir ainsi.

Roger rougit et répond trop vivement :

— C'est Gaston qui paie.

— Et tu n'as pas honte de te laisser toujours inviter par ton cousin ? Tu es moins fier que je ne le pensais. D'ailleurs, je le lui dirai, à Gaston. Je lui interdirai de t'emmener.

Il fuit la maison. Il fuit sa mère. Il a peur du regard inquiet et triste de son père qui, parfois, a l'air de le supplier en silence. Est-ce que Désiré comprend que, s'il contrecarrait son fils, le résultat serait plus rapide et plus désastreux encore ?

En attendant, c'est sur lui que retombent les colères d'Élise, Roger le sait. Son père n'a de répit que quand les deux locataires sont dans la cuisine, mais elles n'y traînent pas après les repas, elles montent dans leur chambre ou vont au cinéma sans se douter que leur départ marque la fin de la tranquillité de Désiré.

Roger en a honte comme d'une trahison. Son seul frein, c'est la pensée de son père en tête à tête avec Élise dans la cuisine, mais un démon le pousse malgré tout à faire ce qu'il devrait éviter.

— J'espère que, tout au moins, tu voudras bien respecter mes locataires ?

Elles ne sont pas séduisantes. Ce sont de frustes filles de la campagne et Roger ne se serait pas retourné sur elles dans la rue. L'une, Marie, au visage en forme de lune, aux grands yeux sans expression, est amoureuse de Roger, bêtement, à en bêler. L'autre, une maigre aux cheveux roux, le visage encroûté de fards mal plaqués, joue les coquettes avec une naïveté désarmante.

Par défi, il leur a donné rendez-vous dehors. Il les a attendues au coin de la rue, à deux pas de la maison. Ils sont sortis ensemble et toute la soirée ils se sont moqués d'Élise et de ses neuvaines. Maintenant, à dîner, ils se lancent des regards complices et se retiennent mal de pouffer en se faisant du pied sous la table.

La catastrophe est fatale. Roger en est arrivé à la souhaiter. Il est sans cesse à court d'argent. La dernière fois qu'il est sorti avec les deux locataires, la rousse lui a glissé un billet dans la main pour payer les places de cinéma. Il le lui a remboursé le lendemain, mais pour cela il a dû emprunter de l'argent à Gaston qui n'a plus de liqueurs à vendre.

Il a déjà vendu à un bouquiniste de la rue Saint-Paul la moitié de ses livres de classe. Il a revendu aussi la montre en argent que son père lui a donnée quand il est entré au collège.

Tout est préférable à l'atmosphère de la maison, même l'académie de billard où, en se regardant dans les glaces, il se donne l'illusion d'être un homme. N'en est-il pas arrivé à envier Stievens qui lui, du moins, ne craint pas les reproches de sa mère et qui, un jour qu'ils se disputaient, l'a froidement traitée de putain ?

On est en plein été et cependant il lui semble que tout est sombre et menaçant autour de lui. Il fuit le soleil des rues, cherche comme Gaston Van de Waele le clair-obscur douteux de certains cafés borgnes.

Il lui arrive souvent de ne pas dîner. On a créé, pour la population sous-nourrie, un restaurant économique où, pour un franc, on a droit à un repas substantiel. C'est dans l'ancien Palais de Glace, boulevard de la Sauvenière, une salle immense qu'une verrière éclaire d'un jour cru. On fait la queue devant des comptoirs successifs, on reçoit une assiette ici, un couvert là, on passe devant des marmites où des jeunes filles puisent la soupe, plus loin les légumes, plus loin encore la viande et le pain, après quoi il ne reste qu'à trouver une petite place assise le long des tables de sapin.

Tout a le même goût. Tout est insipide avec, quel que soit le plat du jour, la même odeur de lard rance et d'eau de vaisselle, mais c'est quand même de la nourriture et il y a abondance de corps gras.

Souvent Roger garde le franc et se promène dans les rues le ventre vide, sous le soleil de midi, en attendant l'heure de rentrer en classe.

Élise va chaque soir au Bouhay. Elle raconte ses peines à un confesseur devant qui elle doit pleurer toutes les larmes de son corps et qui doit se faire une jolie idée de Roger. Dès qu'elle a un moment, elle se précipite à Coronmeuse, d'où elle revient avec son plus mauvais regard.

Les locataires habitent la même chambre, celle de Mlle Rinquet, qui est la belle chambre d'angle. Roger a celle de droite, qui donne sur le boulevard, ses parents celle de gauche, côté rue des Maraîchers.

Les portes de communication, entre les trois pièces, sont condamnées. En outre, chez les jeunes filles, une armoire bouche la porte de Roger.

Celui-ci, la veille, n'a pas pu sortir, faute d'argent. Il n'a pas voulu rester dans la cuisine et il est monté tout de suite après le souper, en proie à des pensées hargneuses. Il est resté longtemps étendu sur son lit, dans l'obscurité, les yeux ouverts, le regard fixé sur les rideaux de guipure dont la lune découpait les dessins compliqués.

Puis il a entendu Marie et Alice qui montaient et qui chuchotaient dans leur chambre. L'une d'elles a frappé à petits coups contre le mur tandis qu'elles étouffaient des rires.

— Tu dors?

Il s'est d'abord tu, boudeur, puis il a fini par répondre:

— Non.

— Qu'est-ce que tu fais?

— Rien.

Elles étaient en joie. Il entendait toujours leurs voix et leurs rires. Ensuite, il a perçu un bruit sourd et il a compris qu'elles s'efforçaient de déplacer l'armoire.

Il a eu peur, vraiment peur. Il a eu conscience que rien ne les arrêterait et que, de son côté, il était prêt à toutes les imprudences.

— Tu es là, Roger? Tu entends?

— Oui.

— Tu veux venir manger des chocolats avec nous?

Elles se bousculent, toujours sur le point de pouffer, comme c'est la manie des filles. Le verrou est tiré, la porte s'ouvre, il distingue à peine les silhouettes dans l'obscurité de la chambre dont l'odeur est différente de la sienne et il a l'impression que les deux jeunes filles ont aussi peur que lui.

C'est un défi. En bas, juste en dessous d'eux, Élise et Désiré sont assis dans la pesante atmosphère de la cuisine et le calme est tel dans la maison sonore qu'on entend parfois le plouf du poêle, qu'on a l'impression d'entendre Désiré qui tourne les pages de son journal.

Est-il possible qu'Élise ne tende pas l'oreille aux allées et venues furtives des deux filles et de Roger?

— Où sont-ils les chocolats? demande-t-il, la gorge serrée.

— Il n'y en a pas. C'était un truc pour te faire venir.

Qu'ont-elles à rire de la sorte? Elles sont forcenées. On dirait qu'elles ont bu, ou qu'elles ont une idée de derrière la tête.

— Eh bien, Marie, tu es contente? fait Alice. Ne vous occupez pas de moi, tous les deux. Je dors.

Et la rousse s'étend sur le lit non défait tandis que la grosse Marie proteste et doit être toute rouge.

— Qu'est-ce qui te prend, Alice? Il ne faut pas la croire, Roger. Je n'ai rien dit.

— Avec ça que tu ne m'as pas avoué que tu donnerais gros pour qu'il t'embrasse!

— Tais-toi!

— Qu'est-ce que tu attends, Roger? Je te jure que c'est vrai. Elle est folle de toi. Elle en parle toute la journée. L'autre jour, elle voulait chiper ton portrait dans l'album de ta mère.

Il est encore temps. Roger n'a qu'à s'en aller, mais il n'ose pas, le respect humain le retient, et peut-être un sentiment plus complexe. Pour rien au monde, il ne veut montrer qu'il a peur de sa mère, et pourtant, à cet instant, il en a vraiment peur. Elle est occupée à éplucher des carottes, il le sait, il a l'impression qu'il la voit, maniant le couteau à légumes, qu'il voit son père dans le fauteuil d'osier, son journal déployé devant lui.

— Attends, Roger. Puisqu'elle fait des manières, je vais la tenir.

Et Alice se lève d'un bond, court après Marie, les jeunes filles se poursuivent aux quatre coins de la chambre sur la pointe des pieds, font «chut» et roulent enfin sur le lit.

— Tu peux venir. Je la tiens. Ne me griffe pas, toi, grosse bête! Puisque tu en as envie! Tu sais, Roger, je crois qu'elle n'a jamais été embrassée par un garçon, et je la connais depuis longtemps.

Roger s'est trouvé couché entre elles dans l'obscurité. Ses lèvres se sont collées aux lèvres de l'amoureuse Marie en même temps que ses mains cherchaient les mains de l'autre et que leurs doigts s'étreignaient avec l'air de dire :

— C'est de la blague. Nous nous amusons de la pauvre fille. Elle est si bête.

Alice questionne, énervée ?

— Tu es contente, Marie ? C'est bon ?

Et les mains de Roger quittent ses mains pour se glisser dans son corsage. Il pèse sur elles de tout son poids. Les rires ne fusent plus. Peut-être ont-ils tous les trois un peu honte, mais on ne peut voir les visages et ils ne savent comment se dépêtrer de la situation dans laquelle ils se sont mis. Parfois les ressorts crient et alors Roger tend l'oreille, la respiration coupée, sûr d'entendre d'un moment à l'autre la porte de la cuisine.

Les mains d'Alice sont aussi audacieuses que les siennes. Il reste visage à visage avec Marie, mais c'est sur son amie qu'il glisse peu à peu.

Tout à l'heure, en rentrant, il n'avait pas l'intention de faire quoi que ce soit. Maintenant encore, il n'y a aucun désir en lui. Pourquoi alors s'acharne-t-il à trousser la grosse fille qu'il finit par dénuder jusqu'au ventre et qui, pour toute défense, tient désespérément la main sur son sexe.

— Vas-y ! lui souffle Alice. Fais-le-lui.

Alors, poussé par Dieu sait quel désir compliqué de vengeance, c'est sur Alice qu'il mime l'amour. Il ne le fait pas. L'idée ne lui en vient pas. Mais il en exagère l'apparence et Marie est là, à côté d'eux, le ventre découvert, à n'y plus rien comprendre et à souffrir tandis que l'autre, pour parfaire l'illusion, se met à pousser des soupirs.

La porte de la cuisine s'est ouverte. Il y a eu un silence. On devine Élise, debout dans le corridor, le visage tendu vers la cage d'escalier, à écouter. Tous les trois retiennent leur souffle pendant qu'elle monte enfin à pas furtifs et qu'elle vient coller son oreille à la porte.

— Vous m'avez appelée, mesdemoiselles?

C'est Alice qui parvient à répondre d'une voix blanche:

— Non, madame.

Élise, alors, a ouvert la porte de Roger. Il n'y avait plus rien entre eux, puisque la porte de communication était ouverte. On entendait distinctement sa respiration. Elle a hésité. Elle a dû être tentée d'entrer.

Enfin elle est redescendue et, après un long moment d'immobilité silencieuse, Alice a éclaté enfin d'un rire hystérique.

— Qu'est-ce qu'elle va dire? Tu ne crois pas qu'elle va nous mettre à la porte?

— Il n'y a pas de danger. Elle tient trop à ses locataires!

Il avait honte de cette méchanceté gratuite, mais il fallait bien dire quelque chose. Marie pleurait, se relevait enfin en tirant sur sa robe.

— Je crois que je ferais mieux de vous laisser tous les deux.

— Ce n'est plus la peine, répondait l'autre. Nous avons fini. Tu n'avais qu'à te laisser faire. N'est-ce pas, Roger?

— Bien sûr.

Tout cela était grinçant. Roger avait mal aux nerfs et il aurait voulu pouvoir piquer une crise de nerfs comme sa mère pour se soulager.

— Où vas-tu?

— Me coucher.

L'imbécile de Marie avait eu l'idée d'allumer la lampe à pétrole et ils avaient tous les trois l'air de fantômes. En bas, on entendait la voix monotone d'Élise et, de temps en temps, la basse de Désiré qui essayait de la calmer dans un murmure.

Roger n'est pas descendu. Il a mal dormi. Il a été deux fois somnambule, ce qui lui arrive à nouveau souvent, comme quand il était petit. Il a dû crier, car ses parents se sont levés. Il se souvient de son père, en chemise, pieds nus sur le plancher, qui le forçait doucement à se recoucher. On a laissé sa veilleuse allumée sur un coin de la cheminée.

Le matin, il l'a fait exprès de descendre quand tout le monde était déjà à table. Marie était aussi rouge qu'une tomate, incapable d'avaler une bouchée. Alice, au contraire, faisait tous les frais de la conversation et Élise lui répondait en s'efforçant de prendre un air aimable.

Il a embrassé sa mère comme chaque matin. Elle ne lui a pas rendu son baiser. Cependant, elle l'a servi. Elle lui a donné un franc pour les Dîners Économiques. Elle a annoncé qu'elle passerait l'après-midi chez tante Louisa et elle a demandé aux locataires de jeter un coup d'œil au feu en rentrant.

Son père, il l'a à peine vu. Il a préféré ne pas le voir. S'il avait seulement un an de plus, il franchirait la frontière pour aller s'engager, car on a accepté des jeunes gens qui n'avaient pas dix-sept ans. Que fera-t-il quand, dans deux mois, on proclamera les résultats des examens ? Il ne veut pas les passer. C'est une humiliation inutile, ne fût-ce que vis-à-vis du père Renchon qui feint d'avoir oublié son existence.

Il joue au billard avec Stievens dont l'ambition est de ressembler à une gravure de modes. Il tourne autour du tapis vert d'une démarche machinale et il envie tous ceux qui sont là, tous ces hommes placides qui n'ont pas à affronter de pareils problèmes.

Ce sont des notables de la ville, des notaires, de gros commerçants. Presque tous ont atteint ou dépassé la cinquantaine et ils n'ont pas un regard pour ces deux adolescents qui copient avec application leurs gestes et leurs attitudes.

— Qu'est-ce que tu fais, ce soir ?

— Je vais me coucher, répond Stievens qui est gros

dormeur.

Gaston Van de Waele est parti pour quelques jours à Neeroeteren où il récitera tout à l'heure, sans rire, le bénédicité au haut bout de la table.

Rarement Roger a ressenti aussi lourdement sa solitude. Il lui semble que son destin ne ressemble à aucun autre et que par conséquent personne au monde n'est capable de le comprendre.

— On fait une autre partie ?

— Non. Ma mère a des invités et j'ai promis de rentrer de bonne heure.

Jusqu'à Stievens qui le lâche ! Ils traversent le hall du «Palace» au moment où l'orchestre joue à pleins cuivres, le morceau final et où mille personnes se hâtent à la fois vers la sortie avec le même bruit de pas qu'à la fin d'une grand-messe.

Dehors, il fait encore jour. La lumière du soleil, sans que celui-ci soit visible, jette encore dans les rues cette clarté uniforme qui ne vient de nulle part. Tel pignon rouge devient aussi ardent qu'un incendie et une lucarne, au milieu d'un toit d'ardoises, flambe de mille feux qui blessent les prunelles.

— Tu viens de mon côté ? s'étonne Stievens qui habite à l'opposé de Roger.

— Je te reconduis un bout de chemin.

Et, quand il quitte son camarade sur son seuil, il est encore plus désemparé, il ne sait que faire, où aller, il recule le moment de pousser la porte de la cuisine de la rue des Maraîchers. Il ne lui reste pas un centime en poche. Il n'a pas osé demander à Stievens de payer pour lui et il s'est contenté d'un bock. Il n'a pas faim à proprement parler, bien qu'il n'ait rien mangé depuis le matin. C'est une sensation plus lourde, un malaise qu'on ne peut pas localiser.

Il s'étonne de se retrouver au milieu de la passerelle et il contemple la Meuse qui prend des tons métalliques, les visages trop roses des passants dans le couchant.

Chez lui, tout le monde doit être à table. Il a eu tort de s'attarder. Devant les locataires, Élise n'aurait sans doute rien osé dire et cela lui aurait donné le temps de manger. Il hâte le pas, finit par presque courir. C'est un fait, et, plus tard, il sera tenté de croire à un pressentiment.

Il ouvre la porte avec sa clef. Tout de suite, il sent qu'il y a quelque chose d'anormal dans la maison. A travers le rideau tendu sur la porte vitrée de la cuisine, il ne voit personne. La table n'est pas mise. Il crie, affolé comme un enfant :

— Mère !

On remue, en haut. Il va s'élancer dans l'escalier. Il s'élance. Une porte s'ouvre, celle de la chambre de ses parents, mais c'est sa cousine Anna qui paraît, toute droite, toute raide, un doigt sur la bouche, et qui lui fait :

— Chut, Roger.

Un malheur est arrivé. La seule présence d'Anna sur le seuil de cette chambre est un signe de malheur. La première idée de Roger est que sa mère a eu un geste désespéré. Il écarte sa cousine, reste immobile, en proie à une sensation affreuse, devant le spectacle de la chambre où pénètre la clarté rose du soir.

Désiré est couché sur son lit, la tête appuyée à plusieurs oreillers. Sur la table de nuit, on voit des flacons de pharmacie, et une forte odeur d'hôpital flotte dans l'air. Élise est debout, qui renifle, s'efforce de sourire pour ne pas pleurer.

— Entre, Roger. Ferme la porte, Anna. Ne fais pas de bruit. Va doucement embrasser ton père.

Désiré le regarde et on lit un tel bonheur dans ses prunelles marron à la vue de son fils qu'on comprend tout de suite qu'il a cru ne jamais le revoir.

Roger l'embrasse, près des moustaches rêches qui sentent encore le tabac.

— Ce n'est rien, fils. Ne pleure pas.

— Mais non, se hâte d'affirmer Élise. Ce n'est rien. Une crise de névralgies intercostales, n'est-ce pas, Anna? Le docteur vient de nous le dire. C'est effrayant sur le moment, mais dans huit jours il n'y paraîtra plus.

Elle parle comme on parle aux malades, pour les rassurer. Roger sent que son père ne la croit pas. Il voudrait rester seul avec lui. Désiré est faible. Sa voix ressemble à celle de Cécile.

— Va vite manger, fils. On m'a donné un médicament pour me faire dormir. Surtout, il faut que tu manges.

C'est Anna qui descend avec lui à la cuisine et qui le sert sur un coin de la table, tout en le mettant au courant.

— Figure-toi que ta mère était chez nous quand on est venu de chez Sauveur nous dire qu'on la demandait au téléphone. Nous venions de nous mettre à table pour goûter. Monique, qui était chez nous aussi, a eu tout de suite le sentiment d'un malheur et elle n'a pas voulu laisser ta mère aller seule. C'était une de vos locataires, je ne sais pas laquelle, qui téléphonait de chez le médecin qui habite en face d'ici.

Roger mange sans en avoir conscience. Il mange, mais il n'a pas faim et il guette les mots que prononce sa cousine et qui se transforment instantanément en images.

Quai de Coronmeuse, bon! Il voit la maison de M. Sauveur aussi. Et Alice, affolée, chez le docteur d'en face. Car c'est Alice. Marie n'aurait pas eu l'idée de téléphoner. Elle n'aurait pas su s'y prendre.

— C'est encore une chance qu'elles étaient par hasard à la maison. Elles venaient justement de rentrer quand on a sonné. Par la fenêtre, elles ont aperçu une voiture d'ambulance. C'était ton père qu'on ramenait de la rue Sohet. Il a été pris d'une crise à son bureau. On l'a soigné, puis le Dr Fischer, un spécialiste que M. Monnoyeur avait fait appeler, l'a accompagné lui-même jusqu'ici. Fallait-il que ta mère ne soit pas à la maison! Nous sommes accourues comme des folles. Je crois que nous sommes allées plus vite que le tram. Le docteur était encore ici quand nous sommes arrivées.

— Qu'est-ce qu'il a dit?

— Mange, Roger.

— Je veux savoir exactement ce qu'il a dit.

— Tu comprends, il ne peut encore rien affirmer, il croit que cette fois-ci ce ne sera pas grave. Le plus dangereux est passé.

— Pourquoi dis-tu cette fois-ci?

— Parce qu'il peut y avoir d'autres crises.

— Des crises de quoi?

— Ton père souffre du cœur. Le Dr Fischer doit revenir demain. Il savait d'avance de quoi il s'agissait, car Désiré l'a déjà consulté plusieurs fois. Tu es un homme maintenant, Roger. Il faut que tu sois un homme, car ta maman doit pouvoir compter sur toi, quoi qu'il arrive. Ton père a besoin de ménagements. Il lui faut une vie calme, sans émotions.

La voix d'Élise, là-haut, étouffée:

— Tu veux monter, Anna?

Sa mère descend et s'assied sur une chaise comme si ses jambes lui refusaient tout service. Sa tête dans les mains, elle se met à pleurer, sans bruit. Roger s'approche d'elle et lui passe un bras autour des épaules.

— Ne pleure pas, mère.

Il dit n'importe quoi, tout bas. Les mots n'ont pas d'importance, il la caresse. Puis, agenouillé devant elle comme le petit garçon de jadis, il met sa tête dans son giron.

— Nous le soignerons bien et tu verras que nous le guérirons. Ne pleure pas. Je vais être un homme, je te le promets. Je travaillerai. Vois-tu...

Comment exprimer ce qu'il ressent, alors qu'il n'ose même pas le penser? Et pourtant, il y a en lui comme la certitude que cela devait arriver. Personne ne le savait, mais cela faisait partie des choses décidées d'avance. C'est affreux à dire. Il n'y a pas de mots pour préciser pareille idée. Il n'est pas possible que ce soit vrai. Cependant, tout à l'heure, quand il est entré dans la chambre, il lui a semblé que son père aurait pu murmurer :

— Tu vois, fils. Je t'ai délivré…

Car Roger est sauvé, à présent. Il en est sûr. Il presse entre les siennes les mains de sa mère et regarde avidement le visage dévasté qui pleure encore.

— Anna dit que la crise n'est pas grave…

— Il y en aura d'autres. Je le sais. Le Dr Fischer m'a avertie. Il m'a demandé si j'étais assez forte pour entendre la vérité. Ce n'est pas un de ces docteurs qui mentent jusqu'au bout à la famille. Désiré est depuis longtemps atteint d'une angine de poitrine et il nous le cachait pour ne pas nous alarmer. Et moi qui étais si cruelle avec lui !

— Que dis-tu, mère ?

— Tu ne peux pas savoir. Je m'en voudrai toute ma vie. Quand je pense que je lui reprochais de ne pas s'inquiéter de ce que je deviendrais s'il lui arrivait quelque chose ! Maintenant, je sais, par le Dr Fischer, qu'il a sollicité depuis longtemps une assurance-vie et qu'elle lui a été refusée.

Elle regarde machinalement l'heure au réveil.

— Il faut quand même que je donne à manger à mes locataires. Il est trop tard pour qu'Anna retourne chez elle. Tu lui céderas ton lit et tu dormiras sur la chaise longue de la salle à manger. Il paraît qu'il pourra déjà se lever dans deux ou trois jours. Il est possible qu'il reste des années sans avoir de crise, mais il est possible aussi qu'il soit emporté d'une minute à l'autre. C'est bien la plus terrible des maladies. Pense que je vais vivre désormais avec l'idée qu'on peut toujours m'appeler au téléphone pour m'annoncer…

Elle met la table, accomplit les gestes de tous les jours, recharge le feu, verse l'eau bouillante sur le café.

— Où vas-tu, Roger?

Il ne sait pas où il allait, peut-être dans la salle à manger où on ne met jamais les pieds et où les volets restent baissés d'un bout de l'année à l'autre? Il avait envie d'être seul. La tête lui tourne. Il a cru sentir un reproche dans la voix de sa mère et il reste, pour la rassurer.

— Tu verras que je t'aiderai. Dès demain, je vais me chercher une place.

Mais non, ce n'est pas possible! Est-il vrai qu'il se sente soulagé par la maladie de son père? Il éprouve le besoin de protester et cette protestation même le blesse. Il ferait tout pour que son père soit bien portant et pour que disparaisse à jamais la menace suspendue sur sa vie.

Pourtant, voilà que, d'une minute à l'autre, tout s'arrange de ce qui était encore tout à l'heure si lourd de malheurs en puissance. On ne lui a pas parlé de la scène odieuse de la veille. On n'en parlera peut-être plus, en tout cas pas d'ici longtemps. Il n'ira plus au collège. Il n'aura pas à passer ses examens, ni à subir l'affront d'un échec inévitable.

Sa mère appelle machinalement au pied de l'escalier:

— Mademoiselle Alice! Mademoiselle Marie!

Elles viennent s'asseoir à table, un peu furtives. Pour faire la brave, Élise s'efforce à l'optimisme.

— Vous verrez que ce ne sera rien. Le docteur dit que, dans une semaine, ce ne sera plus qu'un mauvais souvenir. Vous devez avoir eu peur, mesdemoiselles. Fallait-il que vous fussiez précisément seules à la maison! Heureusement que vous saviez où j'étais et que vous avez eu l'idée de me téléphoner.

Pendant ce temps-là, Roger jouait au billard, au-dessus du «Palace», tournait avec d'autres mannequins autour des tapis verts qu'éclairaient les réflecteurs. Puis il reconduisait Stievens jusque chez lui, et il n'en finissait pas de déambuler dans les rues.

— Je monte remplacer Anna, annonce-t-il. Est-ce qu'il

y a des gouttes à donner?

— Plus rien avant onze heures. Ce qu'il lui faut maintenant, c'est le repos absolu. Il doit d'ailleurs dormir.

C'est la veilleuse de Roger qui sert à nouveau. Sur la
pointe des pieds, il s'approche d'Anna à qui il fait signe et
qui se lève pour lui céder la place. Les charnières de la
porte grincent légèrement, puis on n'entend plus rien
qu'un léger murmure de voix, des heurts d'assiettes dans la
cuisine. Roger, le menton dans les mains, regarde avidement son père qui dort et de qui les moustaches frémissent
à chaque expiration.

9

Contrairement à ce qu'il se serait figuré autrefois, ce
sont les passants qui sont dans l'aquarium et c'est lui qui, à
travers les vitres de la librairie, les observe avec une
curiosité légèrement apitoyée.

Le plus étonnant, c'est le sérieux, voire la solennité dont
le visage des gens s'empreint au moment où ils se livrent à
leurs pantomimes les plus saugrenues.

Le cadre — l'aquarium — est plus ou moins vaste selon
que Roger se tient près de la vitrine ou au fond de la
librairie. Quand il est dans l'arrière-boutique, appelée le
bureau, ce champ visuel se réduit, dans l'encadrement de
la baie de communication tapissée de livres, aux proportions d'un écran de cinéma.

Eh bien! en dépit de ce qu'on s'imagine quand on est
soi-même dans la rue, les promeneurs ont exactement la
démarche saccadée des personnages de l'écran, en particulier des personnages comiques, ceux qui gesticulent le plus
inconsidérément.

Qu'ils entrent par la gauche ou par la droite, ils ont l'air d'être lancés par une catapulte dans le morceau d'univers long de vingt mètres à peine et c'est à qui le traversera le plus vite, le front soucieux, le regard fixe, la mâchoire farouche, pour disparaître à nouveau dans le néant.

Toute la journée, Roger peut lire à l'envers, sur la vitrine, les mots «Librairie Germain» et, en lettres d'émail plus petites, «Cabinet de Lecture». Toute la journée, au-delà de cette frontière, les gens s'arrêtent net, comme si un ressort cassait en eux.

On les voit alors de face, en gros plan. Ils ne bougent pas. Ils restent là les uns à côté des autres, parfois cinq, parfois six de rang, sans se connaître, abîmés dans la contemplation des livres à couverture jaune de l'étalage.

Il est impossible qu'ils pensent, en dépit de leurs traits tendus, de l'expression souvent dramatique de leur visage. Ils attendent tout simplement le déclic contraire, qui les rejettera dans leur course saccadée et les emportera hors du décor.

Les trams jaunes, qui passent de minute en minute en faisant tant de vacarme, ne sont pas plus sérieux, avec le wattman figé sur la plate-forme de devant, le receveur sur celle de derrière, deux rangées de têtes dodelinantes à l'intérieur, et il n'y aurait rien d'étonnant à ce que, comme un jouet mal réglé, ils aillent se briser contre un vrai mur.

Les dessins d'ombre et de lumière changent d'heure en heure, presque de minute en minute. En face, il y a un magasin de chaussures aux deux vitrines élégantes, à la porte toujours ouverte, où les demoiselles qui portent un col blanc sur une robe noire vont et viennent dans la pénombre. Parfois l'une d'elles, qui reconduit une cliente, est sur le point de franchir la frontière de la rue ; elle se penche à l'extérieur ; il s'en faudrait de peu qu'elle ne soit happée par la mécanique, mais elle flaire le danger et replonge prestement dans son univers de boîtes blanches empilées comme des briques.

Tout cela est minuscule et sans vérité. Le monde solide commence, près de la vitrine de la librairie, par Mlle Georgette assise devant un haut pupitre. Roger, perché sur une échelle de bambou, tousse pour attirer son attention et prononce d'une voix qu'il ne se connaissait pas auparavant, qu'il a acquise dans cette boutique :

— 843.

A sa caisse, Mlle Georgette, la nièce du patron, tourne les pages d'un registre, à la recherche du numéro 843, qui est le numéro d'abonnement d'un client. Quand elle s'arrête de feuilleter le livre et qu'elle abaisse sa plume sur une page, il sait qu'il peut continuer.

— Rendu : 2656.

Elle répète à mi-voix, sans lever la tête :

— 2656.

C'est le numéro de catalogue d'un livre. Tous les livres du cabinet de lecture se reconnaissent de ceux mis en vente à ce qu'ils sont reliés en toile noire avec, dans le bas du dos, une toute petite étiquette portant un numéro à l'encre violette.

— Sortie : 4562.

Qui pourrait dire pourquoi c'est un plaisir ? Car c'en est un comme cela doit en être un pour le jongleur de voir ses boules blanches arriver à point nommé dans sa main comme des êtres obéissants et disciplinés. Un client demande-t-il un livre ? Hop ! Roger atteint le catalogue spécial qui pend entre deux rayons. O.. O... Voilà O... «Le Maître de Forges»... 4562. Satisfaction, car il se souvenait que c'était dans les 4000... Troisième rayon à gauche en partant de l'angle du comptoir... «Le Maître de Forges» est rentré la veille, il le sait... Deux cases en dessous du plafond... Hop ! Il faut glisser sur sa tringle l'échelle de bambou... Hop ! il monte, en touchant à peine les échelons et pas du tout les montants... Il reste en équilibre, là-haut, sans se tenir avec les mains... Il en profite pour, au prix d'une acrobatie, remettre en place le

2656. Un Halévy, probablement... Il jurerait que c'est un Halévy...

La preuve que c'est un plaisir, c'est que M. Germain est sorti de sa tanière.

— Qu'est-ce que vous attendez pour descendre?

— Je descends, monsieur.

— Assurez-vous, Georgette, que ce ne soit pas une nouveauté.

Roger dit:

— Non, monsieur. C'est un Georges Ohnet.

Il a tort. Il a beau faire, il a toujours tort, et M. Germain le lui fait comprendre d'un coup d'œil féroce.

— Vous avez fini de couper les pages?

— Oui, monsieur.

— Vous avez collé les nouvelles étiquettes?

— Oui, monsieur.

Est-il possible qu'un homme d'âge comme M. Germain, qui a dépassé soixante-dix ans et qui passe pour le libraire le plus sérieux de la ville, joue à des jeux pareils? Il est là, agacé, contrarié, malheureux, parce qu'il ne trouve rien à faire faire à Roger afin de l'éloigner des clients. Et cela, uniquement parce qu'il sent que cela amuse Roger de les servir.

On n'est pas sur la terre, et encore moins à la librairie Germain, pour s'amuser. Le travail est une punition du ciel.

— Allez préparer un nouveau jeu d'étiquettes, de 1 à 10 000.

Il y en a déjà trois jeux de prêts et on ne change les étiquettes, sur les dos des volumes, que quand elles se décollent. Tant pis! Il ne sera pas dit que Roger prendra du plaisir à servir les abonnés et à faire de l'équilibre comme un singe sur les échelles.

— Pourquoi, monsieur Hiquet, n'est-ce pas vous qui vous êtes occupé de madame?

— Je vous demande pardon, monsieur...

A la bonne heure ! Le premier commis, lui, se trouble comme il se doit, paraît encore plus malheureux qu'à l'état normal et finit par balbutier comme un coupable :

— J'étais au petit endroit.

Car on sait qu'il est obligé de s'y rendre vingt fois par jour à cause de sa vessie en mauvais état, que c'est pour lui un supplice et qu'il en revient le visage décomposé. Or, M. Germain a, lui aussi, des ennuis avec sa vessie, comme la plupart des hommes de son âge. En voyant Hiquet blêmir, il peut s'assurer sans cesse que son mal est bénin à côté des souffrances de son employé.

Tout cela est vrai. Il y a longtemps que Roger l'a découvert. Extérieurement, M. Germain est un homme grave, impressionnant. Ses cheveux blancs et drus sont coupés en brosse. Tous les poils blancs de son visage sont plantés horizontalement et ses sourcils sont aussi longs et aussi épais que ses moustaches. On ne l'entend jamais approcher. Il doit porter des chaussures spéciales qui ne font pas de bruit. Malgré sa carrure, on dirait que, dans ses amples vêtements, il n'y a qu'un corps sans os ni muscles qui flotte silencieusement dans l'espace.

Il n'a rien à faire. Il dispose d'un bureau au fond de la seconde pièce, mais c'est pour se donner de l'importance, car son plus gros travail consiste à épingler les unes aux autres les factures qui arrivent par le courrier afin de les remettre au comptable qui vient deux soirs par semaine.

Le reste du temps, il guette. Il est impossible de savoir ce qu'il guettait avant d'embaucher Roger. Peut-être sa nièce et le triste Hiquet ? Depuis deux mois que Roger est là, c'est sur sa piste que le vieux libraire aux gros sourcils est du matin au soir. Diabolique, il devine tout. Dès qu'un travail plaît à Roger, il s'en aperçoit. Il en souffre. Il est littéralement à la torture jusqu'au moment où il trouve autre chose à lui faire faire, fût-ce une besogne d'une flagrante inutilité.

Cette guerre s'est déclarée dès leur première rencontre.

Un avis était collé à l'aide de pains à cacheter sur la devanture: «On demande jeune homme débutant.»

C'était un matin de gai soleil, vers dix heures. Désiré allait mieux, il gardait encore la chambre, mais ne tenait plus le lit. Il lisait, près de la fenêtre. Roger, qui cherchait une place, a cru sincèrement que le destin lui souriait et, souriant lui aussi, frais et naïf comme cette riante matinée, il est entré dans le magasin.

— Vous désirez?

— C'est pour la place. Elle n'est pas prise?

C'est à Mlle Georgette qu'il s'adressait et il a dit ça, avec une anxiété si visible, un désir si passionné que la miraculeuse place ne fût pas prise, qu'elle lui a tout de suite souri avec sympathie.

Or, M. Germain était là, tapi dans quelque coin. Il a surpris ce sourire, ce qui constituait déjà une manière de catastrophe.

— De quoi s'agit-il, jeune homme?

Roger, ce jour-là, était incapable de se raidir, fût-ce devant l'hostilité la plus déclarée.

— Je vous demande pardon, monsieur. Je ne vous avais pas vu. J'ai lu votre avis et je me suis permis de me présenter. Je serais très heureux de pouvoir faire votre affaire, car mon père est malade et je suis obligé de gagner ma vie au plus vite.

— Quelle instruction avez-vous?

— Je suis encore au collège. C'est-à-dire que j'y étais encore il y a quatre jours, quand mon père a eu sa crise. Je termine ma troisième année.

— Ce n'est donc pas un emploi pour vous. J'ai besoin d'un débutant pour les petits travaux et pour les courses.

— Cela ne fait rien, monsieur. Je suis prêt à accepter tout ce que vous voudrez.

En quelques secondes, tout à l'heure, tandis qu'il regardait l'étalage, il s'est créé un nouvel idéal de vie et cet idéal, il le sent maintenant, il ne pourra le réaliser que dans le cadre de la librairie Germain. Il perçoit de la résistance en face de lui, mais rien ne le décourage.

— Je ne puis donner que cinquante francs par mois.

M. Germain le fait exprès pour s'en débarrasser, car le prédécesseur, moins instruit que Roger, et qu'on a dû mettre à la porte parce qu'il chipait des timbres, gagnait soixante-quinze francs par mois.

— Je m'en contenterai, monsieur.

Il travaillerait pour rien au besoin, dans sa hâte d'annoncer chez lui qu'il a trouvé une place et d'en finir avec le collège, où il n'est pas allé depuis quatre jours, mais où on ne sait encore rien de sa décision.

— Vous avez des références?

— Je n'ai pas encore travaillé.

— Je veux dire des lettres de personnes qui répondent de votre honorabilité.

— Je vais vous en apporter, monsieur. Je vous demande seulement une heure. Surtout, n'engagez personne d'autre pendant ce temps-là.

Il a couru chez Schroefs. Tout s'efface en effet devant cette place qu'il s'agit d'obtenir coûte que coûte.

— Monsieur Germain? Je le connais fort bien. Nous faisons partie du conseil d'administration de la même banque. Germaine est abonnée à son cabinet de lecture. J'espère que tu ne me feras pas regretter ma recommandation?

— Je le promets, mon oncle.

Il emporte sa lettre. Les rues sont comme un bain léger et capiteux. Il vole vers le Jardin botanique où habite un cousin de sa mère qu'on voit très rarement et qui est juge de paix.

— Voilà, cousin : père est très malade, il peut lui arriver quelque chose d'un moment à l'autre et il faut que je travaille. J'ai presque trouvé une place, à la librairie Germain, rue de la Cathédrale.

Tout le monde est avec lui. Il est résolu, à force de

gentillesse, à se faire aimer du monde entier. Son idéal a changé. Plus de cravate lavallière ni de souliers jaunes. Plus de raie dans les cheveux, ni de cosmétique. Il regrette que son complet soit beige. Il le préférerait sombre et neutre. Il voudrait avoir cette tenue et ces allures discrètes des employés qu'on voit passer à heure fixe comme Désiré et qu'on cite comme des modèles de conscience et d'honorabilité.

Il a annoncé qu'il reviendrait dans une heure? Il ne lui a fallu que quarante-cinq minutes pour obtenir ses deux lettres. Il a couru. Il rentre en coup de vent dans la librairie et ses yeux brillent de triomphe, son souffle est bruyant.

— Voici, monsieur. Celle-ci est de mon oncle Hubert Schroefs, l'épicier en gros de la rue des Carmes. L'autre, c'est de mon oncle Lievens, le juge de paix.

— Vous leur avez dit qu'il s'agissait d'un tout petit emploi?

— Oui, monsieur.

Que peut faire M. Germain? Furieux, il cède.

— Quand pourrez-vous commencer?

— Tout de suite, si vous voulez.

— Mettons demain matin. Soyez ici à huit heures et demie précises.

Il y a plus de deux mois de cela et le libraire ne lui a pas encore pardonné. C'est la première fois que quelqu'un s'est dressé contre sa volonté et est arrivé à ses fins, en souriant, comme en se jouant.

Le préfet des études, au collège Saint-Servais, a fait une chose étonnante. Quoique Roger n'ait pas passé ses examens — et tout le monde savait qu'il ne les paserait pas — il lui a remis un diplôme comme s'il avait terminé normalement sa troisième.

Cette générosité excessive n'est-elle pas, au fond, un tout petit peu méprisante? Roger se refuse à le croire. Non seulement il calque sa tenue et sa démarche sur celles des petites gens, mais il veut adopter leur façon de penser.

Il n'est pas malheureux du tout. Il vit dans un monde rassurant. Il passe volontiers par son ancien quartier qu'habitent des comptables et des employés de banque et les petites maisons neuves, cet été-là, avec leurs fenêtres ouvertes sur les chambres à coucher qu'on aère, lui paraissent intimes et accueillantes. Il pense sérieusement à s'inscire au Cercle catholique où, jadis, Désiré était souffleur de la dramatique. Il fera partie de l'Association des Anciens Élèves de l'École des Frères.

Désiré est retourné à son bureau. Il est obligé de partir plus tôt et de prendre le tram 4 au coin de la rue Puits-en-Sock et de la rue Jean-d'Outremeuse, car il ne pourrait plus faire à pied le long chemin qui le sépare de la rue Sohet. Roger s'attarde dans la cuisine avec sa mère. C'est la saison des fruits et on a commencé les confitures. Il épie le réveille-matin, se lève, coiffe son chapeau de paille et prend sa canne, car il lui apparaît qu'une canne fait davantage «homme qui va à son bureau».

Souvent, avant d'atteindre le pont d'Amercœur, il aperçoit son père debout devant une vitrine. Il y a un quart d'heure que Désiré est parti. Avec ses longues jambes, il devrait déjà être loin. Mais il est forcé de s'arrêter presque tous les cent mètres, d'attendre que le spasme qui l'immobilise soit passé.

C'est un malade honteux. Autant que possible, il s'arrête devant un étalage, feint de s'intéresser aux marchandises exposées, fût-ce aux légumes défraîchis d'une boutique minable. Une bonne langue a déjà trouvé le moyen de dire à Élise:

— C'est curieux, madame Mamelin. Votre mari, qui paraissait si sérieux, se met à lorgner les jeunes filles.

— Qu'est-ce que vous racontez?

— Il s'arrête aux étalages et reste parfois un quart d'heure à lutiner les demoiselles de magasin.

Pauvre Désiré. Il sourit d'un sourire un peu gêné quand son fils le rattrape. Roger a bien pensé faire le détour par le pont de Bressoux, mais son père ne serait pas dupe.

— Alors, fils?

— Alors, père? Un peu essoufflé?

— C'est passé. Ne m'attends pas. Tu marche plus vite que moi et il est ton heure. Cela va toujours, à ton bureau?

Il dit exprès le bureau, comme on dit le bureau de la rue Sohet, parce que cela crée un lien de plus entre eux, une sorte d'égalité.

— Cela va très bien. Je suis au courant de tout. Je pourrais remplacer M. Hiquet d'une heure à l'autre si c'était nécessaire. Il y a des clients qui s'adressent à moi de préférence, car je connais mieux les livres. Certains me demandent conseil. Au lieu de réclamer tel ou tel titre, ils me disent:

» — Donnez-moi donc un roman du même genre que le dernier. C'était très bien.

Malheureusement, M. Germain veille. Sa haine prend volontiers des formes enfantines. N'est-ce pas enfantin de retirer à son employé tous les travaux qu'il accomplit volontiers et sans faute?

C'est Roger, le matin, qui va prendre dans le corridor une perche munie d'un crochet à l'aide de laquelle il lève les volets. Pendant ce temps, Hiquet, qui, le matin, est invariablement pâle, les yeux bordés de rouge comme s'il n'avait pas dormi de la nuit, change de veston dans un cagibi et endosse sa blouse de lustrine noire.

Roger, pourtant coquet, a proposé à M. Germain de se commander une blouse semblable. Au lieu de lui être reconnaissant de ce zèle, le farouche vieillard a grogné:

— C'est inutile.

Parce qu'il ne compte pas le garder, c'est clair! On lui a imposé ce jeune homme exubérant qui paraît jongler avec son travail. Il n'est pas encore parvenu à le prendre en faute, mais il est patient, obstiné, il sait que cela viendra tôt ou tard. Le tout est de ne pas manquer l'occasion.

Les livraisons en ville, assez rares, incombaient naturellement au nouveau venu. Mamelin revenait le teint trop animé de ces courses en plein air, comme d'une récréation. M. Germain n'a pu le souffrir. Le cas était difficile à résoudre car, si Hiquet faisait les courses, il fallait bien, pendant ce temps, permettre à Roger de servir les clients.

On attend désormais de grouper les envois. Le soir, au moment de la fermeture, M. Germain murmure :

— A propos... Ayez l'obligeance, monsieur Hiquet, de livrer ces deux ou trois paquets en rentrant chez vous... C'est sur votre chemin... M. Mamelin se chargera des autres...

Après journée! Le vieux se frotte les mains. Il serait plus heureux encore si Roger protestait contre ce travail supplémentaire.

Roger s'est juré de faire l'impossible pour désarmer cette haine imméritée. Élise lui a-t-elle souvent reproché d'être incapable de respect? Si elle pouvait le voir aujourd'hui, l'entendre répondre d'une voix angélique qu'elle ne lui connaît pas, avec une légère inclination de tête :

— Oui, monsieur... Non, monsieur... Tout de suite, monsieur...

Mlle Georgette est déçue. Elle a dû espérer, en le voyant entrer dans la librairie un matin de soleil, que ce jeune homme à l'œil audacieux oserait enfin ce que personne n'a osé : parler plus haut et clair et secouer la tyrannie du vieil oncle maniaque.

Or, nul n'a jamais été plus docile que Mamelin.

Bien des fois, des camarades du collège sont venus, entre autres Chabot, qui est abonné au salon de lecture. Si Roger s'était avancé un tant soit peu, ils lui auraient tendu la main. Il aurait même pu se permettre de les tutoyer. Qui sait si M. Germain ne l'espérait pas?

Il ne l'a pas fait. Il est resté «à sa place», comme on dit

chez tante Louisa, sans rancœur, en y prenant même un secret plaisir.

C'est ainsi qu'il faut envisager la vie quand on a été élevé dans le quartier de la place du Congrès et qu'on est destiné à y finir ses jours.

Sa cousine Schroefs aussi vient échanger ses romans. Germaine est gênée, il le sent. Elle questionne avec un sourire condescendant :

— Vous êtes toujours satisfait de mon jeune cousin, monsieur Germain ?

Et celui-ci ne répond que par son grognement d'ours.

Une autre jeune femme, d'une élégance remarquable, est entrée un après-midi au magasin suivie de sa demoiselle de compagnie. Le libraire s'est précipité au-devant d'elle comme au-devant d'une personnalité importante. Elle a acheté toutes les nouveautés. Elle touchait les livres les uns après les autres de ses doigts gantés de chevreau clair.

— Vous me le mettrez aussi... Et celui-ci... Celui-ci encore, si vous voulez...

— Je vous les expédie comme d'habitude ?

Elle n'a pas payé. Les gens du monde ne paient pas et on leur adresse leur facture en fin d'année. Au moment de sortir, elle est revenue sur ses pas.

— Faites donc couper les pages par votre commis. J'ai horreur de couper les pages de livres.

L'instant d'après, M. Germain dictait à sa nièce :

— Débit au nom de Mlle Estelle Peters, à Tongres...

Il a cherché Roger des yeux et Roger n'a pas bronché.

— Au fait, monsieur Mamelin, ne s'agit-il pas d'une de vos parentes ?

— Je suppose, monsieur, que c'est ma cousine.

— Pourquoi dites-vous que vous supposez ?

Le vieux a flairé une impertinence. Voilà le grand mot ! Il soupçonne toujours Roger d'impertinence et il a autant horreur de ça qu'Estelle Peters de couper les pages de ses livres.

— Je dis je suppose, monsieur, parce que je ne l'ai jamais vue.

A peine connaît-il son oncle Louis de Tongres, qu'il a aperçu à un enterrement. Il sait qu'il a deux enfants, un garçon et une fille, que le fils est médecin et que c'est à sa première communion qu'Élise est allée le jour où elle a tant pleuré et où son père et lui l'ont conduite à la gare.

Des années ont passé depuis et maintenant, dans l'arrière-boutique de chez Germain, le fils d'Élise coupe les pages pour la fille de Louis. Sans révolte. Sa décision est prise une fois pour toutes. Il ne se révoltera plus. La vie n'est pas désagréable ainsi. Il y a de la douceur dans la résignation. Il soupçonne que certains, comme sa mère, y puisent une volupté un peu perverse. S'il arrive une catastrophe, nul ne pourra prétendre que c'est par sa faute.

Les vacances sont finies. Pour être moins dense que dans l'étroite rue Saint-Gilles, le défilé des élèves du collège Saint-Servais, à la sortie des classes, change cependant la physionomie de la rue. Roger en voit, le matin, qui montent isolément, à pas pressés. Il les voit au retour qui repassent par groupes et l'idée qu'ils sont allés s'enfermer dans ces grandes cages blanches suspendues au-dessus de la cour lui paraît aussi incongrue que l'agitation désordonnée des passants.

Il devine de quoi ils parlent en prenant des airs importants et il sourit de pitié. Il revoit parfois la tête pâle et tourmentée de Verger, qui a encore grandi et qui court la ville en quête d'un trafic louche, d'accumulateurs ou d'autres marchandises à acheter et à vendre. Stievens passe aussi, grave comme un homme de quarante ans, persuadé que chacun est attentif au brillant de ses chaussures et au pli de son pantalon.

Roger ne voit plus Gaston Van de Waele qui, raconte-t-on, s'est lancé dans les affaires et va en Bourse le lundi, comme un Louis de Tongres.

Tout cela, dans les jeux d'ombre et de soleil de la rue, dans le vacarme qui, à la longue, forme une musique de fond indispensable, est à peine réel et prend des proportions ridicules, comme un monde que l'on regarde par le gros bout de la lunette.

Les gens ne retrouvent leur densité et leur taille véritable qu'au moment où ils franchissent le seuil et s'avancent entre les rayons chargés de livres noirs — sauf les rayons qui se trouvent derrière le comptoir et qui contiennent les nouveautés à couverture jaune. Voilà ce qui compte, ce qui est tangible, important, le catalogue qui pend à une ficelle, la boîte à timbres, le tiroir aux étiquettes et jusqu'à l'essuie-mains pendu derrière une porte.

— Rendu: 1267.

C'est un Dumas. Personne ne connait mieux que lui l'œuvre d'Alexandre Dumas, qu'il a lue de la première à la dernière ligne, y compris les Notes de Voyage et les Mémoires. Il sait les volumes qui sont en main et ceux qui sont disponibles. Il les atteint d'un geste encore plus désinvolte que les autres, comme le prestidigitateur dont les mains attirent à elles les objets.

— «Le Capitaine Pamphile»? Un instant, madame, s'il vous plaît.

C'est un après-midi d'octobre, une des dernières belles journées de l'année. Il y a dans les rues une animation inaccoutumée car, depuis quelques jours, les Allemands relâchent les prisonniers russes. On voit errer, venus à pied d'on ne sait quelle province allemande où on ne peut plus les nourrir, des hommes vêtus d'uniformes inconnus, de capotes trop grandes pour eux, trop larges surtout, car ils sont maigres et, pour la plupart, au dernier degré de la misère physique.

La population a commencé à les recueillir. Des comités sont en formation. Déjà les particuliers s'efforcent d'héberger chacun un ou deux errants. Et si, dans les quartiers pauvres, on les prend au hasard, on voit, au Carré, des dames et des jeunes filles qui dévisagent les rescapés avant d'en choisir un à leur convenance.

Ils le savent. Ces garçons-là ont un instinct étonnamment sûr. Ils se promènent avec des airs de chiens galeux et parfois, devant une bourgeoise à mine prospère, ils découvrent leurs dents blanches et pointues dans un sourire racoleur.

La librairie est pleine de monde. La dame acariâtre, vêtue d'astrakan noir, qui s'est adressée à Roger, est la femme d'un président de tribunal. M. Germain ne l'a pas vue, car il se serait précipité pour la servir en personne.

— Voyons... «Acté»... «Amaury»... «Ange Pitou»... «Aventures de John Davis»...

Le doigt de Roger court sur la liste.

— «Les Blancs et les Bleus»... «Boule de Neige»... «Cadet de Famille»... «Le Capitaine Richard»...

Tiens! Surpris, il revient en arrière, relit d'un bout à l'autre la liste des Dumas. Sans doute a-t-on oublié d'inscrire «Le Capitaine Pamphile» au catalogue? Il grimpe à l'échelle, sort les bouquins l'un après l'autre du rayon, contrôle les titres.

— Qu'est-ce que vous cherchez là-haut, monsieur Mamelin?

— «Le Capitaine Pamphile», monsieur.

— Pourquoi le cherchez-vous dans les Dumas, s'il vous plaît?

Il flaire la catastrophe, prend son ton le plus humble, sa voix la plus timide pour murmurer:

— Parce que c'est de Dumas.

— Qui vous a dit que «Le Capitaine Pamphile» était d'Alexandre Dumas? Sachez, monsieur, que Dumas père n'a jamais écrit «Le Capitaine Pamphile». Cherchez dans Théophile Gautier et vous trouverez. Voilà ce que vous auriez fait tout de suite si vous étiez moins brouillon et moins sûr de vous.

Roger obéit. Il sait qu'il ne trouvera rien chez Gautier. Il le sait d'autant mieux qu'il n'y a pas six mois qu'il a lu « Le Capitaine Pamphile ».

— Eh bien, monsieur, y êtes-vous enfin ?

— Non, monsieur.

D'un geste sec, on lui arrache des mains le catalogue qui pend à sa ficelle. Pourquoi la cliente, que le libraire a vexée, encourage-t-elle Roger des yeux ?

Il murmure tout bas, de façon que le patron seul puisse l'entendre :

— Je vous assure, monsieur, que « Le Capitaine Pamphile » est d'Alexandre Dumas. Nous ne l'avons pas, mais il est bien de lui.

— Que racontez-vous, jeune homme ? Je crois que j'ai mal entendu. Auriez-vous la prétention de venir chez moi m'apprendre mon métier ?

— Je l'ai lu.

— Eh bien, vous l'avez lu de travers, comme d'ailleurs vous faites toutes choses. Qui vous a demandé « Le Capitaine Pamphile » ?

— C'est Madame.

Il est encore plus furieux en reconnaissant l'importante et difficile cliente.

— Excusez, madame, ce jeune homme qui s'imagine tout connaître. Et elle de répliquer :

— « Le Capitaine Pamphile » est bien d'Alexandre Dumas.

Les oreilles du vieillard en deviennent pourpres, tous ses poils se hérissent. Sans un mot, il se dirige vers le comptoir, ouvre d'une main fébrile le manuel du libraire. Il va brandir la page vengeresse, la preuve qu'il ne s'est pas trompé, qu'il ne s'est jamais trompé et que « Le Capitaine Pamphile »...

Patatras ! Sur la liste des œuvres complètes d'Alexandre Dumas, il est bien obligé de lire, malgré la colère qui lui brouille la vue : ... « Cadet de Famille »... « Capitaine

Arena»… «Capitaine Pamphile»…

Il lève ses sourcils broussailleux et feint de prendre Mamelin en faute.

— Monsieur Mamelin, je ne puis tolérer qu'un de mes employés, si recommandé soit-il, se permette chez moi des attitudes insolentes. Veuillez m'attendre dans mon bureau.

Roger n'a rien dit, n'a rien fait, n'a pas souri.

Ce qui était insolent, c'était évidemment son calme, sa confiance en lui et en Dumas.

Il ignore comment le vieux s'en est tiré avec sa cliente. Un peu soulagé par l'exécution du jeune homme, il a dû se répandre en courbettes, mais il retrouve toute sa hargne dès qu'il pénètre dans le bureau.

— Je suppose que cet incident, que je prévoyais depuis longtemps, suffira pour vous démontrer que vous n'êtes pas à votre place dans cette maison.

Roger va s'excuser. Il y est décidé. Il est prêt à jurer qu'Alexandre Dumas n'a jamais écrit «Le Capitaine Pamphile», mais déjà le tiroir du bureau s'est ouvert, les mains aux veines saillantes, les mains du vieillard comptent des pièces de monnaie et des coupures.

— Voici cinquante francs. Voici en outre vingt-cinq francs pour votre congé. Je serais en droit de ne pas vous les donner, étant donné votre attitude déplacée. Je tiens à ce que votre oncle constate que je me conduis plus correctement avec vous que que vous avec moi. Adieu, monsieur. Je vous souhaite bonne chance et un peu plus de respect pour vos aînés.

Hiquet, qui le voit sortir, ne sait pas qu'il s'en va pour toujours.

Et voilà comment Roger est replongé dans l'aquarium. Après un moment de flottement, le ressort se déclenche, ses sourcils se froncent, son front se durcit, il se met à marcher à la même cadence que les passants, agitant bras et jambes toujours plus vite comme si une tâche capitale l'attendait à l'autre bout du décor.

Le plus extravagant, c'est qu'il a conscience. Il se sent rapetissé, revenu à la taille des automates à grosse tête qu'il voyait, à travers les vitres de la librairie, s'agiter sans fin dans le bocal.

10

Des tranches du film à épisodes alternent avec les numéros de music-hall et avec des morceaux d'orchestre pendant lesquels les garçons s'affairent au renouvellement des consommations. La salle du Palace est archicomble. Dehors, il pleut toujours, on le voit aux gouttelettes qui couvrent les manteaux des gens qui entrent. De même, chaque fois que se soulève la portière de l'entrée, on constate les progrès de l'obscurité sur le bout de trottoir où les guirlandes électriques jettent une flaque de lumière rouge.

Il fait chaud de chaleur humaine. Les coudes se touchent aux deux côtés des tables de marbre mises bout à bout. Cela sent la bière, la laine mouillée et le cigare. La présence des Russes en uniforme gris apporte une note d'étrangeté.

Ce n'est pas un malaise à proprement parler qu'on ressent depuis quelques jours, mais comme le tourment de l'attente.

Tout le monde attend sans savoir quoi. Le pâtissier du pont de Longdoz, à qui Roger s'est présenté voilà huit jours, a eu l'air embarrassé.

— Je ne dis pas non. Il est certain que j'ai besoin de quelqu'un. Oui, je pourrais prendre un apprenti. Je connais bien votre grand-père. Revenez donc me voir dans une dizaine de jours. Nous en reparlerons.

Élise attend aussi pour s'en réjouir. Quant à Roger, il a fait tout ce qu'il devait faire, mais au fond, il n'y croit pas.

On vit un entracte pendant lequel les choses n'ont pas d'importance. Le temps est mauvais. Pluie et vent se succèdent sans répit. Il fait noir de bonne heure et souvent il faut allumer les lampes en plein jour. Les Russes arrivent de plus en plus nombreux. On ne sait plus où les mettre. Élise en a pris deux qui dorment dans la salle à manger et Roger passe le plus clair de son temps à les promener à travers la ville.

Au «Palace», comme dans les cinémas, on les laisse entrer gratuitement. Il paraît que, dans certains camps, ils en étaient réduits à manger des excréments.

Dans les casernes de la ville, les troupes allemandes, dit-on, ont été consignées. En tout cas on ne voit presque plus d'officiers dans les rues, casque à pointe en tête, le dolman flottant, le sabre traînant sur les pavés.

Roger et ses deux Russes fument des cigarettes moisies qu'on vend, rue du Pont-Neuf, vingt-cinq centimes la pièce au lieu d'un franc.

L'écran de toile s'est roulé sous la frise, la scène s'éclaire, un comique troupier s'avance, hilare, en perruque rousse.

> *Caroline, pan pan pan pan*
> *Elle est malade, pan pan pan pan*
> *Elle est malade*
> *Du mal d'amour.*

Il porte l'uniforme français d'avant la guerre, les culottes garance et les houseaux noirs des dragons. Les yeux en vrille, il entraîne, avec de grands gestes d'épileptique, toute la salle à chanter en cœur.

> *Pour la guérir,*
> *Pan pan pan pan*
> *Pour la guérir,*
> *Pan pan pan pan...*

Et peu à peu le murmure de la salle, d'abord hésitant, devient une vaste clameur que scande l'orchestre, les applaudissements éclatent, le troupier disparaît en sautillant derrière un portant, revient pour saluer.

Que se passe-t-il à ce moment? On a entrevu dans la coulisse la silhouette d'un personnage vêtu de noir. Le comique, encore à moitié sur la scène, discute avec lui sans se soucier du public.

On le réclame. Il remonte à la rampe, se penche vers le chef d'orchestre qui se dresse, s'accoude à la scène et, surpris, visiblement hésitant, interroge du regard l'homme en noir des coulisses..

... et, enfin, se rassied, dit quelques mots aux musiciens, lève son bâton...

Alors...

> *Allons enfants de la patrie...*

Un moment, personne n'en croit ses yeux ni ses oreilles. D'un geste emphatique, le troufion a arraché sa perruque rousse et rejeté en arrière ses cheveux bruns. Du revers de sa manche, il efface son masque niais. C'est un homme, au visage intelligent, qui lance à pleins poumons:

> *Aux armes, citoyens*
> *Formez vos bataillons...*

Personne ne tient en place. On se lève sans savoir pourquoi, parce qu'il est impossible de rester assis, parce que quelque chose vous transporte. Les yeux picotent. Les voix tremblantes répètent les syllabes de *La Marseillaise*.

Qu'un sang impur
Abreuve nos sillons...

Le chanteur s'élance vers la coulisse. On lui tend un objet qu'il brandit d'un vaste geste et c'est un immense drapeau français qui se déploie dans la lumière des projecteurs.

On lui en tend un second; le même geste et c'est le drapeau belge: noir, jaune et rouge.

Alors, les yeux fous, l'homme qui a gardé son costume de troupier de music-hall hurle à pleins poumons aux deux mille personnes serrées les unes contre les autres, tandis que l'orchestre attaque *La Brabançonne:*

— C'est l'armistice!... La guerre est finie!...

Tout n'est plus que chaos. On pleure, on rit, on s'embrasse, on se bouscule. Il y en a qui se précipitent dehors pour crier la nouvelle aux passants, mais ceux-ci la connaissent déjà, toute la ville vient de l'apprendre en quelques instants, les commerçants sont sur leurs seuils, des femmes se penchent aux fenêtres, certains se demandent, devant la foule qui monte, s'il ne serait pas prudent de baisser les volets de fer.

La guerre est finie! Les rues, malgré la pluie, se remplissent d'une cohue de plus en plus agitée, on entend des chants, puis soudain, comme un signal, le fracas d'une vitrine qui vole en éclats.

C'est une charcuterie dont le patron a travaillé avec les Allemands. Des hommes s'engouffrent dans le magasin et lancent à la volée jambons et boudins. Les meubles y passent à leur tour, lancés des fenêtres du premier et du second étage, des armoires, des lits, une table de nuit, un piano. La police ne sait que faire et des pillards courent le long des maisons en emportant leur butin.

— Qu'on détruise, mais qu'on n'emporte rien! essaie de crier un brigadier.

Dix, vingt, cinquante charcuteries subissent le même

sort et la foule est toujours plus mélangée, on rencontre en pleine rue de la Cathédrale des bandes entières de gens des bas quartiers, certains cafés ont commencé à servir à boire gratuitement et les autres sont bien forcés d'en faire autant, car la foule maintenant l'exige.

Dans un coin sombre, une forme humaine se débat contre une demi-douzaine d'hommes acharnés et Roger regarde sans comprendre. Ils sont en train de déshabiller une femme, lui arracher ses vêtements jusqu'au dernier. Elle est nue, à genoux sur le trottoir visqueux, et un des agresseurs lui coupe à grands coups de ciseaux les cheveux au ras du crâne.

— Elle peut s'en aller, maintenant. On en fera autant à toutes celles qui ont couché avec les Allemands. Comme ça, les maris, quand ils reviendront du front, sauront à quoi s'en tenir.

Elle fuit sous les huées, livide et glacée dans le courant d'air des rues. Des gamins la poursuivent tandis que la même scène se renouvelle un peu partout et qu'on sursaute soudain, dans l'obscurité, en apercevant un corps blême et nu qui rase les maisons.

Roger a perdu ses deux Russes. Il s'est trouvé pris dans une farandole et la suit de café en café, chantant avec les autres, sans reconnaître les quartiers où on promène une joie bruyante et agressive.

Il boit comme tout le monde. La bière épuisée, c'est du genièvre qu'on sert à pleins verres et les bandes se disloquent pour se souder à d'autres, et il a à sa gauche une belle fille du peuple qui a eu le temps d'aller mettre sa robe de satin vert pâle.

Pour la première fois, il a pénétré au fond des ruelles les plus secrètes d'Outremeuse, traversé en monôme des caboulots insoupçonnés. Une sorte de marchande des quatre-saisons, à certain moment, s'est approchée de sa compagne et, après avoir lancé à Roger un regard méfiant, lui a retiré ses bagues des doigts.

Il se souvient aussi être resté un moment accoudé au marbre du café où il jouait au billard avec son père.

Dix fois, peut-être, il s'est rapproché de chez lui, et chaque fois une vague l'a refoulé. Il n'a pas mangé. Il ne se rappelle pas avoir mangé. Ce qui domine dans son souvenir, ce sont des centaines, des milliers de visages inconnus qu'il voyait pour la première fois de si près, des joues qu'on embrassait, des bouches qui s'ouvraient toutes grandes pour gueuler une chanson ou un cri de triomphe, des yeux dans lesquels on lisait un délire menaçant. Puis encore des cafés, puis les trottoirs noirs et luisants, des éclats de verre, des hachures de pluie.

S'il a été ivre, il est dégrisé au moment où, alors que le petit jour pâlit le ciel et rend l'air plus froid, il franchit le pont d'Amercœur. Il sait que ses parents ne lui diront rien, qu'ils ne se seront sans doute pas inquiétés. C'est l'armistice. Ses vêtements détrempés lui collent au corps. Ses souliers ont pris l'eau. Il a froid partout et fort mal à la tête.

Pourtant, il lui semble qu'il n'a jamais été aussi calme, aussi lucide de sa vie que ce matin-là.

A-t-il réellement hurlé avec les autres ? Peut-être a-t-il essayé. Oui, au fond, il s'est conduit cette nuit comme il s'est conduit pendant les deux mois qu'il est resté chez Germain. Il s'est appliqué à bien faire, à ne pas se singulariser, à se comporter comme tout le monde.

Il n'a pas pu. En ce qui le concerne, il y parvient, à force de bonne volonté. Mais les autres ne sont pas dupes. Ce sont eux qui le regardent comme un étranger et qui s'écartent. La preuve cette femme du peuple qui est venue retirer les bagues de sa fille !

Toute sa vie, il se souviendra du chanteur comique au faciès écœurant d'imbécillité voulue. Sans l'armistice, Roger allait retourner, dans deux jours, exactement — c'était prévu — chez le pâtissier du pont de Longdoz. Celui-ci l'accepterait peut-être. Roger deviendrait pâtissier et il n'est pas né davantage pour être pâtissier que pour être commis de librairie.

Il n'est pas triste. C'est un autre sentiment qui lui fait baisser la tête en marchant. La nuit de l'armistice est finie, la guerre est finie, et avec elle toute une période de sa vie à laquelle il voudrait ne plus jamais penser.

Le jour qui se lève est un jour glauque. Il pleut toujours. Les maisons sont noires.

Il n'y a plus la moindre fièvre en lui. Il ouvre la porte avec sa clef, monte tout de suite dans la chambre de ses parents qui ne sont pas encore levés.

— C'est toi, Roger?

— C'est moi. J'espère que vous ne vous êtes pas inquiétés à mon sujet? J'aurais voulu vous prévenir, revenir plus tôt, mais j'étais sans cesse entraîné par la foule.

Il a l'impression que sa mère le regarde avec étonnement. C'est son calme qui doit la surprendre.

— Tu n'as pas trop bu?

— Pas trop non. Je n'ai pas été malade.

Il parle d'une voix égale, non comme un homme qui vient de passer la nuit à chanter et à boire, mais comme un homme qui aurait longuement, mûrement réfléchi.

— On dirait que tu n'es pas content?

— Mais si, mère. Je suis très content. Je ne t'ai pas encore embrassée. Pardon.

Il l'embrasse, embrasse son père, respire avec gêne l'odeur de leur lit.

— Et voilà. Je vais me coucher. Tu m'éveilleras quand tu voudras.

Les deux jeunes filles, Alice et Marie, ne sont pas encore rentrées. Un seul des Russes est revenu tôt dans la soirée, déjà malade d'avoir trop bu, Roger a enjambé sa vomissure dans le corridor. Au fait, il va falloir quitter la maison, puisqu'on ne l'a louée que pour la durée de la guerre.

— Bonsoir.

Il est seul dans sa chambre et il aperçoit sur le boulevard des files de vaincus qui commencent à passer, suivant tête basse, sous la pluie monotone, les canons et les cuisines roulantes.

Les yeux clos, il les entend encore. Il a l'impression de les voir, marchant sans fin, et il se souvient soudain d'une carte postale polonaise que Mlle Feinstein avait reçue autrefois. Il doit l'avoir encore dans son album, car elle la lui a donnée. C'est un vieillard assis au bord d'un trottoir, les bras pendants, près d'un enfant en haillons qui se serre contre lui, Il braque sur le vide un regard plein d'une interrogation pathétique.

Mlle Pauline lui a traduit la légende imprimée en polonais sous l'image : *Où aller?*

Le convoi défile sous sa fenêtre et continuera à défiler au même pas morne pendant des jours et des jours. Roger dort et s'agite dans l'aube froide de la chambre sans volet.

Il dort si profondément que, quand il se réveille, les yeux encore clos, sa première sensation est une sensation de lassitude. Puis il se dresse en sursaut, se frotte les paupières, inquiet de la lueur inaccoutumée qui parvient jusqu'à lui.

La guerre est finie, il s'en souvient. La nuit est tombée. Le bec de gaz d'en face est allumé et on a débarrassé ses vitres de leur couche de peinture bleue, les rayons aigus, d'un blanc qu'on ne connaissait plus depuis longtemps, traversent la guipure des rideaux et dessinent d'étranges figures sur les murs.

En bas, on entend un bourdonnement de voix et des heurts de faïence. Sa mère tisonne le poêle. On doit être à table.

Il a faim. Et pourtant il reste debout, pieds nus, devant la fenêtre, jusqu'à ce que s'ouvre la porte de la cuisine et que la voix d'Élise s'élève dans la cage d'escalier.

— Tu es éveillé, Roger? Tu ne descends pas manger?
Il répond:
— Je viens, mère.
Le temps de s'habiller sans allumer la lampe, et il y va.

Saint-Mesmin-le-Vieux, 27 janvier 1943.

LECTURE

de Danièle LATIN
Docteur en Philosophie et Lettres

Georges Simenon est un voyageur du monde et ses nombreux romans se ressentent de cette itinérance. Sur un fond de sensibilité étonnamment stable, la fiction chez lui se déploie en tous les lieux de la planète ou presque : Paris, Caen ou La Rochelle, Anvers, Groningue ou Ankara, Marseille, Venise ou Manhattan, Lausanne, Le Havre et Tuckson, Libreville et Tahiti. Avec des périodisations et des retours, d'évidentes prédilections aussi, comme pour ces villes portuaires et leurs quartiers de mariniers, voire pour les paquebots eux-mêmes, en traversée...

Parmi les sites retenus, et l'on ne s'en étonnera pas, Liège, la ville natale, cité wallonne sur la Meuse, en Belgique. Pourtant, dans la fresque cosmopolite, Liège n'a qu'une place restreinte et n'est que rarement choisie comme scène du drame romanesque. Ou bien elle est présente dans quelques romans qui exploitent assez visiblement des souvenirs autobiographiques, tels que *Le Pendu de Saint-Pholien* (1931), *La danseuse du Gai-Moulin* (1931), *Les Trois Crimes de mes amis* (1938), *Crime impuni* (1954). Ou bien on la devine en surimpression de l'une ou l'autre ville de la province française, telle Nantes dans *L'Ane rouge* (1933).

A ces quelques exceptions près, Liège n'est pas un lieu conducteur de fiction chez Simenon. C'est ce qu'un premier regard sur le grand ensemble des romans donne à penser.

PEDIGREE: UNE ŒUVRE-MATRICE

Pedigree, roman liégeois par excellence, n'aurait jamais été écrit, on le sait, sans cet accident de destinée qui voulut qu'en 1940, alors que Georges Simenon se trouvait en Vendée, un médecin diagnostiqua chez lui par erreur une angine de poitrine et lui prédit qu'il n'aurait plus que deux ou trois ans à vivre.

C'est dans ces circonstances exceptionnelles et alors qu'il se croit frappé de la même maladie que son propre père que Simenon décide d'écrire pour son fils Marc, alors âgé de huit ans, le récit de sa jeunesse afin de lui permettre de connaître ceux dont il provient. Devoir de filiation en somme, qui prend d'abord l'allure d'un récit cursif «sans prétention littéraire», d'où sans doute la fidélité scrupuleuse à la réalité des références, des noms de rues, de quartiers, voire de personnes; d'où aussi le choix du titre. Comme l'on sait, sur le conseil d'André Gide, Simenon réécrira son texte à la troisième personne pour en faire le roman actuel, la première version étant par ailleurs publiée sous le titre de *Je me souviens*.

Ajoutons, pour la petite histoire et la rigueur philologique, que le volume représentait alors une première partie dont la suite ne sera jamais écrite, sans doute en raison du procès que lui fit certain patriote se trouvant indiscrètement évoqué dans le roman, mais plus vraisemblablement encore parce que, une fois levée cette fausse alerte concernant sa santé, l'écrivain souhaitera laisser dans l'ombre cette zone de sa mémoire.

Le fait est là toutefois: Liège qui affleure désormais au cœur de la production littéraire de Simenon, n'est pas un thème banal, littérairement comme existentiellement parlant. Ville de l'origine, terre de l'enfance, ville maternelle et paternelle, lieu géométrique des sensations et du souvenir, lieu d'avant la coupure du «cordon ombilical» (Simenon ne reviendra jamais vivre dans sa ville dont il s'est séparé par un acte décisif à l'âge de dix-neuf ans si ce n'est pour quelques visites de circonstances), ce Liège-là se révèle bien *a contrario* être le centre absent ou le non-dit de la géographie

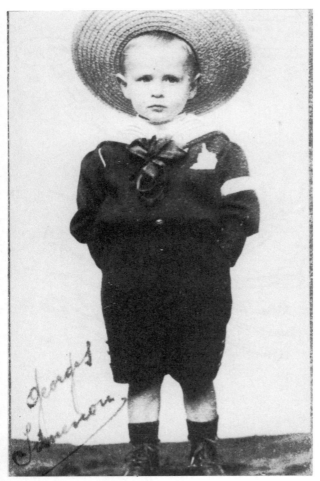

Georges Simenon en 1906, à l'âge de 3 ans.
(Coll. Fonds Simenon)

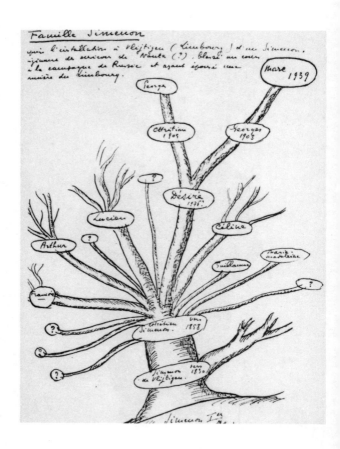

L'Arbre généalogique ou le «Pedigree» de la famille Simenon. Illustration de l'édition originale parue aux Presses de la Cité (1948).
(Coll. Fonds Simenon)

Chrétien Simenon, grand-père paternel de Georges Simenon, sur le seuil de sa chapellerie rue Puits-en-Sock à Liège.
(Coll. Fonds Simenon)

Le Pont des Arches à Liège, au début du siècle.
(Coll. Fonds Simenon)

Henriette et Désiré Simenon, parents de Georges Simenon, en 1920.
(Coll. Fonds Simenon)

Georges Simenon à l'âge de 15 ans.
(Coll. Fonds Simenon)

Désiré et Chrétien Simenon.
(Coll. Fonds Simenon)

PEDIGREE

de

Marcsimenon

avec le portrait de quelques oncles, tantes, cousins, cousines et amis de la famille, ainsi que des anecdotes

par

son père

1940

Page de titre du cahier adressé par Simenon à son fils Marc, et qui sera publié sous le titre Je me souviens.
(Coll. Fonds Simenon)

Annotations de « l'enveloppe jaune » sur laquelle Simenon inscrit le nom des personnages du roman Pedigree.
(Coll. Fonds Simenon)

simenonienne, le lieu d'un refoulement qui permet tous les transferts et autorise toutes les transitivités génétiques, du vécu familial recouvert aux mille et un motifs de l'aventure romanesque, comme la langue natale est le substrat de tous les discours conquis.

Le récit de *Pedigree* (publié en 1948) détient de ce fait un statut singulier dans l'œuvre du romancier. Le roman procède d'un fond sensible où l'on peut reconnaître aisément les principales sources de l'imaginaire simenonien. Autobiographique ou, plutôt, existentielle, cette inspiration est ici étroitement rattachée au vécu des premières années de jeunesse et au milieu familial liégeois, si bien que l'on peut considérer *Pedigree* comme un texte-témoin, condensant les composantes sensibles qui sont à l'origine des différents climats et de la fameuse «atmosphère» des récits de Simenon, récits dont le trait commun reste à coup sûr la forte prégnance de l'instance familiale dont les héros doivent tous, d'une façon ou d'une autre, se départir, pour aller «jusqu'au bout d'eux-mêmes» donnant par là matière à autant de fictions.

La fiction — entendons l'intrigue — qui constitue habituellement la trame solide d'un «Simenon», est précisément absente de *Pedigree*, elle ne s'y manifeste qu'en filigrane. Elle y est velléitaire, embryonnaire. Comme si le temps de l'aventure ne pouvait s'y inscrire et s'y écrire... C'est que le temps de *Pedigree* est un temps absolu, le temps subi d'un être-là. Le temps ontologique. Redoublé toutefois — ne nous y laissons pas tromper — par le temps omniscient de l'écriture qui reconstitue le passé ou le réinvente pour l'ancrer dans la seule réalité de l'art.

Par cette œuvre-matrice offrant *a posteriori* la réplique de l'écriture aux phantasmes de la mémoire, Simenon triomphe des premiers signifiants de sa personnalité et les constitue en récit. Du fait même, il transforme ce témoignage intime en un document littéraire d'une rare et frappante authenticité.

RÉCIT D'ÉPOQUE ET «ROMAN FAMILIAL»

Mi-roman, mi-autobiographie, *Pedigree* est aussi une exceptionnelle chronique de la vie d'une famille liégeoise à la «belle époque», depuïs 1903 (date de la naissance du héros, Roger Mamelin) jusqu'à 1918, peu après l'armistice qui met fin à la première guerre mondiale.

Le fait que le roman occulte ou transpose partiellement des événements de la biographie (la mort du père et le départ du fils ne sont qu'imminents quand s'achève le roman, la fiction fait abstraction du frère cadet de Simenon, ...) ne change rien à cette triple dimension du texte: l'autobiographie sous-tend l'invention romanesque et celle-ci utilise librement le témoignage historique afin d'atteindre à cette transposition du réel qu'on peut appeler «vérité», une vérité que Simenon lui-même commentait en se référant à cette forme de prescience que résume bien la formule de Goethe «Dichtung und Warheit».

En ce début du XXᵉ siècle, la physionomie sociale de ce coin d'Europe au cœur de la vallée mosane est sans doute caractérisée d'abord par les changements qu'entraîne l'escalade de la grande entreprise industrielle. Face à un capitalisme dont le marché s'internationalise, les masses ouvrières, de plus en plus concentrées, s'organisent pour revendiquer, avec le suffrage universel, une législation sociale du travail. Après l'époque des grèves insurrectionnelles des années 1880-90, la politique s'ouvre ouvertement au réformisme afin de faire pièce aux menaces de l'anarchisme et du marxisme. La chronique de la vie sociale est défrayée par ces événements brutalisants pour le milieu petit-bourgeois conservateur et catholique. Manifestations, grève générale, mobilisations de la garde civique, entretiennent un climat d'insécurité pour les «honnêtes gens», climat qui va brusquement s'enténébrer avec la venue de la guerre.

Le roman n'aborde pas de façon directe ce contexte historique mais celui-ci n'en est pas moins présent pour agir sur l'histoire de la famille Mamelin et donner au récit ses principaux repères de signification. Au reste, si *Pedigree* se maintient dans le registre mineur et intimiste d'un roman familial, les cadres de périodisation du récit sont, eux, fortement marqués par des événements symboliques destinés à donner la mesure de l'Époque.

A l'ouverture du roman, la venue au monde du héros est mise en parallèle avec l'attentat anarchiste du jeune Félix Marette, personnage moins secondaire qu'il n'y paraît puisque son histoire préfigure en abîme par d'évidentes ressemblances la destinée future du héros et soutient, à travers le récit continu d'une vie entière de conformisme et d'acceptation, le contre-thème de la révolte. Le motif de la menace insurrectionnelle est relayé à plusieurs niveaux dans le roman et notamment par la relation d'une grève générale qui arrête le cours du temps un jour de premier mai, créant ce «silence indécent, plein d'hallucinants miasmes, comme une maladie qu'on couve, qu'on sent en soi partout et nulle part». Plus évidemment encore, la crise d'adolescence de Roger coïncide avec la période de la guerre, qui lui fait l'effet d'une destruction de l'ordre des valeurs, et dont, au lendemain de l'armistice, il sort dégrisé comme d'une orgie.

Quant au corps même du récit, il est de part en part traversé par une angoisse sociale diffuse qui s'exprime le plus souvent sur le mode du phantasme, phantasme que génère au fil des jours, dans le petit foyer des Mamelin, le discours dominant de la mère, Élise Peters.

Le roman met en contraste significatif les deux branches du «pedigree»: le clan Mamelin et le clan Peters. Si cette configuration se traduit en termes de différences de sensibilité, elle repose également sur le fait que les Mamelin et les Peters occupent des positions sociales inverses au sein de la petite-bourgeoisie. C'est sur cette principale opposition que repose la tension dramatique.

Concentrique, installée depuis plusieurs générations dans le quartier populaire d'Outre-Meuse, la famille Mamelin relève de la petite bourgeoisie ascendante: le «vieux Papa» est un ancien mineur, le grand-père est chapelier, le père, Désiré, est employé dans une compagnie d'assurances. Promu au rang des «intellectuels», Désiré se satisfait de ce modeste prestige auprès des siens. De lui irradie une image rassurante d'homme paisible et débonnaire. Ni l'ambition, ni les événements ne l'entament. Il arpente son petit univers d'élection avec un hédonisme égal et discret. La morale des Mamelin est une morale simple et entée sur une solide tradition. La vie du clan est communautaire. En dépit de sa nouvelle situation, Désiré continue de s'y sentir «chez lui» et y perpétue rites, us et coutumes.

La branche Peters détient une position sensiblement différente sur l'échelle sociale. Les Peters proviennent de la bourgeoisie aisée : le père était chef de digues dans le Limbourg, puis propriétaire d'une entreprise de bois à Herstal près de Liège. Cependant il fit faillite et mourut peu de temps après sa déchéance, laissant une famille de treize enfants. Élise, la dernière venue, celle «qu'on n'attendait plus», subit plus que quiconque le contrecoup de ce déclassement. Alors que ses sœurs aînées ont pour la plupart épousé des commerçants cossus, elle est l'épouse d'un petit employé sans avenir et ne se voit estimée ni par sa propre famille ni surtout par sa belle-famille, qui voit en elle une étrangère.

Étrangère, elle l'est. Flamande, elle se reprend à parler son dialecte à la moindre émotion et il n'y a guère qu'avec son frère aîné, Léopold, un marginal, un alcoolique, qu'elle se sente en confiance, peut-être parce qu'il est détenteur du savoir familial, médiateur d'une origine perdue dont Élise ressent le vide en elle, douloureusement. Raffinée, elle ne peut souffrir la familiarité des Mamelin dont les mœurs lui paraissent vulgaires, surtout dans leur grégaire jovialité.

Solitaire, Élise nourrit une peur chronique de la pauvreté qu'elle a connue dans sa prime jeunesse. De là sa volonté farouche de s'élever au-dessus du «strict nécessaire» que lui apporte Désiré. Fragile, modeste, mais fière et douée d'une volonté d'acier, Élise déploie à cette fin toute une stratégie de redressement, décidant de louer des chambres dans sa propre maison à des étudiants étrangers qui fréquentent l'Université. Dès lors, sa vie ne sera plus qu'une lutte faite d'infimes efforts, de mille ruses plus ou moins avouables pour approcher le mirage que représente pour elle l'accès à la sécurité, une sécurité semblable à celle qui émane de ces maisons respectables de la bourgeoisie — ces maisons à loggias — qu'elle admire tout en promenant son enfant dans ces quartiers anonymes, au-dessus de ses moyens, et où, de par sa décision, elle entraîne le petit noyau familial de déménagement en déménagement.

Ainsi la famille Mamelin-Peters effectue peu à peu un glissement qui est à la fois moral et sociologique. C'en est bientôt fini de la chaude popularité de la rue Puits-en-Sock, domaine des Mamelin, les visites dominicales elles-mêmes ne se feront plus que du côté Peters : la frêle Élise domine et règne sur l'économie familiale, livre bataille sur bataille, à coup de larmes, à coup de crises de nerfs, à coup d'arguments et de déférences bien placées. Elle parvient ainsi, en rognant sur l'ordinaire, à faire des économies qu'elle va déposer sur le livret d'épargne de Roger. Le prix d'une telle ascèse, ce sera la réussite sociale du fils, dont elle songe à faire un prêtre ou, à défaut (car il s'y refusera), un officier.

L'acharnement d'Élise prend progressivement une dimension obsessionnelle, encore aggravée par la paupérisation que la guerre entraîne. Cette passion s'exaspère même le jour où Désiré lui refuse tout de go de prendre une assurance-vie (lui cachant pudiquement qu'une maladie du cœur le lui interdit). Mortellement blessée, Élise renchérit sur sa fringale laborieuse, laissant la maison de plus en plus envahie par les étrangers. (Depuis la guerre, les étudiants ont été remplacés par des «occupants» et par des comparses occasionnels en mal de logement.)

L'espace convivial se restreint donc au cours des années tandis que l'enfant grandit, et juge, tout en souffrant secrètement de la déchirure qui se creuse entre sa mère et lui, et, plus encore peut-être, de l'humiliation que son père subit sous ses yeux sans le moindre signe de révolte. Désiré a en effet peu à peu cédé tout son espace vital jusques et y compris son fauteuil qu'occupe une infâme vieille femme.

Roger qui doit maintenant, pour aller au collège, passer les ponts et fréquenter les jeunes bourgeois de la ville, commence à avoir honte de sa condition sociale. En rupture avec la bonne conscience morale et religieuse dont on l'a imprégné, il se révolte contre sa mère, contre sa ville, contre tout, délaisse l'école et le logis familial, imite un jour le comportement des dandys et des «accapareurs», le lendemain se remet en sabots, essayant de se rapprocher à nouveau de la vie des petits artisans et commerçants d'Outre-Meuse.

A force de larcins et de mauvaises fréquentations, il se laisse progressivement entraîner dans une déviance qui confine au désespoir jusqu'au moment où, à la Libération, la crise cardiaque de son père le «libère» lui aussi d'une existence où il ne se reconnaissait plus. Le voilà dégrisé, seul et nu lorsque, dans le petit matin qui suit la liesse de l'armistice, il traverse la passerelle sur la Meuse qui le ramène dans son quartier. Mais il est déterminé. Il va travailler, se conformer au personnage qu'on attend de lui. Il peut à nouveau échanger les signes de connivence habituels avec son père, il peut répondre sereinement à sa mère qui l'appelle: «je viens, mère». Car il sait que quelque chose en lui d'irréversible s'est opéré. Il se sent étranger. Sa vie, désormais, est ailleurs.

Ainsi résumée, l'histoire de *Pedigree* révèle sa valeur de prototype. Prototype de la société et de l'homme simenoniens.

Que cette psychologie sociale reflète une mentalité d'époque, on ne peut en douter. D'autres témoignages littéraires nous le confirment, ne serait-ce que la *Mort à crédit* célinienne. Avec une virulence d'ironie qui est totalement étrangère à Simenon, Céline dépeint la même existence petite-bourgeoise, la même ascèse hyperconformiste, la même «acceptation frénétique» de l'ordre établi, la même crainte sociale envers la misère, la même perception pathétique d'un monde menacé dans ses valeurs et qui le sent. Mais il reste que l'Ego simenonien recrée différemment son «roman familial», peut-être parce qu'il positivise l'image du père, laissant à la mère tout l'excès hystérique du discours.

ÉCRITURE ET MÉMOIRE

Le discours diffus d'Élise s'inscrit dans le récit comme la manifestation d'une tradition orale où l'univers de *Pedigree*, univers néanmoins revu et corrigé par la narration qui dénonce et dévoile, met en images et en perspectives, selon un voyeurisme omniscient qui fonde l'esthétique de la vision.

Des limbes, le récit délie peu à peu les souvenirs des premières sensations de l'enfance. Des objets familiers du logis à la rue et aux différents lieux sociaux, un ordre sensible s'articule progressivement pour former une cosmogonie imaginaire. Les paysages radieux accrochés à la cadence du pas paternel et au bon génie de sa présence se prolongent en une vision d'Épinal du vieux Liège : décor naïf d'honnêtes gens où tout est propre, ripoliné, sans ombre, sans mystère, où tout participe à tout sous l'autorité protectrice du clocher de Saint-Nicolas, de l'école des Sœurs puis de l'école des Frères qui sont comme le prolongement naturel de l'univers familial.

C'est du discours de la mère, alors que l'enfant jouait à l'ombre de ses jupes qu'ont surgi les premières angoisses, les images troubles. Il est question d'organes, de maladies, de choses qu'on ne peut pas faire — et qui touchent aux «mauvais instincts» —, d'enfant qu'on ne peut pas fréquenter. Il y a surtout cette odeur de pauvres que les Mamelin ne perçoivent pas mais qu'Élise déteste et rencontre à chaque fois qu'en faisant ses courses à travers la ville, elle «coupe au court» par les ruelles. C'est dans ces ruelles, alors que son corps était déjà en travail, à quelques heures de l'accouchement, qu'Élise, en allant «rattacher sa jarretelle», s'est fait le témoin involontaire du conciliabule entre son propre frère Léopold et le jeune anarchiste de la Place Saint-Lambert. C'est avec la même prescience trouble qu'Élise, un autre jour, se précipite dans la ville avec la voiture d'enfant et s'engouffre dans la foule des grévistes qui manifestent. Élise est l'agent conducteur d'une sensibilité qui correspond, au sein du cocon familial, à l'infiltration dans la petite-bourgeoisie d'une idéologie de réaction contre la poussée de forces sociales nouvelles. La psychologie complexe du personnage en découle : en dépit de son humilité déférente à l'égard de l'ordre et des Ordres, Élise est dans son comportement secret une révoltée, une marginale, elle «sent les choses» et s'en défend par une morale hypercorrective, fermée au plaisir, et dont la portée stratégique apparaît souvent comme une «mauvaise foi» aux yeux de Roger : de là sa révolte contre sa mère.

De là provient également la géographie phantasmatique du Liège simenonien. Au juste milieu des Mamelin, dont le cœur convivial est symbolisé par le quartier des petits commerces d'Outre-Meuse, s'oppose de l'autre côté des ponts la société de classes. A l'endroit, le grand décor bourgeois avec ses grosses maisons fermées de pierre de taille écrasant la rue, avec ses lieux de luxe et de plaisirs raffinés, décor de théâtre où circulent des femmes maquillées comme des mannequins, que l'on a peine à reconnaître ensuite, réelles, dans les quartiers familiers. Et puis, à l'envers, il y a le Liège des petites rues, «au milieu desquelles coule une eau sale», où courent les «petits voyous» et les filles dévergondées ; là où venant des charbonnages, des usines, des terrils, une masse d'ouvriers aux visages hallucinants, vient refluer en grappes de taudis. Dans ces mêmes ruelles, Roger, en crise œdipienne, ira pourchasser les images furtives des femmes qu'on dénude dans les encoignures des maisons, et dont l'odeur de pauvreté exerce sur lui une étrange fascination.

Si cette évocation d'un Liège suburbain du prolétariat et de la prostitution est sociologiquement fondée, elle trouve chez Simenon un investissement libidinal tout particulier.

Celui-ci est sans doute à l'origine de cette complexion unique du discours social et du discours érotique que l'on retrouve dans l'ensemble de l'œuvre du romancier. Manque la criminalité qui fait la surcharge fictionnelle du plus grand nombre des romans et dont la fonction libératrice est remplie ici par le thème de la mort symbolique du Père. Il reste en tout cas évident que c'est du personnage-texte de la Mère que procède la profondeur du roman. Sans ce signifiant structurel, *Pedigree* ne dépasserait pas en somme le niveau d'un bon roman régionaliste.

Car ne nous y trompons pas : ceci n'est pas vraiment du réalisme. Ni le ronron du poêle à charbon avec sa bouilloire d'émail blanc, ni les tramways qui s'entrechoquent en faisant des étincelles, ni les lampes à arc, ni les moustaches cirées de Désiré, ses faux-cols et ses manchettes en celluloïd, ni les mitaines et le réticule d'Élise, ni le foie piqué que l'on ramène par cent grammes de chez Tonglet ne sont là pour faire tableau d'époque et couleur locale. Certes il y a ici et là du réalisme à intonation typiquement wallonne (tels le « Mon Dieu ! ma pauvre, ... figure-toi » ... ou le « merci, sais-tu, ... » qui ponctuent la parole d'Élise). Mais c'est là le moindre mérite de la vision de *Pedigree*. Une culture se raconte ici de l'intérieur avec cet impressionnisme de la narration qui fonde un lyrisme, lyrisme rendu d'autant plus feutré que la troisième personne l'objective, ou mieux, l'universalise. Et ce qu'un tel lyrisme connote, c'est d'abord le pathétique de la vie, dans sa banalité, avec ses drames de famille, avec ses maladies, avec ses deuils, à l'image de la dure condition de l'époque : c'était des gens sans importance, qui « se contentaient de si peu, qui avaient si peu de révolte » que le récit de leurs « apparences brisées » comme au Poète, arrache l'âme... S'il fallait à tout prix faire des rapprochements de genres, on se situerait plus près de Marcel Thiry et de Robert Vivier que d'Edmond Glesener, pour citer d'autres romanciers liégeois, plus près de la ville natale obliquement évoquée par Alexis Curvers dans *Printemps chez des ombres* que d'un quelconque populisme du Nord.

Par ailleurs, si le roman concilie si bien le témoignage socio-historique et le lyrisme simenonien, ce n'est pas tant en raison du fait qu'il est autobiographique que parce que, écrit dans les années de pleine maturité littéraire, il projette l'imaginaire construit de l'écrivain sur les références de sa mémoire. Tout y est signe, et signe pur, tableau et non paysage, cadrage sémantique et non chronologie.

Ainsi, « ceci n'est pas une pipe », ni celle de Désiré Mamelin, ni celle de Maigret, ni celle de Georges Simenon. Et la crise morale du héros dans le Carré liégeois n'est pas non plus l'origine de «la fuite de Monsieur Monde», pour ne citer qu'un titre symbolique parmi tant d'autres romans de la déviance.

Prototype de l'univers simenonien, le texte liégeois de *Pedigree* en dévoile en fait la rhétorique particulière. Il en ramène la signifiance à la mesure exacte d'un langage, s'il est vrai que nous sommes d'abord, dans la mémoire de nous-mêmes, langage.

Le texte se donne alors à lire, à relire dans sa vérité poétique.

Il y a la ville d'abord, telle qu'en elle-même la Meuse couleur du temps la change, tantôt crépusculaire, avec ces gammes d'aquarelles qui vous évadent lorsqu'on passe les ponts, tantôt terne et froide sous le sempiternel temps gris et la pluie fine. Un lieu. Une culture.

Il y a aussi toute l'efflorescence des saveurs et des odeurs du sujet simenonien, saisie là comme autant de réminiscences des joies premières de l'enfance : depuis la soupe qui est au feu dès le matin et l'odeur de chocolat de chez Hosey jusqu'aux merveilleuses odeurs de l'épicerie de la tante Louisa, faites de genièvre, de cannelle, de clous de girofle mêlées à celles, plus fortes, du goudron, de la résine et des cordages, à fleur de quai, près du canal, là où reposent les péniches.

Il y a enfin les visions. Vision breughélienne du marché aux légumes et du café vieillot de Félicie avec son monumental comptoir et ses pompes à bière étincelantes ; vision des vieilles maisons à lanterneau et à rideaux de guipure à fleurs blanches où règne le calme absolu, — ordre, propreté, quiétude. Vision droite du père, avec son sérieux un peu solennel qu'il garde du «bureau» et qui rappelle celle des «sacristains dans les lieux saints». Vision effacée de la Mère, qui a l'air de s'excuser d'être là, avec son sourire un peu triste qui va si bien à son corsage liberty bleu pastel, à petits plis, et à ses cheveux blonds remontés en un lourd chignon, qu'elle relève, machinalement, de la main...

Dans *Pedigree*, faux roman régional, vrai roman-témoin, la représentation est en somme constamment ressaisie par l'écriture.

C'est que l'œuvre nous restitue un réel métamorphosé où les phantasmes d'une époque se trouvent promus à la vérité d'un Temps retrouvé.

CONTEXTE

Cette chronique, inspirée par le départ de la maison familiale en décembre 1922, a été publiée sous la signature de Georges SIM, dans la *Revue Sincère* petite revue mensuelle fondée à Bruxelles la même année.

Commentant ce thème dans *Quand j'étais vieux*, l'écrivain en souligne ainsi la portée fondatrice : « Je savais que j'allais partir (…). Or c'est un peu le thème de tous mes romans. La réalité qui bascule dans l'irréel pour faire place à une réalité nouvelle. Les fils coupés (…), il faut aller trouver ailleurs une nouvelle substance. »

Le compotier tiède

Le poêle flambe pour la première fois, depuis l'autre hiver. Des bouffées intimes ont envahi tous les angles.

Il s'est assis au bout de la table, tandis que sa mère marche encore, remue des couteaux, bouscule des tiroirs, sans se décider à s'asseoir. Nettoyer les couteaux au moment de se mettre à table ! Les mamans ont de ces manies. Elles trottent, toujours en mouvement, toujours nettoyant, et si, un moment, elles sont assises, croyez que leurs mains ne sont pas en paix.

Nettoyer les couteaux, alors que le café fume dans les tasses ! Comme si les couverts n'étaient pas propres assez pour eux deux ! Qu'importe la bavure mordorée d'un fruit sur une lame !

Le bouchon frotte, crisse sans fin sur l'acier.

Encore...

Enfin, maman s'assied, après avoir enlevé, secoué, replié, déposé sur un meuble son tablier de cotonnette.

Il a commencé son repas. Il mange, un peu de feu aux joues, en regardant le compotier. Une mare glauque, molle et tiède, sans fond, vivante, dirait-on... Une mare qui palpite. Du sang de prunes, épais et lourd. Une marmelade parfumée, douce comme le premier feu dont les flammes jaunes esquissent des caresses.

La maman mange très vite. Déjà elle songe à quelque important travail: récurer les candélabres de cuivre, peut-être, ou bien encapuchonner les petits pots de confiture qui s'alignent sur une console, tièdes et vivants encore.

Il va lui dire, en regardant le compotier, pour s'abstraire. Non, il ne dira pas encore. Le compotier se raccroche à lui. Cette mare glauque et sucrée, c'est du passé dans lequel il s'enlise. Cependant, il doit parler. Voilà des mois, puis des mois qu'il attend, sans oser meurtrir leur vie à deux, leur ménage. Son petit ménage à elle; son ménage mélancolique de maman veuve.

Il va parler. Non, sa résolution se noie dans le compotier rouge qui embaume. Ses doigts de petit enfant s'y plongeaient pareillement; c'était mou, tiède et sucré.

Est-ce sa faute s'il doit partir? Chaque homme, un jour, fonde un ménage... et déchire le passé, tout d'un coup.

Pourquoi le compotier le regarde-t-il ainsi, avec douceur, comme s'il promettait des quiétudes infinies et sucrées?

Il veut parler. Il parle, sans donner libre cours à sa pensée. Une à une, il en laisse tomber les parcelles.

— Dis, maman! Tu comprends... Tu as aimé aussi, fondé un foyer. J'ai besoin, vois-tu de faire une vie qui soit la mienne... Pas tout de suite...

La maman qui grignotait si vite des tartines a cessé de manger. Pourquoi faut-il que les mamans ne comprennent jamais? Pourquoi oublie-t-on un jour ses émotions anciennes? Non, la maman ne comprend pas. Il fait tiède. Tout est propre, et doux, et calme... Pourquoi édifier une autre vie? Pourquoi construire un nid de fortune, quand un nid moelleux vous entoure ?

Et la maman est triste. Sur le compotier glauque, comme sur sa paupière, tremble un reflet qui ressemble à une larme.

Que les choses ont changé, depuis tantôt ! Est-ce que des mots, une résolution suffisent à couper les fils qui nous relient aux objets familiers ?

Tout a changé : la maman, le foyer. La maman pleure, et il sent qu'il ne peut pas la consoler, comme auparavant. Alors, il regarde les choses à l'entour. Et les choses, dans la douceur du premier feu, disent tout bas des reproches. Les fils sont coupés. Il ne les comprend plus.

Le compotier tiède, parfumé et sans fond n'a plus de regard, plus de pensée. Le passé s'est enfui.

Georges SIM.
(15 décembre 1922.)

ÉLÉMENTS BIOGRAPHIQUES

1903 :   Naissance, le 13 février, rue Léopold à Liège, de
          Georges, Joseph, Christian Simenon, fils de Désiré
          Simenon, comptable dans une compagnie d'assuran-
          ces, et de Henriette Brüll, sans profession. En août de
          la même année, les Simenon déménagent rue Pasteur
          où naîtra, en 1906, un second fils, Christian.

1907 :   Nouveau déménagement et location d'une maison, rue
          de la Loi, où Mme Simenon prendra en pension des
          étudiants (surtout étrangers, russes, polonais, ...).

1909 :   Georges entre à l'Institut Saint-André et y fait de
          brillantes études primaires.

1914 :   Entre comme boursier au collège Saint-Louis. Sa
          famille le destine à la prêtrise mais une première
          aventure amoureuse lui fait renoncer au projet la
          même année.

1915 :   Poursuit ses études secondaires au collège Saint-
          Servais qui prépare aux sciences et aux lettres. Brillant
          en français, il signe déjà ses devoirs Georges Sim. L'un
          d'eux, écrit en vers et intitulé «Mélancolie du vieux
          clocher» témoigne de ses ambitions littéraires.

1918 :   Après avoir habité trois ans rue des Maraîchers, la
          famille s'installe rue de l'Enseignement. Averti qu'une
          angine de poitrine menace les jours de son père, le
          jeune Simenon renonce à ses études et décide de
          travailler. Après un bref essai comme apprenti pâtis-
          sier, il entre comme commis dans une librairie de la
          ville, mais en sera renvoyé six semaines plus tard pour
          avoir contredit son patron devant une cliente.

1919 :   Entre à la Gazette de Liège. Écrit des billets humoris-
            tiques et fréquente de jeunes artistes et marginaux à
            «la Caque».

1920-21 :   Écrit un premier «roman humoristique des mœurs
            liégeoises», *Au pont des Arches*, signé Georges Sim
            (Liège, 1921). Se fiance avec une étudiante des Beaux-
            Arts, Régine Renchon, et accomplit son service mili-
            taire.

1922 :   Au lendemain de la mort de son père, Simenon quitte
            Liège pour Paris, où il trouve du travail comme
            secrétaire de l'écrivain Binet-Valmer, et commence à
            se faire connaître.

1923 :   Mariage à Liège avec Régine Renchon. La période
            liégeoise se termine.

1923-33 :   Simenon écrit sous différents pseudonymes et produit
            en quantité contes et romans populaires. Sa créativité
            exceptionnelle lui vaut une fortune rapide, ce qui lui
            permet de fréquenter le tout Paris des «années fol-
            les».

1928-29 :   Inaugure — en péniche à travers les canaux de France,
            et à bord de *l'Ostrogoth* dans le nord de l'Europe —
            une vie de voyages qui le conduira ultérieurement à
            faire le tour du monde (il découvre notamment l'Afri-
            que) ; tire des reportages de ses expéditions.

1931-32 :   Début de la série policière des *Maigret* publiée par
            l'éditeur Fayard et, peu après, amorce des «romans-
            romans», dits aussi «romans d'atmosphère» ou «ro-
            mans de la destinée» (publiés chez Gallimard à partir
            de 1934). La production ininterrompue de Simenon
            suivra ces deux types de romans pendant quarante ans
            (220 titres au total).

1938:	Engage une correspondance littéraire avec André Gide qui ne s'interrompra qu'à la mort de ce dernier.
1939:	Naissance de son premier fils, Marc.
1940:	Un radiologue lui ayant diagnostiqué par erreur une angine de poitrine, il entreprend pour son fils Marc le récit de ses souvenirs d'enfance dans *Je me souviens*.
1941:	Sur le conseil de Gide, reprend le texte autobiographique et le transforme en roman à la troisième personne : première partie de *Pedigree*.
1943:	*Pedigree*, deuxième et troisième parties.
1945:	Publie désormais aux Presses de la Cité.
1945-50:	Entreprend un voyage aux États-Unis, et s'installe au Connecticut. Rencontre Denise Ouimet qu'il épouse en secondes noces et dont il aura quatre enfants.
1948:	Publication de *Pedigree*
1952:	Simenon est reçu à l'Académie Royale de langue et littérature françaises de Belgique.
1955:	Retour en Europe, en France, puis en Suisse où il se fixe à Échandens (1959), puis à Épalinges (1964).
1972:	Simenon prend la décision de ne plus écrire de romans. Il se retire à Lausanne avec Thérésa, sa compagne, et commence des «dictées» sur magnétophone qui donneront lieu à plusieurs volumes autobiographiques.
1977:	Simenon fait don à l'Université de Liège de ses archives littéraires. Création d'un Fonds Simenon et d'un Centre d'études consacré à l'écrivain, sous la direction de Maurice Piron.

1979 :   La collection « *Mes dictées* » regroupe vingt et un volumes où se mêlent souvenirs, anecdotes et réflexions.

1980 :   Profondément frappé par le drame du suicide de sa fille Marie-Jo, Simenon sort de sa retraite à titre exceptionnel pour rédiger ses *Mémoires intimes*, suivi du *Livre de Marie-Jo*.

CHOIX BIBLIOGRAPHIQUE

I. ŒUVRES DE GEORGES SIMENON

Je me souviens, Paris, Presses de la Cité, 1945.

Pedigree, Paris, Presses de la Cité, 1948.

Quand j'étais vieux, Paris, Presses de la Cité, 1970.

Lettres à ma mère, Paris, Presses de la Cité, 1974.

Œuvres complètes, publiées sous la direction de G. Sigaux, Lausanne, Éditions Rencontre, 1967-1973, 72 volumes, (*Pedigree* figure dans les vol. 18 et 19).

Tout Simenon, Paris, Presses de la Cité, à partir de 1988, une première série de 14 volumes prévus (*Pedigree* figure dans le vol. 2).

II. ÉTUDES CRITIQUES ET DOSSIERS

Alain BERTRAND, *Georges Simenon*, Lyon, La Manufacture, 1988.

F. BRESTLER, *L'Énigme Georges Simenon*, Paris, Balland, 1985 (Traduit de l'anglais par Fr.-M. Watkins).

B. DE FALLOIS, *Simenon*, Paris, Gallimard, La Bibliothèque idéale, 1961.

J. DUBOIS, «Simenon», dans J.-P. DE BEAUMARCHAIS, Daniel COUTY et Alain REY, *Dictionnaire des littératures de langue française*, Paris, Bordas, 1986, vol. 3, pp. 2176-2177.

J. FABRE, *Enquête sur un enquêteur. Maigret. Un essai de sociocritique*, Montpellier, Études Sociocritiques, 1981.

G. Gothot-Mersch, J. Dubois, J.-M. Klinkerberg, D. Racelle-Latin, Chr. Delcourt, *Lire Simenon. Réalité/Fiction/Écriture*, Paris-Bruxelles, Nathan-Labor, Dossiers Media, 1980.

J. Jour, *Simenon et Pedigree*, Liège, Éditions de l'Essai, 1963.

F. Lacassin et G. Sigaux, *Simenon*, Paris, Laffont, 1961.

M. Lemoine, *Index des personnages de Georges Simenon*, Bruxelles, Labor, Archives du Futur, 1985.

Th. Narcejac, *Le Cas Simenon*, Paris, Presses de la Cité, 1950.

M. Piron, «Georges Simenon et son milieu natal», *La Wallonie. Le Pays et les Hommes. Lettres-Arts-Culture*, sous la dir. de R. Lejeune et J. Stiennon, Bruxelles, La Renaissance du Livre, 1979, t. 3, pp- 85-94.

M. Piron, *L'Univers de Simenon*, Paris, Presses de la Cité, 1983 (en collab. avec M. Lemoine).

M. Rutten, *Simenon. Ses origines, sa vie, son œuvre*, Nandrin (Belgique), Wahle, 1986.

R. Stephane, *Le Dossier Simenon*, Paris, Laffont, 1981.

Simenon, Dossiers du CACEF, n° 92, décembre 1981 (voir, pour la biographie, Chr. Swings, «Étapes d'une vie et d'une carrière», pp. 3-16).

Simenon. Un autre retard, Lausanne, L'Hebdo-Luce Wilquin, 1988.

TABLE

Achevé d'imprimer
en mai 1989
par l'Imprimerie Bussière,
à Saint-Amand-Montrond,
pour le compte des éditions
ACTES SUD et LABOR

Dépôt légal : juin 1989
Impr. n° 8237

Dans la même collection